W0380896

[illegible]

Collection [illegible]

AILLEURS ET DEMAIN
Collection dirigée par Gérard Klein

DU MÊME AUTEUR

Dans la même collection

Le Cycle de Dune

LE MESSIE DE DUNE
LES ENFANTS DE DUNE
L'EMPEREUR-DIEU DE DUNE
LES HÉRÉTIQUES DE DUNE
LA MAISON DES MÈRES

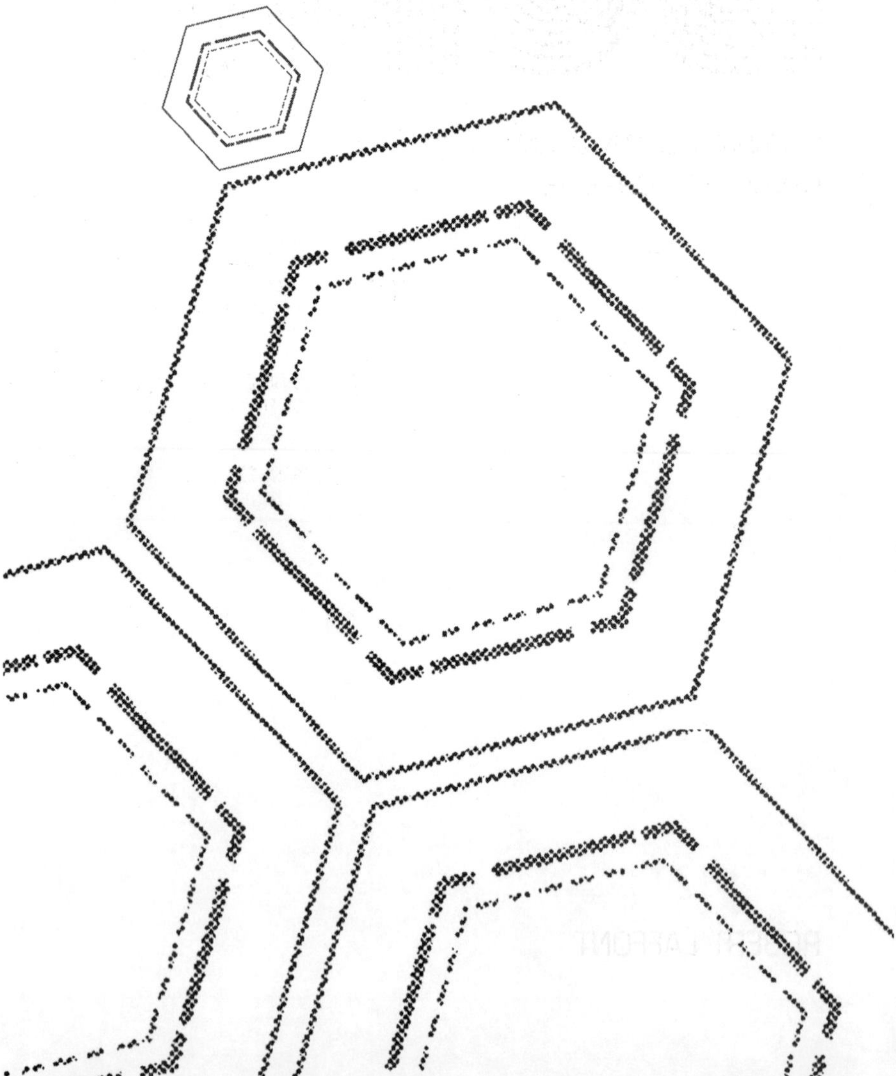

FRANK HERBERT

DUNE

ÉDITION DU CINQUANTENAIRE
REVUE ET CORRIGÉE

TRADUIT DE L'ANGLAIS (ÉTATS-UNIS)
PAR MICHEL DEMUTH

PRÉFACES DE DENIS VILLENEUVE
ET DE PIERRE BORDAGE

POSTFACE DE GÉRARD KLEIN

ROBERT LAFFONT

L'AUTEUR

Véritable légende dans l'univers de la SF, l'écrivain américain Frank Herbert (1920-1986) est mondialement connu pour sa série *Dune*, vendue à des dizaines de millions d'exemplaires. En France, ses œuvres majeures ont été publiées dans la collection « Ailleurs & Demain ».

Cinquante ans après la première parution de *Dune* en France, l'univers qu'il a créé continue d'inspirer les plus grands réalisateurs : Alejandro Jodorowsky puis David Lynch s'y sont essayés et c'est désormais à Denis Villeneuve d'apporter une nouvelle pierre au monument qu'a construit Frank Herbert.

© Frank Herbert, 1965
© Galaxy Publishing Corporation, 1969
Design : Sabrina Bowers

Traduction française :
© Éditions Robert Laffont, S.A.S., Paris, 1970, 1972, 2020
Révision de la traduction : L'Épaule d'Orion,
lepauledorion.com

ISBN : 978-2-221-24948-2
Dépôt légal : octobre 2020
Éditions Robert Laffont – 92, avenue de France 75013 Paris

SOMMAIRE

PRÉFACE DE DENIS VILLENEUVE

Dune s'ouvre sur un léger vertige : l'humanité a survécu à quelque vingt millénaires lorsque Paul Atréides voit le jour. Cette promesse apparaît encore plus troublante aujourd'hui, alors que nous savons collectivement que notre monde vacille en silence, sous nos yeux, comme dans ces rêves effrayants, dus à une paralysie du sommeil, où le corps ne répond plus à la conscience. Nous entendons quotidiennement les échos apocalyptiques des scientifiques qui prédisent un effondrement de l'équilibre de nos écosystèmes, mais nous ne bronchons qu'à peine, demeurant convaincus que notre maîtrise de la technologie viendra finalement à bout de la nature. Ce fantasme de domination des éléments ne date pas d'hier. Nous avons toujours eu un penchant pour défier les dieux. À l'évidence, nous avons progressivement perdu notre rapport sacré au monde. C'est une des raisons pour lesquelles je crois que *Dune* est complètement actuel.

Si la phrase : « le XXIe siècle sera mystique ou ne sera pas » attribuée à André Malraux est bien de lui, j'ose imaginer qu'il entrevoyait la potentielle complète désacralisation du monde naturel par l'exacerbation hypnotique d'un capitalisme sauvage. Cette tendance à objectifier la nature débordant des frontières occidentales, les politiques néolibérales et leur globalisation se transformant en véritables dogmes planétaires, la religion économique règne maintenant sur l'ensemble des sphères d'activité humaines. Tout s'achète désormais, même les consciences. Ce système est surpuissant, impitoyable, tricheur, aux relents colonialistes, engendrant même parfois des entités corporatives psychopathes, bref ce système est Harkonnen. Et pour le renverser et survivre à ses conséquences, il nous faudra peut-être suivre les pas du Muad'Dib.

L'idée de *Dune* est née en 1957, alors que Frank Herbert survole des bancs de sable bordant les côtes de l'Oregon entre Coos Bay et Florence. Il s'est alors déplacé de Seattle afin d'écrire un article sur une expérience écologique : une nouvelle espèce d'herbe venait d'y être introduite dans le but de freiner la propagation des dunes qui menaçaient la végétation, les routes et les plans d'eau potable. De la puissance de la nature et de l'effort humain pour tenter de la maîtriser venait de naître un élan qui allait animer toute sa création pour les vingt-cinq prochaines années...

Frank Herbert explore, notamment, les liens entre l'écologie et les forces religieuses en orchestrant une véritable célébration du vivant et de son interprétation, réintégrant la notion du sacré dans les replis obscurs du monde naturel. La précision maniaque et poétique avec laquelle il réussit à créer les immenses écosystèmes d'Arrakis m'est sincèrement émouvante. Une logique toute scientifique est appliquée dans la description des moindres détails qui constituent les habitats de Dune. « Le buisson d'encens et l'arbre-fumée, la verveine des sables et le buisson créosote, le renard à poche et le faucon du désert » existent par eux-mêmes comme une extension poétique de ce qui constitue nos écosystèmes terrestres. Ces mêmes espèces étant à leur tour réinterprétées par l'imaginaire des habitants des déserts d'Arrakis, les Fremen, peuple poète d'une extraordinaire ingéniosité technique, voire artistique, vivant en symbiose avec les éléments. Et tout au centre de leur rêve éveillé trône l'immense entité du Shai-hulud, le ver des sables géant, incarnation du dieu vivant des espaces désertiques de Dune. Cette symbiose fremen où vie et mort sont au corps à corps et en équilibre, où science et imaginaire de la biosphère évoluent en un élan commun vers la vérité, est un puissant appel à l'humilité. *Dune* fait vibrer les cordes inconscientes de notre perception première du monde, pour y retrouver une dimension sacrée, une pensée en relation avec le merveilleux du vivant, avec l'Ayat, le signe de vie. Parce que notre futur verra notre relation à la Mère Première redevenir sacrée, ou il ne sera pas.

Les êtres humains de *Dune* sont donc mélancoliquement isolés, frappés par la puissance d'évocation des paysages qui les ramène à une vulnérabilité et une humilité toutes bienvenues. Le désert s'y inscrivant comme territoire du divin, mais aussi comme miroir des consciences où le silence révèle le rythme des cœurs et des respirations. L'infini nous renvoyant toujours brutalement à notre vie intérieure, l'exploration physique du désert d'Arrakis s'accompagnant d'une plongée involontaire dans l'inconscient. On y descend lentement en soi au gré des dunes, labyrinthe en constante métamorphose, où la source de nos maux les plus intimes semble trop souvent glisser entre nos doigts, insaisissable comme le sable, au risque d'y perdre la raison. À chaque nouvelle dune, un nouvel espoir, comme le réconfort de la prière lorsqu'on s'y adonne sans attendre de réponse.

Dès son premier contact avec le désert profond, Paul Atréides s'y sent étrangement chez lui, comme dans une maison où il aurait vécu une partie de son enfance. Ce qui devait être un déracinement pour le jeune homme se transforme progressivement en retour chez soi, comme un furieux et dément déjà-vu. Paul est émerveillé par les stratégies de survie du vivant, mais surtout transporté par un mouvement introspectif où il prend contact avec sa propre finalité et cette amère mélancolie de ceux qui pressentent les choses avec trop d'acuité. Et si le désert est rassurant pour Paul parce qu'il lui est singulièrement familier, il devient aussi tout autant déroutant parce que cette familiarité s'accompagne d'une soudaine et fulgurante ouverture de son œil intérieur, en plein état d'éveil. Son baptême du désert, présidé par Shai-hulud lui-même, ouvrant grand les vannes de son esprit, Paul reçoit le désert en pleine figure et son subconscient fait pleinement surface. Comme un puissant mouvement d'inspiration, une épiphanie douloureuse, où il perçoit le monde tel qu'il est vraiment, mais surtout où il pressent quelle sera sa véritable part de responsabilité dans la suite des cataclysmes à venir. Un rêveur éveillé est donc au centre d'un paysage brûlé, un somnambule progressant lentement sur la corde raide du doute, surplombant le gouffre des cauchemars collectifs, devinant lentement qu'une part de son innocence devra mourir pour qu'il arrive à survivre à la sévérité de sa nouvelle réalité. Paul devra devenir adulte, ne sachant trop comment protéger les vestiges de son enfance, lacérée vive par les vents d'une Coriolis.

Au moment où il est accepté par les Fremen, Paul Atréides choisit comme nom d'adoption celui de Muad'Dib. Le Muad'Dib est une petite souris-kangourou, admirée par les Fremen pour sa grande capacité d'adaptation au désert. Paul survivra au déluge de haine qui s'abat sur sa famille et son peuple parce qu'il aura assimilé des éléments de cette culture de survie fremen qui l'attire intuitivement. Il embrasse cette nouvelle culture, il ne vient pas la contaminer mais s'y fondre. Cette ouverture à l'autre, à contre-courant des mouvances colonialistes, annonce une ère nouvelle. L'acceptation de changements de paradigmes complets sera gage de survie pour Paul et sa mère Jessica. La notion de capacité d'adaptation est une des clés du roman.

« L'intelligence, c'est la faculté de s'adapter au changement », affirme le physicien théoricien Stephen Hawking. Frank Herbert, lui, soutient que « la survie est la capacité de nager dans une eau étrange ».

J'éprouve également une affection particulière pour cette idée absolument géniale de la marche des sables, la « sandwalk », telle que baptisée dans la version originale anglaise du roman. Les Fremen qui s'aventurent dans les plaines de sable doivent s'astreindre à imiter dans leur démarche les sons chaotiques du vent sur le sable s'ils veulent éviter de périr dans le ventre de Shai-hulud ; les vers des sables étant attirés par toutes formes de rythmes, mécaniques ou humains. C'est pour moi l'image la plus forte du roman : l'humain devant imiter la nature le plus humblement possible afin d'y survivre. Il se dégage de cette stratégie de survie surprenante une chorégraphie physiquement exigeante et épuisante aboutissant sur une performance quasi artistique.

Mais comme Frank Herbert a imaginé un monde cynique dont les fondations sont construites sur de multiples machinations s'emboîtant les unes dans les autres, Paul se retrouve prisonnier d'une toile d'araignée magistrale tissée par une autre de mes idées préférées du roman : la congrégation des Sœurs Bene Gesserit, dont sa mère Jessica, fait elle-même partie. Son aventure se transformant en véritable tragédie, les Fremen, maintenant ses frères, ses sœurs, qui apparaissaient de prime abord comme son salut sont en réalité un piège. Leur religion ayant été influencée par les Bene Gesserit, les Fremen voient en Paul une possible figure messianique pouvant éventuellement les guider vers la réalisation de leur rêve ancestral : reprendre possession d'Arrakis des mains des exploiteurs et redonner un équilibre aux écosystèmes maltraités. Paul doit apprendre à préserver son libre arbitre, alors qu'il se découvre l'instrument d'une manipulation millénaire, comme cette force inconsciente des gènes qui nous dirige à notre insu.

Embrassant la pensée autochtone, entrevoyant leur rêve d'un monde à l'équilibre écologique retrouvé, et s'ouvrant aux mystères des écosystèmes de Dune, Paul est confronté à leur ferveur religieuse. Il appréhende le grand mouvement révolutionnaire qui prendra forme en son nom. Grâce à lui, l'humanité pourra peut-être retrouver son chemin et réinstaurer l'espace sacré réservé à la nature, sans tomber dans le piège sanglant, il l'espère de tout son cœur, du fanatisme.

Si l'on accepte le cinéma comme une passerelle entre le monde des songes et la réalité, et que ce rêve éveillé que propose l'adaptation de *Dune* s'inspire et du roman et des trajectoires que nous avons collectivement empruntées, comme Frank Herbert, je ne peux qu'anticiper avec crainte les violences qu'inspirera une nature finalement acculée au pied du mur. De toute évidence, si nous ne modifions pas notre trajectoire, comme Paul Atréides, il nous faudra apprendre à nager dans des eaux étranges.

Denis Villeneuve

PRÉFACE DE PIERRE BORDAGE

Cher Frank Herbert,

L'envie de vous écrire, qui m'a taraudé très longtemps avant que je l'enfouisse dans l'un de mes jardins secrets, resurgit aujourd'hui à l'occasion du cinquantième anniversaire de la publication de *Dune* en France. Vous m'intimidiez, vous que je n'ai jamais rencontré. Je commence à comprendre, après une trentaine d'années d'écriture, que l'auteur n'est pas l'homme, que se disséminent dans ses œuvres ses parts sombres et lumineuses, banales et grandioses, héroïques et médiocres, aimantes et haineuses, que bâtir des mondes réclame une énergie folle et un brin de mégalomanie, que les béances de l'enfance inassouvie se mêlent étroitement au besoin névrotique d'être célébré, aussi laisserai-je à d'autres la tâche ardue d'explorer en détail votre biographie. Je me contenterai de supposer que votre vie, comme la plupart des existences d'ailleurs, a suivi des cours inattendus jusqu'au jour où vous avez rencontré le succès, et même après sans doute. Que le monde de *Dune* est issu d'une multitude d'expériences personnelles, comme la lecture assidue de romans d'aventures, la fréquentation des gens de pouvoir, une balade magique au-dessus d'un paysage de sable, l'étude des écosystèmes, des religions et des populations des déserts, la connaissance de Jung et de ses travaux psychanalytiques, une conversation avec votre ami Jack Vance sous le ciel étoilé de Californie. Qu'un jour, l'occasion s'est présentée d'entamer les premières lignes de votre roman avec le mélange d'enthousiasme et d'inquiétude qui caractérise tout commencement. Que le découragement vous est tombé dessus à la première embûche, mais que, guidé par un fil lumineux dans vos labyrinthes intérieurs, vous avez égaillé les doutes, ces charognards de l'esprit, et vous vous êtes drapé dans cette vertu essentielle pour un écrivain qu'est la persévérance.

Une œuvre, et particulièrement un cycle de cette ampleur, est souvent un incessant aller et retour entre exaltation et consternation. Je vous imagine, penché sur votre bureau, en train de bâtir votre monde à la seule force de vos mots, ses systèmes politiques, ses rivalités ancestrales, ses enjeux colossaux, ses confréries plus ou moins secrètes, ses écosystèmes fantastiques. Peut-être également que l'écriture de *Dune* vous est venue d'un jet, comme un jaillissement de source, et que vous n'avez levé le nez de vos feuillets (rédigés à la main ? sur une machine à écrire ?) qu'en inscrivant les mots *Fin du livre 1* en bas ou au milieu de la page. Dans quel état étiez-vous alors ? Étiez-vous simplement soulagé d'être venu à bout du premier tome de cette titanesque entreprise ? Pensiez-vous avoir accouché d'un chef-d'œuvre ? Rêviez-vous à un succès fulgurant ou aviez-vous un rejet, un dégoût presque, de ce texte auquel vous aviez consacré des heures, des jours, des mois, une ou plusieurs années ? Correspondait-il au livre que vous aviez imaginé ? Aviez-vous conçu un plan précis, et, dans l'affirmative, l'avez-vous scrupuleusement respecté ou bien vous en êtes-vous légèrement ou largement écarté ? Les personnages vous ont-ils obéi jusqu'au bout ou ont-ils pris leur liberté ? Se sont-ils rebellés contre votre volonté de démiurge ? Aviez-vous des regrets, des remords, des frustrations ? La tentation vous a-t-elle effleuré de faire table rase et de recommencer depuis le début ? Tant de questions que j'aurais adoré vous poser et auxquelles je ne recevrai jamais de réponse. Sans doute revient-il à d'autres, pourquoi pas à l'un de vos proches, de soulever des coins de vos voiles, de révéler une part de vos mystères.

Quelle importance, dans le fond ? Votre œuvre est ce qui reste de vous, et l'on risque d'inutiles et amères désillusions à chercher l'homme dans l'écrivain. Vous demeurerez toujours pour moi le père de *Dune*, et je me satisferai pleinement de mon intimité avec vos mots. Je garde à l'esprit qu'il y a beaucoup de vous dans l'écriture, ce redoutable filet qui drague les profondeurs de l'inconscient pour ramener à la surface des aspects de l'auteur que lui-même ignore, mais je ne chercherai pas à traquer votre personnalité dans votre texte. Je peux aussi bien vous entrevoir dans le duc Leto Atréides que dans son fils Paul Muad'Dib, dans le mentat et maître assassin Thufir Hawat que dans l'empereur Shaddam IV, dans le baron Vladimir Harkonnen, affublé pourtant de quelques penchants coupables, que dans la Révérende Mère Mohiam, dans Dame Jessica, épouse du duc Leto et mère de Paul, que dans Glossu Rabban, dit la Bête en raison de sa grande cruauté, dans un soldat sardaukar que dans Stilgar, le naib du sietch Tabr... Je perçois votre souffle dans l'élimination des machines pensantes par le Jihad butlérien, dans l'école des mentats, dans les arcanes de la Guilde spatiale, dans les intrigues du Bene Gesserit, dans les croyances du peuple fremen, dans les évolutions des danseurs-visages du Bene Tleilax... C'est le privilège et la responsabilité du créateur que de se tapir dans chaque recoin de son monde. Si nous sommes vraiment issus de la déflagration originelle, je présume qu'en tant que lointains descendants de l'instant premier créateur, le *fiat lux* originel, nous en gardons tous des réminiscences, une empreinte plus ou moins marquée. De la même façon, vous imprégnez chaque scène, chaque paysage, chaque organisation, chaque écosystème, chaque personnage, chaque croyance, chaque bataille, chaque manipulation, chaque péripétie, chaque grain de sable qui forment l'univers de *Dune*.

C'est vous dire, cher Frank Herbert, à quel point est fascinante la complexité de votre création et, par conséquent, de votre être. Dès la première page, dès la première épigraphe extraite du Manuel de Muad'Dib par la princesse Irulan, je suis devenu l'un de vos inconditionnels. Ce court paragraphe m'a instantanément projeté dans un autre temps et un autre espace, provoquant en moi le fameux effet vertige propre à la science-fiction, genre que je venais tout juste de découvrir à l'université de Nantes lors d'un cours de littérature comparée (au passage, je rends hommage à l'ouverture d'esprit du professeur qui n'avait pas hésité à accoler ces deux mots, *littérature* et *science-fiction*, dans un temple des Lettres). Les auteurs d'imaginaire sont coutumiers du procédé. L'épigraphe permet d'éclairer la construction fictive sous d'autres angles et lui confère une véritable dimension verticale qui, un peu comme des fondations, consolide l'ouvrage en lui attribuant une forme de légitimité historique. Le récit paraît ainsi s'être glissé par effraction dans la mémoire collective. Les quelques lignes de la première épigraphe de *Dune* m'annonçaient que j'entrais dans une histoire suffisamment étayée et solide pour donner naissance à ses propres légendes. Une porte s'entrebâillait sur un monde qui dévoilait quelques-uns de ses monts et merveilles : les sœurs du Bene Gesserit, un mystérieux héros appelé Muad'Dib, l'empereur Padishah Shaddam IV, la planète Arrakis, plus connue sous le nom de Dune... Les noms, à la fois familiers et étranges, me raccrochaient aux antiques légendes terrestres. Les mots latins *Bene Gesserit* me plongeaient dans des périodes méconnues d'avant le Moyen Âge, le nom de Muad'Dib me renvoyait à la langue et aux traditions arabes, celui de Padishah à la culture perse. Shaddam IV, figure d'un antique système politique en voie d'obsolescence, régnait sur des planètes inconnues, Arrakis, Caladan, indice de lointaines conquêtes spatiales, donc d'une civilisation future ayant développé une technologie avancée. Le tout, telle une bande-annonce redoutable, me donnait une furieuse envie de plonger corps et âme dans le récit et de relier les fils en apparence inextricables.

Voilà comment vous m'avez piégé, cher Frank Herbert. Bercé depuis l'enfance par les mythologies et les épopées héroïques, je me suis retrouvé à la fois en terrain familier et dans des mondes inconnus. Vous avez réussi à compresser l'espace dans les sillons narratifs creusés par nos lointains ancêtres. L'odyssée de Paul Atréides sur la désertique planète Dune a tout d'un récit homérique. Sa famille, tout d'abord, se targue comme son nom l'indique de plonger ses racines dans l'Antiquité grecque. Les trahisons qui aboutissent à la chute de la maison Atréides rappellent ces perfidies qui sont l'un des leviers principaux des mythes terrestres. Râma, dans l'épopée du *Râmâyana* par exemple, est exilé de la ville et déchu de son titre de prince héritier suite aux manœuvres traîtresses de la troisième épouse de son père. Les dons de Paul, obtenus par des principes éducatifs élitistes, en font d'emblée un être d'exception. Son âge, sa fuite, son errance dans le désert, sa rencontre avec le peuple fremen, sa transformation en chef de guerre, sont typiques des récits d'apprentissage où l'aspirant héros affronte de nombreuses épreuves avant d'épouser son extraordinaire destinée. Je me suis rendu compte, par la suite, que bon nombre de space operas entrelaçaient les ressorts archaïques et l'exploration spatiale, comme si, plus on s'éloignait de l'ici et maintenant, plus l'auteur pris de vertige ressentait le besoin de se raccrocher de toutes ses forces à ses racines terrestres. Qu'en est-il pour vous, cher Frank Herbert ? Avez-vous ressenti l'ivresse de l'infini, ou bien avez-vous sciemment utilisé les vieux schémas narratifs pour mieux les tordre par la suite, comme semblent l'indiquer les tomes suivants ? Vous êtes-vous laissé emporter par votre propre flot, ou aviez-vous prévu dès le départ de vous livrer à une réflexion sur le pouvoir, vous qui avez un temps arpenté ses arcanes ?

Vous n'avez pas connu les réseaux sociaux, où chacun peut exprimer une opinion sur votre œuvre, ou vous prêter des intentions qui vous étaient peut-être étrangères, mais les discussions enflammées à votre sujet sont la preuve irréfutable de l'extraordinaire dimension de votre travail. Un univers aussi foisonnant recèle évidemment un grand nombre d'énigmes, dont je ne suis pas certain que vous soyez vous-même en mesure de les résoudre toutes. Je me suis interrogé, entre autres, sur la fonction de la religion dans *Dune*. On pourrait ne voir dans vos références constantes au jihad et à la religion musulmane qu'une simple transposition des populations les plus connues des déserts terrestres, les bédouins et autres Touaregs, et de la religion qui leur est communément associée, l'islam. On pourrait également penser que pour combattre un empire galactique aussi tentaculaire, aussi figé que celui de l'Impérium, on a besoin de l'extraordinaire puissance conférée par la croyance mystique. Le jihad représente la forme de combat la plus extrême, la moins corruptible, parce qu'il est avant tout dirigé contre soi-même et qu'il se cultive dans un désert implacable traversé de tempêtes dantesques où la moindre goutte est vénérée comme le plus précieux des trésors. Les guerriers fremens, les autochtones de Dune, survivent dans des conditions difficiles dans l'attente de la guerre libératrice promise depuis des siècles. Ils portent leurs distilles, ces combinaisons qui leur permettent de recueillir les excrétions de leurs corps pour les recycler en eau, comme des armures. Quand Paul, en fuite, échoue dans l'un de leurs sietchs, ils reconnaissent en lui le Mahdi, le messie de leurs prophéties (ou des prophéties inspirées par les sœurs du Bene Gesserit, maîtresses en manipulations génétiques et tisseuses d'avenirs) et, sous ses ordres, forment immédiatement une redoutable armée de reconquête.

Où donc, cher Frank Herbert, avez-vous puisé l'idée de l'épice, appelée aussi Mélange, la richesse de Dune pour laquelle s'affrontent avec férocité tous les puissants de votre monde ? Certains puristes de la science-fiction n'ont sans doute pas manqué de vous objecter que votre épice et la prescience qu'elle est censée conférer à ses utilisateurs, dont les navigateurs de la Guilde, qui s'en servent pour choisir les voies spatiales les plus sûres, revêt un caractère magique plutôt que scientifique, mais, après tout, elle n'est que la prolongation des recherches d'ouverture des champs de conscience engagées entre autres par Aldous Huxley et Timothy Leary, peut-être par vous-même également. Avez-vous imaginé l'épice parce que vous aviez besoin d'une matière convoitée par tout l'univers ou/et d'abord pour ses étonnantes propriétés cérébrales ? Je suis curieux de savoir ce qui vous est venu en premier, l'épice elle-même ou l'écosystème qui la produit ? L'œuf ou la poule ? Avez-vous commencé par l'une des créatures les plus spectaculaires de votre œuvre, le ver géant des sables, le Shai-hulud des Fremen, le producteur de la précieuse substance dans un cycle intégrant les essentielles truites des sables ? Le ver géant dont l'ennemi mortel est l'eau ? La capture du Shai-hulud, élevée au rang de rite initiatique par les Fremen, m'a transporté. Je me suis retrouvé dans la peau d'un frêle humain plantant un marteleur dans le sable pour attirer un monstre à l'insatiable appétit dont la longueur atteint parfois plusieurs kilomètres. Lorsque la bête jaillit dans un énorme éclaboussement de sable, je cours vers elle, lance mes crochets qui s'accrochent à sa carapace, grimpe sur sa phénoménale échine et, me servant de ces mêmes crochets comme de rênes, je guide ma nouvelle monture à travers les mers de sable d'Arrakis. Il n'existe pas beaucoup de sensations comparables à celle-là. Rien que pour ce vertigineux voyage, je vous remercie de m'avoir accueilli dans votre parc d'attractions dunaire. J'aurais aimé avoir les yeux entièrement bleus, comme les Fremen et tous ceux qui consomment de l'épice ou vivent dans son environnement, j'aurais eu l'impression d'être admis dans une confrérie légendaire, mais ils ont gardé leur couleur naturelle… partiellement bleue. Que voulez-vous, la coloration des yeux, peut-être un détail pour vous, m'a profondément marqué : elle seule suffisait à ancrer les personnages dans une réalité saisissante. Si les yeux sont des miroirs de l'âme, alors ces âmes-là proclamaient leur confiance absolue dans l'épice, la seule capable de les guider vers des destins glorieux.

Tant d'autres éléments de votre univers m'ont subjugué, cher Frank Herbert, que je n'aurais pas la place ici de les citer tous. À en croire vos légions d'admirateurs et le rang de *Dune* dans les divers classements des œuvres de science-fiction, je ne suis pas le seul à l'avoir été. Il n'est qu'à constater l'énergie dépensée par certains pour adapter votre roman au cinéma, Alejandro Jodorowsky, par exemple, qui n'est pas parvenu à réaliser le film que vos mots lui avaient inspiré bien qu'il eût rassemblé une formidable équipe artistique autour de lui, ainsi que le raconte le documentaire *Jodorowsky's Dune*. Il me semble que vous avez vous-même participé au film de David Lynch, tourné après l'échec du projet de Jodorowsky. Avez-vous retiré de la satisfaction ou de la frustration de cette collaboration ? Quel effet les images ont-elles produit sur vous ? Vous êtes-vous senti respecté ou trahi ? Vous êtes-vous senti dépossédé de votre imaginaire ou avez-vous ressenti de la fierté d'avoir été adoubé par Hollywood ? En tant que lecteur, j'ai très rarement vu des adaptations audiovisuelles surpasser le pouvoir évocateur de l'écrit. Il aurait sans doute fallu un réalisateur de la trempe de Stanley Kubrick pour que le passage de la page à l'écran accouche d'un monument aussi imposant que la vôtre. Espérons que le manque sera bientôt comblé par la prochaine adaptation de Denis Villeneuve que, étant donné l'envergure de ce réalisateur, tout le monde attend avec impatience. Quoi qu'il en soit, il nous reste l'original, votre texte, pur, immuable, qui, j'en suis convaincu, traversera les siècles au point d'être confondu dans un lointain futur avec un récit fondateur de l'humanité.

Je ne peux prendre congé de vous, cher Frank, sans vous faire un aveu, non que je sois coupable d'un quelconque manquement à votre égard, mais pour vous montrer à quel point la lecture de *Dune* dans son bel habillage gris métallique de la collection « Ailleurs et Demain » a eu de l'influence sur moi.

J'avais lu d'autres ouvrages comme les *Chroniques martiennes* de Ray Bradbury, *Demain les chiens* de Clifford D. Simak, *En terre étrangère* de Robert A. Heinlein, et quelques autres, mais, encore novice dans le domaine de la science-fiction, c'est lors de la découverte de votre roman phare que s'est enracinée en moi cette envie d'écrire qui, jusqu'alors, planait telle une insaisissable chimère. Je me suis rendu compte, grâce à vous, qu'on pouvait donner naissance par le seul levier des mots à un univers d'une ampleur extraordinaire, une prise de conscience confirmée ensuite par la lecture du *Seigneur des Anneaux* de Tolkien ou de *Fondation* d'Asimov. Vous êtes et resterez toujours le premier à m'avoir ouvert la porte d'un livre-univers. Je vous dois des heures de jubilation et des émerveillements en cascade, qui m'ont habité lorsque, des années plus tard, je me suis attelé à la tâche enthousiasmante et périlleuse d'écrire mon propre livre-univers, *Les Guerriers du silence*. Je vous ai dit plus haut qu'il y avait de vous dans chaque aspect de *Dune*, je vous assure qu'il y a de vous aussi dans les pages des *Guerriers du silence*, non que je me considère comme votre égal, une prétention qui serait ridicule, ni que j'aie songé à vous plagier, une pratique qui aurait été décevante, mais parce que j'avais, plus ou moins consciemment, mes souvenirs de lecteur sans cesse à l'esprit en rédigeant mes lignes et que je me suis accroché dans les moments de doute à votre propre persévérance, à votre splendide accomplissement. Vous voilà tout à coup encombré d'un filleul non désiré, vous qui avez quitté cette terre en 1986, année pendant laquelle j'étais en pleine écriture de mon premier roman. Une simple coïncidence ? Je ne crois pas trop au hasard, ou alors, s'il faut absolument employer ce mot, nous nous trouvons là devant un cas hautement probable de hasard fécond.

Je ne vous dérange pas davantage. Je ne sais pas où vous en êtes de votre voyage post mortem, mais, quoi qu'il en soit, cher Frank Herbert, je vous remercie du plus profond de mon être de tout ce que vous avez fait pour moi sans le savoir, comme, sans doute, à des millions d'autres lecteurs, et je vous adresse mes plus cordiales et confraternelles salutations.

Pierre Bordage

LIVRE 1

DUNE

C'est à l'heure du commencement qu'il faut tout particulièrement veiller à ce que les équilibres soient précis. Et cela, chaque sœur du Bene Gesserit le sait bien. Ainsi, pour entreprendre cette étude de la vie de Muad'Dib, il convient de le placer tout d'abord en son temps, en la cinquante-septième année de l'Empereur Padishah, Shaddam IV. Il convient aussi de bien le situer, sur la planète Arrakis. Et l'on ne devra pas se laisser abuser par le fait qu'il naquit sur Caladan et y vécut les quinze premières années de sa vie : Arrakis, la planète connue sous le nom de Dune restera sienne à jamais.

Extrait du Manuel de Muad'Dib,
par la Princesse Irulan.

DURANT LA SEMAINE QUI PRÉCÉDA LE DÉPART POUR ARRAKIS[1], alors que la frénésie des ultimes préparatifs avait atteint un degré presque insupportable, une vieille femme vint rendre visite à la mère du garçon. Paul.

C'était une douce nuit. Les pierres anciennes du Castel Caladan qui avaient abrité vingt-six générations d'Atréides étaient imprégnées de cette fraîcheur humide qui annonçait toujours un changement de temps.

1. Se reporter au *Lexique de l'Imperium*, à la fin de l'ouvrage. *(N.d.É.)*

La vieille femme fut introduite par une porte dérobée et conduite jusqu'à la chambre de Paul par le passage voûté. Pendant un instant, elle put le contempler dans son lit. Il ne dormait pas ; à la faible lueur de la lampe à suspenseur qui flottait près du sol, il distinguait à peine cette lourde silhouette immobile sur le seuil et celle de sa mère, un pas en arrière. La vieille femme était comme l'ombre d'une sorcière ; sa chevelure était faite de toiles d'araignée qui s'emmêlaient autour de ses traits obscurs ; ses yeux étaient comme deux pierres ardentes.

« N'est-il pas bien petit pour son âge, Jessica ? »

La voix sifflait et vibrait comme une balisette mal accordée. Et la douce voix de contralto de la mère de Paul répondit : « Il est bien connu que, chez les Atréides, la croissance est tardive, Votre Révérence. »

« On le dit, on le dit, chuchota la vieille. Pourtant, il a quinze ans déjà. »

« Oui, Votre Révérence. »

« Il est éveillé, il nous écoute. (Elle eut un rire étouffé.) Le rusé petit démon ! Mais ceux de son rang ont besoin de ruse. Et s'il est réellement le Kwisatz Haderach… Eh bien… »

Dans les ténèbres, Paul gardait les yeux mi-clos, réduits à deux fentes très minces. Mais il voyait les yeux de la vieille femme, larges et brillants comme ceux d'un oiseau de nuit, de plus en plus larges, de plus en plus brillants, semblait-il.

« Dors bien, rusé petit démon. Demain tu auras besoin de tous tes moyens pour affronter mon gom jabbar. »

Et la vieille disparut, elle entraîna la mère de Paul ; la porte se referma avec un bruit sourd. Et Paul se demanda : *Qu'est-ce qu'un gom jabbar ?*

Entre tous les récents bouleversements, la vieille sorcière était bien la chose la plus étrange qui lui fût apparue. *Votre Révérence…* Et elle s'était adressée à sa mère comme à une servante… Une Dame bene gesserit, concubine du Duc et mère de l'héritier du nom…

Un gom jabbar… Est-ce là une chose d'Arrakis qu'il me faut connaître ? se demanda-t-il. Et il rumina les mots étranges : *Gom jabbar… Kwisatz Haderach…* Il lui avait fallu apprendre tant de choses. Arrakis était si différente de Caladan… Tout ce qu'on lui avait récemment inculqué tourbillonnait maintenant dans son esprit. *Arrakis... Dune... La planète des sables...*

Thufir Hawat, le Maître Assassin de son père, lui avait expliqué ; leurs ennemis mortels, les Harkonnen, avaient résidé sur Arrakis durant quatre-vingts ans. Ils avaient signé un contrat de semi-fief avec la compagnie CHOM pour l'exploitation du Mélange, l'épice gériatrique. À présent, les Harkonnen allaient être remplacés par la Maison des Atréides qui recevrait Dune en fief sans restriction aucune. À première vue, c'était là une victoire pour le Duc Leto mais, selon Hawat, cela représentait en réalité un péril mortel. Le Duc était populaire auprès des Grandes Maisons du Landsraad, « et un homme trop populaire provoque la jalousie des puissants »...

Arrakis... Dune... La planète des sables...

Paul se rendormit et rêva d'une caverne arrakeen. Des êtres silencieux se dressaient tout autour de lui, dans la pâle clarté des brilleurs. Tout n'était que solennité, ainsi qu'à l'intérieur d'une cathédrale. Il percevait le bruit lointain de gouttes d'eau. Au cœur du songe, il se dit qu'il se souviendrait de tout à son réveil. Il se souvenait toujours des rêves prémonitoires.

Le rêve s'évanouit. Il s'éveilla dans la tiédeur de son lit... Il pensa, pensa longtemps...

Castel Caladan ne méritait pas le moindre regret. Il n'avait ni jeux ni compagnons de son âge. Le docteur Yueh, son éducateur, lui avait laissé entendre que le système de castes des faufreluches n'était pas aussi rigide sur Arrakis. Sur Arrakis, au seuil du désert, vivaient des hommes qui ne dépendaient d'aucun caïd, d'aucun Bashar, les Fremen, le peuple du vent de sable, libre de toute règle impériale.

Arrakis... Dune... La planète des sables...

Paul perçut toutes les tensions qui l'habitaient et décida de mettre en pratique les exercices du corps et de l'esprit que lui avait enseignés sa mère. Trois brèves inspirations déclenchèrent le processus : il tomba dans un état de perception flottante... ajusta sa conscience... dilatation aortique... hors du mécanisme non ajusté de la conscience... choix... enrichissement du sang et irrigation rapide des régions surchargées... *nul ne peut obtenir nourriture-sécurité-liberté par le seul instinct...* La conscience animale ne s'étend pas au-delà d'un instant donné, pas plus qu'elle n'admet la possibilité de l'extinction de ses victimes… L'animal détruit sans produire… Ses plaisirs, en demeurant au niveau des sensations, évitent le perceptuel… L'être humain a besoin d'une grille pour observer l'univers… Une conscience sélectivement ajustée, telle est cette grille… La perfection du corps résulte du flux nerveux et sanguin en accord avec une conscience précise des besoins cellulaires… êtres/cellules/choses… tout est non permanent, tout lutte pour le flux de permanence…

Sans cesse la leçon se répétait dans la conscience flottante de Paul, encore et encore…

À travers ses paupières closes, il perçut la clarté jaune de l'aube qui effleurait le rebord de la fenêtre de sa chambre. Il ouvrit les yeux sur le dessin familier des poutres du plafond et il entendit alors les échos de la vie fébrile du castel.

Puis la porte s'ouvrit et sa mère apparut. Ses yeux verts avaient une expression solennelle dans son visage ovale, impassible. Ses cheveux, maintenus par un ruban noir, avaient la sombre couleur du bronze.

« Tu es éveillé, dit-elle. As-tu bien dormi ? »

« Oui. »

Il l'observait et, tandis qu'elle choisissait ses vêtements dans la penderie, il décela la tension qui l'habitait dans le mouvement de ses épaules. Cela fût passé inaperçu à tout autre regard, mais Paul avait été éduqué dans la Manière bene gesserit, avec le sens aigu de l'observation.

Sa mère, se retournant, lui présenta une tunique de demi-cérémonie arborant le faucon rouge, emblème des Atréides.

« Hâte-toi de t'habiller, dit-elle. La Révérende Mère t'attend. »

« J'ai rêvé d'elle, dit Paul. Qui est-ce ? »

« C'est elle qui m'a éduqué à l'école Bene Gesserit. À présent elle est la Diseuse de Vérité de l'Empereur et, Paul… (Elle hésita.) Il faut que tu lui parles de tes rêves. »

« Je lui en parlerai. Est-ce grâce à elle que nous avons eu Arrakis ? »

« Nous n'avons pas *eu* Arrakis. »

Sa mère secoua un des pantalons de Paul comme pour en chasser la poussière et le posa auprès de la tunique. « Ne faisons pas attendre la Révérende Mère. »

Il s'assit et mit les mains autour de ses genoux. « Qu'est-ce qu'un gom jabbar ? »

De nouveau, grâce à l'éducation qui était la sienne, il perçut l'invisible hésitation de sa mère et la ressentit comme de la peur. Elle s'approcha de la fenêtre, ouvrit les rideaux en grand et, durant un instant, contempla le mont Syubi, par-delà le verger, au bord de la rivière.

« Tu apprendras ce qu'est le gom jabbar… bien assez tôt », dit-elle.

Une fois encore, il sentit la peur dans sa voix et il en fut intrigué. Sans se retourner, Jessica reprit : « La Révérende Mère attend dans mon salon, Paul. Hâte-toi. »

La Révérende Mère Gaius Helen Mohiam, assise dans un fauteuil tapissé, regardait approcher la mère et le fils. De part et d'autre, les fenêtres ouvraient sur la courbe de la rivière qui coulait vers le sud et sur les terres verdoyantes des Atréides, mais la Révérende Mère était indifférente à ce paysage. Ce matin, elle ressentait son âge. Elle en rendait responsable ce voyage dans l'espace, cette association avec l'abominable Guilde Spatiale aux menées obscures. Mais cette mission requérait l'intervention d'une Bene Gesserit-avec-le-Regard. Et la Diseuse de Vérité de l'Empereur Padishah elle-même ne pouvait se soustraire à son devoir.

Maudite soit cette Jessica ! songea la Révérende Mère. *Si seulement elle nous avait donné une fille ainsi qu'il lui avait été ordonné !*

À trois pas du fauteuil, Jessica s'arrêta. Elle esquissa une brève révérence tout en pinçant légèrement sa jupe de la main gauche. Paul s'inclina rapidement, ainsi que le lui avait enseigné son maître à danser pour les circonstances « où l'on pouvait douter du rang de la personne ».

Les nuances de l'attitude de Paul ne passèrent pas inaperçues de la Révérende Mère. « Il est prudent, Jessica », dit-elle.

Jessica posa la main sur l'épaule de son fils, la serra. Le temps d'un battement de cœur, la peur irradia de sa paume, puis elle se maîtrisa une fois encore et répondit : « Ainsi a-t-il été éduqué, Votre Révérence. »

Que craint-elle ? se demanda Paul.

La vieille femme l'étudiait, tout entier, en un seul regard. Il avait le visage ovale de sa mère, avec une ossature plus forte. Ses cheveux étaient noirs, très noirs, comme ceux du Duc, son père. Ses sourcils étaient ceux de ce grand-père du côté maternel dont on ne pouvait dire le nom. Il avait un nez fin, plein de dédain, et ses yeux verts avaient le regard direct du vieux Duc, son grand-père paternel qui était mort.

Voilà bien un homme qui appréciait la puissance du geste, même dans la mort, songea la Révérende Mère.

« L'éducation est une chose, dit-elle, l'ingrédient de base en est une autre. Mais nous verrons. »

Les yeux anciens eurent un regard acéré à l'adresse de Jessica : « Laisse-nous. Je t'enjoins de pratiquer la méditation de paix. »

Jessica retira sa main de l'épaule de son fils. « Votre Révérence, je... »

« Jessica, tu sais bien que cela doit être fait. »

Intrigué, Paul regarda sa mère.

Elle se raidit : « Oui, bien sûr... »

Il se tourna vers la Révérende Mère. La déférence de Jessica et sa crainte visible commandaient la méfiance. Pourtant, il ressentait une certaine appréhension devant la peur qui irradiait de sa mère.

« Paul... (Jessica prit une inspiration profonde.) Cette épreuve à laquelle tu vas être soumis... Elle... elle est importante pour moi... »

« Une épreuve ? »

« Souviens-toi que tu es le fils d'un Duc », dit encore Jessica. Puis elle fit demi-tour et quitta le salon dans le froissement léger de sa robe. La porte se referma derrière elle. Paul regarda la vieille femme tout en contenant sa colère.

« Depuis quand congédie-t-on Dame Jessica comme une servante ? » demanda-t-il.

Un sourire vint jouer aux commissures des lèvres anciennes. « Dame Jessica, mon garçon, fut ma servante durant quatorze années d'école. (La Révérende Mère hocha la tête.) Et une bonne servante, je dois le dire. Maintenant, approche ! »

L'ordre fut comme un coup de fouet. Paul obéit avant de réfléchir. Puis il se dit : *Elle s'est servie de la Voix... contre moi !* Sur un geste, il s'arrêta, près de ses genoux.

« Tu vois cela ? » demanda-t-elle. Des plis de sa robe, elle sortit un cube de métal vert qui avait environ quinze centimètres d'arête. Elle l'éleva, le fit pivoter et Paul vit que l'une des faces était creuse, obscure, étrangement effrayante, impénétrable à la lumière.

« Mets ta main droite dans cette boîte », dit la Révérende Mère.

La peur fusa en lui. Il recula. Mais la vieille femme reprit : « Est-ce ainsi que tu obéis à ta mère ? »

Il affronta le regard de ses yeux d'oiseau brillants. Lentement, conscient de toutes les contraintes qu'il ne pouvait repousser, il mit la main dans le cube. Tout d'abord, à l'instant où l'obscurité se refermait sur ses doigts, il éprouva une sensation de froid. Puis il sentit le contact du métal doux et un picotement envahit sa main, comme si elle était endormie.

Les traits de la vieille femme devinrent ceux d'un animal de proie. Elle éloigna sa main droite du cube et, lentement, la posa près du cou de Paul. Il devina alors un scintillement métallique et voulut tourner la tête.

« Arrête ! »

La Voix ! Encore ! Il regarda son visage.

« Je tiens le gom jabbar près de ton cou ! Le gom jabbar, l'ennemi suprême. Une aiguille avec une goutte de poison à son extrémité. Ah ! Surtout ne bouge pas ou tu pourrais goûter de ce poison ! »

Il lutta pour déglutir. Sa gorge était sèche. Il ne parvenait pas à détacher son regard de ce visage ancien, usé, de ces yeux luisants, de ces dents d'argent qui scintillaient à chaque mot dans les gencives pâles.

« Un fils de Duc *se doit* de connaître les poisons. Ainsi le veut notre époque, n'est-ce pas ? Le Musky que l'on met dans ton verre. L'Aumas, que l'on glisse dans ta nourriture. Les poisons lents, les foudroyants et les autres. Et le gom jabbar, que j'ai ici. Lui, il ne tue que les animaux. »

L'orgueil domina la peur. « Osez-vous insinuer qu'un fils de Duc est un animal ? »

« Disons que je pense que tu peux être humain. Attention ! Ne fais plus un mouvement ! Je suis vieille mais ma main plongerait cette aiguille dans ton cou avant que tu puisses te dérober. »

« Qui êtes-vous ? Comment avez-vous pu obliger ma mère à me laisser seul avec vous ? Êtes-vous une Harkonnen ? »

« Une Harkonnen ? Ciel, non ! Mais à présent : silence ! » Un doigt sec sur son cou. Il maîtrisa l'impulsion de fuite.

« C'est bien : tu as passé la première épreuve. À présent, voici ce qui va suivre : si tu retires la main de cette boîte, tu meurs. Telle est l'unique règle. Laisse ta main dans cette boîte et tu vis. Ôte-la et tu meurs. »

Il respira profondément pour réprimer un tremblement. « Si j'appelle, dit-il, nos gens seront là en un instant et c'est *vous* qui mourrez. »

« Tes serviteurs n'iront pas plus loin que ta mère qui veille à cette porte. Elle a déjà survécu à cette épreuve. Maintenant, ton tour est venu. Sois-en fier : il est rare que nous soumettions des enfants mâles à cette épreuve. »

La curiosité vint atténuer la peur jusqu'à la rendre supportable. Paul avait perçu la vérité dans la voix de la vieille femme. Il ne pouvait nier ses paroles. Si vraiment sa mère veillait là-dehors... Si vraiment il s'agissait d'une épreuve... Quelle qu'elle fût, il savait qu'il ne pouvait y échapper. Il était prisonnier de cette main près de son cou, du gom jabbar. Il se souvint des paroles de la Litanie contre la Peur du rituel bene gesserit, telles que sa mère les lui avait enseignées.

Je ne connaîtrai pas la peur, car la peur tue l'esprit. La peur est la petite mort qui conduit à l'oblitération totale. J'affronterai ma peur. Je lui permettrai de passer sur moi, au travers de moi. Et lorsqu'elle sera passée, je tournerai mon œil intérieur sur son chemin. Et là où elle sera passée, il n'y aura plus rien. Rien que moi.

Il sentit son calme revenir. « Finissons-en, vieille femme », dit-il.

« Vieille femme ! (Elle avait crié.) Tu as du courage, on ne peut en douter. Eh bien, nous allons voir cela, mon petit ami ! »

Elle se pencha tout contre lui et sa voix devint un murmure.

« Tu vas sentir la douleur dans cette main qui est dans la boîte. La souffrance... Mais... Ôte seulement ta main et mon gom jabbar touchera ton cou. Et la mort sera aussi rapide que la hache du bourreau. Ôte seulement ta main et mon gom jabbar t'ôte l'existence. Compris ? »

« Qu'y a-t-il dans cette boîte ? »

« La souffrance. »

Dans sa main, le picotement se fit plus net. Il serra les lèvres. *Quelle épreuve est-ce donc là ?* se demanda-t-il. Le picotement se fit démangeaison.

« As-tu déjà entendu parler de ces animaux qui se dévorent une patte pour échapper à un piège ? C'est là une astuce animale. Un humain, lui, demeurera pris au piège, il supportera la souffrance et feindra d'être mort afin de pouvoir tuer le trappeur et supprimer ainsi la menace qu'il représente pour l'espèce tout entière. »

La démangeaison devint une brûlure très légère.

« Pourquoi ? » demanda Paul.

« Pour déterminer si tu es vraiment un humain, silence ! »

La brûlure se fit plus intense dans sa main droite. Il referma sa main gauche. Lentement, lentement, la douleur augmentait. Chaleur, chaleur... Toujours plus de chaleur... Les ongles de sa main libre s'enfoncèrent dans sa paume. Les doigts de sa main en feu ne lui obéissaient plus.

« Ça brûle », dit-il.

« Silence ! »

La douleur s'élança dans son bras. La sueur perla sur son front. Chaque fibre de son corps lui commandait de retirer sa main de ce puits de feu. Mais le gom jabbar était là. Sans tourner la tête, Paul devinait la terrible aiguille qui veillait près de son cou. Il se rendit compte qu'il respirait convulsivement et tenta de se maîtriser, mais sans y parvenir.

Souffrance ! Le monde devint vide. Il n'y eut plus que sa main, seule, noyée dans la souffrance, et ce visage ancien, à quelques centimètres.

Ses lèvres étaient sèches, soudées. *Brûlure ! Brûlure !* Il avait l'impression de sentir sa peau se craqueler. Sa chair griller jusqu'à laisser apparaître les os. Puis : plus rien !

La souffrance avait cessé, comme si l'on avait appuyé sur un bouton.

Il vit que son bras droit tremblait convulsivement. Et la sueur continuait de ruisseler par tout son corps.

« Ça suffit, dit la vieille femme. Kull Wahad ! Jamais nul enfant né d'une femme n'a enduré autant ! C'est comme si j'avais voulu te voir échouer. (Elle se recula, éloigna le gom jabbar de son cou.) Ôte ta main de cette boîte, jeune humain, et regarde-la ! »

Il lutta pour réprimer un frisson douloureux et ses yeux se fixèrent sur le trou obscur où sa main était encore plongée, comme si elle se refusait à tout mouvement, comme si le souvenir de la souffrance la paralysait. Toute sa raison soufflait à Paul qu'il allait retirer un moignon noirci de cette boîte.

« Ôte-la ! »

Il obéit. Il regarda sa main, stupéfait. Il ne vit pas une marque, pas la moindre trace de la douleur qu'avait éprouvée sa chair. Il éleva sa main devant lui, la fit tourner, plia les doigts.

« Douleur par induction nerveuse, dit la vieille femme. Elle ne peut venir à bout des humains potentiels. Certains donneraient gros pour connaître le secret de cette boîte. » Elle prit le cube de métal et l'enfouit dans les plis de sa robe.

« Mais, cette douleur... », dit Paul.

« Cette douleur ! Un humain est capable de dominer chacun des nerfs de son corps ! »

Il eut mal à la main gauche, ouvrit ses doigts et découvrit quatre marques sanglantes sur sa paume. Il laissa retomber son bras et regarda la vieille femme.

« Vous avez déjà fait cela à ma mère ? »

« As-tu jamais tamisé du sable ? »

La question était tangente et mordante : son esprit gagna un niveau supérieur d'appréhension. *Tamiser le sable.* Il acquiesça.

« Nous, Bene Gesserit, tamisons les gens pour découvrir les humains », dit la vieille femme.

Il éleva alors sa main droite devant ses yeux, essayant de retrouver le souvenir de la souffrance.

« Et c'est tout ?... De la souffrance. C'est tout ?... »

« Je t'ai observé, mon garçon. La souffrance n'est que l'axe de l'épreuve. Ta mère t'a enseigné la façon dont nous observons. J'ai vu les signes de cet enseignement en toi. C'est là toute notre épreuve : crise et observation. »

Sa voix même portait la confirmation de ses paroles et Paul dit : « C'est vrai. »

Elle le regarda. *Il perçoit la vérité ! Se pourrait-il qu'il soit celui-là ? Vraiment ?...* Puis elle songea : *L'espérance ternit l'observation*, et elle étouffa l'excitation qu'elle ressentait.

« Tu sais lorsque les gens croient ce qu'ils disent. »

« Je le sais. »

Dans la voix de Paul, il y avait les harmoniques de ses capacités ; elle les perçut et dit : « Peut-être es-tu le Kwisatz Haderach. Assieds-toi, petit frère, là, à mes pieds. »

« Je préfère demeurer debout. »

« Ta mère s'est assise là, autrefois. »

« Je ne suis pas ma mère. »

« Tu me détestes un peu, n'est-ce pas ? » Elle regarda vers la porte et appela : « Jessica ! »

La porte s'ouvrit. Jessica apparut sur le seuil. Le regard de ses yeux était dur. Il s'attendrit en voyant Paul. Elle parvint à sourire faiblement.

« Jessica, as-tu jamais cessé de me haïr ? » demanda la vieille femme.

« Je vous aime et vous déteste tout à la fois, dit Jessica. Je vous déteste pour cette souffrance que je ne pourrai jamais oublier. Je vous aime pour… »

« Le plus important seulement, dit la vieille femme, et sa voix était douce. Tu peux venir à présent, mais garde le silence. Ferme cette porte et veille à ce que nul ne vienne nous interrompre. »

Jessica s'avança, referma la porte et s'appuya au battant. *Mon fils vit,* pensa-t-elle. *Il vit… et il est humain. Je le savais… mais il vit. Et il peut vivre, désormais.* Le contact de la porte était dur, réel contre son dos. Tout, dans cette pièce, semblait peser sur ses sens.

Mon fils vit.

Paul regardait sa mère. *Elle a dit vrai.* Il aurait voulu être seul pour repenser à cette expérience mais il savait que ce ne serait pas possible avant qu'on lui eût donné congé. La vieille femme avait acquis un empire sur lui. Elle avait dit vrai. Et sa mère avait subi cette même épreuve. Le but devait en être terrible pour justifier une telle souffrance, une telle peur. Et il savait qu'il était terrible, qu'il défiait toute probabilité et n'existait que pour lui-même. Il savait que, d'ores et déjà, il en était prisonnier. Mais il ignorait tout de la nature de ce terrible but.

« Un jour, mon garçon, dit la vieille femme, toi aussi tu te tiendras devant une porte. C'est là une tout autre épreuve. »

Il contempla sa main qui avait traversé la souffrance, regarda la Révérende Mère. Il venait de déceler dans sa voix quelque chose d'inconnu. C'était comme si les mots avaient été scintillants, pleinement détachés, définis. Et il savait que chaque question qu'il pourrait désormais poser amènerait une réponse qui l'élèverait hors de son monde de chair vers quelque chose de plus grand.

« Pourquoi cherchez-vous les humains ? » demanda-t-il.

« Pour te libérer. »

« Me libérer ? »

« Les hommes ont autrefois confié la pensée aux machines dans l'espoir de se libérer ainsi. Mais cela permit seulement à d'autres hommes de les réduire en esclavage, avec l'aide des machines. »

« Tu ne feras point de machine à l'esprit de l'homme semblable », cita Paul.

« Oui, c'est ce que disent le Jihad Butlérien et la Bible Catholique Orange. Mais l'un comme l'autre devraient dire en vérité : Tu ne feras point de machine qui contrefasse l'esprit *humain*. As-tu étudié le Mentat de votre Maison ? »

« J'ai étudié *avec* Thufir Hawat. »

« La Grande Révolte nous a débarrassés de nos béquilles en obligeant l'esprit *humain* à se développer. On créa alors des écoles afin d'accroître les talents *humains*. »

« Les écoles Bene Gesserit ? »

Elle acquiesça. « Deux grandes écoles ont survécu : Bene Gesserit et la Guilde Spatiale. La Guilde, c'est du moins ce que nous pensons, incline plutôt à développer les mathématiques pures. La fonction du Bene Gesserit est tout autre. »

« La politique ! » lança Paul.

« Kull Wahad ! » s'exclama la Révérende Mère. Et elle se tourna vers Jessica avec un regard dur.

« Je ne lui ai rien dit, Votre Révérence », fit la mère de Paul.

La vieille femme reporta alors son attention sur le garçon. « Tu as déduit cela à partir de bien peu. Mais il est exact qu'il s'agit de la politique. À l'origine, l'école Bene Gesserit était dirigée par ceux qui estimaient nécessaire l'existence d'un lien de continuité dans les affaires humaines. Ils virent que cette continuité ne pouvait exister sans que l'on séparât l'humain de l'animal… dans le but de faciliter la sélection. »

Abruptement, pour Paul, les paroles de la Révérende Mère perdirent cette netteté qu'elles avaient eue jusqu'alors. C'était comme si l'on s'attaquait soudain à ce que sa mère appelait son *instinct de rectitude*. Non pas que la Révérende Mère lui mentît. Il était évident qu'elle était sincère. Mais, plus profondément, il avait décelé quelque chose, quelque chose qui était lié au but terrible de l'épreuve.

« Mais ma mère m'a appris que nombre de Bene Gesserit de l'école ignorent tout de leur lignée », dit-il.

« Nous détenons toute l'historique génétique. Ta mère sait ainsi qu'elle est de descendance bene gesserit ou que sa lignée, du moins, a été jugée acceptable. »

« Alors pourquoi ignore-t-elle qui étaient ses parents ? »

« Certains le savent... d'autres l'ignorent. Il se peut, par exemple, que nous souhaitions un accouplement avec un proche parent afin de rendre dominante quelque caractéristique génétique. Nos raisons sont multiples. »

À nouveau, il perçut l'offense à son *instinct de rectitude*. « Vous décidez beaucoup par vous-mêmes », dit-il.

La Révérende Mère le regarda en silence, songeant : *Est-ce bien une critique que j'ai perçue dans ses paroles ?*

« Notre fardeau est lourd », dit-elle.

Les effets de l'épreuve s'estompaient de plus en plus rapidement. Il affronta calmement le regard ancien. « Vous dites que je suis peut-être le... Kwisatz Haderach. Qu'est-ce donc là ? Un gom jabbar humain ? »

« Paul ! intervint sa mère. Tu ne dois pas employer ce ton avec... »

« Laisse, Jessica, dit la Révérende Mère. Mon garçon... connais-tu la drogue de la Diseuse de Vérité ? »

« C'est ce que vous prenez afin de mieux déceler ce qui est faux. Ma mère me l'a appris. »

« Et as-tu jamais assisté à la transe de vérité ? »

Il secoua la tête. « Non. »

« La drogue est dangereuse, mais elle donne un pouvoir véritable. Par elle, une Diseuse de Vérité peut visiter bien des lieux dans sa mémoire... dans la mémoire de son corps. Elle peut se pencher sur maintes avenues du passé... mais seulement sur des avenues féminines. (La voix de la vieille femme se chargea d'une note de tristesse.) Pourtant, il est un lieu que nulle Diseuse ne peut visiter. Un lieu qui nous repousse, nous terrifie. Mais il est dit qu'un homme viendra un jour qui, avec la grâce de la drogue, verra avec son œil intérieur, qu'il verra, comme aucune d'entre nous n'a pu le faire, dans tous les passés, masculins et féminins. »

« Votre Kwisatz Haderach ? »

« Oui, celui qui peut être en plusieurs endroits en même temps. Le Kwisatz Haderach. Bien des hommes ont essayé la drogue… Bien des hommes. Aucun n'a jamais réussi. »

« Ils ont essayé et ils ont échoué ? Tous ? »

« Oh, non ! (Elle secoua la tête.) Ils ont essayé et ils sont morts. »

Tenter de comprendre Muad'Dib sans comprendre ses ennemis mortels, les Harkonnen, c'est tenter de voir la Vérité sans connaître le Mensonge. C'est tenter de voir la Lumière sans connaître les Ténèbres. Cela ne peut être.

Extrait du Manuel de Muad'Dib,
par la Princesse Irulan.

C'ÉTAIT UN MONDE, UN GLOBE SCULPTÉ PARTAGÉ D'OMBRES qui tournait sous l'impulsion d'une main grasse chargée de bagues scintillantes. Il reposait sur un support changeant, contre un mur, dans une pièce dépourvue de fenêtres dont les autres murs offraient au regard une mosaïque multicolore de films, de bobines, de rubans et de rouleaux de parchemin. La lumière émanait de sphères dorées qui flottaient dans des champs mobiles de suspension gravifique.

Au centre de la pièce, se dressait un bureau de forme elliptique, revêtu de bois d'elaca pétrifié, rose jade. Des chaises vériformes à suspenseurs avaient été placées autour. Deux personnages étaient assis. Le premier était un jeune homme aux cheveux sombres qui devait avoir seize ans. Son visage était rond, ses yeux tristes. Le second personnage était petit, gracile, et ses traits étaient efféminés.

L'un comme l'autre regardaient le globe qui tournait, et l'homme qui le faisait tourner, à demi caché dans l'ombre. Un rire étouffé leur parvint. Puis une voix de basse : « Regarde, Piter. Le plus grand piège de toute l'Histoire. Et le Duc s'apprête à se placer de lui-même entre ses mâchoires. N'est-ce pas là un magnifique exploit du Baron Vladimir Harkonnen ? »

« Assurément, Baron », dit l'homme gracile. Il avait une voix de ténor enrichie d'une qualité musicale et douce.

La main grasse abaissa le globe et interrompit sa rotation. Chacun pouvait maintenant contempler la surface immobile, chacun pouvait voir qu'il s'agissait là d'un objet réservé aux plus riches collectionneurs ou aux gouverneurs planétaires de l'Empire. Le globe portait en fait l'estampille impériale. Les lignes de longitude étaient visibles, faites de fils ténus de platine. Les calottes polaires étaient serties de joyaux à l'éclat laiteux.

La main grasse se déplaça sur le globe, de détail en détail. « Je vous invite à bien observer, reprit la voix de basse grondante. Regarde attentivement, Piter, et toi aussi, Feyd-Rautha, mon chéri : entre le soixantième parallèle nord et le soixante-dixième sud, ces plissements ravissants. Leur couleur n'est-elle point comparable à celle de quelque délicieux caramel ? Et vous n'apercevrez nulle part le bleu de la moindre mer, du moindre lac, du moindre fleuve. Et ces calottes polaires... Ne sont-elles pas savoureuses ? Si petites. Qui pourrait ne pas reconnaître un tel monde ? Il est unique. Et il est le lieu idéal pour une victoire tout aussi unique. Arrakis. »

Un sourire apparut sur les lèvres de Piter. « Quand on pense, Baron, que l'Empereur Padishah croit avoir offert votre planète d'épice au Duc. Bouleversant. »

« Voilà bien une remarque absurde, grommela le Baron, que tu n'as faite que dans le dessein de troubler le jeune Feyd-Rautha. Mais il n'est point nécessaire de troubler mon neveu. »

Le jeune homme au regard triste s'agita dans son fauteuil et eut un geste pour lisser un pli sur ses collants noirs. Puis il se redressa comme l'on frappait discrètement à la porte, derrière lui.

Piter s'extirpa de son siège, marcha jusqu'à la porte et l'entrouvrit juste assez pour saisir le cylindre à message qu'on lui tendait. Il referma, développa le feuillet et lut. Il eut un rire étouffé. Puis un autre encore.

« Eh bien ? » demanda le Baron.

« Ce fou nous répond, Baron ! »

« A-t-on jamais vu un Atréides ne pas saisir l'occasion d'un geste ? Et que dit-il donc ? »

« Il se montre particulièrement rustre, Baron. Il s'adresse à vous en tant qu'*Harkonnen* sans vous donner votre titre ni même vous appeler *cher cousin.* »

« Harkonnen est un beau nom, grommela le Baron d'une voix qui trahissait son impatience. Et que dit-il, ce cher Leto ? »

« Il dit : "*L'art du kanly conserve encore certains adeptes au sein de l'Empire.*" Et il signe : *Duc Leto d'Arrakis.* (Piter éclata de rire.) D'Arrakis ! Oh ! C'en est trop ! C'en est trop ! »

« Du calme, Piter ! dit le Baron, et le rire de l'autre s'éteignit net, comme si l'on eût coupé quelque contact. Le kanly, hein ? La vendetta ? Il a employé ce terme ancien si riche de tradition afin que je sois bien certain de ses dires. »

« Vous avez fait le geste de paix, dit Piter. Vous vous êtes conformé à l'usage. »

« Pour un Mentat, Piter, tu parles trop », dit le Baron. Et il songea : *Il faudra que je me débarrasse de celui-là avant peu. Il a presque fait son temps.* Il contempla son Mentat assassin, s'arrêtant à ce détail que la plupart des gens remarquaient avant tout autre : les yeux, les yeux bleus sans le moindre blanc, avec seulement des stries d'un bleu plus sombre. Un sourire bref vint déformer les traits de Piter. C'était comme une grimace dans un masque, avec ces yeux pareils à deux trous bleus.

« Mais, Baron ! Jamais il n'y eut revanche plus belle. Ce stratagème est d'une traîtrise exquise. *Obliger* Leto à quitter Caladan pour Dune, et ce sans la moindre chance de s'échapper puisqu'il s'agit d'un ordre de l'Empereur lui-même. Tout à fait facétieux ! »

La voix du Baron était glacée. « Ta bouche est enflée, Piter. »

« Mais je suis heureux, mon Baron. Du moment que… que vous êtes touché par la jalousie. »

« Piter ! »

« Ah, Baron ! N'est-il point regrettable que vous ne soyez pas parvenu à imaginer vous-même un aussi ravissant stratagème ? »

« Un de ces jours, Piter, je te ferai étrangler. »

« J'en suis bien certain, Baron ! Allons, *tant pis !* Mais, assurément, ce sera là un acte vain, n'est-ce pas ? »

« Aurais-tu mâché du vérité ou de la sémuta, Piter ? »

« La vérité sans peur surprend le Baron, dit Piter, et son visage devint la caricature d'un masque grimaçant. Ah, ah, mais voyez-vous, Baron, je suis un Mentat et je saurai bien à quel moment vous convoquerez le bourreau. Et vous attendrez bien aussi longtemps que je vous serai encore utile. Le convoquer prématurément serait une erreur. Je suis encore très utile. Et puis, je sais l'enseignement que vous avez retiré de cette adorable planète, Dune : ne jamais gaspiller. N'est-ce point vrai, Baron ? »

Le regard du Baron ne quittait pas le Mentat. Dans son fauteuil, Feyd-Rautha eut un gémissement. *Quels idiots turbulents*, pensa-t-il. *Mon oncle ne peut adresser la parole à son Mentat sans qu'il s'ensuive une querelle. Croient-ils donc vraiment que je n'ai rien d'autre à faire que les écouter ?*

« Feyd, dit le Baron, je t'ai dit d'écouter et d'apprendre lorsque je t'invitais ici. Apprends-tu ? »

« Oui, mon oncle. » La voix de Feyd-Rautha était pleine d'un respect mesuré.

« Parfois, reprit le Baron, je me pose des questions à propos de Piter. Si je provoque la souffrance, c'est parce que cela est nécessaire, mais lui… Je suis sûr qu'il s'en délecte. Pour ma part, je ressens de la pitié envers ce pauvre Duc Leto. Très bientôt, le docteur Yueh va fondre sur lui et c'en sera fait des Atréides. Mais Leto saura certainement quelle main dirige le docteur traître… et ce sera pour lui une chose terrible. »

« En ce cas, pourquoi n'avez-vous pas ordonné au docteur de lui planter un kindjal dans les côtes ? Ce serait sûr et efficace. Vous parlez de pitié, mon oncle, mais… »

« Il faut que le Duc *sache* à quel moment je déciderai de sa fin, dit le Baron. Et les Grandes Maisons elles aussi devront le savoir. Cela les calmera. Et j'aurai ainsi un peu plus de champ libre. La nécessité m'apparaît évidente, mais je ne l'aime pas pour autant. »

« Le champ libre, dit Piter avec une moue. Déjà, les yeux de l'Empereur sont fixés sur vous, Baron. Vous êtes trop audacieux. Un jour, une légion de Sardaukars débarquera ici, sur Giedi Prime, et ce sera la fin du Baron Vladimir Harkonnen. »

« Tu aimerais voir ce jour, n'est-ce pas, Piter ? demanda le Baron. Cela te ferait plaisir de voir les Sardaukars piller mes villes et mettre mon château à sac. Je suis sûr que tu en serais ravi. »

« Est-il besoin de le demander, Baron ? » La voix du Mentat n'était qu'un chuchotement.

« Tu aurais dû être Bashar d'un corps de Sardaukars. Le sang et la souffrance te sont si agréables. Peut-être ai-je été trop irréfléchi en te promettant la mise à sac d'Arrakis. »

Piter fit cinq pas d'un air mutin et vint se placer derrière le fauteuil de Feyd-Rautha. L'atmosphère de la pièce devint tendue. Le jeune homme se retourna et contempla Piter avec un froncement de sourcils.

« Ne jouez pas avec Piter, Baron, dit le Mentat. Vous m'avez promis Dame Jessica. Vous me l'avez promise. »

« Pourquoi, Piter ? demanda le Baron. Pour la souffrance ? »

Piter le regarda, prolongeant le silence.

Feyd-Rautha déplaça son fauteuil à suspenseur sur le côté et demanda : « Mon oncle, faut-il que je reste ? Vous avez dit que... »

« Feyd-Rautha, mon chéri, devient impatient, dit le Baron. (Il se déplaça entre les ombres qui stagnaient derrière le globe.) Un peu de calme, Feyd. » Puis il reporta son attention sur le Mentat.

« Et le petit Duc, mon cher Piter ? L'enfant, Paul ? »

« Le piège vous le livrera », dit Piter dans un murmure.

« Telle n'est pas ma question. Tu te souviens que tu as prédit que cette sorcière bene gesserit donnerait une fille au Duc. Et tu t'étais trompé, n'est-ce pas, Mentat ? »

« Je ne me trompe pas souvent, Baron. (Pour la première fois, il y avait de la crainte dans la voix de Piter.) Accordez-moi cela, je ne me trompe pas souvent. Et vous savez bien vous-même que les Bene Gesserit donnent en général des filles. L'épouse de l'Empereur elle-même n'a produit que des femelles. »

« Mon oncle, dit Feyd-Rautha, vous aviez dit qu'il pouvait être question ici de quelque chose d'important pour moi et... »

« Écoutez mon neveu. Il aspire à régir la baronnie et il ne peut même pas se régir lui-même. »

Ombre dans les ombres, le Baron se déplaça à nouveau derrière le globe d'Arrakis.

« Eh bien. Feyd-Rautha Harkonnen, je t'ai convoqué en ce lieu dans l'espoir de t'inculquer un rien de sagesse. As-tu observé notre bon Mentat ? De notre discussion, tu aurais dû retirer quelque chose. »

« Mais, mon oncle… »

« Piter n'est-il point un Mentat très efficace, selon toi, Feyd ? »

« Certainement, mais… »

« Ah ! Nous y voici : *Mais*. Mais il consomme trop d'épice. Il la savoure comme une friandise. Regarde ses yeux ! On dirait qu'il sort tout juste d'une équipe d'extraction arrakeen. Efficient, ce cher Piter, mais aussi émotif, enclin à des crises de colère. Efficient mais capable d'erreur. »

« M'auriez-vous convoqué pour ternir mon efficience par la critique, Baron ? » demanda Piter. Sa voix était grave.

« Ternir ton efficience ? Allons donc, Piter, tu me connais. Je désirais seulement que mon neveu se rende compte des limitations d'un Mentat. »

« Seriez-vous sur le point de me remplacer ? »

« Te remplacer, Piter ? Mais où pourrais-je donc trouver un Mentat doué d'autant de ruse et de venin ? »

« Là même où vous m'avez trouvé, Baron. »

« Peut-être me faudra-t-il me résigner à cela, en effet. Tu m'as paru assez instable, ces derniers temps. Et puis tu absorbes trop d'épice. »

« Mes plaisirs seraient-ils trop coûteux, Baron ? Vous y êtes opposé ? »

« Mon cher Piter, tes plaisirs constituent le lien qui nous unit, toi et moi. Comment pourrais-je y être opposé ? Je souhaite seulement que mon neveu se livre à quelques observations à ton propos. »

« Je suis donc en scène, en quelque sorte, dit Piter. Faut-il que je danse ? Peut-être devrais-je accomplir quelques-uns de mes tours pour l'éminent Feyd-Rautha ?… »

« Exactement, dit le Baron. Tu es en scène, Piter. Mais silence, à présent. »

Il se tourna vers son neveu et remarqua sur ses lèvres cette subtile moue d'amusement qui était la marque distinctive des Harkonnen.

« Ceci est un Mentat, Feyd. Il a été éduqué et conditionné afin de remplir certaines fonctions. Cependant, il ne faut jamais perdre de vue le fait que son esprit est contenu dans un corps humain. C'est là un sérieux handicap. Je pense même parfois que les anciens étaient dans le vrai avec leurs machines pensantes. »

« Des jouets, comparées à moi, gronda Piter. Même vous, Baron, pourriez dépasser ces *machines.* »

« Peut-être, peut-être..., fit le Baron. Eh bien (il prit une profonde inspiration puis éructa), à présent, Piter, tu pourrais retracer pour mon neveu les grandes lignes de notre campagne contre la Maison des Atréides. Joue donc ton rôle de Mentat pour nous, je te prie. »

« Baron, je vous ai mis en garde contre le fait de confier à un homme aussi jeune de tels renseignements. Mes observations... »

« Moi seul suis juge, Piter. Je t'ai donné un ordre, Mentat. Remplis l'une de tes nombreuses fonctions. »

« Qu'il en soit donc ainsi. »

Piter se raidit dans une étrange attitude de dignité et ce fut comme si le masque qui semblait recouvrir son visage s'était étendu à tout son corps, comme une carapace.

« Dans quelques journées standard, commença-t-il, toute la Maison du Duc Leto embarquera sur un long-courrier de la Guilde à destination d'Arrakis et plus précisément de la cité d'Arrakeen qui aura sans doute été préférée à notre fief de Carthag. Le Mentat du Duc, Thufir Hawat, a certainement conclu à juste titre qu'Arrakeen est plus facile à défendre. »

« Écoute attentivement, Feyd, intervint le Baron. Et remarque tous les plans qui sont à l'intérieur des plans. »

Feyd acquiesça et songea : *J'aime mieux cela. Le vieux monstre me livre enfin ses secrets. Il désire certainement que je sois son héritier.*

« Il existe plusieurs possibilités tangentes, reprit Piter. J'ai dit que la Maison Atréides allait se rendre bientôt sur Arrakis. Cependant, nous ne devons pas ignorer la possibilité d'un accord entre le Duc et la Guilde afin que cette dernière le conduise en un endroit sûr, hors du Système. Certains, en de semblables circonstances, sont devenus renégats aux

Maisons et ont emporté boucliers et atomiques de famille pour fuir loin de l'Empire. »

« Le Duc est trop fier pour cela », dit le Baron.

« Cette éventualité n'en subsiste pas moins. Mais pour nous, le résultat ultime serait le même. »

« Non ! s'écria le Baron. Je veux qu'il meure et que sa lignée s'éteigne ! »

« C'est là l'éventualité la plus probable. À ses activités, on peut reconnaître une Maison qui s'apprête à devenir renégate. Celle du Duc n'en présente aucun signe. »

« En ce cas, Piter, poursuis. »

« Dans Arrakeen, le Duc et sa famille occuperont la Résidence, qui fut dernièrement la demeure du Comte Fenring et de sa Dame. »

« Ambassadeurs auprès des contrebandiers », pouffa le Baron.

« Auprès de qui ? » demanda Feyd-Rautha.

« Votre oncle se laissait aller à une plaisanterie, expliqua Piter. Il donnait au Comte Fenring le titre d'*Ambassadeur auprès des contrebandiers* afin de souligner les intérêts que l'Empereur peut avoir dans les opérations de contrebande sur Arrakis. »

Feyd-Rautha posa sur son oncle un regard perplexe.

« Pourquoi ? »

« Ne sois pas si balourd, Feyd ! Comment pourrait-il en être autrement aussi longtemps que la Guilde échappera au contrôle impérial ? Comment les espions et les assassins pourraient-ils jouer leur rôle ? »

Les lèvres de Feyd-Rautha s'arrondirent en un *Oh !* silencieux.

« À la Résidence, reprit Piter, nous avons préparé quelques diversions. On essaiera d'attenter à la vie de l'héritier des Atréides... Et il se pourrait que cet essai réussisse. »

« Piter, gronda le Baron, tu avais dit que... »

« J'ai dit que certains accidents peuvent se produire. Et cette tentative d'assassinat doit paraître authentique. »

« Mais ce garçon a un corps si jeune, si tendre, dit le Baron. Bien sûr, potentiellement, il est plus dangereux que le père... avec sa sorcière de mère pour l'éduquer. Satanée femme ! Mais poursuis, Piter, je te prie. »

« Hawat devinera qu'un agent à nous s'est infiltré parmi eux. Le suspect le plus évident est le docteur Yueh qui est effectivement notre agent. Mais Hawat s'est livré à quelques investigations et il a appris que notre docteur est diplômé de l'École Suk avec Conditionnement Impérial et qu'on le juge suffisamment sûr pour traiter l'Empereur lui-même. On fait grand cas du Conditionnement Impérial. On assure qu'on ne peut l'effacer sans tuer le sujet. Cependant, ainsi que quelqu'un l'a déjà remarqué, on peut fort bien mouvoir une planète si l'on dispose du levier adéquat. Et nous avons trouvé le levier qui nous permet de mouvoir le docteur. »

« Lequel ? » demanda Feyd-Rautha. Il trouvait ce sujet fascinant. Tout le monde savait bien qu'il était impossible de venir à bout du Conditionnement Impérial.

« Nous verrons cela une autre fois, dit le Baron. Continue, Piter. »

« En lieu et place de Yueh, nous allons glisser un suspect bien plus intéressant sur le chemin de Thufir Hawat. Notre choix a été audacieux. Le Maître Assassin de Leto ne saurait manquer de la soupçonner. »

« *La* soupçonner ? » s'exclama Feyd-Rautha.

« Il s'agit de Dame Jessica en personne », dit le Baron.

« N'est-ce pas sublime ? fit Piter. Hawat sera si préoccupé par ce problème que son efficience de Mentat en sera considérablement diminuée. Il se pourrait même qu'il tente de tuer Dame Jessica. (Le Mentat fronça les sourcils.) Mais je ne pense pas qu'il y parvienne. »

« Et tu ne le souhaites pas non plus, n'est-ce pas ? » demanda le Baron.

« Ne me distrayez pas. Tandis qu'Hawat sera aux prises avec Dame Jessica, nous lui procurerons certaines autres diversions sous la forme de garnisons en révolte et autres événements du même genre. Tout cela sera réprimé. Il faut bien que le Duc pense qu'il jouit d'un degré supplémentaire de sécurité. Puis, quand le moment opportun sera venu, nous ferons signe à Yueh, nous lancerons toutes nos forces et… »

« Va, dis-lui tout », intervint le Baron.

« Nous frapperons alors avec l'appui de deux légions de Sardaukars qui arboreront la tenue des gens de Harkonnen. »

« Des Sardaukars ! » s'exclama Feyd-Rautha dans un souffle.

Et il évoqua l'image des terrifiantes troupes impériales, composées de tueurs sans merci, soldats fanatiques de l'Empereur Padishah.

« Tu vois à quel point je te fais confiance, Feyd, dit le Baron. Jamais le moindre mot de tout ceci ne doit parvenir à quelque autre Grande Maison, sinon le Landsraad tout entier pourrait bien s'unir contre la Maison Impériale et ce serait le chaos. »

« Le point important est le suivant, dit Piter. Puisque l'on se servira de la Maison des Harkonnen pour exécuter la vilaine besogne de l'Empire, celle-ci bénéficiera d'un avantage certain. Avantage dangereux, bien sûr, mais qui, utilisé avec prudence, rendra les Harkonnen plus riches que toute autre Maison de l'Empire. »

« Tu ne saurais avoir la moindre idée des richesses qui sont en jeu, Feyd, dit le Baron. Même dans tes rêves les plus démentiels. Et, avant tout, nous nous assurerons pour toujours un directorat du CHOM. »

Feyd-Rautha hocha la tête. Seule la richesse comptait. Et la compagnie CHOM était la clé de la richesse. Chaque Maison Noble puisait dans les coffres de la compagnie, quand elle en éprouvait le besoin, et sous le contrôle des directorats du CHOM était la preuve évidente de leur puissance à l'intérieur de l'Imperium ; ils changeaient au gré des votes du Landsraad qui, dans son ensemble, s'opposait à l'Empereur *et* à ceux qui le soutenaient.

« Le Duc Leto, dit Piter, pourrait essayer de rejoindre ces canailles de Fremen qui vivent au seuil du désert. À moins qu'il ne préfère réserver ce refuge imaginaire à sa famille. Mais cette issue lui est fermée par l'un des agents de Sa Majesté, cet écologiste planétaire dont vous devez vous souvenir : Kynes. »

« Feyd s'en souvient, dit le Baron. Continue. »

« Sottises, Baron ! »

« Continue, c'est un ordre ! »

Le Mental haussa les épaules. « Si tout se déroule selon les prévisions, la Maison des Harkonnen jouira d'un sous-fief sur Arrakis d'ici à une année standard. Votre oncle obtiendra remise de ce fief et son propre agent régnera alors sur la planète des sables. »

« Ainsi, les profits seront plus importants », dit Feyd-Rautha.

« Bien sûr », dit le Baron. Et il pensa : *Ce n'est que justice. C'est nous qui avons colonisé Arrakis... si l'on excepte ces quelques métèques de Fremen qui se cachent près du désert... et les contrebandiers qui sont prisonniers de la planète au même titre que les travailleurs indigènes...*

« Alors, les Grandes Maisons sauront que le Baron a détruit les Atréides, acheva Piter. Toutes, elles le sauront. »

« Elles le sauront », souffla le Baron.

« Et le plus délicieux, ajouta Piter, c'est que le Duc lui aussi le saura. Il le sait même dès maintenant. Déjà, il flaire le piège. »

« Il est exact que le Duc sait déjà, dit le Baron avec une note de tristesse dans la voix. Et il ne peut rien faire... Ce qui est d'autant plus triste. »

Il s'éloigna du globe de lumière d'Arrakis. Et, comme il émergeait de l'ombre, sa silhouette prit une autre dimension. Il devint gras, énorme. De subtils mouvements sous les plis de ses vêtements sombres révélèrent que sa graisse était partiellement soutenue par des suspenseurs gravifiques fixés à même sa chair. Son poids devait approcher les deux cents kilos standard mais, en réalité, son ossature n'en supportait pas plus du quart.

« J'ai faim ! gronda-t-il, et sa main couverte de bagues vint caresser ses lèvres grasses tandis que ses yeux enfoncés dans la bouffissure de son visage se posaient sur son neveu. Demande que l'on nous serve, mon chéri. Nous allons manger avant de nous retirer. »

Ainsi parla sainte Alia du Couteau : « La Révérende Mère doit combiner les pouvoirs de séduction d'une courtisane avec la majesté d'une déesse vierge et conserver ses attributs sous tension aussi longtemps que subsistent ses pouvoirs de jeunesse. Car, lorsque beauté et jeunesse s'en seront allées, elle découvrira que le lieu intermédiaire autrefois occupé par la tension s'est changé en une source de ruse et d'astuce. »

Extrait de Muad'Dib, commentaires de famille,
par la Princesse Irulan.

« EH BIEN, JESSICA, QU'AS-TU À DIRE POUR TOI-MÊME ? » demanda la Révérende Mère.

Ce même jour, Paul avait subi l'épreuve et maintenant le crépuscule venait. Les deux femmes étaient seules dans le salon de Jessica ; Paul attendait dans la Chambre de Méditation d'où il ne pouvait percevoir la moindre parole.

Jessica se tenait devant les fenêtres ouvertes sur le sud. Elle voyait et ne voyait pas les couleurs qui s'étaient rassemblées sur la prairie, sur la rivière, avec le soir. Elle entendait et n'entendait pas les mots que prononçait la Révérende Mère. Elle avait déjà subi l'épreuve, tant d'années auparavant. Elle n'était alors qu'une fillette frêle aux cheveux couleur de bronze, au corps secoué par les tempêtes de la puberté. Une fillette qui avait subi l'examen de la Révérende Mère Gaius

Helen Mohiam, Rectrice supérieure de l'école Bene Gesserit de Wallach IX. Aujourd'hui, elle contemplait sa main droite, pliait ses doigts et se souvenait de la souffrance, de la peur, de la colère.

« Pauvre Paul », souffla-t-elle.

« Jessica, je t'ai posé une question ! » La voix de la vieille femme était sèche, impérative.

« Oui ? Oh… » Jessica s'arracha au passé, se tourna vers la Révérende Mère qui était assise le dos au mur, entre les deux fenêtres d'occident. « Que voulez-vous que je vous dise ? »

« Ce que je veux que tu me dises ? *Ce que je veux que tu me dises ?* » Il y avait une note cruelle de moquerie dans cette voix ancienne et Jessica s'écria : « Eh bien, j'ai eu un fils ! » Mais elle savait que la colère qu'elle ressentait avait été provoquée, délibérément.

« Il t'avait été ordonné de ne donner que des filles aux Atréides. »

« Mais cela représentait tant pour lui ! »

« Et dans ton orgueil, tu as pensé pouvoir donner le jour au Kwisatz Haderach ! »

Jessica redressa le menton. « J'ai senti que cela était possible. »

« Tu n'as pensé qu'au désir du Duc de posséder un fils ! lança la vieille femme. Mais son désir n'a rien à voir avec tout cela. Une fille Atréides aurait pu épouser un héritier Harkonnen et la brèche eût été ainsi comblée. Tu as compliqué les choses d'une façon impensable. Maintenant, nous pourrions perdre les lignées. »

« Vous n'êtes pas infaillibles », dit Jessica, et elle défiait le regard des yeux anciens.

« Ce qui est fait est fait », dit la Révérende Mère.

« J'ai juré de ne jamais regretter ma décision », dit Jessica.

« Comme c'est noble de ta part ! Aucun regret, jamais ! Nous verrons bien ce qu'il en sera lorsque tu fuiras avec ta tête mise à prix et que toutes les mains se lèveront sur toi et ton fils. »

Jessica était devenue pâle. « N'y a-t-il donc aucune alternative ? »

« Une alternative ? Comment une Bene Gesserit peut-elle demander cela ? »

« Je veux seulement savoir ce que vous avez pu lire dans l'avenir grâce à vos pouvoirs. »

« Je lis dans l'avenir ce que j'ai lu dans le passé. Tu connais très bien nos problèmes, Jessica. La race sait qu'elle est mortelle et elle redoute la stagnation de son hérédité. Il coule dans son sang, le besoin de mêler dans le désordre les lignées génétiques. L'Imperium, la compagnie CHOM et les Grandes Maisons ne sont que des débris d'épaves emportés par ce flot. »

« Le CHOM, murmura Jessica. Je suppose que d'ores et déjà il a été décidé de quelle façon il partagera les restes d'Arrakis. »

« Qu'est-ce que le CHOM sinon la girouette au vent de notre époque ? demanda la vieille femme. L'Empereur et ses partisans contrôlent à présent 59,65 pour cent des votes du Conseil de la compagnie. Il est certain qu'ils sentent les profits possibles et comme d'autres les sentent aussi, leur puissance sur les votes s'en trouve renforcée. Ainsi se fait l'Histoire, ma fille. »

« Voilà exactement ce qu'il me faut en ce moment, dit Jessica. Un bon cours d'Histoire ! »

« Ne sois pas sarcastique, ma fille ! Tu sais aussi bien que moi quelles forces nous environnent. Notre civilisation repose sur trois bases : La Maison Impériale, qui s'oppose aux Grandes Maisons du Landsraad et, entre elles, la Guilde et son satané monopole des transports interstellaires. En politique, le tripode est la plus instable de toutes les structures. Et je compte sans ce système commercial qui est demeuré au stade féodal, tournant le dos à toute science et qui complique toute chose. »

« Des débris d'épaves emportés par le flot… comme le Duc Leto, son fils et… »

La voix de Jessica était amère et la Révérende Mère l'interrompit : « Oh, silence, ma fille ! Tu savais très bien en entrant dans ce jeu sur quel fil tu allais danser. »

« Je suis une Bene Gesserit. Je n'existe que pour servir. »

« C'est la vérité, et tout ce que nous pouvons espérer, c'est empêcher que tout ceci ne provoque une conflagration générale afin de préserver ce qui peut l'être encore dans nos lignes de sang. »

Jessica ferma les yeux et elle sentit le picotement des larmes sous ses paupières. Elle lutta contre le tremblement intérieur qui la saisissait, contre les frissons de sa peau, un souffle rauque, un pouls qui s'affolait, la sueur sur ses paumes. Elle dit : « Je paierai mes fautes. »

« Ton fils paiera avec toi. »

« Je le protégerai autant que je pourrai. »

« Le protéger ! Mais si tu le protèges trop, Jessica, jamais il ne deviendra assez fort pour accomplir son destin ! »

Jessica se détourna. Par-delà la fenêtre, elle contempla l'ombre qui se faisait plus dense.

« Est-elle vraiment aussi affreuse, cette planète Arrakis ? »

« Affreuse, mais pas complètement, dit la Révérende Mère. La Missionaria Protectiva est passée là et elle a quelque peu amélioré les choses. »

La Révérende Mère se leva et lissa un pli de sa robe. « Appelle le garçon. Je dois bientôt partir. »

« Vraiment ? »

La voix ancienne s'adoucit : « Jessica, ma fille, je souhaiterais être à ta place et assumer tes peines. Mais chacun de nous doit suivre son propre chemin. »

« Je sais. »

« Tu m'es aussi chère que n'importe laquelle de mes filles, mais je ne puis laisser cela interférer avec le devoir. »

« Je comprends… C'est nécessaire. »

« Ce que tu as fait, Jessica, et pourquoi tu l'as fait… nous le comprenons toutes deux. Mais la bonté m'oblige à te dire qu'il y a peu de chance pour que l'enfant soit la Totalité du Bene Gesserit. Il ne faut pas trop espérer. »

Jessica chassa les larmes au coin de ses yeux. C'était un geste de colère. Elle dit : « Vous me donnez l'impression d'être redevenue une petite fille, de réciter à nouveau ma première leçon… (Les mots franchissaient difficilement ses lèvres.) *Les humains ne doivent point se soumettre aux animaux…* (Elle eut un sanglot étouffé et acheva, presque dans un murmure :) J'ai été si seule. »

« Cela devrait faire partie des épreuves, dit la vieille femme. Les humains sont presque toujours seuls. Maintenant, appelle le garçon. Il a vécu une journée longue et effrayante. Mais il a eu suffisamment de temps pour réfléchir et se souvenir et je dois lui poser d'autres questions à propos de ses rêves. »

Jessica hocha la tête et se dirigea vers la Chambre de Méditation. « Paul, entre, s'il te plaît. »

Il obéit, avec lenteur. Il regarda sa mère comme une étrangère. Puis, comme il posait les yeux sur la Révérende Mère, la méfiance ternit son regard. Et il se contenta d'incliner le menton, comme à l'adresse d'un égal. Derrière lui, il entendit sa mère refermer la porte.

« Jeune homme, dit la Révérende Mère, revenons-en à ces rêves. »

« Que voulez-vous savoir ? »

« Rêves-tu chaque nuit ? »

« Mes rêves ne valent pas toujours que l'on s'en souvienne. Je puis me rappeler chacun d'eux mais seuls certains en valent la peine. »

« Comment fais-tu la différence ? »

« Je le sais. »

La vieille femme regarda Jessica, puis Paul, de nouveau.

« Quel rêve as-tu fait la nuit dernière ? demanda-t-elle. Valait-il que tu t'en souviennes ? »

« Oui. (Il ferma les paupières.) J'ai rêvé d'une caverne... et d'eau... Il y avait une fille... très maigre, avec de grands yeux. Des yeux entièrement bleus, sans le moindre blanc. Je lui parlais de vous, je lui disais que j'avais vu la Révérende Mère sur Caladan... » Il rouvrit les yeux.

« Et ce que tu racontais à cette étrange fille, est-ce arrivé aujourd'hui ? »

Il réfléchit un instant. « Oui. Je disais à la fille que vous étiez venue et que vous m'aviez marqué d'un sceau d'étrangeté. »

« Un sceau d'étrangeté, murmura la Révérende Mère, et elle regarda de nouveau Jessica avant de revenir au garçon. Mais, dis-moi, Paul, as-tu souvent de ces rêves où se passent des événements qui se répètent ensuite dans la réalité, exactement comme tu les as rêvés ? »

« Oui. Et j'avais déjà rêvé de cette fille. »

« Ah ? Et tu la connais ? »

« Je la connaîtrai. »

« Parle-moi d'elle. »

À nouveau, il ferma les yeux. « Nous sommes dans un petit refuge, entre des rochers. Il fait presque nuit mais il y a encore un peu de tiédeur et je peux apercevoir des bandes de sable entre les rochers. Nous... nous attendons quelque chose... Je dois rencontrer des gens. La fille est effrayée mais elle essaie de ne pas le montrer. Moi, je suis excité. Elle me dit : "Parle-moi des eaux de ton monde natal Usul." (Paul ouvrit les yeux.) N'est-ce pas étrange ? Ma planète natale s'appelle Caladan. Jamais je n'ai entendu parler d'un monde appelé Usul. »

« Y a-t-il autre chose dans ce rêve ? » intervint Jessica.

« Oui. Mais j'y pense : peut-être est-ce moi que la fille appelle Usul... (À nouveau, ses paupières s'abaissèrent.) Elle me demande de lui parler des eaux de ce monde. Et je lui prends la main. Je lui dis que je vais lui réciter un poème. Je le lui récite mais en lui expliquant certains termes comme plage, ressac, algue, mouette. »

« Quel est ce poème ? »

Il regarda la Révérende Mère. « L'une des ballades de Gurney Halleck pour les moments de tristesse. »

Derrière son fils, Jessica se mit à réciter :

« Je me souviens de la fumée de sel d'un feu de plage
Et des ombres sous les pins,
Dures, propres... Solides.
Des mouettes au bout de la terre,
Blanches sur tout ce vert.
Et du vent qui venait dans les pins
Faire se balancer les ombres.
Des mouettes qui déployaient leurs ailes
Vers le ciel
Et qui l'emplissaient de cris
Dans le bruit du vent
Qui soufflait sur la plage,
Et le ressac.
Et je vois notre feu
Qui a brûlé les algues. »

« C'est celui-ci », dit Paul.

La vieille femme le regarda et dit : « Jeune homme, en tant que Rectrice du Bene Gesserit, je recherche le Kwisatz Haderach, le mâle qui pourra devenir véritablement l'un d'entre nous. Votre mère voit en vous cette possibilité, mais elle voit avec les yeux d'une mère. Cette possibilité, je la vois moi aussi, mais rien de plus. »

Elle se tut et Paul comprit qu'elle désirait qu'il parle. Alors, il attendit.

« Très bien, fit-elle après un instant. Comme tu voudras. Il y a en toi des abîmes. Je dois le reconnaître. »

« Puis-je disposer, à présent ? » demanda-t-il.

« Ne désires-tu pas entendre ce que la Révérende Mère peut te dire à propos du Kwisatz Haderach ? » demanda Jessica.

« Elle a dit que tous ceux qui avaient essayé étaient morts. »

« Mais je puis te donner quelques indices pour expliquer leur échec », dit la Révérende Mère.

Des indices, songea Paul, *des indices… En vérité, elle ne sait rien…*

« Donnez », dit-il.

« Et allez au diable, hein ? (Elle grimaça un sourire et des rides s'entrecroisèrent sur son visage.) Très bien, alors voici : *Qui se soumet domine.* »

Il éprouva de l'étonnement : quoi, elle parlait de choses aussi élémentaires que la tension dans la signification ? Croyait-elle donc que sa mère ne lui avait rien appris ?

« Est-ce là un indice ? » demanda-t-il.

« Nous ne sommes pas ici pour jouer sur les mots ou ergoter sur leur sens, dit la Révérende Mère. Le saule qui se soumet au vent prospère et donne de nombreux saules qui formeront un mur contre le vent. Tel est le but du saule. »

Il la regarda. Elle venait de dire *but* et le mot avait pénétré profondément en lui, distillant à nouveau cette pensée d'un but terrible. Il en éprouva une colère soudaine à l'égard de la vieille femme. Cette prétentieuse sorcière n'avait donc que des platitudes à lui débiter ?…

« Vous pensez que je puis être ce Kwisatz Haderach, dit-il. Vous parlez de moi mais vous n'avez encore rien dit qui puisse en aucune façon aider mon père. Je vous ai entendu parler de ma mère, mais vous semblez considérer que mon père est déjà mort. Pourtant, il ne l'est pas, non ? »

« S'il était possible de faire quelque chose pour lui, nous l'aurions déjà fait. Mais il se peut que nous parvenions à te sauver, toi. C'est douteux, mais possible. Quant à ton père... Il n'y a rien à faire pour lui. Lorsque tu auras admis ce fait, tu auras appris une vraie leçon bene gesserit. »

Il comprit que ces mots venaient d'atteindre durement sa mère mais il ne détacha pas son regard de la vieille femme. Comment pouvait-elle parler ainsi de son père ? Comment pouvait-elle être aussi sûre d'elle ? Dans son esprit, le ressentiment était maintenant comme un feu brûlant.

La Révérende Mère se tourna vers Jessica. « Tu l'as éduqué dans la Manière. J'en vois les signes sur lui... J'aurais fait de même à ta place. Au diable les Règles. Mais à présent je t'avertis. Ne tiens plus compte de la progression régulière de son éducation. Pour sa propre sécurité, il lui faut la Voix. Déjà, il en a quelque idée, mais nous savons toutes deux qu'il a besoin de beaucoup plus... Et de toute urgence. »

Jessica acquiesça et la Révérende Mère revint à Paul. « Au revoir, jeune humain. J'espère que tu réussiras. Mais, quoi qu'il advienne... nous réussirons quand même. »

Lorsqu'elle regarda de nouveau Jessica, il y eut entre les deux femmes un imperceptible signe de compréhension. Puis, la Révérende Mère quitta la pièce dans un froissement de tissu, sans un regard en arrière. Déjà, ceux qu'elle laissait avaient déserté ses pensées. Pourtant, Jessica avait eu le temps de surprendre des larmes sur les joues anciennes, ridées, des larmes plus inquiétantes que tous les mots qui avaient été prononcés en ce jour, que tous les signes échangés.

Les écrits vous ont appris que Muad'Dib n'avait sur Caladan aucun compagnon de jeu de son âge. Les dangers étaient bien trop grands. Mais Muad'Dib avait de merveilleux éducateurs et amis. Ainsi, Gurney Halleck, le guerrier-troubadour. Tandis que vous avancerez dans ce livre, vous chanterez certaines de ses ballades. Muad'Dib avait aussi Thufir Hawat, le vieux Mentat, le Maître Assassin du Duc, Thufir Hawat qui suscitait la terreur dans le cœur de l'Empereur Padishah lui-même. Et il y avait aussi Duncan Idaho, le Maître d'Armes du Ginaz, et le docteur Wellington Yueh, dont le nom, noir de trahison, rayonnait pourtant de connaissance... Et Dame Jessica, qui éduquait son fils dans la Manière Bene Gesserit ainsi que, bien sûr, le Duc Leto, dont on ignora longtemps les vertus paternelles.

Extrait de Histoire de Muad'Dib enfant,
par la Princesse Irulan.

DOUCEMENT, THUFIR HAWAT SE GLISSA DANS LA SALLE d'exercices et referma la porte. Un instant, il demeura immobile. Il se sentait vieux, las, usé par la tempête. Et la douleur était revenue dans sa jambe gauche, blessée au service du vieux Duc.

Trois générations d'Atréides, songea-t-il.

À l'autre extrémité de la vaste pièce illuminée par le soleil de midi, il voyait le jeune garçon assis le dos à la porte, penché sur des papiers, des cartes étalées devant lui, sur la vaste table.

Combien de fois faudra-t-il que je lui répète de ne jamais tourner le dos à une porte ? Hawat toussota. Paul ne fit pas le moindre mouvement. Un nuage passa devant le soleil. À nouveau, Hawat toussota. Paul se figea et dit, sans se retourner : « Je sais. Je tourne le dos à la porte. »

Réprimant un sourire, Hawat s'avança. Paul ne leva la tête qu'à l'instant où le vieil homme s'arrêtait au coin de la table. Dans son visage sombre aux rides profondes, ses yeux étaient vigilants.

« Je t'ai entendu traverser le hall, dit Paul. Et je t'ai également entendu ouvrir la porte. »

« On pourrait imiter les sons que je produis. »

« Je saurais reconnaître la différence. »

Il en est capable, songea Hawat. *Sa sorcière de mère doit l'éduquer à fond. Je me demande ce que sa précieuse école peut bien en penser ? C'est sans doute pour cela qu'ils ont envoyé la vieille Rectrice… Afin de ramener notre chère Dame Jessica dans le droit chemin.*

Il prit une chaise et s'assit en face de Paul, face à la porte. Ses gestes étaient lents et précis. Il se laissa aller en arrière et examina la salle. Elle lui paraissait soudain étrangère. La plupart des objets avaient déjà été installés sur Arrakis. Pourtant, une table d'exercice subsistait encore, ainsi qu'un miroir d'escrime aux prismes de cristal inertes dont le mannequin-cible rembourré évoquait quelque ancien fantassin marqué et lacéré par les guerres. *Tout comme moi*, songea Hawat.

« À quoi penses-tu, Thufir ? » demanda Paul.

Le Maître Assassin regarda le jeune garçon. « Je pense que très bientôt nous serons loin d'ici et que nous ne reviendrons peut-être jamais. »

« Et cela te rend triste ? »

« Triste ? Non, c'est absurde. Il est triste d'être séparé de ses amis. Mais une demeure n'est jamais qu'une demeure. (Il contempla les cartes déployées sur la table, éparses.) Arrakis n'est qu'une demeure de plus. »

« Mon père t'a-t-il envoyé pour me sonder ? »

Hawat fronça les sourcils. Paul se montrait souvent très perspicace à son endroit. Il acquiesça : « Je sais bien que tu te dis qu'il eût été mieux qu'il vienne lui-même, mais tu dois savoir à quel point il est occupé. Il viendra plus tard. »

« J'étudiais les tempêtes d'Arrakis. »

« Les tempêtes... »

« Elles ont l'air assez terrible. »

« *Terrible...* C'est un mot bien faible. Ces tempêtes se développent sur quelque six ou sept mille kilomètres de plaine. Et elles prennent appui sur tout ce qui recèle la moindre once d'énergie, y compris les autres tempêtes. Elles atteignent sept cents kilomètres/ heure et elles emportent tout sur leur passage : sable, poussière, n'importe quoi. Elles rongent la chair sur les os et réduisent les os en fétus. »

« Arrakis n'a pas de contrôle climatique ? »

« Arrakis pose des problèmes. Tout y revient plus cher, et il faudrait prévoir un entretien et le reste. La Guilde exige un prix exorbitant pour un satellite de contrôle et la Maison de ton père n'est pas parmi les plus riches, mon garçon. Tu le sais. »

« As-tu déjà vu des Fremen ? »

Il s'attaque à tout, aujourd'hui, se dit Hawat.

« Comme qui dirait que je les ai vus, oui. Il est difficile de les distinguer des gens des creux et des sillons. Ils portent tous ces grandes robes flottantes. Et ils puent autant les uns que les autres dès qu'ils sont en lieu clos. C'est à cause de ce vêtement qui récupère l'eau de leur corps. Ils appellent ça un "distille". »

Paul se sentit soudain la bouche sèche comme lui revenait le souvenir d'un rêve de soif. Il déglutit. L'idée de ce peuple qui devait recycler l'eau de son propre corps l'emplissait d'un sentiment de désespoir. « L'eau est très précieuse, là-bas », dit-il.

Hawat hocha la tête et songea : *Peut-être suis-je en train de réussir et de lui faire comprendre que cette planète est un ennemi important. Ce serait de la folie que de partir sans avoir cette idée en tête.*

Paul leva la tête et vit qu'il avait commencé à pleuvoir. Des gouttes éclaboussaient la surface grise de métaglass. « De l'eau », dit-il.

« Tu apprendras son importance, dit Hawat. Tu es le fils du Duc et tu n'en manqueras jamais, mais, tout autour de toi, tu sentiras la soif. »

Paul s'humecta les lèvres, évoquant sa rencontre avec la Révérende Mère et l'épreuve. Une semaine s'était déjà écoulée. La Révérende Mère, elle aussi, avait parlé de la soif. Elle lui avait dit : « Tu apprendras à connaître les plaines funèbres, les déserts absolument vides, les vastes étendues où rien ne vit à l'exception des vers des sables et de l'épice. Tu en viendras à ternir le pourtour de tes yeux pour atténuer l'éclat du soleil. Le moindre creux à l'abri du vent et des regards te sera un refuge. Et tu te déplaceras sur tes jambes, sans orni, sans véhicule ni monture. »

Il avait été plus impressionné sur le moment par le ton qu'elle avait employé, chantonnant, hésitant, que par les mots prononcés.

« Lorsque tu vivras sur Arrakis, khala, tu verras que la terre est vide. Les lunes, alors, seront tes amies et le soleil ton ennemi. »

C'est alors qu'il avait senti que sa mère s'approchait de lui, qu'elle avait quitté sa faction devant la porte pour venir à ses côtés. Elle avait regardé la Révérende Mère et elle avait dit : « N'y a-t-il vraiment aucun espoir, Votre Révérence ? »

« Pas pour le père. (La femme ancienne, dans le silence, avait abaissé son regard sur Paul.) Grave cela dans ta mémoire, mon garçon : il y a quatre choses pour supporter un monde. (Elle avait levé quatre doigts noueux.) La connaissance du sage, la justice du grand, les prières du pieux et le courage du brave. Mais tout cela n'est rien sans… (Elle avait refermé tous ses doigts en un poing.)… sans celui qui gouverne et connaît l'art de gouverner. Que cela soit ta science ! »

Une semaine s'était écoulée depuis la visite de la Révérende Mère. À présent seulement, les mots qu'elle avait prononcés prenaient toute leur signification. En cet instant, assis dans la salle d'exercice aux côtés de Thufir Hawat, Paul ressentait la morsure profonde de la peur. Et comme il levait les yeux, il rencontra les sourcils froncés du Mentat.

« À quoi rêvais-tu à l'instant même ? » demanda ce dernier.

« As-tu rencontré la Révérende Mère ? »

« Cette vieille sorcière de Diseuse de Vérité ? (La curiosité fit briller le regard du Maître Assassin.) Oui, je l'ai rencontrée. »

« Elle… » Paul hésita, percevant soudain l'impossibilité qu'il y avait à l'évoquer devant Hawat, prenant conscience des inhibitions profondément implantées.

« Oui ? Qu'a-t-elle fait ? »

Par deux fois, très vite, il aspira. « Elle a dit une chose… (Il ferma les yeux, appela les mots à lui et, lorsqu'il parla enfin, sa voix prit sans qu'il en eût conscience certains accents de la vieille femme.) Toi, Paul Atréides, descendant de rois, fils de Duc, tu dois apprendre à gouverner. C'est là une chose que ne fit aucun de tes ancêtres. »

Paul ouvrit alors les yeux et ajouta : « Cela a éveillé ma colère. Je lui ai dit que mon père gouvernait toute une planète. Elle m'a répondu alors : *Il va la perdre.* Je lui ai dit que mon père allait recevoir une planète encore plus riche. Elle m'a dit : *Celle-là aussi, il va la perdre.* Je voulais m'enfuir et avertir mon père, mais elle m'a dit alors qu'il était déjà averti… par toi, par ma mère, par toutes sortes de gens. »

« C'est vrai. » La voix du Mentat était un murmure.

« Alors, pourquoi part-on ? »

« Parce que l'Empereur l'a ordonné. Et parce que, en dépit des dires de cette espionne et sorcière, il y a encore de l'espoir. Mais, dis-moi, qu'a donc encore bavé cette vieille fontaine de sagesse ? »

Le regard de Paul se posa sur sa main droite, qui, sous la table, s'était refermée en un poing. Lentement, il détendit ses muscles. Et il pensa : *Elle m'a lancé quelque sort mystérieux. Mais lequel ?*

« Elle m'a demandé de lui dire ce que signifiait : gouverner. Je lui ai répondu que cela signifiait le commandement d'un seul. Elle m'a dit alors qu'il fallait que je désapprenne certaines choses. »

Elle a marqué un point, ici, pensa Hawat. Et il inclina la tête pour inviter Paul à poursuivre.

« Elle m'a dit aussi que celui qui gouverne doit apprendre à convaincre et non à obliger. Et aussi qu'il doit construire l'âtre le plus chaud afin d'attirer auprès de lui les meilleurs hommes. »

« Et comment croit-elle donc que ton père a attiré auprès de lui des hommes tels que Duncan et Gurney ? »

Paul haussa les épaules : « Elle a dit ensuite que, pour bien gouverner, il faut apprendre le langage du monde qui est le vôtre et qui est différent sur chaque monde. J'ai cru qu'elle voulait dire par là que, sur Arrakis, on ne parlait pas le gallach, mais elle a dit que ce n'était pas cela du tout. Elle voulait parler du langage des rochers et des choses vivantes, ce langage que l'on ne peut entendre avec ses seules oreilles. Je lui ai dit alors que c'était là ce que le docteur Yueh appelait : le Mystère de la Vie. »

Hawat étouffa un rire. « Elle a pris ça comment ? »

« Je crois qu'elle est devenue furieuse. Elle m'a dit à ce moment que le mystère de la vie n'était pas un problème à résoudre mais une réalité à vivre. Je lui ai cité alors la Première Loi du Mentat : *On ne peut comprendre un processus en l'interrompant. La compréhension doit rejoindre le cheminement du processus et cheminer avec lui.* Elle a paru satisfaite alors. »

On dirait bien qu'il reprend le dessus, pensa Hawat. *Mais la vieille sorcière l'a effrayé. Pourquoi a-t-elle fait ça ?*

« Thufir, dit Paul, Arrakis est-elle aussi mauvaise qu'elle le dit ? »

« Rien ne saurait être aussi mauvais. Prenons les Fremen, par exemple. (Hawat eut un sourire forcé.) Ils forment le peuple renégat du désert. Après une première et rapide analyse, je peux te dire qu'ils sont nombreux, bien plus nombreux que ne le croit l'Imperium. Et ce peuple, mon garçon, est un très grand peuple et... (Hawat éleva un doigt noueux à hauteur de ses yeux)... et ils détestent les Harkonnen, ils leur vouent une haine sanguinaire. Mais tu ne dois pas souffler un mot de cela, mon garçon. C'est le confident de ton père qui te parle. »

« Aujourd'hui, dit Paul, mon père m'a parlé de Salusa Secundus. Tu ne trouves pas que cela sonne comme Arrakis ? Pas en aussi mauvais, mais presque. »

« Nous ne savons rien de Salusa Secundus actuellement. Tout ce que nous en connaissons remonte à très longtemps mais... sur ce point tu as raison. »

« Les Fremen nous aideront-ils ? »

« C'est une possibilité. (Hawat se leva.) Je pars aujourd'hui pour Arrakis. Jusqu'à ce que nous nous retrouvions, veux-tu prendre soin de toi, ne serait-ce que pour un vieil homme qui est fier de toi ? Alors, retourne-toi comme le brave garçon que tu es et fais face à la porte. Ce n'est pas que je pense qu'il y ait le moindre danger dans ce castel. Je veux simplement que tu prennes cette habitude. »

Paul se leva et fit le tour de la table. « Tu t'en vas aujourd'hui, Thufir ? »

« Aujourd'hui, oui, et tu me suivras demain. Lorsque nous nous reverrons, ce sera sur un nouveau monde. »

Il saisit le bras de Paul à hauteur du biceps. « Le bras du couteau. Garde-le toujours libre, hein ? Et que ton bouclier soit toujours chargé. »

Puis il tapota l'épaule du jeune garçon, se détourna et s'éloigna rapidement vers la porte.

« Thufir ! »

Le Maître Assassin s'immobilisa sur le seuil, se retourna.

« Ne tourne pas le dos aux portes. »

Un sourire apparut sur le vieux visage usé. « Oh, non, mon garçon ! Ma vie en dépend. » Et puis, il disparut et la porte se referma doucement sur lui.

Paul resta assis à la place qu'avait occupée le vieux Mentat. Il se mit en devoir de ranger les cartes et documents. *Encore un jour à passer ici*, songea-t-il. Il examina la pièce. *Nous allons partir, tous.* Jamais l'idée du départ ne lui avait semblé aussi nette, aussi réelle. Et il se souvint d'une autre chose que la vieille femme avait dite, qu'un monde était la somme de multiples éléments : de sa population, de sa crasse, des choses vivantes, de ses lunes, de ses marées et de ses soleils. Cette somme inconnue était appelée *nature*. Un terme vague, qui ne signifiait rien du *présent. Mais qu'est-ce que le présent ?* se demanda-t-il.

La porte à laquelle il faisait face maintenant s'ouvrit brusquement et un vilain petit homme s'avança, précédé d'une brassée d'armes diverses.

« Eh bien, Gurney Halleck, s'écria Paul, serais-tu devenu mon nouveau Maître d'Armes ? »

D'un coup de talon, Halleck referma la porte. « Je sais bien que tu aimerais mieux me voir arriver pour partager tes jeux », dit-il. Ses yeux firent le tour de la salle, remarquant tous les signes qui révélaient le passage des hommes de Hawat qui, déjà, avaient examiné la salle à fond afin qu'elle fût complètement sûre pour l'héritier du Duc. Les signes subtils de leur code étaient partout.

Sous le regard de Paul, le vilain petit homme se remit en mouvement et mit le cap sur la table avec son chargement guerrier et la balisette à neuf cordes qui ne quittait pas son épaule, le multipic glissé entre les cordes, près de la tête de touche.

Halleck laissa tomber le fagot d'armes sur la table d'exercice et les aligna soigneusement – rapières, lancettes, kindjals, tétaniseurs à charge lente, ceintures-boucliers.

Il se retourna, sourit, et la cicatrice lie-de-vin se plissa sur sa joue.

« Ainsi, petit démon, on ne me souhaite même pas le bonjour, dit-il. Et je me demande bien quelle flèche tu as encore pu décocher à ce vieil Hawat. Lorsque je l'ai croisé dans le hall, il semblait se rendre en courant aux funérailles de son ennemi juré. »

Paul sourit. C'était bien Gurney Halleck qu'il préférait entre tous les hommes de son père. Il connaissait bien ses changements d'humeur, sa rudesse, ses fausses colères. Plutôt qu'un mercenaire, Gurney Halleck était pour lui un ami.

Halleck laissa glisser la balisette de son épaule et entreprit de l'accorder. « Si t'veux pas, t'parles pas », dit-il.

Paul se leva. « Dis-moi, Gurney, se prépare-t-on à la musique quand il est l'heure de combattre ? »

« Nous en avons après nos aînés, aujourd'hui », dit Halleck, et il pinça une corde de son instrument en hochant la tête.

« Où est Duncan Idaho ? N'est-il point censé m'enseigner le maniement des armes ? »

« Duncan est parti à la tête de la seconde vague pour Arrakis, dit Halleck. Et il ne reste que ce pauvre Gurney, qui vient tout juste de cesser le combat et qui n'aspire qu'à la musique. (Il pinça une autre corde, prêta l'oreille à la note et sourit.) Nous avons tenu conseil et décidé qu'il valait mieux apprendre la musique au piètre combattant que tu fais afin que tu ne perdes point ton existence tout entière. »

« En ce cas, tu ferais bien de me chanter quelques vers, afin que je sois bien certain de ce qu'il ne faut pas faire. »

« Ah ! Aaah ! » Gurney éclata de rire puis entonna *Les Galaciennes* tandis que son multipic semblait voler soudain entre les cordes.

« Les Galaciennes, oh, oh, oh !
T'aimeront pour des joyaux,
Et les filles d'Arrakis pour un peu d'eau !
Mais celles de Caladan
Te feront perdre l'âme ! »

« Pas mal pour quelqu'un qui ne s'y retrouve pas dans ses accords, dit Paul. Mais si ma mère t'entendait chanter ce genre de chose dans le castel, elle décorerait les murailles avec tes oreilles. »

Gurney tira sur son oreille gauche. « Bien pauvre décoration ! Elles ont été rudement malmenées par certain jeune homme de ma connaissance qui tire de bien étranges notes de sa balisette ! »

« Ainsi tu as oublié ce que cela fait de trouver du sable dans son lit ! s'exclama Paul. (Il s'empara d'une ceinture-bouclier et la noua rapidement à sa taille.) En ce cas, battons-nous ! »

Les yeux de Halleck s'agrandirent en une expression de surprise feinte. « Ah ! C'était donc ton œuvre, jeune scélérat ! En garde, donc ! En garde ! (Il saisit une rapière dont il fouetta l'air.) Je brûle de me venger ! »

Paul leva son arme, ploya la lame entre ses mains et se tint en position d'*aguile*, un pied en avant, imitant l'attitude solennelle du docteur Yueh.

« Voyez l'idiot que m'a envoyé mon père pour m'enseigner la science des armes, dit-il. Ce pauvre Gurney Halleck ne connaît même pas sa première leçon ! »

Il appuya sur le bouton d'activation du champ de forces sur la ceinture et sentit le picotement de l'énergie sur son front, dans son dos. Les sons, filtrés par le bouclier, lui parvinrent moins nettement.

« Dans le combat au bouclier, dit-il, on se doit d'être lent à l'attaque et rapide à la défense. L'attaque n'a pour but que de désorienter l'adversaire afin de l'obliger à se découvrir pour une attaque en senestre. Si le bouclier pare le coup trop vif, il se laisse pénétrer par le lent kindjal ! » Paul pointa sa rapière, feinta rapidement et fouetta avec une lenteur calculée pour triompher des défenses du bouclier.

Halleck observait son action. À l'ultime seconde, il effaça sa poitrine. « La vitesse était bonne, dit-il, mais tu étais complètement ouvert à une riposte au dard. »

Paul fit un pas en arrière, dépité.

« Pour cette étourderie, je devrais te taper sur le derrière », reprit Halleck. Il saisit un kindjal à la lame nue et le brandit. « Dans la main d'un ennemi, ceci pourrait bien répandre ton sang ! Tu es un élève doué, rien de plus. Mais je t'ai toujours averti de ne jamais laisser un homme pénétrer ta garde avec une arme mortelle en main, même pour un jeu. »

« Je crois que je n'ai pas le cœur à ça, aujourd'hui », dit Paul.

« Pas le cœur à ça ? (Même au travers du bouclier, Paul perçut la fureur outragée qui vibrait dans la voix de Gurney Halleck.) Qu'est-ce que le cœur vient faire ici ? On se bat quand il le faut, et pas lorsqu'on en a le cœur ! Garde donc ton cœur pour l'amour ou pour jouer de la balisette. Ne le mêle pas au combat ! »

« Je suis désolé, Gurney. »

« Tu ne l'es pas encore assez ! »

Et Gurney réactiva son propre bouclier et se ramassa, le kindjal nu dans sa main gauche, brandissant haut sa rapière de la main droite. « Et maintenant, garde-toi vraiment ! » Et il fit un bond de côté, puis un autre en avant, attaquant furieusement. Paul battit en retraite tout en parant. Les deux boucliers vinrent en contact dans un craquement d'énergie et Paul sentit la morsure de l'électricité sur sa peau. *Qu'arrive-t-il à Gurney ? Il ne joue plus !* Il fit un geste de la main et la lancette fixée à son poignet gauche glissa hors de son fourreau jusque dans sa paume.

« Tu as besoin d'une lame de secours, hein ? » gronda Halleck.

Une trahison ? se demanda Paul, alarmé. *Non, pas Gurney !*

Et ils poursuivirent leur combat par toute la salle, attaquant et parant, feintant et contre-feintant. L'air, à l'intérieur des bulles délimitées par les boucliers, devint lourd tandis qu'à chaque nouveau contact l'odeur d'ozone se faisait plus dense.

Paul continuait de reculer mais, à présent, il essayait de revenir vers la table. *Si je peux l'amener là*, songeait-il, *je lui montrerai un de mes tours. Allez, Gurney, encore un pas.*

Halleck fit ce pas. Paul para un nouveau coup vers le bas, pivota et vit que l'arme de Halleck venait buter contre le bord de la table. Alors il se jeta sur le côté, porta une attaque à la tête et, dans le même instant, darda la lancette vers le cou du baladin. La lame s'arrêta à moins de cinq centimètres de la jugulaire.

« Est-ce cela que tu désirais ? » souffla Paul.

« Baisse les yeux, mon garçon », haleta Gurney.

Paul obéit et il vit le kindjal pointé droit sur son ventre, sous la table.

« Nous nous serions rejoints dans la mort, dit Halleck. Mais je dois admettre que tu te bats bien mieux lorsque tu y es acculé. On dirait que tu as le cœur à ça, maintenant. » Et il fit un sourire de loup tandis que la cicatrice se plissait sur sa joue.

« Tu m'as attaqué de telle façon..., dit Paul. Aurais-tu vraiment répandu mon sang ? »

Halleck abaissa son kindjal et se redressa. « Si tu t'étais battu un degré en dessous de tes capacités, mon garçon, je t'aurais fait une bonne estafilade qui t'aurait laissé une cicatrice en guise de souvenir. Je ne veux pas que mon élève favori succombe devant la première canaille Harkonnen qu'il viendra à rencontrer. »

Paul désactiva son bouclier et s'appuya sur la table pour reprendre son souffle. « Je méritais cette leçon, Gurney. Mais mon père aurait été furieux si tu m'avais blessé. Il t'aurait puni à cause de mon échec. »

« C'était tout aussi bien mon échec. Et une ou deux cicatrices à l'entraînement n'auraient rien de tragique, sais-tu ? Tu as eu de la chance jusqu'à présent. Quant à ton père... Le Duc me punirait seulement si je ne parvenais pas à faire de toi un combattant hors pair. Et j'aurais commis une erreur en ne te démontrant pas la fausseté de cette idée de *cœur* qui t'est venue. »

Paul se redressa et remit sa lancette dans son étui de poignet.

« Ce n'est pas exactement un jeu », dit Halleck.

Paul acquiesça. La gravité inhabituelle de Halleck, son impressionnante détermination le surprenaient. Ses yeux se posèrent sur la cicatrice rougeâtre qui marquait la joue du baladin et il se souvint de ce que l'on racontait à son propos, qu'elle avait été faite par Rabban la Bête, dans un puits d'esclaves harkonnens, sur Giedi Prime. Et tout à coup il se sentit honteux d'avoir pu douter de Gurney pendant un seul instant. Et il prit conscience que cette cicatrice sur la joue de Halleck avait dû correspondre à une souffrance intense, aussi intense, peut-être, que celle que lui avait infligée la

Révérende Mère. Puis il repoussa cette idée : elle semblait glacer l'univers tout entier.

« Je crois que j'avais envie de jouer, aujourd'hui, dit-il. Les choses sont devenues si sérieuses, ici, ces derniers temps. »

Halleck se détourna pour ne pas montrer son émotion. Quelque chose lui brûlait soudain les yeux. Et, en lui, il y avait de la douleur. Une douleur qui était comme une vieille cicatrice intérieure, tout ce qui restait d'une ancienne blessure guérie par le temps.

Il est encore bien tôt pour que cet enfant assume sa condition d'homme, songea-t-il. *Bien tôt pour qu'il lise ce qui est apparu dans son esprit, pour qu'il explique cette brutale appréhension qui signifie : Méfie-toi de tes proches.*

Sans se retourner encore, il dit : « J'ai perçu cette envie de jouer qu'il y avait en toi, mon garçon, et je n'aurais rien demandé de mieux que de la satisfaire. Mais nous ne pouvons plus jouer. Demain, nous gagnons Arrakis. Arrakis est bien réelle. Et les Harkonnen aussi. »

De la lame de sa rapière, Paul toucha son front.

Halleck, se retournant alors, acquiesça devant ce salut. Puis il désigna un mannequin d'exercice. « À présent, travaillons ta vitesse. Montre-moi donc comment tu attaques cette chose. Je contrôlerai d'ici, où je puis parfaitement surveiller tes actions. Et je t'avertis qu'aujourd'hui je vais essayer de nouvelles parades. Un véritable ennemi ne t'avertira pas, lui. »

Paul se dressa sur la pointe des pieds pour détendre ses muscles. Il comprenait soudain que son existence était maintenant soumise à de brusques changements et cela le rendait grave. Il marcha jusqu'au mannequin, pressa le contact du bout de sa rapière et, immédiatement, il sentit l'effet de répulsion du bouclier sur son arme.

« En garde ! » lança Halleck, et le mannequin attaqua.

Paul activa son bouclier, para le premier coup et contre-attaqua.

Halleck le surveillait tandis qu'il manipulait les contrôles. Son esprit était divisé en deux parties égales : l'une était pleinement attentive à l'exercice alors que l'autre dérivait librement.

Je suis l'arbre fruitier bien soigné, disait cette partie libre. *Je suis chargé de sentiments bien formés et de capacités. Et, comme des fruits, on peut cueillir sur moi chacun de ces sentiments, chacune de ces capacités.*

Et, pour quelque raison, il se souvint de sa jeune sœur. Son jeune visage d'elfe était parfaitement clair dans son esprit. Elle était morte. Dans une maison de plaisir pour soldats harkonnens. Elle aimait les pensées... À moins que ce ne fût les marguerites... Il ne parvenait pas à se rappeler. Et cela le troublait.

Paul contra une attaque lente du mannequin et, de la main gauche, porta un *entretisser.*

Petit démon rusé ! songea Halleck en observant avec attention les passes complexes de Paul. *Il a étudié et s'est entraîné de son côté. Ça n'est pas là le style de Duncan et je ne lui ai certainement rien appris de semblable !*

Cette pensée ne fit qu'ajouter à sa tristesse. *Moi non plus, je n'ai plus le cœur à rien*, se dit-il. Ses pensées revinrent à Paul et il se demanda soudain si, certaines nuits, le garçon ne guettait pas avec angoisse les bruits de son oreiller.

« Si les vœux étaient des poissons, murmura-t-il, nous lancerions tous des filets. »

C'était une expression de sa mère qu'il se répétait lorsqu'il sentait sur lui la noirceur des lendemains. En cet instant, il se prit à songer qu'elle était bien étrange à propos d'une planète qui jamais n'avait connu la moindre mer ni le moindre poisson.

YUEH (yü'-e), Wellington (wèl'ing-tùn) strd 10 082-10 191 ; docteur en médecine de l'École Suk (grd strd 10 112) ; md Wanna Marcus, B. G (strd 10 092-10 186 ?) ; surtout connu pour avoir trahi le duc Leto Atréides. (Cf. Bibliographie, appendice VII [Conditionnement Impérial] et Trahison, La.)

Extrait du Dictionnaire de Muad'Dib,
par la Princesse Irulan.

BIEN QU'IL EÛT ENTENDU LE DOCTEUR YUEH PÉNÉTRER DANS la salle et noté la lenteur calculée de sa démarche, Paul ne fit pas un mouvement et demeura étendu le visage contre la table, dans la position où l'avait laissé la masseuse. Il se sentait délicieusement épuisé après ce combat contre Gurney Halleck.

« Vous semblez en bonne forme », dit Yueh de sa voix tranquille et aiguë.

Paul leva enfin la tête. La raide silhouette du docteur n'était qu'à quelques pas de la table. Habit noir plissé, tête massive, carrée, aux lèvres violettes, à la moustache tombante, tatouage en losange du Conditionnement Impérial sur le front. La longue chevelure noire retombait sur l'épaule gauche, prise dans l'anneau d'argent de l'École Suk.

« Sans doute serez-vous heureux d'apprendre qu'il ne nous reste plus assez de temps pour nos leçons, aujourd'hui, dit Yueh, votre père arrive. »

Paul s'assit.

« Cependant, reprit le docteur, je me suis arrangé pour que vous disposiez d'une visionneuse et de plusieurs leçons enregistrées durant le voyage vers Arrakis. »

« Oh ! »

Paul commença de se rhabiller. Il se sentait soudain très excité à l'idée de la visite de son père. Ils avaient passé si peu de temps ensemble depuis qu'était arrivé l'ordre de l'Empereur de reprendre le fief d'Arrakis.

Yueh s'approcha de la table tout en songeant : *Comme il a mûri ces derniers mois ! Quel gâchis ! Quel triste gâchis !* Puis il se souvint : *Je ne dois pas faillir. Ce que je fais, je le fais afin d'être sûr que ma Wanna n'aura plus à souffrir des monstres harkonnens.*

Paul le rejoignit près de la table, tout en boutonnant son pourpoint. « Qu'aurai-je à étudier pendant le voyage ? »

« Ahhh… les formes de vie terranoïdes d'Arrakis. Il semble que certaines se soient adaptées à la planète. Comment, on ne le sait pas encore clairement. Lorsque nous serons arrivés, il faudra que je contacte le Dr Kynes, l'écologiste planétaire, afin de l'aider dans ses recherches. »

Que suis-je en train de dire ? pensa Yueh. *Je suis hypocrite avec moi-même, à présent.*

« Aurai-je quelque chose à apprendre sur les Fremen ? » demanda Paul.

« Les Fremen ? » Yueh se mit à tambouriner des doigts sur la table puis, devant le regard de Paul, retira sa main.

« Peut-être pouvez-vous me parler de toute la population d'Arrakeen ? » dit Paul.

« Oui, bien sûr. Il y a deux groupes principaux. Les Fremen forment le premier. Quant au second, il est constitué du peuple des creux et des sillons. Mais l'on m'a dit que les mariages étaient possibles entre les deux. Les femmes du peuple des creux préfèrent les maris Fremen alors que les hommes recherchent des épouses Fremen. Ils ont un adage : Le vernis vient des cités, la sagesse du désert. »

« Avez-vous des photos ? »

« Je vais voir ce que je peux vous trouver. Les yeux sont leur trait caractéristique le plus intéressant. Ils sont bleus, complètement bleus, sans le moindre blanc. »

« Une mutation ? »

« Non. Cela tient au Mélange, dont leur sang est saturé. »

« Les Fremen doivent être braves pour vivre à la limite du désert. »

« Chacun le dit. Ils composent des poèmes pour leurs couteaux. Et leurs femmes sont aussi redoutables que leurs hommes. Même leurs enfants sont dangereux, violents. Je pense que l'on ne vous autorisera pas à vous mêler à eux. »

Le regard de Paul se fixa sur Yueh. Ces quelques mots sur les Fremen avaient totalement captivé son attention. *Quels alliés ne feraient-ils pas !* songeait-il.

« Et les vers ? »

« Quoi ? »

« J'aimerais en connaître plus à propos des vers des sables. »

« Ah, mais bien sûr. J'ai justement une bobine sur un petit spécimen. Il ne dépassait guère cent dix mètres de long sur vingt-deux de diamètre. Elle a été faite dans le nord d'Arrakis. Mais, selon certains témoins dignes de foi, il existerait des vers des sables dépassant quatre cents mètres. On peut même penser qu'il y en a de plus grands encore sur la planète. »

Le regard de Paul se posa sur une carte des régions septentrionales d'Arrakis, déployée sur la table. « La ceinture désertique et les régions avoisinant le pôle boréal sont qualifiées d'inhabitables. Est-ce à cause des vers ? »

« Et à cause des tempêtes. »

« Mais je croyais que l'on pouvait rendre n'importe quel territoire habitable ? »

« Oui, si toutefois cela est possible économiquement. Et les périls d'Arrakis sont nombreux et coûteux. (Yueh lissa sa moustache tombante et reprit :) Votre père sera bientôt là. Avant de vous quitter, je dois vous donner un présent que j'ai là, quelque chose que j'ai trouvé en faisant mes bagages. » Et il posa devant Paul un objet noir, rectangulaire, guère plus large que l'extrémité du pouce de Paul.

Paul le regarda sans esquisser un geste. Et Yueh pensa : *Comme il est méfiant !*

« C'est une très vieille Bible Catholique Orange à l'usage des voyageurs de l'espace, dit-il. Non pas une bobine mais un vrai livre, imprimé sur du papier filament. Il possède sa propre charge électrostatique et une loupe incorporée. (Il prit le livre.) C'est la charge qui le maintient fermé, en appuyant sur les ressorts qui maintiennent la couverture. En pressant sur le bord, comme cela, les pages que l'on a choisies se repoussent mutuellement et le livre s'ouvre. »

« C'est très petit. »

« Pourtant, il y a dix-huit cents pages. En pressant sur le bord, de cette façon… la charge se déplace au fur et à mesure, page après page, tandis que vous lisez. Mais ne touchez surtout pas les pages avec vos doigts. La feuille de filament est si fragile… (Yueh referma le livre et le tendit à Paul.) Essayez. »

Puis il l'observa tout en songeant : *Je sauve ma propre conscience. Je lui offre le secours de la religion avant de le trahir. Ainsi pourrai-je me dire qu'il est allé où moi je ne puis aller.*

« Cela doit dater d'avant les bobines », dit Paul.

« C'est très ancien, en effet. Mais il faut que cela reste un secret entre nous, n'est-ce pas ? Vos parents pourraient penser que ce présent a trop de valeur pour quelqu'un d'aussi jeune que vous. »

Sa mère s'interrogerait certainement sur mes motifs, pensa-t-il.

« Eh bien… (Paul referma le livre et le tint dans sa main.) Si cela a autant de valeur… »

« Soyez indulgent pour le caprice d'un vieil homme, dit Yueh. On m'a offert cette bible alors que j'étais très jeune. » Et il pensa : *Il me faut séduire son esprit tout comme sa cupidité.*

« Ouvrez-le à la Kalima quatre cent soixante-sept, là où il est dit : De l'eau naît toute vie. Une légère entaille sur la couverture marque l'emplacement de la page. »

Les doigts de Paul coururent sur la couverture et décelèrent deux entailles. Il appuya sur la moins profonde et le livre s'ouvrit tandis que la loupe de lecture se mettait en place.

« Lisez à haute voix », dit Yueh.

Paul s'humecta les lèvres et lut : « Pense à l'homme sourd qui ne peut entendre. Ne lui sommes-nous point semblables ? Ne nous manque-t-il pas un sens qui nous permette de voir et d'entendre cet autre monde qui est tout autour de nous ? Et qu'y a-t-il donc autour de nous que nous ne pouvons… »

« Assez ! » aboya Yueh.

Paul s'interrompit net et le regarda. Le docteur avait fermé les yeux et il tentait de se recomposer une attitude normale. *Par quelle perversion ce livre s'est-il ouvert au passage favori de Wanna ?* se demandait-il. Il rouvrit les yeux et rencontra le regard de Paul.

« Quelque chose ne va pas ? »

« Je suis désolé. C'était... c'était le passage favori de mon épouse défunte. Ce n'est pas celui que je voulais vous faire lire. Il m'évoque des souvenirs... douloureux. »

« Il y a deux marques », dit Paul.

Mais bien sûr, se dit Yueh. *Wanna avait marqué son passage à elle. Les doigts du garçon sont plus sensibles que les miens et ils ont trouvé l'entaille. Ce n'était qu'un accident, rien de plus.*

« Vous devriez trouver ce livre intéressant, reprit-il. Il recèle autant de vérité historique que de bonne philosophie pratique. »

Paul contemplait le livre, si minuscule au creux de sa main. Pourtant, se disait-il, il possédait un mystère. Quelque chose s'était produit tandis qu'il lisait. Quelque chose qui avait éveillé cette idée d'un but terrible.

« Votre père sera là d'un instant à l'autre. Posez le livre. Vous le lirez lorsque vous en aurez envie. »

Paul toucha la couverture comme le docteur lui avait appris à le faire et le livre se referma. Il le glissa dans sa tunique. L'espace d'un instant, quand Yueh avait crié, il avait craint qu'il ne reprenne son cadeau.

« Je vous remercie de ce présent, docteur Yueh, dit-il avec solennité. Ce sera un secret entre nous. S'il est un cadeau ou une faveur qui puisse vous faire plaisir, n'hésitez pas à me le demander. »

« Je... je ne désire rien », dit Yueh. Il pensa : *Pourquoi suis-je là à me torturer moi-même ? Et à torturer ce malheureux enfant ?... Bien qu'il n'en ait pas conscience. Oh ! maudits soient ces monstres de Harkonnen ! Pourquoi m'ont-ils choisi moi pour cette abomination ?*

Comment aborder l'étude du père de Muad'Dib, le Duc Leto Atréides ? Cet homme qui alliait une insurpassable bonté à une surprenante froideur ? De nombreux faits dans son existence, pourtant, nous ouvrent la voie : son amour exclusif pour sa Dame bene gesserit, les rêves qu'il fit pour son fils et le dévouement de ses gens. Le Duc y est contenu tout entier ; personnage solitaire en proie au Destin et dont le rayonnement fut estompé par la gloire de son fils. Mais ne dit-on point que le fils n'est jamais que l'extension du père ?

Extrait de Muad'Dib, commentaires de famille,
par la Princesse Irulan.

PAUL OBSERVA SON PÈRE TANDIS QU'IL FAISAIT SON ENTRÉE dans la salle d'entraînement. Il vit les gardes le saluer, à l'extérieur, puis l'un d'eux ferma la porte et, comme chaque fois, Paul perçut la *présence* de son père, une présence *totale*.

Le Duc était de haute taille, sa peau avait un teint olivâtre. Les angles durs de son visage n'étaient adoucis que par le regard profond de ses yeux gris. Il portait une tenue de travail noire sur laquelle la tête rouge de faucon des armoiries ducales ressortait nettement. Une ceinture-bouclier d'argent patinée par l'usage ceignait sa taille étroite.

« On travaille, mon fils ? » demanda-t-il.

Il s'approcha de la table et son regard se posa sur les papiers épars avant de courir par toute la salle et de revenir à son fils. Il se sentait las, soudain, lourd de l'effort qu'il faisait pour ne pas montrer sa fatigue. *Il faudra que je profite du moindre instant pour me reposer durant le voyage*, pensa-t-il. *Sur Arrakis, il ne sera plus question de repos.*

« Pas beaucoup, Père, dit Paul. Tout est tellement… » Il eut un haussement d'épaules.

« Oui. Mais demain nous partons. Ce sera bon de s'installer là-bas en laissant tous ces tourments derrière nous. »

Paul acquiesça et les mots de la Révérende Mère resurgirent soudain dans son esprit : … *Quant à ton père… Il n'y a rien à faire pour lui…*

« Père, Arrakis est-il aussi dangereux que chacun le dit ? »

Le Duc fit un effort pour esquisser un geste désinvolte. Puis il s'assit sur un coin de table et sourit. Tout un discours se dessina dans son esprit, formé de phrases telles que l'on pouvait en dire à des hommes, afin de dissiper les ultimes brumes, avant la bataille. Mais le discours parut se geler dans sa bouche et il n'eut plus qu'une seule pensée : *C'est mon fils.*

« Il y aura des dangers », dit-il enfin.

« Hawat m'a dit que nous avions un plan à l'égard des Fremen », dit Paul. Et il pensa : *Mais pourquoi ne lui dis-je rien à propos de la vieille femme ? Comment a-t-elle pu sceller ainsi ma langue ?*

Le Duc s'aperçut du désarroi de son fils. « Comme à son habitude, Hawat discerne très bien notre principal avantage. Mais il y a bien plus en jeu. Le Combinat des Honnêtes Ober Marchands. La Compagnie CHOM. En nous donnant Arrakis, sa Majesté est obligée de nous donner également un des directorats du CHOM… subtil avantage. »

« Le CHOM contrôle l'épice », dit Paul.

« Et Arrakis et l'épice nous ouvrent toutes grandes les portes du CHOM, acheva le Duc. Mais le CHOM représente bien plus que le Mélange, mon fils. »

« La Révérende Mère vous a-t-elle averti ? » lança Paul tout à coup. Puis, immédiatement, il serra les poings, ses paumes devinrent moites. Pour poser une telle question, il avait accompli un terrible effort.

« Hawat m'a rapporté qu'elle t'avait effrayé avec ses mises en garde à propos d'Arrakis, dit le Duc. Ne laisse jamais les craintes d'une femme obscurcir ton esprit. Sache qu'il n'est pas de femme qui accepte de risquer l'existence de ceux qu'elle aime. La main de ta mère était derrière ces avertissements. Considère-les simplement comme une preuve de l'amour qu'elle nous porte. »

« Sait-elle qui sont les Fremen ? »

« Oui, et elle sait bien d'autres choses encore. »

« Lesquelles ? »

La vérité, songea le Duc, *pourrait bien être pire que tout ce qu'il imagine. Mais les dangers n'acquièrent une valeur que lorsqu'on a appris à les affronter. Et pour ce qui est des dangers, rien n'aura été épargné à mon fils. Pourtant, il faut encore attendre. Il est jeune...*

« Il est peu de biens qui échappent au CHOM, reprit le Duc. Le bois, les chevaux, les mulets, le bétail, l'engrais, les peaux de baleine, les requins... Tout, du plus prosaïque au plus exotique... Même notre pauvre riz pundi de Caladan. La Guilde assure le transport de toutes les denrées, des œuvres d'art d'Ecaz aux machines de Richesse et d'Ix. Mais tout cela n'est rien à côté du Mélange. Une seule poignée du Mélange suffit à s'acheter une demeure sur Tupile. On ne peut le produire. Il faut l'extraire du sol d'Arrakis. Il est unique en son genre et ses propriétés gériatriques sont reconnues. »

« Et désormais c'est nous qui le possédons ? »

« Jusqu'à un certain degré. Mais il convient avant tout de bien se représenter toutes les Maisons qui dépendent des profits du CHOM. Et dis-toi bien que la plus grande part de ces profits provient d'une seule denrée : le Mélange. Songe alors à ce qui se passerait si quelque événement venait à en ralentir l'extraction. »

« Quiconque aurait entassé le Mélange dans ses greniers pourrait faire un malheur, dit Paul. Et les autres ne pourraient rien y faire. »

Le Duc ne put réprimer un sourire d'amère satisfaction. Tout en regardant son fils, il songeait à quel point son intelligence était aiguë et combien cette dernière réflexion témoignait de l'éducation qui lui avait été donnée.

« Les Harkonnen n'ont cessé de stocker pendant plus de vingt années. »

« Et ils souhaiteraient voir décroître la production du Mélange afin que vous en soyez rendu responsable. »

« Ils désirent que le nom des Atréides devienne impopulaire, dit le Duc. Songe que toutes les Maisons du Landsraad me considèrent en quelque sorte comme leur chef, leur porte-parole officieux. Comment crois-tu qu'elles réagiraient si j'étais jugé responsable d'une diminution sérieuse de leurs bénéfices ? C'est le profit qui compte avant tout, et au diable la Grande Convention ! Nul ne peut laisser autrui l'acculer à la misère ! (Un dur sourire apparut sur les lèvres du Duc.) Ils se tourneraient alors tous vers l'autre bord, quoi que l'on ait pu nous faire. »

« Même si l'on nous attaquait avec des atomiques ? »

« Non, rien d'aussi évident. Il ne faut pas défier *ouvertement* la Convention. Mais en dehors de cela, presque tout est permis, y compris la poussière ou la contamination du sol. »

« Alors pourquoi acceptons-nous cela ? »

« Paul ! (Le Duc fronçait les sourcils.) Le fait de savoir que le piège existe équivaut au premier pas pour lui échapper. C'est comme un combat singulier, mon fils, mais sur une vaste échelle. Feinte après feinte, sans issue visible. Notre but est de démêler l'écheveau de l'intrigue. Nous savons que les Harkonnen stockent le Mélange et nous pouvons nous demander qui fait de même. C'est ainsi que nous dresserons la liste de nos ennemis. »

« Qui sont-ils ? »

« Certaines Maisons de notre connaissance qui se sont révélées hostiles, et d'autres que nous croyons amicales. Mais en l'occurrence nous n'avons pas à en tenir compte car il y a bien plus important : notre bien-aimé Empereur Padishah. »

Soudain, Paul eut la gorge sèche. « Ne pourriez-vous convaincre le Landsraad en expliquant… »

« Et en révélant à notre ennemi que nous savons quelle main tient le couteau ? Ah, Paul, mais ce couteau, nous le *voyons* à présent ! Qui peut savoir où il sera pointé demain ? En avertissant le Landsraad, nous ne ferions que répandre un vaste nuage de confusion. Et l'Empereur nierait. Qui pourrait répliquer ? Nous ne ferions que gagner un peu de temps tout en risquant le chaos. Et d'où pourrait bien venir la prochaine attaque ? »

« Toutes les Maisons pourraient entreprendre de stocker l'épice. »

« Nos ennemis ont de l'avance. Beaucoup trop pour que nous puissions espérer les rattraper. »

« Mais l'Empereur, dit Paul, cela signifie les Sardaukars. »

« Déguisés en hommes de Harkonnen, dit le Duc. Mais ils n'en resteraient pas moins des soldats fanatiques. »

« Comment les Fremen pourraient-ils nous aider contre les Sardaukars ? »

« Hawat t'a-t-il parlé de Salusa Secundus ? »

« La planète-prison de l'Empereur ? Non. »

« Et si c'était plus qu'une planète-prison, Paul ? Il y a une question que jamais tu n'as posée à propos du Corps Impérial des Sardaukars : D'où viennent-ils ? »

« De la planète-prison ? »

« Ils viennent de quelque part. »

« Mais les levées d'hommes que l'Empereur demande… »

« C'est ce que l'on veut nous faire croire, qu'ils ne sont que des soldats magnifiquement entraînés dès leur jeunesse. On murmure bien parfois à propos des cadres d'entraînement de l'Empereur, mais l'équilibre de notre civilisation n'en demeure pas moins le même : les forces militaires des Grandes Maisons du Landsraad d'un côté et, de l'autre, les Sardaukars et leurs forces d'appoint levées auprès des Maisons. Et leurs forces d'appoint, Paul. Un Sardaukar reste un Sardaukar. »

« Mais tous les rapports sur Salusa Secundus disent la même chose : qu'il s'agit d'un monde infernal. »

« Sans nul doute. Mais si tu devais former des hommes durs, puissants, féroces, quel cadre choisirais-tu ? »

« Comment s'assurer la loyauté de tels hommes ? »

« Il existe des moyens qui ont fait leurs preuves : jouer sur une certaine conscience de supériorité, sur la mystique des serments secrets, sur la souffrance partagée en commun. Tous ces moyens réussissent. Cela a été prouvé bien des fois, sur bien des mondes. »

Paul acquiesça, sans quitter du regard le visage de son père. Il sentait qu'il allait déboucher sur quelque révélation.

« Si tu considères bien Arrakis, reprit le Duc, à l'exception des cités et des villages de garnison, c'est un monde aussi terrible que Salusa Secundus. »

Les yeux de Paul s'agrandirent : « Les Fremen ? »

« Nous disposons là d'une force potentielle aussi importante et dangereuse que les Sardaukars. Il nous faudra de la patience pour les former en secret et beaucoup d'argent pour les équiper de façon efficace. Mais ils sont là… et l'épice aussi, et la richesse qu'elle représente. À présent, comprends-tu pourquoi nous nous rendons sur Arrakis, même en sachant que le piège est là, grand ouvert ? »

« Les Harkonnen connaissent-ils les Fremen ? »

« Ils les détestent. Ils n'ont jamais essayé de les recenser. Ils se contentent de les chasser pour le plaisir. Nous connaissons bien la politique des Harkonnen quant aux populations locales : dépenser le moins possible. »

Le Duc fit quelques pas dans la salle. La tête de faucon scintilla sur sa poitrine. « Tu comprends ? »

« Dès maintenant, dit Paul, nous négocions avec les Fremen. »

« J'ai envoyé une mission conduite par Duncan Idaho. Duncan est orgueilleux et impitoyable, mais il aime la vérité. Je crois que les Fremen auront de l'admiration pour lui et que, si nous avons de la chance, ils pourraient bien nous juger à son image. Duncan, l'homme droit. »

« Duncan l'homme droit et Gurney l'homme brave », déclara Paul.

« Tu les as bien nommés. »

C'est à Gurney que la Révérende Mère faisait allusion, se dit Paul. *Un de ceux qui soutiennent les mondes… La valeur du brave.*

« Gurney me dit que tu excelles aux armes, aujourd'hui. »

« Ce n'est pas ce qu'il m'a dit à moi. »

Le Duc éclata de rire. « Je croyais Gurney avare de compliments. Mais selon lui (ce sont ses propres termes), tu connaîtrais merveilleusement bien la différence entre la pointe et le fil d'une lame. »

« Il dit que ce n'est pas d'un artiste que de tuer avec la pointe. Qu'il faut le faire avec le fil. »

« Gurney est un romantique », grommela le Duc. D'entendre ainsi son fils évoquer l'idée de meurtre le troublait. « J'aimerais que tu n'aies jamais à en venir là, reprit-il, mais si jamais la nécessité s'en présente, tue avec la pointe ou avec le fil, comme tu le pourras. » Et il leva les yeux vers le dôme transparent sur lequel tambourinait la pluie.

Paul, lui aussi, regardait les cieux mouillés. Et il songea à Arrakis, puis à l'espace entre les mondes.

« Les vaisseaux de la Guilde sont-ils réellement si gros ? » demanda-t-il.

Le regard de son père revint sur lui. « Ce sera ton premier voyage hors de la planète, dit-il. Oui, les vaisseaux de la Guilde sont gros. Mais nous serons à bord d'un long-courrier car le voyage est long, et les long-courriers sont immenses. Toutes nos frégates et tous nos cargos n'en occuperont qu'un petit coin. Ils seront bien peu de chose sur le manifeste du vaisseau. »

« Et nous ne pourrons pas quitter nos frégates ? »

« C'est là une part du prix qu'exige la Sécurité de la Guilde. Si des vaisseaux harkonnens se trouvaient à proximité, nous n'aurions rien à en craindre. Les Harkonnen ne se risqueraient pas à compromettre leurs privilèges de transport. »

« Je ne quitterai pas les écrans. J'essaierai d'apercevoir un Guildien. »

« Non. Leurs agents eux-mêmes ne voient jamais les Guildiens. La Guilde est aussi jalouse de son anonymat que de son monopole. Ne fais rien qui puisse compromettre nos privilèges, Paul. »

« Pensez-vous qu'ils se cachent parce qu'ils ont muté et que leur apparence n'est plus... plus *humaine ?* »

« Qui peut savoir ? (Le Duc haussa les épaules.) Il est peu probable que nous puissions éclaircir ce mystère. Et nous avons des problèmes plus immédiats. Toi, par exemple. »

« Moi ? »

« Ta mère désirait que ce soit moi qui te le dise, mon fils. Vois-tu, il se pourrait que tu aies des pouvoirs de Mentat. »

Paul regarda son père, incapable de parler pour un instant. Puis il s'exclama : « Moi ? Un Mentat ? Mais je... »

« Hawat le pense aussi, mon fils. C'est la vérité. »

« Mais je croyais que la formation d'un Mentat devait commencer dès son enfance et qu'on ne pouvait lui révéler ses pouvoirs sous peine d'inhiber très tôt les… »

Il s'interrompit. Tous les moments récemment vécus se rassemblaient en une seule équation. « Je vois », acheva-t-il.

« Un jour vient, dit le Duc, où le Mentat en puissance doit savoir. Il ne doit plus subir mais choisir de poursuivre son éducation ou d'abandonner. Certains peuvent poursuivre, d'autres en sont incapables. Mais le Mentat seul peut décider de son choix. »

Paul se frotta le menton. Toute l'éducation spéciale que lui donnaient sa mère et Hawat (mnémonique, accroissement de la perception, de la compréhension, contrôle des muscles, étude des langages et des nuances de la voix) tout cela se fondait en une nouvelle signification.

« Tu seras duc un jour, mon fils. Un duc mentat serait assurément un être redoutable. Peux-tu décider maintenant… ou as-tu besoin de temps ? »

« Je poursuivrai. » Il n'y avait eu, dans cette réponse, aucune hésitation.

« Redoutable, assurément », murmura le Duc, et Paul vit que son père souriait avec orgueil et ce sourire le bouleversa : il dessinait, sur le visage du Duc, les traits d'un mort. Alors Paul ferma les yeux et il sentit l'idée d'un but terrible qui l'envahissait de nouveau. Et il songea : *Devenir un Mentat est peut-être un but terrible.*

Mais à l'instant même où il formait cette pensée, la compréhension nouvelle qui était sienne la repoussait.

Le procédé bene gesserit d'implantation de légendes par la Missionaria Protectiva porta pleinement ses fruits lorsque Dame Jessica fut sur Arrakis. L'ensemencement de l'univers par un thème prophétique destiné à protéger les Bene Gesserit constitue un système dont on a depuis longtemps apprécié l'ingéniosité. Mais jamais encore comme sur Arrakis il ne s'était présenté une aussi parfaite combinaison entre les êtres et la préparation. Sur Arrakis, les légendes prophétiques s'étaient développées jusqu'à l'adoption d'étiquettes (Révérende Mère, canto et respondu, ainsi que la plus grande part de la panoplia propheticus Shari-a). Et l'on admet généralement aujourd'hui que les pouvoirs latents de Dame Jessica furent gravement sous-estimés.

Extrait de La Crise arrakeen : analyse,
par la Princesse Irulan.
(Diffusion confidentielle :
B. G. classement AR-81088587.)

TOUT AUTOUR DE JESSICA, DANS LE GRAND HALL D'ARRAKEEN, son existence était éparpillée en multiples colis, caisses, malles et cartons, entassés dans les coins de la vaste salle. Certains étaient partiellement ouverts et Jessica pouvait entendre, au-dehors, les manœuvres de la Guilde qui déposait un nouveau chargement sur le seuil.

Elle était immobile au centre du hall. Puis, lentement, elle pivota et son regard courut sur les sculptures envahies d'ombres, sur les fenêtres profondément renfoncées. L'aspect anachronique de ce lieu lui rappelait le Hall des Sœurs de l'École Bene Gesserit. Mais l'École avait été accueillante. Ici, tout n'était que pierre dure

L'architecte qui avait conçu la salle avait dû plonger loin dans le passé pour retrouver ces arc-boutants et ces sombres draperies, se dit-elle. L'arche du plafond culminait à deux étages au-dessus d'elle et elle songea que les énormes poutres sommières avaient dû être amenées du fond de l'espace pour une somme fabuleuse. Il n'y avait aucun monde dans le système d'Arrakis qui offrît des arbres d'une telle taille. À moins que les poutres ne fussent en faux bois… Mais Jessica ne le pensait pas.

Aux jours lointains du Vieil Empire, cette résidence avait été celle du gouvernement. L'argent avait alors moins d'importance. C'était bien avant la venue des Harkonnen ; bien avant l'édification de Carthag, leur capitale clinquante et misérable qui se trouvait à quelque deux cents kilomètres au nord-est, par-delà la Terre Brisée. Le Duc Leto avait fait preuve de sagesse en choisissant cette demeure. Arrakeen. C'était un beau nom, plein de solennité. Et la cité était petite, facile à défendre, à assainir.

À nouveau, le bruit des colis que l'on déchargeait retentit dans l'entrée. Jessica eut un soupir.

À sa droite, le portrait du père du Duc était appuyé contre une caisse. Le ruban de l'emballage s'en échappait comme quelque décoration en désordre. La main gauche de Jessica était refermée sur l'extrémité de ce ruban. Près du tableau, il y avait une tête de taureau noire montée sur une plaque de bois poli. Cette tête était comme un îlot obscur au centre d'une mer de papier froissé. La plaque reposait bien à plat sur le sol et le mufle luisant du taureau se dressait vers le lointain plafond comme si la bête affrontait quelque défi dans cette pièce où résonnaient d'innombrables échos.

Jessica se demandait à quelle impulsion elle avait pu obéir en déballant ces deux objets avant tout autre. La tête de taureau et le tableau. Certainement, il y avait quelque chose de symbolique dans l'image qu'ils composaient. Jamais, depuis que les mandataires du Duc l'avaient achetée à l'École, elle ne s'était sentie à ce point effrayée, désemparée.

La tête et le tableau.

Ils accentuaient son trouble. Elle frissonna et contempla à nouveau les étroites fenêtres. C'était encore le début de l'après-midi et, sous cette latitude, le ciel apparaissait noir et froid, beaucoup plus sombre que le tranquille ciel bleu de Caladan. Et Jessica ressentit en cet instant le premier pincement du mal du pays. *Caladan est si loin*, songea-t-elle.

« Nous y voici ! » C'était la voix du Duc.

Jessica, détournant son regard des fenêtres, le vit qui pénétrait dans le grand hall par l'entrée en voûte. Son uniforme noir de travail sur lequel la tête de faucon apparaissait en rouge semblait froissé et usé.

« Je craignais que vous ne vous soyez perdue dans cet endroit hideux », dit-il.

« C'est une froide demeure », dit Dame Jessica. Comme elle contemplait cet homme, elle retrouvait sa grandeur, cette peau sombre qui lui faisait songer à des bouquets d'olivier, à l'éclat d'un soleil d'or sur des eaux bleues. Dans ses yeux gris, il y avait un peu de la fumée d'un feu de bois. Mais le visage était celui d'un prédateur : aigu, tout en angles nets, en facettes. Elle eut peur de lui, soudain, et sa poitrine se serra. Il était devenu si sauvage, si déterminé depuis qu'il avait décidé d'obéir à l'Empereur.

« Cette cité tout entière est froide », dit-elle.

« Ce n'est qu'une petite ville de garnison sale et poussiéreuse. Mais nous allons changer tout cela. (Il contempla le hall.) Cette salle est un des lieux réservés au public. Je viens de visiter quelques-uns des appartements familiaux de l'aile sud. Ils sont bien plus agréables. » Il s'approcha de Jessica et lui toucha le bras, admirant en silence sa beauté pleine de dignité. Ses pensées revinrent au mystère de sa naissance. Était-elle née d'une Maison renégate ? De quelque lignée royale bannie ? Elle avait plus de majesté que le sang impérial lui-même n'en pouvait donner.

Sous la pression de son regard, elle se tourna à demi, révélant au Duc son profil. Il n'y avait en elle, se dit-il, rien qui mît en évidence sa beauté, rien qui l'imposât à l'attention. Son visage, sous le casque de ses cheveux couleur de bronze poli, était ovale. Ses yeux, très écartés, étaient aussi clairs, aussi verts que le ciel d'un matin de Caladan. Son nez était petit, sa bouche large et généreuse. Sa silhouette était agréable mais discrète ; elle était grande, cependant, mais ses formes étaient estompées.

En cet instant, le Duc se souvint que les Sœurs de l'École l'avaient qualifiée d'*osseuse*, ainsi que les mandataires qui l'avaient achetée. Mais c'était là une description bien rudimentaire. Jessica avait apporté à la lignée des Atréides une réelle beauté. Le Duc était heureux que Paul en eût bénéficié.

« Où est Paul ? » demanda-t-il.

« Quelque part dans la demeure. Il prend ses leçons avec Yueh. »

« En ce cas, il est sans doute dans l'aile sud, dit le Duc. Je croyais effectivement avoir entendu la voix de Yueh mais je n'ai pas eu le loisir de m'en assurer. (Il regarda Jessica, hésita.) Je ne suis venu ici que pour accrocher la clé de Castel dans ce hall. »

Elle retint son souffle, réprimant l'envie qu'elle éprouvait soudain de se rapprocher de lui. Accrocher la clé de Castel Caladan... Il y avait une intention précise dans un tel geste. Mais ce n'était ni le lieu ni l'instant pour rechercher quelque consolation.

« J'ai vu votre bannière sur la demeure en arrivant », dit-elle.

Le regard du Duc s'était posé sur le portrait de son père. « Vous vous apprêtiez à accrocher cela. Mais où ? »

« Quelque part, là. »

« Non. » Le mot était net, définitif. Toute discussion ouverte lui était refusée, elle ne pouvait avoir recours qu'à la ruse. Pourtant, elle devait essayer, ne fût-ce que pour se voir confirmer qu'elle ne pouvait l'abuser.

« Mon Seigneur, si seulement vous... »

« Ma réponse reste non. Je suis d'une indulgence coupable avec vous pour bien des choses, mais pas pour celle-ci. Je viens de la salle à manger où il y a... »

« Mon Seigneur ! Je vous en prie ! »

« Il convient de choisir entre votre digestion et ma dignité ancestrale, ma chère. Ils seront accrochés dans la salle à manger. »

Elle soupira. « Oui, Mon Seigneur. »

« Vous pourrez renouer avec votre habitude de dîner dans vos appartements quand vous le désirerez. Je n'exigerai que vous soyez présente à la place qui est vôtre que lors des réceptions. »

« Je vous remercie, Mon Seigneur. »

« Et ne soyez pas si froide et si cérémonieuse ! Soyez reconnaissante que je ne vous aie point épousée, ma chère. Ce serait alors votre *devoir* que d'être présente à chaque repas. »

Elle acquiesça, le visage impassible.

« Hawat a déjà placé votre goûte-poison personnel sur la table, reprit le Duc. Mais il y en a un portatif dans votre chambre. »

« Vous aviez prévu ce... désagrément », dit-elle.

« Ma chère, je pense aussi à votre bien-être. J'ai engagé des servantes. Elles sont d'origine locale mais Hawat les a sélectionnées. Toutes sont Fremen. Elles vous serviront jusqu'à ce que nos gens en aient terminé avec les tâches qui sont les leurs actuellement. »

« Peut-il se trouver ici quelqu'un de sûr ? »

« Tous ceux qui haïssent les Harkonnen le sont. Il se pourrait même que vous désiriez garder la gouvernante : la Shadout Mapes. »

« Shadout ? Est-ce là un titre Fremen ? »

« On m'a dit que cela signifiait "qui creuse les puits". Un tel nom est plein d'implications, ici. Il se peut qu'elle ne corresponde pas à votre idée d'une servante, toutefois, et en dépit de ce qu'en dit Hawat, sur la foi du rapport de Duncan. Tous deux sont convaincus qu'elle désire servir, et qu'elle désire plus particulièrement vous servir, *vous.* »

« Moi ? »

« Les Fremen ont appris que vous étiez Bene Gesserit. Et des légendes courent à propos des Bene Gesserit. »

La Missionaria Protectiva, pensa Jessica. *Il n'est pas de monde qui lui échappe.*

« Cela signifie-t-il que Duncan a réussi ? Les Fremen seront-ils nos alliés ? »

« Il n'y a rien de bien précis encore, dit le Duc. Selon Duncan, ils souhaitent pouvoir nous observer pendant quelque temps. Cependant, ils ont promis d'observer une trêve et de ne pas attaquer nos villages de la frontière. C'est là un gain plus important qu'il peut sembler. Hawat m'a dit que, pour les Harkonnen, les Fremen ont été une douloureuse épine dans le flanc et que l'on garde soigneusement secrète la vérité sur l'étendue de leurs ravages. Il eût été utile pour l'Empereur de connaître l'incurie des gens de Harkonnen. »

« Une gouvernante Fremen, dit Jessica en revenant à la Shadout Mapes. Elle aura donc les yeux tout bleus. »

« Ne vous laissez pas abuser par l'apparence de ces gens. Ils ont en eux une force et une vitalité réelles. Je pense qu'ils représentent tout ce dont nous avons besoin. »

« C'est un jeu dangereux. »

« Ne revenons pas sur cette question », dit le Duc.

Jessica s'efforça de sourire. « Nous sommes bel et bien engagés, cela ne fait aucun doute », dit-elle. Puis, rapidement, elle pratiqua l'exercice de retour au calme : deux aspirations, la pensée rituelle. Elle demanda ensuite : « Je vais assigner les différents appartements. Avez-vous quelque désir particulier ? »

« Un de ces jours, il faudra que vous m'appreniez comment vous faites cela, dit le Duc. Comment vous repoussez vos soucis pour revenir à des questions pratiques. Cela doit être bene gesserit. »

« C'est un truc de femme », dit Jessica.

Il sourit. « Bien, revenons-en aux appartements. Assurez-vous que je dispose d'un vaste espace pour mon bureau, à proximité de la chambre. Je devrai affronter plus de paperasse ici que sur Caladan. Et il faudra également une chambre des gardes, bien sûr. Cela devrait suffire. Ne vous préoccupez pas de la sécurité de la demeure. Les hommes de Hawat l'ont examinée en profondeur. »

« J'en suis bien certaine. »

Le Duc regarda sa montre. « Veillez à ce que nous soyons bien à l'heure locale d'Arrakeen. J'ai désigné un technicien pour s'occuper de cette question. Il ne devrait guère tarder à arriver. (Le Duc repoussa une mèche de cheveux qui tombait sur son front.) Il me faut maintenant regagner l'aire de débarquement. Le second transbordement devrait s'opérer d'un instant à l'autre. »

« Hawat ne pourrait-il s'en charger, Mon Seigneur ? Vous semblez tellement las. »

« Le bon Thufir est encore plus occupé que moi. Vous savez que cette planète est complètement infestée par les intrigues des Harkonnen. De plus, il me faut tenter de retenir certains des chasseurs d'épice. Le changement de fief leur laisse le libre choix et il m'est impossible d'acheter ce planétologiste que l'Empereur et le Landsraad ont désigné comme Arbitre du Changement. Il a accordé le libre choix. Près de huit cents spécialistes s'apprêtent à embarquer dans la navette de l'épice et un cargo de la Guilde les attend. »

« Mon Seigneur... » Jessica s'interrompit, hésitante.

« Oui ? »

Nul ne pourra l'empêcher d'essayer de rendre ce monde habitable pour nous, songea-t-elle. *Et je ne puis user de mes tours contre lui.*

« À quelle heure désireriez-vous dîner ? » demanda-t-elle enfin.

Ce n'est point là ce qu'elle s'apprêtait à dire, pensa le Duc. *Ah, ma Jessica, si seulement nous pouvions être ailleurs en cet instant, n'importe où, loin de ce monde terrible, seuls, tous les deux, et sans soucis.*

« Je mangerai sur le terrain, au mess des officiers. Ne m'attendez pas avant une heure avancée. Et... Oui, j'enverrai un garde-car prendre Paul. Je désire qu'il assiste à notre conférence stratégique. »

Il s'éclaircit la gorge comme s'il s'apprêtait à poursuivre, puis, soudain, il se détourna et sortit. Au-dehors, Jessica entendit le fracas d'un nouveau chargement de caisses que l'on déposait sur le seuil. Puis la voix du Duc s'éleva, autoritaire, hautaine, impérative. C'était toujours ainsi qu'il s'adressait à ses gens lorsqu'il était pressé par le temps. « Dame Jessica est dans le Grand Hall. Veuillez la rejoindre immédiatement. »

La porte claqua.

Jessica se retourna et ses yeux se posèrent sur le portrait du Vieux Duc. Il avait été peint par un artiste renommé, Albe, alors que le père du Duc avait encore à vivre la moitié de son existence. Le tableau le représentait en costume de matador, une cape magenta jetée sur son bras gauche. Ses traits étaient jeunes, presque aussi jeunes que ceux du duc Leto. Il avait le même regard gris, la même apparence d'oiseau de proie. Sans quitter des yeux le portrait, Jessica serra les poings.

« Soyez maudit ! Maudit ! Maudit ! » murmura-t-elle.

« Quels sont vos ordres, Noble Née ? »

C'était une voix de femme, chantante, ténue.

Jessica se retourna et découvrit une femme noueuse, à la chevelure grise, vêtue de l'informe tenue brunâtre des servantes. Elle était aussi ridée, aussi desséchée que tous ceux qui, ce même matin, avaient accueilli Jessica, tout au long du chemin depuis l'aire d'atterrissage. Tous semblaient rabougris et faméliques. Pourtant, songeait Jessica, Leto lui avait dit qu'ils étaient forts et sains. Les yeux… Oui, il y avait ces yeux, bien sûr, ces yeux d'un bleu profond et sombre, secrets, mystérieux. Jessica s'efforça d'éviter le regard de la femme.

Celle-ci inclina brièvement la tête. « On me nomme la Shadout Mapes, Noble Née. Quels sont vos ordres ? »

« Tu peux m'appeler "Ma Dame", dit Jessica. Je ne suis pas de noble naissance. Je suis la concubine en titre du duc Leto. »

À nouveau, la femme eut cet étrange mouvement de tête, puis elle leva les yeux vers Jessica, cherchant son regard et demanda abruptement : « Il y a donc une femme ? »

« Non, il n'y en a pas et il n'y en a jamais eu. Je suis la seule… compagne du Duc, la mère de l'héritier du nom. »

En disant ces mots, Jessica ne pouvait s'empêcher de rire tout au fond d'elle de l'orgueil qu'elle laissait ainsi percer. *Qu'a donc dit saint Augustin ? Que lorsque l'esprit commande au corps il est obéi, mais que lorsqu'il commande à lui-même il rencontre de la résistance ? Oui… Depuis quelque temps, je rencontre plus de résistance. Je devrais me retirer tranquillement en moi-même.*

Un cri étrange s'éleva sur la route, au-dehors. Un cri qui se répéta : « Soo-soo-sook ! Soo-soo-Sook ! » Puis : « Ikhut-eigh ! Ikhut-eigh ! » Et, de nouveau : « Soo-soo-Sook ! »

« Qu'est-ce donc là ? demanda Jessica. J'ai déjà entendu ce cri plusieurs fois ce matin, tandis que nous parcourions les rues. »

« Ce n'est qu'un marchand d'eau, Ma Dame. Mais il n'est point utile pour vous de lui prêter intérêt. Les citernes de cette demeure sont toujours pleines et elles contiennent cinquante mille litres d'eau. (La femme baissa les yeux sur sa robe brune.) Voyez-vous, Ma Dame, je n'ai même pas besoin de porter mon distille ici ! (Elle rit.) Et je n'en meurs pas ! »

Jessica hésita. Elle voulait poser des questions à cette Fremen, elle avait besoin d'être informée. Mais il était plus urgent de ramener l'ordre dans le château où régnait la confusion. Pourtant, la pensée de cette richesse que représentait l'eau en ce monde la troublait toujours.

« Mon époux m'a appris ton titre. Shadout. Je connais ce mot. Il est très ancien. »

« Vous connaissez donc les anciens langages ? » demanda la femme avec une étrange intensité dans la voix.

« Les langages constituent le premier enseignement bene gesserit. Je connais le bhotani-jib et le chakobsa, tous les langages de chasse. »

Mapes hocha la tête. « Exactement ce que dit la légende. »

Pourquoi me livrer à cette comédie ? se demanda Jessica. Mais les voies bene gesserit étaient détournées et l'on ne pouvait s'en écarter.

« Je connais les Choses Sombres et les dits de la Grande Mère », fit-elle. Dans l'apparence de la femme, dans chacun de ses gestes, elle découvrait des signes révélateurs, évidents. Elle reprit : « *Miseces prejia. Andral t're pera ! Trada cik buscakri miseces perakri !* » Elle avait parlé en langage chakobsa, et Mapes fit un pas en arrière comme si elle se préparait à fuir.

« Je connais bien des choses. Je sais que tu as donné le jour à des enfants, que tu as perdu ceux que tu aimais, que tu t'es cachée dans la crainte, que tu as pratiqué la violence et que tu la pratiqueras encore. Je connais bien des choses. »

À voix basse, Mapes répondit : « Je ne voulais pas vous offenser, Ma Dame. »

« Tu parles de la légende et tu cherches des réponses. Prends garde à celles que tu pourrais trouver. Je sais que tu es venue dans un but de violence avec une arme dans ton corsage. »

« Ma Dame, je... »

« Il existe une faible chance pour que tu parviennes à répandre mon sang, mais ce faisant tu amènerais plus de malheur que tu n'en peux concevoir dans tes plus folles craintes. Il est des choses pires que la mort, sais-tu. Même pour un peuple tout entier. »

« Ma Dame ! s'exclama Mapes qui semblait près de s'agenouiller. Cette arme était un présent pour vous si vous vous révéliez être Elle. »

« Et l'instrument de ma mort si je ne l'étais pas », acheva Jessica. Et elle attendit dans le calme apparent qui faisait des Bene Gesserit de terrifiants adversaires dans le combat. Et elle pensa : *Maintenant, nous pouvons voir de quel côté penche la décision.*

Lentement, Mapes porta la main à son col et en sortit un sombre fourreau. Une noire poignée en émergeait, gravée de creux profonds pour la prise. D'une main, Mapes prit le fourreau et, de l'autre, elle brandit une lame d'une blancheur laiteuse qui semblait briller d'une lueur propre. Elle était à double tranchant, comme un kindjal, longue d'environ vingt centimètres.

« Connaissez-vous cela, Ma Dame ? »

Ce ne pouvait être qu'une chose, pour Jessica. Le fabuleux krys d'Arrakis que nul n'avait jamais vu en dehors de ce monde et que l'on ne connaissait guère que par de vagues rumeurs.

« Un krys », dit-elle.

« Ne prononcez pas ce nom avec légèreté. En connaissez-vous le sens ? »

Cette question, songea Jessica, *c'est la raison même de la présence de cette femme fremen auprès de moi. Elle devait me la poser et ma réponse peut précipiter la violence ou… ou quoi ? Elle veut une réponse. Elle l'attend de moi. Ce que signifie ce couteau. On la nomme la Shadout en langage chakobsa. En chakobsa, le couteau est le « faiseur de mort ». Elle s'impatiente. Il me faut répondre maintenant. Tout retard serait aussi dangereux qu'une réponse fausse.*

« C'est un faiseur… », dit-elle.

« Ahii ! » cria la Fremen et c'était comme si elle exprimait autant de chagrin que de soulagement. Elle tremblait si violemment que la lame du couteau projetait des reflets par toute la salle.

Jessica attendait, immobile. Elle avait été sur le point de dire que le couteau était un *faiseur de mort* et d'ajouter ensuite l'ancien mot, mais maintenant tous ses sens l'avertissaient, aiguisés par un entraînement qui révélait la signification du moindre frémissement musculaire.

Le mot-clé était… *Faiseur.*

Faiseur ? Faiseur.

Pourtant, Mapes brandissait toujours le couteau comme si elle s'apprêtait à s'en servir.

« Crois-tu donc, dit Jessica, que connaissant les mystères de la Grande Mère, je pourrais ignorer le Faiseur ? »

Mapes abaissa le couteau. « Ma Dame, lorsque l'on a vécu pendant si longtemps avec la prophétie, l'instant de la révélation crée un choc. »

La prophétie… Le Shari-a et toute la panoplia propheticus. Une Bene Gesserit de la Missionaria Protectiva envoyée sur ce monde combien de siècles auparavant, morte depuis longtemps, sans aucun doute, mais ayant atteint son but : les légendes protectrices étaient maintenant fermement implantées dans ce peuple dans l'attente du jour où une Bene Gesserit en aurait besoin.

Et ce jour était venu.

Mapes remit le couteau dans son étui et dit : « Cette lame n'est pas fixée, Ma Dame. Gardez-la sur vous. Si elle venait à être éloignée de la chair pendant plus d'une semaine, elle commencerait à se désintégrer. Elle est à vous, aussi longtemps que vous vivrez. C'est une dent de shai-hulud. »

Jessica tendit la main droite et déclara, prenant un risque : « Mapes, tu as remis cette lame dans son étui sans qu'elle fût marquée par le sang. »

Avec une exclamation étouffée, Mapes ressortit le couteau, le posa dans la main de Jessica et déchira son corsage brun en implorant : « Prenez l'eau de ma vie ! »

Jessica brandit la lame (comme elle scintillait !) et la pointa vers la femme. Et elle put lire dans ses yeux quelque chose de plus fort que la peur de la mort. *Du poison au bout de la lame ?* D'un geste rapide, elle traça une infime égratignure dans le sein gauche de Mapes. Un filet de sang apparut puis, très vite, se tarit. *Coagulation ultrarapide*, se dit Jessica. *Une mutation pour la préservation de l'humidité ?*

Elle remit le couteau dans son étui. « Boutonne-toi, Mapes. »

La Fremen obéit en tremblant. Ses yeux entièrement bleus se fixèrent sur Jessica. « Vous êtes des nôtres, murmura-t-elle. Vous êtes Elle. »

À nouveau s'éleva le bruit d'un nouveau déchargement de colis sur le seuil. D'un geste rapide, Mapes s'empara de l'arme dans son étui et la glissa dans le corsage de Jessica. « Celui qui voit cette lame, dit-elle, doit être purifié ou tué ! Vous savez cela, Ma Dame, n'est-ce pas ? »

Maintenant, je le sais, songea Jessica.

Les manœuvres, au-dehors, s'éloignèrent.

Mapes reprit son calme et déclara : « Mais celui qui n'est point purifié et qui a vu le couteau ne peut quitter vivant Arrakis. N'oubliez jamais cela, Ma Dame. Vous avez le krys, désormais. (Elle prit une profonde inspiration.) À présent, cela doit suivre son cours. On ne peut rien hâter. Et (son regard courut sur les colis empilés autour d'elle) il y a en cet instant beaucoup de travail pour nous. »

Jessica hésita. *Cela doit suivre son cours.* Une phrase typique qui provenait des incantations de la Missionaria Protectiva. *La venue de la Révérende Mère qui vous libérera… Mais je ne suis pas une Révérende Mère*, pensa Jessica. Puis la révélation lui vint : *Grande Mère ! Ce monde doit être atroce pour qu'ils aient implanté ÇA !*

« Que voulez-vous que je fasse tout d'abord, Ma Dame ? » Le ton de Mapes était placide. Et son instinct avertit Jessica de calquer son attitude sur celle de la servante. « Ce portrait du Vieux Duc, là, dit-elle. Il faudrait l'accrocher dans la salle à manger. Et la tête de taureau est à placer sur la paroi opposée. »

Mapes s'approcha du trophée. « Ce devait être un grand animal pour avoir une pareille tête, dit-elle. (Elle se pencha et ajouta :) Il faut que je la nettoie, d'abord, Ma Dame ? »

« Non. »

« Mais la saleté s'est agglomérée sur les cornes. »

« Ce n'est pas de la saleté, Mapes. C'est le sang du père de notre Duc. Ces cornes ont été enduites d'un fixatif transparent quelques heures à peine après que cette bête eut tué le Vieux Duc. »

La Fremen se redressa. « Quoi ? »

« Ce n'est que du sang, Mapes. Et du sang ancien. Aide-moi à accrocher tout cela. Ces satanés objets sont lourds. »

« Croyez-vous que le sang m'effraie ? demanda Mapes. Je suis du désert et j'en ai déjà vu beaucoup. »

« Je… le pense », dit Jessica.

« Et parfois ce sang était le mien. Plus de sang que n'en a répandu votre petite égratignure. »

« Tu aurais aimé que je te coupe plus profondément ? »

« Oh, non ! L'eau du corps est trop précieuse pour que l'on en répande. Vous avez justement agi. »

Au travers des mots, de l'attitude de Mapes, Jessica perçut les implications plus profondes de la phrase. *L'eau du corps.* À nouveau, elle ressentit une sorte d'oppression. L'eau était si importante sur Arrakis.

« Sur quel mur de la salle devrai-je accrocher ces jolies choses, Ma Dame ? »

« Fie-toi à ton idée, Mapes. Cela n'a pas d'importance. » Et elle pensa : *Toujours pratique, cette Mapes.*

« Comme vous le désirez, Ma Dame. (Mapes se pencha sur le trophée.) Ainsi on a tué un vieux duc ? » dit-elle doucement.

« Dois-je appeler un des manœuvres pour t'aider ? » demanda Jessica.

« J'y arriverai seule, Ma Dame. »

Oh oui, elle y arrivera, pensa Jessica. *C'est ce qui caractérise cette Fremen : la volonté de réussir.*

Dans son corsage, elle ressentait le contact froid de l'arme et elle songea à la longue chaîne d'intrigues bene gesserit qui avait conduit à forger ce nouveau maillon, sur ce monde. Et qui l'avait sauvée d'une crise qui aurait pu être fatale. *On ne peut rien hâter*, avait dit Mapes. Pourtant, la hâte dominait les lieux en cette heure, une hâte qui emplissait Jessica d'appréhension. Et toutes les précautions de la Missionaria Protectiva, toutes les inspections minutieuses auxquelles s'était livré Hawat dans ce grand amoncellement de blocs de pierre ne pouvaient effacer cette sensation.

« Lorsque tu auras fini, défais les colis, dit-elle à Mapes. L'un des hommes qui déchargent au-dehors a toutes les clés et il connaît l'emplacement des choses. Demande-lui la liste ainsi que les clés. Si quelque problème se pose, je serai dans l'aile sud. »

« Il en sera selon votre désir, Ma Dame. »

Jessica s'éloigna. Elle songeait : *Sans doute les hommes de Hawat ont-ils jugé que cette demeure est sûre, mais je sens quelque chose de menaçant.*

Et soudain, elle eut envie de voir son fils. Elle se dirigea vers l'entrée voûtée qui accédait au passage conduisant à la salle à manger et aux appartements familiaux. Elle marchait vite. De plus en plus vite. Elle courait presque.

Derrière elle, Mapes cessa un instant de délivrer la tête de taureau de son emballage et leva les yeux sur la silhouette qui disparaissait. « C'est Elle, murmura-t-elle. C'est bien Elle. La pauvre. »

« Yueh ! Yueh ! Yueh ! dit le refrain. Un million de morts, ce n'est pas assez pour Yueh ! »

Extrait de Histoire de Muad'Dib enfant,
par la Princesse Irulan.

LA PORTE ÉTAIT ENTREBÂILLÉE. JESSICA PÉNÉTRA DANS UNE pièce dont les murs étaient jaunes. À sa gauche, elle découvrit une banquette basse de cuir noir et deux bibliothèques vides. Une gourde à eau pendait là, ses flancs rebondis couverts de poussière. À droite, de part et d'autre d'une nouvelle porte, apparaissaient d'autres bibliothèques vides, ainsi qu'un bureau de Caladan et trois chaises. Au fond de la pièce, en face de Jessica, le docteur Yueh se tenait immobile devant la fenêtre. Il lui tournait le dos et toute son attention semblait en cet instant concentrée sur le monde extérieur.

Silencieuse, Jessica avança d'un pas. Elle remarqua que le manteau du docteur était froissé et qu'une trace blanche était visible à hauteur de son coude gauche, comme s'il s'était récemment appuyé contre de la craie. Vue ainsi de derrière, sa silhouette raide et désincarnée en habit noir évoquait quelque marionnette prête à se mouvoir selon la volonté d'un invisible montreur. Seule la tête paraissait vivante, légèrement penchée pour mieux suivre quelque mouvement au-dehors, les cheveux d'un noir d'ébène enserrés dans l'anneau d'argent de l'École Suk et rejetés sur l'épaule.

De nouveau, le regard de Jessica fouilla la pièce et elle ne décela aucun signe de la présence de son fils. Mais cette porte fermée, sur la droite, ouvrait, elle le savait, sur une petite chambre pour laquelle Paul avait semblé marquer quelque penchant.

« Bonsoir, docteur Yueh, dit-elle. Où est Paul ? »

Il hocha la tête comme s'il répondait à quelque signe de l'extérieur et parla d'une voix absente, sans se retourner : « Votre fils était fatigué, Jessica. Je l'ai envoyé se reposer dans la chambre voisine. »

Puis, brusquement, il se raidit et se retourna. Sa moustache retombait sur ses lèvres violettes. « Pardonnez-moi, Ma Dame ! Mes pensées n'étaient point là... Je... je ne voulais pas me montrer aussi familier. »

Elle sourit et leva la main droite. Pendant un instant, elle craignit qu'il ne s'agenouille et dit : « Wellington, je vous en prie. »

« Mais d'avoir ainsi prononcé votre nom... Je... »

« Nous nous connaissons depuis six ans. Cela devrait suffire pour que nous oubliions les formalités... en privé. »

Yueh risqua un pâle sourire. *Je pense que cela a marché,* pensa-t-il. *À présent, elle croira que toute attitude étrange de ma part peut s'expliquer par mon embarras. Pendant qu'elle détient la réponse, elle ne cherchera pas plus loin d'autres raisons.*

« Je crains que vous ne m'ayez surpris en train de rêvasser, dit-il. Lorsque je suis... très inquiet à votre sujet, j'ai bien peur de ne penser à vous que comme... Eh bien, comme à Jessica. »

« Inquiet à mon sujet ? Et pourquoi ? »

Yueh haussa les épaules. Depuis longtemps il avait compris que Jessica ne possédait pas tout le Dire de Vérité au contraire de sa Wanna. Pourtant, chaque fois que cela lui était possible, il lui disait la vérité. C'était plus sûr.

« Vous avez vu ces lieux, Ma... Jessica. (Il avait hésité sur le nom et poursuivit :) Tout y est si nu après Caladan. Et ces gens ! Toutes ces femmes au long de notre chemin qui gémissaient derrière leurs voiles. Et leur regard ! »

Jessica referma ses bras sur sa poitrine et elle sentit le contact du couteau, de la lame faite d'une dent de ver des sables, si la rumeur disait vrai.

« Nous leur paraissons étranges, c'est tout, dit-elle. Nous sommes différents et nos coutumes le sont aussi. Ils n'ont jamais connu que les Harkonnen. (Elle tourna son regard vers la fenêtre et demanda :) Mais que regardiez-vous au-dehors ? »

« Les gens », dit Yueh.

Elle vint à ses côtés et suivit son regard. Il contemplait le devant de la demeure, sur la gauche. Là se dressaient vingt palmiers. Le sol, autour d'eux, était propre, nu. Une barrière-écran protégeait les arbres des gens en robes qui passaient sur la route proche. Jessica perçut l'infime frémissement de l'air tandis qu'elle observait ceux qui passaient là-bas et se demandait pourquoi ce spectacle absorbait à ce point le docteur.

Puis elle comprit et porta instinctivement une main à sa joue. Les gens regardaient les palmiers ! Et elle décelait de l'envie sur leurs visages, de la haine... et un peu d'espoir. Tous ceux qui passaient là-bas pillaient les arbres, un à un, de l'intensité de leur regard fixe.

« Savez-vous ce qu'ils pensent ? » demanda Yueh.

« Prétendez-vous lire dans les esprits ? »

« Dans ceux-là, oui. Ces gens regardent ces arbres et ils pensent : Voici cent d'entre nous. Voilà ce qu'ils pensent. »

Elle le regarda, fronçant les sourcils d'un air intrigué.

« Pourquoi ? »

« Ces arbres sont des dattiers. Chacun d'eux requiert une quarantaine de litres d'eau chaque jour. Un homme n'a besoin que de huit litres. Ainsi, chacun de ces palmiers équivaut à cinq hommes. Vingt palmiers. Cent hommes. »

« Mais certaines gens les regardent avec une sorte d'espoir. »

« Ils espèrent seulement que quelques dattes tomberont. Mais ce n'est pas la saison. »

« Nous considérons cet endroit d'un œil trop critique, dit-elle. Il y a ici autant d'espoir que de danger. L'épice pourrait nous rendre riches. Et avec un important trésor devant nous, nous pourrions façonner ce monde selon nos désirs. »

Au fond d'elle-même, elle eut un rire silencieux. *Qui suis-je en train de chercher à convaincre ?* Et son rire éclata à travers toutes ses contraintes. Un rire sec, sans joie. « Mais bien sûr on ne peut pas acheter la sécurité », dit-elle.

Yueh détourna son visage. *Si seulement*, songea-t-il, *il était possible de les haïr plutôt que de les aimer, tous !* Par ses manières, et de bien des façons, Jessica ressemblait à sa Wanna. Cette pensée, pourtant, contenait ses propres implications qui ne faisaient que renforcer sa détermination. La cruauté des Harkonnen était déconcertante et Wanna pouvait aussi bien être encore en vie. Il devait en être certain.

« Ne vous inquiétez pas pour nous, Wellington, dit Jessica. Ce sont là nos problèmes, non les vôtres. »

Elle pense que je m'inquiète pour elle ! Il refoula ses larmes. *Et je m'inquiète, oui. Mais je dois affronter ce noir Baron lorsque son forfait sera accompli et saisir une chance de le frapper alors, quand il sera faible, à l'instant de son triomphe !*

Il eut un soupir.

« Risquerai-je de déranger Paul en allant jeter un regard sur lui ? » demanda Jessica.

« Nullement. Je lui ai donné un sédatif. »

« Il supporte bien le changement ? »

« Il est seulement un peu plus fatigué qu'à l'accoutumée, et excité, aussi, mais quel jeune garçon de quinze ans ne le serait pas en de telles circonstances ? » Il marcha jusqu'à la porte et l'entrouvrit. Jessica le suivit et plongea son regard dans la pénombre de la chambre.

Paul reposait sur un lit étroit. Il avait glissé un bras sous la couverture légère et ramené l'autre sur sa tête. Le jour, à travers les persiennes, venait poser une trame d'ombre et de lumière sur le lit et sur le visage de Paul. Un visage ovale comme celui de sa mère, songea Jessica. Mais les cheveux étaient ceux du Duc. Une tignasse d'un noir charbonneux. Le regard de Jessica glissa sur les paupières closes de son fils, sur ses longs cils, et elle sentit ses craintes s'estomper. Ce qu'elle lisait sur le visage de Paul, c'était aussi bien un reflet d'elle-même que les traces plus marquées du père, de plus en plus marquées, comme si l'homme mûr transparaissait sous l'enfant.

Et elle pouvait concevoir en cet instant les traits de son fils comme le produit raffiné de cheminements hasardeux, suites d'événements innombrables qui convergeaient vers ce nexus.

Elle eut envie de s'agenouiller auprès du lit et de prendre son fils entre ses bras. Mais la présence de Yueh l'en empêcha. Elle fit un pas en arrière et referma doucement la porte. Yueh avait repris sa faction devant la fenêtre. Il n'avait pu supporter le regard de Jessica devant son fils. *Pourquoi Wanna ne m'a-t-elle point apporté d'enfant ?* se demanda-t-il. *Je suis docteur, je sais qu'aucune raison physique ne s'y opposait. À moins qu'il n'y ait eu quelque explication bene gesserit ? Était-il possible qu'on l'ait destinée à autre chose ? Mais à quoi ? Elle m'aimait. J'en suis certain.*

Pour la première fois lui vint la pensée qu'il pouvait faire partie d'un plan plus vaste et plus complexe que son esprit ne pouvait le concevoir.

Jessica était revenue à ses côtés. « Le sommeil de l'enfant est un abandon si complet », dit-elle.

Yueh répondit mécaniquement : « Si seulement les adultes pouvaient se reposer de la sorte. »

« Oui. »

« Où avons-nous perdu cela ? » murmura-t-il.

Elle le regarda. Elle avait perçu l'étrangeté de sa voix mais elle pensait encore à Paul, aux nouvelles obligations de son éducation, à toutes les différences qui allaient se manifester dans son existence sur ce monde, une existence qui ne ressemblerait pas à celle qu'elle avait un jour rêvée pour lui.

« Bien sûr, nous perdons quelque chose », dit-elle. Sur la droite, elle regarda le frissonnement gris-bleu des buissons agités par le vent au long de la pente, feuilles poussiéreuses et branches griffues.

Le ciel trop sombre semblait se refermer au-dessus de la pente et la clarté laiteuse du soleil d'Arrakeen donnait au paysage un reflet argenté – comme celui de la lame du krys qu'elle dissimulait dans son corsage.

« Le ciel est si sombre », dit-elle.

« C'est dû en partie au manque d'humidité. »

« L'eau ! L'eau ! Où que l'on se tourne ici, on entend parler du manque d'eau ! »

« C'est là le précieux mystère d'Arrakis », dit Yueh.

« Mais pourquoi y en a-t-il si peu ? La roche, ici, est volcanique. Et je pourrais vous citer une dizaine d'autres sources d'énergie. Il y a aussi la glace polaire. On dit qu'il est impossible de forer dans le désert, que les tempêtes et les marées de sable détruisent le matériel plus vite qu'on ne peut l'installer, quand les vers des sables ne vous attrapent pas avant. De toute manière, nul n'a jamais trouvé la moindre trace d'eau. Mais le mystère, Wellington, le grand mystère, ce sont les puits qui ont été creusés ici même. En avez-vous entendu parler ? »

« D'abord un filet d'eau, dit-il, puis, plus rien. »

« Le mystère est là, Wellington. Il y a de l'eau. Elle se tarit. Et elle ne revient plus jamais. Un autre puits creusé à proximité donnera le même résultat : un filet d'eau qui disparaît ensuite. Et personne ne s'est inquiété de cela ? »

« J'admets que c'est curieux. Mais vous pensez à la présence de quelque agent vivant ? Les échantillons de terrain l'auraient mis en évidence. »

« Qu'auraient-ils mis en évidence ? Une plante étrangère ? Un animal ? Comment pourrait-on l'identifier ? (Le regard de Jessica revint à la pente gris-bleu.) L'eau est arrêtée. Quelque chose l'absorbe. Voilà ce que je crois. »

« Peut-être l'explication est-elle déjà connue, dit Yueh. Les Harkonnen ont censuré bien des sources d'information sur Arrakis. Ils avaient sans doute une raison pour garder l'explication secrète. »

« Quelle raison ? Et puis, il y a aussi l'humidité atmosphérique. Elle est assez faible, bien sûr, mais elle existe. Et elle fournit même la majeure partie de l'eau, ici, grâce aux précipitateurs et aux pièges à vent. D'où provient-elle ? »

« Des calottes polaires ? »

« L'air froid ne recèle que peu d'humidité, Wellington. Non, il y a ici, derrière le voile des Harkonnen, des choses qui résistent à toute investigation et qui ne sont pas toutes liées directement à la question de l'épice. »

« Nous sommes certainement derrière le voile des Harkonnen, commença Yueh. Peut-être. » Il s'interrompit. Jessica fixait soudain sur lui un regard particulièrement intense. Il demanda : « Qu'y a-t-il ? »

« Cette façon dont vous avez dit *Harkonnen*, dit-elle. Même la voix du Duc, lorsqu'il prononce ce nom haï, ne se gonfle point d'autant de venin. J'ignorais que vous aviez des raisons personnelles de les haïr, Wellington. »

Grande Mère ! songea-t-il. *Je viens d'éveiller ses soupçons ! À présent, je devrai jouer de toutes les ruses que Wanna m'a enseignées. Il n'y a qu'une solution : dire la vérité aussi longtemps que je le pourrai.*

« Vous ignoriez que ma femme, ma Wanna... », dit-il. Puis il haussa les épaules. Sa gorge s'était serrée, tout à coup. Il tenta de reprendre : « Je... » Mais les mots ne venaient pas. La panique l'envahit. Il ferma les yeux. Dans sa poitrine, il ressentit comme une douleur et même un peu plus jusqu'à ce qu'une main vînt toucher doucement son bras.

« Pardonnez-moi, dit Jessica. Je n'avais pas l'intention de rouvrir quelque blessure ancienne. » Et elle songea : *Animaux qu'ils sont ! Sa femme était Bene Gesserit. Il en porte tous les signes. Et il est évident que les Harkonnen l'ont tuée. Il n'est qu'une autre victime, attachée aux Atréides par un cherem de haine.*

« Je suis navré, reprit Yueh. Je suis incapable d'en parler. » Il rouvrit les yeux, s'abandonnant à cette souffrance qu'il ressentait en lui. Et, en fait, ce n'était que la vérité.

Le regard de Jessica étudiait son visage, ses pommettes aiguës, les reflets d'or sombre dans ses yeux amande, sa peau jaune et cette fine moustache qui pendait de part et d'autre des lèvres violettes et du fin menton. Les rides qui marquaient les joues et le front, nota-t-elle, provenaient du chagrin aussi bien que de l'âge. Et elle ressentit une affection profonde pour cet homme.

« Wellington, je suis désolée que nous vous ayons amené en des lieux aussi dangereux », dit-elle.

« Je suis venu de mon plein gré », répondit-il. Et cela, également, n'était que vérité.

« Mais ce monde tout entier n'est qu'un piège des Harkonnen, vous devez savoir cela. »

« Il faudrait plus d'un piège pour attraper le Duc Leto », dit encore Yueh. Et cela, encore, n'était que vérité.

« Peut-être devrais-je avoir plus confiance en lui, dit Jessica. C'est un brillant tacticien. »

« Nous avons été déracinés. C'est pour cela que nous ne sommes pas à notre aise. »

« Et combien il est facile de tuer une plante déracinée. Surtout lorsqu'on la replante en un sol hostile. »

« Sommes-nous certains que ce sol soit hostile ? »

« On s'est battus pour l'eau lorsque l'on a appris combien de gens la venue du duc Leto ajouterait à la population, dit Jessica. Les combats n'ont cessé que lorsque les gens ont vu que nous installions de nouveaux condenseurs et pièges à vent afin d'absorber cette surcharge. »

« Il y a juste assez d'eau pour entretenir la vie humaine ici, dit Yueh. Les gens savent très bien que si de nouveaux éléments arrivent qui boiront une certaine quantité d'eau, les prix monteront et les pauvres périront. Mais le Duc a résolu cela. Ces troubles n'indiquent nullement une hostilité permanente à son égard. »

« Et les gardes, dit alors Jessica. Des gardes partout. Et des boucliers. Ils troublent votre regard où que vous portiez vos yeux. Nous ne vivions pas ainsi sur Caladan. »

« Laissez une chance à cette planète », dit Yueh.

Mais l'éclat des yeux de Jessica était toujours aussi dur tandis qu'elle semblait regarder au-delà de la fenêtre. « Je sens la mort en ces lieux, dit-elle. Hawat a envoyé ici un bataillon de ses agents en avant-garde. Ces gardes, là-dehors, sont à lui. Et les hommes de manœuvre au débarquement également. Il y a eu récemment des prélèvements importants et inexpliqués dans le trésor. Ils ne peuvent signifier qu'une chose : la corruption aux échelons élevés. (Elle secoua la tête.) Là où va Hawat, la mort et la trahison le suivent. »

« Vous le noircissez. »

« Le noircir ? J'exalte ses mérites, plutôt. La mort et la trahison sont nos seuls espoirs désormais. Simplement, je ne me fais pas d'illusions sur ses méthodes. »

« Vous devriez... trouver quelque occupation. Ne pas vous accorder le moindre instant pour d'aussi morbides... »

« M'occuper ! Mais qu'est-ce donc qui me prend la plus grande partie de mon temps, Wellington ? Je suis la secrétaire du Duc. Et je suis à tel point occupée que chaque jour j'apprends à redouter de nouvelles choses... des choses qu'il ne me soupçonne même pas de connaître. (Elle serra les lèvres et sa voix se fit ténue.) Parfois, je me demande en quelle façon mon éducation bene gesserit s'intègre dans mon choix. »

« Que voulez-vous dire ? » Yueh était fasciné par le ton cynique de Jessica, par cette amertume que jamais encore elle ne lui avait révélée.

« Wellington, ne pensez-vous pas qu'une secrétaire attachée par l'amour soit infiniment plus sûre ? »

« Cette pensée n'est pas juste, Jessica », dit-il.

Les mots étaient venus spontanément à ses lèvres. Nul ne pouvait avoir le moindre doute quant au sentiment que le Duc nourrissait à l'égard de sa concubine ; il suffisait de l'observer lorsqu'il la suivait des yeux.

Jessica soupira. « Vous avez raison. Ce n'est pas juste. »

Et, à nouveau, elle referma les bras sur sa poitrine, sentit le contact du krys dans son étui contre sa chair et songea à l'œuvre inachevée qu'il représentait.

« Bientôt, dit-elle, le sang sera répandu. Les Harkonnen n'auront point de repos jusqu'à ce que mon Duc soit détruit ou qu'ils aient trouvé la mort. Le Baron ne saurait oublier que Leto est un cousin de la lignée royale – peu importe à quelle distance – alors que les titres des Harkonnen ne proviennent que de leurs intérêts dans le CHOM. Mais le véritable poison, celui qui est instillé profondément dans son esprit, c'est de savoir qu'un Atréides fit bannir un Harkonnen pour couardise après la Bataille de Corrin. »

« La vieille canaille », murmura Yueh. Et, durant un instant, il sentit l'aiguillon acide de la haine. La vieille canaille l'avait pris dans sa toile, elle avait tué sa Wanna – ou pis, l'avait livrée aux tortures harkonnens jusqu'à ce que son époux eût rempli sa tâche. La vieille canaille l'avait pris au piège et tous ces gens, autour de lui, faisaient partie du piège. Il était ironique que tout ce drame fatal dût se dérouler ici, sur Arrakis, source unique, dans l'univers connu, du Mélange, le prolongateur de vie, la drogue de santé.

« À quoi pensez-vous ? »

« Je pense que l'épice rapporte six cent vingt solaris par décagramme sur le marché, actuellement. Ce qui représente une richesse susceptible d'acheter bien des choses. »

« La cupidité vous toucherait-elle vous aussi, Wellington ? »

« Non. Pas la cupidité. »

« Quoi, alors ? »

Il haussa les épaules. « La futilité. (Il la regarda.) Vous souvenez-vous du goût de l'épice, la première fois ? »

« C'était comme de la cannelle. »

« Mais le goût n'est jamais le même. C'est comme la vie. Chaque fois un visage différent. Certains prétendent que l'épice engendre une réaction induite. Le corps, apprenant qu'une chose est bonne pour lui, interprète favorablement le parfum. Et cette chose, tout comme la vie, ne peut être vraiment synthétisée. »

« Je pense qu'il eût été plus sage pour nous de devenir des renégats, de fuir loin de l'Empire », dit Jessica.

Il comprit qu'elle ne l'avait pas écouté et il réfléchit à ce qu'elle venait de dire. *Oui, pourquoi ne l'a-t-elle pas conduit à cela ? Elle pourrait l'obliger à n'importe quoi.*

Il parla rapidement, parce qu'il changeait de sujet et parce que c'était encore la vérité. « Me jugeriez-vous audacieux, Jessica… si je vous posais une question personnelle ? »

Prise d'un sentiment d'inquiétude inexplicable, elle s'appuya contre les montants de la fenêtre et dit : « Non, bien sûr. Vous… vous êtes mon ami. »

« Pourquoi ne vous êtes-vous pas fait épouser par le Duc ? »

Elle se retourna soudain, le regard flamboyant. « Me faire épouser ? Mais… »

« Je n'aurais pas dû poser cette question », dit Yueh.

« Non. (Elle haussa les épaules.) Il y a à cela une bonne raison politique. Aussi longtemps que mon Duc reste célibataire, certaines Grandes Maisons peuvent encore espérer une alliance. Et… (Elle soupira.)… motiver les gens, les obliger à embrasser votre volonté tend à vous amener à une attitude cynique envers l'humanité. Tout ce qui est touché par cela s'en trouve dégradé. Si je l'amenais à… cet acte, ce ne serait pas de son fait. »

« C'est là une chose que ma Wanna aurait pu dire », murmura Yueh. Et ceci aussi n'était que vérité. Et il porta une main à sa bouche et avala convulsivement. Jamais encore il n'avait été aussi près de parler, de révéler son rôle clandestin.

Mais Jessica reprit la parole et le moment fut brisé. « De plus, Wellington, il y a réellement deux hommes dans le Duc. J'aime profondément l'un de ces hommes. Il est plaisant, tendre, spirituel, prévenant… Tout ce qu'une femme peut désirer. Mais l'autre homme est… froid, dur, égoïste, exigeant, cruel comme le vent d'hiver. Cet homme a été façonné par le père. (Le visage de Jessica se durcit.) Si seulement le vieil homme était mort à la naissance du Duc ! »

Dans le silence retombé, ils purent entendre le cliquetis des lamelles des stores dans la brise d'un ventilateur. Jessica prit une inspiration profonde. « Leto a raison. Ces appartements sont bien plus agréables que ceux des autres secteurs. (Elle se détourna et son regard courut par toute la pièce.) Si vous voulez bien m'excuser, Wellington, j'aimerais visiter à nouveau cette aile avant d'attribuer les différents appartements. »

Il acquiesça. « Bien sûr. » Et il pensa : *Si seulement il existait un moyen de ne pas accomplir ma tâche.*

Jessica laissa retomber ses bras au long de son corps. Puis elle gagna la porte donnant sur le hall et s'immobilisa un instant sur le seuil, hésitant à quitter la pièce. *Tout au long de notre conversation*, songeait-elle, *il n'a cessé de cacher quelque chose. Sans doute pour épargner mes sentiments. Il est bon.* Elle hésita encore. Elle était sur le point de retourner auprès de Yueh pour tenter de lui arracher son secret. *Mais cela ne pourrait que faire naître la honte en lui. Il s'effraierait d'avoir été si aisément deviné. Je devrais accorder un peu plus de confiance à mes amis.*

On a bien souvent évoqué la rapidité avec laquelle Muad'Dib apprit les nécessités d'Arrakis. Les Bene Gesserit, bien sûr, en connaissent la raison. À l'intention des autres, nous pouvons dire ici que Muad'Dib apprit aussi rapidement parce que le premier enseignement qu'il eût reçu était de savoir apprendre. Et la leçon première de cet enseignement était la certitude qu'il pouvait apprendre. Il est troublant de découvrir combien de gens pensent qu'ils ne peuvent apprendre et combien plus encore croient que c'est la chose difficile. Muad'Dib savait que chaque expérience porte en elle sa leçon.

Extrait de L'Humanité de Muad'Dib,
par la Princesse Irulan.

DANS SON LIT, PAUL FEIGNAIT DE DORMIR. IL LUI AVAIT ÉTÉ facile d'escamoter le somnifère du docteur Yueh et de faire semblant de l'avaler. Il avait envie de rire, en cet instant. Sa mère elle-même l'avait cru endormi. Il avait été sur le point de se lever et de lui demander la permission d'explorer la maison, puis il avait songé qu'elle ne la lui aurait pas accordée. Tout était encore trop incertain. Non. Il avait une meilleure idée.

Si je me glisse dehors sans l'avoir demandé, je n'aurai désobéi à aucun ordre. Et je serai en sécurité dans la maison.

Il entendait sa mère et Yueh qui parlaient dans la pièce voisine. Leurs paroles ne lui parvenaient qu'indistinctement.

Il était question de l'épice… des Harkonnen. Par instants, il y avait des silences.

Paul reporta son attention sur les sculptures qui ornaient la tête de son lit. Tête fausse, d'ailleurs, puisqu'elle était fixée au mur et dissimulait les différents contrôles de la chambre. Un poisson sautant hors de l'eau avait été gravé dans le bois. Il y avait de petites vagues brunes et profondes sous lui. Paul savait qu'en appuyant sur un des yeux du poisson, il pouvait éclairer les lampes à suspenseurs et qu'en faisant pivoter l'une des vagues, il pouvait régler la ventilation. Une autre commandait la température de la chambre.

Doucement, Paul s'assit. À sa gauche, une haute bibliothèque se dressait contre la paroi. Elle pouvait pivoter sur le côté. Derrière, il y avait un placard avec des tiroirs sur un côté. La poignée de la porte qui ouvrait sur le hall avait la forme d'une barre de commande d'ornithoptère.

La chambre semblait avoir été conçue pour le séduire.

La chambre et la planète tout entière.

Il repensa à la bobine que lui avait montrée Yueh : « Arrakis, Station Expérimentale de Botanique du Désert de Sa Majesté Impériale. » Une ancienne bobine qui datait d'avant la découverte de l'épice. Des noms vinrent flotter dans son esprit et chacun d'eux recelait l'image qui avait été imprimée par l'impulsion mémorielle du film : *saguaro, buisson-baudet, palmier-dattier, verveine des sables, primevère du soir, cactus-tonneau, buisson d'encens, arbre-fumée, buisson créosote, renard à poche, faucon du désert, souris-kangourou…*

Des noms et des images, surgis du passé terrestre de l'homme. Des noms et des images que l'on ne pouvait désormais trouver que sur Arrakis.

Et tant de choses nouvelles à apprendre sur… l'épice.

Et les vers des sables.

Une porte se ferma dans l'autre pièce. Paul entendit les pas de sa mère qui s'éloignaient vers le hall. Il savait que le docteur Yueh, resté seul, allait trouver quelque chose à lire et qu'il ne quitterait pas la pièce.

Le moment était venu de partir en exploration.

Paul se glissa hors du lit et se dirigea vers la bibliothèque qui dissimulait la porte accédant au hall. Il y eut un bruit derrière lui et il s'arrêta. La tête sculptée du lit se rabattait en avant. Paul s'était figé sur place et ce fut son immobilité qui le sauva.

De la tête du lit maintenant rabattue surgit un minuscule chercheur-tueur qui ne faisait pas plus de cinq centimètres. Paul l'identifia immédiatement. C'était là un instrument de mort que tout enfant de sang royal apprenait à connaître dès son plus jeune âge. Une dangereuse aiguille de métal guidée à distance qui se fichait dans la chair vivante et remontait ensuite le réseau nerveux jusqu'au plus proche organe vital.

Le chercheur s'éleva en l'air et se mit à osciller.

Les limitations du chercheur-tueur. La connaissance jaillit dans l'esprit de Paul. Le champ réduit de suspension troublait la vision de l'œil-émetteur du chercheur-tueur. Sans autre source de clarté que la lumière ambiante, l'opérateur devrait se fier entièrement au mouvement et attaquer tout ce qui se déplaçait. Un bouclier pouvait ralentir un chercheur-tueur et l'on pouvait ainsi trouver le temps de le détruire. Mais Paul avait laissé le sien sur le lit. Les lasers pouvaient abattre un chercheur-tueur, mais ils étaient coûteux et fragiles et si leur rayon venait à rencontrer un bouclier activé, il existait un risque d'explosion. Les Atréides ne se fiaient qu'à leurs boucliers corporels et à leur habileté.

L'habileté. En cet instant, figé dans une immobilité cataleptique, Paul comprit qu'il ne lui restait que son habileté pour affronter cette menace.

Le chercheur-tueur s'éleva de cinquante centimètres. Il continuait d'osciller dans la trame d'ombre et de clarté des stores, sondant la pièce. *Il faut que je m'en empare*, songea Paul. *Mais le champ de suspension doit le rendre glissant. Il faudra que je le serre très fort.*

La chose redescendit de quelque vingt centimètres, pivota sur la gauche et tourna autour du lit. Il en émanait un bourdonnement ténu.

Qui le dirige ? se demanda Paul. *Il faut que l'opérateur soit tout près. Je pourrais appeler Yueh mais il serait touché à l'instant même où il ouvrirait la porte.*

Derrière lui, la porte du hall fit entendre un craquement. Puis il y eut un coup léger et la porte s'ouvrit.

Le chercheur-tueur frôla Paul et fila dans cette direction.

Il lança sa main droite et ses doigts se refermèrent sur le mortel engin. Il le sentit vibrer et bourdonner mais tous ses muscles étaient tendus en un effort désespéré. D'un geste violent, il frappa le métal de la porte avec la pointe du tueur. Il le sentit craquer entre ses doigts, s'immobiliser, se taire. Mais il ne le lâcha pas.

Il leva les yeux et rencontra le regard bleu, impavide, de la Shadout Mapes.

« Votre père m'a envoyé vous chercher, dit-elle. Les hommes qui attendent dans le hall vont vous escorter. »

Il acquiesça. Ses yeux et toute sa conscience ne se détachaient pas de cette vieille femme revêtue de l'informe robe brune des servantes. Elle regardait maintenant l'objet qu'il tenait dans sa main.

« J'ai entendu parler de ces choses, dit-elle. Celle-ci m'aurait tuée, n'est-ce pas ? »

Il lui fallut déglutir avant de pouvoir parler. « Je… c'était moi la cible », dit-il.

« Mais elle venait sur moi. »

« Parce que vous bougiez. »

Qui est cette créature ? se demanda-t-il.

« En ce cas, vous m'avez sauvé la vie. »

« J'ai sauvé nos deux vies. »

« Il semble que vous auriez pu me laisser frapper et en profiter pour vous enfuir », dit-elle.

« Qui êtes-vous ? »

« La gouvernante, la Shadout Mapes. »

« Comment saviez-vous où me trouver ? »

« Votre mère me l'a dit. Je l'ai rencontrée dans le hall, près de l'escalier menant à la chambre étrange. (Elle tendit la main.) Mais les hommes de votre père vous attendent. »

Des hommes de Hawat, pensa Paul. *Il faut que nous trouvions l'opérateur de cette chose.*

« Va les rejoindre, dit-il. Rapporte-leur que j'ai attrapé un chercheur-tueur dans la maison et qu'ils doivent trouver l'opérateur. Dis-leur qu'il faut immédiatement fermer toutes les issues. Ils sauront ce qu'il convient de faire. L'opérateur est certainement un étranger parmi nous. »

Cela ne pourrait-il être cette créature ? se demanda-t-il. Mais il savait que ce n'était pas possible. Lorsqu'elle était entrée dans la chambre, le tueur était encore sous contrôle.

« Avant de faire de la sorte, petit homme, dit Mapes, il convient que j'éclaire la route qui est entre nous. Je ne suis pas certaine de pouvoir supporter cette eau que tu as placée sur mes épaules. Mais nous autres Fremen payons nos dettes, qu'elles soient noires ou blanches. Nous savons qu'il existe un traître entre les tiens. Qui est-il, nous ne pouvons te le dire, mais nous sommes certains de son existence. Il se pourrait que ses mains aient guidé ce perceur de chair. »

Paul avait admis cela en silence : *un traître.* Avant qu'il pût parler, l'étrange femme avait rebroussé chemin.

Il faillit la rappeler, mais quelque chose dans son attitude lui laissait à penser qu'elle n'aimerait pas cela. Elle lui avait dit ce qu'elle savait et, maintenant, elle accomplissait ce qu'il lui avait demandé. Avant une minute, les hommes de Hawat se seraient répandus dans la demeure.

Des bribes de la conversation lui revinrent en esprit : ... *la chambre étrange...* Il regarda vers la gauche, dans la direction qu'elle avait indiquée. *Nous autres Fremen.* Ainsi c'était une Fremen. Il fit une pause mnémonique, le temps que le cliché se fixe dans sa mémoire : visage brun sombre, ridé, yeux bleu sur bleu, sans le moindre blanc. Et il apposa l'étiquette : *La Shadout Mapes.*

Sans lâcher le tueur détruit, Paul revint près du lit. De la main gauche, il prit sa ceinture-bouclier, la ceignit et ajusta la boucle en descendant vers le hall.

La Shadout Mapes avait dit que sa mère était là-bas... des escaliers... *la chambre étrange.*

Qu'avait Dame Jessica pour la soutenir à l'instant de son procès ? Réfléchissez sur ce proverbe bene gesserit et peut-être verrez-vous : « Chaque route que l'on suit exactement jusqu'au bout ne conduit exactement à rien. Escaladez la montagne pour voir si c'est bien une montagne. Quand vous serez au sommet de la montagne, vous ne pourrez plus voir la montagne. »

Extrait de Muad'Dib, commentaires de famille, *par la Princesse Irulan.*

À L'EXTRÉMITÉ DE L'AILE SUD, JESSICA DÉCOUVRIT UN ESCALIER métallique en spirale qui accédait à une porte ovale. Son regard revint au hall puis, de nouveau, à la porte. *Ovale ?* se dit-elle. *Quelle forme bizarre dans une demeure !*

Immobile au pied de l'escalier, elle apercevait au-delà des fenêtres, en levant les yeux, le grand soleil blanc d'Arrakis qui glissait vers le soir. Les ombres s'allongeaient dans le hall. Le regard de Jessica interrogea de nouveau l'escalier. Sur chacune des marches de métal, la lumière éclatante qui venait des fenêtres révélait des parcelles de terre desséchée. Elle posa une main sur la rampe et commença de monter. La rampe était froide sous sa paume. Elle atteignit la porte, s'arrêta et vit qu'il n'y avait là aucune poignée mais seulement un creux dans le métal à l'endroit où aurait dû se trouver une poignée.

Ce n'est certainement pas une serrure à main, songea-t-elle. *Il faudrait qu'elle soit adaptée à une certaine forme de main, à un certain dessin des lignes.* Pourtant, cela ressemblait beaucoup à une serrure à main. Et il existait des moyens (qu'on lui avait enseignés à l'École) pour venir à bout de n'importe quelle serrure à main.

Elle regarda derrière elle afin de s'assurer que personne ne l'observait, puis elle plaça sa paume sur le creux. La plus douce des pressions pour déformer les lignes, un mouvement du poignet, un autre, un faible pivotement de la paume sur la surface de métal... Elle perçut le cliquetis.

Mais elle perçut aussi des pas rapides dans le hall, derrière elle. Elle leva la main, se retourna et vit Mapes qui arrivait au bas de l'escalier.

« Des hommes sont dans le grand hall. Ils disent avoir été envoyés par le Duc pour escorter le jeune maître Paul, dit Mapes. Ils ont le sceau ducal et le garde les a identifiés. » Elle regarda la porte ovale puis, de nouveau, Jessica.

Prudente, cette Mapes, pensa Jessica. *C'est bon signe.*

« Il se trouve dans la cinquième pièce de ce côté du hall, la petite chambre, dit-elle. Si tu ne parviens pas à l'éveiller, appelle le docteur Yueh qui se trouve dans la pièce voisine. Paul pourrait avoir besoin d'une injection tonique. »

À nouveau, le regard perçant de Mapes se porta sur la porte ovale et Jessica eut l'impression de déceler de la répugnance dans ses yeux. Mais avant qu'elle ait pu poser la moindre question sur la porte et sur ce qu'elle pouvait dissimuler, Mapes était repartie et se hâtait dans le hall.

Hawat a visité toute la demeure, songea-t-elle. *Il ne peut rien y avoir de bien redoutable ici.*

Et elle poussa la porte. Elle découvrit une petite pièce et, en face, une seconde porte, également ovale. Une porte avec un volant d'ouverture.

Un sas ! songea Jessica. Elle baissa les yeux et vit sur le sol de la petite pièce une cale qui portait la marque personnelle de Hawat. *Elle servait à maintenir la porte ouverte*, songea-t-elle. *Quelqu'un a dû la faire tomber accidentellement et la porte extérieure a été fermée par la serrure à main.*

Elle franchit le seuil et s'avança dans la pièce. *Pourquoi un sas à l'intérieur d'une maison ?* Elle songea soudain à des créatures exotiques... *Un climat spécial !* Cela semblait possible sur ce monde où les plantes étrangères les plus sobres devaient être irriguées.

Elle se retourna et vit que la porte, derrière elle, commençait à se refermer. Elle l'arrêta et la bloqua avec la cale laissée par Hawat. Puis elle se tourna de nouveau vers le volant d'ouverture du sas. Elle distinguait à présent une minuscule inscription dans le métal. Les mots étaient galach et elle lut :

« Ô Homme ! Voici une adorable part de la Création de Dieu. Alors, regarde et apprends à aimer la perfection de Ton Suprême Ami. »

Jessica pesa sur le volant et la porte s'ouvrit. Une brise légère lui effleura la joue, lui caressa les cheveux. Elle huma un air nouveau, plus riche. Ouvrant la porte en grand, elle découvrit une masse de verdure baignant dans une lumière dorée.

Un soleil jaune ? Non. Un toit filtrant !

Elle s'avança. La porte se referma derrière elle.

« Une serre humide », murmura-t-elle dans un souffle.

Elle était entourée de plantes en pots et d'arbustes. Elle identifia un mimosa, un cognassier en fleur, un sondagi, un pleniscenta à fleurs vertes, un akarso strié de vert et de blanc... des roses... *Même des roses !*

Elle se pencha vers l'une des grandes fleurs et en huma l'arôme avant de se redresser pour examiner la serre. Et de tous ses sens, elle perçut un rythme. Elle écarta un rideau de feuilles et plongea son regard dans le cœur de la pièce. Là, elle découvrit une petite fontaine basse dont la vasque était cannelée. Un filet d'eau s'en élevait en arc pour retomber en tambourinant sur le fond métallique.

Elle se plongea en état de perception accrue et inspecta méthodiquement la serre. C'était une pièce carrée de dix mètres de côté. En tenant compte de sa situation à l'extrémité du hall et de certaines différences de construction, elle déduisit qu'elle avait dû être ajoutée à cette aile bien après la construction de la demeure elle-même.

Sur le côté sud, elle s'arrêta devant la vaste surface de verre filtrant, se retourna et regarda tout autour d'elle. Et, tout autour d'elle, le moindre espace était occupé par des plantes exotiques nées sous des climats humides. Et dans tout ce vert, quelque chose bruissa. Un instant. Jessica se tendit, puis elle vit l'appareil, un simple servok à mouvement d'horlogerie, avec un tuyau et un bras d'arrosage qui projetait une fine buée sur ses joues. Puis le bras se retira et elle aperçut alors ce qu'il arrosait : une fougère arborescente.

Il y avait de l'eau dans toute cette pièce. De l'eau, sur un monde où l'eau était le jus précieux de la vie. Tant d'eau dépensée… Elle sentit que quelque chose se figeait tout au fond d'elle. Elle leva les yeux vers la clarté jaune du soleil. Il s'abaissait vers un horizon tourmenté de collines qui faisaient partie de l'immense chaîne connue sous le nom de Bouclier.

Un verre filtrant, pensa-t-elle. *Un verre filtrant pour rendre ce soleil blanc plus doux, plus familier. Qui a pu concevoir un tel endroit ? Leto ? Ce serait bien de lui que de me surprendre avec un tel présent, mais il n'en a pas eu le temps. Il lui a fallu affronter des problèmes plus graves.*

Elle se souvint alors de ce rapport qui disait que nombre de demeures arrakeens possédaient des sas aux portes et aux fenêtres afin de préserver l'humidité intérieure. Et Leto avait alors déclaré que, pour affirmer sa puissance et sa richesse, il lui fallait ignorer de telles précautions et se contenter de portes et de fenêtres à l'épreuve de la poussière omniprésente.

Mais l'existence de cette pièce était plus éloquente que l'absence de sas à toutes les portes de la demeure. Jessica avait idée que ce lieu réservé au plaisir recelait assez d'eau pour faire vivre mille personnes… sinon plus.

Elle se déplaça au long de la paroi de verre, son regard continuant d'explorer la serre. Et une surface métallique lui apparut auprès de la fontaine, une table sur laquelle reposaient un bloc-notes et un stylet partiellement dissimulés par une feuille. Comme elle s'en approchait, elle vit les signes laissés par Hawat, puis se pencha sur le message :

« À DAME JESSICA.

Que ce lieu vous donne autant de plaisir qu'il m'en a donné. Permettez que cette pièce vous ramène en mémoire une leçon que nous tenons des mêmes maîtres : La proximité d'un objet désiré incline à trop d'indulgence. Là réside le danger.

Mes meilleurs vœux.

MARGOT DAME FENRING »

Jessica hocha la tête. Le Duc avait prononcé le nom du comte Fenring. Elle s'en souvenait. Le comte Fenring avait été mandataire de l'Empereur sur Arrakis. Mais ce message, libellé de telle façon qu'elle sût que son auteur était également Bene Gesserit, requérait en cet instant toute son attention. Pourtant, une pensée amère vint l'effleurer : *Le Comte a épousé sa Dame.* Mais, dans la même seconde, elle cherchait déjà le message caché. Il devait y en avoir un. Les lignes qu'elle venait de lire comportaient la phrase que toute Bene Gesserit, à moins d'être inhibée par une Injonction de l'École, devait transmettre à une autre Bene Gesserit lorsque les conditions l'imposaient : « Là réside le danger. »

Les doigts de Jessica glissèrent à la surface du bloc, en quête de perforations codées. Rien. Puis sur le côté. Rien. Et... *une impression...* Quelque chose dans la position du bloc ? Mais Hawat avait sondé la pièce et il avait dû déplacer le bloc-notes pour l'examiner. Levant les yeux, elle vit alors la feuille qui pendait au-dessus de la table. La feuille ! D'un doigt, elle en caressa la face interne, puis le bord, la tige... Là ! C'était là ! D'un seul geste, elle décela et lut le message des points infimes.

« Votre fils et le Duc courent un danger immédiat. Une chambre a été aménagée afin d'attirer votre fils. Les H l'ont pourvue de pièges mortels destinés à être découverts afin qu'un seul échappe aux recherches. » Elle lutta contre le désir soudain de courir vers Paul. Il lui fallait d'abord connaître le message tout entier. Ses doigts coururent sur les marques. « J'ignore la nature exacte de la menace mais elle a trait à un lit. Votre Duc, quant à lui, est menacé par la trahison d'un compagnon ou d'un lieutenant qui avait sa confiance. Les H ont fait le projet de vous offrir à un de leurs mignons. Pour autant que je sache, cet endroit est sûr. Pardonnez-moi de ne pouvoir vous en dire plus. Mes sources ne sont guère nombreuses car le Comte n'est pas des H. En hâte, M. F. »

Jessica repoussa la feuille et se retourna pour courir vers son fils. Dans le même instant, la porte du sas fut violemment ouverte et Paul surgit dans la pièce. Il tenait quelque chose dans la main droite. Il repoussa la porte derrière lui, aperçut sa mère et s'avança vers elle en écartant les feuilles. Il vit alors la fontaine et plaça sa main droite sous le jet d'eau.

« Paul ! (Jessica le saisit par l'épaule.) Qu'est-ce que cela ? »

« Un chercheur-tueur. Je l'ai attrapé dans ma chambre et je lui ai écrasé le nez, mais il vaut mieux être sûr. L'eau devrait le court-circuiter. » Il parlait d'un ton désinvolte mais Jessica perçut la tension qui l'habitait.

« Immerge-le ! » lança-t-elle.

Il obéit.

« Maintenant, lâche-le. Laisse-le dans l'eau. »

Il leva la main, secoua l'eau et contempla l'objet de métal immobile dans la fontaine. Jessica coupa une tige et s'en servit pour toucher la mortelle écharde. Inerte. Elle laissa tomber la tige dans l'eau et regarda son fils. Paul examinait la pièce avec une acuité qu'elle connaissait bien… Selon la Manière Bene Gesserit.

« Cet endroit pourrait dissimuler n'importe quoi », dit-il.

« J'ai toute raison de penser qu'il est sûr. »

« Ma chambre était censée l'être également. Hawat avait dit que… »

« C'était un chercheur-tueur, lui rappela-t-elle. Cela signifie qu'il fallait quelqu'un dans la demeure pour le diriger. Les rayons de support ont une portée limitée. Cette chose a fort bien pu être introduite ici après l'inspection de Hawat. »

Mais, dans le même temps, elle songeait au message gravé dans la feuille : « … la trahison d'un compagnon ou d'un lieutenant… » *Non, certainement pas Hawat. Certainement pas.*

« Les hommes d'Hawat fouillent la demeure en ce moment, dit Paul. Le tueur a failli atteindre la vieille femme qui est venue m'éveiller. »

« La Shadout Mapes, dit Jessica. (Elle se souvint de leur rencontre au bas des marches.) Ton père devait te voir pour… »

« Cela peut attendre. Mais pourquoi pensez-vous que cet endroit est sûr ? »

Elle lui montra le bloc et lui rapporta le message. Il se détendit quelque peu. Mais pas Jessica, qui songeait : *Un chercheur-tueur ! Mère Miséricordieuse !* Elle devait faire appel à toute son éducation pour réprimer un tremblement hystérique.

Paul dit calmement : « Bien sûr, ce sont les Harkonnen. Nous devrons les détruire. »

Puis on frappa à la porte du sas selon le code des hommes de Hawat.

« Entrez », dit Paul.

La porte s'ouvrit et un homme de haute taille arborant l'uniforme des Atréides et l'insigne de Hawat sur sa casquette pénétra dans la pièce.

« Ah, vous voici, monsieur, dit-il. La gouvernante nous avait dit que nous vous trouverions là. (Son regard parcourut la pièce.) Nous avons trouvé un cairn dans les caves. Il y avait un homme à l'intérieur, avec un pupitre de contrôle de tueur. »

« Je veux assister à son interrogatoire », dit Jessica, aussitôt.

« Je suis désolé, Ma Dame. Nous n'avons pas réussi à le prendre vivant. »

« Il n'y a rien qui puisse permettre de l'identifier ? »

« Encore rien que nous ayons trouvé, Ma Dame. »

« Est-ce un natif d'Arrakeen ? » demanda Paul, et Jessica hocha la tête : la question était habile.

« Il en a l'aspect, dit l'homme de Hawat. À première vue, il a dû être placé là, dans ce cairn, il y a plus d'un mois. Il attendait notre arrivée. Nous avions inspecté cet endroit hier et la pierre et le mortier étaient intacts. Je suis prêt à jouer ma réputation sur ce point. »

« Personne ne met votre conscience en doute », dit Jessica.

« Personne sauf moi, Ma Dame. Nous aurions dû utiliser des sondes soniques. »

« Je présume, dit Paul, que c'est ce que vous faites maintenant. »

« Oui, monsieur. »

« Faites savoir à mon père que je serai en retard. »

« Immédiatement, monsieur. (L'homme tourna son regard vers Jessica.) Les ordres de Hawat sont qu'en de telles circonstances le jeune maître soit placé en un endroit sûr. Qu'en est-il de celui-ci ? » À nouveau, ses yeux fouillèrent la pièce.

« J'ai mes raisons de le croire sûr, dit Jessica. Hawat aussi bien que moi l'a inspecté. »

« Alors je monterai la garde à l'extérieur, Ma Dame, jusqu'à ce que nous ayons une fois de plus inspecté toute la demeure. »

Il s'inclina, porta la main à sa casquette à l'intention de Paul, puis se retira et referma derrière lui.

Paul, le premier, rompit le silence. « Peut-être aurions-nous dû visiter la maison par nous-mêmes ? Nos yeux pourraient voir des choses qui ont échappé à d'autres. »

« Il n'y a que cette aile que je n'avais pas examinée, dit Jessica. Je l'avais réservée pour la fin parce que… »

« Parce que Hawat s'en était personnellement occupé. »

Elle regarda vivement son fils. Ses yeux étaient interrogateurs.

« N'aurais-tu point confiance en lui ? »

« Si… Mais il devient vieux… Il a trop de travail. Nous devrions l'en décharger quelque peu. »

« Cela l'outragerait et diminuerait son efficience. Lorsqu'il aura entendu parler de tout ceci, pas même un insecte ne pourra pénétrer dans cette aile. Il aura honte que… »

« Nous devons prendre nos propres mesures », dit Paul.

« Hawat a servi trois générations d'Atréides avec honneur. Il mérite tout notre respect et notre confiance… »

« Lorsque l'un de vos gestes irrite mon père, il dit : *Bene Gesserit !* comme s'il jurait. »

« Et qu'y a-t-il en moi qui puisse irriter ton père ? »

« Vous lui apportez la contradiction, parfois. »

« Tu n'es pas ton père, Paul. »

Cela va lui faire du chagrin, songea-t-il, *pourtant il faut que je lui rapporte ce que m'a dit cette Mapes à propos d'un traître qui se serait glissé parmi nous.*

« Que me caches-tu, Paul ? demanda Jessica. Cela ne te ressemble guère. »

Il haussa les épaules puis rapporta sa conversation avec Mapes.

Et Jessica songea au message sur la feuille. Elle prit soudain une décision et montra la feuille à Paul en lui traduisant le message.

« Il faut immédiatement que mon père soit averti, dit-il. Je vais radiographier ceci en code et l'emporter. »

« Non. Tu attendras jusqu'à ce que nous puissions le voir seul. Aussi peu de gens que possible doivent connaître tout cela. »

« Voulez-vous dire que nous ne devons faire confiance à personne ? »

« Il existe une autre possibilité. Ce message pourrait avoir été conçu afin de nous frapper. Ceux qui nous l'ont transmis ont pu croire qu'il était vrai mais il se peut que son seul but ait été de nous atteindre. »

L'expression de Paul restait sombre et décidée.

« Afin de jeter la méfiance et le soupçon dans nos rangs et, ainsi, de nous affaiblir », dit-il.

« Tu dois voir ton père en privé et le mettre en garde contre cette hypothèse », dit Jessica.

« Je comprends. »

Elle se détourna vers la vaste surface de verre filtrant et son regard se porta vers le sud-ouest, là où s'engloutissait le soleil d'Arrakis, sphère d'or entre les collines.

« Je ne crois pourtant pas que ce soit Hawat, dit Paul, derrière elle. Est-il possible que ce soit Yueh ? »

« Il n'est ni un compagnon ni un lieutenant. Et je puis t'assurer qu'il hait les Harkonnen avec autant de passion que nous. »

Paul porta son regard sur les collines. *Et ce ne peut être Gurney… ou même Duncan*, pensa-t-il. *L'un des sous-lieutenants ? Impossible. Ils appartiennent tous à des familles qui nous sont loyales depuis des générations… pour d'excellentes raisons.*

Jessica porta la main à son front et prit conscience de sa lassitude. *Tant de périls ici !* Elle contempla le paysage, jaune au-delà de la baie. Un parc à marchandises s'étendait à quelque distance, entouré d'une haute barrière. Les tours de guet se dressaient au-dessus des silos à épice comme de grandes araignées sur le qui-vive. Jessica pouvait compter au moins vingt parcs semblables entre la demeure et les collines du Bouclier, silo après silo, sur toute l'étendue du bassin. Lentement, le soleil disparut sous l'horizon. Les étoiles vinrent. L'une d'elles, très basse sur l'horizon, était brillante, scintillante. Elle émettait comme un signal…

Dans l'ombre de la pièce, elle entendit Paul bouger. Mais elle ne quitta pas l'étoile des yeux. Elle était trop basse ; elle était dans les collines du Bouclier.

Un signal !

Elle essaya aussitôt de le déchiffrer, mais il était émis dans un code qui lui était inconnu. Puis d'autres lumières apparurent dans la plaine, sous les collines, des étincelles jaunes sur l'ombre bleue, profonde. Et une autre étoile brillante, plus loin à gauche, qui répondit à la première, sur un rythme très rapide… Puis qui s'éteignit.

La première étoile, quelque part dans les collines, disparut aussitôt.

Des signaux… Un pressentiment envahit Jessica.

Pourquoi utiliser des signaux lumineux d'un bord à l'autre de la cuvette ? se demanda-t-elle. *Pourquoi, alors qu'il existe un réseau de communication ?*

La réponse était évidente : toute communication pouvait être interceptée par les agents du Duc. Ces signaux lumineux ne pouvaient avoir été émis que par des ennemis, des agents harkonnens.

On frappa à la porte, puis Jessica reconnut la voix de l'homme de Hawat. « Tout va bien, monsieur… Ma Dame. Il est temps de conduire le jeune maître auprès de son père. »

On a coutume de dire que le Duc Leto ferma les yeux devant les périls d'Arrakis et qu'il se laissa prendre au piège sans aucune méfiance. Mais ne serait-il pas plus juste de penser qu'il avait si longtemps vécu dans le plus extrême danger qu'il en était venu à ne plus pouvoir déceler un quelconque changement dans l'intensité de ce danger ? À moins qu'il n'ait choisi de se sacrifier délibérément afin d'assurer une existence meilleure à son fils ? Il apparaît à l'évidence que le Duc n'était pas homme à se laisser abuser si facilement.

Extrait de Muad'Dib, commentaires de famille, *par la Princesse Irulan.*

LE DUC LETO ATRÉIDES ÉTAIT APPUYÉ À UN PARAPET DANS la tour de contrôle du terrain de débarquement, à l'extérieur d'Arrakeen. À l'horizon du sud, la première lune brillait comme une pièce d'argent. Juste au-dessous, les collines du Bouclier scintillaient comme autant d'éclats de glace dans la poussière. À gauche, le Duc distinguait les lumières d'Arrakeen qui perçaient la brume, étincelles jaunes... bleues... blanches...

Il songea à tous les avis portant sa signature qui avaient été apposés dans tous les lieux populeux de la planète : « Notre Sublime Empereur Padishah m'a chargé de prendre possession de ce monde et d'y mettre fin à toute querelle. »

C'était là une chose formelle, rituelle qui l'emplissait d'un sentiment de solitude. *Qui peut se laisser abuser par cette pompeuse déclaration ? Certainement pas les Fremen. Ni les Maisons Mineures qui contrôlent le commerce intérieur d'Arrakis... et qui appartenaient presque toutes aux Harkonnen.*

Ils ont tenté de s'emparer de la vie de mon fils !

Il lui était difficile de lutter contre sa fureur.

Il distingua les feux d'un véhicule qui traversait le terrain, venant d'Arrakeen. Il espéra que Paul se trouvait à bord. Cette attente commençait à l'inquiéter bien qu'il sût qu'elle s'expliquait par les précautions du lieutenant de Hawat.

Ils ont tenté de s'emparer de la vie de mon fils !

Il secoua la tête, essayant de repousser sa colère et contempla de nouveau le terrain autour duquel cinq de ses frégates se dressaient comme des sentinelles monolithiques.

Mieux vaut un retard dû à la prudence que...

Le lieutenant était un bon élément. D'une loyauté totale, tout désigné pour un prochain avancement.

« *Notre Sublime Empereur Padishah...* »

Si seulement la population de cette ville de garnison décadente avait pu prendre connaissance de la note privée de l'Empereur à son « Noble Duc » et de ses allusions pleines de mépris aux hommes et aux femmes qui portaient le voile. « ... mais qu'attendre d'autre de ces barbares dont le rêve le plus cher est de vivre à l'écart de la sécurité policée des faufreluches ? »

En cet instant, le Duc songeait que son rêve le plus cher, à lui, était justement de mettre fin à toute distinction de classe et d'en finir avec cet ordre maudit. Levant les yeux vers les étoiles qui brillaient au sein de la poussière, il se dit : *Caladan tourne quelque part autour d'une de ces petites lumières... mais jamais plus je ne reverrai ma demeure.* L'idée de Caladan éveillait soudain comme une douleur dans sa poitrine. Une douleur qui ne semblait pas prendre naissance en lui mais qui lui venait plutôt de Caladan. Il ne parvenait pas à considérer Arrakis, ce monde désertique, comme sa demeure. Et il doutait de jamais pouvoir y parvenir.

Je dois cacher mes sentiments. Pour mon fils. Si jamais il doit avoir une demeure, ce sera celle-ci. Si je peux penser à Arrakis comme à un enfer qui m'est infligé avant ma mort, il faut, lui, qu'il y découvre ce qui l'inspirera. Il doit y avoir quelque chose.

Une vague de pitié envers lui-même le submergea. Il la rejeta aussitôt avec mépris et, d'étrange façon, il se souvint tout à coup de deux vers d'un poème que Gurney Halleck se plaisait à répéter souvent :

> *« Mes poumons goûtent l'air du Temps*
> *Qui souffle dans les sables amoncelés... »*

Gurney ne manquerait certainement pas de sable ici, songea le Duc. Les terres centrales, qui s'étendaient au-delà de ces collines givrées de lune, n'étaient que rocs, dunes, poussière soufflant en tempête. Un territoire inconnu, sauvage et desséché où ne vivaient guère que quelques poignées de Fremen, dispersées sur la bordure ou peut-être à l'intérieur. Les Fremen... S'il se trouvait un élément pour assurer l'avenir de la lignée des Atréides, c'étaient les Fremen. À la condition que les Harkonnen ne les aient point déjà infestés de leurs stratagèmes.

Ils ont tenté de s'emparer de la vie de mon fils !

Un vacarme métallique s'éleva dans la tour et le Duc sentit le parapet vibrer sous lui. Des écrans de protection s'abaissèrent devant lui et le paysage disparut. *Une navette arrive*, se dit-il. *Il est temps de redescendre travailler.* Il s'engagea dans l'escalier qui accédait à la vaste salle de rassemblement, essayant de se contraindre au calme et de se composer une expression en vue de la rencontre qui l'attendait.

Ils ont tenté de s'emparer de la vie de mon fils !

Déjà les hommes revenaient du terrain quand il fit son entrée sous le grand dôme jaune. Ils ôtaient les sacs spatiaux de leurs épaules tout en chahutant et en vociférant comme des étudiants revenant de vacances.

« Eh ! Tu sens ça ? La gravité, vieux ! »

« Ça tire combien de G là-dedans ? On se sent lourd ! »

« Le bouquin dit neuf dixièmes ! »

Les mots jaillissaient de tous côtés.

« Tu as jeté un coup d'œil sur ce trou ? Où est toute la camelote qu'on doit trouver ici, hein ? »

« Les Harkonnen l'ont ramassée ! »

« Une bonne douche chaude et un bon lit bien doux ! »

« T'as pas entendu, crétin ? Pas de douches ici. Tu n'as qu'à te laver le cul avec du sable ! »

« Vos gueules ! Le Duc ! »

Il s'avança dans la salle subitement silencieuse.

Gurney Halleck vint à sa rencontre, un sac sur une épaule, tenant le manche de sa balisette à neuf cordes dans une main. Ses pouces étaient épais mais ses doigts étaient longs et ils tiraient de l'instrument une musique délicate.

Le Duc observait Halleck, plein d'admiration pour ce vilain petit homme dont les yeux luisaient comme des cristaux d'une intelligence sauvage. Un homme qui vivait hors des faufreluches tout en obéissant au moindre de leurs préceptes. Comment Paul l'avait-il appelé ? *Gurney l'homme brave.* Ses cheveux d'un blond délavé recouvraient à peine les zones dénudées de son crâne. Sa large bouche dessinait une grimace de satisfaction et la cicatrice de vinencre, sur sa mâchoire, bougeait, comme animée d'une vie propre. Tout en lui dénotait l'homme solide, efficace. Il s'inclina devant le Duc.

« Gurney », dit Leto.

« Mon Seigneur, ce sont les derniers. (D'un mouvement de sa balisette, il désigna les hommes qui les entouraient.) J'aurais préféré arriver avec la première vague, mais… »

« Il reste encore quelques Harkonnen pour toi, dit le Duc. Viens par ici, il faut que nous parlions. »

« À vos ordres, Mon Seigneur. »

Ils se retirèrent dans une alcôve, non loin d'un distributeur d'eau, tandis que les hommes arpentaient la grande salle de long en large. Halleck posa son sac dans un coin, mais ne lâcha pas sa balisette.

« Combien d'hommes peux-tu fournir à Hawat ? » demanda le Duc.

« Thufir est-il en difficulté ? »

« Il n'a perdu que deux agents mais les hommes qu'il avait envoyés en reconnaissance nous ont rapporté une image assez précise du dispositif harkonnen. En agissant rapidement, nous pouvons gagner un surcroît de sécurité, l'espace nécessaire pour respirer. Hawat a besoin d'autant d'hommes que tu peux en disposer, des hommes qui ne rechigneraient pas devant un couteau. »

« Je peux lui en fournir trois cents des meilleurs, dit Halleck. Où dois-je les envoyer ? »

« À la porte principale. Un agent de Hawat les y attendra. »

« Dois-je m'en occuper immédiatement, Mon Seigneur ? »

« Dans un instant. Nous avons auparavant un autre problème. Sous un prétexte ou un autre, le commandant du terrain fera attendre la navette ici jusqu'à l'aube. Le long-courrier de la Guilde qui nous a amenés reprend son service et la navette est censée entrer en contact avec un cargo chargé d'épice. »

« Notre épice, Mon Seigneur ? »

« Notre épice, oui. Mais à bord de la navette se trouveront aussi certains chasseurs d'épice de l'ancien régime. Ils ont choisi de partir lors du changement de Fief et l'Arbitre du Changement le leur a permis. Ce sont des travailleurs de valeur, Gurney. Ils sont environ huit cents. Avant le départ de la navette, il faut que nous persuadions certains d'entre eux de s'engager à notre service. »

« Faut-il que nous soyons très persuasifs, Mon Seigneur ? »

« Je désire qu'ils coopèrent de leur plein gré, Gurney. Ces hommes possèdent le métier et l'expérience dont nous avons besoin. Le fait qu'ils aient choisi de partir laisse à penser qu'ils ne sont pas liés aux machinations des Harkonnen. Bien sûr, Hawat pense que certains mauvais éléments ont pu s'infiltrer dans le groupe mais il voit des assassins dans le moindre recoin d'ombre. »

« Il fut un temps où Thufir a découvert certains recoins particulièrement peuplés, Mon Seigneur. »

« Et il en a de même oublié certains autres. Mais je pense que les Harkonnen auraient fait preuve de trop d'imagination en glissant des agents dans le groupe des émigrants. »

« C'est possible, Mon Seigneur. Où sont ces gens ? »

« Au niveau inférieur, dans la salle d'attente. Je te suggère d'y descendre et de leur jouer quelques notes afin de leur adoucir l'esprit. Ensuite, tu pourras te mettre au travail. Offre des postes à ceux qui sont particulièrement qualifiés. Et vingt pour cent de plus que ce qu'ils recevaient des Harkonnen. »

« Pas plus, Mon Seigneur ? Je connais l'échelle des salaires harkonnens. Ces hommes ont leur dernière paye en poche et ils ont envie de voir du pays... Non, Mon Seigneur, je ne pense pas que vingt pour cent d'augmentation suffisent à les retenir ici. »

« Alors agis selon ta propre idée pour les cas particuliers, dit le Duc d'un ton impatient. Mais rappelle-toi que le trésor n'est pas inépuisable. Dans la mesure du possible, tiens-t'en à vingt pour cent. Nous avons plus spécialement besoin de conducteurs, de météorologistes, d'hommes des dunes, avec une longue expérience du sable. »

« Je comprends, Mon Seigneur. *Ils viendront à l'appel de la violence : leurs visages s'offriront au vent d'est et ils recueilleront le sable captif.* »

« Une citation très émouvante, dit le Duc. Confie ton équipe à un lieutenant. Veille à ce qu'il serre un peu la vis pour l'eau. Les hommes passeront la nuit dans le casernement, près du terrain. Le personnel du terrain s'occupera d'eux. Et n'oublie pas les hommes pour Hawat. »

« Trois cents des meilleurs, Mon Seigneur. (Halleck reprit son sac spatial.) Où devrai-je me présenter pour vous faire mon rapport lorsque j'en aurai fini avec mes tâches ? »

« J'ai fait aménager une salle en haut. Nous nous y réunirons. Je désire que nous mettions au point un nouvel ordre de dispersion planétaire, les escouades blindées venant en premier. »

Halleck, qui était sur le point de s'éloigner, s'arrêta net et ses yeux rencontrèrent ceux du Duc. « Vous prévoyez ce genre de difficulté, Mon Seigneur ? Je croyais que l'on avait désigné un Arbitre du Changement. »

« Combat ouvert, combat clandestin, dit le Duc. Il y aura beaucoup de sang répandu ici avant que nous en ayons terminé. »

« *Et l'eau de la rivière se changera en sang sur la terre sèche.* »

Le Duc soupira. « Hâte-toi, Gurney. »

« Très bien, Mon Seigneur. (La cicatrice de vinencre se plissa comme il souriait.) Voici l'âne sauvage du désert qui se rue vers son labeur ! » Et il s'éloigna rapidement vers ses hommes rassemblés au centre de la salle pour distribuer ses ordres.

Resté seul, Leto hocha la tête. Halleck ne cessait de l'étonner. Son esprit était plein de chansons, de citations et de phrases fleuries… mais son cœur était celui d'un assassin lorsque l'on prononçait le nom de Harkonnen.

Sans hâte, Leto se dirigea vers l'ascenseur, traversant la salle en diagonale tout en répondant d'un geste distrait aux saluts. Reconnaissant un des hommes du groupe de propagande, il s'arrêta pour lui faire part d'un message qui serait ensuite transmis aux autres. Ceux qui avaient amené leurs femmes étaient certainement anxieux et il fallait qu'ils sachent si elles étaient saines et sauves et où ils pouvaient les retrouver. Quant aux célibataires, ils seraient certainement heureux d'apprendre que la population locale semblait compter plus de femmes que d'hommes.

Le Duc tapa sur le bras de l'homme de la propagande, ce qui signifiait que le message avait la priorité absolue et qu'il devait être transmis immédiatement. Puis il s'éloigna, répondant aux hommes d'un signe de tête, souriant, échangeant une plaisanterie avec l'un ou l'autre. *Celui qui commande*, songeait-il, *doit toujours paraître confiant. Cette foi est comme un fardeau sur mes épaules. Je suis devant le danger et je ne dois pas le montrer.*

Il ne put réprimer un soupir de soulagement quand il se fut engouffré dans l'ascenseur et que son regard ne rencontra plus que la surface neutre des portes.

Ils ont tenté de s'emparer de la vie de mon fils !

À proximité de l'entrée du terrain d'Arrakeen, grossièrement gravée à l'aide de quelque instrument rudimentaire, on pouvait lire une inscription que Muad'Dib devait se répéter bien souvent. Il la découvrit durant sa première nuit sur Arrakis. Alors qu'il se rendait au poste de commande ducal pour assister à la première réunion d'état-major. L'inscription était une supplique adressée à ceux qui quittaient Arrakis mais, pour l'enfant qui venait d'échapper de peu à la mort, le sens en était plus sombre encore. L'inscription disait : « Ô toi qui sais ce que nous endurons ici, ne nous oublie pas dans tes prières. »

Extrait du Manuel de Muad'Dib,
par la Princesse Irulan.

« TOUTE LA THÉORIE DU COMBAT REPOSE SUR LE RISQUE calculé, dit le Duc. Mais lorsqu'on en arrive à risquer sa propre famille, les éléments de *calcul* sont noyés dans… autre chose. »

Il se rendait compte qu'il ne retenait pas sa fureur autant qu'il l'aurait dû et, se détournant, il se mit à marcher de long en large devant la grande table.

Il se trouvait seul avec Paul dans la salle de conférences du terrain de débarquement, une pièce pleine d'échos, dont le seul mobilier était constitué par la table, des chaises anciennes à trois pieds, un tableau cartographique et un projecteur installé à une extrémité. Paul avait pris place devant la table, près du tableau cartographique. Il venait de rapporter à son père l'agression du chercheur-tueur. Il lui avait dit aussi qu'un traître les menaçait.

Le Duc s'arrêta en face de son fils et son poing frappa la table. « Hawat m'a dit que la maison était sûre ! »

La voix de Paul était hésitante. « Moi aussi, j'ai été... furieux, tout d'abord. Et j'ai maudit Hawat. Mais la menace venait de l'extérieur. Elle était simple, habile, directe. Et cela aurait réussi sans l'entraînement que vous m'avez donné... ainsi que bien d'autres, dont Hawat. »

« Tu le défends ? »

« Oui. »

« Il devient vieux. Oui, c'est cela. Il devrait... »

« Il est sage et il a de l'expérience, dit Paul. Combien de ses fautes pouvez-vous vous rappeler ? »

« C'est moi qui devrais le défendre, et non pas toi. »

Paul sourit.

Le Duc s'assit devant la table et posa la main sur l'épaule de son fils. « Tu as... mûri, ces derniers temps, Fils, dit-il, et cela me réjouit. (Il répondit au sourire de Paul.) Hawat se punira lui-même. La colère qu'il concevra à son égard dépassera de loin la nôtre. »

Par-delà le tableau cartographique, le regard de Paul se posa sur les fenêtres obscures, sur la nuit. Au-dehors, quelque balustrade reflétait la lumière de la pièce. Il décela un mouvement, reconnut la silhouette d'un garde. Puis ses yeux glissèrent sur la surface blanche du mur, derrière son père, sur la surface brillante de la table, sur ses mains croisées.

La porte à laquelle le Duc faisait face fut ouverte avec violence. Thufir Hawat surgit. Il semblait plus ancien et plus usé que jamais. Il parcourut toute la longueur de la table et vint s'arrêter au garde-à-vous devant le Duc.

« Mon Seigneur, dit-il en levant les yeux au-dessus de la tête de Leto, je viens seulement d'apprendre la faute que j'ai commise. Il m'apparaît nécessaire de vous présenter ma dé... »

« Oh, assieds-toi et cesse de faire le pitre », dit le Duc. Il tendit la main vers une chaise. « Si tu as commis une faute, ce fut en *surestimant* les Harkonnen. Leurs esprits simples ont conçu un stratagème simple. Et nous n'avions pas prévu des stratagèmes simples. Mon fils s'est donné beaucoup de peine pour me faire admettre que, s'il s'en était sorti sain et sauf, c'était en grande partie grâce à tes leçons. Et là, tu n'as en rien échoué ! (Il tapota la chaise.) Allons, assieds-toi ! »

Hawat obéit. « Mais… »

« Je ne veux plus en entendre parler, dit le Duc. L'incident est clos. Nous avons un travail plus urgent qui nous attend. Où sont les autres ? »

« Je leur ai demandé d'attendre au-dehors pendant que… »

« Appelle-les. »

Le regard de Hawat rencontra celui du Duc. « Sire, je… »

« Je connais mes vrais amis, Thufir. Appelle ces hommes. »

« Tout de suite, Mon Seigneur », dit Hawat, la gorge serrée. (Il se tourna vers la porte.) « Gurney, fais-les entrer ! »

Et Halleck entra, précédant les hommes, les officiers d'état-major au visage tendu, suivis des seconds plus jeunes et des spécialistes qui, tous, avaient un air décidé. Et tous prirent place autour de la table dans le bruit des chaises tandis que le parfum subtil du rachag se répandait autour d'eux.

« Il y a du café pour ceux qui en désirent », dit le Duc. Puis il les contempla tous en songeant : *Une bonne équipe. Un homme pourrait disposer de bien pis pour ce genre de guerre.* Il attendit, pendant que l'on servait le café. Il lisait la fatigue sur certains des visages qui l'entouraient.

Puis il revêtit un masque d'efficience tranquille, se leva et frappa du poing sur la table pour attirer l'attention.

« Messieurs, commença-t-il, il semble que notre civilisation se soit si profondément accoutumée aux invasions que nous ne puissions obéir à l'ordre le plus simple de l'Imperium sans que resurgissent les anciennes manières. »

Des rires discrets se firent entendre et Paul comprit soudain que son père venait de dire exactement ce qu'il fallait dire avec le ton qui convenait pour dégeler l'ambiance. La lassitude même qui avait percé dans sa voix s'imposait.

« Je pense tout d'abord que nous ferions mieux d'entendre Thufir afin de savoir s'il a quelque chose à ajouter à son rapport sur les Fremen. Thufir ? »

Hawat leva les yeux. « À la suite de mon rapport général, Sire, il me faut entrer dans divers détails économiques, mais je puis d'ores et déjà vous dire que les Fremen apparaissent de plus en plus comme les alliés dont nous avons besoin. Ils attendent encore avant de nous accorder vraiment leur confiance, mais ils semblent agir avec franchise. Ils nous ont envoyé un cadeau : des distilles qu'ils ont confectionnés eux-mêmes... ainsi que des cartes de certaines régions du désert proches des points d'appui harkonnens. (Hawat baissa les yeux sur la table.) Leurs renseignements se sont révélés exacts et ils nous ont considérablement aidés dans nos tractations avec l'Arbitre du Changement. Ils ont aussi envoyé divers autres présents : des bijoux pour Dame Jessica, de la liqueur d'épice, des friandises et des plantes médicinales. Mes hommes s'emploient à tout examiner en ce moment, mais aucun piège ne semble à redouter. »

« Tu aimes ces gens, Thufir ? » demanda l'un des hommes présents.

Hawat lui fit face. « Duncan Idaho pense que l'on doit les admirer. »

Paul regarda son père, puis Hawat, avant de risquer une question : « As-tu quelque nouvelle information concernant leur nombre ? »

« À en juger d'après la nourriture et divers autres éléments, Idaho pense que le complexe souterrain qu'il a visité devait abriter environ dix mille personnes. Le chef lui a déclaré qu'il commandait à un sietch d'à peu près deux mille âmes. Nous avons toutes raisons de croire que ces communautés sietch sont particulièrement nombreuses. Toutes semblent obéir à un certain Liet. »

« Voilà quelque chose de nouveau », dit le Duc.

« Il se peut que ce soit une erreur de ma part, Sire. Certains éléments semblent indiquer que ce Liet pourrait être une divinité locale. »

Un autre des assistants s'éclaircit la gorge avant de demander : « Est-il bien certain qu'ils soient de connivence avec les contrebandiers ? »

« Une caravane de contrebande a quitté le sietch où se trouvait Idaho pour un voyage de dix-huit jours. Les bêtes de somme étaient lourdement chargées d'épice. »

« Il semble, dit le Duc, que, durant cette période agitée, les contrebandiers aient redoublé d'activité. Et ceci appelle quelque réflexion. Il ne convient pas de trop nous soucier des frégates sans licence qui opèrent au large de la planète. Mais il en est qui échappent complètement à notre contrôle... et ceci n'est pas bon. »

« Vous avez un plan, Sire ? » demanda Hawat.

Le regard du Duc se porta sur Halleck. « Gurney, je désire que tu prennes la tête d'une délégation et que tu entres en contact avec ces romanesques commerçants. Tu seras un ambassadeur, en quelque sorte. Dis-leur que je ne me préoccuperai pas de leurs opérations aussi longtemps qu'ils me verseront la dîme ducale. Hawat estime que les mercenaires et les spadassins qu'ils ont employés jusque-là pour leurs opérations leur ont coûté quatre fois plus. »

« Et si l'Empereur a vent de cela ? demanda Halleck. Il tient jalousement à ses profits dans le CHOM, Mon Seigneur. »

Leto sourit. « Au vu de tous, nous verserons l'intégralité de la dîme au profit de Shaddam IV et nous déduirons légalement cette somme de ce que nous coûte l'entretien de nos forces d'appoint. Que les Harkonnen répondent donc à cela ! Ainsi, nous réussirons bien à ruiner encore quelques-uns de ceux qui se sont engraissés sous leur fief ! Plus de rapine ! »

Halleck grimaça un sourire. « Ah, Mon Seigneur, quelle magnifique feinte ! J'aimerais voir la tête du Baron quand il apprendra cela ! »

Le Duc se tourna vers Hawat. « Thufir, as-tu ces livres de comptes que tu me disais pouvoir acheter ? »

« Oui, Mon Seigneur. On les examine en détail actuellement. Mais je les ai déjà parcourus et je peux vous donner une première estimation. »

« Donne donc. »

« En trois cent trente journées standard, les Harkonnen réalisaient ici un bénéfice de dix milliards de solaris. »

Des exclamations étouffées se firent entendre autour de la table. Même les plus jeunes, qui avaient laissé jusque-là percer quelque ennui, se redressaient à présent en échangeant des regards stupéfaits.

« Car ils boiront la provende des mers et des trésors enfouis dans les sables », murmura Halleck.

« Alors, messieurs, dit Leto, en est-il un seul parmi vous qui soit assez naïf pour croire que les Harkonnen ont sagement vidé les lieux simplement parce que l'Empereur le leur a ordonné ? »

Toutes les têtes s'inclinèrent dans un concert de murmures approbateurs.

« Il nous faudra gagner à la pointe de l'épée, reprit le Duc. (Il se tourna vers Hawat.) Mais peut-être le moment est-il venu de parler de l'équipement. Combien de chenilles de sable, de moissonneuses et de matériel d'appoint nous ont-ils laissés ? »

« La totalité, ainsi qu'il est dit dans l'inventaire impérial présenté à l'Arbitre du Changement, Mon Seigneur », déclara Hawat.

Sur un geste, un jeune aide lui tendit un dossier qu'il ouvrit devant lui.

« Ils ont négligé de préciser que moins de la moitié des chenilles étaient en état et qu'un tiers seulement dispose de portants pour les emmener jusqu'aux sables à épice... Tout ce que nous ont laissé les Harkonnen est prêt à s'effondrer. Nous aurons de la chance si nous parvenons à remettre en état la moitié du matériel, et encore plus si le quart fonctionne encore dans six mois. »

« C'est exactement ce à quoi nous nous attendions, dit Leto. Que donne la première estimation quant au matériel de base ? »

Hawat consulta son dossier. « Environ neuf cent trente usines-moissonneuses pourront sortir d'ici à quelques jours. Environ six mille deux cent cinquante ornithoptères de surveillance, d'exploration et d'observation... Et un peu moins de mille portants. »

« Est-ce qu'il ne reviendrait pas moins cher de reprendre les négociations avec la Guilde afin d'obtenir l'autorisation de mettre une frégate en orbite pour surveiller le temps ? » demanda Halleck.

Le Duc regarda Hawat. « Rien de nouveau de ce côté, Thufir ? »

« Pour l'heure, il nous faut essayer d'autres solutions, dit Hawat. L'agent de la Guilde n'a pas vraiment négocié avec nous. Il m'a simplement fait comprendre clairement, en tant que Mentat s'adressant à un autre Mentat, que le prix dépassait de loin nos possibilités et qu'il continuerait de les dépasser, quelles qu'elles soient. Il nous faut savoir pourquoi avant d'approcher de nouveau cet agent. »

L'un des aides de Halleck s'agita dans son siège et lança : « C'est injuste ! »

« Injuste ? (Le Duc regarda l'homme.) Qui parle de justice ? Nous sommes là pour faire notre propre justice. Et nous y réussirons sur Arrakis. Nous gagnerons ou nous mourrons. Regrettez-vous de vous joindre à notre sort, monsieur ? »

L'homme le regarda et répondit : « Non, Sire. Vous ne pouvez laisser échapper la plus riche source de revenus de notre univers… et je ne puis que vous suivre. Pardonnez cette intervention mais… (Il haussa les épaules.) Nous sommes tous amers, parfois. »

« Je comprends cette amertume, dit le Duc. Mais ne nous en prenons pas à la justice quand nous avons nos bras et toute liberté de nous en servir. Y en a-t-il d'autres parmi vous qui ressentent de l'amertume ? En ce cas, qu'ils parlent. Ceci est une assemblée amicale et chacun peut y exprimer ses sentiments. »

« Je crois que ce qui nous irrite, dit Halleck, c'est qu'aucun volontaire des Grandes Maisons ne se présente. On vous donne le titre de "Leto le Juste" et l'on vous promet une amitié éternelle… pour autant qu'il n'en coûte rien à personne. »

« Ils ignorent encore qui doit sortir vainqueur de ce changement, dit le Duc. La plupart des Maisons se sont enrichies en prenant un minimum de risques. Nul ne peut vraiment leur en vouloir. On ne peut que les mépriser. (Il regarda Hawat.) Mais nous parlions du matériel. Veux-tu nous projeter quelques exemples afin de familiariser un peu les hommes avec cet équipement ? »

Hawat acquiesça et fit un geste à l'adresse d'un de ses jeunes assistants qui se trouvait près d'un projecteur. Une image-solido à trois dimensions se matérialisa sur la table. Certains des hommes présents se levèrent afin de mieux voir.

Paul se pencha en avant ; il examinait la machine qui venait d'apparaître. Elle avait environ cent vingt mètres de long sur quarante de large. Derrière elle apparaissaient de minuscules silhouettes humaines. Elle ressemblait à quelque énorme insecte se déplaçant sur de larges trains indépendants de chenilles.

« Une usine-moissonneuse, dit Hawat. Nous en avons sélectionné une bien réparée pour cette projection. La première équipe d'écologistes impériaux était accompagnée d'un matériel de ce type et qui fonctionne encore actuellement... bien que j'ignore comment, et pourquoi. »

« S'il s'agit de celle qu'ils appellent *La Vieille Marie,* elle est bonne pour le musée, dit quelqu'un. Je crois que les Harkonnen s'en servent comme d'une punition et qu'ils en menacent leurs travailleurs. S'ils ne se montrent pas dociles, ils sont bons pour *La Vieille Marie.* »

Autour de la table, des rires s'élevèrent.

Paul leur demeura étranger. Toute son attention était concentrée sur la projection et sur les questions qui défilaient dans son esprit. Il tendit la main et dit : « Thufir, existe-t-il des vers des sables assez énormes pour avaler cette machine ? »

Un silence tomba sur la table. Le Duc jura en lui-même puis songea : *Non... Il faut qu'ils affrontent les réalités de ce monde.*

« Il y a dans le désert des vers des sables assez grands pour ne faire qu'une bouchée de cette usine, dit Hawat. Ici même, à proximité du Bouclier, là où l'on extrait la plus grande partie de l'épice, il existe des vers qui pourraient broyer cette usine et la dévorer comme un rien. »

« Pourquoi n'utilise-t-on pas les Boucliers ? » demanda Paul.

« Selon les rapports d'Idaho, dit Hawat, ils seraient dangereux dans le désert. Un simple bouclier individuel suffirait à attirer le moindre ver à des centaines de mètres à la ronde. Il semble que cela crée en eux une frénésie meurtrière. À ce sujet, nous n'avons aucune raison de ne pas en croire la parole des Fremen. Idaho n'a trouvé aucune trace d'un équipement de bouclier dans le sietch où il se trouvait. »

« Aucune ? » demanda Paul.

« Il serait très difficile de dissimuler ce genre de matériel au milieu d'une population de mille personnes, dit Hawat. Idaho avait librement accès à tous les secteurs du sietch. Il n'a pas aperçu un seul bouclier ni décelé le moindre indice. »

« C'est une énigme », dit le Duc.

« Il est certain, reprit Hawat, que les Harkonnen ont largement employé les boucliers. Ils disposaient d'ateliers-dépôts dans chaque village de garnison et leur comptabilité fait apparaître de lourdes dépenses consacrées à l'achat de boucliers ou de pièces détachées. »

« Est-ce que les Fremen ne pourraient pas détenir un moyen d'annuler les boucliers ? » demanda Paul.

« Ça paraît improbable. Bien sûr, en théorie, c'est possible. Une contre-charge statique pourrait venir à bout d'un bouclier, à condition qu'elle ait les dimensions d'un territoire. Mais personne n'a jamais pu tenter l'expérience. »

« Nous en avions déjà entendu parler, dit Halleck. Les contrebandiers ont toujours été en contact étroit avec les Fremen et si un tel dispositif avait été disponible, ils l'auraient acheté. Ils n'auraient aucun scrupule à l'exporter. »

« Je n'aime pas que des questions de cette importance restent en suspens, dit le Duc. Thufir, je veux que tu accordes la priorité absolue à la solution de ce problème. »

« Nous y travaillons déjà, Mon Seigneur. (Hawat s'éclaircit la gorge.) Mais Idaho a dit une chose intéressante, que l'on ne pouvait se tromper sur l'attitude des Fremen envers les boucliers. Il a dit qu'ils s'en amusaient avant tout. »

Mais le Duc fronça les sourcils. « L'objet de cette assemblée est l'équipement d'épiçage. »

Hawat fit un geste à l'intention de l'homme au projecteur.

L'image-solido de l'usine-moissonneuse fut remplacée par celle d'un appareil ailé qui semblait gigantesque auprès des minuscules silhouettes humaines qui l'entouraient. « Voici un portant, commenta Hawat. Pour l'essentiel, c'est un ornithoptère de grande taille dont l'unique fonction est de déposer les usines dans les sables riches en épice et de les reprendre lorsque apparaît un ver des sables. Et il en apparaît toujours un. Le moissonnage de l'épice consiste à en récolter et à en rentrer autant que possible. »

« Ce qui convient admirablement à la morale harkonnen », dit le Duc.

Les rires éclatèrent brusquement, trop forts.

L'image d'un ornithoptère remplaça celle du portant.

« Ces ornis sont très conventionnels, expliqua Hawat. Leurs possibilités sont accrues par des modifications majeures. On a pris grand soin de protéger les parties essentielles contre le sable et la poussière. Un sur trente seulement est équipé d'un bouclier. Le poids du générateur ainsi gagné permet d'accroître le rayon d'action. »

« Ce semi-abandon des boucliers ne me plaît guère », murmura le Duc. Et il songea : *Est-ce donc là le secret des Harkonnen ? Cela signifie-t-il que nous n'aurions même pas la possibilité de fuir à bord de nos frégates à boucliers si tout venait à se retourner contre nous ?* Il secoua violemment la tête pour chasser ces pensées et reprit : « Passons à l'estimation du rendement. Quel devrait être notre bénéfice ? »

Hawat tourna deux pages de son carnet. « Après avoir évalué le matériel en état et le coût des diverses réparations, nous obtenons un premier chiffre pour nos frais d'exploitation. Bien entendu, nous l'avons encore diminué afin de nous ménager une marge de sécurité. (Il ferma les paupières, dans un état de semi-transe mentat et poursuivit :) Sous les Harkonnen, les salaires et les frais d'entretien ne dépassaient pas quatorze pour cent. Avec de la chance, nous les limiterons à trente pour cent durant les premiers temps. En tenant compte des réinvestissements et des facteurs de développement et sans omettre les frais militaires et le pourcentage du CHOM, notre marge de bénéfice devrait se trouver réduite à six ou sept pour cent jusqu'à ce que nous ayons remplacé le matériel hors d'état. Ensuite, nous devrions être en mesure de relever cette marge jusqu'à douze ou quinze pour cent, ce qui est la norme. (Il rouvrit les yeux.) À moins que Mon Seigneur désire adopter les méthodes harkonnens. »

« Nous sommes ici pour établir une base planétaire permanente et solide, dit le Duc. Pour cela, il faut qu'une majorité de la population soit satisfaite, et spécialement les Fremen. »

« Tout spécialement les Fremen », dit Hawat.

« Sur Caladan, notre suprématie dépendait de notre pouvoir sur les mers et dans les airs. Ici, nous devrons développer ce que j'appellerai *le pouvoir du désert*. Nous pouvons tout aussi bien lui adjoindre ou non le pouvoir aérien. Mais j'attire votre attention sur la pénurie en boucliers pour les ornithoptères. (Le Duc secoua la tête.) Les Harkonnen comptaient sur les apports extra-planétaires pour leur personnel de base. Nous ne pouvons nous le permettre. Chaque nouvelle vague d'arrivants nous amènerait son lot de provocateurs. »

« Alors nous devrons nous contenter de bénéfices moindres et de récoltes mineures, dit Hawat. La production de nos deux premières saisons ne devrait pas atteindre le tiers de la moyenne harkonnen. »

« C'est exactement ce que nous avions prévu, dit le Duc. Il nous faut faire vite avec les Fremen. J'aimerais disposer de cinq bataillons complets de troupes Fremen avant le premier audit du CHOM. »

« Cela nous laisse peu de temps, Sire. »

« Nous n'en avons guère, tu le sais bien. À la première occasion, ils seront là, accompagnés par des Sardaukars portant la livrée des Harkonnen. Selon toi, Thufir, combien en débarqueront-ils ? »

« Quatre ou cinq bataillons tout au plus, si l'on tient compte du coût des transports de troupes de la Guilde. »

« En ce cas, cinq bataillons de Fremen en plus de nos propres forces feraient l'affaire. Attendez seulement que nous amenions quelques prisonniers sardaukars devant le Conseil du Landsraad et vous verrez si les choses ne changeront pas – bénéfices ou non. »

« Nous ferons de notre mieux, Sire. »

Le regard de Paul se porta sur son père, puis revint à Hawat. Il prit soudain conscience du grand âge du Mentat. Hawat avait servi trois générations d'Atréides. *L'âge.* Il se lisait dans l'éclat terni de ses yeux bruns, dans ses joues craquelées et recuites par les climats exotiques, dans la courbe de ses épaules, dans le trait mince de ses lèvres teintes de la couleur d'airelle du jus de sapho.

Tant de choses dépendent de ce vieil homme, songea Paul,

« Nous sommes actuellement lancés dans une guerre d'assassins, disait le Duc, mais qui n'a point encore atteint toute son ampleur. Thufir, dans quelles conditions se présente le dispositif harkonnen ? »

« Nous avons éliminé deux cent cinquante-neuf de leurs hommes de confiance, Mon Seigneur. Il ne subsiste pas plus de trois cellules harkonnens, en tout une centaine de personnes. »

« Ces créatures de Harkonnen que vous avez éliminées, appartenaient-elles à la classe possédante ? »

« La plupart étaient nettement situées, Mon Seigneur, dans la classe des entrepreneurs. »

« Je veux que tu fasses fabriquer des certificats d'allégeance comportant chacun la signature de ces hommes. Fais-en remettre des copies à l'Arbitre du Changement. Nous soutiendrons légalement que ces hommes se trouvaient ici sous une fausse allégeance. Que l'on confisque leurs biens, qu'on leur prenne tout, qu'on chasse leurs familles, qu'on les dépouille totalement. Et assure-toi que la Couronne perçoive bien ses dix pour cent. Tout cela doit être légal. »

Thufir sourit, révélant ses dents rouges. « Voilà une manœuvre bien digne de Mon Seigneur. J'ai honte de ne pas y avoir songé avant. »

De l'autre côté de la table, Halleck fronça les sourcils et il surprit une expression aussi sombre sur le visage de Paul. Mais toute l'assemblée souriait et approuvait.

C'est une faute, se dit Paul. *Les autres n'en seront que plus agressifs. Ils ne gagneraient rien à se rendre.*

Il savait que le kanly ne connaissait aucune règle, aucune entrave, mais l'acte projeté pouvait les détruire quand bien même il leur donnerait la victoire.

« J'étais un étranger en terre étrangère », cita Halleck. Et Paul le regarda, reconnaissant une phrase de la Bible Catholique Orange et se demandant : *Gurney, lui aussi, souhaiterait-il mettre un terme aux stratagèmes tortueux ?*

Le regard du Duc se posa sur les fenêtres et l'obscurité au-delà, puis revint à Halleck. « Gurney, combien de ces hommes des sables as-tu réussi à persuader de rester avec nous ? »

« Deux cent quatre-vingt-six en tout, Sire. Je pense que nous devons les accepter et nous estimer heureux. Ils appartiennent à des catégories qui nous seront utiles. »

« Ils ne sont pas plus nombreux ? (Le Duc se mordit les lèvres.) Bien, alors fais dire que… »

Il fut interrompu par un bruit au-dehors. Puis Duncan surgit entre les gardes, parcourut toute la longueur de la table et se pencha pour parler à l'oreille du Duc. Celui-ci tendit la main : « Parle à voix haute, Duncan. Comme tu peux le voir, ceci est une réunion stratégique. »

Paul examinait Idaho et retrouvait ces mouvements félins, cette rapidité des réflexes qui faisaient de lui un maître d'armes bien difficile à égaler. Le visage rond et sombre d'Idaho se tourna vers lui à cet instant. Les yeux habitués aux profondeurs des cavernes ne parurent pas le reconnaître, mais Paul reconnut ce masque de sérénité qu'il connaissait bien et qui recouvrait l'excitation intérieure de l'homme. Puis le regard d'Idaho se porta sur l'assemblée et il déclara : « Nous avons surpris un parti de mercenaires harkonnens déguisés en Fremen. Ce sont les Fremen eux-mêmes qui nous ont dépêché un courrier pour nous avertir du subterfuge. Au cours de l'attaque, cependant, nous avons découvert que les Harkonnen avaient retrouvé le courrier fremen et qu'ils l'avaient gravement blessé. Il est mort alors que nous l'amenions ici pour que nos médics le soignent. Quand j'ai vu qu'il était au plus mal, je me suis arrêté pour faire ce que je pouvais. À cet instant, il a tenté de se débarrasser de quelque chose. (Idaho regarda le Duc.) C'était un couteau, Mon Seigneur, un couteau dont vous n'avez jamais vu le pareil. »

« Un krys ? » demanda quelqu'un.

« Sans aucun doute, reprit Idaho. Il est d'une blancheur de lait et il semble briller d'une lueur propre. » Il plongea la main dans sa tunique et brandit une gaine d'où sortait une poignée striée de noir.

« Laissez cette lame dans son fourreau ! »

L'injonction s'était élevée du seuil, à l'autre extrémité de la salle. La voix était vibrante, pénétrante, et tous levèrent la tête et regardèrent.

Une haute silhouette en robe se tenait sur le seuil, derrière les épées croisées des gardes. La robe était de cuir fin et elle enveloppait complètement l'homme. Seuls ses yeux étaient visibles derrière un voile noir, des yeux complètement bleus.

« Laissez-le entrer », murmura Idaho.

« Qu'on laisse passer cet homme », dit le Duc.

Les gardes hésitèrent, puis abaissèrent leurs épées.

L'homme s'avança dans la salle et s'arrêta devant le Duc.

« C'est Stilgar, le chef du sietch que j'ai visité, expliqua Idaho. Il commandait ceux qui nous ont avertis. »

« Bienvenue, dit Leto. Pourquoi ne devrions-nous pas sortir cette lame de son fourreau ? »

Le regard de Stilgar était fixé sur Idaho. « Vous observez parmi nous les coutumes d'honneur et de pureté. Je vous permettrai de voir la lame de l'homme auquel vous avez montré de l'amitié. (Les yeux bleus examinèrent toute l'assemblée.)

Mais je ne connais pas ces autres hommes. Leur permettriez-vous de souiller une lame honorable ? »

« Je suis le duc Leto, dit le Duc. M'autorisez-vous à voir la lame ? »

« Je vous autorise à gagner le droit de la sortir de son fourreau », dit Stilgar et, comme un murmure de protestation se faisait entendre, il leva une main fine marquée de veines sombres et ajouta : « Je vous rappelle que cette lame était à celui qui vous montra de l'amitié. »

Dans le silence revenu, Paul étudia l'homme et perçut l'aura de puissance qui émanait de lui. C'était un chef. Un chef *fremen.*

Un homme qui se trouvait en face de Paul, de l'autre côté de la table, murmura : « Qui est-il pour nous dire quels sont nos droits sur Arrakis ? »

« Il est dit que le duc Leto gouverne avec le consentement des gouvernés, lança le Fremen. Ainsi donc je dois vous dire ce qu'il en est : une certaine responsabilité incombe à qui voit un krys. (Il décocha un regard sombre à Idaho.) Les krys sont nôtres. Ils ne peuvent quitter Arrakis sans notre consentement. »

Halleck et plusieurs autres hommes firent mine de se lever, l'air furieux. « C'est le duc Leto qui seul décide si... », commença Halleck.

« Un moment, je vous prie. » Le Duc venait d'intervenir et la douceur de sa voix les retint. *La situation ne doit pas m'échapper*, se dit-il. Puis il s'adressa au Fremen : « Monsieur, j'honore et respecte la dignité de tout homme qui respecte la mienne. J'ai bien sûr une dette envers vous. Et je paie *toujours* mes dettes. Si votre coutume veut que ce couteau reste dans son fourreau, j'ordonnerai *moi-même* qu'il en soit ainsi. Et s'il est quelque autre manière d'honorer l'homme qui est mort à notre service, vous n'avez qu'à la nommer. »

Le Fremen regarda le Duc puis, lentement, repoussa son voile, révélant son visage au nez fin, aux lèvres pleines dans une barbe d'un noir brillant. Délibérément, il se pencha vers la surface polie de la table et cracha.

À l'instant où tous les hommes présents se dressaient d'un bond, la voix d'Idaho lança : « Arrêtez ! »

Et dans le silence tendu il reprit : « Nous te remercions, Stilgar, de nous faire le présent de l'humidité de ton corps. Et nous l'acceptons avec l'esprit dans lequel il fut offert. » Et Idaho cracha sur la table devant le Duc. Il ajouta à l'intention de ce dernier : « Rappelez-vous à quel point l'eau est précieuse, ici, Sire. C'était là un gage de respect. »

Leto se renfonça dans son siège et surprit le regard de son fils, le sourire triste sur son visage avant de percevoir la détente tout autour de lui, tandis que les hommes comprenaient.

Le Fremen regarda Idaho. « Tu t'es bien défendu dans mon sietch, Duncan Idaho. Es-tu lié par l'allégeance à ton Duc ? »

« Il me demande de me mettre à son service, Sire », dit Idaho.

« Accepterait-il une double allégeance ? » demanda le Duc.

« Vous désirez que j'aille avec lui, Sire ? »

« Je désire que tu prennes ta propre décision », reprit le Duc, et il ne parvint pas à dissimuler la tension qui habitait sa voix.

Idaho dévisagea le Fremen. « M'accepterais-tu dans ces conditions, Stilgar ? À certains moments, il me faudra revenir pour servir mon Duc. »

« Tu as bien combattu et tu as fait de ton mieux pour notre ami, dit Stilgar. (Il regarda Leto.) Qu'il en soit ainsi : l'homme Idaho garde le couteau krys qu'il tient comme signe de son allégeance envers nous. Il doit être purifié, bien sûr, et les rites doivent être observés, mais ceci peut être fait. Il sera Fremen et soldat des Atréides. Il y a un précédent à cela : Liet sert deux maîtres. »

« Duncan ? » demanda Leto.

« Je comprends, Sire. »

« Alors, c'est d'accord. »

« Ton eau est nôtre, Duncan Idaho, dit Stilgar. Le corps de notre ami reste auprès de ton Duc. Son eau est l'eau des Atréides. C'est le lien entre nous. »

Leto soupira, regarda Hawat, cherchant les yeux anciens du Mentat. Hawat acquiesça avec une expression de satisfaction.

« J'attendrai en bas, reprit Stilgar, tandis qu'Idaho dira adieu à ses amis. Turok était le nom de notre ami mort. Souvenez-vous-en quand viendra le moment de libérer son esprit. Vous êtes amis de Turok. » Et il se détourna pour quitter la salle.

« Ne resterez-vous pas un instant ? » demanda Leto.

Le Fremen le regarda, ramena le voile devant son visage d'un geste désinvolte et mit quelque chose en place. Paul entrevit une sorte de tube très fin avant que le voile retombe.

« Y a-t-il une raison pour que je demeure ? » demanda Stilgar.

« Nous serions honorés. »

« L'honneur exige que je sois ailleurs avant peu », répondit le Fremen. Il décocha un regard à Idaho puis franchit le seuil entre les gardes.

« Si les autres Fremen lui ressemblent, notre accord sera bénéfique », déclara le Duc.

« Il constitue un bon échantillon, Sire », dit Idaho d'une voix sèche.

« Tu comprends ce que tu t'apprêtes à faire, Duncan ? »

« Je suis votre ambassadeur auprès des Fremen, Sire. »

« Il dépendra beaucoup de toi, Duncan. Nous allons avoir besoin d'au moins cinq bataillons de ces gens avant l'arrivée des Sardaukars. »

« Pour cela, il faudra du travail, Sire. Les Fremen sont plutôt indépendants. (Idaho hésita puis poursuivit :) Autre chose, Sire. L'un des mercenaires que nous avons abattus essayait de prendre cette lame à notre ami fremen mort. Il nous a dit que les Harkonnen offraient un million de solaris au premier homme qui leur rapporterait un couteau krys. »

Leto se redressa, surpris. « Pourquoi donc désireraient-ils à ce point une de ces lames ? »

« Le couteau est fait dans une dent de ver des sables. C'est l'emblème des Fremen, Sire. Avec lui, un homme aux yeux bleus peut pénétrer dans n'importe quel sietch. Ils m'arrêteraient si je n'étais connu. Je n'ai pas l'air d'un Fremen. Mais… »

« Piter de Vries », dit le Duc.

« Un homme d'une ruse diabolique, Mon Seigneur », dit Hawat.

Idaho glissa l'arme dans son fourreau sous sa tunique.

« Garde ce couteau », dit le Duc.

« Je sais, Mon Seigneur. (Idaho tapota sur le transmetteur placé dans sa ceinture.) Je vous contacterai dès que possible.

Thufir est en possession de mon code d'appel. Utilisez le langage de bataille. » Puis il salua, pivota et suivit le Fremen.

Ses pas résonnèrent au long du couloir. Le Duc et Hawat échangèrent un regard de compréhension. Ils sourirent.

« Nous avons beaucoup à faire, Sire », dit Halleck.

« Et je te distrais de ta tâche », dit Leto.

« J'ai ici les rapports concernant les bases avancées. Dois-je attendre une prochaine fois pour vous les communiquer ? »

« Ce sera long ? »

« Pas en résumé, Sire. Parmi les Fremen, on dit que plus de deux cents de ces bases avancées ont été construites sur Arrakis durant la période où la planète constituait une Station Expérimentale de Botanique du Désert. Toutes sont censées avoir été abandonnées mais certains rapports indiquent qu'elles furent scellées auparavant. »

« Il y aurait du matériel à l'intérieur ? »

« Oui, selon les rapports de Duncan. »

« Où se trouvent-elles ? » demanda Halleck.

« La réponse à cette question est invariablement : Liet le sait. »

« Dieu le sait », murmura Leto.

« Peut-être pas, Sire, dit Hawat. Vous avez entendu Stilgar prononcer ce nom. N'aurait-il pu faire allusion à une personne réelle ? »

« Servir deux maîtres, dit Halleck. Cela évoque une citation religieuse. »

« Tu devrais la connaître », dit le Duc. Et Halleck sourit.

« L'Arbitre du Changement, reprit Leto, l'écologiste impérial, Kynes. Ne pourrait-il connaître l'emplacement de ces bases ? »

« Sire, fit remarquer Hawat, ce Kynes est au service de l'Empereur. »

« Et il est aussi très loin de l'Empereur. Je veux ces bases. Elles doivent être pleines de matériaux que nous pouvons récupérer et utiliser pour la réparation de notre équipement. »

« Sire ! Ces bases sont légalement le fief de Sa Majesté ! »

« Ici, le climat est assez rude pour détruire n'importe quoi, dit le Duc. Nous pourrons toujours le rendre responsable. Trouvez ce Kynes et essayez au moins de savoir si ces bases existent vraiment. »

« Il pourrait être dangereux de les réquisitionner, dit Hawat. Duncan a clairement établi une chose : ces bases ou ce qu'elles représentent ont, pour les Fremen, une signification profonde. Nous pourrions nous les aliéner en nous en emparant. »

Paul examina les visages autour de lui et vit avec quelle intensité chacun des hommes présents écoutait la moindre parole prononcée. Tous semblaient profondément troublés par l'attitude de son père.

« Écoutez-le, Père, dit Paul à voix basse. Il dit vrai. »

« Sire, reprit Hawat, il se peut que ces bases nous donnent le matériel nécessaire pour réparer l'équipement qui nous a été laissé, mais elles peuvent aussi bien être hors de notre portée pour des raisons stratégiques. Il serait téméraire d'agir sans autre information. Ce Kynes détient l'autorité d'un arbitre de l'Imperium. Nous ne devons pas l'oublier. Et les Fremen lui obéissent. »

« Dans ce cas, agissez en douceur, dit le Duc. Je désire seulement savoir si ces bases existent. »

« Comme vous voudrez, Sire. » Hawat se rassit et baissa les yeux.

« Très bien. Nous savons ce qui nous attend : du travail. Nous y avons été préparés. Nous en avons l'expérience. Nous savons quelles seront nos récompenses et les risques sont suffisamment clairs. Chacun de vous a ses attributions. (Le Duc regarda Halleck.) Gurney, occupe-toi d'abord de la question des contrebandiers. »

« Je vais donc me porter au-devant des rebelles qui vivent au pays sec », psalmodia Halleck.

« Un de ces jours, dit le Duc, je le surprendrai sans la moindre citation et ce sera comme s'il était tout nu. »

Il y eut des rires autour de la table, mais Paul y décela l'effort.

Son père se tourna vers Hawat. « Établis un autre poste de commandement pour les communications et les renseignements à cet étage, Thufir. Je te verrai quand ce sera prêt. »

Hawat se leva et son regard fit le tour de la pièce comme s'il cherchait quelque soutien. Puis il se retourna et se dirigea vers le seuil. Tous les hommes se levèrent en hâte dans un grand bruit de chaises et le suivirent avec quelque confusion.

La confusion, songea Paul. *Cela s'achève dans la confusion.* Ses yeux ne quittaient pas les dos des hommes qui s'éloignaient. Auparavant, les réunions s'étaient toujours terminées dans une atmosphère de décision mais celle-ci semblait s'être effritée, usée par ses propres insuffisances. Et, pour la première fois, Paul se permit de songer à la possibilité d'une défaite. Et cela ne venait pas de la peur qu'il aurait pu éprouver ni des avertissements, comme celui de la Révérende Mère. Il affrontait simplement cette idée, ayant estimé de lui-même la situation.

Mon père est désespéré, se dit-il. *Les choses ne tournent pas bien du tout pour nous.*

Et Hawat. Il se souvenait soudain des réactions du vieux Mentat durant la conférence, de ses hésitations subtiles, de sa nervosité. Quelque chose troublait Hawat, profondément.

« Il serait mieux que tu restes ici pour cette nuit, mon fils, dit le Duc. L'aube viendra bientôt, de toute façon. Je vais en informer ta mère. (Lentement, il se leva, le corps roide.) Pourquoi ne rassemblerais-tu pas quelques chaises pour t'y étendre et essayer de te reposer ? »

« Je ne suis pas très fatigué, Père. »

« Comme tu voudras. »

Le Duc croisa les mains dans son dos et se mit à marcher de long en large devant la table.

Un animal en cage, songea Paul.

« Envisagez-vous de discuter de la possibilité d'une traîtrise avec Hawat ? » demanda-t-il.

Le Duc s'arrêta devant lui et leva le visage vers les fenêtres obscures. « Nous avons maintes fois évoqué cette possibilité. »

« La vieille femme semblait sûre d'elle. Et le message que Mère… »

« Des précautions ont été prises, dit le Duc. (Son regard fit le tour de la pièce et Paul découvrit un éclat sauvage dans ses yeux.) Reste ici. Je dois maintenant aller discuter des postes de commandement avec Thufir. » Il quitta la pièce en répondant d'un bref signe de tête au salut des gardes.

Paul n'avait pas bougé. Son regard n'avait pas quitté l'endroit où s'était tenu son père et il lui semblait que cet endroit était vide depuis longtemps. Et il se souvenait de l'avertissement de la vieille femme. *« … Quant à ton père… Il n'y a rien à faire pour lui. »*

En ce premier jour où Muad'Dib parcourut les rues d'Arrakeen avec sa famille, il se trouva certaines gens au long du chemin pour se souvenir des légendes et des prophéties et se risquer à crier « Mahdi ! ». Mais ce cri était plus une question qu'une affirmation, car ils pouvaient seulement espérer qu'il était bien celui annoncé comme le Lisan al-Gaib, la Voix du Dehors. Et l'attention de ces gens était également fixée sur la mère car ils avaient entendu dire qu'elle était Bene Gesserit et il était évident à leurs yeux qu'elle était comme l'autre Lisan al-Gaib.

Extrait du Manuel de Muad'Dib,
par la Princesse Irulan.

UN GARDE CONDUISIT LE DUC JUSQU'À LA CHAMBRE D'ANGLE où Thufir Hawat se trouvait, seul. Le lieu était tranquille. On entendait seulement les hommes qui, dans la pièce voisine, procédaient à l'installation du matériel de transmission. Le Mentat se leva de derrière une table jonchée de papiers tandis que le Duc examinait la pièce. Les murs étaient verts et l'unique mobilier, en dehors de la table, consistait en trois fauteuils à suspenseurs dont le H de Harkonnen avait été dissimulé en hâte par une touche de couleur.

« Ils sont tout à fait sûrs, dit Hawat. Où est Paul, Sire ? »

« Je l'ai laissé dans la salle de conférences. J'espère que cela lui permettra peut-être de prendre quelque repos. »

Hawat acquiesça. Puis il marcha jusqu'à la porte ouverte sur la pièce voisine et la ferma, faisant taire la rumeur de grésillements électriques.

« Thufir, dit le Duc, je songe aux stocks d'épice de l'Empereur et des Harkonnen. »

« Mon Seigneur ? »

Le Duc plissa les lèvres. « Des entrepôts, cela peut se détruire. (Il tendit la main pour interrompre Hawat.) Non, laissons de côté les réserves de l'Empereur. Mais lui-même se réjouirait secrètement de voir les Harkonnen dans l'embarras. Quant au Baron, comment pourrait-il se plaindre de la destruction d'un stock qu'ouvertement il ne peut posséder ? »

Hawat secoua la tête. « Nous ne pouvons risquer que bien peu d'hommes, Sire. »

« Prends-en à Idaho. Et peut-être certains Fremen apprécieraient-ils un voyage loin de cette planète. Un raid sur Giedi Prime. Une telle diversion comporterait des avantages tactiques certains, Thufir. »

« Comme vous le désirez, Mon Seigneur. » Hawat se détourna et le Duc perçut la nervosité du vieil homme et songea : *Peut-être croit-il que je ne lui fais pas confiance. Il doit savoir que l'on m'a rapporté la présence de traîtres. Eh bien, il vaut mieux calmer ses craintes immédiatement.*

« Thufir, commença-t-il, étant donné que tu es l'un des rares hommes auxquels je puisse faire totalement confiance, il est un autre sujet dont nous devons discuter. Nous savons tous deux à quel point nous devons être vigilants en permanence pour empêcher que des traîtres s'infiltrent parmi nos forces... mais j'ai reçu deux nouveaux rapports. »

Hawat se retourna et le regarda. Et Leto lui répéta ce que lui avait dit Paul.

Il s'était attendu à une concentration mentat immédiate et intense, mais ses paroles parurent augmenter encore l'agitation de Hawat. Il étudia le vieux Mentat et dit : « Tu m'as caché quelque chose, mon vieil ami. Ta nervosité durant la conférence aurait dû me le faire soupçonner. Qu'est-ce donc de si grave que tu n'aies pu te résoudre à en parler devant tous ? »

Les lèvres anciennes tachées de jus de sapho se refermèrent en une étroite ligne d'où irradiaient de minuscules rides. Et elles ne perdirent rien de leur raideur tandis que Hawat parlait. « Mon Seigneur, je ne sais vraiment pas comment vous rapporter cela. »

« Nous avons partagé bien des cicatrices, Thufir. Tu sais que tu peux me rapporter n'importe quoi. »

Mais Hawat continua de le regarder en silence. Il pensait : *C'est ainsi que je le préfère. Voilà bien l'homme d'honneur qui mérite toute ma loyauté et mon dévouement. Pourquoi faut-il que je le fasse souffrir ?*

« Eh bien ? » demanda le Duc.

Hawat haussa les épaules. « Il s'agit d'un fragment de note. Nous l'avons pris à un courrier harkonnen. Il était adressé à un agent du nom de Pardee. Nous avons de bonnes raisons de penser que Pardee était à la tête du dispositif harkonnen. Cette note... elle peut avoir de graves conséquences ou pas du tout. Elle est susceptible d'être interprétée de diverses façons. »

« Qu'y a-t-il de si délicat dans son contenu ? »

« Un fragment, Mon Seigneur. Incomplet. C'était un film minimic auquel était fixée, comme d'habitude, une capsule destructrice. Nous avons arrêté l'action de l'acide juste avant qu'il eût tout détruit et nous n'avons pu garder qu'un fragment. Cependant, ce fragment est particulièrement suggestif. »

« Oui ? »

Hawat porta une main à ses lèvres. « Il dit : ... *et on ne soupçonnera jamais et quand le coup lui sera porté par une main aimée, son origine même suffira à le détruire.* J'ai authentifié le sceau personnel du Baron. »

« L'identité de la personne que tu soupçonnes me paraît évidente », dit le Duc, et il y avait de la froideur dans sa voix.

« Je me trancherais le bras plutôt que de vous blesser, Mon Seigneur. Mais si... »

« Dame Jessica, dit le Duc. (Et il sentit la fureur l'envahir, l'embraser.) N'as-tu pas obtenu confirmation de ce Pardee ? »

« Malheureusement, il n'était déjà plus du monde des vivants quand nous avons intercepté ce courrier. Et ce dernier, j'en suis certain, ignorait tout du contenu du message. »

« Je vois. »

Il secoua la tête et songea : *Quelle écœurante manœuvre ! Il n'y a rien de vrai là-dedans. Je connais ma femme.*

« Mon Seigneur, si... »

« Non ! aboya le Duc. Il y a dans tout ceci une faute qui... »

« Nous ne pouvons l'ignorer, Mon Seigneur. »

« Elle est avec moi depuis seize ans ! Elle a disposé d'innombrables occasions pour… Et tu as toi-même enquêté à l'École ! »

« On sait que certaines choses m'échappent », dit Hawat avec amertume.

« Mais c'est impossible, te dis-je ! Les Harkonnen visent à détruire *toute la lignée* des Atréides, Paul compris. Ils ont déjà essayé une fois. Une femme pourrait-elle conspirer contre son propre fils ? »

« Peut-être ne conspire-t-elle pas contre lui ? La tentative d'hier pourrait n'avoir été qu'une subtile comédie. »

« Ce n'était pas une comédie. »

« Sire, elle est censée tout ignorer de son ascendance. Mais si jamais elle la connaît ? Qu'en serait-il si elle était orpheline, disons à cause des Atréides ? »

« Elle aurait agi depuis longtemps. Elle aurait glissé du poison dans mon verre… Ou elle m'aurait poignardé la nuit. Qui pourrait avoir de meilleures occasions qu'elle ? »

« C'est *vous* que les Harkonnen veulent détruire, Mon Seigneur. Leur intention n'est pas seulement de tuer. Il existe toute une gamme de moyens bien distincts dans l'art du kanly. Cette vendetta pourrait être un chef-d'œuvre entre toutes. »

Les épaules du Duc s'affaissèrent. Il ferma les paupières et parut ainsi très vieux et très las. *Cela ne peut être*, se dit-il. *Elle m'a ouvert son cœur.*

« Est-il meilleur moyen de me détruire qu'en semant le soupçon à l'égard de la femme que j'aime ? » demanda-t-il.

« C'est une interprétation à laquelle j'ai réfléchi, dit Hawat. Pourtant… »

Le Duc rouvrit les yeux, regarda le Mentat et pensa : *Qu'il soupçonne. Soupçonner est son métier, pas le mien. Si je parais croire cela, peut-être quelque autre personnage commettra-t-il une imprudence…*

« Que suggères-tu ? »

« Dans l'immédiat, une surveillance constante, Mon Seigneur. Il ne faut pas la perdre de vue, à aucun instant. Je veillerai à ce que ce soit fait discrètement. Pour ce travail, Idaho serait l'homme idéal. Nous pourrions peut-être le rappeler d'ici à une semaine. Nous disposons d'un jeune élément qui a été entraîné dans les troupes d'Idaho. Nous pourrions l'envoyer en remplacement auprès des Fremen. Il est très doué pour la diplomatie. »

« Nous ne pouvons courir le risque de rompre notre unique lien avec les Fremen. »

« Bien sûr que non, Sire. »

« Et Paul ? »

« Il conviendrait peut-être de prévenir le docteur Yueh. »

Le Duc lui tourna le dos. « Je m'en remets à toi. »

« Je serai discret, Mon Seigneur. »

Au moins puis-je compter sur cela, se dit le Duc.

« Je vais aller faire un tour, Thufir. Si tu as besoin de moi, je serai à l'intérieur du périmètre. La garde peut... »

« Mon Seigneur, avant de partir j'aimerais que vous lisiez un clip que j'ai là. C'est une première analyse approximative de la religion fremen. Vous vous souvenez que vous m'avez demandé un rapport à ce sujet. »

Le Duc s'arrêta mais ne se retourna pas. « Cela ne peut-il attendre ? »,

« Bien entendu, Mon Seigneur. Mais vous m'avez demandé ce qu'ils criaient. C'était *Mahdi !* et le terme était adressé au jeune maître. Quand ils... »

« À Paul ? »

« Oui, Mon Seigneur. Une de leurs légendes, une prophétie, dit qu'il leur viendra un chef, l'enfant d'une Bene Gesserit, qui les conduira à la vraie liberté. C'est le thème habituel du messie. »

« Ils croient que Paul est ce... ce... »

« Ils l'espèrent seulement, Mon Seigneur. » Hawat lui tendit la capsule contenant le clip de bobine.

Le Duc la prit et la glissa dans une poche. « Je le regarderai plus tard. »

« Certainement, Sire. »

« Pour l'instant, il me faut... réfléchir. »

« Oui, Sire. »

Le Duc inspira profondément et se dirigea vers la porte. Il tourna sur sa droite vers le hall. Il marchait les mains croisées dans le dos, n'accordant que peu d'attention au lieu. Corridors, escaliers, balcons, salles... Et des gens qui le saluaient, qui s'écartaient sur son chemin.

Il finit par revenir à la salle de conférences, qu'il trouva dans l'obscurité. Paul s'était endormi sur la table. Le manteau d'un garde le recouvrait et sa tête reposait sur un sac à paquetage. Doucement, le Duc traversa la pièce et sortit sur le balcon qui dominait le terrain de débarquement. Un garde se trouvait là, dans l'angle. Il reconnut le Duc dans la faible clarté et se mit au garde-à-vous.

« Repos », murmura le Duc. Il s'appuya à la rambarde. Le métal était froid.

L'aube s'annonçait sur la cuvette désertique. Il leva les yeux. Loin au-dessus, les étoiles étaient déployées en une écharpe étincelante sur le bleu-noir du ciel. Juste au ras de l'horizon du sud, la seconde lune brillait dans un halo de poussière. Une lune étrange à la clarté sinistre. Et tandis que le Duc la contemplait, elle glissa derrière les collines du Bouclier, les couvrit un instant de gel. Dans l'obscurité soudain plus dense, Leto eut froid et il frissonna.

La colère jaillit en lui.

Les Harkonnen m'ont tourmenté, m'ont pourchassé, m'ont traqué pour la dernière fois. Des êtres de fiente aux âmes mesquines ! Mais je suis là, maintenant ! Et je dois gouverner avec l'œil autant qu'avec mes serres, comme un faucon règne sur des oiseaux plus faibles. La tristesse l'effleura. Inconsciemment, sa main se porta jusqu'à l'emblème qui ornait sa poitrine.

À l'est, un faisceau de lumière grise monta dans la nuit, puis ce fut une opalescence nacrée et les étoiles en furent estompées. Alors vint le long, le lent sillage de l'aube sur l'horizon brisé.

La scène était d'une telle beauté que toute l'attention du Duc fut capturée en cet instant.

Certaines choses, pensa-t-il, *mendient notre amour.*

Jamais il n'avait imaginé qu'il pût y avoir quelque chose d'aussi beau que cet horizon rouge, tourmenté, ces falaises d'ocre et de pourpre. Par-delà le terrain de débarquement, là où la rosée de la nuit avait apporté la vie aux graines hâtives d'Arrakis, il découvrait maintenant des lagunes de fleurs rouges sur lesquelles se posait une trame de violet... pas de géants invisibles.

« C'est une merveilleuse matinée, Sire », dit le garde.

« Oui. »

Il hocha la tête et pensa : *Peut-être cette planète pourra-t-elle en devenir une, véritablement. Peut-être sera-t-elle un bon foyer pour mon fils.*

Puis il aperçut les silhouettes humaines qui se déplaçaient dans les champs de fleurs et qui les balayaient de leurs étranges outils en forme de faucilles. Des ramasseurs de rosée. L'eau était si précieuse ici.

Ce monde peut aussi être hideux.

« Il n'est probablement pas de révélation plus terrible que l'instant où vous découvrez que votre père est un homme… fait de chair. »

Extrait de Les Dits de Muad'Dib,
par la Princesse Irulan.

« JE DÉTESTE CELA, PAUL, DIT LE DUC, MAIS IL LE FAUT. »

Il se tenait à côté du goûte-poison portatif que l'on avait apporté dans la salle de conférences pour leur petit déjeuner. Les bras de l'appareil qui reposaient mollement sur la table évoquaient pour Paul quelque étrange insecte mort.

Le regard du Duc était fixé, par-delà les fenêtres, sur le terrain où la poussière tourbillonnait dans le matin.

Devant lui, Paul avait une visionneuse chargée d'un clip de bobine sur les pratiques religieuses des Fremen. Les renseignements portés sur le clip avaient été recueillis par l'un des spécialistes de Hawat et Paul était troublé par les références à lui-même qu'il y découvrait.

« *Mahdi !* »

« *Lisan al-Gaib !* »

En fermant les yeux, il se rappelait les cris de la foule. *Ainsi, c'est là ce qu'ils espèrent,* songea-t-il. Il se rappelait aussi ce qu'avait dit la Révérende Mère : Kwisatz Haderach. Et ce souvenir éveillait cette sensation d'un but terrible qu'il connaissait déjà, peuplait ce monde étrange d'impressions familières qu'il ne pouvait comprendre pourtant.

« Je déteste cela », répéta le Duc.

« Que voulez-vous dire, Père ? »

Leto se retourna et regarda son fils. « Les Harkonnen pensent m'abuser en me faisant perdre ma confiance à l'égard de ta mère. Ils ignorent que je perdrais encore plus facilement confiance envers moi-même. »

« Je ne comprends pas. »

À nouveau, Leto se tourna vers les fenêtres. Le soleil blanc était à présent dans son quadrant matinal. Au travers des nuages de poussière qui flottaient sur les canyons perdus du Bouclier, la lumière était laiteuse.

Lentement, à voix basse pour contenir sa colère, le Duc rapporta à son fils le contenu du mystérieux fragment de message.

« Vous pourriez tout aussi bien vous défier de moi », dit Paul.

« Il faut qu'ils croient avoir réussi. Il faut qu'ils me croient assez idiot pour cela. Cela doit paraître authentique. Même ta mère ne doit rien connaître de ce simulacre. »

« Mais pourquoi, Père ? »

« Il ne faut pas qu'elle réponde par un acte. Oh, bien sûr, elle pourrait être sublime… mais trop de choses sont en jeu. J'espère démasquer le traître. Il est nécessaire que l'on croie que j'ai été totalement dupé. Il faut qu'elle soit ainsi blessée, afin de ne point l'être plus douloureusement. »

« Pourquoi me dites-vous cela, Père ? Je pourrais le répéter. »

« Ils ne te surveilleront pas à ce sujet. Tu garderas le secret. Il le faut. (Le Duc s'approcha encore des fenêtres et reprit sans se retourner.) De cette manière, si quelque chose venait à m'arriver, tu pourrais lui dire la vérité, que je n'ai jamais douté d'elle, pas un instant. Il faut qu'elle le sache. »

Paul perçut les pensées de mort qui hantaient son père et il dit vivement : « Il ne vous arrivera rien, Père. Le… »

« Silence, mon fils. »

Il contempla le dos de son père, décela la fatigue dans le maintien de son cou, la ligne de ses épaules, la lenteur de ses mouvements.

« Vous êtes seulement un peu fatigué, Père. »

« Je suis fatigué, oui, dit le Duc. Moralement. Sans doute la dégénérescence des Grandes Maisons a-t-elle fini par me toucher. Et puis, nous étions si puissants, à une époque. »

« Notre Maison n'a pas dégénéré, elle ! » s'écria Paul, avec colère.

« Vraiment ? »

Le Duc se retourna et affronta son fils. Il y avait des cercles sombres autour de ses yeux à l'éclat dur. Le pli de sa bouche était cynique. « J'aurais dû épouser ta mère, la faire Duchesse. Pourtant… l'espoir subsiste pour certaines Maisons de pouvoir s'allier à moi par leurs filles qui sont en âge de se marier. (Il haussa les épaules.) Aussi, j'ai… »

« Mère m'a expliqué cela. »

« Rien ne saurait acquérir autant de loyauté à un chef que son air de bravoure, dit le Duc. J'ai donc conservé un air de bravoure. »

« Vous commandez bien, vous gouvernez bien, protesta Paul. Les hommes vous suivent de plein gré et vous aiment. »

« Mon service de propagande est l'un des meilleurs qui soient, dit le Duc et, de nouveau, il reporta son attention sur le paysage. Les possibilités sont pour nous plus nombreuses ici, sur Arrakis, que ne peut le soupçonner l'Imperium. Pourtant, parfois, je me prends à penser qu'il eût été meilleur pour nous de nous échapper, de devenir une Maison renégate. À certains moments, j'aimerais plonger dans l'anonymat au sein des autres gens, devenir moins exposé à… »

« Père ! »

« Oui, je suis fatigué, dit le Duc. Sais-tu que nous utilisons déjà les résidus d'épice comme matériau brut et que nous fabriquons nous-mêmes notre support de films ? »

« Oui ? »

« Nous ne pouvons nous permettre d'en manquer. Autrement, comment pourrions-nous inonder villes et villages de nos informations ? Il faut que le peuple sache que je gouverne bien. Et comment le saurait-il si nous ne lui disions pas ? »

« Vous devriez vous reposer », dit Paul.

À nouveau, son père le regarda. « Il est un autre avantage d'Arrakis que j'allais oublier de mentionner. L'épice, ici, est partout. On la mange, on la respire dans toute chose. Et j'ai découvert que cela crée une immunité naturelle à certains des poisons les plus communs du Guide des Assassins. Toute la production alimentaire – graisses, hydroponiques, nourritures chimiques – est strictement surveillée afin que la moindre goutte d'eau ne soit pas gaspillée. Il nous est impossible de tuer une fraction de la population en nous servant de poison, et il est également impossible de nous attaquer de cette manière. Arrakis nous donne l'honnêteté et la moralité. »

Paul voulut intervenir, mais le Duc reprit : « Il faut que je puisse dire ces choses à quelqu'un, mon fils. (Il soupira et son regard revint au paysage desséché d'où les fleurs avaient à présent disparu, piétinées par les ramasseurs de rosée, flétries par les premiers rayons du soleil.) Sur Caladan, nous régnions par la mer et par les airs. Ici, il nous faut rechercher le pouvoir sur le désert. Ce sera ton héritage, Paul. Si quelque chose m'arrivait, qu'adviendrait-il de toi ? Tu ne régnerais pas sur une Maison renégate mais sur une Maison de guérilla, fuyant, traqué... »

Paul chercha ses mots et n'en trouva point. Jamais il n'avait vu son père aussi abattu.

« Pour garder Arrakis, reprit le Duc, il faut prendre des décisions qui peuvent vous coûter le respect de vous-même. (Il tendit la main vers les fenêtres, désignant la bannière noire et verte des Atréides qui pendait, inerte, à l'autre extrémité du terrain.) Il se peut qu'un jour cet honorable emblème représente bien des choses mauvaises, »

Paul avait la gorge sèche. Les paroles de son père lui semblaient futiles, emplies d'un fatalisme qui lui procurait une sensation de vide dans la poitrine.

Le Duc prit une tablette antifatigue dans sa poche et l'avala. « Le pouvoir et la peur, dit-il. Les outils du gouvernement. Il faut que je donne des ordres pour que l'on intensifie ton entraînement à la guérilla. Et tu as vu ce clip de bobine ? Ils t'appellent *Mahdi, Lisan al-Gaib*... En dernier recours, tu pourrais te reposer là-dessus. »

Paul vit que les épaules de son père se redressaient. La tablette faisait son effet. Mais il ne parvenait pas à oublier les paroles de doute et de crainte qu'il avait entendues.

« Qu'est-ce qui retient cet écologiste ? murmura le Duc. J'avais dit à Thufir que je voulais le voir aussitôt que possible. »

Mon père, l'Empereur Padishah, me prit un jour par la main et je sentis, grâce à ce que ma mère m'avait enseigné, qu'il était troublé. Il me conduisit à l'extrémité de la Salle des Portraits, jusqu'au simulego du duc Leto Atréides. Je notai la ressemblance frappante qui existait entre eux – entre mon père et l'homme du portrait. Tous deux avaient le même visage fin, racé, les mêmes traits acérés, le même regard froid. « Princesse ma fille, dit mon père, j'aurais aimé que tu sois plus âgée lorsqu'est venu pour cet homme le moment de se choisir une femme. » Mon père avait soixante et onze ans alors et il ne paraissait pas plus vieux que l'homme du portrait. Je n'avais que quatorze ans mais je me souviens d'avoir compris en cet instant que mon père avait souhaité en secret que le Duc fût son fils et qu'il haïssait les nécessités politiques qui faisaient d'eux des ennemis.

Extrait de Dans la Maison de Mon Père,
par la Princesse Irulan.

LE DOCTEUR FUT BOULEVERSÉ PAR SA PREMIÈRE RENCONTRE avec ceux qu'on lui avait ordonné de trahir. Il se vantait d'être un scientifique pour qui les légendes ne représentaient qu'autant d'indices intéressants sur les racines d'une culture, et pourtant le garçon correspondait si exactement à l'ancienne prophétie. Il avait « les yeux quêteurs » et l'attitude de « réserve candide ».

Certes, la prophétie ne précisait pas si la Déesse Mère devait arriver en compagnie du Messie ou si elle l'introduirait sur la scène quand le temps serait venu. La relation, pourtant, n'en était pas moins étrange entre ces gens et les prédictions.

La rencontre eut lieu dans la matinée, près du bâtiment administratif du terrain de débarquement. Un ornithoptère sans marque distinctive était posé à l'écart. Il bourdonnait doucement, comme un gros insecte somnolent. Un garde atréides était posté devant, l'épée au clair et, tout autour de lui, l'air vibrait de la présence invisible du bouclier.

Kynes eut un sourire furtif et songea : *Là, Arrakis leur réserve une surprise !*

Il leva la main et ses gardes fremen s'immobilisèrent derrière lui. Il continua seul d'avancer vers l'entrée de l'immeuble, trou noir dans le rocher revêtu de plastique. Cette construction monolithique était bien vulnérable, pensait-il. Et bien moins sûre qu'une caverne.

Son attention fut alors attirée par un mouvement et il s'arrêta pour ajuster sa robe et la fixation de l'épaule gauche de son distille. Les portes s'ouvrirent et des gardes atréides en surgirent, lourdement armés : épées, boucliers, tétaniseurs à charge lente. Un homme de haute taille venait derrière ; sa peau et sa chevelure étaient sombres et ses traits étaient ceux d'un oiseau de proie. Il portait une cape jubba ornée de l'emblème des Atréides sur la poitrine, et ses mouvements révélaient qu'il n'était pas accoutumé à ce vêtement. Il lui manquait une certaine souplesse, un certain rythme aisé. Sur le côté, la cape adhérait aux jambes de son distille.

À ses côtés s'avançait un jeune garçon à la chevelure également sombre mais aux traits plus ronds. Kynes savait qu'il avait quinze ans et il lui semblait un peu petit pour cet âge. Mais son jeune corps donnait pourtant une impression d'assurance, de commandement, comme s'il avait le pouvoir de discerner, de connaître des choses qui, tout autour de lui, demeuraient invisibles aux autres. Il portait la même cape que son père avec, cependant, une désinvolture pleine d'aisance qui donnait à penser que c'était là l'effet d'une longue habitude.

« *Le Mahdi aura connaissance de choses que d'autres ne sauraient voir* », disait la prophétie.

Kynes secoua la tête et pensa : *Ce ne sont que des hommes.*

Il y avait quelqu'un d'autre, avec le père et le fils. Kynes le reconnut : Gurney Halleck. Il était lui aussi vêtu pour le désert. Kynes dut respirer profondément pour chasser le ressentiment qu'il éprouvait à l'égard de celui qui l'avait entretenu du comportement qu'il devait avoir en face du Duc et de son héritier.

« *Vous pouvez appeler le Duc* Mon Seigneur *ou* Sire. Noble Né *est également correct mais réservé en général pour des circonstances plus strictes. Il convient de dire* Jeune Maître *ou* Mon Seigneur *au fils. Le Duc est un homme de grande clémence mais peu enclin à la familiarité.* »

Et, tandis que le groupe continuait d'approcher, Kynes se dit : *Ils apprendront bien assez tôt qui est le véritable maître d'Arrakis. Ordonneront-ils que je sois questionné pendant une moitié de la nuit par le Mentat ? Vraiment ? Espèrent-ils que je les guide pour une inspection des gisements d'épice ? Vraiment ?*

Ce qu'impliquaient les questions de Hawat n'avait pas échappé à Kynes. Ils voulaient les bases impériales. Et il était évident qu'ils tenaient leurs renseignements d'Idaho.

J'ordonnerai à Stilgar d'envoyer la tête d'Idaho à son Duc, se dit-il.

Ils n'étaient plus qu'à quelques pas de lui, maintenant, leurs bottes craquant dans le sable.

Kynes s'inclina : « Mon Seigneur, Duc. »

Leto, tout en approchant, n'avait pas cessé d'étudier la silhouette solitaire qui les attendait auprès de l'ornithoptère. Haute, mince, prise dans la tenue du désert. Robe, distille, bottes basses. L'homme avait rejeté en arrière le capuchon de la cape et le voile pendait sur un côté de son visage, révélant une longue chevelure couleur de sable, une barbe clairsemée. Ses yeux, sous les sourcils épais, étaient ceux, insondables, des Fremen, bleu dans le bleu. Des traces sombres marquaient encore ses orbites.

« Vous êtes l'écologiste », dit le Duc.

« Ici, nous préférons l'ancien terme, Mon Seigneur. Planétologiste. »

« Comme vous le voudrez. » Le Duc regarda son fils. « Paul, voici l'Arbitre du Changement, celui qui tranche les disputes, l'homme qui a été placé ici pour veiller à ce que soient respectées les formes, en vertu de notre pouvoir sur ce fief. (Il se tourna vers Kynes.) Voici mon fils. »

« Mon Seigneur », dit Kynes.

« Êtes-vous Fremen ? » demanda Paul.

Kynes sourit. « Je suis admis au sietch et au village, Jeune Maître, mais je suis au service de Sa Majesté, je suis le Planétologiste Impérial. »

Paul hocha la tête, impressionné par l'apparence de puissance de cet homme. Halleck le lui avait montré depuis l'une des plus hautes fenêtres du bâtiment. « Cet homme. Là-bas, avec l'escorte fremen... celui qui marche vers l'ornithoptère, maintenant. »

Et Paul avait brièvement examiné Kynes à la jumelle, notant la bouche mince et droite, le front haut. Halleck lui avait soufflé à l'oreille : « Bizarre bonhomme. Lorsqu'il parle, ses mots sont comme coupés au rasoir. Tout est net. Ses paroles n'ont pas de franges. »

Et le Duc, derrière eux, avait ajouté : « Le genre scientifique. »

Et maintenant, à quelques pas de Kynes, Paul percevait sa puissance, l'impact de sa personnalité. C'était comme si l'homme était de sang royal, né pour commander.

« Je crois que nous vous devons des remerciements pour nos distilles et nos capes », dit le Duc.

« J'espère qu'ils vous conviennent, Mon Seigneur, repartit Kynes. Ils sont de fabrication fremen et ils devraient correspondre aux mesures qui m'ont été données par votre homme, Halleck, ici présent. »

« J'ai été ennuyé d'apprendre que vous ne pouviez nous accompagner dans le désert sans que nous soyons ainsi vêtus. Nous pouvons emporter beaucoup d'eau. Nous n'avons pas l'intention de nous absenter longtemps et, de plus, nous disposerons d'une couverture aérienne – l'escorte que vous pouvez apercevoir au-dessus de nous. Il est peu probable que nous soyons contraints de nous poser. »

Kynes le regarda. Il voyait toute la graisse pleine d'eau qui enveloppait cet homme. Il parla, la voix froide : « On ne parle jamais de probabilités, sur Arrakis. On ne parle que de possibilités. »

Halleck se raidit. « On dit Mon Seigneur ou Sire au Duc ! »

Mais Leto lui adressa le signe privé qui lui intimait l'ordre d'abandonner et il dit : « Nous sommes neufs, ici, Gurney. Nous devons faire des concessions. »

« Comme vous voulez, Sire. »

« Nous sommes vos obligés, docteur Kynes, reprit Leto. Nous n'oublierons pas ces vêtements et le souci de notre bien-être dont vous avez témoigné. »

Impulsivement, Paul cita la Bible Catholique Orange : « Tout cadeau est la bénédiction de celui qui donne. »

Les mots parurent résonner très fort et très longuement dans l'air immobile. Les Fremen que Kynes avait laissés dans l'ombre du bâtiment s'éveillèrent et surgirent alors avec des murmures excités. L'un d'eux cria clairement : « Lisan al-Gaib ! »

Kynes se retourna et fit un geste impératif pour les repousser. Ils reculèrent en continuant de murmurer entre eux et regagnèrent l'ombre du bâtiment.

« Très intéressant », dit le Duc.

Le regard de Kynes était dur. Il alla du père au fils. « La plupart des gens du désert sont superstitieux. Ne leur prêtez pas attention. Ils ne vous veulent aucun mal. » Mais, dans le même instant, les mots de la légende lui revenaient : « *Ils t'accueilleront avec les Mots Saints et tes cadeaux seront une bénédiction.* »

Et soudain, une définition de Kynes se cristallisa dans l'esprit de Leto, une définition en partie fondée sur le bref rapport verbal de Hawat (l'homme est sur ses gardes et méfiant) : Kynes était un Fremen. Il était venu à eux avec une escorte de Fremen, ce qui pouvait signifier aussi, plus simplement, que ceux-ci vérifiaient leur droit récent de pénétrer librement dans les zones urbaines. Mais cette escorte semblait plutôt quelque garde d'honneur. Et Kynes, par ses façons, était un homme fier, habitué à la liberté, dont le langage et l'attitude n'étaient limités que par sa méfiance. La question de Paul avait été pertinente et directe.

Kynes était devenu un indigène.

« Ne devrions-nous pas partir, maintenant, Sire ? » demanda Halleck.

Le Duc acquiesça. « Je piloterai mon propre orni. Kynes peut s'asseoir devant moi pour me guider. Toi et Paul, vous prendrez place sur les sièges arrière. »

« Un moment, je vous prie, intervint Kynes. Avec votre permission, Sire, je vais vérifier vos tenues. »

Le Duc s'apprêta à répondre, mais Kynes insista : « Je me soucie de ma propre chair autant que de la vôtre... Mon Seigneur. Je sais quelle gorge serait tranchée si jamais il vous advenait quelque mal tandis que vous m'êtes confiés. »

Le Duc fronça les sourcils et il songea : *Quel moment délicat ! Si je refuse, cela peut l'offenser. Et cet homme peut représenter pour moi une inestimable valeur. Pourtant... le laisser ainsi pénétrer mon bouclier, porter la main sur ma personne, alors que je sais si peu de chose à son propos...*

Les pensées couraient dans son esprit, pressées par la décision à prendre.

« Nous sommes entre vos mains », dit-il enfin. Il s'avança, ouvrit sa robe et vit Halleck qui se raidissait tout entier, immobile mais prêt. « Et si vous aviez la bonté de nous expliquer ce que sont ces vêtements, vous qui vivez avec eux. »

« Certainement, dit Kynes. (Il tendit la main sous la robe et vérifia les fixations d'épaule tout en parlant.) À la base, c'est un micro-sandwich : un filtre à haute efficacité doublé d'un système d'échange de chaleur. (Il rajusta les fixations d'épaule.) La couche au contact de la peau est poreuse, perméable à la transpiration qui rafraîchit le corps... c'est le processus normal, ou presque, de l'évaporation. Les deux autres couches... (Il resserra la partie pectorale.)... comprennent des filaments d'échange calorique et des précipitateurs de sel. Le sel est récupéré. »

Le Duc souleva docilement les bras : « Très intéressant. »

« Respirez à fond », dit Kynes.

Le Duc obéit.

Le planétologiste se pencha sur les fixations d'aisselles et rajusta l'une d'elles. « Les mouvements du corps, et surtout la respiration, reprit-il, ainsi qu'un certain effet osmotique suffisent à fournir l'énergie nécessaire au pompage. (Il libéra quelque peu la partie pectorale.) L'eau recyclée circule et aboutit dans des poches de récupération d'où vous l'aspirez grâce à ce tube fixé près de votre cou. »

Le Duc tourna le menton afin de voir l'extrémité du tube. « Efficace et simple, dit-il. Bonne fabrication. »

Kynes s'agenouilla pour examiner les fixations des jambes. « L'urine et les matières fécales sont traitées dans le revêtement des cuisses. (Il se releva, tendit la main vers la fixation du cou et souleva une pièce.) Dans le désert, vous porterez ce filtre sur le visage et ce tube viendra dans vos narines, fixé par ces pinces. Vous respirerez par la bouche, au travers du filtre, et vous rejetterez l'air par le nez, dans le tube. Avec une tenue fremen en bon état, vous ne devriez pas perdre plus d'un dé à coudre d'humidité par jour, même si vous venez à vous perdre dans le Grand Erg. »

« Un dé à coudre par jour », répéta le Duc.

Kynes appuya un doigt sur la partie du vêtement qui couvrait le front : « Il se peut que le frottement vous irrite ici. Dites-le-moi. Je pourrai resserrer la pièce. »

« Je vous remercie », dit le Duc. Et, comme Kynes reculait, il bougea les épaules et prit conscience d'une nouvelle aisance. Le vêtement était plus ajusté et l'irritait moins.

Kynes se tourna vers Paul. « Maintenant, voyons pour vous, mon garçon. »

Un homme de valeur, songea le Duc, *mais il faudra bien qu'il apprenne à nous donner nos titres.*

Paul demeura impassible tandis que Kynes examinait sa tenue. Il avait éprouvé une sensation bizarre en endossant ce vêtement brillant qui craquait au contact. Sa conscience lui disait avec certitude que jamais il n'avait porté de distille. Pourtant, tandis qu'il s'habillait avec l'assistance maladroite de Gurney, chacun de ses gestes, pour fixer les pièces, avait été comme naturel, instinctif. Lorsqu'il avait serré la partie pectorale, par exemple, pour assurer une efficacité maximale de sa respiration, il avait su parfaitement ce qu'il faisait et pour quelle raison. De même en resserrant les pièces du cou et du front, afin d'éviter la friction.

Kynes se redressa et fit un pas de recul avec une expression perplexe. « Vous avez déjà porté un distille ? » demanda-t-il.

« C'est la première fois. »

« Alors quelqu'un l'a ajusté pour vous ? »

« Non. »

« Vos bottes de désert peuvent jouer librement aux chevilles. Qui vous a appris cela ? »

« Cela m'a semblé… la meilleure façon de les porter. »

« C'est certainement la meilleure façon. »

Kynes se frotta le menton. Il pensait de nouveau à la légende : « *Il connaîtra nos usages comme s'il était né avec eux.* »

« Nous perdons du temps », dit le Duc. Il fit un geste en direction de l'orni et se mit en marche, répondant d'une brève inclination de tête au salut du garde. Il monta à bord, boucla ses courroies de sécurité et vérifia les commandes et les contrôles. L'appareil grinça comme les autres montaient à bord à leur tour.

Kynes ajusta ses courroies. Toute son attention était concentrée sur le luxe confortable de l'intérieur : tissu gris-vert et doux des sièges, instruments brillants, sensation rafraîchissante de l'air filtré au moment où les portes se fermaient, où les ventilateurs se mettaient en marche.

Tant de douceur ! songea-t-il.

« Tout est paré, Sire ! » lança Halleck.

Leto déclencha le flux d'énergie. Il le sentit gagner les ailes qui plongèrent, se relevèrent… Une fois, deux fois. En dix mètres de course ils eurent gagné les airs. Les ailes frémissaient légèrement et les fusées arrière les poussaient en altitude avec un sifflement ténu, selon une pente rapide.

« Au sud-est par-delà le Bouclier, dit Kynes. C'est là que j'ai dit à votre maître de sable de rassembler le matériel. »

« D'accord. »

Ils firent route au sud-est, sans quitter la couverture aérienne des autres ornis qui s'étaient immédiatement mis en formation de protection.

« La conception et la fabrication de ces distilles, dit le Duc, révèlent un haut degré de sophistication. »

« Un jour prochain, je vous ferai visiter une usine de sietch », dit Kynes.

« Cela m'intéresserait. Mais je crois savoir que ces vêtements sont aussi bien fabriqués dans certaines villes de garnison. »

« Ce ne sont que de mauvaises copies. Sur Dune, tout homme qui désire protéger sa peau porte un vêtement fremen. »

« Et il ne perd jamais plus d'un dé à coudre d'eau par jour ? »

« Avec une tenue bien ajustée, soigneusement serrée au front, toutes les fixations assurées, votre dépense d'eau se fait uniquement par les paumes. Vous pouvez porter des gants lorsque vous ne faites pas de travaux délicats mais, dans le désert, la plupart des Fremen préfèrent se frotter les mains avec des feuilles de créosote. Cela ralentit la transpiration. »

Le regard du Duc s'abaissa sur la gauche, vers le paysage convulsé du Bouclier. Aiguilles de rocher, taches jaunes et brunes marquées de crevasses. L'énorme muraille rocheuse semblait avoir été lancée depuis l'espace pour s'écraser là et y demeurer à jamais.

Ils survolèrent une dépression où coulait une grise rivière de sable provenant d'un canyon ouvert au sud. Sur le rocher sombre, les doigts clairs du sable formaient comme un delta figé.

Kynes, immobile, songeait à toute cette graisse pleine d'eau qu'il avait sentie sous les distilles. Ils portaient des ceintures-boucliers sous leurs robes, des tétaniseurs à charge lente à la taille, des émetteurs d'alerte minuscules accrochés au cou. Le Duc et son fils avaient des couteaux fixés dans des étuis à leurs poignets et ces étuis semblaient avoir bien servi. Ce qui frappait Kynes, chez ces gens, c'était un étrange mélange de douceur et de puissance armée. Ils étaient totalement différents des Harkonnen.

« Lorsque vous ferez votre rapport sur le Changement à l'Empereur, lui direz-vous que nous avons observé les règles ? » demanda Leto. Il s'était tourné pour regarder Kynes.

« Les Harkonnen sont partis ; vous êtes venus. »

« Et tout est conforme ? »

Un muscle se raidit sur la mâchoire de Kynes, révélant une tension momentanée. « En tant que planétologiste et Arbitre du Changement, je dépends directement de l'Imperium… Mon Seigneur. »

Le Duc eut un sombre sourire. « Oui, mais nous connaissons tous deux les réalités. »

« Dois-je vous rappeler que Sa Majesté soutient mes travaux ? »

« Vraiment ? Et quels sont-ils ? »

Dans le bref silence qui suivit, Paul songea : *Il mène ce Kynes trop vite.* Il regarda Halleck mais le guerrier-baladin contemplait pour l'instant le paysage désolé.

« Bien entendu, dit Kynes avec raideur, vous faites allusion à mes travaux de planétologie. »

« Bien entendu. »

« Cela concerne surtout la biologie et la botanique des terrains secs... quelques recherches géologiques, prélèvements d'échantillons, tests. On ne saurait épuiser toutes les possibilités qu'offre une planète. »

« Faites-vous aussi des recherches sur l'épice ? »

Kynes fit face au Duc et Paul remarqua la ligne plus dure de ses mâchoires. « Voilà une curieuse question, Mon Seigneur. »

« N'oubliez pas, Kynes, que ceci est maintenant mon fief. Mes méthodes diffèrent de celles des Harkonnen. Je me soucie peu que vous étudiiez l'épice pour autant que je partage vos découvertes. (Son regard était fixe.) Les Harkonnen n'encourageaient pas les recherches sur l'épice, n'est-ce pas ? »

Kynes ne répondit pas.

« Vous pouvez parler sans craindre pour votre vie », dit le Duc.

« La Cour Impériale est certainement très loin », murmura le planétologiste. Et il songea : *Qu'espère donc cet envahisseur tout gorgé d'eau ? Me croit-il assez stupide pour me mettre à son service ?*

Le Duc eut un rire bref. Il avait reporté toute son attention sur le pilotage. « Je décèle une certaine aigreur dans votre ton. Nous avons déferlé sur ce monde avec notre armée de tueurs, hein ? Et nous espérons vous faire admettre que nous sommes différents des Harkonnen ? »

« J'ai lu la propagande que vous avez déversée dans les sietchs et les villages. Aimez le bon Duc ! Votre corps de... »

« Prenez garde ! » aboya Halleck. Il s'était soudain penché en avant, arraché à la contemplation du paysage.

Paul posa une main sur son bras.

« Gurney ! dit le Duc en se tournant pour le regarder. Cet homme a longtemps servi les Harkonnen ! »

Halleck se rassit. « Bon. »

« Votre homme, Hawat, est très subtil, reprit Kynes, mais ses intentions sont très évidentes. »

« Nous ouvrirez-vous ces bases ? » demanda le Duc.

« Elles sont la propriété de Sa Majesté », dit sèchement Kynes.

« Elles ne servent pas. »

« Elles pourraient servir. »

« Sa Majesté est-elle de cet avis ? »

Kynes le regarda durement. « Arrakis pourrait être un Éden si ceux qui la régissent se préoccupaient d'autre chose que de l'épice ! »

Il n'a pas répondu à ma question, se dit Leto. Et il demanda : « Comment pourrait-on faire un Éden de cette planète sans argent ? »

« Mais qu'est donc l'argent s'il ne vous achète pas les services qui vous sont nécessaires ? »

En voilà assez ! songea le Duc. « Nous discuterons de cela une autre fois. Pour l'instant, je crois que nous approchons du bord du Bouclier. Dois-je garder le même cap ? »

« Même cap », murmura Kynes.

Paul regarda au-dehors. Le sol crevassé s'abaissait par degrés vers une plaine de rocher nu qui s'achevait par une corniche acérée. Au-delà, les dunes étaient comme d'innombrables ongles alignés jusqu'à l'horizon. Çà et là, dans le lointain, apparaissait une tache claire, une macule sombre révélant autre chose que du sable. Des affleurements rocheux, peut-être. Dans cette atmosphère vibrante de chaleur, Paul ne pouvait en être certain.

« Y a-t-il de la végétation au-dessous de nous ? » demanda-t-il.

« Un peu, répondit Kynes. La vie, à cette latitude, est surtout représentée par ce que nous appelons les petits voleurs d'eau. Ils s'attaquent les uns les autres pour l'humidité, ils se repaissent des traces de rosée. Certains endroits du désert sont grouillants de vie. Mais toutes les créatures doivent apprendre à survivre dans les conditions rigoureuses du désert. Si *vous* vous retrouviez là en bas, il vous faudrait imiter ces créatures ou mourir. »

« Vous voulez dire que je devrais voler l'eau des autres ? » demanda Paul. Cette idée l'outrageait et sa voix révélait son émotion.

« C'est bien ainsi que cela se passe, mais ce n'est pas exactement ce que je voulais dire. Voyez-vous, mon climat exige une attitude particulière envers l'eau. Vous ne pensez qu'à l'eau, à chaque instant. Et vous ne gaspillez rien qui puisse receler de l'humidité. »

Mon climat !... pensa le Duc.

« Deux degrés plus au sud, Mon Seigneur, dit Kynes. Un grain arrive de l'ouest. »

Le Duc acquiesça. Il avait aperçu la vague de sable orangé. Il fit pivoter l'orni et remarqua le reflet orange de la poussière sur les ailes des appareils d'escorte qui épousaient sa manœuvre.

« Cela devrait nous permettre de passer au large de la tempête », dit Kynes.

« Voler au milieu de ce sable doit être dangereux, remarqua Paul. Est-ce qu'il peut vraiment entamer les métaux les plus durs ? »

« À cette altitude, ce n'est pas du sable mais seulement de la poussière. Les seuls dangers sont l'absence de visibilité, la turbulence et l'encrassage des commandes. »

« Est-ce que nous verrons des mines d'épice aujourd'hui ? »

« Très probablement. »

Paul se tut. Il avait utilisé ses questions et son hyperperception pour se livrer à ce que sa mère appelait un « enregistrement » de la personne. Il avait Kynes, maintenant. Il avait sa voix et chaque détail de son visage, de ses gestes. Un pli anormal dans la manche gauche de sa robe révélait en outre la présence d'un couteau. La taille était bizarrement renflée. On lui avait appris que les hommes du désert portaient une bourse de ceinture dans laquelle ils mettaient divers petits objets. Peut-être cela expliquait-il ce renflement qui ne pouvait être dû à une ceinture-bouclier. Une aiguille de cuivre portant l'image gravée d'un lièvre était piquée dans la robe de Kynes, près du cou. Une autre, plus petite, mais portant le même dessin, était visible sur le bord du capuchon rabattu sur les épaules.

À côté de Paul, Halleck se pencha vers le compartiment arrière et y prit sa balisette. Kynes le regarda un instant tandis qu'il accordait l'instrument, puis il reporta son attention sur le paysage.

« Qu'aimeriez-vous entendre, Jeune Maître ? » demanda Gurney Halleck.

« Choisis pour moi, Gurney. »

Halleck se pencha sur l'instrument, pinça une corde et se mit à chanter doucement :

« Nos pères vivaient de la manne du désert,
En un pays brûlant où hurlaient les vents.
Seigneur, sauvez-nous de cette affreuse terre !
Sauvez-nous... oh, oui, sauvez-nous
De la soif et du vent du désert. »

Kynes se tourna vers le Duc. « Vous voyagez avec bien peu de gardes, Mon Seigneur. Sont-ils tous doués de si nombreux talents ? »

« Comme Gurney ? (Le Duc sourit.) Gurney est un cas particulier. Je l'apprécie pour ses yeux. Peu de chose leur échappe. »

Le planétologiste se rembrunit.

Sans manquer une mesure, Halleck reprit :

« Car je suis comme un hibou sur cette terre !
Oh oui ! Comme un hibou sur cette te-erre ! »

Le Duc tendit brusquement la main vers le tableau de bord, s'empara d'un micro, l'ouvrit d'un coup de pouce et lança : « Escorte Gemma ! Escorte Gemma ! Objet volant à neuf heures dans le secteur B. L'identifiez-vous ? »

« Ce n'est qu'un oiseau », dit Kynes. Et il ajouta : « Vous avez un regard perçant. »

Le haut-parleur craqua puis une voix répondit : « Escorte Gemma. Objet examiné avec grossissement maximal. C'est un grand oiseau. »

Paul regarda dans la direction indiquée et distingua la minuscule tache lointaine qui bougeait par instants. Il prit conscience que tous les sens de son père étaient éveillés, en état d'alerte.

« J'ignorais qu'il existait des oiseaux de cette taille aussi loin dans le désert », dit le Duc.

« C'est probablement un aigle, fit Kynes. De nombreuses créatures se sont adaptées à ces régions. »

L'ornithoptère survolait à présent une plaine de rocher dénudé. Paul, deux mille mètres plus bas, discernait les ombres brisées des deux appareils. Le sol, vu de cette altitude, semblait plat mais les ombres brisées disaient le contraire.

« Quelqu'un a-t-il jamais réussi à échapper au désert ? » demanda le Duc.

Halleck cessa de jouer. Il se pencha en avant pour mieux saisir la réponse.

« Jamais au désert profond, dit Kynes. Mais, plusieurs fois, des hommes ont réussi à s'échapper de la zone secondaire. Ils n'ont réussi que parce qu'ils ont traversé les zones rocheuses où les vers s'aventurent rarement. »

Le timbre de la voix de Kynes retint l'attention de Paul. Il sentit ses sens s'éveiller ainsi qu'il s'y était entraîné.

« Ah, les vers, dit le Duc. Il faudrait que j'en voie un. »

« Vous en verrez peut-être un aujourd'hui même. Là où il y a de l'épice, il y a des vers. »

« Toujours ? » demanda Halleck.

« Toujours. »

« Existe-t-il une relation entre le ver et l'épice ? » demanda le Duc.

Dans le mouvement que fit Kynes, Paul découvrit le pli de ses lèvres.

« Les vers défendent les *sables* à épice. Chacun d'eux a un... territoire. Quant à l'épice... Qui sait ? Les spécimens de vers que nous avons pu examiner jusqu'ici nous amènent à supposer l'existence d'échanges chimiques complexes entre eux. Des traces d'acide chlorhydrique ont été relevées dans les vaisseaux et, ailleurs, on a détecté des acides plus complexes. Je puis vous confier la monographie que j'ai rédigée à ce sujet. »

« Et les boucliers sont impuissants ? » demanda le Duc.

« Les boucliers ! (Kynes grimaça un sourire.) Il suffit d'activer un bouclier dans la zone où opère le ver pour sceller votre destin. Les vers alentour ignoreront les délimitations de territoire et ils viendront de très loin pour affronter le bouclier. Aucun homme muni d'un bouclier n'a jamais survécu à ce genre d'attaque. »

« Comment se comportent donc les vers capturés ? »

« Le choc électrique à haut voltage appliqué à chaque anneau séparément est la seule façon que l'on connaisse de tuer un ver, dit Kynes. Il est possible de les étourdir et de les blesser par explosifs mais chaque anneau conserve en ce cas une vie propre. En dehors des atomiques, je ne connais aucun moyen de détruire un ver tout entier. Ils sont d'une résistance incroyable. »

« Pourquoi n'a-t-on fait aucun effort pour les éliminer ? » demanda Paul.

« Cela coûterait trop cher, dit Kynes. Il y a trop de territoire à couvrir. »

Paul se renfonça dans son coin. Son sens de la vérité, sa perception des tonalités lui disaient que Kynes mentait ou ne disait que des demi-vérités. Il pensa : *S'il existe un rapport entre l'épice et les vers, en ce cas tuer les vers pourrait signifier la destruction de l'épice.*

« Bientôt, dit le Duc, nul n'aura plus à se risquer dans le désert. Il suffira de porter ces petits émetteurs autour du cou et les secours arriveront dès qu'on les appellera. Tous nos hommes en seront équipés d'ici quelque temps. Nous mettons sur pied une équipe de secours spéciale. »

« Très ingénieux », dit Kynes.

« Votre ton me laisse entendre que vous n'êtes pas d'accord. »

« Pas d'accord ? Mais si, bien sûr. Mais cela ne sera pas de très grande utilité. L'électricité statique des vers des sables brouille la plupart des signaux. Les transmissions sont interrompues. On a déjà essayé cela, voyez-vous. Arrakis consomme beaucoup de matériel. Si un ver est à vos trousses, vous ne disposez que de bien peu de temps. En général, pas plus de quinze ou vingt minutes. »

« Et que conseilleriez-vous ? » demanda le Duc.

« Vous me demandez conseil, à moi ? »

« Oui. En tant que planétologiste. »

« Et vous suivriez mon conseil ? »

« Si je le jugeais sensé. »

« Très bien, Mon Seigneur. Alors, ne voyagez jamais seul. »

Le Duc détourna son attention des commandes. « Est-ce tout ? »

« C'est tout. Ne voyagez jamais seul. »

« Et si l'on se trouve isolé par une tempête et obligé de se poser ? demanda Halleck. N'y a-t-il vraiment rien à faire ? »

« Rien recouvre un territoire immense. »

« Mais *vous* ? Que feriez-vous ? » demanda Paul.

Kynes lui décocha un regard acéré. « Je me souviendrais de protéger avant tout mon distille. Dans une zone sans vers, dans des rochers, je resterais à proximité de mon appareil. Dans le sable, par contre, je m'en éloignerais aussi vite que possible. Une distance de mille mètres est suffisante. Puis je me cacherais sous ma robe. Et le ver aurait l'appareil mais pas moi. »

« Ensuite ? » demanda Halleck.

Kynes haussa les épaules. « Ensuite, j'attendrais que le ver se décide à s'éloigner. »

« C'est tout ? » s'exclama Paul.

« Quand un ver s'est éloigné, on peut essayer de s'enfuir. Pour cela, il faut marcher doucement, éviter les sables-tambours, les marées de poussière et se diriger tout droit vers la zone rocheuse la plus proche. Il y en a beaucoup. Il est possible de s'en sortir, comme cela. »

« Les sables-tambours ? » dit Halleck.

« C'est un des effets de la compression du sable. Le moindre pas les fait résonner et cela attire tous les vers alentour. »

« Et les marées de poussière ? » demanda le Duc.

« Depuis des siècles, la poussière s'accumule dans les cuvettes et certaines sont si vastes qu'elles connaissent des courants et des marées qui engloutissent les imprudents. »

Halleck se rassit, reprit sa balisette et chanta :

« Au désert chassent les bêtes sauvages,
Guettant l'audacieux solitaire
Qui défie les dieux du désert
Et recherche les périls... »

Il s'interrompit net, se pencha en avant : « Nuage de poussière droit devant, Sire ! »

« Je le vois, Gurney. »

« C'est ce que nous cherchions », dit Kynes.

Paul se redressa et aperçut le nuage jaune qui roulait à la surface du désert, à quelque trente kilomètres devant eux.

« C'est une des chenilles de votre usine, reprit Kynes. Elle est en surface, ce qui signifie qu'elle travaille sur l'épice. Ce nuage est formé par le sable qu'elle rejette après l'avoir centrifugé pour en extraire l'épice. Il n'existe pas de nuage semblable. »

« J'aperçois un engin aérien au-dessus », dit le Duc.

« Il y en a deux... trois... quatre, fit Kynes. Ce sont des guetteurs. Ils attendent le signe du ver. »

« Le signe du ver ? »

« En s'avançant sur la chenille, le ver crée une vague de sable en surface. Mais il arrive aussi qu'il se déplace trop profondément pour que la vague soit visible. C'est pour cela que les guetteurs sont munis de sondes sismiques. (Kynes examina le ciel.) Je ne vois pas l'aile portante qui devrait être à proximité. »

« Et le ver finit toujours par arriver ? » demanda Halleck.

« Toujours. »

Paul toucha l'épaule de Kynes. « Quelle est l'étendue du territoire de chaque ver ? »

Le planétologiste fronça les sourcils. Ce jeune garçon ne cessait de poser des questions d'adulte.

« Cela dépend de sa taille. »

« Dans quel rapport ? » demanda le Duc.

« Les plus grands peuvent parfois contrôler un territoire de trois ou quatre cents kilomètres carrés. Les petits... » Il se tut brusquement comme le Duc lançait les fusées de freinage. L'orni se cabra tandis que mourait le chuchotement des fusées de queue. Les ailes creuses se déployèrent et commencèrent à brasser l'air. L'appareil prit toute son envergure véritable d'ornithoptère. Le Duc le redressa tout en maintenant le battement des ailes à un rythme lent. Il tendit la main gauche vers l'est, au-delà de la chenille.

« Est-ce le signe du ver ? »

Kynes se pencha et regarda au loin dans la direction indiquée. Paul et Halleck l'imitèrent. Paul remarqua que les appareils d'escorte, surpris par la manœuvre, avaient poursuivi leur route. Maintenant seulement ils revenaient vers eux. La chenille était encore à trois kilomètres.

Dans la direction que désignait le Duc, entre les croissants d'ombres des dunes qui couraient vers l'horizon, se déplaçait une sorte de monticule, une crête mouvante de sable. Cela rappelait à Paul l'onde, le sillage, que produisent les gros poissons en frôlant la surface de l'eau calme des rivières.

« Un ver, dit Kynes. Un gros. » Il se retourna, saisit le micro sur le tableau de commandes et le régla sur une nouvelle fréquence. Les yeux fixés sur les cartes, au-dessus d'eux, il lança : « J'appelle chenille en Delta Ajax Neuf. Signe du ver. Chenille en Delta Ajax Neuf. Signe du ver. Répondez, s'il vous plaît. » Il attendit.

Le haut-parleur grésilla puis une voix retentit : « Qui appelle Delta Ajax Neuf ? Terminé. »

« Ils semblent prendre cela plutôt calmement », dit Halleck.

« Vol non enregistré, répondit Kynes dans le micro. Nord-est par rapport à vous. Distance environ trois kilomètres. Signe du ver en interception. Contact dans vingt-cinq minutes environ. »

Une voix nouvelle se fit entendre dans le haut-parleur. « Ici Contrôle Guetteur. Observation confirmée. Prêt au contact. (Un silence, puis :) Contact dans vingt-six minutes. Le calcul était précis. Qui se trouve à bord de l'appareil non enregistré ? Terminé. »

Halleck fit sauter son harnachement et s'interposa entre Kynes et le Duc. « Kynes, est-ce la fréquence normale de travail ? »

« Mais oui. Pourquoi ? »

« Qui pouvait nous entendre ? »

« Les équipes de travail, c'est tout. Cela limite les interférences. »

À nouveau, le haut-parleur grésilla avant que la première voix reprenne : « Ici Delta Ajax Neuf. Qui a droit à la prime ? Terminé. »

Halleck regarda le Duc.

« Celui qui donne le premier l'alerte a droit à une prime proportionnelle à la récolte d'épice. Ils veulent savoir… »

« Dites-leur qui a vu le premier ce ver », dit Halleck.

Le Duc acquiesça.

Kynes hésita, puis reprit le micro. « Prime de guet au duc Leto Atréides. Duc Leto Atréides. Terminé. »

Aucune intonation ne perçait dans la voix partiellement déformée par une vague de parasites lorsqu'elle répondit : « Compris. Merci. »

« Maintenant, ordonna Halleck, dites-leur de diviser la prime entre eux. Dites-leur que c'est le désir du Duc. »

Kynes inspira profondément puis obéit. « Le Duc désire que cette prime soit divisée entre tous. M'avez-vous compris ? Terminé. »

« Compris et merci. »

« J'ai oublié de vous dire, fit le Duc, que Gurney est également doué pour les relations publiques. »

Kynes se tourna vers Halleck avec une expression perplexe.

« Ainsi, les hommes sauront que le Duc est préoccupé par leur sécurité, dit Halleck. On se le répétera. Nous étions sur une fréquence locale. Il est peu probable que des agents harkonnens nous aient entendus. (Il leva les yeux vers les appareils de couverture.) Et nous représentons une force appréciable. C'était un risque valable. »

Le Duc inclina l'orni dans la direction du nuage de sable de la chenille. « Et maintenant ? »

« Une aile portante devrait arriver et emporter la chenille », dit Kynes.

« Et si elle s'est écrasée ? » demanda Halleck.

« C'est une perte de matériel, dit Kynes. Rapprochez-vous de la chenille, Mon Seigneur. Vous allez trouver cela intéressant. »

Le Duc s'absorba dans les commandes comme l'appareil pénétrait dans la turbulence d'air qui environnait la chenille au travail.

Paul regarda en bas. Le monstre de plastique et de métal continuait de cracher le sable. C'était comme un grand scarabée bleu et brun dont les pattes multiples étaient de larges chenillettes. Une gigantesque trompe, à l'avant, plongeait dans le sable sombre.

« À en juger par la couleur, cet endroit est riche en épice, dit Kynes. Ils vont poursuivre le travail jusqu'à la dernière seconde. »

Le Duc fournit de la puissance aux ailes qui accentuèrent encore la lente plongée de l'orni qui tournait autour de la chenille. D'un coup d'œil, il s'assura de la présence des autres appareils.

Paul observa un instant le grand nuage jaune qui s'échappait des évents de la chenille, puis il reporta son regard sur le sillage du ver, de plus en plus proche.

« Est-ce que nous ne devrions pas les entendre appeler le portant ? » demanda Halleck.

« En général, ils utilisent une autre fréquence. »

« Est-ce qu'il ne devrait pas y avoir deux portants par chenille ? demanda le Duc. Il y a bien vingt-six hommes dans cette machine, sans compter tout le matériel. »

« Vous n'avez pas assez d'équipe... », commença Kynes, puis il s'interrompit. Une voix furieuse lançait dans le haut-parleur : « Vous ne voyez pas l'aile ? Elle ne répond pas. »

Il y eut un torrent de craquements, puis un signal sonore, le silence et la première voix se fit entendre à nouveau : « Au rapport dans l'ordre ! Terminé. »

« Ici Contrôle Guetteur. La dernière fois que j'ai aperçu l'aile, elle était très haut vers le nord-ouest. Je ne la vois plus. Terminé. »

« Guetteur un : négatif. Terminé. »

« Guetteur deux : négatif. Terminé. »

« Guetteur trois : négatif. Terminé. »

Silence.

Le Duc regarda en bas. L'ombre de l'orni passait juste sur la chenille.

« Il n'y a que quatre guetteurs, n'est-ce pas ? »

« Exact », dit Kynes.

« Nous disposons en tout de cinq appareils, plus grands. Chacun d'eux peut prendre trois hommes de plus à son bord. Quant aux guetteurs, ils parviendront bien à s'arracher au sol avec deux hommes en surcharge. »

Paul fit mentalement l'addition. « Cela nous en laisse encore trois ! »

« Mais pourquoi n'y a-t-il donc pas deux portants par chenille ? » aboya le Duc.

« Vous n'avez pas assez d'équipement en réserve », dit Kynes.

« Raison de plus pour protéger ce que nous avons ! »

« Où ce portant a-t-il pu aller ? » demanda Halleck.

« Il a pu être contraint de se poser hors de vue. »

Le Duc prit le micro, puis hésita, le pouce au-dessus du bouton de contact. « Comment ont-ils pu perdre ainsi de vue un portant ? »

« Ils concentrent surtout leur attention sur le sol, pour le signe du ver », dit Kynes.

Le Duc appuya sur le contact. « Ici votre Duc, lança-t-il. Nous allons nous poser pour prendre l'équipage de Delta Ajax Neuf. Que tous les guetteurs nous imitent. Qu'ils se posent sur le côté est. Nous nous poserons à l'ouest. Terminé. » Il passa sur sa fréquence personnelle de commandement et répéta ses ordres pour les ornis de l'escorte avant de rendre le micro à Kynes. Celui-ci repassa sur la fréquence locale. Une voix jaillit aussitôt du haut-parleur : « … presque complet d'épice ! Nous avons un chargement complet d'épice ! On ne peut pas laisser ça à ce satané ver ! Terminé. »

« Au diable l'épice ! lança le Duc. » Il reprit le micro : « Nous trouverons toujours de l'épice. Nos appareils ne peuvent emporter que vingt-trois hommes en tout. Tirez à la courte paille ou décidez de vous-mêmes quels sont ceux qui resteront. Mais vous êtes évacués. C'est un ordre ! » Il reposa violemment le micro entre les mains de Kynes, vit sa grimace de douleur et dit : « Excusez-moi. »

« Combien nous reste-t-il de temps ? » demanda Paul.

« Neuf minutes », répondit Kynes.

« Cet appareil est plus puissant que les autres, dit le Duc. En décollant avec les fusées et en mettant les ailes aux trois quarts, nous pourrions prendre encore un homme de plus. »

« Le sable est mou », dit Kynes.

« Avec quatre hommes de plus, nous risquons de casser les ailes en décollant avec les fusées, Sire », fit remarquer Halleck.

« Pas avec cet orni. » Le Duc se pencha sur les commandes. L'orni s'approcha de la chenille dans une dernière glissade. Les ailes se redressèrent et l'appareil vint se poser à vingt mètres de la chenille. Celle-ci était maintenant silencieuse. Le sable ne jaillissait plus de ses évents. Il n'en émanait qu'un faible ronflement mécanique qui se fit plus net lorsque le Duc ouvrit la porte.

Immédiatement, leurs narines furent assaillies par la senteur de cannelle, lourde, pénétrante.

Les guetteurs se posèrent sur le sable, de l'autre côté de la chenille, avec un claquement sonore.

L'escorte du Duc vint se ranger en ligne derrière lui.

Paul contemplait l'énorme chenille-usine auprès de laquelle les ornithoptères semblaient de minuscules moustiques dans le sable auprès d'un monstrueux scarabée.

« Gurney et Paul, jetez ce siège dehors », dit le Duc. Il déploya à la main les ailes jusqu'aux trois quarts, en régla l'angle et vérifia les contrôles des fusées. « Pourquoi diable ne sortent-ils pas de cette machine ? »

« Ils espèrent encore que l'aile portante va apparaître, dit Kynes. Il leur reste quelques minutes. » Son regard était fixé sur l'est. Ils l'imitèrent et ne décelèrent aucun signe de l'approche du ver. Mais l'air était lourdement chargé d'anxiété.

Le Duc reprit le micro et passa sur la fréquence de commandement. « Que deux d'entre vous se débarrassent de leur générateur de bouclier. Ils pourront ainsi prendre un homme de plus chacun. Nous ne laisserons personne à ce monstre. » (Puis, repassant en fréquence locale, il hurla :) « Alors, Delta Ajax Neuf ! Dehors ! Tous ! Immédiatement ! C'est un ordre de votre Duc ! En vitesse ou je découpe cette chenille au laser ! »

Une écoutille s'ouvrit à l'avant de l'usine, une autre à l'arrière, une troisième au sommet. Les hommes commencèrent à sortir, glissant et trébuchant dans le sable. Le dernier à quitter la chenille fut un personnage de haute taille en robe de travail. Il sauta sur une des chenillettes puis, de là, dans le sable.

Le Duc accrocha le micro au tableau de commandes et surgit au-dehors. Debout sur l'aile, il ordonna : « Deux hommes par guetteur ! »

Le grand personnage en robe de travail se mit alors à presser les hommes les plus proches, les entraînant vers l'appareil qui attendait de l'autre côté.

« Quatre ici ! cria le Duc. Et quatre là-bas ! (Il désigna l'orni d'escorte qui se trouvait immédiatement derrière et dont les hommes évacuaient le générateur de bouclier.) Quatre autres hommes dans cet appareil là ! Et trois dans les autres ! Courez donc, espèces de chiens de sable ! »

L'homme en robe de travail, ayant achevé l'évacuation de l'équipage, s'avança, suivi de trois de ses compagnons.

« J'entends le ver, mais je n'arrive pas à le voir », dit Kynes.

Ils l'entendirent alors, tous. C'était comme un frottement, un crissement, qui se faisait de plus en plus fort.

« Quel gâchis ! » grommela le Duc.

Puis les ailes de l'orni commencèrent à soulever des gerbes de sable. Et le Duc revit soudain l'image des jungles de sa planète natale. Une clairière révélée, l'envol des oiseaux charognards surpris sur la carcasse d'un bœuf sauvage.

Les hommes des sables se pressèrent contre l'appareil et commencèrent à monter à bord avec l'aide de Halleck.

« Allez, les gars ! Plus vite ! »

Paul se retrouva dans un coin, entre ces hommes dont la sueur sentait la peur. Deux d'entre eux avaient des distilles mal ajustés au cou et il classa ce renseignement dans sa mémoire pour une future utilisation. Il faudrait que son père soit plus dur quant à la discipline du distille. Les hommes avaient tendance à se relâcher si l'on ne se montrait pas vigilant pour de telles choses.

En haletant, le dernier monta à bord : « Le ver ! Il est presque sur nous ! Décollez ! »

Le Duc se glissa dans son siège, fronça les sourcils et dit : « Il nous reste encore trois minutes selon l'estimation de contact. Est-ce exact, Kynes ? » Il ferma sa porte et en vérifia le verrouillage.

« Exactement, Mon Seigneur », dit Kynes, en songeant : *Il a du cran, ce Duc.*

« Tout est paré, Sire ! » lança Halleck.

Le Duc acquiesça et vérifia que les appareils d'escorte avaient déjà décollé. Puis il mit le contact, jeta un ultime coup d'œil sur les ailes puis sur les commandes et appuya sur la commande des fusées.

La pression du décollage l'écrasa dans son siège, de même que Kynes, Halleck, Paul et les hommes à l'arrière. Kynes observait la façon dont le Duc manipulait les commandes de l'orni : doucement, sûrement. L'appareil était maintenant en altitude mais le Duc ne quittait pas ses instruments du regard, vérifiant parfois les ailes, d'un coup d'œil à droite, puis à gauche.

« Nous sommes chargés, Sire », dit Halleck.

« Dans les limites de tolérance de l'orni, dit le Duc. Tu ne crois pas que je risquerais la vie de mes passagers, Gurney ? »

Halleck sourit : « Oh non, certainement pas, Sire. »

Le Duc lança l'orni dans une longue courbe ascendante. Paul, coincé dans un coin, contemplait la chenille immobile dans le sable, tout en bas. Le signe du ver avait disparu soudain à quatre cents mètres et, à présent, une sorte de turbulence commençait à se manifester dans le sable, autour de la chenille.

« Il est dessous, maintenant, dit Kynes. Ce que vous allez voir, peu d'hommes l'ont vu. »

Tout autour de la chenille, à présent, des gerbes de poussière se mêlaient au sable. La gigantesque machine s'inclina sur la droite. À cet endroit, un grand tourbillon de sable se formait. Il tournait de plus en plus rapidement. À quatre cents mètres à la ronde, l'air était saturé de poussière et de sable.

Et ils virent !

Un large trou apparut dans le désert. Le soleil étincela sur des barres blanches et lisses. Le trou, estima Paul, était à peu près deux fois plus grand que la chenille. Et sous ses yeux, la machine tout entière glissait maintenant dans ce gouffre ouvert dans le sable. Et le trou se résorba.

« Dieux, quel monstre ! » murmura un homme.

« Toute notre épice ! » gronda un autre.

« Quelqu'un paiera pour cela, dit le Duc. Je vous le promets. »

La voix de son père était sans expression et Paul perçut toute la fureur qui l'habitait. Et il prit conscience qu'il la partageait. Un tel gâchis était criminel !

Dans le silence qui suivit, ils entendirent Kynes qui murmurait : « Béni soit le Créateur et Son eau. Bénis soient Sa venue et Son départ. Son passage lave le monde. Qu'Il garde le monde pour Son peuple. »

« Que dites-vous là ? » demanda le Duc.

Mais Kynes garda le silence.

Paul regarda les hommes groupés autour de lui. Leurs yeux étaient tous fixés sur la nuque de Kynes et tous étaient emplis de frayeur. « Liet », murmura l'un d'eux.

Kynes se retourna et fronça les sourcils. L'homme recula.

Un autre fut pris d'une quinte de toux, sèche, déchirante. Il haleta : « Maudit soit ce trou infernal ! »

L'homme de haute taille qui était sorti le dernier de la chenille lança : « Silence, Coss ! Tu ne vaux guère mieux que ta toux. » Il bougea de façon à pouvoir fixer son regard sur la nuque de Leto. « Vous êtes le Duc Leto, je le sais, dit-il alors. C'est à vous que nous devons des remerciements pour nos vies. Avant votre venue, nous étions prêts à les achever ici. »

« Silence, homme ! Laisse le Duc piloter en paix », grommela Halleck.

Paul le regarda. Lui aussi avait remarqué les plis qui s'étaient formés sur les mâchoires de son père. Lorsque la rage habitait le Duc, il fallait agir tout doux.

L'ornithoptère, brisant le vaste cercle qu'il avait suivi jusqu'ici, commençait à s'éloigner de l'endroit où la chenille avait été engloutie. À ce moment, le Duc décela un nouveau mouvement dans le sable et il stoppa l'appareil. Le ver avait disparu dans les profondeurs du désert mais quelque chose bougeait à l'endroit où avait été la chenille. Deux silhouettes apparurent et s'éloignèrent de la dépression en direction du nord. Elles semblaient glisser sur la surface, soulevant à peine un léger sillage de sable.

« Qui est-ce ? » aboya le Duc.

« Deux types qui s'étaient joints à nous, Sire », dit l'homme de Dune.

« Pourquoi n'en a-t-on rien dit ? »

« Ils connaissaient les risques, Sire », dit l'homme de Dune.

« Mon Seigneur, intervint Kynes, ils savent bien qu'il n'y a pas grand-chose à faire pour des hommes perdus sur le territoire d'un ver. »

« Nous enverrons un appareil de la base ! »

« Comme vous le désirez, Mon Seigneur. Mais il est probable que, lorsqu'il arrivera, il n'aura personne à sauver. »

« Nous l'enverrons quand même », dit le Duc.

« Ils étaient là quand le ver a surgi, dit Paul. Comment ont-ils pu lui échapper ? »

« Les distances sont trompeuses, dit Kynes. À cause des parois du trou qui sont inclinées. »

« Mon Seigneur, intervint Halleck, nous brûlons du carburant. »

« Vu, Gurney ! »

Le Duc fit pivoter l'orni en direction du Bouclier. Les appareils d'escorte quittèrent leurs positions d'attente et se placèrent à la verticale et sur les flancs de l'appareil ducal.

Paul réfléchit à ce que venaient de dire Kynes et l'homme de Dune. Il avait perçu les demi-vérités, les mensonges. Et ces hommes, là, en bas, s'étaient enfuis avec une telle assurance…

Ils savaient évidemment comment ne pas attirer de nouveau le ver hors des profondeurs !

Des Fremen ! se dit Paul. *Qui pourrait se déplacer sur le sable avec autant d'assurance ? Qui d'autre pourrait ne pas partager notre terreur ? Ils ne sont pas en danger, eux ! Ils savent comment vivre ici ! Ils savent comment échapper au ver !*

« Que faisaient des Fremen dans cette chenille ? » demanda-t-il.

Kynes se retourna brusquement.

L'homme de Dune le regarda. Ses yeux étaient immenses. Bleu dans du bleu. « Qui est ce garçon ? » Halleck vint s'interposer entre l'homme et Paul.

« Paul Atréides, l'héritier ducal », dit-il.

« Pourquoi dit-il qu'il y avait des Fremen sur notre machine ? »

« Ils correspondent à la description », dit Paul.

Kynes se roidit. « On ne peut identifier un Fremen d'un simple regard ! (Il se tourna vers l'homme de Dune.) Vous. Dites-nous qui étaient ces hommes. »

« Des amis de l'un de nous, simplement. Des amis venus d'un village et qui voulaient voir les sables à épice. »

Kynes se détourna. « Des Fremen ! »

Les mots de la légende revenaient en lui : « *Le Lisan al-Gaib saura percer tout subterfuge.* »

« Ils sont morts, maintenant, jeune Sire, dit l'homme de Dune. Nous ne devrions pas parler d'eux sans courtoisie. »

Mais Paul percevait toujours le mensonge dans les voix, la menace qui, instinctivement, avait déclenché les réflexes de Halleck.

Il parla et sa voix était sèche. « C'est un endroit affreux pour mourir. »

Sans se retourner, Kynes répondit : « Lorsque Dieu ordonne à une de Ses créatures de mourir en un endroit précis, Il fait en sorte que la volonté de Sa créature la conduise en cet endroit. »

Leto le regarda. Et Kynes, répondant à ce regard, se sentit soudain profondément troublé par tout ce qu'il venait de voir : *Le Duc s'inquiétait plus pour les hommes que pour l'épice. Pour sauver l'équipage de la chenille, il a risqué sa vie et celle de son fils. Il a oublié la perte de cette chenille avec un simple geste. Mais cette menace sur la vie des hommes l'a mis en rage. Un tel chef pourrait s'assurer des loyautés fanatiques. Il serait dur à abattre.*

Et Kynes admit, contre sa volonté, contre ses jugements passés : *J'aime ce Duc.*

La grandeur est une expérience passagère. Jamais elle n'est stable. Elle dépend en partie de l'imagination humaine qui crée les mythes. La personne qui connaît la grandeur doit percevoir le mythe qui l'entoure. Elle doit se montrer puissamment ironique. Ainsi, elle se garde de croire en sa propre prétention. En étant ironique, elle peut se mouvoir librement en elle-même. Sans cette qualité, même une grandeur occasionnelle peut détruire un homme.

Extrait de Les Dits de Muad'Dib,
par la Princesse Irulan.

DANS LA SALLE À MANGER DE LA GRANDE DEMEURE d'Arrakeen, on avait allumé les lampes à suspenseurs pour lutter contre la venue prématurée du soir. Leur clarté jaune révélait la noire tête de taureau aux cornes sanglantes et l'éclat sourd du portrait à l'huile du Vieux Duc.

Sous ces talismans, le lin blanc semblait briller des reflets de l'argenterie des Atréides que l'on avait soigneusement disposée en ordre tout au long de la grande table. Les couverts formaient de multiples archipels auprès des verres de cristal, devant les lourdes chaises de bois. Le traditionnel chandelier central n'était pas allumé et sa chaîne se perdait dans les ombres du plafond où était dissimulé le mécanisme du goûte-poison.

Immobile sur le seuil, le Duc songeait au goûte-poison et à ce qu'il signifiait dans leur société.

Tout un programme. On peut nous définir par notre langage, par les délinéations précises et délicates que nous réservons aux divers moyens d'administrer une mort traîtresse. Quelqu'un essaierait-il le chaumurky, ce soir, le poison dans notre boisson ? Ou bien le chaumas, dans notre nourriture ?

Il secoua la tête. Auprès de chaque assiette était disposé un flacon d'eau. Sur toute la table, songea le Duc, il y avait assez d'eau pour faire vivre une famille pauvre d'Arrakis pendant plus d'une année.

Près de la porte se trouvaient des bassins ornés de tuiles jaunes et vertes. Chacun d'eux était muni d'un jeu de torchons. La coutume voulait, leur avait expliqué la gouvernante, que les invités, au moment où ils entraient, plongent solennellement les mains dans un bassin, répandent de l'eau sur le sol, sèchent leurs mains à un torchon avant de le jeter dans la flaque. Après le repas, les mendiants assemblés dehors pouvaient recueillir l'eau en essorant les torchons.

Typique d'un fief harkonnen, se dit le Duc. *Toutes les dégradations spirituelles concevables.* Il prit une profonde inspiration ; la fureur tordait son estomac.

« Que cette coutume cesse dès maintenant ! » gronda-t-il.

Il aperçut une des servantes, vieille, difforme, l'une de celles que la gouvernante avait recommandées. Elle venait de sortir de la cuisine et passait devant lui. Il leva la main. La femme sortit de l'ombre et fit le tour de la table pour s'approcher. Il remarqua son visage tanné et ses yeux, bleus, noyés dans le bleu.

« Mon Seigneur désire ? » Elle s'adressait à lui la tête inclinée. Il fit un geste. « Faites ôter ces bassins et ces torchons. »

« Mais… Noble Né… » Elle releva la tête et le regarda, bouche bée.

« Je connais la coutume ! aboya-t-il. Emmenez ces bassins devant la porte de façade. Pendant tout le repas et jusqu'à ce que nous ayons fini, chaque mendiant pourra prendre une tasse d'eau. Compris ? »

Des émotions mêlées pouvaient se lire sur le visage de cuir de la femme : désespoir, colère… Le Duc devina tout à coup qu'elle avait peut-être eu l'intention de se réserver les torchons et de tirer quelques pièces des malheureux qui attendaient dehors. Peut-être était-ce également la coutume.

Le visage de Leto s'assombrit et il gronda : « Je vais poster un garde afin que mes ordres soient exécutés à la lettre ! »

Il fit demi-tour et s'engagea dans le passage qui menait au Grand Hall. Des souvenirs roulaient dans son esprit. Murmures de vieilles femmes édentées. Il se rappelait l'eau, les étendues d'eau, de vagues. Il se rappelait les champs d'herbe, et non de sable. Et tous les étés qui avaient été balayés comme des feuilles dans la tempête.

Tout avait été balayé.

Je me fais vieux, songea-t-il. *J'ai senti le contact froid de ma mort à venir. Et où l'ai-je senti ? Dans la rapacité d'une vieille femme.*

Dans le Grand Hall, Jessica se trouvait au centre d'un groupe rassemblé devant la cheminée où crépitait un grand feu. Les reflets orange des flammes couraient sur les dentelles, les riches étoffes, les joyaux. Le Duc reconnut dans le groupe un confectionneur de distilles de Carthag, un importateur de matériel électronique, un convoyeur d'eau dont la demeure estivale était située à proximité de l'usine polaire, un représentant de la Banque de la Guilde (mince, l'air distant), un négociant en pièces détachées de matériel d'épiçage, une femme au visage maigre et dur dont le service d'escorte à l'usage des visiteurs extra-planétaires était réputé servir de couverture à diverses opérations d'espionnage, de chantage et de contrebande.

La plupart des autres femmes présentes semblaient appartenir à un type précis ; elles étaient décoratives, habillées avec recherche et il émanait d'elles un mélange étrange de sensualité et de vertu intouchable.

Même si elle n'avait pas été l'hôtesse, songea le Duc, Jessica aurait dominé ce groupe. Elle ne portait aucun bijou et elle était vêtue de couleurs chaudes. Sa longue robe avait presque l'éclat du feu et un ruban brun comme la terre enserrait ses cheveux de bronze.

Il comprit qu'elle voulait ainsi le railler subtilement pour la froideur de son attitude. Elle savait très bien qu'il l'aimait ainsi vêtue, qu'il la voyait comme un éventail de couleurs vives.

Duncan Idaho se tenait à l'écart, en uniforme scintillant, le visage impassible, ses cheveux noirs et bouclés peignés avec soin. Il avait quitté les Fremen sur l'ordre de Hawat : « *Sous le prétexte de la garder, tu maintiendras une constante surveillance sur la personne de Dame Jessica.* »

Le regard du Duc fit le tour de la salle.

Paul se trouvait dans un coin, entouré d'un groupe avide de jeunes gens appartenant à la richesse d'Arrakeen. Il y avait aussi parmi eux trois officiers de la Maison. L'attention du Duc s'attacha tout particulièrement aux jeunes filles. Un héritier ducal était un beau parti. Mais, apparemment, Paul les considérait toutes avec la même et noble réserve.

Il portera bien le titre, se dit Leto, puis il réalisa avec un frisson glacé que c'était encore là une pensée de mort.

À cet instant, Paul aperçut son père, immobile sur le seuil, et il évita son regard. Il considéra tous les invités, toutes ces mains rutilantes de bijoux qui tenaient des verres (dont le contenu était analysé par de multiples goûteurs automatiques). Tous ces visages bavards l'écœuraient soudain. Ce n'étaient que des masques dérisoires appliqués sur des pensées infectes et les voix essayaient en vain de dominer le profond silence qui régnait dans chaque poitrine.

Je suis d'humeur amère, pensa Paul, et il se demanda ce que Gurney pourrait bien en dire.

Il connaissait l'origine de cette amertume. Il avait refusé de participer à cette réception, mais son père s'était montré ferme : « Tu as une position à tenir. Tu es en âge de le faire. Tu es presque un homme. »

Paul observa son père qui, maintenant, s'avançait dans la salle tout en l'inspectant et se dirigeait vers le groupe assemblé autour de Dame Jessica.

Au moment où Leto s'approchait, le convoyeur d'eau déclarait : « Est-il vrai que le Duc va établir le contrôle climatique ? »

« Mes projets ne vont pas jusque-là, monsieur », dit la voix du Duc, derrière l'homme. Ce dernier se retourna. Son visage était rond, très bronzé.

« Ah, Duc, dit-il. Vous nous manquiez. »

Leto regarda Jessica. « Il fallait qu'une chose soit faite », dit-il. Puis il se tourna de nouveau vers le convoyeur d'eau et expliqua ce qu'il avait ordonné quant aux bassins. Il ajouta « Quant à moi, cette coutume prend fin immédiatement. »

« C'est un ordre ducal, Mon Seigneur ? »

« Je laisse votre... conscience en juger », dit le Duc, puis il se détourna et vit que Kynes s'approchait du groupe.

« Je pense que c'est là un geste très généreux, dit une des femmes. Donner comme cela de l'eau aux... » Quelqu'un la fit taire.

Le regard du Duc se posa sur Kynes. Il remarqua que le planétologiste portait un uniforme démodé avec des épaulettes d'Administrateur Impérial. Un minuscule insigne doré était fixé à son col.

« Les paroles du Duc impliquent-elles une critique de nos coutumes ? » fit la voix courroucée du convoyeur d'eau.

« Cette coutume est modifiée », dit Leto. Il inclina la tête à l'adresse de Kynes, remarqua le froncement de sourcils de Jessica et pensa : *Un froncement de sourcils n'est pas tout, mais cela va accroître les rumeurs d'une friction entre nous.*

« Si le Duc le permet, reprit le convoyeur, j'aimerais revenir un peu sur cette question des coutumes. »

Leto perçut l'onctuosité soudaine dans la voix de l'homme, le silence vigilant du groupe et toutes les têtes qui se tournaient vers eux, maintenant, dans la salle.

« Ne sera-t-il pas bientôt temps de dîner ? » demanda Jessica.

« Notre invité nous a posé une question », dit Leto. Son regard ne quittait pas le convoyeur d'eau. Et il voyait là un homme au visage rond, avec de grands yeux et des lèvres épaisses. Et il se rappelait le mémorandum de Hawat : « ... *Ce convoyeur d'eau est un homme à surveiller. Souvenez-vous de son nom : Lingar Bewt. Les Harkonnen l'ont utilisé, mais sans jamais vraiment le contrôler.* »

« Les coutumes attachées à l'eau sont fort intéressantes, dit Bewt avec un sourire. Je suis curieux de savoir ce que vous avez l'intention de faire à propos de la serre qui fait partie de cette demeure. Entendez-vous la faire admirer longtemps au peuple, Mon Seigneur ? »

Leto réprima sa colère, tout en dévisageant l'homme. Les pensées jaillissaient dans son esprit. Celui-là osait le défier dans le castel ducal. Et la signature de Bewt figurait au bas d'un contrat d'allégeance. Bien sûr, l'homme était conscient de sa puissance personnelle. L'eau, sur ce monde, impliquait la puissance. Par exemple, si tous les points d'eau venaient à sauter à un signal donné... L'homme semblait capable d'un tel acte. Qui pourrait signifier la fin d'Arrakis. Telle devait être la menace qu'il avait laissée peser sur les Harkonnen.

« Mon Seigneur le Duc et moi-même avons des projets pour cette serre, intervint Jessica. (Elle sourit à Leto.) Nous entendons la maintenir, bien sûr, mais avec l'approbation du peuple d'Arrakis. Notre rêve est de voir un jour le climat de ce monde modifié afin de permettre la culture des plantes de notre serre n'importe où à l'extérieur. »

Bénie soit-elle ! se dit Leto. *Et que notre convoyeur d'eau rumine là-dessus !*

« Votre intérêt pour l'eau et le contrôle climatique est évident, dit-il. Vous devriez orienter différemment vos intérêts, croyez-moi. Un jour viendra où l'eau ne sera plus une denrée aussi précieuse pour Arrakis. »

Et il songea : *Il faut que Hawat redouble ses efforts pour noyauter cette organisation de Bewt. Et nous devrons immédiatement veiller sur les points d'eau. Personne ne peut me menacer de la sorte.*

Bewt hocha la tête, sans cesser de sourire. « Un rêve agréable, Mon Seigneur. » Et il fit un pas en arrière.

Leto surprit alors l'expression de Kynes. Le planétologiste regardait Jessica. Et il semblait transfiguré... Comme un homme amoureux... ou pris d'une transe religieuse.

En cet instant, les mots de la prophétie occupaient tout l'esprit de Kynes : « *Et ils partageront votre rêve le plus précieux.* »

Il s'adressa à Jessica : « Apportez-vous le *raccourcissement du chemin* ? »

« Ah ! docteur Kynes ! intervint le convoyeur d'eau. Vous êtes venu. Vous avez abandonné vos hordes de Fremen. Comme c'est aimable à vous ! »

Kynes posa sur lui un regard inscrutable : « On dit dans le désert que la possession de l'eau en grande quantité peut conduire un homme à une fatale négligence. »

« Ils ont nombre de dictons étranges dans le désert », dit Bewt, mais sa voix trahissait son trouble.

Jessica s'approcha de Leto et glissa sa main sous son bras, cherchant un instant de calme. Kynes avait dit : « ... le *raccourcissement du chemin.* » Dans la langue ancienne, cela se traduisait par « Kwisatz Haderach ». L'étrange question du planétologiste était passée inaperçue et, à présent, Kynes se penchait vers l'une des femmes de la suite, prêtant l'oreille à quelque badinage murmuré.

Le Kwisatz Haderach. La Missionaria Protectiva aurait-elle donc implanté ici cette légende aussi ? À cette pensée, elle sentit se raviver l'espoir secret qu'elle nourrissait pour Paul. *Il pourrait être le Kwisatz Haderach. Oui, il pourrait l'être.*

Le représentant de la Banque de la Guilde avait engagé la conversation avec le convoyeur d'eau et, un instant, la voix de Bewt domina le murmure des autres invités : « Bien des gens ont tenté de modifier Arrakis. »

Le Duc remarqua à quel point Kynes parut sensible à ces mots, se redressant et abandonnant immédiatement la femme frivole.

Dans le soudain silence, un soldat en tenue de laquais s'avança vers Leto : « Le dîner est servi, Mon Seigneur. »

Le Duc eut un regard interrogateur à l'adresse de Jessica.

« La coutume locale veut que l'hôte et l'hôtesse suivent leurs invités vers la table, dit-elle avec un sourire. La changerons-nous, Mon Seigneur ? »

Sa voix était froide quand il répondit : « Cela me paraît une agréable coutume. Nous la maintiendrons pour l'instant. »

Il me faut continuer de donner l'impression que je la soupçonne de trahison, se dit-il. Et, tout en regardant défiler les invités, il songea : *Qui, parmi vous, croit à un tel mensonge ?*

Jessica perçut son soudain retrait et elle se prit à y réfléchir ainsi qu'elle l'avait fait fréquemment durant la semaine écoulée. *Il se comporte comme un homme luttant avec lui-même. Est-ce parce que j'ai si rapidement organisé cette soirée ? Pourtant, il sait bien à quel point il est important que nous commencions à mêler nos officiers et nos hommes avec les notabilités. Nous sommes en quelque sorte un père et une mère qui les dominons tous. Rien n'impressionne plus que cette forme de brassage social.*

Leto, les yeux fixés sur les gens qui se dirigeaient vers la salle à manger, se rappelait les paroles de Thufir Hawat lorsqu'il l'avait informé de l'affaire : « *Sire ! Je l'interdis !* »

Un sombre sourire apparut sur le visage du Duc. Quelle scène ç'avait été ! Lorsqu'il avait approuvé cette soirée, Hawat avait secoué longuement la tête. « J'ai de mauvais pressentiments à cet égard, Mon Seigneur. Les choses vont trop vite sur Arrakis, et cela ne ressemble pas aux Harkonnen. Non, pas du tout. »

Paul passa auprès de son père en compagnie d'une jeune femme qui avait bien une tête de plus que lui. Il eut un regard froid à l'adresse de son père tout en acquiesçant à quelque remarque de la jeune fille.

« Son père confectionne des distilles, dit Jessica. Je me suis laissé dire que seul un fou accepterait de s'aventurer dans le désert avec un vêtement fabriqué par cet homme. »

« Qui est cet homme à la cicatrice, devant Paul ? Je ne le remets pas. »

« Un invité de dernière heure, murmura-t-elle. C'est Gurney qui l'a introduit. Un contrebandier. »

« Et c'est Gurney qui l'a introduit ? »

« À ma demande. Pour Hawat, il était sûr, bien qu'il n'ait pas été très enthousiaste à son égard. Il se nomme Tuek, Esmar Tuek. Il a une certaine influence dans son milieu. Tout le monde le connaît ici. Il a été invité dans la plupart des demeures. »

« Pourquoi est-il ici ? »

« Tous se poseront la question. Tuek, par sa présence, va jeter le doute et la suspicion. On croira que vous êtes sur le point de confirmer vos ordonnances contre la corruption, ce qui renforcera les intérêts des contrebandiers. Cela a semblé plaire à Hawat. »

« Je ne suis pas certain de l'apprécier », dit Leto. Il inclina la tête à l'intention de quelques couples qui passaient et vit que seuls quelques invités les précédaient encore. « Pourquoi n'avez-vous pas invité quelques Fremen ? » ajouta-t-il.

« Il y a Kynes. »

« Oui, il y a Kynes... Mais avez-vous préparé d'autres surprises à mon intention ? » Il l'entraîna à la suite de la procession.

« Tout le reste n'est que très conventionnel », répondit-elle.

Elle songea : *Mon chéri, ne pouvez-vous comprendre que ce contrebandier dispose de vaisseaux rapides, qu'il peut être soudoyé ? Il nous faut une issue, un moyen de nous échapper d'Arrakis si tout nous abandonne.*

Comme ils surgissaient dans la salle à manger, elle dégagea son bras et Leto l'aida à s'asseoir. Puis il se dirigea vers l'extrémité de la table. Un laquais se tenait derrière son siège. Dans un bruissement d'étoffes, dans le raclement des sièges sur le sol, les invités prenaient place. Pourtant, le Duc demeurait debout. Il leva la main et les soldats en tenue de laquais reculèrent, au garde-à-vous.

Un silence gêné s'installa dans la salle.

Jessica, depuis l'autre extrémité de la table, put lire un léger tremblement sur la bouche de Leto, elle put discerner la colère qui venait assombrir ses joues. Et elle se demanda : *Qu'est-ce qui le rend ainsi furieux ? Certainement pas le fait que j'aie invité ce contrebandier.*

« Certains, dit le Duc, mettent en question le fait que j'aie supprimé la coutume des bassins. Mais c'est ma façon de vous dire que les choses vont changer ici. »

Il y eut un silence embarrassé autour de la table.

Ils croient qu'il a bu, se dit Jessica.

Leto prit son flacon d'eau et l'éleva dans la clarté des lampes à suspenseurs. « En tant que Chevalier de l'Imperium, dit-il, je porte un toast. »

Tous l'imitèrent, tous le regardaient. Dans le silence, une lampe dériva légèrement, poussée par un courant d'air venu des cuisines. Les ombres jouaient sur les traits de faucon du Duc.

« Tel je suis, tel je reste ! » gronda-t-il.

Ils esquissèrent le mouvement de porter les flacons à leurs bouches et s'interrompirent net : le Duc gardait le bras levé. « Mon toast sera pour l'une de ces devises si chères à nos cœurs : *Les affaires font le progrès ! Partout, la fortune passe !* »

Il but.

Et ils burent comme lui, en échangeant des regards perplexes.

« Gurney ! » appela le Duc.

La voix de Halleck parvint d'une alcôve, quelque part derrière lui. « Je suis ici, Mon Seigneur ! »

« Joue-nous un air, Gurney. »

Un accord en mineur vint flotter jusqu'à la table, entre les ombres. Sur un geste du Duc, les serviteurs commencèrent à poser sur la table les premiers plats : lièvre du désert rôti en sauce cepeda, aplomage de sirius, chukka, café avec Mélange (la puissante odeur de cannelle du Mélange envahit la table) et véritable oie-en-pot servie avec un vin pétillant de Caladan.

Pourtant, le Duc demeurait debout.

Les invités attendirent donc. Leur attention se partageait entre les plats qui venaient d'être servis et le Duc immobile qui ne s'asseyait pas. « En des temps anciens, dit Leto, le devoir de l'hôte était de distraire ses invités par ses talents. (Il serrait à tel point le flacon d'eau que les jointures de ses doigts en devenaient blanches.) Je ne puis chanter, mais je vais vous réciter les paroles de la chanson de Gurney. Considérez ceci comme un second toast que je porte à tous ceux qui ont trouvé la mort en nous conduisant ici. »

Autour de la table, il y eut des mouvements gênés.

Jessica baissa les yeux et regarda ses plus proches voisins. Le convoyeur d'eau au visage rond, son épouse, le pâle et austère représentant de la Banque de la Guilde (qui ressemblait à quelque épouvantail, en cet instant, le regard fixé sur le Duc) et le dénommé Tuek, au visage buriné, couvert de cicatrices, dont les yeux entièrement bleus étaient baissés.

« Comptez-vous, soldats – soldats depuis longtemps comptés ! déclama le Duc. Votre fardeau est fait de douleur et de souffrance. Nos colliers d'argent brillent sur vos âmes. Comptez-vous, soldats – soldats depuis longtemps comptés. À chacun son dû de temps, sans illusion. Et passe le mirage de la fortune, avec nous, lorsque s'achève notre temps sur un dernier rictus. Comptez-vous, soldats – soldats depuis longtemps comptés. »

La voix de Leto traîna sur les derniers mots. Puis il but longuement à son flacon et le reposa violemment sur la table. Un peu d'eau rejaillit sur la nappe.

Les invités buvaient, dans un silence embarrassé.

À nouveau, le Duc reprit son flacon. Cette fois, il déversa sur le sol la moitié de ce qui restait d'eau. Il savait que les autres devraient l'imiter.

Jessica fut la première.

Il y eut comme un instant gelé avant que les invités ne suivent. Jessica remarqua que Paul, assis près de son père, guettait toutes les réactions, autour de lui. Elle aussi était fascinée, du reste, par les gestes révélateurs de ceux qui l'entouraient, et plus spécialement par les gestes des femmes. C'était là une eau potable, propre, qui ne provenait pas d'un torchon essoré. Les mains qui tremblaient, les réactions lentes, les rires nerveux... tout cela trahissait l'obéissance à contrecœur. Une femme lâcha son flacon et se détourna tandis que son compagnon le ramassait.

Mais c'était Kynes qui retenait le plus son attention. Le planétologiste hésita quelques secondes puis déversa le contenu du flacon dans un récipient dissimulé sous son gilet. Il rencontra le regard de Jessica et leva le flacon vide en un toast muet à son intention. Son geste semblait ne l'embarrasser nullement.

La musique de Halleck flottait toujours dans la salle mais les accords en mineur avaient fait place à des harmonies plus vives, comme si le soldat-baladin voulait maintenant éveiller l'ambiance.

« Que le repas commence », dit le Duc. Et il prit place.

Il est furieux et troublé, se dit Jessica. *La perte de cette chenille l'a affecté plus profondément qu'elle ne l'aurait dû. Il doit y avoir autre chose. Il se comporte comme un homme désespéré.* Elle prit sa fourchette, espérant que ce geste dissimulerait sa soudaine amertume. *Pourquoi pas ? Puisqu'il est désespéré.*

Lentement d'abord, puis avec animation grandissante, le repas se poursuivit. Le fabricant de distilles complimenta Jessica pour la cuisine et le vin.

« L'un et l'autre sont de Caladan », dit-elle.

« Superbe ! dit-il en goûtant le chukka. Tout simplement délicieux ! Et pas une goutte de Mélange là-dedans ! C'est tellement lassant de trouver l'épice dans n'importe quoi ! »

Le représentant de la Banque de la Guilde regarda Kynes. « À ce que l'on dit, docteur Kynes, une nouvelle chenille a été laissée à un ver. »

« Les nouvelles vont vite », dit le Duc.

« Ainsi c'est bien exact ? » dit le banquier.

« Bien sûr que c'est exact ! Ce satané portant a disparu. Comment est-il possible qu'un engin de cette taille s'évanouisse de la sorte ! »

« Lorsque le ver est arrivé, expliqua Kynes, il était impossible de récupérer la chenille. »

« Une chose pareille ne devrait pas pouvoir arriver ! » gronda le Duc.

« Et personne n'a vu disparaître le portant ? » demanda le banquier.

« En général, les guetteurs concentrent leur attention sur le désert, dit Kynes. Ce qui les intéresse, c'est le signe du ver. L'équipage d'un portant se compose d'ordinaire de quatre hommes. Deux pilotes et deux assistants. Si l'un d'entre eux, ou même deux, étaient à la solde des ennemis du Duc... »

« Ah, je vois, dit le banquier. Et vous, en tant qu'Arbitre du Changement, que faites-vous en ce cas ? »

« Je dois considérer ma position très consciencieusement, dit Kynes. Et il est bien certain que je ne puis en discuter à table. » Il songea : *Cette espèce de pâle squelette ! Il sait très bien que c'est justement le genre d'infraction que l'on m'a ordonné d'ignorer.*

Le banquier sourit et revint à son repas.

Jessica se souvint d'une leçon de l'École Bene Gesserit. Une leçon qui traitait de l'espionnage et du contre-espionnage. La Révérende Mère à la figure ronde et aux yeux rieurs avait une voix joyeuse qui contrastait étrangement avec le sujet traité :

« *Il convient de noter une chose à propos des écoles d'espionnage et de contre-espionnage : la similitude des réactions de base de tous ceux qui les ont fréquentées. Toute discipline fermée laisse son empreinte, son sceau sur ceux qui l'étudient. Et ceci rend possibles l'analyse et la prévision.*

« *En fait, les schémas de motivations tendent à devenir identiques pour tous les espions. Ceci revient à dire que certains types de motivations sont similaires même si les écoles et les buts sont différents. Vous étudierez dans un premier temps la façon d'isoler cet élément aux fins d'analyse. Tout d'abord, par les schémas d'interrogation qui révèlent l'orientation interne des interrogateurs, puis par l'examen attentif de l'orientation langage-pensée de ceux que vous analyserez. Vous découvrirez alors qu'il est très simple de déterminer les racines des langages de vos sujets, par l'inflexion de leur voix et leur schéma d'expression.* »

Assise là, immobile, entourée du Duc, de son fils et de tous leurs invités, Jessica eut soudain la révélation glaçante de la nature de l'homme. C'était un agent des Harkonnen. Il avait le type d'expression de Giedi Prime, subtilement dissimulé mais assez net pour qu'à ses sens aiguisés ce fût comme si l'homme s'était présenté.

Cela signifie-t-il que la Guilde elle-même s'est rangée aux côtés des Harkonnen ? se demanda-t-elle. Cette idée la choquait profondément et elle dissimula son émotion en commandant un nouveau plat. Mais elle ne cessait pas de prêter l'oreille à l'homme, attendant qu'il trahisse ses intentions. *Il va porter la conversation sur un sujet banal, mais avec des implications menaçantes*, se dit-elle. *Tel est son schéma.*

Le banquier avala une bouchée, but une gorgée de vin et sourit à un propos de sa voisine de droite. Pendant un instant, il parut s'intéresser aux paroles d'un homme qui, un peu plus loin, expliquait au Duc que les plantes Arrakeen n'avaient pas d'épines.

« J'aime observer les vols d'oiseaux, dit-il soudain en s'adressant à Jessica. Tous nos oiseaux, bien sûr, sont des charognards et beaucoup se passent d'eau, l'ayant remplacée par le sang. »

La fille du confectionneur de distilles, assise entre Paul et son père à l'autre bout de la table, plissa son joli visage et dit : « Oh ! Soo-Soo, vous dites des choses vraiment dégoûtantes. »

Le banquier eut un sourire. « On m'appelle Soo-Soo parce que je suis le conseiller financier du Syndicat des Porteurs d'eau. (Et comme Jessica continuait de le regarder sans rien dire, il ajouta :) Soo-Soo-Sook ! C'est le cri des porteurs d'eau. » Il imitait l'appel si fidèlement que quelques rires s'élevèrent autour de la table.

Jessica avait perçu la vantardise dans le ton de l'homme mais elle avait noté aussi que la jeune fille lui avait donné la réplique, comme si elle avait voulu fournir une excuse aux propos du banquier. Elle regarda Lingar Bewt. Le magnat de l'eau était absorbé dans son repas, l'air sombre. Et Jessica se souvint que le banquier avait dit : « *Moi aussi, je contrôle cette ultime source de puissance d'Arrakis, l'eau.* »

Paul avait décelé la fausseté dans la voix de sa compagne, il avait vu que sa mère suivait la conversation avec une intensité bene gesserit. Mû par une impulsion, il décida de contrer, de repousser l'adversaire et il s'adressa au banquier :

« Voulez-vous dire, monsieur, que ces oiseaux sont cannibales ? »

« C'est une étrange question, Jeune Maître. Je dis tout simplement que ces oiseaux boivent du sang. Il n'est pas nécessaire que ce soit le sang de leurs semblables, non ? »

« Ma question n'était *pas* étrange. (Jessica remarqua la qualité cassante de la riposte de son fils, qui révélait toute son éducation, qui lui venait d'elle.) Les gens instruits savent pour la plupart que c'est dans sa propre espèce qu'un jeune organisme rencontre le potentiel de compétition le plus élevé. (Délibérément, il planta sa fourchette dans l'assiette de son voisin et ajouta :) Ils mangent au même plat. Ils ont les mêmes nécessités vitales. »

Le banquier se raidit et se tourna vers le Duc.

« Ne commettez pas l'erreur de considérer mon fils comme un enfant », dit celui-ci avec un sourire.

Le regard de Jessica courut sur la table. Elle remarqua que Bewt avait abandonné son air sombre et que Kynes souriait, de même que le contrebandier, Tuek.

« C'est une règle d'écologie que le Jeune Maître semble très bien connaître, dit Kynes. La lutte entre les éléments de vie est la lutte pour l'énergie disponible d'un système. Le sang est une source d'énergie efficiente. »

Le banquier posa sa fourchette et, lorsqu'il parla, ce fut d'un ton furieux : « On dit que la racaille Fremen boit le sang de ses morts. »

Kynes secoua la tête et dit, d'un ton docte : « Non, pas le sang, monsieur. Mais l'eau d'un homme, à son dernier instant, appartient aux siens, à sa tribu. C'est une nécessité lorsque vous quittez la Grande Plaine. Ici, toute eau est précieuse et le corps d'un homme se compose d'eau à soixante-dix pour cent. Celui qui est mort n'en a certainement plus aucun besoin. »

Le banquier posa les mains sur la table, de part et d'autre de son assiette, et Jessica pensa qu'il allait, dans un geste de rage, se rejeter violemment en arrière.

À cet instant, Kynes la regarda. « Pardonnez-moi, Ma Dame, d'évoquer une question si déplaisante à cette table mais vous aviez entendu de fausses paroles et il était nécessaire de vous éclairer. »

« Vous êtes depuis si longtemps avec les Fremen que vous en avez perdu tout sentiment ! » lança le banquier.

« Me défiez-vous, monsieur ? » Kynes braquait un regard calme sur le visage pâle et tremblant.

Le banquier se figea. Il déglutit et prit un ton sec : « Bien sûr que non. Je ne me permettrais pas d'insulter ainsi notre hôte et notre hôtesse. »

Jessica perçut la peur dans sa voix, dans son visage, dans son souffle, dans le frémissement d'une veine sur sa tempe. L'homme était terrifié par Kynes !

« Notre hôte et notre hôtesse sont très capables de décider d'eux-mêmes s'ils ont été insultés, reprit Kynes. Ce sont des gens braves qui connaissent la défense de l'honneur. Nous pouvons tous attester de leur courage par le fait qu'ils sont ici... maintenant... sur Arrakis. »

Jessica vit que Leto savourait cet instant. Au contraire de la plupart des convives. Tout autour de la table, ceux-ci semblaient prêts à fuir. Les mains étaient dissimulées. Les deux exceptions notables étaient Bewt, qui souriait ouvertement de la déconfiture du banquier, et Tuek, le contrebandier, qui semblait guetter quelque réaction de Kynes. Quant à Paul, il regardait Kynes avec admiration.

« Eh bien ? » fit le planétologiste.

« Je ne voulais pas vous offenser, murmura le banquier. Mais si vous l'avez cru, veuillez accepter mes excuses. »

« Librement données, librement acceptées. » Et Kynes sourit à Jessica tout en se remettant à manger comme si rien ne s'était passé.

Jessica vit que le contrebandier, lui aussi, se détendait. Elle en prit bonne note : cet homme, à chaque seconde, avait paru prêt à voler au secours de Kynes. Il existait entre lui et le planétologiste une sorte d'accord.

Leto jouait avec sa fourchette tout en examinant Kynes d'un œil spéculatif. Les façons du planétologiste révélaient un changement d'attitude envers la Maison Atréides. Durant leur voyage dans le désert, il avait semblé nettement plus hostile.

Jessica donna l'ordre d'amener de nouveaux plats et de nouvelles boissons. Les serviteurs firent leur apparition avec des langues de lapins de garenne accompagnées de sauce au vin et à la levure de champignons.

Lentement, les conversations reprenaient mais Jessica continuait de déceler dans le murmure des voix une certaine agitation, une certaine âpreté. Le banquier, pour sa part, poursuivait son repas en silence. *Kynes l'aurait tué sans hésiter*, songea-t-elle. Et elle comprit tout à coup que les façons de Kynes révélaient une prédisposition au meurtre. Il pouvait tuer facilement et elle devinait que c'était là un trait marquant des Fremen.

Elle se tourna vers le confectionneur de distilles assis à sa gauche. « Je ne cesse d'être stupéfaite par l'importance de l'eau sur Arrakis », dit-elle.

« Une importance énorme. Dites-moi : quel est ce plat ? C'est délicieux. »

« Ce sont des langues de lapins sauvages avec une sauce spéciale. Une très ancienne recette. »

« Il me la faut. »

Elle acquiesça. « J'y veillerai. »

Kynes la regarda et dit : « Il est fréquent que les nouveaux venus sur Arrakis sous-estiment l'importance de l'eau. Comme vous le comprenez sans doute, vous affrontez la loi du Minimum. »

Elle décela dans sa voix l'intention de sondage et répondit : « La croissance est limitée par l'élément nécessaire qui se trouve être le plus rare. Et, naturellement, la condition la moins favorable détermine le taux de croissance. »

« Il est rare de trouver des membres des Grandes Maisons qui soient au fait des problèmes de planétologie. L'eau est la condition la moins favorable à la vie sur Arrakis. Et souvenez-vous bien que la *croissance* elle-même peut introduire des conditions défavorables si on ne la traite pas avec beaucoup de prudence. »

Il y avait un message caché dans ces paroles mais Jessica dut admettre qu'elle ne le comprenait pas. « La croissance, dit-elle. Voulez-vous dire qu'Arrakis peut jouir d'un cycle d'eau organisé afin de permettre l'existence des humains dans des conditions plus favorables ? »

« Impossible ! » lança le magnat de l'eau.

Jessica se tourna vers lui. « Impossible ? »

« Impossible sur Arrakis. N'écoutez pas ce rêveur. Toutes les preuves scientifiques sont contre lui. »

Kynes le regarda et Jessica s'aperçut qu'une fois encore, toutes les autres conversations s'étaient interrompues.

« Les preuves scientifiques nous cachent un fait très simple, dit Kynes. Et c'est le suivant : nous affrontons ici des problèmes qui sont apparus et perdurent à l'extérieur, où les plantes et les animaux poursuivent normalement leur existence. »

« Normalement ! s'écria Bewt. Mais rien n'est normal sur Arrakis ! »

« Bien au contraire. On pourrait ici développer certaines harmonies qui s'entretiendraient elles-mêmes. Pour cela, il faut comprendre quelles sont les limitations de cette planète et les pressions qui s'y exercent. »

« Cela ne sera jamais », dit Bewt.

Le Duc, tout à coup, venait de découvrir à partir de quel point l'attitude de Kynes s'était modifiée.

C'était lorsque Jessica avait parlé de conserver les serres pour le bien d'Arrakis.

« Qu'en coûterait-il pour développer ce système autonome, docteur Kynes ? » demanda-t-il.

« Si nous pouvons consacrer trois pour cent des végétaux d'Arrakis à la production de composés carboniques nutritifs, nous aurons lancé le cycle », dit Kynes.

« L'eau est le seul problème ? » demanda le Duc. Il percevait l'excitation de Kynes et y participait.

« Celui de l'eau laisse les autres dans l'ombre. Cette planète dispose de beaucoup d'oxygène mais non des caractéristiques habituelles qui l'accompagnent : vie végétale développée, sources de gaz carbonique provenant de phénomènes tels que les volcans. De vastes territoires voient se produire ici des échanges chimiques tout à fait inhabituels. »

« Avez-vous des projets pilotes ? »

« Nous avons consacré beaucoup de temps à obtenir l'Effet Tansley. Il s'agit d'expériences amateurs à petite échelle à partir desquelles ma science pourrait maintenant conduire à des applications pratiques. »

« Il n'y a pas assez d'eau, dit Bewt. Il n'y a pas assez d'eau, c'est tout. »

« Maître Bewt, dit Kynes, est un expert dans le domaine de l'eau. » Il sourit et revint à son assiette.

Le Duc eut un geste impératif. « Non ! Je veux une réponse ! Y a-t-il assez d'eau, docteur Kynes ? »

Kynes ne leva pas la tête.

Jessica détaillait le jeu des émotions sur son visage. *Il se cache bien*, songeait-elle. Mais, à présent, elle l'avait enregistré et elle lisait qu'il regrettait ses paroles.

« Y a-t-il assez d'eau ? » répéta le Duc.

« C'est... possible », dit enfin Kynes.

Il feint l'incertitude ! pensa Jessica.

Avec son sens de vérité plus perçant, Paul lut la motivation sous-jacente et il lui fallut en appeler à toutes les ressources de sa formation pour dissimuler l'excitation qu'il ressentait. *Il y a assez d'eau ! Mais il ne veut pas que cela soit su !*

« Notre planétologiste fait bien d'autres rêves très intéressants, dit Bewt. Avec les Fremen, il rêve de... prophéties et de messies. »

Des rires s'élevèrent et Jessica fut surprise. Le contrebandier avait ri, ainsi que la fille du confectionneur de distilles, et Duncan Idaho, et la femme à la mystérieuse escorte.

La tension est bien curieusement répartie ici, ce soir, se dit-elle. *Il se passe trop de choses que j'ignore. Il va me falloir développer de nouvelles sources d'information.*

Le regard du Duc alla de Kynes à Bewt puis à Jessica. Il se sentait bizarrement isolé, comme si quelque chose de vital venait de lui échapper. « Possible », murmura-t-il.

« Peut-être devrions-nous en parler une autre fois, Mon Seigneur, dit vivement Kynes. Il y a tant de... »

Il s'interrompit comme un garde en uniforme atréides surgissait par la porte de service, courait jusqu'au Duc et se penchait pour murmurer à son oreille.

Jessica identifia l'insigne des hommes de Hawat et réprima son trouble. Elle s'adressa à la compagne du confectionneur de distilles, une femme minuscule au visage de poupée, à la chevelure brune.

« Ma chère, vous avez à peine touché votre assiette. Dois-je vous commander quelque chose d'autre ? »

La femme jeta un regard à son compagnon avant de répondre : « Je n'ai pas très faim. »

Brusquement, le Duc se leva au côté du soldat et il déclara sur un ton de commandement : « Que chacun reste assis. Pardonnez-moi, mais un problème se pose qui requiert mon intervention personnelle. (Il fit un pas en arrière.) Paul, veux-tu me remplacer en tant qu'hôte, je te prie. »

Paul se leva. Il était sur le point de demander à son père pourquoi il devait s'absenter, et il savait qu'il devait agir selon la tradition. Il alla prendre place sur le siège de son père.

Le Duc, alors, se tourna vers l'alcôve où veillait Halleck. « Gurney, prends la place de Paul à la table, je te prie. Nous devons rester en nombre pair. Lorsque le repas aura pris fin, il se peut que je te demande de conduire Paul au poste de commandement. Tiens-toi prêt. »

Halleck sortit de l'alcôve. Il était en tenue et sa laideur paraissait déplacée dans tout ce raffinement et ces chatoiements. Il posa sa balisette contre le mur et alla s'installer dans le siège laissé vacant par Paul.

« Inutile de s'inquiéter, reprit le Duc. Mais il me faut demander à chacun de ne pas quitter l'abri de notre demeure jusqu'à nouvel ordre. Vous serez parfaitement en sécurité tant que vous serez ici. Ce petit contretemps s'arrangera très vite. »

Paul saisit les mots-code : *abri-ordre-sécurité-vite.*

Le problème concernait la sécurité et non la violence. Il vit que sa mère avait également compris le message. Tous deux se détendirent.

Le Duc inclina brièvement le menton et sortit par la porte de service, suivi du soldat.

« Reprenons ce dîner, je vous prie, dit Paul. Je crois que le docteur Kynes parlait de l'eau. »

« Pourrions-nous y revenir une autre fois ? » dit le planétologiste.

« Quand il vous plaira », répondit Paul.

Et Jessica, avec fierté, remarqua la dignité de l'attitude de son fils, la maturité de son assurance.

Le banquier prit son flacon d'eau et l'agita à l'adresse de Bewt. « Ici, nul ne saurait surpasser Maître Bewt pour ce qui est des phrases fleuries. On pourrait presque penser qu'il aspire au statut des Grandes Maisons. Allons, Maître Bewt, portez-nous donc un toast ! Peut-être tenez-vous en réserve quelque phrase pleine de sagesse pour ce garçon que l'on doit traiter comme un homme. »

Sous la table, la main droite de Jessica se referma en un poing. Elle surprit le signal de Halleck à Idaho et vit les soldats qui, au long des murs, se mettaient en position de défense.

Bewt adressa un regard venimeux au banquier.

Paul regarda Halleck. Il venait à son tour de s'apercevoir du mouvement des gardes. Puis ses yeux se portèrent à nouveau sur le banquier. Celui-ci, finalement, abaissa son flacon d'eau.

« Une fois, sur Caladan, dit Paul, j'ai vu le cadavre d'un pêcheur noyé. Il... »

« Noyé ? » s'écria la fille du confectionneur de distilles.

Paul hésita. « Oui. Immergé dans l'eau jusqu'à ce que mort s'ensuive. Noyé. »

« Quelle intéressante façon de mourir ! »

Il eut un sourire dur, puis regarda de nouveau le banquier. « Ce qui était intéressant chez cet homme, c'étaient les blessures qu'il portait aux épaules. Des blessures faites par les crampons des bottes d'un autre pêcheur. La victime avait fait partie d'un groupe qui se trouvait à bord d'un bateau, un appareil pour naviguer sur l'eau, et ce bateau avait fait naufrage... Il s'était enfoncé dans l'eau. Un autre pêcheur, qui avait aidé à ramener le corps, dit qu'il avait déjà rencontré ce genre de blessures plusieurs fois déjà. Elles révélaient qu'un autre passager avait essayé, au moment du naufrage, de grimper sur les épaules de son malheureux compagnon dans l'espoir d'atteindre ainsi la surface pour respirer l'air. »

« Et en quoi était-ce intéressant ? » demanda le banquier.

« Mon père a fait alors une remarque. Il a dit que l'on pouvait très bien comprendre l'homme qui grimpe sur les épaules d'un autre au moment où il se noie. Par contre, cela devient incompréhensible s'il le fait... disons dans un salon. (Il hésita, afin de préparer le banquier à ce qui allait suivre.) Ou, ajouterai-je, à la table du dîner. »

Le silence revint soudain dans la salle.

Téméraire, se dit Jessica. *Ce banquier pourrait bien avoir un rang suffisant pour défier mon fils.* Elle vit que Duncan Idaho était prêt à entrer en action. Les soldats étaient également en alerte et Gurney Halleck avait les yeux rivés sur les hommes qui lui faisaient face.

Le contrebandier, Tuek, éclata de rire, la tête rejetée en arrière, dans un complet abandon.

Des sourires crispés apparurent autour de la table.

Bewt sourit à son tour.

Le banquier, lui, avait rejeté son siège en arrière et il fixait sur Paul un regard flamboyant de colère.

« On affronte un Atréides à ses dépens », dit Kynes.

« Est-ce la coutume des Atréides que d'insulter leurs invités ? » demanda le banquier.

Avant que Paul puisse rétorquer, Jessica se pencha et dit : « Monsieur ! » Et elle songeait : *Il faut que nous connaissions le jeu que joue cette créature des Harkonnen. Est-il ici pour défier Paul ? A-t-il une aide ?*

« Mon fils évoque une image et vous y voyez votre portrait ? reprit-elle. Quelle fascinante révélation ! » Sa main glissait vers sa jambe, là où était dissimulé le krys dans son étui.

Le banquier la foudroya à son tour du regard. Paul s'était légèrement écarté de la table, se préparant à l'action. Il s'était arrêté au mot : *image*, qui signifiait : « *Prépare-toi à la violence.* »

Kynes posa sur Jessica un regard évaluateur tandis que, d'une main, il faisait un signe subtil à l'intention de Tuek.

Le contrebandier se dressa et leva son flacon. « Je porte un toast, lança-t-il. Au jeune Paul Atréides, qui est encore un jeune garçon de par son apparence mais un homme dans ses actes. »

Pourquoi interviennent-ils donc ? se demanda Jessica.

À présent, le banquier regardait Kynes et Jessica vit que la terreur, pour la seconde fois, envahissait ses traits.

Autour de la table, les invités commencèrent à réagir.

Lorsque Kynes ordonne, les gens obéissent, se dit Jessica. *Il vient de nous dire qu'il se rangeait aux côtés de Paul. Quel est le secret de son pouvoir ? Ce n'est certainement pas parce qu'il est l'Arbitre du Changement. Cela n'est que temporaire. Et ce n'est pas non plus parce qu'il sert l'Empereur.*

Sa main s'éloigna de l'étui du krys. Elle prit son flacon, le leva vers Kynes, qui répondit.

Seuls, Paul et le banquier (*Soo-Soo ! Quel surnom stupide !* pensait Jessica) demeurèrent les mains vides. L'attention du banquier restait fixée sur Kynes. Quant à Paul, il regardait son assiette.

Et il pensait : *J'avais les choses en main. Pourquoi sont-ils intervenus ?* Il regarda subrepticement ses voisins mâles. *Prépare-toi à la violence ? Mais venant de qui ? Certainement pas de ce banquier.*

Halleck parla à la cantonade : « Dans notre société, les individus ne devraient pas aussi vite se considérer comme offensés. Cela équivaut fréquemment à un suicide. (Son regard se posa sur la fille du confectionneur de distilles.) Ne le pensez-vous pas, mademoiselle ? »

« Oh oui. Oui. Bien sûr, dit-elle. Il y a trop de violence. Cela me rend malade. Et la plupart du temps il n'y a aucune offense. Pourtant, des gens meurent. Cela n'a pas de sens. »

« Certainement », dit Halleck.

Jessica découvrit à quel point l'attitude de la fille avait été proche de la perfection et elle songea : *Cette petite femelle à la tête vide n'est pas du tout une petite femelle à la tête vide.* Elle décela alors la menace et comprit que Halleck, lui aussi, l'avait décelée. Ils avaient tenté de séduire Paul par le sexe. Elle se détendit. Sans doute son fils avait-il été le premier à s'en apercevoir. Cette manœuvre n'avait pas échappé aux perceptions entraînées de Paul.

« Ne serait-ce pas l'occasion d'une nouvelle excuse ? » demanda Kynes au banquier.

Ce dernier se tourna vers Jessica avec un sourire douloureux. « Ma Dame, je crains d'avoir sous-estimé vos vins. Ceux que vous nous avez fait servir sont puissants et je n'y suis point accoutumé. »

Il y avait du venin dans ses paroles, Jessica répondit d'une voix douce : « Lorsque des étrangers se rencontrent, il convient de faire une certaine place aux différences de formation et de coutumes. »

« Merci, Ma Dame. »

La voisine du confectionneur de distilles se pencha alors vers Jessica et demanda : « Le Duc nous a enjoint de demeurer ici. J'espère que cela ne signifie pas de nouveaux combats. »

Ainsi, c'est à ce point qu'elle devait amener la conversation, se dit Jessica.

« Je pense que tout ceci sera sans importance, dit-elle. Mais, en ce moment, il y a tant de détails qui requièrent l'attention du Duc. Aussi longtemps que l'inimitié persistera entre les Atréides et les Harkonnen, nous ne saurions être trop prudents. Le Duc a invoqué le kanly. Et il est certain qu'il n'entend pas laisser en vie un seul agent des Harkonnen sur Arrakis. (Son regard se posa sur le banquier.) Bien entendu, les Conventions lui donnent raison sur ce point. (Son regard revint sur Kynes.) N'est-il point vrai, Dr Kynes ? »

« Très certainement. »

Discrètement, le confectionneur de distilles attira son voisin en arrière. Jessica dit en le regardant : « Je pense que je vais encore manger. Peut-être de cet oiseau que l'on nous a servi précédemment. »

Elle fit signe à un serviteur et se tourna vers le banquier : « Et vous, monsieur, vous parliez des oiseaux et de leurs mœurs. Il existe tant de choses passionnantes sur Arrakis. Dites-moi : où trouve-t-on l'épice ? Les chasseurs vont-ils loin dans le désert ? »

« Oh, non, Ma Dame. On ne sait que peu de chose sur le désert profond. Et presque rien des régions méridionales. »

« Si l'on en croit un conte, dit Kynes, on devrait trouver une grande Charge Mère d'épice dans ces régions, mais je pense qu'il ne s'agit là que d'une invention pour les besoins d'une chanson. Parfois, des chasseurs d'épice audacieux pénètrent dans la ceinture centrale, mais c'est extrêmement dangereux. La navigation y est incertaine, les tempêtes fréquentes. Les accidents se multiplient dans des proportions dramatiques à mesure que vous vous éloignez des bases du Bouclier. On a découvert qu'il n'était guère profitable de se risquer loin dans le sud. Bien sûr, si nous disposions d'un satellite météo... »

Bewt leva les yeux et dit, la bouche pleine : « On dit que les Fremen vont jusque-là, qu'ils se risquent n'importe où et qu'ils ont trouvé des trempes et des puits-gorgeurs même dans le Sud. »

« Des trempes et des puits-gorgeurs ? » demanda Jessica.

« Ce ne sont que des rumeurs qui courent, Ma Dame, intervint Kynes. Ce sont des choses que l'on connaît sur les autres mondes, pas sur Arrakis. Une trempe est un endroit où l'eau filtre jusqu'à la surface, ou du moins assez près de la surface pour que l'on décèle sa présence à certains signes. Un puits-gorgeur est une forme de trempe qui permet de se désaltérer à l'aide d'un chalumeau engagé dans le sable… du moins à ce que l'on raconte. »

Ses mots sont trompeurs, songea Jessica.

Pourquoi ment-il ? se demanda Paul.

« Comme c'est intéressant », fit Jessica.

« *À ce que l'on raconte…* » *Quel curieux maniérisme dans leur façon de s'exprimer. S'ils savaient à quel point cela révèle l'importance qu'ils accordent aux superstitions.*

« Il paraîtrait que vous avez un dicton, fit Paul : Le vernis vient des cités, la sagesse du désert. »

« Il y a bien des dictons sur Arrakis », dit Kynes.

Avant que Jessica ait pu formuler une nouvelle question, un serviteur lui présenta un billet. Elle le déplia, reconnut l'écriture du Duc et ses signes codés.

Elle releva la tête et dit : « Vous serez tous heureux d'apprendre que le Duc nous rassure. Le problème qui justifiait sa présence a reçu une solution. On a retrouvé le portant disparu. Un agent harkonnen qui s'était glissé dans l'équipage avait réussi à neutraliser ses compagnons et à conduire l'appareil jusqu'à une base de contrebande avec l'espoir de le vendre. L'homme et la machine nous ont été restitués. » Elle inclina la tête à l'adresse de Tuek qui lui répondit.

Puis elle replia le billet et le glissa dans sa manche.

« Je suis satisfait de voir que cela ne s'est pas transformé en bataille ouverte, dit le banquier. Le peuple espère à un tel point que les Atréides vont lui amener la paix et la prospérité. »

« Surtout la prospérité », dit Bewt.

« Pouvons-nous goûter au dessert, à présent ? demanda Jessica. J'ai commandé à notre chef une douceur de Caladan : du riz sauce dolsa. »

« Le nom seul est déjà délicieux, s'exclama le confectionneur de distilles. Serait-il possible d'avoir la recette ? »

« Toutes les recettes que vous désirerez », dit Jessica tout en *enregistrant* l'homme pour Hawat, plus tard. Ce fabricant de distilles était un petit arriviste peureux qu'il serait facile d'acheter.

Autour d'elle, les conversations avaient repris : « Quelle splendide étoffe… » « Il faut faire un ensemble pour aller avec le bijou… » « Nous devrions essayer d'augmenter la production pendant le prochain… »

Jessica abaissa le regard sur son assiette. Elle pensait à la partie codée du message de Leto : « *Les Harkonnen ont tenté d'introduire une cargaison de lasers. Nous les avons capturés. Mais ceci peut signifier qu'ils ont réussi avec d'autres cargaisons. Et certainement qu'ils n'accordent pas une grande importance aux boucliers. Prenez les précautions appropriées.* »

Les lasers. Leurs rayons pouvaient percer n'importe quel matériau connu non pourvu d'un bouclier. Le fait que le contact d'un rayon laser avec un bouclier provoquait l'explosion simultanée de l'un et de l'autre ne semblait pas inquiéter les Harkonnen. Pourquoi ? L'explosion du bouclier et du laser libérait une énergie dangereusement variable qui pouvait dépasser celle de tous les atomiques ou ne tuer que le tireur et son objectif.

Elle était troublée par toutes les inconnues qu'elle sentait là.

« Je n'ai jamais douté que nous retrouverions ce portant, déclara Paul. Lorsque mon père s'attaque à un problème, il le résout. Les Harkonnen commencent seulement à le découvrir. »

Il parade, songea Jessica. *Il ne devrait pas. Quelqu'un qui va se terrer dans le plus lointain sous-sol durant la nuit pour échapper aux lasers n'a pas le droit de parader.*

« Il n'y a pas d'issue – nous payons la violence de nos ancêtres. »

Extrait de Les Dits de Muad'Dib,
par la Princesse Irulan.

JESSICA ENTENDIT UN TUMULTE DANS LE GRAND HALL ET ELLE alluma la lampe près de son lit. La pendule n'avait pas encore été réglée sur le temps local et elle dut mentalement soustraire vingt et une minutes pour savoir qu'il était exactement deux heures du matin.

Les bruits étaient forts et confus.

Une attaque des Harkonnen ? se demanda-t-elle.

Elle se glissa hors du lit et consulta les écrans pour voir où se trouvaient les siens. Paul dormait dans la cave profonde qu'ils avaient hâtivement convertie en chambre. Les bruits, de toute évidence, ne lui étaient pas parvenus. Dans la chambre du Duc, il n'y avait personne et le lit n'était pas défait. Était-il encore au poste de commandement ?

Aucun écran ne montrait encore le devant de la demeure.

Immobile au milieu de sa chambre, Jessica écouta attentivement.

Il y eut un cri. Des mots incohérents. Puis quelqu'un appela le docteur Yueh. Jessica trouva sa robe, la mit sur ses épaules, glissa ses pieds dans ses pantoufles et attacha le krys sur sa jambe.

Une nouvelle fois, on appela le docteur Yueh.

Jessica referma sa robe et sortit. À cet instant, la pensée lui vint : *Leto est peut-être blessé ?* Elle se mit à courir et le couloir lui parut s'allonger à l'infini. Elle franchit l'arche, traversa la salle à manger et suivit enfin le couloir qui accédait au Grand Hall. Celui-ci était brillamment éclairé. Toutes les lampes à suspenseurs étaient à leur intensité maximale.

À sa droite, près de l'entrée principale, Jessica vit deux gardes qui maintenaient Duncan Idaho entre eux. Ce dernier avait la tête ballante. Un silence abrupt, pénible, s'était abattu sur cette scène.

« Vous voyez ce que vous avez fait ? s'écria l'un des deux gardes d'un ton accusateur. Vous avez éveillé Dame Jessica. »

Derrière eux, les grandes draperies se gonflaient, révélant que la porte était demeurée ouverte. Ni le Duc ni Yueh n'étaient visibles. Mapes, cependant, se tenait immobile à l'écart, regardant Idaho avec des yeux froids. Elle portait une longue robe brune festonnée d'un motif serpentin. Elle était chaussée de bottes du désert non lacées.

« Ainsi j'ai éveillé Dame Jessica », grommela Idaho. Il leva la tête vers le plafond et hurla : « C'est Grumman le premier qu'ait souillé mon épée ! »

Grande Mère ! Il est ivre ! se dit Jessica.

Le visage plein et mat d'Idaho était crispé. Il y avait de la poussière dans ses cheveux bouclés comme la toison d'un vieux bouc. Sa tunique déchirée laissait voir la chemise qu'il avait portée pour le dîner.

Jessica s'approcha de lui.

L'un des gardes inclina la tête sans lâcher Idaho.

« Nous ne savions pas quoi faire de lui, Ma Dame. Il a créé du désordre au-dehors ; il refusait de rentrer. Nous craignions que des gens le voient. Cela ne nous aurait pas fait bonne réputation. »

« Où est-il allé ? » demanda Jessica.

« Il a raccompagné l'une des jeunes demoiselles, Ma Dame. Sur les ordres de Hawat. »

« Quelle jeune demoiselle ? »

« L'une des filles de l'escorte. Vous comprenez, Ma Dame ? (L'homme jeta un coup d'œil à Mapes et baissa la voix.) C'est toujours à Idaho que l'on fait appel pour la surveillance des dames. »

Vraiment ! pensa Jessica. *Mais pourquoi est-il ivre ?*

Fronçant les sourcils, elle se tourna vers Mapes. « Mapes, apporte-lui un stimulant. Je suggère de la caféine. Peut-être reste-t-il encore un peu de café à l'épice. »

Mapes haussa les épaules et se dirigea vers les cuisines. Les lacets de ses bottes fouettaient le sol en cadence.

Péniblement, Idaho tourna la tête vers Jessica.

« ... tué plus d'trois cents hommes pour l'Duc, grommela-t-il. Vous v'lez savoir p'quoi j'suis là ? J'peux pas rester là-d'sous. Peux pas vivre dans l'sous-sol. Qu'est-ce que c'est qu'cet endroit, hein ? »

Jessica entendit s'ouvrir une porte sur l'un des côtés du Hall. Elle se retourna. Yueh s'approchait, sa trousse médicale à la main gauche. Il était habillé, pâle et semblait fatigué. Le losange scintillait à son front.

« C'bon docteur ! s'exclama Idaho. L'homme des pansements et des pilules ! (Il se tourna lourdement vers Jessica.) J'me conduis c'm'un idiot, pas vrai, hein ? »

Elle demeura silencieuse, l'expression sévère. Elle se demandait : *Pourquoi Idaho se saoulerait-il ? Est-ce qu'on l'aurait drogué ?*

« Trop de bière d'épice », grommela Idaho en essayant de se redresser.

Mapes revenait avec une tasse fumante. Elle s'arrêta derrière Yueh, indécise, regarda Jessica qui secoua la tête.

Yueh posa sa trousse sur le sol, salua Jessica d'une inclinaison du menton et dit : « De la bière d'épice, hein ? »

« L'pire truc qu'j'ai jamais avalé, dit Idaho. (Puis il fit une tentative pour se mettre au garde-à-vous.) C'est Grumman le premier qu'ait souillé mon épée ! Tué un Harkonn... Harkonn... Pour l'Duc. »

Yueh détourna la tête et regarda la tasse que tenait Mapes. « Qu'est-ce que c'est ? »

« Caféine », dit Jessica.

Yueh prit la tasse et la tendit à Idaho. « Buvez ça, mon garçon. »

« J'veux plus rien à boire ! »

« Buvez, je vous dis ! »

La tête d'Idaho ballotta vaguement. Il trébucha en avant, entraînant les gardes.

« J'n'ai par-dessus la tête d'faire selon l'bon plaisir d'l'Univers 'périal, doc. P'r une fois, on va faire comme je voudrai. »

« Quand vous aurez bu ça, dit Yueh. Ce n'est que du café. »

« 'si pourri que l'reste ! Et cette saleté d'soleil, trop brillant ! Rien qui a les vraies couleurs. Tout est d'formé et… »

« Bon, maintenant il fait nuit, dit Yueh d'une voix calme. Buvez ça comme un bon garçon. Vous vous sentirez mieux après »

« J'veux pas m'sentir mieux ! »

« Nous ne pouvons pas passer la nuit à discuter avec lui », intervint Jessica. Et elle pensa : *Il lui faut un traitement de choc.*

« Vous n'avez aucune raison de rester ici, Ma Dame, dit Yueh. Je puis m'en occuper seul. »

Elle secoua la tête. Puis elle s'avança et gifla Idaho à toute volée.

Il trébucha en arrière, toujours en entraînant les gardes et la foudroya du regard.

« On ne se conduit pas ainsi dans la demeure du Duc ! » lança Jessica. Elle saisit la tasse que tenait Yueh, renversant une partie du café, et la tendit à Idaho. « Et maintenant, buvez ! C'est un ordre ! »

Idaho sursauta, se redressa et la regarda. Lorsqu'il parla, ce fut d'une voix lente, en formant consciencieusement les mots : « Je ne reçois pas d'ordre d'une satanée espionne harkonnen. »

Yueh se raidit et se tourna vers Jessica.

Elle était devenue pâle mais elle hochait la tête, dans le même instant. Pour elle, tout devenait clair. Maintenant, elle pouvait relier les fragments de signification qu'elle avait discernés tout autour d'elle dans chaque parole, chaque geste, ces jours derniers. Et la colère qui se répandait tout à coup en elle était si forte qu'elle la retenait à grand-peine. Il lui fallut faire appel à ses ressources bene gesserit les plus profondes pour ralentir son pouls et calmer son souffle. Même ainsi, c'était encore comme un brasier en elle.

C'est toujours à Idaho que l'on fait appel pour la surveillance des dames !

Elle regarda Yueh. Il baissait les yeux.

« Vous saviez cela ? »

« J'ai… j'ai entendu des rumeurs, Ma Dame. Mais je ne voulais pas ajouter à votre fardeau. »

« Hawat ! lança-t-elle. Je veux que l'on m'amène immédiatement Thufir Hawat ! »

« Mais… Ma Dame !… »

« Immédiatement ! »

Ce doit être Hawat, songeait-elle. *Un tel soupçon ne peut provenir que de lui, autrement il eût été écarté.*

Idaho hocha la tête et bredouilla : « Y a fallu qu'je raconte toute c'te satanée histoire. »

Jessica, un instant, regarda la tasse entre ses mains puis, brusquement, lui en jeta le contenu au visage.

« Enfermez-le dans l'une des chambres d'hôte de l'aile est, ordonna-t-elle. Qu'il *dorme !* »

Les deux gardes la dévisagèrent d'un air sombre.

« Peut-être devrions-nous l'emmener ailleurs, Ma Dame, commença l'un d'eux. Nous pourrions… »

« C'est là qu'il est censé être ! Il a un travail à accomplir ! riposta Jessica, et sa voix était pleine d'amertume. Il est tellement doué pour surveiller les dames ! »

Le garde déglutit péniblement.

« Savez-vous où se trouve le Duc ? » demanda-t-elle.

« Au poste de commandement, Ma Dame. »

« Hawat est-il avec lui ? »

« Hawat est en ville, Ma Dame. »

« Vous allez me l'amener immédiatement. Je serai dans mon salon. »

« Mais, Ma Dame… »

« Si cela est nécessaire, j'appellerai le Duc. Mais j'espère que ce sera inutile. Je ne veux pas le déranger pour cela. »

« Oui, Ma Dame. »

Elle posa la tasse vide entre les mains de Mapes et rencontra le regard interrogateur de ses yeux bleus.

« Mapes, retournez vous coucher. »

« Vous êtes certaine que vous n'aurez pas besoin de moi ? »

Jessica eut un sourire dur. « J'en suis certaine. »

« Peut-être cela pourrait-il attendre à demain ? dit Yueh. Je peux vous donner un sédatif et… »

« Retournez à vos appartements et laissez-moi régler ceci à ma façon, dit-elle. (Elle lui tapota le bras pour tempérer l'âpreté de cet ordre.) C'est la seule manière. »

Abruptement, la tête droite, elle fit demi-tour et repartit vers sa chambre. Murailles froides, couloirs... porte familière... Elle ouvrit, entra, referma violemment. Ses yeux se posèrent sur les fenêtres du salon, les fenêtres protégées par des boucliers. *Hawat ! Est-ce donc lui que les Harkonnen ont acheté ? Nous allons bien voir.*

Elle alla jusqu'au fauteuil profond et ancien recouvert de peau de schlag brodée et le fit pivoter afin qu'il fût face à la porte. Elle eut soudain la conscience aiguë de la présence du krys dans son étui, contre sa jambe. Elle l'ôta et le fixa à son bras avant d'en éprouver le poids. Une fois encore, son regard courut par toute la pièce. Dans son esprit, chaque objet avait sa place précise en cas d'urgence. La chaise dans le coin, les sièges à dossier droit contre le mur, les tables basses, sa cithare sur piédestal près de la porte de la chambre.

Une pâle clarté rose émanait des lampes à suspenseurs. Elle en diminua encore l'intensité, s'assit dans le fauteuil et passa la main sur le revêtement. En cet instant, elle appréciait tout particulièrement le solide confort de ce siège.

Maintenant, qu'il vienne, se dit-elle. *Nous allons voir ce que nous allons voir.* Et elle se prépara à l'attente dans la Manière Bene Gesserit, accumulant la patience, réservant ses forces.

Plus tôt qu'elle ne s'y était attendue, on frappa à la porte et, sur son ordre, Hawat entra.

Elle l'examina sans quitter le fauteuil, décelant dans ses mouvements la présence vibrante d'une énergie due à la drogue, décelant aussi la fatigue en dessous. Les yeux anciens de Hawat brillaient. Sa peau tannée paraissait légèrement jaune dans la lumière. Sur sa manche, qui recouvrait son bras-couteau, apparaissait une large tache humide.

Jessica perçut l'odeur du sang.

Elle désigna l'une des chaises à dossier droit : « Asseyez-vous en face de moi. »

Il s'inclina et obéit. *Cet imbécile d'ivrogne d'Idaho !* pensa-t-il. Il examina le visage de Jessica, se demandant comment il pouvait encore sauver la situation.

« Il est grand temps de clarifier l'atmosphère entre nous », dit Jessica.

« Qu'est-ce qui trouble Ma Dame ? » Il avait placé les mains sur les genoux.

« Ne jouez pas ce jeu avec moi ! lança-t-elle. Si Yueh ne vous a pas révélé pourquoi je vous ai convoqué, un de vos espions dans cette demeure l'aura fait. Pouvons-nous être assez honnêtes l'un envers l'autre pour admettre cela ? »

« Comme vous le désirerez, Ma Dame. »

« D'abord, vous allez répondre à une question. Êtes-vous, en cet instant, un agent des Harkonnen ? »

Il se leva à demi, le visage assombri par la colère.

« Vous osez m'insulter de la sorte ? »

« Asseyez-vous. Vous aussi, vous avez osé. »

Lentement, il obéit.

Et Jessica, lisant les signes sur ce visage qu'elle connaissait si bien, exhala un long soupir. Ce n'était pas Hawat.

« Maintenant, dit-elle, je sais que vous demeurez fidèle à mon Duc. Je suis donc prête à vous pardonner cet affront. »

« Y a-t-il quelque chose à pardonner ? »

Elle fronça les sourcils. *Vais-je jouer mon atout ? Vais-je lui parler de cette fille que je porte en moi depuis plusieurs semaines ? Non… Leto lui-même ne sait rien. Cela ne ferait que lui compliquer l'existence, le distraire en un moment où il doit se concentrer sur notre survie. Il sera encore temps d'utiliser cela.*

« Une Diseuse de Vérité résoudrait ce problème, dit-elle, mais nous n'avons ici aucune Diseuse qualifiée par le Haut Conseil. »

« Comme vous le dites : nous n'avons pas de Diseuse de Vérité. »

« Y a-t-il un traître parmi nous ? J'ai étudié nos gens avec beaucoup de soin. Qui cela pourrait-il être ? Pas Gurney. Certainement pas Duncan. Leurs lieutenants *à eux* ne sont pas dans une position stratégique telle que l'on puisse s'y arrêter. Ce n'est pas vous non plus, Thufir. Ce ne peut être Paul. Je *sais* que ce n'est pas moi. Le docteur Yueh, alors ? Faut-il que je l'appelle et le soumette à un test ? »

« Vous savez que ce serait inutile, dit Hawat. Il est conditionné par le Haut Collège. *De cela*, je suis certain. »

« Sans parler de son épouse bene gesserit assassinée par les Harkonnen », dit Jessica.

« C'est donc ce qui lui est arrivé. »

« N'avez-vous jamais décelé la haine qui perce dans sa voix lorsqu'il parle des Harkonnen ? »

« Vous savez que je n'ai pas l'oreille. »

« Qu'est-ce qui a amené ce soupçon à mon égard ? »

Il se renfrogna. « Ma Dame met son serviteur dans une position impossible. Ma loyauté va tout d'abord au Duc. »

« Pour cette loyauté, je suis prête à pardonner beaucoup », dit Jessica.

« Mais à nouveau je vous demande : y a-t-il quelque chose à pardonner ? »

« Pat[1] ? » demanda-t-elle.

Hawat haussa les épaules.

« En ce cas, parlons d'autre chose pendant une minute. De Duncan Idaho, cet admirable combattant dont on estime tant les qualités de garde et de surveillant. Cette nuit, il s'est adonné à une boisson appelée bière d'épice. Des rapports m'ont appris que d'autres, parmi nos gens, avaient été victimes de cette mixture. Est-ce exact ? »

« Vous avez vos rapports, Ma Dame. »

« C'est vrai. Ne pensez-vous pas que ce soit un symptôme, Thufir ? »

« Ma Dame parle par énigmes. »

« Utilisez donc vos dons de Mentat ! Quel est le problème avec Duncan comme avec les autres ? Je vais vous le dire : ils n'ont pas de foyer. »

Il tendit l'index vers le sol. « Arrakis. Arrakis est leur foyer. »

« Arrakis est une inconnue ! Caladan était leur maison, mais nous les avons déracinés. Ils n'ont plus de foyer. Et ils craignent que le Duc ne les abandonne. »

Hawat se raidit. « Si un seul des hommes parlait ainsi… »

« Oh, assez, Thufir ! Est-ce un signe de trahison ou de défaitisme de la part d'un docteur que de diagnostiquer correctement une maladie ? Mon seul but est de la guérir, cette maladie. »

---

1. Figure d'échecs dans laquelle le roi, sans être mis en échec, se trouve immobilisé. *(N.d.T.)*

« Le Duc m'a confié cette mission. »

« Mais vous comprenez certainement que je me soucie du développement de cette maladie. Et peut-être me concéderez-vous certaines capacités dans ce domaine. »

Faut-il que je lui administre un choc ? se demandait-elle. *Il a besoin d'être secoué, afin d'abandonner la routine.*

« Le souci dont vous faites preuve pourrait être interprété de bien des façons », dit Hawat en haussant les épaules.

« Ainsi vous m'avez déjà condamnée ? »

« Que non, Ma Dame. Mais je ne puis me permettre de prendre le moindre risque dans la situation présente. »

« Une menace contre la vie de mon fils, dans cette demeure même, est passée inaperçue de vous, dit-elle. Qui a pris ce risque ? »

Le visage de Hawat devint sombre. « J'ai présenté ma démission au Duc. »

« Et à moi, ou à Paul ? »

Maintenant, il était ouvertement furieux. Son souffle rapide, ses narines dilatées, son regard fixe le trahissaient. Jessica discerna une veine qui frémissait sur sa tempe.

« J'appartiens au Duc », dit-il d'un ton âpre.

« Il n'y a pas de traître. La menace vient d'ailleurs. Peut-être est-elle en rapport avec ces lasers. Peut-être vont-ils prendre le risque d'introduire quelques lasers munis de dispositifs automatiques et braqués sur les boucliers de cette demeure. Peut-être qu'ils… »

« Mais après l'explosion, qui pourrait prouver qu'ils n'ont pas utilisé les atomiques ? Non, Ma Dame. Ils ne risqueraient rien d'aussi illégal. Les radiations subsistent. Les preuves sont difficiles à faire disparaître. Non. Ils observeront toutes les formes. Il s'agit certainement d'un traître. »

« Vous appartenez au Duc. Le détruiriez-vous dans vos efforts pour le sauver ? »

Il inspira profondément. « Si vous êtes innocente, je vous ferai mes plus plates excuses. »

« Parlons de vous, maintenant, Thufir, dit-elle. Les humains vivent mieux lorsque chacun d'eux est à sa place, lorsque chacun d'eux sait où il se situe dans le schéma des choses. Détruisez cette place, vous détruisez la personne. Vous et moi, Thufir, de tous ceux qui aiment le Duc, nous sommes les plus susceptibles de nous détruire mutuellement. Ne pourrais-je, une nuit prochaine, glisser à l'oreille du Duc les soupçons que j'ai à votre égard ? Et à quel moment y serait-il particulièrement sensible, Thufir ? Dois-je vous le faire comprendre plus clairement ? »

« Vous me menacez ? » gronda-t-il.

« Bien sûr que non. Je mets simplement en évidence le fait que quelqu'un, en ce moment, nous attaque en visant l'organisation même de nos existences. C'est habile, diabolique. Je vous propose de neutraliser cette attaque en disposant nos existences de telle façon que ne subsiste plus aucune faille par laquelle on puisse nous atteindre. »

« Vous m'accusez d'entretenir des soupçons sans fondement ? »

« Oui, sans fondement. »

« Les avez-vous comparés aux vôtres ? »

« C'est *votre* vie, Thufir, qui est faite de soupçons, et non la mienne. »

« Vous mettez donc en doute mes capacités ? »

Elle soupira. « Thufir, je voudrais que vous considériez la part de vos émotions personnelles qui participent à ceci. L'humain *naturel* est un animal dépourvu de logique. Votre projection de la logique dans *tous* les problèmes *n'est pas naturelle* mais elle persiste à cause de son utilité. Vous êtes la personnalisation de la logique, vous êtes un Mentat. Pourtant, vos solutions sont des concepts qui, d'une manière très réelle, sont projetés hors de vous et qui demandent à être étudiés, inspectés, examinés sous tous les angles. »

« Vous entendez m'apprendre mon rôle ? » demanda-t-il, sans chercher à dissimuler le mépris dans sa voix.

« Vous pouvez appliquer votre logique à tout ce qui est hors de vous, poursuivit-elle, mais c'est une caractéristique humaine que, lorsque nous affrontons des problèmes personnels, ce sont justement ces choses profondément intimes qui résistent le plus à l'examen de la logique. Nous avons alors tendance à nous empêtrer, à nous en prendre à tout sauf à la chose bien réelle et profondément enracinée qui est notre véritable but. »

« Vous essayez délibérément de me faire douter de mes pouvoirs de Mentat, dit-il d'un ton âpre. Si je venais à découvrir quiconque parmi nos gens essayant de saboter ainsi l'une de nos armes, je n'hésiterais pas à le dénoncer et à le détruire. »

« Les meilleurs des Mentats conservent un respect très sain pour le facteur d'erreur dans leurs calculs. »

« Je n'ai jamais prétendu le contraire ! »

« Alors penchez-vous sur ces symptômes que nous avons tous deux relevés : des hommes pris de boisson, des querelles... Ils bavardent, ils colportent de vagues rumeurs sur Arrakis et ignorent les plus simples... »

« Ils s'ennuient, c'est tout. N'essayez pas de détourner mon attention en me présentant un fait banal comme mystérieux. »

Elle le contemplait et elle songeait à tous les hommes qui, dans leurs quartiers, ruminaient leurs griefs jusqu'à ce que l'atmosphère en soit toute chargée, étouffante. *Ils deviennent comme les hommes des légendes d'avant la Guilde. Comme les hommes du chercheur d'étoiles disparu, Ampoliros. Ils sont malades à force de serrer leurs armes, à force de chercher, toujours. Toujours préparés et jamais prêts.*

« Pourquoi n'avez-vous jamais utilisé mes capacités pour servir le Duc ? demanda-t-elle. Craignez-vous une rivale à votre niveau ? »

Il la foudroya du regard de ses yeux anciens. « Je connais en partie l'entraînement que le Bene Gesserit donne à ses... » Il se tut.

« Continuez, dites-le. Ses *sorcières*. »

« Je connais la formation *réelle* que l'on vous donne. Je l'ai vue percer chez Paul. Je ne me laisse pas abuser par ce que votre École déclare au public, que vous n'existez que pour servir. »

Il faut que le choc soit violent, pensa-t-elle, *et il sera bientôt prêt.*

« Lors des sessions du Conseil, vous m'écoutez avec respect. Pourtant, vous tenez rarement compte de mon opinion. Pourquoi ? »

« Je n'ai aucune confiance envers vos motivations bene gesserit. Il se peut que vous pensiez pouvoir regarder au travers d'un homme ; il se peut aussi que vous pensiez faire accomplir à un homme exactement ce qu'il... »

« Thufir ! Pauvre imbécile ! »

Il fronça les sourcils et se rejeta au fond de son siège.

« Quelles que soient les rumeurs qui vous soient parvenues à propos de l'École, dit Jessica, la vérité est encore plus vaste. Si je désirais détruire le Duc… ou vous, ou toute autre personne à ma portée, nul ne pourrait m'en empêcher. »

Pourquoi l'orgueil m'arrache-t-il de telles paroles ? pensa-t-elle aussitôt. *Ce n'est pas là ce que l'on m'a enseigné. Ce n'est pas ainsi que je puis lui causer un choc.*

Hawat glissa une main sous sa tunique, là où il dissimulait en permanence un minuscule projecteur de dards empoisonnés. *Elle ne porte pas de bouclier*, se dit-il. *Par bravade ? Je pourrais la frapper maintenant… mais, oui… quelles seraient les conséquences si jamais je me trompe ?*

Jessica avait noté son geste et elle dit : « Prions pour que jamais la violence ne soit nécessaire entre nous. »

« Louable prière. »

« Mais, pendant ce temps, le mal ne fait que s'étendre parmi nous. Je vous le demande encore une fois : n'est-il pas plus raisonnable de penser que les Harkonnen ont fait naître ce soupçon afin de nous dresser l'un contre l'autre ? »

« Il semble que nous en soyons revenus au pat », dit-il.

Elle soupira et songea : *Il est presque prêt.*

« Le Duc et moi sommes le père et la mère, les tuteurs de notre peuple, dit-elle. La position… »

« Il ne vous a pas encore épousée. »

Elle s'efforça au calme. *Une bonne riposte.*

« Mais il n'épousera personne d'autre. Aussi longtemps que je vivrai. Et nous sommes les tuteurs, je vous l'ai dit. Briser cet ordre naturel, déranger, semer le désordre… n'est-ce pas la cible la plus évidente pour les Harkonnen ? »

Il sentit dans quelle direction elle l'entraînait et il se pencha, fronçant les sourcils.

« Le Duc ? reprit-elle. Une cible tentante, certes, mais nul n'est mieux gardé, si ce n'est Paul. Moi ? Oui, certainement, mais ils savent bien que les Bene Gesserit ne constituent pas des cibles faciles. Il en existe une meilleure, une cible dont les fonctions, nécessairement, créent une monstrueuse tache aveugle. Un personnage pour qui soupçonner est aussi naturel que respirer. Qui construit toute sa vie sur l'insinuation et le mystère. (Elle tendit brusquement la main.) Vous ! »

Il se leva à demi.

« Je ne vous ai pas dit de vous retirer, Thufir ! » lança-t-elle.

Le vieux Mentat retomba presque en arrière. Soudain, ses muscles l'avaient trahi.

Elle sourit sans joie.

« Ainsi, vous connaissez la *véritable* formation que l'on nous donne », dit-elle.

Il avait la gorge sèche. Le ton de Jessica avait été péremptoire, royal, irrésistible. C'était comme si le corps de Hawat avait obéi avant même que son cerveau ait perçu l'ordre. Et rien n'avait pu empêcher cela, ni logique ni fureur... rien. Ce qu'elle venait de faire là révélait une connaissance intime, sensible de l'homme qu'elle avait ainsi neutralisé, un contrôle total que jamais il n'aurait cru possible.

« Je vous ai dit auparavant que nous devrions nous comprendre. Je voulais dire par là que vous devriez me comprendre *moi*. Pour ma part, je vous ai déjà compris. Je vous le dis maintenant : votre loyauté envers le Duc est toute la garantie que vous avez à mes yeux. »

Il la regarda et sa langue vint humecter ses lèvres.

« Si tel était mon caprice, le Duc m'épouserait, reprit-elle. Et il penserait même l'avoir fait de sa propre volonté. »

Hawat baissa la tête mais il continua de la regarder entre ses cils. Seul un contrôle absolument rigide sur lui-même l'empêchait d'appeler la garde. Un contrôle, et le fait qu'il pensait maintenant que cette femme ne lui permettrait pas de le faire. En se rappelant la manière dont elle l'avait maîtrisé, des frissons couraient sur sa peau. Dans l'instant même où il avait hésité, elle aurait pu brandir une arme et le tuer !

Tout être humain recèle-t-il donc cette tache aveugle ? Est-il possible que chacun de nous puisse être manipulé sans pouvoir résister ? Cette idée l'ébranlait. Qui pourrait venir à bout de quelqu'un d'aussi puissant ?

« Vous avez entrevu le poing sous le gant bene gesserit, dit Jessica. Bien peu, après cela, ont survécu. Pourtant ce que j'ai fait était relativement simple. Vous n'avez pas encore découvert tout mon arsenal. Songez-y. »

« Pourquoi n'allez-vous pas détruire les ennemis du Duc ? »

« Moi, détruire ? Et donner de mon Duc l'image d'un homme faible ? Le forcer à dépendre de moi à jamais ? »

« Mais, avec de tels pouvoirs... »

« Ce pouvoir est une arme à double tranchant, Thufir. Vous songez en cet instant : comme il doit lui être facile de façonner un outil humain pour frapper les œuvres vives de l'ennemi… C'est vrai, Thufir. Je pourrais même vous frapper, vous. Pourtant, qu'accomplirais-je en cela ? Si certaines Bene Gesserit se permettaient cela, toutes les Bene Gesserit ne seraient-elles pas suspectes ? Et nous ne le voulons pas, Thufir. Nous ne désirons pas nous détruire nous-mêmes. (Elle hocha la tête.) Oui, en vérité, nous n'existons que pour servir. »

« Je ne puis vous répondre, dit-il. Vous savez que je ne le puis. »

« Vous ne direz rien de ce qui s'est passé ici. Rien à personne. Je vous connais, Thufir. »

« Ma Dame… » À nouveau, il eut du mal à avaler sa salive. Sa gorge était desséchée. Il pensa : *Oui, elle a des pouvoirs immenses. Et ceux-ci ne feraient-ils pas d'elle l'outil idéal pour les Harkonnen ?*

« Le Duc pourrait être détruit aussi rapidement par ses amis que par ses ennemis, dit-elle. J'espère maintenant que vous allez balayer toute trace de ces soupçons. »

« S'ils se révèlent sans fondement. »

« *Si.* »

« Si », répéta-t-il.

« Vous êtes tenace. »

« Prudent, et conscient de la marge d'erreur possible. »

« En ce cas, je vais vous poser une autre question : Que pensez-vous, réduit à l'impuissance devant un autre humain qui pointe un couteau sur votre gorge puis qui, plutôt que de vous égorger, vous libère de vos liens et vous tend son couteau pour vous en servir à votre gré ? »

Elle se leva et lui tourna le dos. « Vous pouvez disposer, maintenant, Thufir. »

Le vieux Mentat se redressa, hésita. Ses mains esquissèrent un geste vers l'arme dissimulée sous sa tunique. Il pensait au taureau et au père du Duc qui avait été brave en dépit de ses autres failles. Il pensait au jour lointain de cette corrida, à la bête noire, redoutable, immobile, tête baissée, déconcertée. Le Vieux Duc avait tourné le dos aux cornes. La cape flamboyait sur son bras. Les acclamations montaient des gradins.

Je suis le taureau. Elle est le matador, se dit-il. Sa main s'écarta de l'arme. La sueur brillait dans sa paume.

Il sut alors que, quel que soit le tour que prendraient les choses, il n'oublierait jamais ce moment et ne perdrait rien de l'admiration suprême qu'il éprouvait pour cette femme.

Lentement, il quitta la pièce.

Le regard de Jessica se détourna enfin du reflet dans les fenêtres et se fixa sur la porte close.

« Maintenant, nous allons voir ce qu'il convient de faire », murmura-t-elle.

Lutter avec des rêves
Ou contenir des ombres ?
Et marcher dans l'ombre d'un sommeil ?
Le temps s'est écoulé
Et la vie fut volée.
Tu remues des vétilles
Victime de ta folie.

Chant pour Jamis sur la Plaine Funèbre
extrait des Chants de Muad'Dib,
par la Princesse Irulan.

À LA CLARTÉ D'UNE UNIQUE LAMPE À SUSPENSEUR, LETO prenait connaissance d'une note. L'aube n'était née que quelques heures auparavant mais il sentait déjà la fatigue. La note avait été remise aux gardes extérieurs par un messager fremen peu avant qu'il ne gagne son poste de commandement. Elle disait : « Au jour, une colonne de fumée, à la nuit, un pilier de feu. » Il n'y avait pas de signature.

Qu'est-ce que cela veut dire ? se demanda-t-il.

Le messager était immédiatement reparti, sans attendre de réponse et avant qu'on ait pu l'interroger. Il avait disparu dans la nuit telle une ombre, une fumée.

Leto glissa le papier dans la poche de sa tunique. Il le montrerait à Hawat. Il rejeta une mèche de cheveux de son front et eut un soupir. L'effet des pilules antifatigue commençait à s'estomper. La réception remontait à deux jours et il y avait plus longtemps encore qu'il n'avait dormi.

La pénible discussion avec Hawat et le rapport qu'il lui avait fait de son entrevue avec Jessica avaient dominé tous les problèmes militaires.

Faut-il que j'éveille Jessica ? se demanda-t-il. *Je n'ai plus aucune raison de poursuivre ce jeu du secret avec elle. Non ? Maudit soit ce satané Duncan !* Il secoua la tête. *Non, pas Duncan. J'ai commis une erreur en ne me confiant pas à Jessica dès le premier instant. Il faut que je le fasse maintenant, avant que plus de mal ne soit fait.*

Cette décision le rasséréna et il s'éloigna de la cheminée, traversa le Grand Hall et suivit les couloirs menant aux appartements familiaux. À l'intersection du couloir de service, il s'arrêta. Il avait perçu un étrange gémissement. Sa main gauche se posa sur le contact de sa ceinture-bouclier, le kindjal glissa dans sa paume droite et il en éprouva une assurance nouvelle. L'étrange son l'avait littéralement glacé. Doucement, il s'engagea dans le couloir de service, tout en maudissant la faible clarté qui régnait là. Les suspenseurs les plus petits avaient été placés au long du couloir à huit mètres d'intervalle les uns des autres et réglés au plus faible niveau. Les murs sombres semblaient boire l'infime lumière qu'ils répandaient.

Dans la pénombre, devant lui, Leto distingua une forme pâle. Il hésita, prêt à activer son bouclier. Mais cela limiterait ses mouvements, étoufferait les sons... et la capture de la cargaison de lasers l'avait empli de doutes.

Silencieusement, il progressa en direction de la forme pâle, qui était une silhouette humaine, celle d'un homme, face contre terre. Leto le retourna du pied tout en brandissant son couteau. Puis il se pencha dans la pâle clarté. C'était Tuek, le contrebandier. Il avait une tache humide sur la poitrine. Ses yeux morts étaient sombres et vides. Leto toucha la tache... Elle était encore tiède.

Pourquoi l'a-t-on tué ici ? se demanda le Duc. *Et qui l'a tué ?*

Le gémissement étrange était encore plus fort ici. Il venait du passage latéral qui conduisait à la pièce centrale où avait été installé le générateur principal du bouclier de la maison.

La main sur le contact de sa ceinture, le kindjal pointé, le Duc contourna le corps, s'avança dans le passage et regarda en direction du générateur. Une autre forme pâle était allongée sur le sol, à quelques pas. Elle gémissait et se mit à ramper vers lui avec une lenteur douloureuse, en haletant, en geignant.

Leto réprima une soudaine frayeur, bondit dans le passage et s'accroupit à côté de la forme rampante. C'était Mapes, la gouvernante fremen. Sa chevelure lui retombait sur le visage et ses effets étaient en désordre. Une trace sombre et brillante apparaissait sur sa poitrine. Leto mit la main sur son épaule et elle se redressa, prenant appui sur ses coudes, levant la tête vers lui, les yeux pleins d'ombre.

« ... vous... haleta-t-elle... Tué... garde... envoyé... chercher... Tuek... enfui... M'Dame... vous... vous... ici... non... » Elle retomba en avant et sa tête résonna sur le sol de pierre.

Les doigts de Leto cherchèrent le pouls à ses tempes. Il n'y en avait plus. Il examina la trace sombre du sang. Elle avait été frappée dans le dos. Par qui ? Ses pensées s'accéléraient. Voulait-elle dire que quelqu'un avait tué le garde ? Et Tuek... Jessica l'avait-elle fait mander ? Pourquoi ?

Il allait se redresser. Un sixième sens l'avertit. Il porta la main au contact de sa ceinture-bouclier. Trop tard. Un coup violent rejeta son bras en arrière. La douleur jaillit et il vit l'aiguille plantée dans sa manche. La paralysie commença à se répandre. Il fit un terrible effort pour lever la tête et regarder vers l'extrémité du passage.

Yueh se tenait sur le seuil de la pièce du générateur. Son visage était jaune dans la clarté d'un suspenseur flottant au-dessus de la porte. Derrière lui, il n'y avait que le silence. Aucun bruit de générateur.

Yueh ! pensa le Duc. *Il a tout saboté ! Nous sommes à découvert !*

Yueh s'avança vers lui tout en remettant son pistolet à aiguilles dans sa poche.

Leto découvrit qu'il lui était encore possible de parler et il dit, haletant : « Yueh ! Comment ? » Puis la paralysie gagna ses jambes et il glissa sur le sol, le dos appuyé au mur.

Yueh se pencha sur lui et son visage avait une expression de tristesse. Il lui toucha le front et Leto ne perçut qu'à peine le contact de ce doigt.

« Le poison de cette aiguille est sélectif. Vous pouvez parler, mais je vous conseille de ne pas le faire. » Un instant, il leva la tête et son regard fouilla la pénombre, puis il se pencha de nouveau sur Leto. Il arracha l'aiguille de son bras et la jeta. Elle fit sur le sol de pierre un bruit qui parut au Duc très lointain, étouffé.

Cela ne peut être Yueh, songeait-il. *Il est conditionné.*

« Comment ? » chuchota-t-il

« Je suis désolé, mon cher Duc, mais il est des choses plus importantes que cela. (Il porta la main au tatouage en losange qui ornait son front.) Moi-même, je trouve cela très étrange – une manifestation de ma conscience pyrétique, sans doute –, mais je veux tuer un homme. Oui, je le veux vraiment. Et rien ne m'arrêtera. »

Il contempla le Duc.

« Oh, non, pas vous, mon cher Duc. Le baron Harkonnen. C'est le Baron que je veux tuer. »

« Le Bar... »

« Du calme, je vous en prie, mon pauvre Duc. Il ne vous reste que peu de temps. Cette dent que je vous ai implantée après votre chute à Narcal. Cette dent... il faut que je la remplace. Dans un instant, je vais vous rendre inconscient et je la remplacerai. (Il ouvrit la main et contempla quelque chose, au creux de sa paume.) Une copie fidèle. Le nerf, au centre, semble authentique. Cela devrait échapper à tous les détecteurs habituels et même à un examen profond. Si vous claquez violemment la mâchoire, la surface craque et, en soufflant très fort, vous rejetez un gaz mortel, absolument mortel. »

Leto regarda Yueh et il lut la folie dans ses yeux, il vit la sueur qui perlait sur ses sourcils et son menton.

« Vous êtes condamné, de toute façon, mon pauvre Duc. Mais, avant de mourir, vous approcherez le Baron. Il croira que vous êtes sous l'influence de drogues si puissantes que toute attaque de votre part est impossible. Et vous serez effectivement drogué et neutralisé. Mais une attaque peut prendre bien des formes étranges. Et vous n'oublierez pas la dent. La *dent*, duc Leto Atréides. Vous n'oublierez pas la dent. »

Le vieux docteur se pencha un peu plus et sa moustache emplit tout le champ de la vision défaillante du Duc.

« La dent », murmura Yueh.

« Pourquoi ? » souffla Leto.

Yueh mit un genou en terre. « J'ai conclu un Pacte de Shaitan avec le Baron. Et il faut que je m'assure qu'il a bien rempli ses engagements. En le voyant, je le saurai. Lorsque je regarderai le Baron, *je saurai.* Mais je ne puis être mis en sa présence sans payer le prix. Et vous êtes ce prix, mon pauvre Duc. Et quand je le verrai, je saurai. Ma malheureuse Wanna m'a appris bien des choses et l'une d'elles est la certitude de la vérité lorsque la tension est forte. Je ne réussis pas cela constamment mais, quand je verrai le Baron, alors… *je saurai.* »

Leto essaya de voir la dent dans la paume de Yueh. Tout cela se passait dans un cauchemar. Ce ne pouvait être réel.

Les lèvres violettes du docteur dessinèrent une grimace. « Je ne serai pas assez proche du Baron, autrement j'aurais fait cela moi-même. Non, il restera à prudente distance. Mais vous… Ah, vous, mon arme adorée ! Il voudra vous voir de près. Pour se gausser de vous, pour jouir de vous, un peu. »

Leto était presque hypnotisé par le muscle qui se contractait sans cesse sur la joue gauche de Yueh tandis qu'il parlait.

Le docteur se rapprocha encore. « Et vous, mon cher, mon précieux Duc, vous n'oublierez pas la dent. (Il la lui montra, entre le pouce et l'index.) Elle sera tout ce qui restera de vous. »

La bouche de Leto s'ouvrit sans émettre le moindre son, puis il parvint à souffler : « … refuse. »

« Mais non ! Vous ne pouvez refuser. Parce que, pour ce petit service, je vais faire quelque chose pour vous à mon tour. Je vais sauver votre fils et votre femme. Nul autre que moi ne le peut. Ils seront conduits en un lieu où aucun Harkonnen ne pourra les atteindre. »

« Comment… les… sauver ? » souffla Leto.

« En faisant croire à leur mort, en les entourant de gens qui tirent leur couteau au seul nom de Harkonnen, qui brûlent les sièges où les Harkonnen se sont assis, qui lavent le sol que les Harkonnen ont foulé. (Il toucha la mâchoire de Leto.) Sentez-vous quelque chose ? »

Le Duc s'aperçut qu'il ne pouvait répondre. Il sentit un mouvement, une pression et il vit l'anneau ducal dans la main de Yueh.

« Pour Paul, dit le docteur. Maintenant, vous allez être inconscient. Au revoir, mon pauvre Duc. Lorsque nous nous reverrons, nous n'aurons pas le temps de converser. »

Le froid montait dans la tête de Leto, de sa mâchoire, il gagnait ses joues. L'ombre parut se resserrer tout autour des lèvres violettes de Yueh qui chuchotait : « La dent ! N'oubliez pas la dent ! La dent ! »

Il devrait exister une science de la contrariété. Les gens ont besoin d'épreuves difficiles et d'oppression pour développer leurs muscles psychiques.

Extrait de Les Dits de Muad'Dib,
par la Princesse Irulan.

JESSICA S'ÉVEILLA DANS L'OBSCURITÉ ET LE SILENCE FIT NAÎTRE en elle une prémonition. Elle ne comprenait pas pour quelle raison son corps et son esprit étaient si lents. La peur courut au long de ses nerfs. Elle pensa qu'il lui fallait s'asseoir, allumer, mais quelque chose s'opposait à cette décision. Sa bouche était... bizarre.

Doum-doum-doum-doum !

Le son était étouffé. Il venait de nulle part, du fond de l'obscurité.

Un moment d'attente, lourd de temps, empli de mouvements, de bruissements.

Elle commença à percevoir son corps, les pressions sur ses chevilles, ses poignets. Un bâillon sur sa bouche. Elle était étendue sur le côté, les mains liées dans le dos. Elle tira sur les liens. De la fibre de krimskell. Leur étreinte ne ferait que se resserrer à chacun de ses mouvements.

Maintenant, elle se souvenait.

Dans l'obscurité de sa chambre, il y avait eu un mouvement. Quelque chose d'humide et de mou avait été pressé contre son visage, jusqu'à lui emplir la bouche. Elle avait tendu les mains, essayé d'arracher la chose. Elle avait aspiré, une fois, et décelé le narcotique. Sa conscience avait diminué, très vite, la plongeant dans un bain noir de terreur.

C'est arrivé, pensa-t-elle. *Comme il lui a été simple de venir à bout d'une Bene Gesserit ! La trahison a suffi. Hawat avait raison.*

Elle lutta pour ne pas tirer sur ses liens.

Ce n'est pas ma chambre, pensa-t-elle. *Ils m'ont emmenée ailleurs.*

Lentement, elle rétablit le calme en elle-même.

Elle prit conscience de l'odeur de sa propre sueur, de l'émanation chimique de la peur.

Où est Paul ? Mon fils... que lui ont-ils fait ?

Calme.

Elle lutta pour le calme, se servant des vieux enseignements.

Mais la terreur demeurait si proche.

Leto ? Où es-tu, Leto ?

L'obscurité diminuait. Il y eut des ombres, d'abord. Les dimensions furent marquées et devinrent autant d'aiguilles de perception. Blanc. Une ligne sous une porte.

Je suis sur le sol.

On marchait. Elle décelait les pas dans le sol. Elle repoussa le souvenir de la terreur. *Je dois rester calme, éveillée, prête. Je n'aurai peut-être qu'une seule chance.*

À nouveau, le calme intérieur.

Les battements de son cœur ralentirent, devinrent réguliers, prirent un rythme. Elle se mit à compter à rebours. Elle pensa : *J'ai été inconsciente environ une heure*. Elle ferma les yeux, focalisa toute sa perception sur les pas qui approchaient.

Quatre personnes.

Elle décelait la différence de leurs démarches.

Je dois feindre l'inconscience. Sur le sol froid, elle se détendit, vérifia l'éveil de tout son corps. Une porte s'ouvrit. Elle devina la lumière au travers de ses paupières closes.

Des pas, plus proches. Quelqu'un se penchait sur elle.

« Vous êtes éveillée, dit une voix de basse. N'essayez pas de feindre. »

Elle ouvrit les yeux.

Le baron Vladimir Harkonnen se dressait au-dessus d'elle. Derrière lui, tout autour, elle reconnut la cave où Paul avait dormi, elle vit la couche, vide. Des gardes arrivaient avec des lampes à suspenseurs qu'ils placèrent près du seuil. Dans le hall, au-delà, régnait une lumière vive qui lui blessa la vue.

Elle regarda le Baron. Il portait une cape jaune déformée par des suspenseurs portatifs. Sous ses yeux noirs d'araignée, il avait les grosses joues d'un chérubin.

« L'effet de la drogue a été calculé avec précision, reprit-il. Nous savions exactement à quelle minute vous deviez vous éveiller. »

Comment est-ce possible ? pensa-t-elle. *Il leur faudrait connaître mon poids exact, mon métabolisme, mon... Yueh !*

« Quel dommage que vous deviez rester bâillonnée ! dit le Baron. Nous pourrions avoir une conversation fort intéressante. »

Yueh est le seul possible, songeait Jessica. *Mais comment ?*

Le Baron se tourna vers le seuil. « Entre, Piter. »

Elle n'avait encore jamais vu l'homme qui entrait et qui vint se placer à côté du Baron. Pourtant, son visage lui était connu... et son nom : *Piter de Vries, l'Assassin-Mentat.* Elle l'examina. Des traits de faucon, des yeux d'un bleu d'encre qui suggéraient qu'il était natif d'Arrakis. Mais les détails subtils de son maintien et de ses gestes démentaient cette idée. Et il y avait trop d'eau dans sa chair ferme. Il était grand, élancé, avec quelque chose d'efféminé.

« Vraiment dommage que nous ne puissions avoir cette conversation, reprit le Baron. Mais, ma chère Dame Jessica, je connais vos possibilités. (Il jeta un coup d'œil au Mentat.) N'est-ce pas, Piter ? »

« Comme vous le dites, Baron. »

La voix était celle d'un ténor. Elle répandit une soudaine froideur au long des nerfs de Jessica. Jamais elle n'avait entendu une voix aussi glacée. Pour une Bene Gesserit, c'était comme si Piter avait hurlé *Tueur !*

« J'ai une surprise pour Piter, reprit le Baron. Il pense être venu ici pour percevoir sa récompense, vous, Dame Jessica. Mais je souhaite démontrer une chose : qu'il ne vous désire pas vraiment. »

« Vous jouez avec moi, Baron ? » demanda Piter en souriant.

En voyant ce sourire, Jessica se demanda comment le Baron pouvait ne pas se défendre immédiatement contre les atteintes du Mentat. Puis elle comprit qu'il ne pouvait lire ce sourire. Il n'avait pas reçu l'Éducation.

« De bien des façons, Piter est particulièrement naïf. Il ne parvient pas à saisir le danger mortel que vous représentez, Dame Jessica. Je le lui montrerais bien, mais ce serait prendre un risque inconsidéré. (Le Baron eut un sourire à l'adresse de son Mentat, dont le visage était devenu le masque de l'attente.) Je sais ce que Piter désire vraiment. Il désire le pouvoir. »

« Vous m'avez promis que je l'aurais, *elle* », dit Piter. Et sa voix de ténor avait perdu un peu de sa froideur.

Jessica avait lu les tonalités clés dans ses paroles et elle eut un frisson intérieur. *Comment le Baron avait-il pu faire d'un Mentat cet animal ?*

« Je t'offre un choix, Piter », dit le Baron.

« Quel choix ? »

Le Baron fit claquer ses gros doigts. « Cette femme et l'exil loin de l'Imperium ou le duché des Atréides sur Arrakis pour y régner en mon nom et à ton gré. »

Les yeux d'araignée du Baron ne quittaient pas le visage du Mentat.

« Ici, sans en avoir le titre, tu pourrais être Duc », ajouta-t-il.

Mon Leto serait donc mort ? se dit Jessica. Quelque part, tout au fond d'elle, elle se mit à gémir.

Le Baron observait toujours le Mentat. « Comprends-toi, Piter. Tu la veux parce qu'elle est la femme d'un Duc, le symbole de sa puissance. Elle est belle, utile, parfaitement entraînée à son rôle. Mais tout un duché, Piter ! Voilà qui est mieux qu'un symbole. Une réalité. Avec cela, tu pourrais avoir bien des femmes... et plus encore. »

« Vous ne vous moquez pas de Piter ? »

Le Baron se retourna avec cette légèreté de danseur due aux suspenseurs. « Me moquer ? Moi ? Souviens-toi : j'abandonne l'enfant. Tu as entendu ce que le traître a dit de son éducation. Ils sont pareils, la mère et le fils ; mortellement dangereux. (Il sourit.) Maintenant, je dois m'en aller. Je vais appeler le garde que j'ai conservé pour cette occasion. Il est totalement sourd. Ses ordres sont de t'accompagner durant une partie de ton voyage d'exil. S'il s'aperçoit que cette femme te contrôle, il la supprimera. Il ne te permettra pas de lui retirer son bâillon jusqu'à ce que tu sois très loin d'Arrakis. Mais si tu choisis de ne pas partir… il a d'autres ordres. »

« Il est inutile de quitter cette pièce, dit Piter. J'ai choisi. »

« Ah, ah ! Une décision aussi rapide ne peut signifier qu'une chose. »

« Je prends le duché. »

Ne sait-il pas que le Baron lui ment ? songea Jessica. *Mais… comment le pourrait-il donc ? Ce n'est qu'un Mentat dégénéré.*

Le regard du Baron s'était porté sur elle.

« N'est-il pas merveilleux que je connaisse à ce point Piter ? J'avais fait le pari avec mon Maître d'Armes qu'il accepterait ce choix. Ah ! Bien, je m'en vais à présent. Ceci est bien mieux. Bien mieux. Vous comprenez, Dame Jessica ? Je n'ai aucune rancune à votre égard. C'est une nécessité. C'est bien mieux ainsi. Oui. Je n'ai pas ordonné *vraiment* que vous soyez supprimée. Lorsque l'on me demandera ce qu'il est advenu de vous, je pourrai hausser les épaules en toute vérité. »

« Vous me laissez donc cela ? » demanda Piter.

« Le garde que je t'envoie prendra tes ordres. Quels qu'ils soient. Tu es seul juge. (Il fixa son regard sur le Mentat.) Oui. Je n'aurai pas de sang sur les mains. Ce sera ta décision. Oui. Je ne veux plus rien savoir de tout ceci. Tu attendras mon départ avant de faire ce que tu dois faire. Oui… Bien… Ah, oui, très bien. »

Il craint les questions d'une Diseuse de Vérité, pensa Jessica. *Qui ? Ah, mais la Révérende Mère Gaius Helen M., bien sûr ! S'il sait qu'il devra répondre à ses questions, alors c'est que l'Empereur est mêlé à cela. Certainement. Mon pauvre Leto !*

Il lui accorda un dernier regard, puis se dirigea vers la porte. En le suivant des yeux, elle pensa : *La Révérende Mère m'avait avertie : c'est un adversaire trop puissant.*

Deux soldats harkonnens firent leur entrée. Un troisième se plaça sur le seuil. Il brandissait un laser et son visage n'était qu'un masque de cicatrices.

Celui qui est sourd, pensa Jessica. *Le Baron sait que je pourrais utiliser la Voix.*

Le soldat aux cicatrices regarda le Mentat. « Le garçon est sur une litière, dehors. Quels sont vos ordres ? »

Piter s'adressa à Jessica : « Je pensais vous neutraliser en menaçant votre fils, mais je commence à comprendre que cela n'aurait pas été efficace. Je laisse l'émotion prendre le pas sur la raison. Attitude néfaste pour un Mentat. (Il se tourna vers les deux premiers soldats mais le troisième, le sourd, pouvait lire sur ses lèvres.) Emmenez-les dans le désert ainsi que le suggérait le traître pour le garçon. Son plan est habile. Les vers détruiront toute trace, on ne retrouvera jamais leurs corps. »

« Vous ne souhaitez pas les liquider vous-même ? » demanda l'homme aux cicatrices.

Il lit bien sur les lèvres, se dit Jessica.

« Je suis l'exemple de mon Baron, dit le Mentat. Conduisez-les là où le traître disait de les conduire. »

Jessica décela le sévère contrôle mentat dans sa voix et elle songea : *Lui aussi craint une Diseuse.*

Piter haussa les épaules, se retourna et gagna le seuil. Là, il hésita et elle crut qu'il allait se retourner pour la regarder une ultime fois. Mais il partit.

« Moi, je ne voudrais pas affronter cette Diseuse de Vérité après cette nuit », dit l'homme aux cicatrices.

« T'as aucune chance de tomber sur la vieille sorcière, dit l'un des soldats en contournant la tête de Jessica et en se penchant sur elle. On ne risque pas de faire notre travail en restant là à bavarder. Prends-la par les pieds et… »

« Pourquoi on les tue pas ici ? » demanda le sourd.

« Ce serait du sale travail. À moins que tu ne veuilles les étrangler. Moi, j'aime les choses bien nettes. On va les larguer dans le désert comme l'a dit le traître, on les frappera une fois ou deux et on laissera faire les vers. Après, il n'y aura rien à nettoyer. »

« Oui… Oui, je pense que t'as raison. »

Jessica écoutait, observait, enregistrait. Mais le bâillon lui interdisait toujours d'utiliser la Voix. Et puis, il y avait le sourd.

Le balafré rengaina son laser et la saisit par les pieds. Les deux hommes la soulevèrent comme un sac de grains, lui firent franchir le seuil et la posèrent sur une litière à suspenseurs où se trouvait déjà une autre forme ligotée. En se tournant pour s'adapter à la forme de la litière, elle découvrit le visage de Paul. Il était attaché comme elle mais n'avait pas de bâillon. Il n'était pas à plus de dix centimètres d'elle. Ses yeux étaient clos et son souffle irrégulier.

Est-il drogué ? se demanda-t-elle.

Les soldats soulevèrent la litière et les paupières de Paul s'entrouvrirent pendant une ultime fraction de seconde. Deux fentes noires la regardèrent.

Il ne faut pas qu'il utilise la Voix ! supplia-t-elle intérieurement. *Pas la Voix ! Il y a le garde sourd !*

Paul avait refermé les paupières.

Il avait utilisé le souffle contrôlé, calmé son esprit sans cesser d'écouter leurs ravisseurs. Celui qui était sourd posait un problème mais Paul réprimait son désarroi. Le régime d'apaisement mental bene gesserit que lui avait enseigné sa mère le maintenait parfaitement éveillé, prêt à utiliser la moindre occasion.

Une nouvelle fois, il entrouvrit rapidement les paupières pour examiner le visage de sa mère. Elle ne paraissait pas blessée. Mais elle était bâillonnée.

Il se demanda qui l'avait capturée, elle. Pour lui, c'était parfaitement clair. Il s'était couché avec une capsule prescrite par le docteur Yueh et il s'était réveillé sur cette litière. Peut-être cela s'était-il passé à peu près ainsi pour sa mère ? La logique disait que le traître était Yueh mais il ne s'était pas encore définitivement prononcé sur ce point. Il ne pouvait comprendre. Un docteur Suk, un traître…

La litière s'inclina légèrement au passage d'une porte, puis ils se retrouvèrent dans la nuit étoilée. Une bouée de suspension frotta la paroi. Puis les pas des soldats craquèrent dans le sable. L'aile noire d'un orni apparut, occultant les étoiles. La litière fut déposée sur le sol.

Paul ajusta sa vision à la faible clarté. Il vit que c'était le soldat sourd qui ouvrait la porte de l'orni. Il se penchait à l'intérieur, dans la pénombre colorée de vert par le tableau de commandes.

« C'est celui que nous devons utiliser ? » demanda-t-il en se retournant pour observer les lèvres de son compagnon.

« Le traître a dit qu'il était prévu pour le désert. »

Le sourd acquiesça. « Mais c'est un orni réservé aux proches liaisons. On ne pourra pas monter à plus de deux là-dedans. »

« Deux c'est assez, dit le troisième soldat. (Il s'avança à son tour afin que le sourd pût lire sur ses lèvres.) On peut s'en charger tout seuls à partir de maintenant, Kinet. »

« Le Baron m'a dit de m'assurer de leur sort », dit l'homme aux cicatrices.

« Pourquoi t'en faire comme ça ? »

« C'est une sorcière Bene Gesserit. Elle a des pouvoirs. »

« Ah… (L'homme leva le poing près de son oreille.) C'en est une, vraiment ? J'vois c'que tu veux dire. »

L'autre soldat grommela. « Elle servira de repas aux vers, bientôt. Vous ne croyez quand même pas qu'une sorcière Bene Gesserit peut venir à bout d'un de ces gros vers, non ? Hein, Czigo ? »

« Ouais. (L'homme revint près de la litière et prit Jessica sous les épaules.) Viens, Kinet. Tu peux faire le voyage si tu tiens vraiment à voir comment ça se passe. »

« Gentil de ta part de m'inviter, Czigo », dit le sourd.

Jessica fut soulevée. Elle vit tournoyer l'aile, les étoiles. On la poussa à l'arrière de l'orni et ses liens de krimskell furent soigneusement examinés, puis on fixa ses courroies. Paul la rejoignit. Il fut harnaché à son tour et elle s'aperçut alors que ses liens étaient faits de corde ordinaire.

L'homme aux cicatrices, celui qui était sourd et portait le nom de Kinet, prit place devant. Celui qui s'appelait Czigo prit l'autre siège. Kinet ferma la porte et se pencha sur les commandes. L'ornithoptère s'éleva brusquement et se dirigea vers le sud, vers le Bouclier. Czigo tapota l'épaule de son compagnon et dit : « Pourquoi ne jettes-tu pas un œil sur eux ? »

« Tu connais la route ? » répliqua Kinet sans quitter ses lèvres des yeux.

« J'ai entendu ce qu'a dit le traître, comme toi. »

Kinet fit pivoter son siège. Jessica vit le reflet des étoiles sur le pistolet laser qu'il tenait. Ses yeux s'accoutumaient à la pâle clarté qui régnait dans l'orni dont les minces parois semblaient pourtant laisser filtrer un peu de la lumière extérieure. Le visage du soldat sourd, pourtant, restait indistinct. Jessica tira sur la ceinture de son siège et découvrit qu'elle était lâche. La courroie, sur son bras gauche, avait été presque sectionnée et elle céderait au premier mouvement brusque.

Quelqu'un est-il venu auparavant dans cet orni pour le préparer pour nous ? se demanda-t-elle. *Qui ?* Lentement, elle éloigna ses pieds entravés de ceux de Paul.

« C'est vraiment une honte de perdre une femme aussi belle, dit le sourd. Tu as jamais eu des filles de la noblesse ? » Il s'était tourné vers le pilote.

« Toutes les Bene Gesserit ne sont pas nobles », dit ce dernier.

« Mais elles en ont toutes l'air. »

Il me voit suffisamment bien, pensa Jessica. Elle ramena ses jambes sur le siège et se pelotonna sans quitter le sourd des yeux.

« Vraiment jolie, tu sais, dit Kinet. (Sa langue courut sur ses lèvres et il ajouta :) Une honte, c'est sûr. » À nouveau, il regarda Czigo.

« Tu penses ce que je pense que tu penses ? » dit Czigo.

« Qui le saurait ? Après... (Kinet haussa les épaules.) Je me suis jamais payé une noble. J'aurais peut-être jamais plus une chance pareille. »

« Si vous portez la main sur ma mère... » gronda Paul. Son regard était furieux.

« Heh ! (Czigo se mit à rire.) Le jeune loup se fait entendre. Mais il ne peut pas mordre. »

La voix de Paul est trop aiguë, se dit Jessica. *Pourtant, cela pourrait marcher.*

Le silence retomba.

Pauvres idiots. Elle regardait tour à tour les deux soldats et repensait aux paroles du Baron. *Ils seront tués dès qu'ils auront fait leur rapport. Le Baron ne veut pas de témoins.*

L'ornithoptère franchissait la muraille sud du Bouclier et, comme il s'inclinait, elle distingua le désert frangé de lune.

« On doit être assez loin, dit Czigo. Le traître a dit de les déposer n'importe où à proximité du Bouclier. » Il lança l'appareil dans une longue descente vers les dunes.

Jessica vit que Paul prenait le rythme respiratoire de l'exercice de maîtrise. Il ferma les yeux, les rouvrit. Jessica l'observait, impuissante. *Il n'a pas encore pleinement contrôlé la Voix*, se dit-elle. *S'il échoue...*

L'orni toucha le sable avec une légère vibration. Jessica regarda vers le nord, au-delà du Bouclier et elle entrevit l'ombre des ailes d'un autre appareil qui se posait hors de vue.

Quelqu'un nous suit. Qui ? Puis : *Ceux que le Baron a envoyés pour surveiller ces deux-là. Et ils seront à leur tour surveillés par d'autres.*

Czigo coupa les fusées. Le silence les submergea.

En tournant la tête, Jessica put voir par la baie, au-delà de Kinet, le pâle reflet d'une lune qui se levait, une crête de givre au bord du désert, sur laquelle se silhouettaient des arêtes sableuses.

Paul s'éclaircit la gorge.

« Maintenant, Kinet ? » demanda le pilote.

« Je sais pas, Czigo. »

Czigo s'approcha. « Ah, regarde. » Il tendit la main vers la robe de Jessica.

« Ôtez-lui son bâillon », ordonna Paul.

Jessica sentit les mots rouler dans l'air. Le ton, le timbre étaient excellents, impératifs, nets. Un peu moins aigu, c'eut été mieux encore mais il avait quand même atteint le spectre auditif de l'homme.

Czigo déplaça sa main vers le bâillon, tira sur le nœud.

« Arrête ! » dit Kinet.

« Ah, ferme ton clapet ! Elle a les mains liées », répliqua Czigo. Il défit le nœud et le lien tomba. Les yeux brillants, il examina Jessica. Kinet lui posa la main sur le bras. « Écoute, Czigo, pas besoin de... »

Jessica détourna la tête et cracha le bâillon. Puis elle parla d'une voix basse, sur un ton intime. « Messieurs ! Inutile de vous *battre* pour moi. » Dans le même temps, elle se tortillait pour le plaisir des yeux de Kinet.

Elle décela leur tension, elle sut qu'en cet instant précis ils étaient persuadés qu'ils devaient se battre pour elle. Leur désaccord n'avait besoin de nulle autre raison. Dans leur esprit, déjà, ils se battaient pour elle.

Elle dressa la tête dans la clarté du tableau de commandes afin que Kinet pût lire sur ses lèvres. « Il ne faut pas être en désaccord. Une femme vaut-elle que l'on se batte pour elle ? » Ils s'éloignèrent l'un de l'autre, le regard méfiant.

En parlant, en étant là, elle représentait la cause vivante de leur lutte.

Paul gardait les lèvres serrées, se forçant à demeurer silencieux. Il avait utilisé son unique chance de se servir de la

Voix. À présent… tout dépendait de sa mère dont l'expérience était tellement plus grande que la sienne.

« Oui, dit Kinet. Inutile de se battre pour… »

En un éclair, il lança sa main vers le cou du pilote. Le coup fut paré avec un claquement métallique. D'un seul mouvement, Czigo se saisit du bras de Kinet et lui frappa la poitrine.

Le sourd grogna et s'effondra contre la porte.

« Tu me prends pour un abruti. Tu croyais que je ne connaissais pas ce coup ? » dit Czigo. Il ramena sa main et le couteau brilla dans le clair de lune.

« Et maintenant le jeune loup », dit-il en se penchant vers Paul.

« Inutile », murmura Jessica.

Il hésita.

« Ne préférez-vous pas me voir coopérer ? Laissez une chance à mon fils. (Ses lèvres dessinèrent un sourire.) Il n'en aura pas tant dehors, dans ce sable. Donnez-lui seulement cette chance et… Vous pourriez en être bien récompensé. »

Czigo regarda à gauche, à droite, puis son attention se reporta sur Jessica.

« Je sais ce qui peut arriver à un homme dans ce désert. Le garçon pourrait trouver à la fin que le couteau est la meilleure solution. »

« Est-ce que j'en demande autant ? » dit Jessica.

« Vous essayez de me tendre un piège. »

« Je ne veux pas voir mourir mon fils. Est-ce donc un piège ? »

Czigo recula et s'appuya au montant de la porte. Puis il saisit Paul, le tira sur le siège et le maintint immobile, presque sur le seuil, le couteau levé.

« Si je coupe tes liens, jeune loup, que feras-tu ? »

« Il partira aussitôt et il courra vers ces rochers », dit Jessica.

« C'est ça que tu feras, jeune loup ? » demanda Czigo.

La voix de Paul était judicieusement assourdie : « Oui. »

Le couteau fut abaissé et les liens tombèrent. Paul sentit la main, dans son dos, qui allait le pousser, l'envoyer rouler dans le sable et il feignit de perdre l'équilibre. Il se raccrocha au montant de la porte, pivota comme pour se rétablir et lança son pied droit.

L'orteil était pointé avec une grande précision qui était due aux longues années d'entraînement, comme si, en fait, l'enseignement de toutes ces années se concentrait dans cet instant précis. Chaque muscle du corps participait au mouvement. La pointe du pied frappa l'abdomen de Czigo exactement sous le sternum, percuta avec une force terrible le foie et le diaphragme pour venir écraser le ventricule droit.

Avec un cri étranglé, Czigo s'effondra sur les sièges. Paul, les mains paralysées, poursuivit sa chute et roula dans le sable, se redressant dans le même mouvement. Il replongea à l'intérieur de la cabine de l'ornithoptère, trouva le couteau et le maintint entre ses mâchoires pendant que sa mère sciait ses liens sur la lame. Ensuite, elle trancha elle-même ceux de Paul.

« J'aurais pu m'occuper de lui, dit-elle. Il aurait bien fallu qu'il me libère. Tu as pris un risque stupide. »

« J'ai vu l'ouverture et j'ai agi », dit-il.

Elle perçut le ferme contrôle de sa voix et dit : « Le signe de la maison de Yueh est gravé sur le plafond de cette cabine. »

Il leva les yeux.

« Sortons et examinons cet appareil, reprit Jessica. Il y a un paquet sous le siège du pilote. Je l'ai senti en montant à bord. »

« Une bombe ? »

« J'en doute. C'est quelque chose de bizarre. »

Paul sauta dans le sable et elle le suivit. Puis elle se retourna et examina le dessous du siège. Les pieds de Czigo n'étaient qu'à quelques centimètres de son visage. Elle trouva le paquet et le tira à elle. Il était humide et elle comprit aussitôt que c'était le sang du pilote qui le maculait.

Gaspillage d'humidité, pensa-t-elle. Et c'était là une pensée arrakeen.

Paul regardait de toutes parts. Il vit l'escarpement rocheux qui s'élevait du désert comme une plage prise sur la mer, et au-delà les palissades sculptées par le vent. Il se retourna comme sa mère sortait le paquet et il suivit son regard vers le Bouclier. Il vit alors ce qui avait attiré son attention : un autre ornithoptère qui plongeait vers eux. Et il comprit qu'ils n'auraient plus le temps de sortir les deux hommes et de fuir.

« Cours, Paul ! cria Jessica. Ce sont les Harkonnen ! »

Arrakis enseigne l'attitude du couteau : couper ce qui est incomplet et dire « Maintenant c'est complet, car cela s'achève ici ».

Extrait de Les Dits de Muad'Dib,
par la Princesse Irulan.

UN HOMME EN UNIFORME HARKONNEN S'ARRÊTA À L'EXTRÉMITÉ du hall, regarda Yueh, le corps de Mapes, la forme immobile du Duc. En un seul regard. Il tenait un pistolet laser dans la main droite. Il émanait de lui une impression de brutalité, de dureté, de vigilance qui fit frissonner Yueh.

Un Sardaukar, pensa-t-il. *Un Bashar, à en juger par son allure. Probablement l'un de ceux que l'Empereur a envoyés pour garder un œil sur tout. Quel que soit l'uniforme qu'ils portent, il ne leur est pas possible de se dissimuler.*

« Vous êtes Yueh », dit l'homme. Il regardait alternativement le tatouage en losange sur le front de Yueh, l'anneau de l'École Suk qui maintenait ses cheveux. Puis il rencontra ses yeux.

« Je suis Yueh », dit le docteur.

« Vous pouvez vous détendre, à présent. Lorsque vous avez annulé les boucliers de la maison, nous sommes immédiatement entrés. Tout est neutralisé. Est-ce le Duc ? »

« C'est le Duc. »

« Mort ? »

« Simplement inconscient. Je vous conseille de le ligoter. »

« Vous avez tué les autres ? » Il regarda dans la direction du corps de Mapes.

« C'est regrettable », murmura Yueh.

« Regrettable ! ricana le Sardaukar. (Il s'avança, baissa les yeux sur le corps de Leto.) Ainsi voilà le grand Duc Rouge. »

Si j'avais des doutes quant à la nature de cet homme, voici qui les balayerait, songea Yueh. *Seul l'Empereur appelle ainsi les Atréides.*

Le Sardaukar se baissa et arracha le petit faucon rouge de l'uniforme de Leto. « Un petit souvenir, dit-il. Mais où est l'anneau ducal ? »

« Il ne l'a pas sur lui », dit Yueh.

« Je le vois bien ! »

Yueh se raidit. *S'ils m'interrogent, s'ils amènent une Diseuse, ils trouveront. À propos de l'anneau, à propos de l'orni... Tout s'effondrera.*

« Il arrive parfois que le Duc confie l'anneau à un messager pour prouver qu'un ordre vient directement de lui », avança Yueh.

« Il faut avoir une satanée confiance », grommela le Sardaukar.

« Vous ne le ligotez pas ? »

« Combien de temps encore restera-t-il inconscient ? »

« Deux heures à peu près. Pour lui, je n'ai pas été aussi précis que pour la femme et le garçon. »

Le Sardaukar remua le corps du Duc avec son pied.

« Il n'y a rien à craindre de lui, même quand il sera éveillé. Et la femme et le garçon ? »

« Ils se réveilleront dans dix minutes environ. »

« Si tôt ? »

« On m'a dit que le Baron arriverait immédiatement derrière ses hommes. »

« Il arrivera. Attendez dehors, Yueh. (Il eut un regard dur.) Allez ! »

Yueh regarda Leto. « Et... »

« Il sera livré au Baron troussé comme un rôti prêt pour le four. (À nouveau, le regard du Sardaukar se fixa sur le tatouage qui ornait le front de Yueh.) On vous connaît. Vous serez en sécurité dans les salles. Mais nous n'avons plus le temps de bavarder, traître. J'entends venir les autres. »

Traître, songea Yueh. Il baissa les yeux et s'éloigna rapidement du Sardaukar. Il savait déjà que c'était ainsi que l'histoire le connaîtrait : *Yueh le traître.*

En se dirigeant vers l'entrée principale, il rencontra deux autres corps et les examina, craignant de découvrir Paul ou Jessica. Mais c'étaient deux soldats de Harkonnen.

Il surgit au-dehors dans la nuit illuminée par les flammes et les gardes se mirent sur le qui-vive et l'examinèrent. On avait mis le feu aux palmiers qui bordaient la route. La fumée noire du liquide inflammable que l'on avait utilisé rampait entre les flammes orange.

« C'est le traître », dit quelqu'un.

« Le Baron vous convoquera bientôt », dit un autre. *Il faut que j'aille jusqu'à l'orni*, songea Yueh. *Il faut que je laisse le sceau ducal en un endroit où Paul le trouvera.* La peur se déversa soudain en lui. *Si Idaho a des soupçons à mon égard ou s'il s'impatiente, il n'attendra pas et il ne se rendra pas au point exact que je lui ai indiqué. Et Jessica et Paul n'échapperont pas au carnage. Et mon acte n'aura plus la moindre décharge.*

L'un des gardes le poussa. « Attendez là-bas ! Écartez-vous ! »

Brusquement, Yueh se vit perdu en ces lieux de destruction. On ne lui pardonnait rien ; on ne lui accordait pas la moindre pitié. *Idaho ne doit pas échouer !* pensa-t-il.

Un autre garde le poussa et aboya : « Hors d'ici, vous ! »

Même en tirant profit de moi, ils me méprisent. Il se redressa et retrouva un peu de dignité.

« Attendez le Baron ! » gronda un officier.

Yueh acquiesça et, avec une lenteur calculée, il s'éloigna le long de la façade et tourna à l'angle, perdant de vue les palmiers embrasés. Très vite, chacun de ses pas trahissant son anxiété, il s'avança vers la cour, derrière la serre, où l'ornithoptère attendait, prêt à emporter Paul et sa mère dans le désert.

Un garde était posté devant la porte de la demeure, mais son attention était fixée sur le Hall illuminé et sur les hommes qui allaient et venaient en tous sens, fouillant une pièce après l'autre.

Comme ils étaient confiants !

Yueh plongea dans l'ombre, contourna l'appareil et ouvrit la porte. Il glissa la main sous le siège et trouva le Fremkit qu'il avait dissimulé là. Il ouvrit un soufflet et y glissa l'anneau ducal. Il perçut alors le craquement du papier d'épice de la note qu'il avait écrite et il mit l'anneau à l'intérieur. Puis il repoussa le paquet en place, referma silencieusement la porte et regagna l'angle de la maison.

Maintenant, c'est fait, pensa-t-il.

Une fois encore, il s'avançait dans la nuit incendiée. Il ramena sa cape autour de lui et son regard courut entre les flammes. *Bientôt, je verrai le Baron et je saurai. Et le Baron, lui, trouvera devant lui une dent, une petite dent.*

Une légende dit que, à l'instant où le duc Leto mourut, un météore traversa le ciel au-dessus du castel ancestral de Caladan.

Introduction à l'histoire de Muad'Dib enfant,
par la Princesse Irulan.

LE BARON VLADIMIR HARKONNEN SE TENAIT DEVANT UNE DES baies d'observation de la nef où il avait installé son poste de commandement. Au-dehors, la nuit d'Arrakis était embrasée. L'attention du Baron était fixée sur le lointain Bouclier où se déchaînait son arme secrète.

L'artillerie à explosifs.

Les canons pilonnaient les cavernes où les hommes du Duc avaient trouvé refuge pour une ultime résistance. Morsures de feu, pluies de rocher et de poussière entrevues en un éclair... Les hommes du Duc seraient murés là-bas comme des animaux pris au piège, condamnés à périr de famine.

Le Baron percevait cet incessant martèlement, ce roulement de tambour que lui transmettait la coque de métal du vaisseau : *Broum... broum...* Puis : *BROUM-Broum*

Utiliser l'artillerie au temps des boucliers, il fallait y penser. Cette pensée était comme un rire d'exultation. *Il était facile de prévoir que les hommes du Duc se précipiteraient dans ces cavernes. L'Empereur saura certainement apprécier l'habileté avec laquelle j'ai ménagé nos forces communes.*

Il régla un des petits suspenseurs qui protégeaient son corps adipeux de l'emprise de la pesanteur. Un sourire vint déformer sa bouche et plisser ses joues.

Quel dommage de perdre des hommes de cette valeur, se dit-il. Son sourire devint plus large. Il rit, à présent. *Quel dommage d'être cruel !* Il hocha la tête. L'échec était, par définition, condamné. L'univers tout entier était ouvert à l'homme capable de prendre les décisions adéquates. Et il fallait forcer les lapins à se cacher dans leurs terriers. Sans cela, comment les dominer, comment les élever ? Les combattants, là-bas, étaient comme des abeilles harcelant et guidant les lapins. Et le Baron songea : *L'existence est comme un bourdonnement très doux quand tant d'abeilles travaillent pour vous.*

Derrière lui, une porte s'ouvrit. Le Baron jeta un coup d'œil rapide au reflet dans la baie avant de se retourner.

Piter de Vries entra, suivi d'Umman Kudu, le capitaine de la garde personnelle du Baron. Au-delà du seuil, il y avait des hommes, ses gardes. Ils arboraient cette expression de mouton soumis qu'ils avaient en sa présence.

Le Baron fit face à ses visiteurs.

Piter porta un doigt vers son front en une esquisse de salut moqueur. « Bonnes nouvelles, Mon Seigneur. Les Sardaukars ont amené le Duc. »

« Bien sûr », grommela le Baron.

Il examinait le sombre masque de la vilénie sur le visage efféminé du Mentat. Et ses yeux, ces deux fentes bleues.

Bientôt, je devrai m'en débarrasser. Bientôt, il ne me sera plus utile et il deviendra un danger positif. Néanmoins, tout d'abord, il faut que la population d'Arrakis en vienne à le haïr, afin d'accueillir plus tard mon cher Feyd-Rautha comme un sauveur.

Le Baron reporta son attention sur le capitaine des gardes, Umman Kudu. Des mâchoires nettes, les muscles faciaux tendus, le menton comme la pointe d'une botte. Un homme dont les vices étaient bien connus et en qui l'on pouvait avoir confiance.

« Tout d'abord, où est le traître qui me livre le Duc ? demanda le Baron. Il doit recevoir sa récompense. »

Piter pivota sur la pointe des pieds et fit un geste à l'intention des gardes.

Il y eut quelques mouvements, noirs, et Yueh s'avança. Ses gestes étaient raides, tendus. Sa moustache tombait, morte, de part et d'autre de ses lèvres violettes. Seuls ses yeux semblaient vivants. Il fit trois pas dans la pièce et, sur un geste de Piter, s'arrêta. Immobile, il regardait le Baron.

« Ah, docteur Yueh. »

« Mon Seigneur Harkonnen. »

« Vous m'avez livré le Duc, à ce que l'on me dit ? »

« Telle était ma part du marché, Mon Seigneur. »

Le Baron regarda Piter.

Piter acquiesça.

Le Baron revint à Yueh. « Exactement le marché convenu, hein ? Et je... (Il parut cracher les mots.) Qu'étais-je censé faire en retour ? »

« Vous vous en souvenez parfaitement, Mon Seigneur Harkonnen. »

Et Yueh se remit à penser, à prêter l'oreille au silence énorme des horloges de son esprit. Il avait su lire dans les gestes du Baron, dans ses paroles. Wanna était morte. Elle leur avait échappé pour toujours. Si cela n'avait pas été, ils auraient maintenu une emprise sur lui, le faible docteur. Mais il n'y avait plus d'emprise. Plus rien.

« Vraiment ? » dit le Baron.

« Vous m'avez promis de délivrer ma Wanna de ses souffrances. »

Le Baron hocha la tête. « Ah, oui, je me souviens. Mais je l'ai fait. Telle était ma promesse. C'est ainsi que nous avons fait fléchir le Conditionnement Impérial. Vous ne pouviez supporter de voir votre sorcière Bene Gesserit se tordre dans les amplificateurs de souffrance de Piter... Eh bien, le Baron Vladimir Harkonnen a tenu sa promesse. Il la tient toujours. Je vous avais dit que je libérerais votre Wanna de ses souffrances et que je vous autoriserais à la rejoindre. Qu'il en soit donc ainsi. » Et il tendit la main vers Piter.

Les yeux bleus du Mentat flamboyèrent. Son mouvement, soudain et fluide, fut celui d'un chat. Le couteau, dans sa main, brilla comme une griffe. Il le plongea dans le dos de Yueh.

Le vieil homme se roidit. Ses yeux ne quittèrent pas le Baron.

« Rejoignez-la donc ! » lança le baron.

Yueh oscilla. Ses lèvres bougèrent, lentement, avec précision et sa voix, quand il parla, avait un rythme étrange : « Vous... pensez... que... vous... m'avez... détruit... Vous... croyez... que... je ne... savais... pas... ce... que... j'avais... acheté... pour... ma... Wanna. »

Il tomba. Sans se courber. Il ne s'effondra pas. Il tomba. Comme un arbre.

« Rejoignez-la donc », répéta le Baron. Mais ses mots étaient sans écho. Yueh venait d'installer en lui de l'appréhension. Ses yeux se portèrent sur Piter. Il le vit qui essuyait la lame avec un chiffon, il vit une douce satisfaction dans le bleu de ses yeux.

C'est donc ainsi qu'il tue de sa main, songea-t-il. *Voilà qui est bon à savoir.*

« Il nous a vraiment livré le Duc ? » demanda-t-il.

« Certainement, Mon Seigneur. »

« Qu'on l'amène alors ! »

Piter regarda le capitaine qui pivota pour obéir.

Les yeux du Baron s'abaissèrent sur le corps de Yueh. L'homme était tombé comme un chêne, comme si chacun de ses os avait été fait de bois dur.

« Je ne parviendrai jamais à faire confiance à un traître, dit-il. Même un traître créé de ma main. »

Il regarda la baie envahie de nuit. Tout ce noir, là-dehors, était à lui. Le grondement de l'artillerie avait cessé. Les cavernes du Bouclier étaient scellées, maintenant. Tout à coup, l'esprit du Baron ne pouvait plus concevoir quelque chose de plus beau que cette noirceur, ce vide total. Ou bien... du blanc sur ce noir. Un blanc laqué. Un blanc de porcelaine.

Mais il y avait toujours ce doute en lui.

Qu'avait donc voulu dire ce vieux fou de docteur ? Bien sûr, il avait dû se douter du sort qui lui était réservé. Mais qu'avait-il dit... *Vous pensez que vous m'avez détruit.*

Qu'est-ce que cela signifiait ?

Le duc Leto Atréides apparut sur le seuil. Ses bras étaient maintenus par des chaînes. Son visage d'oiseau de proie était maculé. Son uniforme était déchiré, là où avait été fixé son insigne. Les trous, à sa taille, révélaient que sa ceinture-bouclier avait été arrachée. Son regard était celui d'un dément.

« Eh bien... », dit le Baron. Il hésitait, aspirant profondément. Il savait qu'il avait parlé d'une voix trop forte. Et cet instant, longtemps espéré, avait déjà perdu un peu de sa saveur.

Maudit soit ce docteur pour l'éternité !

« Je pense que le bon Duc est drogué, dit Piter. C'est ainsi que Yueh nous l'a amené. (Il se tourna vers le Duc.) N'êtes-vous pas drogué, mon cher Duc ? »

La voix était lointaine. Leto pouvait sentir les chaînes, la douleur de ses muscles, ses lèvres craquelées, ses joues brûlantes et la soif qui crissait dans sa bouche. Mais les sons étaient étouffés, altérés par une épaisse couverture. Et il ne discernait, au travers de cette couverture, que des formes incertaines.

« Et la femme et le garçon, Piter ? demanda le Baron. Toujours rien ? »

La langue du Mentat courut sur ses lèvres.

« J'ai posé une question ! lança le Baron. Alors ? » Piter regarda le capitaine, puis le Baron. « Les hommes auxquels cette tâche avait été confiée, Mon Seigneur... ont... ont été retrouvés. »

« Eh bien, ont-ils fait un rapport satisfaisant ? »

« Ils sont morts, Mon Seigneur. »

« Bien entendu ! Mais ce que je veux savoir, c'est... »

« Ils ont été retrouvés morts, Mon Seigneur. »

Le Baron devint livide. « Et la femme et le garçon ? »

« Aucune trace, Mon Seigneur. Mais il y avait un ver. Il est arrivé au moment où l'on explorait les lieux. Peut-être cela s'est-il passé ainsi que nous le souhaitions... comme un accident. Il est possible que... »

« Nous ne pouvons nous fier à des possibilités, Piter ! Et l'ornithoptère porté manquant ? Cela ne te dit rien, Mentat ? »

« Il est évident qu'un des hommes du Duc a réussi à s'enfuir avec, Mon Seigneur. Il a tué le pilote. »

« Quel est cet homme ? »

« Un tueur parfait, silencieux... Hawat, peut-être, Mon Seigneur, ou ce Halleck. Il est aussi possible que ce soit Idaho. Ou un lieutenant important. »

« Des possibilités », murmura le Baron. Et ses yeux revinrent à la silhouette vacillante du Duc.

« Nous contrôlons la situation, Mon Seigneur », dit Piter.

« Non ! Où est ce stupide planétologiste ? Cet homme, Kynes ? »

« Nous savons où le trouver, Mon Seigneur, et l'on est parti le chercher. »

« Je n'aime pas la façon dont ce serviteur de l'Empereur nous a servis, nous », grommela le Baron.

Les mots traversaient difficilement l'épaisse couverture, mais certains brûlaient l'esprit de Leto. *Aucune trace de la femme et du garçon.* Paul et Jessica étaient parvenus à s'enfuir. Et l'on ne savait rien du destin de Hawat, de Halleck ou d'Idaho. Il subsistait un espoir.

« Où est l'anneau ducal ? demanda le Baron. Il ne l'a pas au doigt. »

« Les Sardaukars ont dit qu'il ne l'avait pas lorsqu'on l'a amené, Mon Seigneur », dit le capitaine des gardes.

« Piter, tu as tué le docteur trop vite, dit le Baron. C'était une faute. Tu aurais dû m'avertir. Tu as agi en hâte, contre le bien de notre entreprise ! (Il fronça les sourcils.) Des possibilités ! »

La pensée s'insinua lentement dans l'esprit de Leto. *Paul et Jessica se sont enfuis !* Mais il y avait aussi autre chose dans sa mémoire. Un marché. Il pouvait presque s'en souvenir... *La dent !*

Cela lui revenait en partie : *Un gaz mortel dans une fausse dent.*

Quelqu'un lui avait dit de s'en souvenir. La dent était dans sa bouche. Il pouvait la sentir sous sa langue. Il suffisait de mordre, très fort.

Pas encore !

Quelqu'un lui avait dit d'attendre d'être près du Baron. Qui ? Il ne parvenait pas à se souvenir.

« Combien de temps restera-t-il ainsi ? » demanda le Baron.

« Peut-être une heure encore, Mon Seigneur. »

« Peut-être... » À nouveau, le Baron se tourna vers la baie, vers la nuit. « J'ai faim », dit-il.

Cette forme grise, là-bas, c'est le Baron, pensa Leto. La forme allait et venait, se balançait avec la pièce. La pièce qui se dilatait puis se contractait. Tantôt claire, tantôt sombre. Puis elle disparut dans les ténèbres.

Le temps, pour le Duc, devint une succession de niveaux. Il flottait vers le haut, les traversant l'un après l'autre. *Attendre.*

Il y avait une table, il la voyait très clairement. Un homme adipeux était assis à l'autre extrémité. Devant lui, il y avait les restes d'un repas. Et Leto était assis en face du gros homme. Il sentait les chaînes sur lui, les liens qui le maintenaient sur son siège. Il savait que le temps avait passé. Mais combien de temps ?

« Je crois qu'il revient à lui, Baron. »

Voix soyeuse : Piter.

« Je le vois, Piter. »

Basse grondante : Le Baron.

L'environnement se faisait plus net. Le siège devenait ferme. Les liens plus tangibles et durs.

Et il vit nettement le Baron. Ses mains, ses gestes. Le bord d'une assiette, le manche d'une cuiller. Un doigt qui suivait la ligne de la mâchoire. Cette main qui bougeait fascinait Leto.

« Vous pouvez m'entendre, Duc Leto, dit le Baron. Je sais que vous le pouvez. Nous voulons savoir où trouver votre concubine et l'enfant que vous avez conçu. »

Leto ne bougea pas. Les mots le baignaient de calme. *C'est donc vrai. Ils ne les ont pas.*

« Ceci n'est pas un jeu, gronda le Baron. Vous devez le savoir. » Il se pencha, étudiant le visage de Leto. Il était irrité que ceci dût se dérouler ainsi, sans intimité. Ils auraient dû être seuls, face à face. Que d'autres pussent découvrir la noblesse sous de tels aspects… Voilà qui créait un fâcheux précédent.

Leto sentait revenir ses forces. Et le souvenir de la fausse dent, soudain, fut comme un immense clocher dressé au centre d'une plaine, dans son esprit. Dans cette dent, il y avait une capsule dont la forme était exactement celle d'un nerf. Du gaz mortel. Et le Duc se rappelait qui avait implanté cette arme dans sa bouche.

Yueh.

Souvenir brumeux d'un corps traîné dans la pièce où il s'était lui-même trouvé. Souvenir comme une trace vaporeuse. Yueh.

« Entendez-vous ce bruit, Duc Leto ? » demanda le Baron.

Leto prit conscience, alors, d'un cri, comme l'appel nocturne d'une grenouille, le gémissement étouffé de quelqu'un qui agonisait.

« Nous avons capturé l'un de vos hommes. Il était déguisé en Fremen, reprit le Baron. Nous n'avons pas eu de mal à le découvrir. À cause des yeux, bien sûr. Il prétend avoir été envoyé parmi les Fremen pour les espionner. Mais, cher cousin, j'ai vécu pendant un certain temps sur cette planète. On n'espionne pas ces canailles du désert. Dites-moi : auriez-vous acheté leur assistance ? Leur avez-vous envoyé votre femme et votre fils ? »

La peur étreignit la poitrine de Leto. *Si Yueh les a confiés au peuple du désert... la chasse n'aura de cesse qu'ils les aient trouvés.*

« Allons, allons, dit le Baron. Nous n'avons que peu de temps et la souffrance est vive. Ne nous forcez point à cela, mon cher Duc. (Le Baron se tourna vers Piter, penché sur l'épaule de Leto.) Piter n'a pas tous ses outils ici mais je suis bien certain qu'il peut improviser. »

« Parfois, l'improvisation est même meilleure, Baron. »

Cette voix, cette voix soyeuse, insinuante ! Elle était tout près de son oreille.

« Vous aviez un plan d'alerte. Où avez-vous envoyé votre femme et le garçon ? Vous n'avez plus votre anneau ? Est-ce le garçon qui l'a maintenant ? »

Le Baron se tut, regarda droit dans les yeux de Leto : « Vous ne répondez pas. Allez-vous donc me forcer à faire une chose que je ne souhaite pas ? Piter usera de méthodes simples, directes. J'admets que, bien souvent, ce sont les meilleures mais il n'est pas bien, non, vraiment pas bien que vous y soyez soumis. »

« Fer rouge dans le dos ou, peut-être, sur les paupières, dit Piter. Ou sur d'autres parties du corps. C'est tout particulièrement efficace lorsque le sujet ignore en quel endroit va se poser le fer, la prochaine fois. Bonne méthode. Et il y a une certaine beauté dans la disposition des cicatrices blanches sur la peau. N'est-ce pas, Baron ? »

« Ravissant », dit le Baron, et sa voix était pleine d'aigreur.

Ces doigts, ces doigts qui touchent ! Le regard de Leto ne quittait pas les mains grasses, les bijoux brillants sur les doigts de bébé qui étreignaient les choses.

Les cris de souffrance qui venaient de derrière la porte mordaient dans les nerfs du Duc. *Qui ont-ils capturé ? Est-ce Idaho ?*

« Croyez-moi, mon cher cousin. Je ne désire pas en arriver là. »

« Pensez à des messagers courant le long des nerfs en quête d'une aide qui ne peut venir, dit Piter. Il y a en cela de la beauté, voyez-vous. »

« Quel magnifique artiste tu fais ! grommela le Baron. À présent, aie la décence de rester silencieux. »

Soudain, des paroles de Gurney Halleck traversèrent l'esprit du Duc. Il avait dit une fois, en voyant un portrait du Baron : « Et, debout sur le fond sableux de la mer, je vis une bête surgir… Et je vis sur ses têtes son nom : Blasphème. »

« Nous perdons du temps, Baron », dit Piter.

« Peut-être. (Le Baron hocha la tête.) Mon cher Leto, vous savez bien que vous finirez par nous dire où ils sont. Il existe un degré de souffrance qui aura raison de vous. »

Il a raison, très probablement, pensa Leto. *Seulement il y a la dent… et le fait que j'ignore vraiment où ils se trouvent.*

Le Baron se découpa un morceau de viande, le mit dans sa bouche, le mâcha lentement, le déglutit. *Il faut essayer autre chose*, songeait-il.

« Contemple ce prisonnier qui nie être à vendre, dit le Baron. Contemple-le, Piter. »

Et le Baron pensait : *Oui, regarde-le, cet homme qui croit qu'on ne peut l'acheter. Regarde-le, partagé entre des millions de parts de lui-même vendues au détail à chaque seconde de son existence ! Si tu le prenais en cet instant, si tu le secouais, tu entendrais un bruit de grelot. Vide ! Vendu ! Qu'il meure de telle ou telle façon, maintenant, quelle différence cela fait-il ?*

Derrière la porte, les coassements de grenouilles se turent.

Umman Kudu, le capitaine des gardes, apparut sur le seuil et secoua la tête. Le prisonnier n'avait rien révélé. Un autre échec. Il était temps de cesser de jouer avec cet idiot de Duc, ce pauvre fou qui ne réalisait pas que l'enfer était si près de lui… à un nerf d'épaisseur.

Cette pensée ramena le calme dans l'esprit du Baron, triompha de sa répugnance à voir un être de sang royal soumis à la souffrance. Il se découvrait tout à coup sous l'aspect d'un chirurgien tranchant, incisant sans cesse, ôtant leurs masques aux fous, mettant au jour l'enfer.

Des lapins ! Tous des lapins !

Ils fuyaient devant le carnivore !

Leto leva les yeux vers l'extrémité de la table, se demandant pourquoi il attendait encore. La dent aurait si rapidement raison de tout cela. Pourtant… Sa vie avait été agréable, pour la plus grande part. Il se souvenait d'un cerf-volant dans le ciel de Caladan, bleu comme un coquillage, de Paul qui riait. Et du soleil de l'aube, ici, sur Arrakis… des stries de couleurs sur le Bouclier estompées par la brume de poussière.

« Quel dommage », murmura le Baron. Il repoussa son siège, se leva avec l'aide de ses suspenseurs, puis hésita. Il avait décelé un changement soudain dans le Duc. Il le vit respirer à fond. Ses joues se raidirent. Un muscle frémit comme le Duc claquait violemment les mâchoires…

Il a peur ! songea le Baron.

Effrayé à la pensée que le Baron pût lui échapper, Leto mordit sauvagement la capsule. Il la sentit se briser. Il ouvrit la bouche et souffla la vapeur dont il sentait le goût sur sa langue. Le Baron devint plus petit, s'enfonça dans un tunnel qui allait se rétrécissant. Leto entendit un hoquet près de son oreille. La voix soyeuse… Piter.

Lui aussi ! Je l'ai eu !

« Piter ! Qu'y a-t-il ? »

La voix grondait, très loin.

Leto sentit rouler, tourbillonner les souvenirs. La pièce, la table, le Baron, deux yeux terrifiés, bleus… Tout se fondit dans une destruction symétrique.

Un homme au menton aigu tombait. L'homme-jouet avait le nez brisé. Un métronome figé à jamais. Un fracas, un grondement. Son esprit tournait sans fin, percevait tout. Tout ce qui avait jamais été cri, souffle, chuchotement. Tout…

Une pensée demeurait en lui. Leto la vit s'inscrire sur des rais de noirceur, lumière informe : *Le jour modèle la chair, et la chair modèle le jour.* La pensée le frappa avec une intensité que jamais, il le savait, il ne pourrait expliquer.

Silence.

Le Baron s'appuyait contre sa porte privée. Il venait de la refermer sur une pièce emplie de cadavres. Déjà, des gardes l'entouraient. *L'ai-je respiré ?* se demanda-t-il. *Est-ce que cela m'a atteint, moi aussi ?*

Les sons revenaient... et la raison. Il entendit que quelqu'un hurlait des ordres. Masques à gaz... Fermez cette porte... Souffleurs.

Ils sont tombés très vite ! se dit-il. *Je suis encore debout. Je respire toujours. Enfer ! C'était juste !*

Il parvenait à analyser ce qui s'était passé, maintenant. Son bouclier avait été activé, au degré minime, certes, mais cela avait suffi pour ralentir l'échange moléculaire au travers du champ énergétique ; et il s'était écarté de la table... Et puis, il y avait eu ce hoquet de Piter qui avait provoqué l'intervention du capitaine des gardes... et sa mort.

La chance. La chance et l'alerte donnée par le hoquet d'un homme mourant... Cela avait suffi pour le sauver.

Il ne ressentait aucune gratitude envers Piter. Cet idiot était mort en même temps que le stupide capitaine des gardes. Tous ceux qui étaient mis en présence du Baron étaient sondés, disaient-ils... Comment le Duc avait-il pu ?... Pas le moindre avertissement. Le goûte-poison lui-même n'avait pas réagi jusqu'à ce qu'il fût trop tard. Comment était-ce possible ?

Aucune importance, maintenant, songea le Baron comme son esprit devenait plus ferme. *Le nouveau capitaine des gardes arrivera bien à trouver une réponse.*

Il perçut un redoublement d'activité, de l'autre côté de cette pièce où régnait la mort. Il s'écarta de la porte et son regard courut sur les laquais, autour de lui. Ils le dévisageaient en silence, attendant ses ordres, guettant sa réaction.

Le Baron sera-t-il furieux ?

Le Baron prenait seulement conscience que quelques secondes à peine s'étaient écoulées depuis qu'il s'était échappé de cette terrible pièce.

Certains des gardes avaient encore leurs armes braquées vers la porte. D'autres dirigeaient leur férocité sur le couloir vide d'où venaient les bruits d'agitation, maintenant.

Un homme apparut à l'angle. Un masque à gaz pendait à son cou. Ses yeux ne quittaient pas les indicateurs de poison alignés au long du couloir. Son visage était plat sous sa chevelure jaune. Ses yeux étaient intenses, verts. De fines rides irradiaient de sa bouche aux lèvres minces. Il évoquait quelque créature marine perdue sur la terre ferme.

Le Baron, tout en le regardant approcher, se souvint de son nom : Nefud. Iakin Nefud. Caporal de la garde. Nefud était intoxiqué par la sémuta, ce mélange de drogue et de musique qui agissait au niveau le plus profond de la conscience. Précieuse information.

Nefud s'arrêta devant lui et salua : « Le couloir est sûr, Mon Seigneur. Je montais la garde à l'extérieur et j'ai pensé qu'il pouvait s'agir d'un gaz létal. Les ventilateurs de la pièce puisaient l'air de ces couloirs. (Il leva les yeux vers un détecteur placé au-dessus du Baron.) Il ne reste plus une seule trace du gaz, maintenant. La pièce a été assainie. Quels sont vos ordres ? »

Le Baron reconnut la voix. C'était celle qui avait lancé des ordres, un instant plus tôt. *Un homme efficace, ce caporal.*

« Ils sont tous morts ? » demanda-t-il.

« Oui, Mon Seigneur. »

Eh bien, il faut nous adapter, se dit-il.

« Tout d'abord, laissez-moi vous féliciter, Nefud. Vous êtes maintenant capitaine de mes gardes. Et j'espère que vous apprendrez par cœur cette leçon qu'est la mort de votre prédécesseur. »

Le Baron put sentir cheminer la conscience de cette situation nouvelle dans l'esprit de Nefud. Jamais plus il ne manquerait de semuta.

Le garde acquiesça. « Mon Seigneur sait que je me dévouerai totalement à sa sécurité. »

« Oui. À ce propos, je pense que le Duc avait quelque chose dans la bouche. Découvrez ce que c'était, comment cela a été utilisé et qui a pu l'aider. Prenez toutes précautions… »

Il s'interrompit. Le train de ses pensées venait d'être disloqué par un remue-ménage dans le couloir, derrière lui. Des gardes postés devant l'ascenseur qui reliait cet étage aux niveaux inférieurs de la frégate essayaient de contenir un grand colonel bashar qui venait d'émerger de la cabine.

Le Baron ne parvenait pas à situer ce visage mince, cette bouche pareille à une fente dans du cuir, ces petits yeux d'encre.

« Écartez vos mains, mangeurs de charogne ! » rugit le personnage en bondissant hors de portée des gardes.

Ah, l'un des Sardaukars, pensa le Baron.

Le colonel bashar s'avançait vers lui et les yeux du Baron s'étrécirent d'appréhension. Les Sardaukars provoquaient en lui un malaise. Ils semblaient tous avoir un quelconque lien de parenté avec le Duc… feu le Duc. Et la façon dont ils se comportaient avec le Baron…

Le Sardaukar vint se planter à un pas du Baron, les mains sur les hanches. Derrière lui, les gardes hésitaient.

Le Baron remarqua que l'homme ne le saluait pas et que ses façons étaient imprégnées de mépris. Son malaise n'en devint que plus grand. Une seule légion de Sardaukars (dix brigades) était venue renforcer les légions harkonnens. Mais le Baron ne se faisait pas d'illusions. Cette unique légion pouvait très bien se retourner contre eux et triompher.

« Dites à vos hommes de ne pas essayer de m'empêcher de vous voir, Baron, gronda le Sardaukar. Quant aux miens, ils vous ont livré le Duc Atréides avant que j'aie pu discuter avec vous du sort qui lui serait réservé. Nous allons le faire maintenant. »

Je ne dois pas perdre la face devant mes hommes, se dit le Baron.

« Vraiment ? » Sa voix était froide, parfaitement contrôlée et le Baron en ressentit de la fierté.

« Mon Empereur m'a chargé de m'assurer que son royal cousin périrait proprement, sans souffrance », dit le colonel bashar.

« Tels étaient les ordres impériaux que j'ai reçus, dit le Baron. Pensiez-vous que je n'allais pas leur obéir ? »

« Je dois rapporter à l'Empereur ce que j'aurai vu de mes propres yeux. »

« Le Duc est déjà mort », lança le Baron, et il leva la main pour congédier le Sardaukar.

Celui-ci demeura immobile devant lui. Il ne fit pas le moindre mouvement, n'eut pas le moindre regard qui pût donner à penser qu'il avait enregistré ce geste.

« Comment ? » gronda-t-il.

Vraiment, pensa le Baron, *en voilà assez !*

« De sa propre main, si vous tenez à le savoir. Il a absorbé du poison. »

« Je veux voir le corps maintenant. »

Feignant l'exaspération, le Baron leva les yeux vers le plafond. Mais ses pensées s'accéléraient. *Damnation ! Ce Sardaukar à l'œil acéré va pénétrer dans la pièce sans que rien n'ait bougé !*

« Je veux le voir maintenant ! » répéta le Sardaukar.

Impossible d'y échapper, se dit le Baron. *Il va tout voir. Il va découvrir que le Duc a tué des hommes de Harkonnen… et que le Baron s'en est tiré de justesse. Les reliefs du repas étaient une preuve. Au même titre que le Duc, mort au centre de ce massacre.*

Impossible d'y échapper.

« Vous ne m'évincerez pas », dit le colonel bashar d'un ton grinçant.

« Nul ne veut vous évincer, répliqua le Baron en regardant dans les yeux d'obsidienne de son interlocuteur. Je ne cache rien à l'Empereur. (Il inclina la tête à l'intention de Nefud.) Le colonel bashar doit tout vérifier, immédiatement. Introduisez-le par la porte devant laquelle vous étiez posté, Nefud. »

« Par ici, colonel », dit Nefud.

Lentement, insolemment, le Sardaukar contourna le Baron et se fraya un chemin entre les gardes.

Insupportable, songea le Baron. *À présent, l'Empereur sera au courant de cette faute. Il la jugera comme un signe de faiblesse.*

Et il était effrayant de se dire que l'Empereur et ce Sardaukar étaient identiques dans leur mépris de toute faiblesse. Le Baron se mordit la lèvre. Au moins, l'Empereur n'avait rien su du raid des Atréides sur Giedi Prime et de la destruction des entrepôts d'épice harkonnens.

Maudit soit ce perfide Duc !

Le Baron regardait s'éloigner l'arrogant Sardaukar et l'efficient Nefud.

Il faut nous adapter. Je devrai remettre Rabban sur cette satanée planète. Sans restriction. Il va me falloir payer de mon sang de Harkonnen pour qu'Arrakis soit en mesure d'accepter Feyd-Rautha. Maudit Piter ! Il a fallu qu'il se fasse tuer avant que j'en aie fini avec lui !

Il soupira.

Je dois immédiatement demander un nouveau Mentat à Tleielax. Il y en a certainement un de prêt pour moi, dès maintenant.

Près de lui, un garde toussota.

Il se retourna. « J'ai faim. »

« Oui, Mon Seigneur. »

« Je désire aussi que l'on me divertisse pendant que cette pièce est nettoyée et que ses secrets sont examinés. »

Le garde baissa les yeux. « Quel divertissement souhaiterait Mon Seigneur ? »

« Je me rends dans ma chambre. Amenez-moi ce jeune homme que nous avons acheté sur Gamont et qui a des yeux adorables. Droguez-le, surtout. Je n'ai pas envie de lutter. »

« Oui, Mon Seigneur. »

Le Baron se détourna et prit le chemin de sa chambre, soutenu par les suspenseurs qui lui conféraient une démarche sautillante. *Oui,* se disait-il, *celui qui a des yeux adorables et qui ressemble tant au jeune Paul Atréides.*

Ô Mers de Caladan,
Ô Gens du Duc Leto,
Citadelle abattue,
À jamais disparus...

Extrait de Chants de Muad'Dib,
par la Princesse Irulan.

TOUT SON PASSÉ, TOUT CE QU'IL AVAIT VÉCU, SONGEAIT PAUL, était devenu comme du sable s'écoulant dans un sablier. Assis auprès de sa mère dans la petite tente de plastique et de tissu (l'abri-distille), il avait croisé les mains sur ses genoux. L'abri-distille provenait, tout comme la tenue fremen qu'ils portaient maintenant, du paquet trouvé dans l'orni.

Dans l'esprit de Paul, il n'y avait plus de doute quant à l'identité de celui qui avait placé le paquet là, qui avait pris ses dispositions pour que l'ornithoptère les amène là, auprès de Duncan Idaho.

Yueh.

Le docteur traître.

Au-delà de l'extrémité transparente de l'abri-distille, il apercevait les rochers baignés de lune qui délimitaient ce refuge préparé par Idaho.

Je me cache comme un enfant alors que je suis le Duc, maintenant, songea Paul. Cette pensée l'irritait mais, d'autre part, il ne pouvait nier la sagesse de cette décision.

Cette nuit, sa perception avait été modifiée. Il voyait avec clarté et netteté tout ce qui l'entourait, les événements, les circonstances. Il se sentait incapable d'endiguer le flot d'informations qui se déversait en lui. Avec une froide précision, chaque nouvel élément s'ajoutait à sa connaissance et l'opération était localisée au centre de sa conscience. Un pouvoir de Mentat. Plus encore.

Il songea à ce moment de rage impuissante qu'il avait connu lorsque l'étrange orni avait plongé sur eux du fond de la nuit, comme un faucon gigantesque, le vent du désert sifflant dans ses ailes. C'est alors qu'il s'était passé quelque chose dans son esprit. L'orni avait glissé sur le sable, droit sur eux, et il se souvenait de l'odeur de soufre brûlé qui s'était élevée des patins de l'appareil crissant sur le sable.

Sa mère, il le savait, s'était retournée avec la certitude d'affronter un pistolet laser. Et elle avait vu Duncan Idaho. Il se penchait au-dehors par la porte ouverte et il leur avait crié : « Vite ! Il y a le signe du ver au sud ! »

Pourtant Paul, à l'instant où il s'était retourné, avait su, lui, qui pilotait l'orni. Des détails subtils concernant sa façon de voler, de se poser, avaient été pour lui autant d'indices, si minces que sa mère ne les avait pas décelés.

Jessica bougea et dit : « Il ne peut y avoir qu'une explication. Les Harkonnen tenaient la femme de Yueh en leur pouvoir. Il les haïssait ! Je n'ai pu faire erreur sur ce point. Tu as lu son message. Mais pourquoi nous a-t-il sauvés du carnage ? »

Elle ne le devine qu'à présent, et bien difficilement, pensa Paul. Et cette pensée fut un choc. Il avait compris les faits simplement en lisant le message qui accompagnait l'anneau ducal.

« N'essayez pas de me pardonner, avait écrit Yueh. Je ne veux pas de votre pardon. J'ai déjà bien assez de fardeaux. Ce que j'ai fait, je l'ai fait sans méchanceté et sans espoir d'être compris. Ce fut mon tahaddi al-burhan, mon dernier test. Je vous donne le sceau ducal pour prouver que j'écris la vérité. Lorsque vous lirez ces lignes, le Duc Leto sera mort. Puisse l'assurance que je vous donne qu'il n'est pas mort seul mais qu'il a entraîné avec lui celui que nous détestions par-dessus tout, vous consoler. »

Il n'y avait ni adresse ni signature, mais l'écriture était familière.

En se rappelant la teneur du message, Paul revivait sa détresse comme quelque chose d'aigu, d'étrange, qui semblait se situer à l'extérieur de sa nouvelle vivacité mentale. Il avait lu que son père était mort et il savait que ces mots étaient vrais. Mais cela n'était pour lui qu'un élément nouveau, une information supplémentaire qui était entrée dans son esprit pour être utilisée.

J'aimais mon père, se dit-il, sachant bien que c'était vrai. *Je devrais le pleurer. Je devrais ressentir quelque chose.*

Mais il ne ressentait rien. Il pensait seulement : *Voilà un fait important.*

À côté de bien d'autres.

Et sans cesse, son esprit ajoutait des impressions nouvelles, extrapolait, calculait.

Les paroles de Halleck lui revinrent : « *On se bat quand il le faut, et pas lorsqu'on en a le cœur ! Garde donc ton cœur pour l'amour ou pour jouer de la balisette. Ne le mêle pas au combat !* »

Peut-être en est-il ainsi, se dit-il. *Je pleurerai mon père plus tard… lorsque j'en aurai le temps.*

Mais, dans la précision froide qui l'habitait maintenant, il ne ressentait pas le moindre fléchissement. Sa nouvelle perception venait seulement de naître et elle continuait de se développer. Cette sensation d'un but terrible qu'il avait éprouvée lors de sa confrontation avec la Révérende Mère Gaius Helen Mohiam lui revint. Sa main droite, sous le souvenir de la souffrance, devint brûlante.

Être le Kwisatz Haderach, c'est donc cela ?

« J'ai pensé pendant un temps que Hawat s'était encore trompé, dit Jessica. Je crois qu'il est possible que Yueh n'ait pas été docteur Suk. »

« Il était tout ce que nous pensions… et plus encore, dit Paul. (Il pensa : *Pourquoi est-elle si lente à voir ces choses ?*) Si Idaho ne parvient pas jusqu'à Kynes, nous serons… »

« C'est notre seul espoir », dit-elle.

« Ce n'est pas ce que je suggérais. »

Dans la voix de son fils, elle décela une dureté d'acier, une inflexion de commandement et, dans l'ombre grise de l'abri-distille, elle le regarda. Il se silhouettait sur l'image claire des rochers givrés de lune.

« D'autres hommes de ton père ont dû réussir à fuir. Nous devons les regrouper, trouver... »

« Nous allons dépendre de nous-mêmes, dit-il. Notre premier souci devra être l'arsenal d'atomiques. Il faut l'atteindre avant que les Harkonnen ne se mettent en quête. »

« Il est peu probable qu'ils le découvrent là où il est caché. »

« Nous ne devons pas courir ce risque. »

Utiliser les atomiques de la famille pour menacer toute la planète et son épice. Voilà ce qu'il a en tête. Mais alors, il ne peut espérer survivre qu'en se réfugiant dans l'anonymat d'un renégat.

Les paroles de sa mère avaient déclenché un nouveau flux de pensées dans l'esprit de Paul. En tant que Duc, il s'inquiétait du sort de ses gens perdus dans la nuit du désert. *Les hommes sont la force véritable de toute Grande Maison*, se dit-il.

À nouveau, lui revinrent des paroles de Hawat : « *Il est triste d'être séparé de ses amis. Mais une demeure n'est jamais qu'une demeure.* »

« Des Sardaukars sont avec eux, dit Jessica. Nous devrons attendre leur départ. »

« Ils nous croient pris entre le désert et les Sardaukars. Ils n'entendent pas laisser un seul Atréides en vie. L'extermination totale... N'espère pas en voir réchapper aucun de nos gens. »

« Mais ils ne pourront continuer sans cesse. Ils courraient le risque de révéler quel a été le rôle de l'Empereur. »

« Le crois-tu ? »

« Quelques-uns de nos hommes parviendront à s'enfuir. »

« Vraiment ? »

Elle se détourna, effrayée par l'amertume et la dureté de la voix de son fils. Il avait calculé avec précision les chances. Elle le sentait dans ses paroles. C'était comme si l'esprit de Paul s'était brutalement éloigné du sien, comme s'il voyait plus loin qu'elle, maintenant. Elle avait participé à son éducation mais, à présent, elle avait peur du résultat. Ses pensées se tournèrent alors vers son Duc comme vers un sanctuaire perdu et les larmes vinrent lui brûler les yeux.

Il devait en être ainsi, Leto, pensa-t-elle. *Un temps pour l'amour, un temps pour la peine.* (Elle mit la main sur son ventre, consciente de la présence de l'embryon.) *J'ai en moi cette fille atréides que l'on m'a ordonné d'engendrer. Mais la Révérende Mère s'est trompée : une fille n'aurait pas sauvé mon Leto. Cette enfant n'est qu'une vie qui tente d'atteindre l'avenir dans un présent de mort. Je l'ai conçue par l'instinct et non par obéissance.*

« Vous devriez essayer à nouveau le communicateur », dit Paul.

L'esprit continue de fonctionner quoi que nous fassions pour l'en empêcher, se dit-elle.

Elle prit en main le minuscule appareil qu'Idaho leur avait laissé et mit le contact. Un voyant vert s'alluma. D'infimes grésillements sortirent du petit haut-parleur. Elle régla la fréquence et une voix retentit. Elle prononçait des mots dans le langage de bataille des Atréides.

« ... retraite et regroupez-vous dans le massif. Rapport Fedor : pas de survivants à Carthag. La Banque de la Guilde a été pillée. »

Carthag ! songea Jessica. *Un fief harkonnen !*

« Des Sardaukars. Prenez garde aux Sardaukars ! Ils sont en uniforme atréides. Ils... »

Un ronflement envahit le haut-parleur. Puis, plus rien.

« Essayez les autres fréquences », dit Paul.

« Comprends-tu ce que cela signifie ? »

« Je m'y attendais. Ils veulent que la Guilde rejette sur nous la responsabilité de la destruction de la banque. Avec la Guilde contre nous, nous sommes pris au piège sur Arrakis. Essayez les autres fréquences. »

Elle soupesa les mots qu'il venait de prononcer : « *Je m'y attendais.* » Que s'était-il passé en lui ? Lentement, elle revint au communicateur. Comme elle explorait la gamme des fréquences, elle accrochait des voix violentes : « ... repliez... essayez de vous regrouper... prisonniers dans une grotte à... »

Aux voix atréides se mêlaient des appels exultants en langage de combat harkonnen. Des ordres brefs, des rapports d'engagements. Tout était trop confus pour que Jessica pût enregistrer et découvrir le sens exact des mots, mais le ton était suffisant.

Il clamait avec éloquence la victoire des Harkonnen.

Paul secoua le paquet posé à côté de lui et entendit glouglouter l'eau des deux jolitres. Il inspira à fond et son regard se tourna vers l'extrémité transparente de l'abri, vers les rochers silhouettés sur le fond des étoiles. Sa main gauche se posa sur la fermeture du sphincter d'entrée.

« L'aube sera bientôt là, dit-il. Nous pouvons encore attendre Idaho pendant une journée, mais pas une nuit. Dans le désert, il faut voyager la nuit et se reposer durant le jour, à l'ombre. »

Sans distille, se souvint Jessica, *un homme assis à l'ombre, dans le désert, a besoin de cinq litres d'eau par jour pour maintenir l'équilibre de son organisme.* Leur existence dépendait de ce vêtement dont elle sentait la matière soyeuse et douce contre sa peau.

« Si nous partons, Idaho ne nous retrouvera jamais », dit-elle.

« Il existe des moyens de faire parler un homme. S'il n'est pas revenu à l'aube, nous devrons admettre l'éventualité de sa capture. Combien de temps croyez-vous qu'il puisse tenir ? »

Cette question n'appelait pas de réponse et Jessica demeura silencieuse.

Paul défit l'attache du paquet et en sortit un micro-manuel muni de sa visionneuse et de son brilleur. Des lettres orange et vertes se matérialisèrent, surgies d'entre les pages. « Jolitre, abri-distille, capsules d'énergie, recycles, snorkel, jumelles, repkit de distille, pistolet baramark, basse-carte, filtres, paracompas, hameçons à faiseur, marteleurs, Fremkit, pilier de feu… »

Il fallait tant de choses pour survivre dans le désert.

Il posa le micromanuel.

« Où pourrions-nous aller ? » demanda Jessica.

« Mon père parlait du *pouvoir du désert*. Sans lui, les Harkonnen ne réussiront pas à dominer cette planète. En fait, ils n'y sont jamais parvenus et ils n'y parviendront jamais. Même avec dix mille légions de Sardaukars. »

« Paul, tu ne penses pas que… »

« Nous avons toutes les preuves entre nos mains. Ici même, dans cette tente… La tente, ce paquet et tout ce qu'il contient, ces distilles. Nous savons que la Guilde exige une somme prohibitive pour des satellites météorologiques. Nous savons que… »

« Que viennent faire les satellites climatiques dans tout ceci ? Ils ne pourraient pas… » Elle s'interrompit.

Paul lisait ses réactions, calculait, intégrait les moindres détails.

« À présent, vous le voyez, dit-il. Les satellites observent le sol. Il existe dans le désert des choses qui ne doivent pas être observées. »

« Tu soupçonnes la Guilde de contrôler cette planète ? »

Lente. Elle était si lente.

« Non. Les Fremen ! Ils payent la Guilde pour préserver leur isolement. Et ils payent avec ce que le pouvoir du désert met à leur disposition : l'épice. Ce n'est pas une réponse fondée sur une approximation mais le résultat de déductions directes. »

« Paul, tu n'es pas encore un Mentat. Tu ne peux être certain de… »

« Je ne serai jamais un Mentat. Je suis autre chose… une monstruosité. »

« Paul ! Comment peux-tu dire de telles… »

« Laissez-moi seul ! »

Il se détourna d'elle et son regard plongea dans la nuit. *Pourquoi ne puis-je pleurer ?* songeait-il. Chaque fibre de son être s'y efforçait mais il savait que cela lui serait à jamais refusé.

Jamais encore Jessica n'avait perçu une telle détresse dans la voix de son fils. Elle aurait voulu le serrer contre elle, le consoler, l'aider… mais elle savait dans le même instant qu'elle ne pouvait rien pour lui. Il devrait résoudre lui-même ses problèmes.

Le manuel du Fremkit qui continuait de briller sur le sol attira son regard. Elle le prit et lut : « Manuel du Désert Ami, ce lieu plein de vie. Voici l'ayat et le burhan de la Vie. Crois, et jamais al-Lhat ne te consumera. »

Cela ressemble au Livre d'Azhar, se dit-elle, se souvenant de ses études des Grands Secrets. *Arrakis aurait-elle connu un Manipulateur de Religions ?*

Paul prit le paracompas dans le Fremkit, le reposa et dit : « Songez à tous ces appareils fremen aux fonctions précises. Ils sont l'indice d'une sophistication incomparable. Admettez-le. La culture qui a conçu tout ceci est plus vaste qu'on le soupçonne. »

En hésitant, toujours troublée par la dureté de la voix de son fils, Jessica se pencha de nouveau sur le manuel. Une constellation du ciel arrakeen : « Muad'Dib : la Souris. » Elle remarqua que la queue était dirigée vers le nord.

Paul observait la silhouette de sa mère, vaguement dessinée par la clarté du brilleur du manuel. *Voici venu le moment d'exaucer le vœu de mon père,* songea-t-il. *Je dois lui transmettre le message maintenant, alors qu'elle a encore le temps de pleurer. Plus tard, ce serait inopportun.* Cette logique précise le choqua.

« Mère ? »

« Oui ? »

Elle avait décelé le changement dans sa voix. Le froid se répandait maintenant dans ses entrailles. Mais jamais encore elle n'avait perçu un contrôle si dur.

« Mon père est mort », reprit Paul.

Elle chercha en elle-même. Les faits s'accouplant aux faits. L'assimilation bene gesserit. Et cela lui vint : la sensation d'une perte terrifiante.

Et elle hocha la tête, sans pouvoir parler.

« Mon père m'avait chargé de vous transmettre un message si quelque chose lui advenait. Il craignait que vous ne pensiez qu'il se défiait de vous. »

Ce soupçon inutile, pensa-t-elle.

« Il voulait que vous sachiez qu'il n'en a jamais été ainsi. (Il expliqua les faits tels qu'ils avaient été et ajouta :) Il désirait que vous sachiez que vous aviez sa confiance absolue, qu'il vous aimait toujours. Il a dit qu'il se serait plutôt méfié de lui-même que de vous et qu'il n'avait qu'un regret, celui de ne point vous avoir fait Duchesse. »

Elle essuya les larmes qui roulaient sur ses joues et pensa : *Quel gaspillage stupide ! Toute cette eau !* Mais elle savait dans le même instant que cette pensée révélait seulement son désir de se réfugier dans la colère. *Leto, mon Leto. Quelles terribles choses pouvons-nous faire à ceux que nous aimons !* D'un geste brusque, elle éteignit le brilleur du manuel.

Elle se mit à sangloter.

Paul entendait son chagrin. En lui, il ne distinguait rien. *Je n'ai pas de chagrin,* pensa-t-il. *Pourquoi ? Pourquoi ?* Cette incapacité de trouver du chagrin lui semblait une tare redoutable.

« *Un temps pour avoir, un temps pour perdre* », pensa Jessica. Une phrase de la Bible Catholique Orange. « *Un temps pour garder, un temps pour rejeter ; un temps pour aimer, un temps pour haïr ; un temps pour la guerre, un temps pour la paix.* »

L'esprit de Paul continuait sa course, froid, précis. Il découvrait les voies du temps ouvertes devant eux, sur ce monde. Sans même le secours du rêve, ses pouvoirs de prescience lui révélaient le faisceau des avenirs probables, et quelque chose d'autre, une frange d'inconnu... Comme s'il plongeait dans quelque niveau d'où le temps était absent mais où soufflaient les vents venus du futur.

Brusquement, comme s'il venait de découvrir une clé nécessaire, il s'éleva d'un échelon supplémentaire dans la perception. Il sentit qu'il était plus haut, trouva une prise précaire, regarda autour de lui. C'était comme le centre d'une sphère d'où irradiaient des avenues, dans toutes les directions. Encore que cette image fût loin de l'exacte sensation.

Il se souvenait d'un mouchoir de gaze flottant dans le vent. Et il percevait le futur ainsi, maintenant. Comme une surface ondulante, sans consistance.

Il voyait des gens.

Il sentait la chaleur et le froid de probabilités innombrables.

Il connaissait des noms et des lieux, éprouvait des émotions sans nombre, recevait des informations venues de sources multiples et inexplorées. Le temps était là pour sonder, goûter, examiner, mais pas pour façonner.

Le tout était le spectre des possibilités du plus lointain passé au plus lointain avenir, du plus probable au plus improbable. Il voyait sa propre mort en d'innombrables versions. Il voyait de nouveaux mondes, de nouvelles civilisations.

Des êtres.

Des êtres.

Des multitudes d'êtres qu'il ne pouvait dénombrer mais dont il percevait l'existence.

Des gens de la Guilde.

La Guilde... Pour nous, ce pourrait être l'issue. Faire accepter mon étrangeté comme une chose familière mais précieuse. L'épice, à présent nécessaire, nous serait assurée.

Mais il était effrayé à l'idée de devoir vivre le reste de son existence avec ce même esprit tâtonnant entre les avenirs possibles qui guidait les astronefs. Pourtant, c'était une voie ouverte. Et, en affrontant cet avenir possible qui recelait les gens de la Guilde, il reconnaissait sa propre étrangeté.

J'ai une autre vision. Je vois un autre paysage : tous les chemins offerts.

C'était là une pensée qui rassurait et inquiétait. Tant de ces chemins disparaissaient, se perdaient hors de vue.

Aussi vite qu'elle était venue, la sensation disparut et il comprit que cet instant n'avait duré que le temps d'un battement de cœur.

Pourtant, sa conscience avait été retournée, éclairée de terrifiante façon. Il regarda autour de lui.

La nuit recouvrait toujours l'abri-distille et les rochers protecteurs. Et sa mère pleurait toujours.

En lui, il ne ressentait toujours aucun chagrin. Séparé de son esprit, quelque part, il y avait toujours cet endroit creux qui poursuivait sa fonction, qui assimilait les informations, évaluait, déduisait, proposait des réponses à la façon d'un esprit Mentat.

Mais peu d'esprits avaient jamais accumulé autant d'informations. Et cela ne rendait pas l'endroit creux plus supportable. Paul avait l'impression que quelque chose devait se briser. C'était comme un mouvement d'horlogerie réglé pour l'explosion d'une bombe. Et le tic-tac continuait sans cesse, contre son gré. Et les plus infimes variations, autour de lui, étaient enregistrées. La plus subtile modification du taux d'humidité, une chute de température d'une fraction de degré, l'avancée d'un insecte sur le toit de l'abri, la lente montée de l'aube dans le fragment de ciel poudré d'étoiles.

Ce vide était insupportable. Et de savoir comment ce mouvement d'horlogerie avait été mis en marche ne faisait aucune différence. Il pouvait contempler tout son passé et il voyait la mise en place du mécanisme : son éducation, l'entraînement, l'affinement de ses talents, les pressions des disciplines sophistiquées, la découverte de la Bible Catholique Orange dans un moment critique... Et puis, l'épice.

Mais aussi, il pouvait regarder devant lui, dans toutes les directions. Et c'était là le plus terrifiant.

Je suis un monstre ! pensa-t-il. *Une anomalie !*

Puis : Non ! Non ! *Non !* NON !

Ses poings frappaient le sol de la tente. Et, implacable, cette fraction de son être qui poursuivait ses fonctions, enregistra sa réaction comme un intéressant phénomène émotionnel et l'intégra aux autres facteurs.

« Paul ! »

Sa mère était près de lui, elle lui avait pris les mains. Son visage était une tache grise dans l'ombre. « Paul, qu'y a-t-il ? »

« Vous ! »

« Je suis là, Paul. Tout va bien. »

« Que m'avez-vous fait ? » demanda-t-il.

En un éclair de compréhension, elle devina les racines lointaines de la question : « Je t'ai mis au monde », dit-elle.

Son instinct comme ses connaissances les plus subtiles lui disaient que c'était la réponse qui le calmerait.

Il sentait les mains de sa mère, essayait de distinguer ses traits. Certains signes génétiques dans la forme de son visage furent ajoutés aux autres informations, assimilés. La réponse vint.

« Laissez-moi », dit-il.

Un ton de fer. Elle obéit.

« Paul, veux-tu me dire ce qui se passe ? »

« Saviez-vous ce que vous faisiez en m'éduquant ? »

Il n'y a plus trace de l'enfant dans sa voix, pensa-t-elle.

« J'espérais ce qu'espèrent tous les parents. Que tu serais... supérieur, différent. »

« Différent ? »

Cette amertume dans sa voix. « Paul, je... »

« Vous ne désiriez pas un fils ! Vous désiriez un Kwisatz Haderach ! Vous vouliez un mâle Bene Gesserit ! »

« Mais, Paul... »

« Avez-vous jamais pris le conseil de mon père ? »

La voix de Jessica était douce, dans son chagrin.

« Quoi que tu sois, Paul, ton hérédité est partagée entre ton père et moi. »

« Mais pas mon éducation. Pas les choses qui ont... éveillé... ce qui dormait. »

« Ce qui dormait ? »

« C'est là, dit-il, et il posa la main sur son front, puis sur sa poitrine. C'est là, en moi. Et jamais ça ne s'arrête, jamais, jamais… »

« Paul ! »

Elle le sentait au bord de l'hystérie.

« Écoutez-moi, reprit-il. Vous vouliez que je parle de mes rêves à la Révérende Mère ? Alors écoutez à sa place, maintenant. Je viens d'avoir *un rêve éveillé*. Savez-vous pourquoi ? »

« Il faut te calmer. S'il y a… »

« L'épice. Il y en a partout. Dans l'air, dans le sol, la nourriture. L'épice gériatrique. Le Mélange. C'est comme la drogue des Diseuses de Vérité. Un poison ! »

Elle se raidit.

La voix de Paul se fit plus basse comme il répétait :

« Un poison… subtil, insidieux… sans antidote. Il ne tue pas si l'on ne cesse pas de le prendre. On ne peut quitter Arrakis sans emporter une partie d'Arrakis avec soi. »

La *présence* terrifiante de sa voix ne souffrait aucune réplique.

« Vous et l'épice, reprit-il. L'épice transforme quiconque en absorbe autant mais, grâce à *vous*, cette transformation a touché ma conscience. Je peux la voir. Elle n'est pas reléguée dans mon subconscient, là où je pourrais l'ignorer. »

« Paul, tu… »

« *Je la vois !* »

Elle percevait la folie dans la voix de son fils et ne savait plus quoi faire.

Mais il se remit à parler et la dureté de fer était de nouveau dans sa voix. « Nous sommes pris au piège. »

Nous sommes pris au piège, répéta-t-elle. Elle acceptait cette vérité. Nul effort bene gesserit, nulle astuce ou artifice ne les libérerait jamais complètement d'Arrakis. L'épice créait une accoutumance, un besoin. Son corps l'avait su bien longtemps avant que son esprit l'admette.

Nous vivrons donc le temps de nos vies sur cette planète infernale, songea-t-elle. *Si nous parvenons à échapper aux Harkonnen, ce monde est prêt pour nous. Et mon destin ne fait plus de doute : je ne suis là que pour préserver une lignée qui entre dans le Plan Bene Gesserit.*

« Je dois vous révéler ce qu'était mon rêve éveillé, reprit Paul et il y avait maintenant de la fureur dans sa voix. Pour être certain que vous accepterez mes paroles, je vous dirai d'abord que vous portez une fille, ma sœur, qui naîtra ici, sur Arrakis. »

Et Jessica posa les mains sur la paroi de la tente et appuya pour repousser la vague de peur. Elle savait que son état n'était pas encore visible. Seule son éducation bene gesserit lui avait permis de percevoir les tout premiers signaux de son corps, de savoir qu'elle portait un embryon de quelques semaines.

« Que pour servir, souffla-t-elle, s'accrochant à la devise bene gesserit. Nous n'existons que pour servir. »

« Nous trouverons refuge parmi les Fremen. C'est là que votre Missionaria Protectiva nous a préparé un abri. »

Notre fuite dans le désert était organisée, songea Jessica. *Mais comment peut-il connaître la Missionaria Protectiva ?* Elle avait peine, maintenant, à repousser la frayeur que faisait naître en elle l'étrangeté de son fils.

Paul examinait l'image sombre de sa mère, il lisait en elle la peur, clairement, comme si elle se dessinait en traits de lumière sur l'ombre. Et il ressentit un début de compassion à son égard.

« Je ne puis encore vous dire les choses qui peuvent advenir, dit-il. Je ne puis même me les dire, quoique je les aie vues. Cette *sensation* de l'avenir... Il semble que je n'aie aucun contrôle sur elle. C'est comme cela, c'est tout. L'avenir proche... un an peut-être... je peux le voir en partie... C'est une route aussi large que notre Avenue Centrale, sur Caladan. Il y a des choses que je ne distingue pas... des endroits pleins d'ombre... Comme si la route passait derrière une colline et... (l'image d'un mouchoir flottant au vent lui revint)... il y a des embranchements... »

Il demeura silencieux comme le souvenir de cette vision l'envahissait. Nul rêve prescient, nulle expérience dans son existence préalable ne l'avait préparé à cela, à cette révélation du temps mis à nu.

En se souvenant de l'expérience qu'il venait de vivre, il reconnaissait le but terrible qui était le sien. Sa vie se dilatait comme une bulle toujours plus immense et le temps lui-même battait en retraite...

Jessica découvrit le contrôle du brilleur de l'abri et une faible clarté verte repoussa les ombres et sa frayeur. Elle regarda le visage de son fils, ses yeux… tournés vers l'intérieur. Et elle sut où elle avait déjà rencontré un tel regard : dans des images anciennes de désastres passés, des visages d'enfants affamés ou blessés. Les yeux comme des puits noirs, la bouche réduite à un trait, les joues creuses, tendues.

L'expression de quelqu'un qui voit des choses terribles, songea-t-elle. *Qui affronte la certitude de sa mortalité.*

Ce n'était plus un enfant.

Puis le sens sous-jacent des paroles de Paul se dessina dans son esprit, balaya tout. Paul pouvait, en regardant au-devant de leur route, discerner une issue possible.

« Il existe un moyen d'échapper aux Harkonnen », dit-elle.

« Les Harkonnen ! Chassez ces caricatures d'humains de votre esprit ! » Il avait les yeux fixés sur sa mère, dans la faible lumière du brilleur, sur son visage qui la trahissait.

« Tu ne devrais pas parler d'humains sans… »

« Ne soyez pas aussi assurée quant aux démarcations. Nous portons notre passé avec nous. Et, ma mère, il est une chose que vous ignorez et que vous devriez savoir… *Nous* sommes des Harkonnen. »

L'esprit de Jessica fit alors une chose terrifiante : il se ferma totalement, comme s'il voulait se couper de toute sensation. Pourtant, la voix de Paul lui parvenait toujours, l'entraînait.

« Lorsque vous serez devant un miroir, examinez votre visage. Examinez le mien, maintenant. Les signes sont là, lisibles, si vous ne tentez pas de vous aveugler vous-même. Regardez mes mains, l'aspect de mon ossature. Et si rien de cela ne vous convainc, alors croyez-moi quand même sur parole. J'ai cheminé dans l'avenir, j'ai vu un document, dans un lieu. J'ai tous les détails. Nous sommes des Harkonnen. »

« Une… branche renégate de la famille, dit-elle. C'est cela, n'est-ce pas ? Quelque cousin harkonnen qui… »

« Vous êtes la propre fille du Baron », dit Paul, et il la regarda porter les mains à sa bouche avant de poursuivre : « Le Baron s'est adonné à bien des plaisirs dans sa jeunesse et il s'est laissé séduire, une fois. Mais c'était pour les besoins génétiques du Bene Gesserit. C'était par l'une d'entre *vous.* »

Vous. C'était comme une gifle. Mais son esprit se remit à fonctionner et elle ne pouvait nier ses paroles. Tant de suppositions passées reparaissaient maintenant et se rejoignaient. La fille que désirait le Bene Gesserit… Non pas pour mettre un terme à la vieille haine Atréides-Harkonnen mais pour fixer un facteur génétique. *Lequel ?* Elle cherchait la réponse, confusément.

Comme s'il lisait en elle, Paul dit : « Ils croyaient que c'était moi. Mais je ne suis pas ce qu'ils attendaient. Je suis venu avant mon temps. Et ils l'ignorent. »

Les mains de Jessica étaient rivées à sa bouche.

Grande Mère ! Le Kwisatz Haderach.

Elle comprenait maintenant que peu de chose échappait à son regard. Elle était nue devant lui. Complètement ouverte. Et elle savait que c'était là la base même de sa peur.

« Vous pensez que je suis le Kwisatz Haderach. Mais ôtez cette idée de votre esprit. Je suis quelque chose d'inattendu. »

Il faut que j'avertisse l'une de nos Écoles, se dit-elle. *L'index des accouplements révélera ce qui s'est produit.*

« Il sera trop tard lorsqu'ils apprendront mon existence », dit Paul.

Elle tenta une diversion, baissa les mains et demanda : « Nous trouverons refuge parmi les Fremen ? »

« Les Fremen ont une maxime qu'ils attribuent à Shai-hulud, le Vieux Père Éternité, et qui dit : "Sois prêt à apprécier ce que tu rencontres." »

Il pensa : *Oui, ma mère… parmi les Fremen. Vous aurez les yeux bleus et une callosité sous votre joli nez, là où sera fixé le tube de votre distille…, et vous porterez ma sœur : Sainte Alia du Couteau.*

« Si tu n'es pas le Kwisatz Haderach, dit Jessica, qui… »

« Il n'est pas possible que vous le sachiez. Vous ne le croirez que lorsque vous le verrez. »

Et il pensa : *Je suis une graine.*

Et il vit soudainement combien fertile était le terrain où il était tombé. Dans le même temps, cette sensation d'un but terrible revenait, l'envahissait, remplissait cette région vide, quelque part en lui. Le chagrin l'étouffa.

Sur le chemin qui les attendait, il avait vu deux embranchements importants. Le premier conduisait à un vieux Baron empli de mal auquel il disait : « Bonjour, grand-père. » Il détestait cet embranchement, vomissait ce à quoi il conduisait.

Le second sentier, lui, était plein de zones grisâtres et d'éminences violentes. Il portait une religion guerrière, un feu qui se répandait dans l'univers, la bannière verte et noire des Atréides flottant à la tête de légions de fanatiques abreuvés de liqueur d'épice. Il y avait là Gurney Halleck et quelques autres hommes de son père, mais si peu, tous arborant le signe du faucon, inspiré de la châsse du crâne de son père.

« Je ne peux pas emprunter cette voie, murmura Paul. C'est ce que voudraient les vieilles sorcières de vos Écoles. »

« Paul, je ne te comprends pas », dit Jessica.

Il demeura silencieux. Graine, il pensait avec cette conscience raciale qu'il avait d'abord ressentie comme un but terrible. Il comprenait qu'il ne pouvait plus haïr le Bene Gesserit, l'Empereur ou même les Harkonnen. Tous, ils obéissaient au besoin de leur race de renouveler son héritage dispersé, de croiser, de mêler les lignées en un immense et nouveau bouillon de gènes. Pour cela, la race ne connaissait qu'une manière, l'ancienne manière, celle qui avait été éprouvée, qui était sûre et qui écrasait tout sur son chemin : le Jihad.

Je ne peux pas choisir cela, pensa-t-il.

Mais, à nouveau, au fond de son esprit, il vit la châsse du crâne de son père, la violence et la bannière noir et vert.

Jessica, inquiète de son silence, demanda : « Ainsi... les Fremen vont nous recueillir ? »

Il leva les yeux et, dans la pénombre verte de la tente, regarda son visage aux traits affinés, patriciens. « Oui, c'est l'un des chemins, dit-il en hochant la tête. Oui... Ils m'appelleront... Muad'Dib, "Celui Qui Montre Le Chemin". Oui... ils m'appelleront ainsi. »

Et il ferma les yeux et pensa : *Maintenant, mon père, je peux te pleurer*. Et les larmes roulèrent sur ses joues.

LIVRE 2

MUAD'DIB

Lorsque mon père, l'Empereur Padishah, apprit la mort du Duc Leto et ses circonstances, il entra dans une fureur que jamais nous ne lui avions connue. Il s'en prit à ma mère et au complot qui l'avait forcé à placer une Bene Gesserit sur le trône. Il s'en prit à la Guilde et au cruel Baron. Il s'en prit à tous ceux qui se trouvaient là, sans même m'épargner, disant que j'étais une sorcière comme les autres. Comme je tentais de l'apaiser en lui disant que tout cela avait été fait pour obéir à une vieille loi de sécurité à laquelle les plus anciens gouvernants s'étaient toujours soumis, il réagit en me demandant si je le prenais pour un faible. Je compris alors qu'il avait été touché non par la mort du Duc mais par ce qu'elle impliquait pour toute la royauté. En y repensant, je crois que mon père lui aussi avait quelque don de prescience car il est certain que sa lignée et celle de Muad'Dib avaient des ancêtres communs.

Dans la Maison de Mon Père,
par la Princesse Irulan.

« À PRÉSENT, HARKONNEN VA TUER HARKONNEN », MURMURA Paul.

Il s'était éveillé peu après la venue de la nuit et s'était redressé dans l'ombre de la tente. Comme il parlait, il entendit les mouvements de sa mère qui dormait près de la paroi opposée.

Il se pencha sur les écrans du détecteur de proximité illuminés par les tubes au phosphore.

« Bientôt la nuit sera totale, dit Jessica. Pourquoi ne relèves-tu pas les parois ? »

Il comprit alors qu'elle était éveillée depuis un moment. Elle était demeurée immobile, silencieuse, jusqu'à ce qu'elle fût certaine qu'il était éveillé.

« Ça ne servirait à rien, dit-il. Il y a eu une tempête. La tente est couverte de sable ; il va falloir que je la dégage. »

« Aucun signe de Duncan ? »

« Non. »

D'un geste absent, il toucha l'anneau ducal à son pouce puis se mit à trembler sous l'effet d'une rage soudaine à l'égard de cette planète qui avait aidé à l'assassinat de son père.

« J'ai entendu la tempête arriver », dit Jessica.

Ces mots vides, inutiles, l'aidèrent à retrouver un peu de calme. Son esprit se tourna vers le souvenir de la tempête telle qu'il l'avait vue par la paroi transparente de l'abri. Froides coulées de sable à travers le bassin, puis écharpes et ruisseaux dans le ciel. À un moment, sous ses yeux, une spire de rocher avait changé de forme. Dans le souffle du sable, elle était devenue une simple excroissance orangée. Puis le sable avait empli tout le ciel qui était devenu comme un plafond d'épice avant de recouvrir la tente.

Sous la pression, les tendeurs de l'abri avaient craqué une seule fois puis le silence s'était définitivement établi, habité seulement des faibles plaintes du snorkel qui, à travers le sable, pompait l'air à la surface.

« Essaye à nouveau le récepteur », dit Jessica.

« Inutile », dit Paul.

Il prit le tube à eau de son distille fixé à son cou et aspira une gorgée tiède, songeant qu'ainsi il commençait véritablement son existence arrakeen, vivant de l'humidité de son propre corps, de sa propre respiration. L'eau était douceâtre mais elle calmait le feu de sa gorge.

Jessica l'avait entendu boire. Son distille était moite sur son corps mais pourtant, elle refusait d'écouter sa soif. L'eût-elle fait, elle se serait dans le même temps éveillée pleinement aux nécessités terribles d'Arrakis, ce monde où la moindre trace d'humidité devait être récupérée, où chaque goutte qui se formait dans les poches de l'abri-distille était précieuse, où l'on se retenait de respirer à l'air libre.

Il était tellement plus facile de se laisser glisser à nouveau dans le sommeil.

Mais elle avait eu un rêve et à ce seul souvenir elle frissonna. Un rêve où ses mains étaient plongées dans le sable. Et sur le sable un nom avait été inscrit : *Duc Leto Atréides.* Un nom que le sable effaçait, qu'elle essayait de reformer, de préserver, mais dont les lettres s'effaçaient tandis qu'elle les retraçait.

Le sable ne cessait jamais de s'accumuler.

Et dans son rêve elle avait gémi, de plus en plus fort. Un gémissement ridicule. Une partie de son esprit avait compris que c'était sa voix alors qu'elle n'était qu'une petite enfant. La femme s'effaçait, une femme que les souvenirs les plus lointains ne discernaient pas vraiment.

Ma mère inconnue, songea Jessica. *La Bene Gesserit qui m'a enfantée et m'a donnée aux Sœurs parce qu'elle en avait reçu l'ordre. A-t-elle éprouvé de la joie à se débarrasser ainsi d'une enfant harkonnen ?*

« C'est par l'épice qu'il faut les frapper », dit Paul.

Comment peut-il penser à l'attaque en un tel moment ?

« La planète tout entière est pleine d'épice, dit-elle. Comment peux-tu songer à les frapper ? »

Elle l'entendit bouger, traîner leur sac d'équipement sur le sol de l'abri.

« Sur Caladan, dit-il, c'était le pouvoir de la mer, le pouvoir des airs. Ici, c'est *le pouvoir du désert.* Les Fremen en sont la clé. »

Il se trouvait maintenant près du sphincter d'entrée. Ses sens bene gesserit lui révélaient à nouveau l'amertume qu'il éprouvait à son égard.

Toute sa vie durant, on lui a appris à haïr les Harkonnen, songea-t-elle. *Maintenant, il découvre qu'il en est un... à cause de moi. Comme il me connaît mal ! J'ai toujours été l'unique femme de mon Duc. J'avais accepté ses valeurs et sa vie, même si elles défiaient mes ordres bene gesserit.*

Sous la main de Paul, le brilleur de l'abri-distille s'éveilla et répandit une clarté verte. Paul s'accroupit devant le sphincter, le capuchon de son distille ajusté pour la sortie dans le désert.

Frontal serré, filtre en place devant la bouche, embouts sur le nez. Seuls ses yeux sombres demeuraient visibles quand il tournait la tête vers sa mère, parfois.

« Préparez-vous à sortir », dit-il. Et sa voix était étouffée par le filtre.

Jessica mit son propre filtre en place et entreprit d'ajuster son capuchon tandis que Paul ouvrait le sceau d'entrée.

Le sphincter se dilata dans le crissement du sable et un nuage de grains vint grésiller à l'intérieur de la tente avant que Paul ait pu l'immobiliser avec un outil de compression statique. Un trou apparut alors dans la muraille de sable comme les grains obéissaient au faisceau de l'outil. Paul quitta l'abri et Jessica écouta attentivement, suivant sa progression vers la surface.

Qu'allons-nous trouver là-haut ? pensait-elle. *Les hommes des Harkonnen, les Sardaukars... Ce sont des dangers auxquels nous pouvons nous attendre. Mais ceux que nous ignorons ?*

Elle pensa à l'outil de compression statique et à tous ces instruments étranges qui se trouvaient dans le paquet. Dans son esprit, chacun d'eux correspondait à quelque danger mystérieux.

Elle sentit alors sur ses joues, au-dessus du filtre, une brise brûlante venue de la surface.

« Passez-moi le paquet. » C'était la voix de Paul, basse, mesurée.

Comme elle soulevait le paquet du sol, elle entendit le glougloutement des jolitres. Levant les yeux, elle distingua la silhouette de Paul sur le fond des étoiles.

« Par ici », dit-il, et il se pencha pour prendre le paquet.

Elle ne distingua plus que le cercle des étoiles. C'était comme autant de pointes acérées dirigées sur elle. Une pluie de météorites traversa alors ce fragment de nuit qu'elle apercevait et elle songea à un avertissement. Des griffes de tigre sur sa peau, des blessures de lumière qui répandaient son sang.

« Dépêchez-vous, dit Paul. Je veux abattre cette tente. »

Une averse de sable s'abattit sur sa main gauche. *Combien de sable peut-on tenir dans une main ?* se demanda-t-elle.

« Faut-il que je vous aide ? »

« Non. »

Sa gorge était sèche. Elle s'engagea dans le trou. Le sable aggloméré par l'outil statique crissa sous ses doigts. Paul se pencha et lui saisit le bras. Elle se redressa à côté de lui sur le désert doux, à la clarté des étoiles. Elle regarda tout autour d'eux. Le sable avait presque totalement comblé le bassin, ne laissant qu'une étroite lisière de rochers. Ses sens acérés sondèrent la nuit.

Des bruits de petits animaux.

Des oiseaux.

Une chute de sable et des cris assourdis.

Paul abattant l'abri, le récupérant.

La clarté des étoiles, suffisante pour placer des ombres menaçantes sur la nuit. Des trous de ténèbres où Jessica plongeait son regard.

Le noir, songeait-elle. *Un souvenir aveugle. On prête l'oreille aux hordes, aux cris de ceux qui chassaient nos ancêtres en un passé si lointain que seules nos cellules les plus primitives s'en souviennent. Les oreilles voient. Les narines voient.*

« Duncan m'a dit que s'il était capturé, il pourrait tenir assez longtemps, dit Paul. Il faut que nous partions maintenant. »

Il mit le Fremkit sur ses épaules, traversa le creux du bassin et remonta vers une brèche ouverte sur le désert.

Jessica le suivit avec des gestes automatiques, consciente de vivre désormais dans l'orbite de son fils.

Car désormais mon chagrin est plus lourd que les sables des mers, songea-t-elle. *Ce monde m'a vidée de tout hormis du plus ancien des buts, la vie de demain. À présent, c'est pour mon jeune Duc que j'existe et pour ma fille à venir.*

Le sable croulait sous ses pas comme elle se hissait au côté de Paul. Par-delà une alignée de rochers, il regardait en direction du nord, vers un lointain escarpement rocheux. Celui-ci, sur le fond des étoiles, avait l'apparence d'un ancien navire de guerre. Sa forme élancée semblait portée par quelque vague invisible, avec des antennes en syllabes, des cheminées inclinées, une tourelle en poupe.

Un feu orange éclata au-dessus du navire figé et une ligne violette vint à sa rencontre, striant la nuit.

Puis une autre !

Et un second feu orange !

C'était tout à coup comme un combat naval des temps perdus, un duel d'artillerie. Paul et Jessica regardaient, immobiles.

« Des piliers de feu », murmura Paul.

Un anneau d'yeux rouges s'éleva au-dessus du lointain rocher. Des lacets mauves se déployèrent dans le ciel.

« Fusées et lasers », dit Jessica.

La première lune d'Arrakis, rouge de poussière, s'élevait au-dessus de l'horizon, à leur gauche, et ils distinguèrent la piste d'une tempête dans cette direction, un mouvement furtif à la surface du désert.

« Ce sont les ornis des Harkonnen, dit Paul. Ils nous pourchassent. Ils quadrillent le désert comme s'ils voulaient tout détruire... jusqu'au dernier nid d'insectes. »

« Ou jusqu'au dernier nid d'Atréides », dit Jessica.

« Il faut nous mettre à couvert. Nous allons marcher vers le sud en restant à l'abri des rochers. Si jamais ils nous surprenaient en terrain plat... (Il se détourna et rajusta le Fremkit sur ses épaules.) Ils tuent tout ce qui bouge. »

Comme il faisait un pas en avant, il entendit le sifflement léger et, dans le même instant, aperçut les formes sombres des ornithoptères au-dessus d'eux.

Mon père me dit une fois que le respect de la vérité est presque le fondement de toute morale. « Rien ne saurait sortir de rien », disait-il. Et cela apparaît certes comme une pensée profonde si l'on conçoit à quel point « la vérité » peut être instable.

Extrait de Conversations avec Muad'Dib,
par la Princesse Irulan.

« JE ME SUIS TOUJOURS FLATTÉ DE VOIR LES CHOSES TELLES qu'elles sont réellement, disait Thufir Hawat. C'est la malédiction du Mentat. Il ne peut jamais s'empêcher d'analyser. »

Son visage paraissait calme dans la pénombre qui précédait l'aube. Ses lèvres tachées de sapho étaient réduites à une simple ligne d'où irradiaient des rides verticales.

L'homme en robe accroupi devant lui sur le sable ne semblait pas l'avoir entendu.

Ils se tenaient sous un surplomb de rocher qui dominait un vaste et profond bassin. Au-dessus de la ligne hachée des collines, l'aube se dessinait vaguement. Sa lumière rose se posait sur toute chose. Il faisait froid sous le rocher, un froid sec et pénétrant laissé par la nuit. Peu avant l'aube, un vent tiède s'était levé mais, à présent, il était retombé. Derrière lui, Hawat pouvait entendre quelques claquements de dents parmi les survivants de sa troupe.

L'homme qui était accroupi devant lui était un Fremen. Il avait traversé le bassin dans les toutes premières lueurs de l'aube, glissant dans le sable, se fondant entre les dunes, à peine discernable.

Il tendit un doigt et sur le sable, entre eux, dessina une forme. Comme une sphère d'où pointait une flèche. « Il y a de nombreuses patrouilles harkonnens », dit-il. Il leva le doigt et désigna les collines d'où étaient venus Hawat et ses hommes.

Hawat acquiesça.

De nombreuses patrouilles. Oui.

Mais il ignorait toujours ce que voulait le Fremen et cela l'irritait. L'éducation mentat donnait à un homme le pouvoir de discerner les motivations.

Cette nuit qui s'achevait avait été la pire de toute l'existence de Hawat. Lorsque les premiers rapports sur l'attaque étaient arrivés, il se trouvait à Tsimpo, un village de garnison, poste avancé de l'ancienne capitale, Carthag. Au début, il avait pensé : *Ce n'est qu'un raid. Les Harkonnen nous éprouvent.*

Mais les rapports s'étaient succédé, de plus en plus vite.

Deux légions avaient débarqué à Carthag.

Cinq autres (cinquante brigades !) attaquaient la base ducale d'Arrakeen.

Une légion à Arsunt.

Deux groupes de combat au Rocher Brisé.

Puis les rapports s'étaient faits plus précis. Des Sardaukars impériaux se trouvaient mêlés aux assaillants. Probablement deux légions. Il apparut bientôt que les attaquants savaient exactement comment répartir leurs forces. *Magnifiquement renseignés*, avait songé Hawat.

Sa fureur n'avait fait que croître jusqu'à menacer ses capacités de Mentat. La violence de cette attaque avait frappé son esprit avec une force presque physique.

Maintenant, il se cachait sous un rocher, quelque part dans le désert. Il hocha la tête et ramena sur lui sa tunique lacérée comme pour s'isoler des ombres glacées.

La violence de l'attaque.

Il s'était toujours attendu à ce que l'ennemi loue un vaisseau de la Guilde pour des raids préalables. C'était un processus assez répandu dans chaque guerre entre Maisons. Les vaisseaux se posaient régulièrement sur Arrakis pour charger l'épice de la Maison Atréides.

Hawat avait pris toutes les mesures qui s'imposaient contre des raids surprises par de faux transports d'épice. Mais pour une attaque générale, il n'avait jamais compté sur plus de dix brigades.

Pourtant, la dernière estimation indiquait que plus de deux mille vaisseaux s'étaient abattus sur Arrakis. Et pas seulement des transports d'épice, mais aussi des frégates, des monitors, des patrouilleurs, des transports de troupe, des éperonneurs, des vidangeurs...

Plus de cent brigades... Dix légions !

Les récoltes complètes d'épice effectuées sur Arrakis en cinquante années suffiraient à peine à couvrir les frais d'une telle expédition.

Peut-être.

J'ai sous-estimé ce que le Baron était prêt à dépenser pour nous attaquer, se dit Hawat. *J'ai trahi la confiance de mon Duc.*

Restait la traîtresse.

Je vivrai pour la voir étranglée ! se dit-il. *J'aurais dû tuer cette sorcière Bene Gesserit quand j'en avais l'occasion.* Dans son esprit il n'y avait nul doute : c'était Dame Jessica qui les avait trahis. Cela correspondait à tous les faits.

« Votre homme, Gurney Halleck et une partie de sa troupe sont en sûreté auprès de nos amis contrebandiers », dit le Fremen.

« Très bien. »

Ainsi Gurney pourra s'échapper de cette infernale planète. Nous n'avons pas tous péri.

Hawat se tourna vers ses hommes. Ils avaient été trois cents parmi les meilleurs au début de la nuit. À présent, ils n'étaient plus qu'une vingtaine dont la moitié étaient blessés. Certains dormaient, debout, appuyés au rocher ou écroulés dans le sable. Leur dernier orni, qu'ils avaient utilisé comme un véhicule au sol pour transporter les blessés, avait refusé d'aller plus loin peu avant l'aube. Ils l'avaient entièrement découpé au laser avant de dissimuler les débris. Puis ils s'étaient réfugiés dans ce bassin.

Hawat n'avait qu'une idée très sommaire de leur position. Ils devaient se trouver à deux cents kilomètres au sud-est d'Arrakeen. Les voies de communication entre les communautés sietch du Bouclier passaient quelque part au sud.

Le Fremen rejeta son capuchon et sa coiffe de distille et révéla une barbe et une chevelure couleur de sable. Les cheveux étaient rejetés en arrière à partir du front, haut et étroit. Ses yeux insondables étaient de ce bleu dû à l'épice. Sur un côté de sa bouche, là où passait la boucle du tube des narines, les poils de sa barbe étaient tachés.

L'homme ôta les embouts de son nez pour les rajuster. Il gratta l'escarre qui s'était formée sous ses narines.

« Si vous franchissez le bassin ici, cette nuit, dit-il, ne vous servez pas de boucliers. Il y a une brèche dans la paroi... (Il pivota sur ses talons et désigna le sud.)... là-bas, et ensuite du sable nu jusqu'à l'erg. Les boucliers attireraient un... (il hésita)... un ver. Ils ne viennent pas souvent par ici mais un bouclier en attirerait un. »

Il a dit ver, songea Hawat. *Mais il allait dire autre chose. Quoi ? Et qu'attend-il de nous ?*

Il eut un soupir.

Il ne se rappelait pas avoir jamais été aussi las. Il éprouvait dans tous ses muscles une douleur qu'aucune pilule énergétique ne pourrait dissiper.

Ces satanés Sardaukars !

Plein d'amertume à leur égard, il pensa aux soldats fanatiques et à la trahison impériale qu'ils représentaient. Tous les éléments qu'il possédait, assimilés par son esprit Mentat, lui révélaient qu'il n'avait que peu de chance de découvrir une preuve de cette trahison. Jamais le Haut Conseil du Landsraad ne leur rendrait justice.

« Souhaitez-vous rejoindre les contrebandiers ? » demanda le Fremen.

« Est-ce possible ? »

« C'est un long chemin. »

Les Fremen n'aiment pas dire non, lui avait appris Idaho.

« Vous ne m'avez pas dit si votre peuple peut porter secours à mes blessés. »

« Ils sont blessés. »

Cette même maudite réponse chaque fois !

« Nous le savons ! Ce n'est pas ce... »

« Paix, ami, dit le Fremen. Que disent vos blessés ? En est-il parmi eux qui peuvent comprendre le besoin d'eau de votre tribu ? »

« Nous n'avons pas parlé de l'eau, dit Hawat. Nous... »

« Je peux comprendre votre répugnance. Ce sont vos amis, les hommes de votre tribu. Avez-vous de l'eau ? »

« Pas assez. »

Le Fremen désigna la tunique de Hawat, sa peau nue qui apparaissait par les déchirures. « Vous avez été surpris dans votre sietch, sans vos habits. Vous devez prendre une décision d'eau, mon ami. »

« Pouvons-nous vous demander votre aide ? »

Le Fremen haussa les épaules. « Vous n'avez pas d'eau. (Ses yeux se portèrent sur le groupe des hommes.) Combien de vos blessés pouvez-vous perdre ? »

Hawat demeura silencieux, les yeux fixés sur l'homme. Son esprit de Mentat lui révélait que leur conversation était déphasée. Les sons-mots n'étaient pas reliés normalement.

« Je suis Thufir Hawat, dit-il. Je peux parler au nom de mon Duc. Je suis prêt à m'engager pour obtenir votre aide. Je ne désire qu'une aide limitée afin de préserver mes moyens pour tuer une traîtresse qui se croit à l'abri de toute vengeance. »

« Vous voulez que nous nous joignions à une vendetta ? »

« Je me chargerai moi-même de la vendetta. Je désire seulement que l'on m'ôte la responsabilité de mes blessés. »

Le Fremen fronça les sourcils. « Comment pourriez-vous être responsable de vos blessés ? Ils sont responsables d'eux-mêmes. C'est l'eau qui importe, Thufir Hawat. Me laisserez-vous prendre cette décision ? »

Il mit la main sur l'arme dissimulée sous sa robe et Hawat, soudain tendu, se demanda : *Une trahison ?*

« Que craignez-vous ? » dit le Fremen.

Ces gens déroutants, si directs !

« Ma tête est mise à prix », répondit prudemment Hawat.

« Ah... (Le Fremen ôta sa main de l'arme.) Vous nous croyez corrompus comme des Byzantins. Vous ne nous connaissez pas. Les Harkonnen n'ont pas assez d'eau pour acheter le plus petit de nos enfants. »

Mais ils étaient capables de payer à la Guilde le prix du passage de plus de deux mille vaisseaux, songea Hawat. Il était toujours abasourdi par la somme que cela représentait.

« Nous combattons tous deux les Harkonnen. Ne pourrions-nous partager nos problèmes et les moyens de triompher ? »

« Nous partageons, dit le Fremen. Je vous ai vu combattre les Harkonnen. Vous vous battez bien. À certains moments, j'aurais apprécié la présence de votre bras à mes côtés. »

« Quand vous le désirerez », dit Hawat.

« Qui sait ? Les forces harkonnen sont de tous côtés. Mais vous n'avez toujours pas pris la décision d'eau. Vous ne l'avez pas soumise à vos blessés. »

Prudence, se dit Hawat. *Il y a là quelque chose que je ne comprends pas.*

« M'apprendrez-vous les règles arrakeen ? »

« Pensée étrangère, dit le Fremen avec du mépris dans la voix. (Il désigna le nord-ouest, au-delà de la colline.) Nous vous avons observés, cette nuit, comme vous approchiez. (Il baissa le bras.) Vous restiez sur le versant friable des dunes. Mauvais. Vous n'avez pas de distilles, pas d'eau. Vous ne résisterez pas longtemps. »

« On ne s'accoutume pas vite à Arrakis », dit Hawat.

« Vérité. Mais nous avons tué des Harkonnen. »

« Que faites-vous pour vos propres blessés ? »

« Un homme ne sait-il pas lorsqu'il vaut d'être sauvé ? demanda le Fremen. Vos blessés savent que vous n'avez pas d'eau. (Il pencha la tête.) Il est clair que le moment est venu de prendre la décision d'eau. Blessés et non-blessés doivent regarder l'avenir de la tribu. »

L'avenir de la tribu, pensa Hawat. *La tribu des Atréides. Cela a un sens.* Et il fit un effort pour poser la question qu'il avait évitée jusque-là.

« Savez-vous quelque chose de mon Duc ou de son fils ? »

« Savoir ? » Les yeux bleus restaient insondables.

« Quel a été leur sort ! » lança Hawat.

« Le sort est le même pour chacun. Votre Duc, à ce que l'on dit, a connu le sien. Quant à celui du Lisan al-Gaib, son fils, il est entre les mains de Liet. Et Liet n'a rien dit. »

Je connaissais la réponse avant d'avoir posé la question, se dit Hawat.

Il regarda de nouveau ses hommes. Tous étaient éveillés, à présent. Ils avaient entendu. Ils regardaient le sable, et leurs visages révélaient les mêmes pensées : ils ne reverraient jamais Caladan et, à présent, Arrakis était perdue.

« Avez-vous entendu parler de Duncan Idaho ? » demanda Hawat.

« Il se trouvait dans la grande maison quand le bouclier a été abattu. J'ai entendu dire cela... rien de plus. »

Elle a désactivé le bouclier et fait entrer les Harkonnen. Cette fois, c'était moi qui tournais le dos à la porte. Mais comment a-t-elle pu faire cela ? Agir contre son propre fils ? Qui sait ce que pense une sorcière Bene Gesserit ?.... Si l'on peut appeler cela penser...

La gorge sèche, il lutta pour avaler sa salive. « Quand saurez-vous, pour le garçon ? »

« Nous ne savons que peu de chose d'Arrakeen, dit le Fremen. (Il haussa les épaules.) Qui sait ? »

« Vous avez un moyen de savoir ? »

« Peut-être. (À nouveau, il gratta l'escarre sous son nez.) Dites-moi, Thufir Hawat, connaissez-vous ces lourdes armes dont se sont servis les Harkonnen ? »

L'artillerie, songea Hawat avec amertume. *Qui aurait pensé qu'ils utiliseraient l'artillerie de nos jours, face à des boucliers ?*

« Vous pensez à l'artillerie qu'ils ont utilisée pour enterrer les nôtres dans les grottes, dit-il. J'ai... une connaissance théorique de ces armes à explosifs. »

« Tout homme qui se réfugie dans une grotte n'ayant qu'une seule issue mérite la mort », dit le Fremen.

« Pourquoi m'avez-vous posé cette question, à propos des armes ? »

« Liet désirait savoir. »

Est-ce donc là ce qu'il attend de nous ?

« Êtes-vous venu pour obtenir des renseignements sur ces gros canons ? » demanda Hawat.

« Liet désirait examiner l'une de ces armes. »

« En ce cas, vous n'avez qu'à aller en prendre une. »

« Oui, dit le Fremen. Nous en avons pris une. Nous l'avons cachée là où Stilgar pourra l'étudier pour Liet et où Liet pourra l'examiner par lui-même s'il le désire. Mais je doute qu'il le fasse : cette arme n'est pas très bonne. Médiocre pour Arrakis. »

« Vous... vous avez pris un canon ? » demanda Hawat.

« C'était un beau combat. Nous n'avons perdu que deux hommes et répandu l'eau de plus de cent des leurs. »

Il y avait des Sardaukars à chaque pièce, songea Hawat. *Et ce fou prétend n'avoir perdu que deux hommes contre des Sardaukars !*

« Nous n'aurions pas perdu ces deux hommes s'il n'y avait eu ceux qui se battaient aux côtés des Harkonnen, reprit le Fremen. Certains de ceux-là sont de bons guerriers. »

Le lieutenant de Hawat s'approcha en trébuchant et se pencha vers le Fremen. « Est-ce que vous parlez des Sardaukars ? »

« Il parle des Sardaukars », dit Hawat.

« Les Sardaukars ! s'exclama le Fremen avec une sorte de joie. Ainsi, ce sont des Sardaukars ! Excellente nuit. Des Sardaukars ! De quelle légion ? Le savez-vous ? »

« Nous... nous l'ignorons. »

« Des Sardaukars. (Le Fremen semblait réfléchir à haute voix.) Pourtant, ils portaient la tenue des Harkonnen. N'est-ce pas étrange ? »

« L'Empereur ne souhaite pas que l'on sache qu'il s'attaque à l'une des Grandes Maisons », dit Hawat.

« Mais *vous*, vous savez que ce sont des Sardaukars. »

« Qui suis-je ? » fit Hawat avec amertume.

« Vous êtes Thufir Hawat. Pour les Sardaukars, nous aurions fini par savoir qui ils étaient. Nous avons envoyé trois prisonniers aux hommes de Liet pour qu'ils les interrogent. »

Le lieutenant debout auprès de Hawat parla d'une voix lente. L'incrédulité perçait dans chacune de ses paroles. « Vous... vous... avez... *capturé*... des Sardaukars ? »

« Seulement trois, dit le Fremen. Ils se battent bien. »

Si seulement nous avions eu le temps de nous allier à ces Fremen, pensa Hawat, et c'était comme une plainte dans son esprit. *Si seulement nous les avions entraînés et armés. Grande Mère ! De quelle force n'aurions-nous pas disposé alors !*

« Peut-être vous attardez-vous à cause de votre inquiétude pour le Lisan al-Gaib, reprit le Fremen. S'il est réellement le Lisan al-Gaib, rien ne saurait le menacer. Mais ne dépensez point vos pensées pour une chose qui n'a pas encore été prouvée. »

« Je sers le... Lisan al-Gaib, dit Hawat. Sa sécurité dépend de moi. Je me suis engagé à le protéger. »

« Par son eau ? »

Hawat jeta un coup d'œil au soldat qui ne quittait pas le Fremen du regard avant de répondre : « Oui, par son eau. »

« Vous souhaitez regagner Arrakeen, le lieu de l'eau ? »

« Oui... le lieu de l'eau. »

« Pourquoi n'avoir pas dit dès le début que c'était une question d'eau ? » Le Fremen se leva et ajusta fermement les embouts de ses narines.

De la tête, Hawat fit signe à son lieutenant de rejoindre les autres. L'homme obéit avec un haussement d'épaules plein de lassitude. Derrière lui, Hawat perçut des murmures.

« Il y a toujours un chemin qui conduit à l'eau », dit le Fremen.

Hawat entendit un juron. Puis : « Thufir ! Arkie vient de mourir ! »

Le Fremen leva le poing contre son oreille. « Le gage d'eau ! C'est un signe ! (Il regarda Hawat.) Nous avons un lieu proche pour accepter l'eau. Dois-je appeler mes hommes ? »

Le lieutenant revint vers Hawat. « Thufir, certains des hommes ont laissé leurs femmes à Arrakeen. Ils... vous savez ce que cela peut être en un moment pareil. »

Le Fremen pressait toujours le poing contre son oreille. « C'est le gage de l'eau, Thufir Hawat ? » demanda-t-il.

L'esprit du Mentat travaillait à toute allure. Il discernait maintenant le sens des paroles du Fremen mais il craignait la réaction de ses hommes épuisés.

« Le gage de l'eau », dit-il.

« Que nos tribus se joignent », dit le Fremen, et il abaissa le poing.

Comme s'ils obéissaient à ce signal, quatre hommes dévalèrent les rochers, au-dessus d'eux. Ils plongèrent sous le surplomb, roulèrent le corps du soldat dans une robe, le soulevèrent et partirent en courant avec leur fardeau, suivant la falaise dans un sillage de poussière. Ils eurent disparu avant que les hommes de Hawat n'aient retrouvé leurs esprits.

« Où vont-ils avec Arkie ? lança une voix. Il était... »

« Ils vont… l'enterrer », dit Hawat.

« Les Fremen n'enterrent pas leurs morts, insista l'homme. N'essayez pas de nous tromper, Thufir. Nous savons ce qu'ils en font. Arkie était un… »

« Le Paradis est assuré à celui qui est mort au service du Lisan al-Gaib, dit le Fremen. S'il est vrai que vous servez le Lisan al-Gaib, comme vous l'avez dit, pourquoi vous lamenter ? Le souvenir de celui qui est mort ainsi vivra aussi longtemps que durera la mémoire des hommes. »

Mais les hommes s'avançaient, le visage coléreux. L'un d'eux s'était emparé d'un pistolet laser et le brandissait.

« Arrêtez-vous immédiatement ! lança Hawat. (Il lutta contre l'emprise douloureuse de la fatigue sur ses muscles.) Ces gens respectent nos morts. Leurs coutumes sont différentes des nôtres, mais elles ont le même sens ! »

« Ils vont prendre toute l'eau de son corps », gronda l'homme au pistolet laser.

« Vos hommes voudraient-ils assister à la cérémonie ? » demanda le Fremen.

Il ne comprend pas le problème, pensa Hawat, et il s'effraya de la naïveté du Fremen.

« Ils ont du chagrin pour un camarade qu'ils respectaient », dit-il.

« Nous le traiterons avec autant de respect que l'un des nôtres. Ceci est le gage de l'eau. Nous connaissons le rite. La chair d'un homme lui appartient. Son eau revient à la tribu. »

L'homme au laser fit un pas en avant et Hawat demanda rapidement :

« Et maintenant, vous allez porter secours à nos blessés ? »

« On ne peut mettre le gage en question, dit le Fremen. Nous ferons pour vous ce qu'une tribu ferait pour elle-même. Tout d'abord, nous devrons tous vous vêtir et veiller à vos besoins. »

L'homme hésita.

« Achetons-nous leur aide avec… l'eau d'Arkie ? » demanda le lieutenant de Hawat.

« Nous n'achetons rien… Nous nous allions à ces gens. »

« Les coutumes sont différentes », murmura une voix.

Hawat commença de se détendre.

« Ils nous aideront à atteindre Arrakeen ? »

« Nous tuerons les Harkonnen, dit le Fremen. (Il sourit.) Et les Sardaukars aussi. (Il fit un pas en arrière, mit ses mains en coupe derrière ses oreilles, renversa la tête et écouta. Puis il baissa les mains et dit :) Un appareil aérien approche. Cachez-vous sous le rocher et ne faites plus un mouvement. »

Sur un geste impératif de Hawat, les hommes obéirent.

Le Fremen prit le bras du Mentat et le poussa vers les autres. « Nous nous battrons quand viendra le moment de se battre », dit-il. Il plongea une main sous sa robe et en sortit une petite cage où il prit un animal. Hawat reconnut une minuscule chauve-souris. Elle tourna la tête et il vit qu'elle avait les yeux bleus, entièrement bleus.

Le Fremen se mit à la caresser, à la calmer avec des murmures. Puis il se pencha sur la tête du petit animal et lâcha une goutte de salive dans sa bouche ouverte. La chauve-souris déploya ses ailes mais ne quitta pas la main du Fremen. Celui-ci prit alors un petit tube qu'il plaça contre la tête de l'animal. Puis il prononça quelques paroles à l'extrémité du tube, souleva la chauve-souris et la lança en l'air.

Elle plongea derrière l'angle de la falaise et disparut. Le Fremen reprit la cage et la remit sous sa robe. À nouveau il renversa la tête en arrière et écouta.

« Ils fouillent le haut pays, dit-il. On se demande ce qu'ils peuvent y chercher. »

« Ils savent que nous avons battu en retraite dans cette direction », dit Hawat.

« On ne doit jamais penser que l'on est le seul gibier d'une chasse. Regardez de l'autre côté du bassin. Vous allez voir. »

Du temps passa.

Les hommes commencèrent à s'agiter, à murmurer.

« Restez aussi silencieux qu'un animal effrayé », siffla le Fremen.

À cet instant, Hawat décela un mouvement près de la falaise, de l'autre côté du bassin. Des taches fauves sur le sable fauve.

« Mon petit ami a remis le message, dit le Fremen. De nuit comme de jour, c'est un très bon messager. J'aurai du chagrin en le perdant. »

Le mouvement cessa. Sur les quatre ou cinq kilomètres de sable du bassin il n'y eut plus que la chaleur du jour, de plus en plus lourde. Des colonnes d'air vibraient.

« Soyez totalement silencieux, maintenant », murmura le Fremen.

Une ligne de silhouettes émergea d'une brèche dans la falaise opposée et s'engagea dans le bassin. Six hommes qui se hâtaient avec lourdeur. Pour Hawat, ils ressemblaient à des Fremen, mais ils se déplaçaient de façon bien étrange.

Le « flouc-flouc » des ailes d'un ornithoptère se fit alors entendre sur la droite, derrière eux. L'appareil surgit au-dessus de la colline et plongea vers les hommes qui traversaient le bassin. C'était un orni atréides qui avait été peint en hâte aux couleurs de combat des Harkonnen.

Les six hommes s'étaient immobilisés sur la crête d'une dune et agitaient les bras.

L'orni vira une première fois au-dessus d'eux, brusquement, puis revint se poser dans un jaillissement de poussière. Cinq hommes en surgirent et Hawat distingua le scintillement du sable repoussé par les boucliers. Leurs mouvements révélaient l'âpre efficience des Sardaukars.

« Ahiii ! Ils utilisent ces stupides boucliers », siffla le Fremen auprès de Hawat. Son regard se porta vers l'ouverture, au sud du bassin.

« Des Sardaukars », murmura Hawat.

« Très bien. »

Les Sardaukars s'approchaient maintenant en demi-cercle du petit groupe des Fremen toujours immobiles, apparemment indifférents. Le soleil luisait sur les lames levées.

Brusquement, le sable parut vomir des Fremen. Ils entourèrent l'ornithoptère. Ils étaient déjà à l'intérieur. À l'instant où les deux groupes se rejoignaient, sur la crête de la dune, un nuage de poussière s'éleva. Lorsqu'il disparut, il ne restait que les Fremen.

« Il n'y avait que trois hommes dans leur orni, dit le Fremen. C'est une chance. Il ne fallait pas endommager l'appareil en nous en emparant. »

« Des Sardaukars ! C'étaient des Sardaukars ! » souffla un homme derrière Hawat.

« Avez-vous remarqué comme ils se sont bien battus ? » demanda le Fremen.

Hawat inspira profondément. Il perçut la sécheresse, la poussière brûlée, la chaleur. De la sécheresse, il y en avait aussi dans sa voix quand il répondit : « Oui, ils se sont bien battus. Évidemment. »

Dans un grand battement d'ailes, l'orni capturé quitta le sol et s'éleva rapidement vers le sud.

Ainsi, ils connaissent également les ornis, songea Hawat.

Au sommet de la dune lointaine, un Fremen agitait un carré d'étoffe verte. Une fois… deux fois.

« Il en vient d'autres ! lança le Fremen à côté de Hawat. Tenez-vous prêts. J'avais espéré que nous quitterions cet endroit sans plus de difficultés. »

Des ennuis ! se dit Hawat.

Deux nouveaux ornis venaient de surgir de l'ouest et glissaient vers le bassin d'où les Fremen avaient soudain disparu, ne laissant que les corps des Sardaukars sur les lieux du combat.

Un troisième orni apparut au-dessus de la colline. Hawat leva la tête et l'identifia avec un bref soupir ; un lourd transport de troupes. Ses ailes largement déployées, il se déplaçait avec la lenteur, la lourdeur d'un oiseau géant regagnant son nid.

Dans le lointain, l'un des deux premiers ornis darda un doigt mauve sur le sable. Une sombre traînée de poussière marqua le passage du faisceau laser.

« Les lâches ! » gronda le Fremen.

Le transport de troupes s'arrêta au-dessus des corps vêtus de bleu. Ses ailes s'étendirent encore et se mirent à battre l'air pour le freiner sur place.

À cet instant, l'attention de Hawat fut attirée par un éclair de soleil. Un quatrième orni arrivait du sud, plongeant à pleine vitesse, ailes rabattues. Ses fusées laissaient un sillage doré sur l'argent sombre du ciel. Comme une flèche, il plongea vers le gros transport de troupes qui, à cause des faisceaux lasers, avait abattu son bouclier. Il le percuta de plein fouet.

Un grondement secoua tout le bassin. Les flammes jaillirent. Des blocs de rocher se mirent à pleuvoir de toutes les collines alentour. Un geyser orange et rouge s'éleva du sable, à l'endroit où s'étaient posés le lourd transport et les premiers ornis. Tout fut noyé dans le brasier.

Le Fremen qui était à bord. Celui qui a capturé l'orni, pensa Hawat. *Il s'est sacrifié pour détruire le transport... Grande Mère ! Mais que sont donc ces gens ?*

« Un échange raisonnable, dit le Fremen à côté de lui. Il devait bien y avoir trois cents hommes dans ce transport. À présent, nous allons nous occuper de leur eau et faire le nécessaire pour nous procurer un autre appareil. » Il s'avança, hors de l'abri du surplomb.

Une pluie d'uniformes bleus s'abattit alors du haut de la falaise. Les hommes tombaient lentement, freinés par les suspenseurs. Hawat eut le temps d'entrevoir leurs visages, durs, prêts au combat. Des Sardaukars. Ils n'avaient pas de bouclier et chacun d'eux était armé d'un couteau dans une main, d'un tétaniseur dans l'autre.

Un couteau vint transpercer la gorge du Fremen qui roula en arrière, le visage dans le sable. Hawat parvint à tirer son couteau avant qu'un projectile de tétaniseur l'atteigne et l'engloutisse dans les ténèbres.

Muad'Dib pouvait, certes, voir l'avenir, mais il faut connaître les limitations de ses pouvoirs. Pensez à la vue. Vous avez des yeux mais ils ne peuvent voir sans lumière. Au fond d'une vallée, vous ne pourrez voir ce qui se trouve au-delà de la vallée. De la même manière, Muad'Dib n'avait pas toujours la possibilité de contempler ce terrain mystérieux de l'avenir. Il nous dit qu'un détail obscur d'une prophétie, tel mot choisi en lieu et place d'un autre, pouvait modifier totalement l'aspect de cet avenir. Il nous dit : « La vision du temps est vaste mais lorsque vous le traversez, le temps devient une porte étroite. » Et il luttait toujours contre la tentation d'emprunter les voies dégagées, sûres, disant : « Ce chemin n'aboutit qu'à la stagnation. »

Extrait de L'Éveil d'Arrakis,
par la Princesse Irulan.

À L'INSTANT OÙ LES ORNITHOPTÈRES SURGISSAIENT DE LA nuit, au-dessus d'eux, Paul saisit le bras de sa mère. « Ne bougez pas ! »

Puis, dans le clair de lune, il vit l'appareil de tête qui s'apprêtait à se poser. Et, à la façon dont ses ailes brassaient l'air, il identifia les mains téméraires qui étaient aux commandes.

« Idaho », souffla-t-il.

L'orni et ses compagnons se posèrent au creux du bassin comme de grands oiseaux revenant au nid. Déjà, Idaho était dehors et se ruait dans leur direction avant même que le nuage de poussière fût dissipé. Deux silhouettes en tenue fremen le suivaient et Paul reconnut en l'une d'elles Kynes.

« Par là ! » lança le grand planétologiste barbu. Et il s'élança sur sa gauche.

Derrière lui, d'autres Fremen lançaient des housses sur les ornithoptères qui se transformèrent en une rangée de dunes.

Idaho s'arrêta devant Paul et salua. « Mon Seigneur, les Fremen ont préparé un refuge proche où nous... »

« Et cela, là-bas ? » Paul désignait, au-dessus de la lointaine colline, les éclatements de fusées, les faisceaux mauves des lasers qui fouillaient le désert.

Un sourire apparut sur le visage large et placide d'Idaho. « Mon Seigneur... Sire, je leur ai laissé une petite sur... »

Une lueur blanche, flamboyante, aussi intense que le soleil projeta soudain leurs ombres sur le rocher. D'un seul mouvement, Idaho saisit Paul d'un bras, jeta Jessica sur son épaule et les projeta vers le fond du bassin. Ils roulèrent dans le sable tandis que le tonnerre de l'explosion grondait au-dessus d'eux. L'onde de choc arracha des fragments de rocher à l'entablement où ils se trouvaient encore la seconde d'avant.

Idaho s'assit en époussetant le sable de sa tenue.

« Pas les atomiques familiaux ! s'écria Jessica. Je croyais... »

« Tu avais laissé un bouclier là-bas », dit Paul.

« Un grand, dit Idaho. Et à pleine puissance. Le premier laser qui l'a touché... » Il haussa les épaules.

« Fusion subatomique, dit Jessica. C'est une arme dangereuse. »

« Non pas une arme, Ma Dame, mais un moyen de défense. Ces canailles y réfléchiront à deux fois, maintenant, avant d'utiliser des lasers. »

Les Fremen les entouraient. « Nous devrions nous mettre à l'abri, amis », dit l'un d'eux, d'une voix basse.

Paul se redressa et Idaho soutint Jessica.

« Cette explosion va certainement attirer l'attention, Sire », dit-il.

Sire, songea Paul. Adressé à lui, c'était un mot bien étrange. *Sire* avait toujours été son père.

Ses pouvoirs de prescience réapparurent brièvement. Il se vit en proie à cette sauvage conscience raciale qui entraînait l'univers des hommes vers le chaos. Cette furtive vision le bouleversa et il se laissa guider par Idaho vers un éperon rocheux, à la lisière du bassin. Les Fremen creusaient le sable à cet endroit avec leurs outils à compression.

« Puis-je prendre votre paquet, Sire ? » demanda Idaho.

« Il n'est pas lourd, Duncan. »

« Vous n'avez pas de bouclier corporel. Voulez-vous le mien ? (Il jeta un coup d'œil vers la colline lointaine.) Je doute que les lasers nous menacent encore. »

« Garde ton bouclier, Duncan. Ton bras droit me suffit. »

Jessica remarqua les effets du compliment, la façon dont Idaho se rapprocha un peu plus de Paul, et elle songea : *Mon fils sait comment traiter les siens.*

Un Fremen déplaça un rocher, découvrant un passage qui s'enfonçait dans le sol. Une couverture de camouflage était prête pour masquer l'orifice.

« Par ici » dit un des Fremen en s'engageant le premier sur les degrés de roc qui s'enfonçaient dans l'obscurité.

Derrière eux, le camouflage retomba sur le clair de lune. Une pâle lueur verte apparut au-devant de leur route, dessinant les murailles et les marches. Le passage s'orientait sur la gauche. Les Fremen étaient tout autour d'eux, maintenant. Au-delà d'un tournant, ils empruntèrent un autre boyau qui descendait toujours et débouchèrent dans une chambre souterraine aux parois grossièrement taillées.

Kynes leur faisait face. Il avait rejeté en arrière le capuchon de sa jubba. Le col de son distille luisait dans la clarté verte. Sa chevelure et sa barbe étaient hirsutes. Sous ses épais sourcils, ses yeux étaient deux puits d'ombre.

En cet instant, le planétologiste songeait : *Quelles raisons ai-je d'aider ces gens ? Jamais je n'ai rien fait d'aussi dangereux. Cela peut signifier ma perte, en même temps que la leur.*

Puis il regarda Paul, bien en face, et il vit un enfant qui venait d'assumer son fardeau d'adulte, qui avait rejeté le chagrin pour accepter le rôle qu'il devrait jouer, celui de Duc. Et il comprit en cette minute que le Duché était toujours debout, du seul fait de l'existence de ce jeune garçon. Et c'était là, très certainement, une chose que l'on ne pouvait prendre à la légère.

Le regard de Jessica courait par toute la salle, ses sens enregistraient cet endroit dans la Manière Bene Gesserit. Un laboratoire, un lieu plein d'angles et d'arêtes à la mode ancienne.

« Voici donc l'une de ces Stations Écologiques Expérimentales de l'Imperium que désirait mon père et dont il voulait faire des bases avancées », dit Paul.

Que son père désirait ! songea Kynes. Et à nouveau il se demanda : *Pourquoi suis-je là ? À prêter assistance à ces fugitifs ? Il serait si facile de les livrer aux Harkonnen, maintenant, pour acheter leur confiance.*

Imitant sa mère, Paul promenait sur les lieux son regard, établissant la carte-Gestalt de la salle : murailles de roc nu, tables de travail à une extrémité, instruments au-dessus, cadrans lumineux, plans-grilles d'où s'élevaient des tiges de verre. Sur le tout, l'odeur de l'ozone.

La salle possédait un recoin où plusieurs Fremen s'étaient regroupés. De là s'élevaient de nouveaux bruits : halètements de machines, plaintes de courroies et de poulies.

Sur la paroi opposée, Paul identifia de petites cages. Il y avait des animaux à l'intérieur.

« Vous avez parfaitement identifié cet endroit, dit Kynes. Mais pour quoi l'utiliseriez-vous, Paul Atréides ? »

« Pour rendre ce monde habitable aux humains », dit Paul.

Peut-être est-ce pour cela que je les aide, se dit Kynes.

Brusquement, les machines se turent. Dans le silence, un animal couina dans l'une des cages, puis s'interrompit, comme honteux. En regardant dans cette direction, Paul s'aperçut que les animaux étaient de petites chauves-souris à ailes brunes. Une mangeoire automatique desservait l'ensemble des cages.

Un Fremen surgit du recoin dissimulé et s'adressa à Kynes : « Liet, le générateur de champ ne fonctionne pas. Il m'est impossible de nous isoler des détecteurs de proximité. »

« Vous ne pouvez pas le réparer ? » demanda Kynes.

« Pas immédiatement. Les pièces… » Le Fremen haussa les épaules.

« Oui, dit Kynes. En ce cas, nous nous passerons des machines. Reliez une pompe à air manuelle à la surface. »

« Immédiatement. » L'homme s'éloigna.

Kynes se tourna vers Paul. « J'aime votre réponse », dit-il.

Jessica nota le timbre grave, souple. Une voix *royale*, accoutumée à donner des ordres. Et l'homme avait dit *Liet*. Liet était l'alter ego fremen du planétologiste, son autre visage.

« Nous vous sommes reconnaissants pour votre aide, docteur Kynes », dit-elle.

« Oui... oui, nous en reparlerons », murmura Kynes puis, s'adressant à l'un de ses hommes : « Du café d'épice dans ma chambre, Shamir. »

« Tout de suite, Liet. »

Kynes désigna une arche ouverte dans une paroi. « Je vous en prie. »

Jessica eut un acquiescement royal avant de le suivre, tandis que Paul, de la main, indiquait à Idaho de monter la garde.

Le passage, profond de deux pas, accédait à une lourde porte ouvrant sur une pièce carrée illuminée par des brilleurs dorés. Jessica frôla la porte de la main et eut la surprise de reconnaître du cristacier. Paul fit trois pas dans la pièce et déposa son paquet sur le sol. Il entendit la porte se refermer sur eux, étudia les lieux. La pièce devait mesurer environ huit mètres de long. Les murs, ici encore, étaient taillés dans le roc. Des armoires de classement métalliques se détachaient sur ce fond ocre, à leur droite. Un bureau bas occupait le centre de la pièce. Il était recouvert de verre opaline constellé de bulles jaunes et entouré de quatre chaises à suspenseurs.

Kynes contourna Paul et avança un siège pour Jessica qui prit place tout en remarquant la manière dont son fils sondait les lieux. Paul demeura debout le temps d'un autre battement de cils. Une subtile différence dans les flux d'air lui révélait qu'il existait une issue secrète derrière les armoires métalliques.

« Voulez-vous vous asseoir, Paul Atréides ? » demanda Kynes.

Comme il évite de me donner mon titre, se dit Paul. Il accepta la chaise et demeura silencieux tandis que Kynes prenait place.

« Vous pensez qu'Arrakis pourrait être un paradis, dit Kynes. Pourtant, comme vous le constatez, l'Imperium n'envoie ici que ses spadassins les mieux entraînés afin de lui rapporter l'épice ! »

Paul leva le pouce auquel il avait passé l'anneau ducal. « Voyez-vous cet anneau ? » demanda-t-il.

« Oui. »

« Savez-vous ce qu'il signifie ? »

Jessica se tourna pour le regarder avec attention.

« Votre père a trouvé la mort dans les ruines d'Arrakis, dit Kynes. Légalement, vous êtes désormais Duc. »

« Je suis un soldat de l'Imperium, dit Paul. *Techniquement*, un spadassin. »

Le visage de Kynes se fit sombre. « Même alors que les Sardaukars de l'Empereur sont rassemblés autour du corps de votre père ? »

« Les Sardaukars sont une chose, la source légale de mon autorité en est une autre. »

« Arrakis a ses propres façons de déterminer à qui revient le sceptre », dit Kynes.

Jessica porta son regard sur lui et songea : *Il y a de l'acier en cet homme et nul n'a eu le courage de s'y attaquer... nous avons besoin d'acier. Paul joue un jeu dangereux.*

« La présence des Sardaukars sur Arrakis, dit Paul, indique à quel point notre bien-aimé Empereur craignait mon père. À présent, c'est *moi* qui vais donner à l'Empereur Padishah toutes raisons pour craindre le... »

« Mon garçon, s'écria Kynes, il est des choses qui... »

« Vous voudrez bien me dire Sire ou Mon Seigneur. »

Doucement, songea Jessica.

Kynes regarda Paul et Jessica décela de l'admiration dans son expression, de l'admiration et une trace d'humour.

« Sire », dit-il.

« Pour l'Empereur, je suis une gêne, reprit Paul. Je suis une gêne pour tous ceux qui entendent se partager Arrakis. Au fil des ans, cette gêne deviendra telle qu'elle finira par les étouffer, par les tuer ! »

« Des mots ! » dit Kynes.

Paul posa son regard sur lui et déclara lentement : « Sur ce monde court la légende du Lisan al-Gaib, la Voix d'Outre-Monde, celui qui conduira les Fremen au paradis. Vos hommes ont... »

« Superstition ! » s'écria Kynes.

« Peut-être. Ou peut-être pas. Parfois, les superstitions ont de bien étranges racines et des surgeons plus étranges encore. »

« Vous avez conçu un plan, c'est évident… *Sire*. »

« Vos Fremen pourraient-ils m'apporter une preuve positive de la présence de Sardaukars en uniforme harkonnen sur cette planète ? »

« Très probablement. »

« L'Empereur remettra un Harkonnen au pouvoir, dit Paul. Peut-être même Rabban la Bête. Qu'il en soit ainsi. Et que l'Empereur, s'étant mis de lui-même dans l'impossibilité d'échapper à sa culpabilité, affronte l'éventualité d'un Acte d'Accusation déposé devant le Landsraad. Et qu'il réponde donc lorsque… »

« Paul ! » lança Jessica.

« En admettant que le Haut Conseil du Landsraad accepte votre requête, dit Kynes, il ne pourrait y avoir qu'une issue : un conflit généralisé entre l'Imperium et les Grandes Maisons. »

« Le chaos », dit Jessica.

« Mais je soumettrai l'affaire à l'Empereur lui-même, dit Paul, et je lui donnerai le choix. »

« Un chantage ? » demanda Jessica d'un ton sec.

« L'un des instruments du pouvoir, vous l'avez dit vous-même, fit Paul. (Et sa mère perçut l'amertume dans sa voix.) L'Empereur n'a pas de fils, seulement des filles. »

« Tu viserais le trône ? » demanda Jessica.

« Jamais l'Empereur ne courra le risque de voir l'Imperium s'effondrer dans la guerre totale, les planètes ravagées, le désordre de tous côtés… Non, il ne risquera jamais cela. »

« C'est un choix désespéré que vous offrez là », dit Kynes.

« Que craignent avant tout les Grandes Maisons du Landsraad ? Ce qui se passe actuellement sur Arrakis : les Sardaukars triomphant d'elles, une à une. C'est pour cette raison que le Landsraad existe. Il est le ciment de la Grande Convention. Ce n'est que par l'union que les Grandes Maisons peuvent tenir tête aux forces Impériales. »

« Mais elles sont… »

« C'est bien ce qu'elles craignent, dit Paul. Arrakis deviendrait un véritable cri de ralliement. Chaque Maison se reconnaîtrait dans mon père, craindrait d'être écartée des autres pour être mieux abattue. »

Kynes s'adressa à Jessica. « Son plan peut-il réussir ? »

« Je ne suis pas Mentat », dit-elle.

« Mais vous êtes Bene Gesserit. »

Elle lui décocha un regard perçant et dit : « Il y a de bons et de mauvais aspects dans son plan... tout comme dans n'importe quel plan à ce stade. Et tout plan dépend autant de sa conception que de son exécution. »

« La loi est l'ultime science, cita Paul. Ainsi est-il écrit au-dessus de la porte de l'Empereur. J'entends lui montrer la loi. »

« Je ne suis pas certain de pouvoir faire confiance à celui qui a conçu ce plan, dit Kynes. Arrakis a le sien propre qui... »

« Depuis le trône, dit Paul, je pourrais, d'un geste de la main, faire d'Arrakis un paradis. Tel est le prix que je vous offre pour votre soutien. »

Kynes se raidit. « Ma loyauté n'est pas à vendre, *Sire.* »

Par-dessus le bureau, Paul affronta le froid regard de ses yeux bleus, étudiant ce visage barbu, cet air d'assurance impérative. Un sourire dur se forma sur ses lèvres. « Bien dit. Je vous fais mes excuses. »

Kynes répondit à son regard. « Nul Harkonnen n'a jamais admis son erreur. Peut-être n'êtes-vous pas comme eux, vous, les Atréides. »

« Ce pourrait être une faille de leur éducation. Mais vous dites que vous n'êtes pas à vendre et pourtant je pense offrir un prix que vous devez accepter. En échange de votre loyauté, je vous offre la mienne... totalement. »

Mon fils a la sincérité des Atréides, songea Jessica. *Cet honneur terrible, presque naïf... qui est en vérité une force formidable.*

Elle vit que les paroles de Paul avaient touché Kynes.

« C'est absurde, dit ce dernier. Vous n'êtes qu'un enfant et... »

« Je suis le Duc, dit Paul, et je suis un Atréides. Jamais aucun Atréides n'a rompu un tel serment. »

Kynes se taisait.

« Lorsque je dis totalement, reprit Paul, je veux dire sans réserve. Pour vous, je donnerais ma vie. »

« Sire ! » s'écria Kynes, et ce fut comme si le mot lui était arraché. Jessica vit qu'il ne parlait plus soudain à un garçon de quinze ans mais à un homme, à un supérieur. Cette fois, il avait dit *Sire* avec sincérité.

En un tel moment, il donnerait sa vie pour Paul, se dit-elle. *Comment les Atréides peuvent-ils accomplir ces choses si rapidement, si aisément ?*

« Je sais que vous êtes sincère, reprit Kynes, pourtant, les Harkonn... »

Derrière Paul, la porte fut ouverte à la volée. Il se retourna et découvrit une vision de violence, des cris, un fracas d'acier, des visages grimaçants comme des masques de cire.

Paul bondit vers la porte, sa mère à ses côtés. Idaho bloquait le passage. Ses yeux injectés de sang brillaient au travers de la brume du bouclier ; il y avait des mains comme des serres, derrière lui, des arcs d'acier qui s'abattaient en vain, la bouche incandescente d'une charge tétanisante, et les lames d'Idaho, partout, dansant, frappant, ruisselantes de sang.

Et puis Kynes se retrouva au côté de Paul et, ensemble, ils pesèrent de tout leur poids sur la porte. Paul eut une dernière vision d'Idaho au centre d'un essaim d'uniformes harkonnens, de ses gestes vifs, contrôlés, de sa chevelure grise marquée d'une fleur rouge et mortelle. Puis la porte se referma et Kynes mit les verrous en place.

« Il semble que mon choix soit fait », dit-il.

« Ils ont dû repérer votre installation avant qu'elle ait cessé de fonctionner », dit Paul. Il écarta sa mère de la porte et lut le désarroi dans ses yeux.

« J'aurais dû soupçonner quelque chose en ne voyant pas arriver le café », dit Kynes.

« Il existe une autre issue. Pouvons-nous l'emprunter ? »

Kynes inspira profondément. « Cette porte devrait résister au moins vingt minutes, sauf s'ils utilisent des pistolets-lasers. »

« Ils ne le feront pas. Nous pourrions avoir des boucliers. »

« C'étaient des Sardaukars en tenue de Harkonnen », murmura Jessica.

Maintenant, des coups résonnaient à la porte, en cadence.

Kynes désigna la rangée d'armoires métalliques. « Par là ! »

Il s'approcha du premier meuble, ouvrit un tiroir et tira une poignée à l'intérieur. L'ensemble des armoires pivota, démasquant l'entrée d'un tunnel obscur. « Cette porte est également en cristacier », dit Kynes.

« Vous étiez bien préparés », remarqua Jessica.

« Il y a quatre-vingts ans que nous vivons avec les Harkonnen. » Il les poussa dans les ténèbres et referma la porte. Devant eux, sur le sol, Jessica distingua immédiatement une flèche lumineuse.

« Nous allons nous séparer ici, dit la voix de Kynes, du fond de l'ombre. Cette muraille est plus solide encore que les autres. Elle tiendra bien une heure. Suivez les flèches sur le sol. Elles s'éteindront à votre passage et vous guideront dans le labyrinthe. À la sortie, vous trouverez un orni prêt à décoller. Cette nuit, il y a une tempête sur le désert. Votre seule chance est d'aller à sa rencontre, de plonger droit dedans et de la suivre. C'est ainsi que procède mon peuple pour voler les ornis. En restant en altitude, vous pourrez survivre. »

« Et vous ? » demanda Paul.

« Je vais tenter de m'enfuir d'une autre façon. Et si je suis capturé... Eh bien, je reste encore le Planétologiste Impérial. Je pourrai toujours dire que j'étais votre prisonnier. »

Nous courons comme des lâches, songea Paul. *Mais comment pourrais-je survivre autrement et venger mon père ?* Dans l'obscurité, il s'était retourné vers la porte.

« Duncan est mort, Paul, dit la voix de Jessica. Tu l'as vu. Il était blessé. Il n'y a rien que nous puissions faire pour lui. »

« Un jour, je leur ferai payer tout cela. »

« Alors il faut vous hâter maintenant », dit Kynes.

Sur son épaule, Paul sentit la main du planétologiste.

« Quand nous retrouverons-nous, Kynes ? » demanda-t-il.

« J'enverrai des Fremen à votre recherche. Ils connaissent la route de la tempête. Dépêchez-vous, et que la Grande Mère vous donne la chance et la vitesse. »

Dans les ténèbres, ils entendirent s'éloigner le bruit de ses pas. Jessica prit la main de Paul, le tira doucement.

« Il ne faut pas nous séparer. »

« Non. »

Il suivit Jessica au-delà de la première flèche qui s'éteignit sous leurs pas tandis qu'une autre naissait devant eux.

Ils s'avancèrent. La flèche mourut. Une autre se dessina.

Ils se mirent à courir.

Des plans dans des plans dans des plans, sans cesse, pensa Jessica. *Participons-nous au plan de quelqu'un d'autre, en ce moment ?*

Les flèches les emmenaient de tournant en tournant. Au passage, ils devinaient des embranchements à peine esquissés par la faible lueur des flèches. À un moment, le sol s'inclina pour se relever ensuite. Ils continuèrent à monter et atteignirent des marches. Un dernier tournant et ils se retrouvèrent devant une paroi faiblement lumineuse. Une poignée sombre apparaissait au centre. Paul la prit et appuya. La paroi s'éloigna et la lumière jaillit, leur révélant une caverne taillée dans le roc. L'ornithoptère était là. Derrière lui, un signe sur un haut mur gris indiquait une porte.

« Où est Kynes ? » demanda Jessica.

« Il a fait ce qu'aurait fait n'importe quel chef de guérilléros, dit Paul. Il nous a séparés en deux parties et s'est arrangé pour ne pas pouvoir révéler où nous nous trouvons si jamais il vient à être pris, car il ne le sait pas. »

Il entraîna sa mère dans la caverne, remarquant que leurs pieds s'enfonçaient dans une épaisse couche de poussière.

« Nul n'est venu ici depuis très longtemps », dit-il.

« Il semblait certain que les Fremen nous retrouveraient. »

« Je le suis également. »

Paul lâcha la main de Jessica, s'approcha de l'ornithoptère, ouvrit la porte de gauche et plaça le Fremkit à l'arrière. « Cet appareil possède un masque antidétecteur, dit-il. L'éclairage et les portes sont commandés automatiquement à partir du tableau de bord. Ces quatre-vingts années de fief harkonnen leur ont appris à être prévoyants. »

Jessica s'appuya contre le flanc de l'orni pour reprendre son souffle.

« Les Harkonnen ne sont pas stupides, dit-elle. Ils auront placé une couverture aérienne. (Elle consulta son sens de la direction et tendit la main vers la droite.) La tempête se trouve par là. »

Paul acquiesça, luttant contre une soudaine répugnance à se mouvoir. Bien qu'il en connût la cause, cela ne l'aidait en rien. Quelque part, durant cette nuit, il avait passé un nexus de décision dans l'inconnu le plus profond. Il connaissait désormais la région temporelle qui les entourait mais le présent immédiat demeurait un mystère. C'était comme si, de très loin, il se voyait lui-même disparaître dans une vallée. De tous les chemins qu'il pouvait emprunter pour apercevoir de nouveau Paul Atréides, rares étaient ceux qui ne se perdaient point.

« Plus nous attendrons, plus ils seront prêts », dit Jessica.

« Montez et fixez votre ceinture », dit-il.

Il la rejoignit, luttant toujours contre la pensée qu'ils se trouvaient dans une zone *obscure*, une zone que nulle vision presciente ne lui avait révélée. Et brusquement il comprit qu'il avait accordé de plus en plus de crédit à ses pouvoirs prescients et que cela l'avait affaibli en cet instant capital.

« Si vous vous fiez à votre seul regard, vos autres sens s'effacent. » C'était un axiome fremen. Il se jura de le faire sien à partir de maintenant et de ne jamais retomber dans le piège... si jamais il en sortait.

Il boucla son harnachement de sécurité, vérifia celui de sa mère puis se pencha sur les contrôles. Les ailes étaient totalement déployées, leurs délicates nervures métalliques au maximum d'extension. Il posa la main sur les barres de rétraction et vérifia qu'elles se repliaient bien pour la poussée initiale des fusées, ainsi que le lui avait enseigné Gurney Halleck. Le contacteur jouait librement. Sur le panneau de commandes, les cadrans s'illuminèrent à l'instant où il arma les fusées de départ. Puis les turbines firent entendre leur sifflement assourdi.

« Prêt ? » demanda-t-il.

« Oui. »

Il appuya sur la commande automatique d'éclairage.

Les ténèbres s'abattirent sur l'appareil.

La main de Paul ne fut plus qu'une ombre qui se déplaçait sur le fond lumineux des cadrans. Il pressa la touche de contrôle des portes et, immédiatement, ils perçurent des grincements. Le sable s'abattit en cascade, puis le silence revint. Sur ses joues, Paul sentit une brise qui portait des grains de sable et il ferma la porte de l'orni ; la pression intérieure s'établit aussitôt.

La porte s'était effacée et, dans le polygone de nuit ainsi découvert, les étoiles clignotaient, estompées par la poussière. Leur clarté changeante révélait les courants de sable.

Paul posa le doigt sur la touche de départ. Les ailes de l'orni se mirent à battre régulièrement. Le grand insecte jaillit hors de son nid. Les fusées entrèrent alors en action.

Les mains de Jessica couraient sur les commandes mixtes, imitant les gestes assurés de son fils. Elle avait peur et, pourtant, elle se sentait excitée. *À présent*, songeait-elle, *l'éducation, l'entraînement de Paul constituent notre unique chance avec sa jeunesse, sa vivacité.*

Paul augmenta la puissance des fusées de queue. L'ornithoptère s'inclina et ils s'enfoncèrent dans leurs sièges en même temps qu'un mur noir se dressait sur le fond des étoiles. Les ailes se déployèrent, la puissance augmenta encore. Un nouveau battement, un nouvel élan et ils survolèrent les rochers, arêtes de gel et lames d'argent. Sur la droite, la seconde lune d'Arrakis, sous un voile rouge de poussière, révélait le chemin de la tempête.

Les mains de Paul dansaient sur les commandes. Les ailes se rétractèrent pour n'être plus que des élytres de scarabée. L'orni vira brusquement et l'accélération pesa lourdement sur leurs poitrines.

« Des fusées derrière nous ! » lança Jessica.

« Je les ai vues. »

Il bascula le levier de puissance vers l'avant. L'appareil se cabra comme un animal effrayé et se rua vers le sud-ouest, vers la tempête et la vaste courbe du désert. Tout près apparaissaient les ombres brisées qui révélaient la fin des rochers et le début des dunes qui se déployaient comme autant de doigts inclinés sous la lune.

Au-dessus de l'horizon, la tempête se dressait comme une vaste muraille, occultant les étoiles.

L'ornithoptère fut ébranlé.

« Une explosion ! haleta Jessica. Ils utilisent des projectiles ! »

Il y avait un sourire sauvage sur le visage de Paul.

« On dirait qu'ils évitent d'utiliser leurs lasers », dit-il.

« Mais nous n'avons pas de boucliers ! »

« Le savent-ils ? »

À nouveau, l'orni frémit.

Paul se retourna pour regarder vers l'arrière. « Un seul d'entre eux semble en mesure de nous poursuivre. »

Il reporta son attention sur les commandes tandis que la tempête s'élevait au-dessus d'eux comme un rempart infranchissable.

« Lanceurs de projectiles, fusées... Tout l'arsenal ancien, murmura Paul. Nous donnerons cela aux Fremen. »

« La tempête, dit Jessica. Ne vaudrait-il pas mieux faire demi-tour ? »

« Et l'appareil qui nous suit ? »

« Il rebrousse chemin. »

« Alors... »

Il rétracta les ailes et l'orni bondit tout droit dans le bouillonnement lent et trompeur de la tempête. Paul sentit ses joues s'étirer sous l'effet de l'accélération.

Il avait l'impression qu'ils s'enfonçaient dans un nuage de poussière qui se faisait de plus en plus dense. Le désert et la lune disparurent. L'orni ne fut plus qu'un long chuchotement qui courait, horizontal, dans les ténèbres.

Tous les avertissements qu'elle avait pu entendre à propos de ces tempêtes revenaient à l'esprit de Jessica. On disait qu'elles tranchaient net le métal, qu'elles rongeaient la chair et attaquaient les os. Et tout autour d'eux, au-dehors, elle sentait la pression de la poussière tourbillonnante. Paul luttait aux commandes. Il coupa la puissance et l'appareil roula dans un gémissement de métal. La coque trembla.

« Le sable ! » s'écria Jessica.

Elle perçut son mouvement de tête dans la faible clarté. « Pas à cette hauteur. »

Mais elle sentait qu'ils s'enfonçaient toujours plus avant dans le maelström.

Paul remit les ailes en extension maximale et les entendit craquer sous l'effort. Ses yeux ne quittaient pas les contrôles. Il pilotait par instinct, luttait pour ne pas perdre d'altitude.

Le bruit allait diminuant. L'orni dériva sur la gauche et Paul, le regard rivé à la courbe d'altitude, livra bataille pour le redresser et le remettre en ligne. Jessica avait l'impression horrible qu'ils s'étaient immobilisés et que tous les mouvements, désormais, n'intéressaient plus que l'extérieur. Seuls le poudroiement brun derrière les baies, le grondement, les sifflements lui rappelaient les puissances qui se déchaînaient autour d'eux.

Le vent doit bien atteindre sept ou huit cents kilomètres à l'heure, songea-t-elle, et elle perçut la morsure de l'adrénaline. La litanie bene gesserit lui revint : *Je ne connaîtrai pas la peur, car la peur tue l'esprit.*

Lentement, ses longues années d'éducation faisaient sentir leur effet. En elle, le calme revint.

« Nous tenons le tigre par la queue, murmura Paul. Nous ne pouvons pas descendre, nous ne pouvons pas nous poser... et je ne crois pas que je parviendrai à sortir de ça. Il faut suivre la tempête. »

Le calme reflua. Jessica sentit le tremblement qui agitait ses mâchoires, les serra désespérément. Puis la voix de Paul lui parvint à nouveau, basse, contrôlée. Il récitait la litanie :

« Je ne connaîtrai pas la peur, car la peur tue l'esprit. La peur est la petite mort qui conduit à l'oblitération totale. J'affronterai ma peur. Je lui permettrai de passer sur moi, au travers de moi. Et lorsqu'elle sera passée, je tournerai mon œil intérieur sur son chemin. Et là où elle sera passée, il n'y aura plus rien. Rien que moi. »

Que méprisez-vous ? Par cela, on vous connaît vraiment.

Extrait du Manuel de Muad'Dib,
par la Princesse Irulan.

« ILS SONT MORTS, BARON, DIT IAKIN NEFUD, LE CAPITAINE DES gardes. Ils sont certainement morts : la femme et le garçon. »

Le Baron Vladimir Harkonnen se redressa dans les suspenseurs de sa chambre. Tout autour de lui, au-delà de ses appartements, la grande frégate posée sur le sol d'Arrakis était comme un œuf protecteur aux coquilles multiples. Ici, dans la chambre, les dures parois de métal avaient été dissimulées par des draperies, des tentures, des objets précieux.

« C'est une certitude, reprit Nefud. Ils sont morts. »

Le Baron ajusta son corps volumineux aux champs des suspenseurs. Son attention se porta sur une statue d'ebaline placée dans une niche et représentant un garçon figé dans un bond. Lentement, le sommeil s'écoulait de son esprit. Il remonta le suspenseur moelleux placé sous les replis graisseux de son cou et, par-delà l'unique brilleur de la chambre, regarda en direction du seuil le capitaine Nefud immobilisé par le pentabouclier.

« Ils sont certainement morts, Baron », répéta Nefud.

Le Baron décelait dans son regard le flou engendré par la sémuta. Il était évident que l'homme avait été sous l'emprise de la drogue au moment où il avait reçu le rapport. Avant de se ruer vers la chambre du Baron, il avait dû absorber l'antidote.

« J'ai un rapport complet », dit-il encore.

Laissons-le transpirer un peu, songea le Baron. *Les instruments du pouvoir doivent toujours être affûtés et prêts. La puissance et la peur... Toujours affûtés et prêts.*

« As-tu vu leurs corps ? » gronda-t-il.

Nefud hésita.

« Eh bien ? »

« Mon Seigneur... on les a vus disparaître dans une tempête... un vent de plus de huit cents kilomètres à l'heure... Rien ne résiste à une telle tempête, Mon Seigneur. Rien ! Un de nos appareils a été détruit en les poursuivant. »

Le Baron fixait Nefud, notant le tic nerveux qui secouait les muscles crispés de la mâchoire du garde, la façon dont son menton bougeait tandis qu'il s'efforçait d'avaler sa salive.

« Tu as vu les corps ? » demanda le Baron.

« Mon Seigneur... »

« Dans quel but es-tu venu traîner ton armure ici ? Pour me dire qu'une chose est certaine alors qu'elle ne l'est pas ? Crois-tu que je vais te féliciter pour une telle stupidité ? T'accorder une autre promotion ? »

Le visage de Nefud devint blême comme de l'os.

Regardez-moi cette loque, songea le Baron. *Voilà ce dont je suis entouré : de lamentables résidus inutiles. Si je jetais du sable devant lui en lui disant que c'est du blé, il se baisserait pour le picorer.*

« Idaho t'a donc conduit jusqu'à eux ? »

« Oui, Mon Seigneur. »

Regardez-moi donc comme il crache ça.

« Alors ils essayaient de rejoindre les Fremen ? »

« Oui, Mon Seigneur. »

« Ce... rapport en dit-il plus long ? »

« Le Planétologiste Impérial, Kynes, s'est joint à eux, Mon Seigneur. Idaho l'a contacté dans des circonstances mystérieuses... Je dirais même *suspectes.* »

« Vraiment ? »

« Ils... Ils se sont réfugiés ensemble dans un abri où il semble que la mère et le fils se trouvaient déjà. Dans l'excitation de la poursuite, plusieurs de nos groupes ont été victimes d'une explosion de bouclier-laser. »

« Combien d'hommes avons-nous perdus ? »

« Je... je ne connais pas encore le chiffre exact, Mon Seigneur. »

Il ment, se dit le Baron. *Ce chiffre doit être terriblement élevé.*

« Le laquais de l'Empereur, ce Kynes... Il jouait le double jeu, n'est-ce pas ? »

« Je suis prêt à risquer ma réputation sur ce point, Mon Seigneur ! »

Sa réputation !

« Qu'on le tue. »

« Mon Seigneur ! Kynes est le Planétologiste *Impérial !* Le serviteur de Sa Majesté... »

« Alors, que cela ait l'air d'un accident ! »

« Mon Seigneur, des Sardaukars étaient aux côtés de nos hommes pour donner l'assaut à ce repaire fremen. Kynes est placé sous leur garde, maintenant. »

« Reprends-le. Dis que je veux le questionner. »

« Et s'ils refusent ? »

« Ils ne refuseront pas si tu sais procéder avec habileté. »

Nefud se raidit. « Oui, Mon Seigneur. »

« Cet homme doit mourir, gronda le Baron. Il a tenté d'aider mes ennemis. »

Nefud se balançait d'un pied sur l'autre.

« Oui ? »

« Mon Seigneur... Les Sardaukars détiennent deux personnes qui vous intéressent. Ils ont pris le Maître Assassin du Duc. »

« Hawat ? Thufir Hawat ? »

« J'ai vu le prisonnier de mes yeux, Mon Seigneur. C'est bien Hawat. »

« Je n'aurais pas cru cela possible ! »

« Ils m'ont dit qu'il avait été abattu par un tétaniseur, Mon Seigneur. En plein désert, là où il ne pouvait utiliser son bouclier. Il n'est pratiquement pas blessé. Si nous parvenons à le reprendre, il nous procurera certainement des distractions. »

« Tu parles d'un Mentat, en ce moment, gronda le Baron. On ne supprime pas un Mentat. A-t-il parlé ? Que pense-t-il de sa capture ? Sait-il l'étendue de... mais non. »

« Ce qu'il a dit, Mon Seigneur, révèle seulement qu'il croit avoir été trahi par Dame Jessica. »

« Ah !... »

Le Baron se laissa aller en arrière, réfléchit, puis demanda : « En es-tu certain ? Sa fureur était dirigée contre Dame Jessica ? »

« Il l'a dit en ma présence, Mon Seigneur. »

« En ce cas, laisse-lui croire qu'elle est vivante. »

« Mais, Mon Seigneur... »

« Silence. Je veux que Hawat soit traité avec égards. On ne doit rien lui dire au sujet du Docteur Yueh. Qu'on lui laisse croire qu'il a trouvé la mort en défendant le Duc. D'ailleurs, en un certain sens, cela aurait pu être vrai. Il faut nourrir ses soupçons à l'encontre de Dame Jessica. »

« Mon Seigneur, ne... »

« L'information, Nefud, est le seul moyen de contrôler et de diriger un Mentat. À information fausse, résultats faux. »

« Oui, Mon Seigneur, mais... »

« Hawat a-t-il faim ? Soif ? »

« Mon Seigneur, il est encore aux mains des Sardaukars ! »

« Oui, certes. Mais les Sardaukars seront aussi désireux que nous d'obtenir des renseignements de sa bouche. J'ai remarqué une chose concernant nos alliés, Nefud. Ils ne sont pas très subtils... sur le plan politique. Je pense que c'est là un effet de la volonté de l'Empereur. Oui, je le pense. Tu rappelleras au chef des Sardaukars la réputation dont je jouis pour ce qui est d'obtenir les aveux de sujets rétifs. »

Nefud parut soudain mal à son aise. « Bien sûr, Mon Seigneur. »

« Tu lui expliqueras que je désire interroger Hawat et Kynes en même temps, en jouant de l'un contre l'autre. J'espère qu'il pourra au moins comprendre cela. »

« Oui, Mon Seigneur. »

« Et lorsqu'ils seront entre nos mains... » (Le Baron hocha la tête.)

« Mon Seigneur, les Sardaukars désireront certainement qu'un des leurs assiste à... l'interrogatoire. »

« Je suis bien certain que nous pouvons créer une diversion propre à écarter tout observateur indésirable, Nefud. »

« Je comprends, Mon Seigneur. C'est à ce moment-là que Kynes pourrait avoir un accident. »

« Kynes et Hawat auront un accident, oui. Mais seul celui de Kynes sera authentique. C'est Hawat que je désire. Oui... Oh, oui. »

Nefud battit des paupières, avala péniblement sa salive. Un instant, il parut sur le point de poser une question, puis se tut.

« Nous donnerons de la nourriture et de la boisson à Hawat, reprit le Baron. Nous le traiterons avec douceur, avec sympathie. Dans son eau, tu veilleras à ce que l'on ajoute ce poison résiduel mis au point par feu Piter de Vries. *Mais surtout*, tu feras en sorte que l'antidote soit régulièrement présent dans ses aliments à partir de maintenant... jusqu'à nouvel ordre. »

« L'antidote, oui. (Nefud secoua la tête.) Mais... »

« Ne sois pas borné, Nefud. Le Duc a failli me tuer avec cette dent empoisonnée. Ce gaz qu'il a exhalé en ma présence m'a privé de mon précieux Mentat, Piter. Il me faut un remplaçant. »

« Hawat ? »

« Hawat. »

« Mais... »

« Tu allais me dire que Hawat était d'une loyauté totale envers les Atréides. C'est vrai, mais les Atréides sont morts. Et nous finirons bien par le séduire. Il faudra le convaincre qu'il n'est en rien coupable de la défaite du Duc. Que celle-ci est le seul fait de cette sorcière Bene Gesserit. Son maître était faible, sa raison était obscurcie par ses émotions. Les Mentats admirent ceux qui calculent sans faire intervenir l'émotion humaine, Nefud. Nous allons dompter le formidable Thufir Hawat. »

« Nous allons le dompter. Oui, Mon Seigneur. »

« Malheureusement, Hawat avait un maître dont les ressources étaient maigres et qui ne pouvait se permettre de faire accéder son Mentat à ces hauteurs sublimes auxquelles un Mentat est en droit de prétendre. Hawat ne pourra que reconnaître qu'il y a en cela quelque vérité. Le Duc n'a jamais pu fournir à son Mentat les espions les mieux à même de lui rapporter les renseignements les plus utiles. (Le Baron regarda Nefud.) N'essayons jamais de tricher entre nous, Nefud. La vérité est une arme puissante. Nous savons comment nous avons triomphé des Atréides, et Hawat le sait lui aussi : grâce à notre richesse. »

« Oui, grâce à notre richesse, Mon Seigneur. »

« Nous séduirons Hawat, Nefud. Nous le mettrons hors d'atteinte des Sardaukars. Et comme garantie nous aurons… l'antidote. Il est impossible d'échapper au poison résiduel, Nefud. Et jamais Hawat ne se doutera de quoi que ce soit. L'antidote échappera à tous les goûte-poison. Hawat pourra analyser ses aliments autant qu'il lui plaira sans relever la présence du moindre poison. »

Sous l'effet de la compréhension, les yeux de Nefud s'ouvrirent soudain tout grands.

« L'absence d'une chose, reprit le Baron, peut être aussi fatale que sa présence. L'absence d'air, par exemple… Ou l'absence d'eau… L'absence de tout ce à quoi nous sommes organiquement habitués. (Il hocha la tête.) Tu me comprends, Nefud ? »

« Oui, Mon Seigneur. »

« Alors hâte-toi. Trouve le chef de ces Sardaukars et déclenche les opérations. »

« Tout de suite, Mon Seigneur. » Et Nefud s'inclina, se détourna et s'éloigna.

Hawat avec moi ! se dit le Baron. *Les Sardaukars me le donneront. Au pis, ils me soupçonneront de vouloir le supprimer. Et ce soupçon, je me charge de le confirmer ! Les idiots ! L'un des plus puissants Mentats de l'Histoire, un Mentat formé au meurtre… et ils vont me le laisser comme un jouet inutile que je voudrais briser. Mais je vais leur montrer l'usage que l'on peut faire d'un tel jouet !*

Glissant la main sous une tenture, le Baron appuya sur un bouton pour convoquer l'aîné de ses neveux, Rabban. Puis il attendit, souriant.

Et tous les Atréides morts !

Bien sûr, ce stupide capitaine des gardes ne s'était pas trompé. Rien ne pouvait survivre à une tempête de sable sur Arrakis. Aucun ornithoptère… et encore moins ses occupants. La femme et le garçon étaient morts. Toutes les corruptions judicieusement calculées, les *incroyables* dépenses consacrées au débarquement d'une force écrasante sur cette planète, tous les rapports secrets à l'Empereur, tout le vaste plan soigneusement mis au point... Tout cela, enfin, portait pleinement ses fruits.

La puissance et la peur... La puissance et la peur !

Devant lui, le Baron voyait le chemin tout tracé. Un jour, un Harkonnen deviendrait Empereur. Ce ne serait pas lui, non, ni aucun de ses rejetons. Mais ce serait un Harkonnen. Pas ce Rabban non plus, évidemment. Mais le plus jeune frère de Rabban, Feyd-Rautha. Il y avait en lui une certaine dureté, une férocité que le Baron appréciait.

Un garçon adorable, songea-t-il. *Encore une année ou deux... Disons que lorsqu'il atteindra ses dix-sept ans, j'aurai la certitude qu'il est bien l'outil qui donnera le trône à la Maison Harkonnen.*

« Mon Seigneur Baron. »

Celui qui venait d'apparaître sur le seuil de la chambre du Baron était trapu. Son visage comme son corps était épais. Ses yeux très rapprochés et ses épaules larges étaient ceux des Harkonnen mais il conservait cependant une certaine rigidité dans sa graisse, quoiqu'il fût visible que, un jour prochain, il serait voué aux suspenseurs portatifs.

Esprit blindé et musclé, songea le Baron. *Ce n'est pas un Mentat, mon neveu, pas un Piter de Vries, mais sans doute est-il plus indiqué pour les tâches immédiates. Je vais lui laisser toute liberté et je suis certain qu'il broiera tout ce qui se trouvera sur son passage. Et Arrakis va le détester... Oh, comme elle va le détester !*

« Mon cher Rabban ! » s'écria le Baron. Il désactiva le champ de protection de la porte en maintenant son bouclier corporel à pleine puissance. Il savait que le brilleur placé à côté du lit en révélerait la présence.

« Vous m'avez appelé », dit Rabban. Il s'avança dans la pièce, jeta un coup d'œil rapide au frémissement d'air qui révélait le bouclier, chercha une chaise à suspenseur et n'en trouva point.

« Approche-toi que je puisse mieux te voir », dit le Baron.

Rabban fit un nouveau pas en avant. Il se disait que le satané vieillard avait délibérément supprimé tous les sièges afin d'obliger ses visiteurs à rester debout.

« Les Atréides sont morts. Les derniers des Atréides. C'est la raison pour laquelle je désirais ta présence sur Arrakis. À nouveau, ce monde t'appartient. »

Rabban se raidit. « Mais je croyais que vous aviez proposé à Piter de Vries de… »

« Piter est mort, lui aussi. »

« Piter ? »

« Piter. »

Il réactiva le champ de la porte contre toute pénétration d'énergie.

« Vous vous en êtes finalement lassé, n'est-ce pas ? » demanda Rabban.

Dans la pièce maintenant isolée, sa voix était plate, dépourvue de vie.

« Pour une fois, je vais te dire une chose, grommela le Baron. Tu insinues que j'ai supprimé Piter comme cela… (Il claqua ses doigts épais.) Mais je ne suis pas aussi stupide, Mon Neveu. Et crois bien que je serai sans indulgence la prochaine fois que tu t'aviseras de suggérer en parole ou en acte que je puis être aussi stupide. »

La peur apparut dans les yeux plissés de Rabban. Il savait, dans certaines limites, jusqu'où le Baron pouvait agir contre sa famille. Cela atteignait rarement la mort, à moins qu'il n'y eût à en tirer un profit extraordinaire ou qu'il ne s'agît de provocation. Mais les châtiments familiaux pouvaient être fort douloureux.

« Pardonnez-moi, Mon Seigneur Baron », dit Rabban. Et il baissa les yeux, autant pour prouver son humilité que pour dissimuler sa rage.

« Tu ne me donnes pas le change », dit le Baron.

Rabban demeura les yeux baissés et avala sa salive.

« Pour moi, c'est une obligation. Ne jamais supprimer un homme sans réfléchir, ainsi que pourrait le faire un fief *par le jeu des lois*. Ne le faire que pour un dessein majeur… *et connaître ce dessein !* »

« Mais vous avez supprimé le traître, Yueh ! Comme j'arrivais, la nuit dernière, j'ai vu que l'on emportait son corps ! » Il y avait de la colère dans la voix de Rabban. Il releva la tête et regarda son oncle, soudain effrayé de ce qu'il venait de dire. Mais le Baron souriait.

« Je suis très prudent avec les armes dangereuses. Le docteur Yueh était un traître. Il m'a livré le Duc. (La puissance monta dans la voix du Baron.) J'ai corrompu un docteur de l'École

Suk ! L'École *Intérieure !* Tu entends cela, mon garçon ? Et c'était une arme sauvage à propos de laquelle je ne pouvais mentir. Je ne l'ai pas supprimée sans réfléchir. »

« L'empereur sait-il que vous avez corrompu un docteur Suk ? »

Question insidieuse, songea le Baron. *Me serais-je trompé sur son compte ?*

« Il ne le sait pas encore, mais il est certain que ses Sardaukars vont lui faire un rapport. Néanmoins, auparavant, j'aurai mon propre rapport par l'entremise du CHOM. J'expliquerai que, *par chance*, j'ai découvert un docteur qui simulait le conditionnement. Un faux docteur, comprends-tu ? Comme chacun sait que l'on ne peut aller contre le conditionnement de l'École Suk, on acceptera mes dires. »

« Ah, je comprends », murmura Rabban.

Je l'espère bien, pensa le Baron. *J'espère que tu comprends la nécessité du secret. Mais pourquoi ai-je fait cela ? Pourquoi me suis-je vanté auprès de ce neveu que je compte utiliser pour l'écarter ensuite ?* Il était furieux, tout à coup, comme s'il venait de se trahir lui-même.

« Il faut que cela reste secret, dit Rabban. Je le comprends. »

Le Baron soupira. « En ce qui concerne Arrakis, dit-il, mes instructions, cette fois, seront différentes, Mon Neveu. Lorsque tu as régné précédemment sur cette planète, je t'ai maintenu les rênes serrées. Aujourd'hui, je n'aurai qu'une seule exigence. »

« Oui, Mon Seigneur ? »

« Le bénéfice. »

« Le bénéfice ? »

« Rabban, as-tu la moindre idée de ce que nous avons dû dépenser pour opposer une telle force militaire aux Atréides ? Devines-tu seulement ce que la Guilde exige pour un transport de troupes de cet ordre ? »

« C'est coûteux, n'est-ce pas ? »

« Très coûteux ! »

Le Baron tendit un bras grassouillet vers son neveu.

« Si tu pressais Arrakis à fond durant les soixante années à venir, nous serions à peine remboursés ! »

Rabban ouvrit la bouche et la referma sans prononcer une parole.

« Coûteux... (Le Baron eut un sourire grimaçant.) Si je n'avais pas depuis longtemps prévu cette dépense, cette satanée Guilde nous aurait ruinés, avec son monopole spatial. Rabban, il faut que tu saches bien que, dans cette affaire, nous avons tout financé. Même le transport des Sardaukars. »

Et le Baron se demanda (ce n'était pas la première fois) si un jour viendrait où l'on pourrait se passer de la Guilde. La Guilde, si habile, qui soutirait à ses clients juste ce qu'il fallait pour qu'ils ne puissent lui résister, jusqu'à ce qu'ils soient en son pouvoir et qu'ils paient, paient encore et sans cesse.

Les exigences exorbitantes de la Guilde exerçaient leur emprise sur toutes les aventures militaires. « Le tarif n'est que celui du hasard », répétaient les mielleux agents de la Guilde. Et pour un seul homme que l'on parvenait à placer au sein de la Banque de la Guilde, la Guilde, elle, réussissait à infiltrer deux agents chez vous.

Intolérable !

« Le bénéfice », dit Rabban.

Le Baron abaissa son bras, referma le poing. « Il faut pressurer », dit-il.

« Et, pour autant que je le fasse, je serai libre d'agir à mon gré ? »

« Entièrement. »

« Ces canons que vous avez apportés... Pourrais-je ?... »

« Je vais les faire reprendre. »

« Mais vous... »

« Tu n'auras nul besoin de ces jouets. Ils constituaient une innovation toute spéciale mais, maintenant, ils sont sans utilité. Nous avons besoin du métal. Ils ne sauraient venir à bout d'un bouclier, Rabban. Leur qualité a été de représenter l'inattendu. Il était probable que, sur cette planète atroce, les hommes du Duc chercheraient refuge dans les grottes. Nos canons nous ont permis de les y enfermer. »

« Les Fremen ne se servent pas de boucliers. »

« Tu peux conserver quelques lasers si tu le désires. »

« Oui, Mon Seigneur. Et je pourrai agir à mon gré. »

« Pour autant que tu pressures. »

Rabban eut un sourire rayonnant. « Je comprends parfaitement, Mon Seigneur. »

« Tu ne comprends rien parfaitement, grommela le Baron. Que ceci soit bien clair. Ce que tu comprends, c'est la manière d'obéir à mes ordres. Mon Neveu, t'est-il seulement venu à l'esprit qu'il y avait cinq millions d'êtres sur cette planète ? »

« Mon Seigneur oublierait-il que j'ai été son régent-siridar auparavant ? Que Mon Seigneur me pardonne mais... son estimation me paraît même insuffisante. Il est difficile de faire le compte d'une population dispersée comme ici dans des creux et des failles. Si vous songez seulement aux Fremen... »

« Il est inutile de tenir compte des Fremen ! »

« Pardonnez-moi, Mon Seigneur, mais ce n'est pas là ce que pensent les Sardaukars. »

Le Baron hésita. « Tu sais quelque chose à ce sujet ? »

« Mon Seigneur s'était déjà retiré lorsque je suis arrivé la nuit dernière. Je... j'ai pris alors la liberté de rencontrer certains de mes... anciens lieutenants. Ils ont servi de guides aux Sardaukars. Ils m'ont appris qu'une bande de Fremen, quelque part dans le sud-est, avait tendu une embuscade à un parti de Sardaukars. Les Sardaukars ont été massacrés. »

« Les Sardaukars ? »

« Oui, Mon Seigneur. »

« C'est impossible ! »

Rabban haussa les épaules.

« Des Fremen ont massacré des Sardaukars... »

« Je ne fais que rapporter ce que l'on m'a dit. De plus, ces Fremen auraient déjà mis la main sur le redoutable Thufir Hawat. »

« Aahh », fit le Baron, avec un sourire.

« Je crois ce rapport exact, ajouta Rabban. Vous ne savez pas quel problème représentent les Fremen. »

« Peut-être, mais ce que vos lieutenants ont vu, ce ne sont certainement pas des Fremen mais des hommes des Atréides formés par Hawat et déguisés en Fremen. C'est la seule réponse possible. »

À nouveau, Rabban haussa les épaules. « Ma foi, les Sardaukars, quant à eux, croient que c'étaient bien des Fremen et ils ont déjà déclenché un pogrom contre tous les Fremen. »

« Très bien ! »

« Mais... »

« Cela les occupera. Et nous aurons bientôt Hawat. J'en suis certain ! Je le sais ! Ah… quelle journée !… Et ces Sardaukars qui traquaient quelques malheureuses hordes dans le désert pendant que nous nous emparions du seul, du vrai butin ! »

« Mon Seigneur… (Rabban hésita.) J'ai toujours pensé que nous sous-estimions les Fremen, aussi bien en nombre qu'en… »

« Ne t'en occupe pas, mon garçon ! Ils ne comptent pour rien ! Ce sont les cités peuplées, les villes, les villages qui nous intéressent. Et cela fait beaucoup de monde, non ? »

« Beaucoup, en effet, Mon Seigneur. »

« Ils m'inquiètent, Rabban. »

« Ils vous inquiètent ? »

« Oh… Je ne me soucie guère de quatre-vingt-dix pour cent d'entre eux, mais il subsiste cependant quelques… Maisons Mineures… Des gens ambitieux qui pourraient se livrer à de dangereuses tentatives… Par exemple, il se pourrait que quelqu'un quitte Arrakis avec quelque déplaisante histoire à raconter sur ce qui s'est passé ici. Et cela me déplairait beaucoup… En as-tu seulement idée, Rabban ? »

Rabban déglutit sans répondre.

« Il convient que tu prennes des mesures immédiates pour nous assurer un otage de chaque Maison Mineure, reprit le Baron. Hors Arrakis, chacun doit croire que tout ceci n'était qu'une lutte de Maison à Maison. Les Sardaukars n'y ont pas pris la moindre part, comprends-tu ? Le Duc s'est vu offrir la grâce habituelle ainsi que l'exil mais il a trouvé la mort dans un accident malheureux avant même d'avoir pu accepter. Mais il est bien certain qu'il eût accepté. Telle sera l'histoire. Et toute rumeur faisant état de la présence de Sardaukars sur Arrakis ne devra être que prétexte à rire. »

« Ainsi le veut l'Empereur », dit Rabban.

« Ainsi le veut l'Empereur. »

« Et les contrebandiers ? »

« Nul ne croit en l'existence des contrebandiers, Rabban. On les tolère, mais on n'y croit pas. Ici, il te faudra corrompre, à quelque prix que ce soit, ou prendre toute autre mesure… Ce dont je te sais capable. »

« Oui, Mon Seigneur. »

« J'attends donc deux choses d'Arrakis, Rabban : des bénéfices et un gouvernement sans merci. Sur ce monde, point de pitié. Il faut voir cette canaille telle qu'elle est : une foule d'esclaves jaloux de leurs maîtres et guettant la première occasion de rébellion. Il convient donc de ne jamais montrer la plus infime trace de bonté ou de pitié. »

« Peut-on exterminer toute une planète ? » demanda Rabban.

« Exterminer ? (Il y avait de la surprise dans le rapide mouvement de tête du Baron.) Mais qui a parlé d'extermination ? »

« Eh bien, je pensais que vous aviez l'intention de repeupler et... »

« J'ai dit *pressurer*, Mon Neveu, et non *exterminer*. Ne diminue pas la population. Contente-toi de la soumettre, totalement. Il faut que tu sois le carnivore, mon garçon. (Le Baron sourit et une expression enfantine apparut sur son visage gras.) Jamais un carnivore ne s'arrête. Jamais il ne montre la moindre pitié. Jamais. La pitié est une chimère. L'estomac grondant sa faim suffit à la balayer, et la gorge brûlante de soif... Aie donc toujours faim et soif... Comme moi. » Et le Baron caressa ses bourrelets de graisse, sous les suspenseurs.

« Je comprends, Mon Seigneur. »

Le regard de Rabban allait de droite à gauche.

« Est-ce bien clair, Mon Neveu ? »

« Oui, hormis une chose, Mon Oncle : Kynes, le planétologiste. »

« Ah, oui... Kynes. »

« Il représente l'Empereur, Mon Oncle. Il peut aller et venir selon son gré. Et il est très lié aux Fremen... Il a épousé une des leurs... »

« Il sera mort lorsque la nuit viendra, demain. »

« C'est là une dangereuse action, Mon Oncle... Tuer un serviteur de l'Empereur. »

« Comment crois-tu donc que je sois arrivé aussi rapidement si haut ? (La voix du Baron était basse, lourde, pleine d'adjectifs muets.) De plus, tu n'aurais jamais dû craindre de voir Kynes s'enfuir d'Arrakis. Tu sembles oublier qu'il est intoxiqué par l'épice. »

« Oui, bien sûr ! »

« Ceux qui savent ce qu'il en est ne feront jamais rien qui puisse mettre en péril leurs moyens de ravitaillement. Et Kynes, certainement, sait ce qu'il en est. »

« J'avais oublié », dit Rabban.

En silence, ils se regardèrent.

« À ce propos, reprit le Baron, tu devras veiller tout particulièrement à mon ravitaillement personnel. Je dispose d'un stock important mais ce raid des hommes du Duc m'a coûté la plus grande partie de ce que j'entendais revendre. »

Rabban acquiesça. « Oui, Mon Seigneur. »

« Demain matin, tu rassembleras tout ce qui subsiste de notre organisation sur cette planète et tu déclareras : Notre Sublime Empereur Padishah m'a chargé de prendre possession de cette planète pour y mettre fin à toute querelle. »

« Je comprends, Mon Seigneur. »

« Cette fois, je suis bien certain que tu comprends, oui. Mais demain, nous reverrons les détails. À présent, laisse-moi finir mon sommeil. »

Le Baron désactiva le bouclier du seuil et regarda disparaître son neveu.

Esprit blindé, songea-t-il. *Esprit musclé et blindé. Lorsqu'il en aura fini avec eux, il n'y aura plus que de la pulpe sanglante. Ainsi, lorsque mon cher Feyd-Rautha arrivera, il sera accueilli à bras ouverts, comme un libérateur. Délicieux Feyd-Rautha. Il viendra les sauver de cette bête. Il méritera leur obéissance. Ils voudront même mourir pour lui... Lorsque ce temps sera venu, je suis bien certain qu'il saura comment oppresser dans l'impunité. C'est lui qu'il me faut, oui. Avec le temps, il apprendra. Et ce corps, tellement adorable... Quel garçon délicieux !*

À quinze ans, il avait déjà appris le silence.

Extrait de Histoire de Muad'Dib enfant,
par la Princesse Irulan.

PAUL, LUTTANT AUX COMMANDES DE L'ORNITHOPTÈRE, PRIT conscience qu'ils échappaient à l'entrelacs des forces de la tempête. Ses facultés de perception, supérieures à celles d'un Mentat, lui permettaient de sélectionner des informations multiples et précises. Il sentait, tout autour de lui, les fronts de poussière, les dépressions, les turbulences complexes et, parfois, le passage d'un tourbillon.

La cabine de l'orni était comme une boîte furieusement ballottée, baignée de la clarté verte des cadrans. Au-dehors, le sable était une muraille ocre, lisse, semblait-il, sans la moindre faille. Pourtant, Paul commençait à *voir* au-delà.

Il me faut trouver le bon tourbillon, songea-t-il.

Depuis un certain temps, il percevait l'affaiblissement de la tempête. Mais elle ne s'était pas encore éteinte et continuait de les secouer durement. Il guettait l'approche d'une autre turbulence.

Le tourbillon apparut telle une vague monstrueuse qui agita frénétiquement l'appareil. Paul repoussa toute trace de peur et inclina l'orni sur la gauche. Jessica décela la manœuvre sur le globe de navigation.

« Paul ! »

Le tourbillon s'empara d'eux, les saisit, les enveloppa. L'ornithoptère ne fut plus qu'une feuille sur un geyser, projeté, craché dans un torrent de poussière, dans la clarté de la seconde lune.

Paul regarda vers le bas. Il vit le pilier de poussière formé par le vent torride qui les avait capturés, avalés puis dégorgés. Il vit la tempête mourante qui poursuivait son cours, comme un fleuve de sable dans le sable du désert, ruban gris de lune qui se faisait de plus en plus petit comme l'orni montait toujours plus haut.

« Nous en sommes sortis », dit Jessica.

Paul fit glisser l'appareil hors de la poussière. Il épiait le ciel.

« Nous leur avons échappé », dit-il enfin.

Jessica lutta pour ralentir les battements de son cœur, pour retrouver son calme tout en regardant disparaître la tempête. Sa notion du temps lui disait qu'ils avaient voyagé au sein de ces forces naturelles pendant près de quatre heures. Mais, pour une grande part de son esprit, cela avait duré le temps d'une vie. Il lui semblait renaître.

C'était comme la litanie, se dit-elle. *Nous avons fait face, sans résister. Et la tempête est passée au travers de nous, autour de nous. Elle a disparu et nous restons.*

« Je n'aime pas le bruit que font les ailes, dit Paul. Elles ont dû être endommagées. »

Ses mains, tout en agissant sur les commandes, percevaient le changement, le vol plus lourd, difficile. Ils avaient échappé à la tempête mais ils n'avaient pas encore atteint l'image que lui avait révélée sa vision presciente. Pourtant, ils étaient sauvés, et Paul tremblait, au seuil d'une révélation.

Il frissonna.

C'était magnétique, terrifiant. *Pourquoi ?* se demanda-t-il. Il sentait que c'était dû en partie à la nourriture, saturée d'épice. Mais cela pouvait s'expliquer aussi par la litanie dont les paroles semblaient receler une puissance qui leur était propre.

Je ne connaîtrai pas la peur...

Cause et effet, il vivait en dépit des forces mauvaises et il approchait d'une nouvelle perception qui, sans la litanie magique, n'aurait pu être.

Des paroles de la Bible Catholique Orange flottèrent dans sa mémoire : *Ne nous manque-t-il pas des sens qui nous permettent de voir et d'entendre cet autre monde qui est tout autour de nous ?*

« Il y a des rochers, tout autour de nous », dit Jessica.

Paul revint à l'ornithoptère. Il secoua la tête pour éclaircir ses idées et il regarda ce que lui désignait sa mère. Des rochers, noirs sur le sable, droit devant eux. Puis il sentit un souffle de vent sur ses chevilles, un frôlement de poussière dans la cabine. Il y avait un trou quelque part.

« Il vaut mieux nous poser dans le sable, dit Jessica. Les ailes risquent de ne pas nous freiner suffisamment. »

Du menton, il lui désigna quelques rochers qui émergeaient des dunes dans le clair de lune.

« Nous allons nous poser là. Vérifiez votre harnachement. »

Elle obéit et songea : *Nous avons de l'eau, des distilles. Si nous pouvons nous procurer de la nourriture, nous réussirons à survivre longtemps dans le désert. C'est là que vivent les Fremen. Ce qu'ils peuvent, nous le pouvons aussi.*

« Dès que nous serons posés, courez vers ces rochers, dit Paul. Je prendrai le paquet. »

« Courir… (Elle hésita, acquiesça.) Oui, les vers. »

« Nos amis les vers. Ils s'empareront de cet ornithoptère et il n'y aura plus la moindre trace de notre passage. »

Comme sa pensée est directe, songea-t-elle.

Ils glissaient vers le désert, toujours plus bas. Les ombres floues des dunes, les rochers comme des îles se ruaient à leur rencontre. L'orni accrocha le faîte d'une dune avec un bruit soyeux, glissa dans un creux, aborda une autre dune.

Il utilise le sable comme un frein, pensa Jessica. Elle admirait l'habileté de son fils.

« Cramponnez-vous ! » lança Paul.

Il tira la commande de freinage à lui, d'abord très lentement, puis plus fort, à fond. Il sentit les ailes bloquer la masse d'air. Le vent hurla dans les feuillures protectrices et les nervures. Brusquement, l'aile gauche, après un faible frémissement, se replia contre le flanc de l'appareil qui escalada une dernière dune avant de s'incliner sur la gauche, piquant du nez dans une cascade de sable. L'orni s'immobilisa définitivement, son aile droite dressée vers les étoiles.

Paul se débarrassa de son harnachement, passa devant sa mère et ouvrit rapidement la porte. Le sable du désert se déversa dans la cabine avec une senteur de silex. Paul s'empara du paquet à l'arrière de l'appareil puis s'assura que sa mère s'était libérée de son harnais. Elle escaladait déjà le siège de droite puis, de là, gagnait la coque de métal. Il la suivit, portant le paquet et lança : « Courez ! »

Il désignait une tour rocheuse qui se dressait dans le vent de sable, de l'autre côté de la dune la plus proche.

Jessica s'élança dans le sable, trébuchant et glissant au flanc de la dune. Paul haletait derrière elle. Ils se retrouvèrent sur une crête de sable qui s'infléchissait en direction des rochers.

« Il faut la suivre, dit Paul. Nous irons plus vite. »

Ils reprirent leur course. Le sable s'agrippait à leurs pieds.

Ils perçurent alors un son nouveau : un sifflement, un chuchotement étouffé, un souffle grésillant.

« Un ver ! » lança Paul.

Le son devint plus net.

« Plus vite ! »

Le premier rocher. Comme une plage sur le désert. Il n'était plus qu'à dix mètres devant eux lorsqu'ils entendirent le fracas du métal broyé.

Paul saisit les liens du paquet dans sa main droite et, de l'autre, prit la main de sa mère. Il l'entraîna vers le haut, sur le sol caillouteux, dans un dédale rocheux sculpté par le vent. Dans leurs gorges, leur souffle était brûlant, rêche.

« Pas plus loin », haleta Jessica.

Il s'arrêta, la poussa dans l'abri d'un creux et se retourna pour observer le désert. Au large de l'île de rochers, une dune courait. Vagues de sables, sillons au clair de lune, sillage distant d'un kilomètre environ, situé au niveau du regard de Paul. Il y eut un vaste mouvement dans les dunes, une boucle se referma sur le désert, là où avait été l'ornithoptère. Il n'y avait plus trace de l'appareil.

La dune en mouvement s'éloigna dans le désert, revint en arrière dans son sillage. Cela cherchait.

« C'est plus grand qu'un vaisseau de la Guilde, murmura Paul. On m'avait bien dit que les vers atteignaient de très grandes tailles dans le désert profond mais… je ne pensais pas qu'ils pouvaient être aussi énormes. »

« Moi non plus », souffla Jessica.

À nouveau, la chose se détourna des rochers et s'éloigna vers l'horizon. Ils prêtèrent l'oreille jusqu'à ce que le bruit de sa course se confondît avec les ruissellements du sable, tout autour d'eux.

Paul, alors, respira profondément, leva les yeux sur l'amoncellement de rochers givré de clair de lune et cita le Kitab al-Ibar : « Voyage de nuit et repose à l'ombre tout le jour. (Il regarda sa mère.) Il nous reste encore quelques heures de nuit. Pourrez-vous continuer ? »

« Dans un moment. »

Paul s'avança sur le rocher, ajusta le paquet sur son épaule et prit un paracompas en main.

« Quand vous serez prête », dit-il.

Elle s'approcha, sentant ses forces revenir.

« Dans quelle direction ? »

« Celle de cette chaîne. »

« Loin dans le désert », dit-elle.

« Le désert des Fremen », chuchota Paul.

Puis il se tut, revoyant soudain l'image précise qui lui était apparue une fois sur Caladan, dans un moment de prescience. Il avait vu ce désert. Mais, dans sa vision, d'une façon subtilement différente. L'image s'était infiltrée dans son esprit, elle avait été absorbée par la mémoire et, maintenant, projetée sur la scène réelle, elle n'était plus parfaite. Elle paraissait avoir changé et l'approcher, lui, sous un angle différent tandis qu'il demeurait immobile.

Dans la vision, Idaho était avec nous, se souvint-il tout à coup. *Mais à présent, il est mort.*

« Tu as trouvé un chemin ? » demanda Jessica, se trompant sur le sens de son hésitation.

« Non, dit-il, mais mettons-nous en marche. »

Il raffermit ses épaules et s'avança dans un boyau rocheux creusé par le vent de sable. Le boyau débouchait sur une table de rocher baignée de lune qui, vers le sud, s'élevait en terrasses successives.

Paul se mit en marche dans cette direction, entama l'escalade et Jessica le suivit. Elle prenait conscience de ce que les choses avaient d'immédiat, de particulier, à chaque pas. Les poches de sable entre les rochers, qui ralentissaient leur progression, les saillies aiguisées par le vent qui entaillaient leurs mains, l'obstacle qui obligeait au choix : escalader ou contourner ? Le terrain leur imposait ses rythmes propres. Ils ne parlaient que lorsque c'était absolument nécessaire et, alors, leurs voix étaient rauques d'épuisement.

« Attention ici. Le sable est glissant. »

« Ne vous cognez pas à la corniche. Prenez garde. »

« Restez dans l'ombre. La lune est derrière nous et nos moindres gestes nous feraient repérer. »

Paul s'arrêta dans un renfoncement et appuya le paquet contre une étroite saillie rocheuse.

Jessica l'imita, heureuse de cet instant de répit. Elle entendit Paul tirer sur le tube de son distille et elle but, elle aussi, l'eau de son propre corps. Le goût en était saumâtre et le souvenir des eaux de Caladan lui revint. Une haute fontaine enfermant une portion de ciel. Tant d'eau dans cette fontaine dont on ne remarquait que la forme, les reflets, le bruit lorsqu'on s'arrêtait auprès d'elle.

S'arrêter, songea-t-elle. *S'arrêter... Se reposer... vraiment.*

Le véritable bonheur, c'était cela. La possibilité de s'arrêter, ne serait-ce que pour un moment. Autrement, il ne pouvait y avoir de bonheur.

Paul se redressa et reprit l'escalade. Elle le suivit avec un soupir.

Un vaste entablement descendait jusqu'à une muraille qu'il contournait. À nouveau, ce territoire brisé leur imposait son rythme irrégulier.

Sous ses mains, sous ses pas, Jessica percevait dans la nuit les formes et les tailles, jusqu'aux plus extrêmes degrés de petitesse : rocs ou graviers, cailloux, sable aggloméré, sable pulvérulent, poudre ou farine de sable.

La poudre obstruait les filtres respiratoires et il fallait souffler pour la chasser. Le sable aggloméré et le gravier roulaient sous les pas et pouvaient provoquer une chute. Les éclats de rocher coupaient.

Et les poches de sable omniprésentes semblaient coller aux pieds.

Paul s'arrêta brusquement sur une avancée de rocher et il soutint Jessica. Puis il tendit le doigt vers la gauche et elle vit qu'ils se trouvaient en réalité au sommet d'une falaise qui dominait une portion de désert d'une hauteur de quelque deux cents mètres. Le désert était comme une mer de vagues figées sous la lune, d'ombres acérées qui disparaissaient dans les creux et qui, dans le lointain, se fondaient dans la masse grise et imprécise d'un autre massif rocheux.

« Le désert ouvert », dit Jessica.

« Il nous faudra longtemps pour traverser. » La voix de Paul était étouffée par le filtre.

Le regard de Jessica glissa de droite à gauche. Il n'y avait que le sable.

Paul observait les dunes. Là-bas, les ombres jouaient sous la lune lente.

« Trois ou quatre kilomètres », dit-il.

« Les vers. »

« Certainement. »

Elle prit conscience de sa lassitude, de la douleur qui habitait chacun de ses muscles et affaiblissait ses sens.

« Nous pourrions nous reposer et manger. »

Paul se débarrassa du paquet, s'assit et s'appuya contre lui. Jessica mit une main sur son épaule pour conserver son équilibre et elle s'assit à son tour. Paul fouillait déjà dans le paquet.

« Voilà », dit-il.

Elle sentit sa main sèche dans la sienne. Il déposa deux capsules énergétiques au creux de sa paume. Elle les avala avec une gorgée d'eau qu'elle aspira au tube de son distille.

« Buvez toute votre eau, dit Paul. Axiome : Le corps est le meilleur endroit où conserver son eau. Elle maintient l'énergie et, ainsi, on est plus fort. Faites confiance à votre distille. »

Elle obéit et vida toutes les poches d'eau. Elle sentit alors son énergie revenir. Ce moment de lassitude et de repos était plein de tranquillité et elle se rappela les paroles de Gurney Halleck : « Mieux vaut le calme et un maigre repas qu'une maison pleine de luttes et de doutes. »

Elle les répéta à l'intention de Paul.

« C'est bien de Gurney », dit-il. Et, à son intonation, elle se rendit compte qu'il semblait parler d'un mort et elle songea : *Oui, ce pauvre Gurney est peut-être mort.* Tous les gens de la Maison Atréides étaient morts, ou prisonniers ou perdus comme eux sur ce monde desséché.

« Gurney trouvait toujours la citation appropriée, reprit Paul. Je l'entends encore : "J'assécherai les fleuves, je vendrai la terre aux méchants et je rendrai le pays aride par la main des étrangers." »

Jessica ferma les yeux, émue jusqu'aux larmes par la tristesse qu'elle percevait dans la voix de son fils.

« Comment vous... sentez-vous ? » demanda-t-il.

Elle comprit que la question concernait son état et elle dit : « Ta sœur ne naîtra pas avant plusieurs mois et je me sens encore... physiquement en forme. »

C'est mon fils, songea-t-elle, *et je lui parle avec tant de froideur !* Et puis, parce qu'une Bene Gesserit se devait de chercher en elle la réponse, elle pensa : *Je suis effrayée par mon fils. Je crains son étrangeté. Je crains ce qu'il peut voir au-devant de notre route, ce qu'il peut me dire.*

Paul abaissa son capuchon sur ses yeux. Il écoutait les bruits infimes de la nuit. Ses poumons étaient emplis de son propre silence. Son nez le démangeait. Il le gratta, ôta le filtre de ses narines et décela alors la riche senteur de cannelle qui emplissait l'air.

« Il y a du Mélange à proximité », dit-il.

Un vent léger lui caressa les joues et fit flotter les plis de son burnous. C'était un vent qui n'annonçait nulle tempête, nulle menace. Déjà, Paul pouvait sentir cette différence.

« L'aube est proche », dit-il.

Jessica acquiesça.

« Il existe un moyen de traverser sans danger cette portion de désert. Les Fremen l'utilisent. »

« Et les vers ? »

« Nous avons un marteleur dans notre Fremkit. Si nous le plantions dans ces rochers, le ver serait occupé pendant un certain temps. »

Le regard de Jessica glissa sur le fleuve blanc du désert jusqu'à l'autre rivage rocheux.

« Assez de temps pour parcourir quatre kilomètres ? » demanda-t-elle.

« Peut-être. Et si nous réussissons à marcher en ne produisant que des bruits *naturels* qui n'attirent pas les vers... »

Son regard demeurait fixé sur le désert. Il cherchait dans sa mémoire presciente, il retrouvait ces mystérieuses allusions aux marteleurs et aux hameçons à faiseur qu'il avait lues dans le manuel du Fremkit. Et la terreur absolue qu'il éprouvait à la pensée des vers lui semblait bizarre. C'était comme si, juste au-delà de sa perception, résidait la certitude que les vers devaient être respectés et non craints… si… si…

Il secoua la tête.

« Ce devraient être des bruits sans rythme », dit Jessica.

« Comment ? Oh, oui… Si nous brisons seulement notre démarche… Le sable tombe de lui-même à certains moments. Les vers ne peuvent se ruer sur n'importe quel bruit infime. Mais il faut que nous soyons tout à fait reposés pour cela. »

Il regarda en direction de l'autre massif de rochers, lisant le passage du temps dans les ombres verticales dessinées par la lune. « Dans une heure ce sera l'aube. »

« Où passerons-nous la journée ? »

Il se tourna sur la gauche et tendit la main. « La falaise, là-bas, s'incline vers le nord. Vous pouvez voir que cette face est exposée aux vents et nous y trouverons des crevasses. Des crevasses profondes. »

« Ne ferions-nous pas mieux de partir tout de suite ? »

Il se releva et l'aida à se remettre sur ses pieds.

« Êtes-vous suffisamment reposée pour la descente ? Je voudrais que nous soyons aussi près que possible du désert avant de monter la tente. »

« Suffisamment. »

Il hésita, puis reprit le paquet, l'assura sur ses épaules et se mit en marche.

Si seulement nous avions des suspenseurs, se dit Jessica. *Ce serait si simple de sauter jusqu'en bas. Mais peut-être faut-il éviter d'employer les suspenseurs dans le désert profond… Peut-être attirent-ils les vers, tout comme les boucliers.*

Ils atteignirent une série de terrasses. Tout en bas, le clair de lune révélait une fissure. Paul entama la descente. Il cheminait avec prudence mais aussi vite qu'il le pouvait car il était évident que le clair de lune ne durerait plus guère. Ils allaient bientôt pénétrer dans un monde d'ombres profondes. Tout autour d'eux, des aiguilles rocheuses se dressaient sur les étoiles, de plus en plus hautes. La fissure se rétrécissait pour atteindre une dizaine de mètres de large au bord d'une pente de sable gris qui se perdait plus bas dans les ténèbres.

« Pouvons-nous descendre ? » murmura Jessica.

« Je le pense. »

Du bout du pied, Paul éprouva la surface du sable.

« Nous pouvons glisser, dit-il. Je descends le premier. Attendez jusqu'à ce que vous m'entendiez m'arrêter. »

« Sois prudent. »

Il s'avança sur la pente, glissa, dévala jusqu'à une zone de sable dur, entre les murailles rocheuses.

Il entendit alors le bruit du sable derrière lui. Il se retourna, essaya de distinguer le haut de la pente dans l'obscurité et faillit être renversé par la cascade de sable qui s'écoula au loin avant que revienne le silence.

« Mère ? » appela-t-il.

Il n'y eut pas de réponse.

« Mère ! »

Il lâcha le paquet et se lança à l'assaut de la pente, trébuchant, creusant, rejetant le sable entre ses mains comme un animal furieux. « Mère ! Mère, où êtes-vous ? » Il haletait. Une nouvelle cascade s'abattit sur lui et il eut du sable jusqu'aux hanches. Il s'en arracha.

Elle a été prise dans l'avalanche de sable, songea-t-il. *Engloutie. Il faut que je reste calme et que je procède avec précaution. Elle ne sera pas immédiatement étouffée. Elle va se mettre en état de suspension bindu pour réduire sa consommation d'oxygène. Elle sait que je la retrouverai.*

Suivant l'éducation bene gesserit reçue de sa mère, il entreprit de calmer les battements désordonnés de son cœur. Son esprit redevint une ardoise vierge sur laquelle les moments les plus récents du passé pouvaient apparaître à nouveau. Dans sa mémoire, chaque mouvement, chaque courant de l'avalanche recommença, plus lentement, bien qu'une fraction de seconde suffit à cette évocation.

Puis il reprit son escalade en diagonale, jusqu'à ce qu'il trouve une des murailles de la fissure, un rocher qui émergeait du sable. Alors il se mit à creuser, lentement, veillant à ne pas provoquer une nouvelle avalanche de sable. Et il rencontra du tissu sous ses mains. Il progressa, découvrit un bras. Doucement, il le dégagea, découvrit le visage.

« M'entendez-vous ? » murmura-t-il.

Nulle réponse ne lui parvint.

Il creusa plus avant, libéra les épaules. Le corps de sa mère était inerte entre ses mains mais il décela les battements espacés du cœur.

Suspension bindu, se dit-il.

Il la libéra du sable jusqu'à la taille, passa ses bras sur ses épaules et l'entraîna vers le bas de la pente, doucement d'abord, puis aussi vite qu'il le put, au fur et à mesure que cédait le sable sous ses pas. De plus en plus vite il l'emporta, l'entraîna en haletant, luttant pour garder son équilibre, jusqu'au sol ferme au fond de la fissure, la hissa sur ses épaules et courut maladroitement à l'instant où la pente tout entière glissait sur eux avec un sifflement assourdi que répercutèrent les hautes murailles.

Au bout de la fissure, Paul s'arrêta et son regard se posa sur les dunes du désert, trente mètres plus bas. Doucement, il étendit sa mère sur le sable et prononça le mot qui devait la sortir de sa catalepsie.

Elle s'éveilla lentement, son souffle devint plus profond.

« Je savais que tu me retrouverais », dit-elle dans un murmure.

Il se retourna vers la fissure. « Peut-être eût-il mieux valu que je ne vous retrouve pas. »

« Paul ! »

« J'ai perdu le paquet. Il est enfoui sous des tonnes de sable… »

« Tout ? »

« L'eau, la tente… Tout ce qui avait de l'importance. (Il porta la main à une poche.) Il me reste le paracompas. (Il toucha la bourse fixée à sa taille.) Le couteau et les jumelles également. Au moins, nous pourrons bien voir l'endroit où nous allons mourir. »

À cet instant, le soleil apparut sur l'horizon quelque part à gauche au-delà de la fissure. Et les couleurs jaillirent sur le désert. Un chœur d'oiseaux s'éveilla dans les multiples refuges des rochers.

Mais Jessica ne voyait que le désespoir qui avait envahi le visage de son fils. Elle mit du mépris dans sa voix pour demander : « Est-ce là ce que l'on t'a enseigné ? »

« Ne comprenez-vous pas ? Tout ce qu'il nous fallait pour survivre est perdu dans ce sable ! »

« Tu m'as retrouvée », dit-elle, et, à présent, sa voix était douce, raisonnable. Paul s'accroupit sur ses talons. Son regard se porta sur la nouvelle pente qui s'était formée. Le sable était fragile, instable.

« Si seulement nous pouvions en immobiliser une petite partie, dit-il, et creuser un puits jusqu'au paquet. Mais il nous faudrait de l'eau pour cela, et nous n'en avons pas assez… (Il s'interrompit et dit tout à coup :) De la mousse ! »

De peur de déranger ses réflexions, Jessica demeura immobile.

Paul contemplait les dunes, et ses yeux, aussi bien que ses narines, cherchaient, trouvaient, centraient son attention sur une portion de désert qui semblait plus sombre.

« De l'épice, dit-il. Son essence est hautement alcaline. Et je dispose encore du paracompas. Sa pile contient de l'acide. »

Jessica se redressa et s'appuya au rocher.

Paul ne parut pas en avoir conscience. Il se leva et s'engagea sur le sable durci par le vent qui menait au désert.

Elle observa sa démarche. Il brisait le rythme : Un pas… arrêt… Un pas, un autre… Un glissement… Une pause…

Il n'y avait plus dans sa progression le moindre rythme qui pût révéler à un ver en maraude que quelque chose d'étranger au désert se déplaçait dans cette zone.

Il atteignit le gisement d'épice, en recueillit une brassée dans sa robe et revint vers la fissure. Il répandit toute l'épice dans le sable, devant Jessica, s'accroupit et entreprit de démanteler le paracompas à l'aide de la pointe de son couteau. Le dessus du compas s'ouvrit. Paul dispersa les pièces sur la ceinture de sa robe et prit la pile. Puis il ôta le cadran de l'instrument, laissant un emplacement vide.

« Il va te falloir de l'eau », dit Jessica.

Il prit le tube près de son cou, aspira une goulée et la déversa dans l'ouverture du cadran.

Si cela échoue, songea Jessica, *toute cette eau est gâchée. Mais, de toute façon, cela n'aura plus d'importance.*

À l'aide de son couteau, Paul ouvrit la pile et répandit les cristaux dans l'eau. Ils formèrent une écume légère qui disparut très vite.

Jessica décela un mouvement, leva les yeux et aperçut les faucons perchés sur le rebord de la fissure. Tous regardaient l'eau.

Grande Mère ! songea-t-elle. *À une telle distance, ils peuvent encore la déceler !*

Paul avait remis en place le couvercle du paracompas tout en ôtant le bouton de réglage, ce qui offrait une issue au liquide. Tenant l'instrument d'une main et une poignée d'épice de l'autre, il remonta vers le haut de la fissure, étudiant la pente de sable. Sa robe, à présent sans ceinture, flottait autour de lui. Il s'avança, soulevant des plumets de poussière, faisant naître des ruisseaux de sable.

Puis il s'arrêta, mit une pincée d'épice dans le paracompas et secoua le boîtier.

Une écume verte surgit par le trou correspondant au bouton de réglage. Paul la dirigea vers le sable, dessinant une petite digue qu'il entreprit de consolider ensuite en rajoutant alternativement du sable et de la mousse verte.

D'en bas, Jessica demanda : « Je peux t'aider ? »

« Venez et creusez, dit-il. Ça ne devrait pas dépasser trois mètres de profondeur. » Il vit alors que l'écume verte ne se formait plus.

« Vite. Il est impossible de savoir combien de temps le sable restera en place. »

Jessica le rejoignit à l'instant où il jetait une nouvelle pincée d'épice dans le paracompas. La mousse réapparut et Paul se remit à consolider la digue tandis que Jessica attaquait le sable avec ses mains, le rejetant derrière elle, vers le bas de la pente.

« Il est loin ? » demanda-t-elle.

« Non, mais la position est approximative. Il faudra peut-être élargir l'excavation. (Il fit un pas de côté, glissant dans le sable fluide.) Creusez plutôt en oblique. »

Elle obéit.

Lentement, l'excavation devint de plus en plus profonde. Elle atteignit le niveau du fond du bassin rocheux et le paquet n'apparaissait toujours pas.

Me serais-je trompé dans mes calculs ? se demanda Paul. *C'est à cause de moi que cela s'est produit, à cause de cette panique. Est-ce que cela a diminué mes capacités ?*

Il regarda le paracompas. Il ne restait plus que deux onces d'acide.

Jessica se redressa dans le trou, passa une main maculée de mousse verdâtre sur ses joues. Son regard rencontra celui de Paul.

« Vers le haut, maintenant, dit-il. Doucement. » Il ajouta une nouvelle pincée d'épice au contenu du paracompas et la mousse gicla autour des mains de Jessica qui taillaient une tranchée dans la paroi supérieure du trou. À la seconde tentative, elle rencontra quelque chose de dur. Lentement, elle dégagea un bout de courroie et une boucle de plastique.

« N'en sortez pas plus », dit Paul, et sa voix était comme un chuchotement. Il ajouta : « Nous n'avons plus de mousse. »

Jessica, sans lâcher la courroie du paquet, leva les yeux vers son fils.

Il jeta le paracompas vide vers le fond du bassin.

« Donnez-moi votre autre main. Maintenant, écoutez attentivement. Je vais vous tirer vers le bas. Surtout ne lâchez pas cette courroie. Nous ne recevrons pas trop de sable du sommet. Cette pente s'est à peu près stabilisée. Tout ce que je veux, c'est maintenir votre tête hors du sable. Lorsque ce trou sera comblé, je pourrai vous tirer et le paquet suivra. »

« Je comprends. »

« Prête ? »

« Prête. » Elle crispa ses doigts sur la courroie. D'un seul élan, Paul la sortit à moitié de l'excavation et maintint sa tête au-dessus du sable qui se ruait par la digue effondrée. Lorsque l'avalanche prit fin, Jessica était enfoncée jusqu'à la taille dans le sable. Son bras gauche était également prisonnier, jusqu'à l'épaule, mais son menton reposait sur un pli de la robe de Paul. Sous la tension, son épaule était douloureuse.

« Je tiens toujours la courroie », souffla-t-elle.

Lentement, Paul plongea la main dans le sable près d'elle et toucha la courroie, la prit. « Ensemble. D'un seul mouvement. Il ne faut pas l'arracher. »

De nouveaux ruisseaux de sable se formèrent comme ils tiraient le paquet vers la surface. Lorsque la courroie apparut, Paul s'interrompit et libéra complètement sa mère. Puis tous deux finirent d'extraire le paquet de sa prison de sable.

Quelques minutes après, ils se retrouvaient au fond de la fissure avec le paquet entre eux.

Paul regarda sa mère, son visage maculé de mousse, sa robe pleine de sable collé.

« Vous êtes dans un bel état », dit-il.

« Tu n'es pas mal toi non plus », répondit-elle.

Ils rirent, puis se turent.

« Cela n'aurait pas dû arriver, dit Paul. J'ai été inconscient. »

Elle haussa les épaules et un peu de sable sec tomba de sa robe.

« Je vais monter la tente, reprit Paul. Il faudrait que vous ôtiez cette robe pour la secouer. »

Il se détourna, se pencha sur le paquet. Jessica acquiesça en silence, trop lasse pour parler.

« Il y a des trous d'amarrage dans ce rocher, dit Paul. Quelqu'un a déjà campé ici. »

Pourquoi pas ? pensa-t-elle, tout en secouant la robe. L'emplacement était tout indiqué, à l'abri entre les rochers, face au désert et à l'autre falaise, à quatre kilomètres de là, suffisamment haut, pourtant, pour échapper aux vers tout en étant assez près du désert.

En se retournant, elle vit que Paul avait déjà érigé la tente-distille dont l'hémisphère semblait se confondre avec les murailles rocheuses qui se dressaient alentour. Il s'avança, tenant ses jumelles dont il ajusta la pression interne d'un rapide mouvement vissant. Puis il braqua les objectifs à huile vers l'autre falaise qui se dressait comme une barrière dorée dans la lumière du matin.

Il observait minutieusement ce paysage d'apocalypse, suivant les rivières et les canyons de sable.

« Il y a des choses qui poussent, là-bas », dit-il.

Jessica alla prendre la seconde paire de jumelles dans le Fremkit, près de la tente, et revint à côté de son fils.

« Dans cette direction. » Il tendait le doigt vers le désert.

« Du saguaro, dit-elle. Mauvaise herbe. »

« Il y a peut-être des gens à proximité. »

« Cela pourrait être aussi bien les restes d'une station botanique. »

« Nous sommes loin dans le sud », dit-il.

Il baissa ses jumelles, se gratta sous son filtre. Ses lèvres étaient sèches et craquelées et il avait dans la bouche le goût de poussière de la soif.

« Cela semble un site fremen. »

« Sommes-nous sûrs qu'ils se montreront amicaux ? » demanda-t-elle.

« Kynes nous a promis leur aide. » *Mais ces gens du désert sont emplis de désespoir*, songea-t-elle. *Ce désespoir que j'ai moi-même ressenti aujourd'hui. Et des gens aussi désespérés pourraient nous tuer pour notre eau.*

Elle ferma les yeux et, comme pour repousser l'image de cette terre désolée, elle évoqua un paysage de Caladan. Un voyage d'agrément qu'ils avaient fait ensemble, le Duc Leto et elle, avant la naissance de Paul. Ils avaient survolé les jungles du sud, les feuilles, l'herbe sauvage des savanes et le jeune riz dans les deltas. Et dans tout ce vert ils avaient vu des files de fourmis. Des hommes, minuscules, portant leur fardeau sur les balanciers à suspenseurs. Et près de la mer, ils avaient entrevu les pétales blancs des boutres trimarans.

Tout cela avait disparu.

Elle ouvrit les yeux sur l'immobilité du désert, la chaleur du jour, le silence. Déjà, l'air vibrait au-dessus du sable, comme sous l'effet de la danse torride d'innombrables et infatigables démons. De l'autre côté du désert, l'image d'or de la falaise devenait de plus en plus floue.

Une pluie de sable, l'espace d'un instant, forma un rideau léger à l'extrémité de la fissure. Le sable grésillait de toutes parts, libéré par la brise du matin, par l'envol des premiers faucons quittant les falaises. Et, après chaque cascade, Jessica continuait d'entendre comme un sifflement, de plus en plus fort. C'était un son que l'on ne pouvait oublier, lorsqu'on l'avait entendu une fois.

« Un ver », murmura Paul.

Il apparut sur leur droite, avec une majesté sereine. Une dune cheminant entre les dunes, traversant leur champ de vision. Droit devant eux, elle s'éleva un peu, rejetant du sable comme la proue d'un navire rejette de l'eau. Puis le ver disparut sur la gauche.

Et le sifflement s'estompa, mourut.

« J'ai vu des frégates spatiales plus petites », murmura Paul.

Jessica hocha la tête. Son regard ne quittait pas le désert. Là où le ver était passé, demeurait un fascinant sillage, entre le sable et le ciel.

« Quand nous nous serons reposés, dit Jessica, nous reprendrons tes leçons. »

Il lutta contre une soudaine colère. « Mère, ne pensez-vous pas que nous pourrions nous passer de… »

« Aujourd'hui, tu as paniqué. Peut-être connais-tu mieux que moi ton esprit et ton système nerveux bindu, mais il te reste encore tant à apprendre sur la musculature prana de ton corps. Parfois, le corps agit par lui-même, Paul, et je dois t'apprendre des choses à ce propos. Il faut que tu parviennes à contrôler chacun de tes muscles, chacun de tes doigts, de tes tendons, de tes extrémités tactiles. (Elle se détourna.) Viens dans la tente, maintenant. »

Il regarda sa main gauche, replia ses doigts. Jessica s'introduisait déjà dans la tente par la valve-sphincter et il sut qu'il ne pourrait lutter contre sa détermination, qu'il lui faudrait s'y plier.

Quoi que l'on m'ait fait, songea-t-il, *je m'y suis prêté.*

Examen de la main !

À nouveau, il regarda sa main. Elle semblait si maladroite comparée à des créatures telles que le ver.

Nous sommes venus de Caladan, monde paradisiaque pour notre forme de vie. Sur Caladan, nous n'avions nul besoin de construire un paradis physique ou un paradis de l'esprit. La réalité suffisait, tout autour de nous. Et le prix que nous avons payé est celui que les hommes ont toujours payé pour jouir du paradis durant le temps de leur vie : nous sommes devenus fragiles, notre fil s'est émoussé.

Extrait de Conversations avec Muad'Dib,
par la Princesse Irulan.

« AINSI VOUS ÊTES LE GRAND GURNEY HALLECK », DIT L'HOMME.

Debout dans la caverne ronde, Halleck regardait le contrebandier assis derrière un bureau de métal. L'homme arborait la robe fremen et le bleu trop clair de ses yeux révélait qu'il se nourrissait en partie d'aliments importés. La pièce reproduisait le centre de contrôle d'une frégate spatiale. Instruments de communication et écrans de vision couvraient la paroi courbe sur trente degrés. Il y avait des consoles d'armement et de tir automatiques et le bureau lui-même semblait une excroissance de la paroi.

« Je suis Staban Tuek, fils d'Esmar Tuek », dit le contrebandier.

« Alors vous êtes celui qu'il me faut remercier pour l'aide que nous avons reçue », dit Halleck.

« Ah… La gratitude, dit le contrebandier. Asseyez-vous. »

Un siège creux pareil à ceux des vaisseaux spatiaux sortit de la paroi, entre les écrans, et Halleck s'y laissa aller avec un soupir, prenant conscience de sa lassitude. Dans la sombre surface, devant lui, à côté de l'homme, il pouvait maintenant voir son reflet. La fatigue avait imprimé ses sillons sur son visage. Il fronça les sourcils et la cicatrice, au long de sa mâchoire, se plissa.

Il se détourna alors de son reflet pour regarder Tuek. Maintenant, il décelait la ressemblance avec le père. Les sourcils lourds, le dessin net, acéré, des joues et du nez.

« Vos hommes m'ont dit que votre père était mort, tué par les Harkonnen », dit-il.

« Par les Harkonnen ou par le traître qui s'était glissé parmi les vôtres. »

La colère eut raison de la fatigue. Halleck se raidit.

« Pouvez-vous nommer ce traître ? »

« Nous n'en sommes pas certains. »

« Thufir Hawat soupçonnait Dame Jessica. »

« Ah... La sorcière Bene Gesserit... Peut-être. Mais Hawat est prisonnier des Harkonnen. »

« On me l'a appris. (Halleck inspira profondément.) Il semble que d'autres massacres nous attendent. »

« Nous ne ferons rien qui puisse attirer l'attention », dit Tuek.

Halleck se raidit. « Mais... »

« Vous et vos hommes êtes les bienvenus parmi nous. Vous parliez de gratitude. Fort bien. Acquittez-vous de votre dette envers nous. Nous saurons toujours comment utiliser des hommes de valeur mais, pourtant, nous vous tuerons de nos mains si vous tentez la moindre action ouverte contre les Harkonnen. »

« Mais ils ont tué votre père ! »

« Peut-être. Et si cela est vrai, je vous citerai alors ce que disait mon père à ceux qui agissaient sans réfléchir : "Lourde est la pierre et dense le sable. Mais l'un et l'autre ne sont rien auprès de la colère de l'idiot." »

« Vous voulez dire que vous n'allez rien faire ? »

« Je n'ai pas dit cela. J'ai simplement déclaré que j'entendais protéger notre contrat avec la Guilde. La Guilde entend que nous agissions prudemment. Et il existe bien des moyens de venir à bout d'un ennemi. »

« Ah... »

« Oui, en vérité. Si vous avez dans l'idée de partir en quête de la sorcière, partez. Mais je dois pourtant vous avertir qu'il est probablement trop tard... Et nous doutons qu'elle soit bien la traîtresse que vous cherchez. »

« Hawat ne s'est que rarement trompé. »

« Mais il est tombé aux mains des Harkonnen. »

« Vous pensez que c'est *lui* le traître ? »

(Tuek eut un haussement d'épaules.) « Peu importe. Mais nous pensons que la sorcière est morte. Les Harkonnen, quant à eux, en sont persuadés. »

« Vous semblez savoir beaucoup de choses à leur propos. »

« Suppositions et suggestions... rumeurs et déductions. »

« Nous sommes soixante-quatorze, dit Halleck. Si vous nous proposez sérieusement de nous mettre à votre service, c'est donc que vous croyez que notre Duc est bien mort. »

« On a vu son corps. »

« Et le garçon aussi... le jeune Maître Paul ? » (Il essaya d'avaler sa salive. Il y avait comme un nœud dans sa gorge.)

« Selon nos dernières informations, sa mère et lui se sont perdus dans une tempête, en plein désert. Il est fort probable que l'on ne retrouvera même pas leurs os. »

« Donc la sorcière est morte... Bien morte. »

Tuek acquiesça. « Et Rabban la Bête, à ce que l'on dit, va reprendre place sur le trône de Dune. »

« Le comte Rabban de Lankiveil ? »

« Oui. »

Il fallut un moment à Halleck pour réprimer l'élan de rage qui venait brusquement de naître au fond de lui, menaçant de tout submerger. Lorsqu'il put parler, ce fut d'une voix haletante : « J'ai un compte personnel à régler avec Rabban. La vie des miens... Et ceci... » Il porta un doigt à la cicatrice sur sa mâchoire.

« Mais on ne risque pas tout afin de régler prématurément certains comptes », dit Tuek. Et il fronça les sourcils en remarquant le frémissement des muscles sur le faciès de Halleck, le regard absent de l'homme.

« Je sais… Je sais… » Halleck souffla lentement, profondément.

« En nous servant, vous et vos hommes pourrez payer votre voyage, quitter Arrakis. Il y a bien des endroits… »

« Je laisse mes hommes libres de choisir par eux-mêmes. Si Rabban est ici… Je reste. »

« Devant votre état présent, je ne suis pas sûr que nous le désirions. »

« Vous doutez de ma parole ? »

« Non… »

« Vous m'avez sauvé des Harkonnen. Pour la même raison j'ai été loyal envers le duc Leto. Je demeurerai sur Arrakis… avec vous… ou avec les Fremen. »

« Qu'une pensée soit ou non exprimée, dit Tuek, elle demeure une chose réelle et puissante. Il se pourrait, au sein des Fremen, que vous trouviez que la ligne qui sépare la vie de la mort est trop incertaine et fragile. »

Halleck ferma les paupières un bref instant. Sa lassitude revenait.

« Où est donc le Seigneur qui nous conduisit par cette terre de déserts et de puits ? » murmura-t-il.

« Agissez lentement et le jour de votre revanche viendra, dit Tuek. La vitesse est le fait de Shaitan. Calmez votre peine… Nous avons des diversions pour cela, trois biens qui soulagent le cœur : l'eau, l'herbe verte et la beauté de la femme. »

Halleck ouvrit les yeux. « Je préférerais le sang de Rabban Harkonnen, coulant en ruisseau à mes pieds. Croyez-vous que ce jour viendra ? »

« Je ne peux guère vous aider à affronter demain, Gurney Halleck. Je ne puis que vous aider pour aujourd'hui. »

« J'accepte cette aide et je resterai parmi vous jusqu'au jour où vous me direz de venger votre père et tous ceux qui… »

« Écoutez-moi, *soldat.* (Tuek se pencha par-dessus son bureau, baissant la tête, le regard intense, son visage soudain changé en un masque de pierre érodée.) L'eau de mon père… je la rachèterai moi-même, avec ma propre lame. »

Halleck l'affronta. En cet instant, le contrebandier lui rappelait le duc Leto : meneur d'hommes, courageux, sûr de sa position et de ses actes. Tout comme le Duc… avant Arrakis.

« Souhaitez-vous voir ma lame à vos côtés ? » demanda-t-il.

Tuek se rassit, se détendit. Il examina Halleck en silence.

« Vous me considérez comme un *soldat ?* » insista Halleck.

« Vous seul, de tous les lieutenants du Duc, avez réchappé. L'ennemi vous submergeait, pourtant vous l'avez défait comme nous avons défait Arrakis. »

« Comment ? »

« Ici-bas, Gurney Halleck, nous vivons par tolérance. Et Arrakis est notre ennemi. »

« Chaque ennemi en son temps, n'est-ce pas ? »

« C'est cela. »

« Est-ce ainsi que font les Fremen ? »

« Peut-être. »

« Vous m'avez dit que je risquerais de trouver la vie difficile parmi les Fremen. Parce qu'ils vivent dans le désert ? C'est pour cette raison ? »

« Qui sait où vivent les Fremen ? Pour nous, le Plateau Central est terre interdite. Mais j'aimerais que nous parlions un peu plus… »

« On m'a dit que la Guilde aventure rarement ses cargos à épice au-dessus du désert. Mais, selon certaines rumeurs, si vous savez où regarder, vous pouvez distinguer des zones vertes, çà et là. »

« Des rumeurs ! Rien que des rumeurs ! Êtes-vous prêt à choisir dès à présent entre moi et les Fremen ? Nous sommes en sécurité. Notre sietch est taillé dans le roc et nous disposons de nos propres bassins abrités. Notre vie est celle des hommes civilisés. Les Fremen ne sont que quelques hordes errantes que *nous* utilisons pour trouver l'épice. »

« Mais ils peuvent tuer des Harkonnen. »

« Souhaitez-vous connaître le résultat ? En ce moment même on continue de les pourchasser, de les traquer comme des animaux, avec des lasers, parce qu'ils n'ont pas de boucliers. Ils vont être exterminés. Pourquoi ? Parce qu'ils ont tué des Harkonnen. »

« Étaient-ce bien des Harkonnen ? »

« Que voulez-vous dire ? »

« N'avez-vous pas entendu parler de la présence de Sardaukars aux côtés des Harkonnen ? »

« Encore des rumeurs. »

« Mais un pogrom… Cela ne ressemble pas aux Harkonnen. Un pogrom est du gaspillage. »

« Je crois ce que mes yeux voient, dit Tuek. Faites votre choix, soldat. Moi ou les Fremen. Je vous promets un abri et une chance d'obtenir un jour ce sang que vous et moi désirons. Soyez-en certain. Les Fremen, eux, ne vous offriront que l'existence d'un homme traqué. »

Halleck hésita. Il lisait de la sagesse et de la sympathie dans les paroles de Tuek, pourtant, pour quelque raison qu'il ignorait, il était troublé.

« Fiez-vous à vos capacités, reprit le contrebandier. Quelles décisions ont joué au cours de la bataille ? Les vôtres. Alors, décidez, maintenant. »

« Il doit en être ainsi, dit Halleck. Le Duc et son fils sont morts ? »

« Les Harkonnen le croient. Pour ce genre de chose, j'inclinerais à leur faire confiance. (Un sourire amer apparut sur le visage de Tuek.) Mais en cela seulement. »

« Alors il doit en être ainsi, répéta Halleck. (Il tendit la main droite, la paume vers le haut, le pouce replié selon le geste traditionnel.) Je vous donne mon épée. »

« Je l'accepte. »

« Souhaitez-vous que je persuade mes hommes de m'imiter ? »

« Les laisseriez-vous choisir par eux-mêmes ? »

« Ils m'ont suivi jusque-là, mais la plupart sont natifs de Caladan. Arrakis n'est pas ce qu'ils imaginaient. Ici, ils ont tout perdu si ce n'est leur vie. Je préférerais maintenant qu'ils décident seuls. »

« Le moment n'est pas venu de faillir à votre rôle. Ils vous ont suivi jusque-là. »

« Vous avez besoin d'eux, n'est-ce pas ? »

« Nous avons toujours besoin de combattants expérimentés… En ce moment plus que jamais. »

« Vous avez accepté mon épée. Vous souhaitez que je les persuade de rester ? »

« Je pense qu'ils vous suivront, Gurney Halleck. »

« Il faut l'espérer. »

« Oui. »

« C'est donc à moi de décider ? »

« Ce sera votre décision, oui. »

Halleck se leva. Ce simple mouvement l'obligeait à puiser dans ses réserves d'énergie.

« Pour l'instant, je vais me rendre à leurs quartiers pour voir s'ils sont bien installés », dit-il.

« Adressez-vous à mon intendant. Il se nomme Drisq. Dites-lui que je désire que tous les services possibles vous soient rendus. Je vous rejoindrai. Il me faut d'abord veiller à l'expédition de plusieurs cargaisons d'épice. »

« De tous côtés, la fortune passe », dit Halleck.

« De tous côtés. Les temps les plus troublés sont favorables à notre profession. »

Halleck acquiesça. Il entendit un faible chuintement et ressentit le souffle de l'air à l'instant où la porte du sas s'ouvrait. Il se retourna, franchit le seuil et quitta le bureau de Tuek.

Il se retrouva dans la salle de rassemblement où lui et ses hommes avaient été amenés par les adjoints de Tuek. Elle était longue, plutôt étroite et elle avait été taillée à même le roc, sans doute à l'aide de brûleurs à taillerays, comme en témoignait le sol lisse. Le plafond était assez élevé pour maintenir l'assise naturelle du rocher et pour permettre la circulation des courants de convection. Au long des murailles étaient fixés des râteliers d'armes et des placards.

Avec une certaine fierté, Halleck remarqua que la plupart de ses hommes encore valides demeuraient debout. Nul repos dans la lassitude et la défaite, pour eux. Les médics des contrebandiers allaient d'un blessé à l'autre. Sur la gauche on avait rassemblé des litières. Chaque blessé avait à côté de lui un compagnon.

Les Atréides. « *Nous veillons sur les nôtres !* »

C'était en eux comme un noyau indestructible, se dit Halleck.

L'un de ses lieutenants s'avança. Il tenait la balisette à neuf cordes de Halleck. Il salua et dit : « Chef, les médics disent qu'il n'y a plus d'espoir pour Mattai. Ils n'ont pas de banque d'organes ou d'os, ici. Seulement le nécessaire d'urgence. Mattai ne vivra pas, à ce qu'ils disent. Alors il a une requête à vous présenter. »

« Laquelle ? »

Le lieutenant tendit la balisette. « Il veut une chanson pour adoucir son départ, chef. Il dit que vous saurez trouver celle qui convient… il vous l'a assez souvent demandée, à ce qu'il dit. (Le lieutenant avala sa salive péniblement.) C'est celle qui s'appelle *Ma Femme*, chef… Si vous… » « Je sais. » Halleck prit la balisette, sortit le multiple de son étui sur le manche, essaya une corde et comprit que quelqu'un avait déjà accordé l'instrument pour lui. Ses yeux étaient brûlants mais il chassa toute pensée tandis qu'il s'avançait, essayant ses accords et s'efforçant de sourire.

Plusieurs hommes et un médic des contrebandiers étaient penchés sur l'une des litières. Comme Halleck s'approchait, un homme se mit à chanter, prenant immédiatement le rythme avec l'aisance d'une longue habitude.

« Douce à sa fenêtre,
Dans le couchant rouge et doré.
Lignes souples sur le verre,
Ma femme se penche, les bras repliés…
Viens à moi,
Viens à moi, douce adorée,
Pour moi,
Pour moi, douce adorée. »

Le chanteur s'interrompit, tendit un bras pansé et ferma les paupières de l'homme sur la litière.

Halleck tira un dernier accord de la balisette et pensa : *Maintenant, nous ne sommes plus que soixante-treize.*

Pour bien des gens, il est difficile de comprendre la vie familiale de la Crèche Royale, mais je vais essayer de vous en donner une vision condensée. Mon père, je crois bien, n'avait qu'un seul véritable ami, le comte Hasimir Fenring, l'eunuque génétique qui était l'un des plus redoutables guerriers de l'Imperium. Le Comte, petit homme laid et sémillant, amena un jour une nouvelle esclave-concubine à mon père, et ma mère me dépêcha auprès de lui afin d'espionner. Tous, nous espionnions mon père pour nous protéger. Certes, une esclave-concubine accordée à mon père selon l'accord Bene Gesserit-Guilde ne pouvait porter de Successeur Royal, mais les intrigues se succédaient sans cesse et en toute similitude. Ma mère, mes sœurs et moi, nous avions pris l'habitude d'éviter les plus subtils instruments de mort. Cela semble terrible à dire, mais je ne suis pas certaine que mon père ne se trouvât pas à l'origine de plusieurs tentatives. Une Famille Royale ne peut ressembler aux autres familles. Donc, cette nouvelle esclave-concubine était là, souple, jolie et rousse comme mon père. Elle avait des muscles de danseuse et il était certain que la neuro-séduction faisait partie de son éducation. Elle était debout devant mon père, nue, et il la regarda longuement avant de déclarer : « Elle est trop belle. Nous la réserverons pour un cadeau. » Vous ne pouvez soupçonner la consternation qui succéda à cette décision, dans la Crèche Royale. La subtilité et le contrôle de soi n'étaient-ils point des qualités qui nous menaçaient toutes directement ?

Dans la Maison de Mon Père,
par la Princesse Irulan.

DANS L'APRÈS-MIDI FINISSANT, PAUL SE TENAIT DEVANT LA tente-distille. La crevasse était envahie par l'ombre profonde. Par-delà le sable, Paul contemplait la lointaine falaise, se demandant s'il devait éveiller dès maintenant sa mère qui dormait encore.

Plis de sable sur plis de sable, les dunes roulaient sous le soleil déclinant qui dessinait des ombres denses comme la nuit.

Tout était plat.

Dans son esprit, il chercha quelque chose de vertical qu'il pût greffer sur ce paysage. Mais il n'y avait rien, rien d'un horizon à l'autre, sous l'air surchauffé. La brise n'agitait pas la moindre fleur, la moindre plante fragile. Les dunes... Et la falaise, là-bas, sous le ciel d'argent bleui.

Et si ce n'est pas l'une des stations abandonnées ? se demanda Paul. *S'il n'y a pas de Fremen, là-bas ? Si ces plantes ne sont qu'un accident ?*

Dans la tente, Jessica s'éveilla, se retourna et, par la paroi transparente, regarda son fils. Il lui tournait le dos et quelque chose, dans son attitude, lui rappela le Duc. Tout au fond d'elle, elle retrouva alors le puits noir de son chagrin et elle détourna le regard.

Elle ajusta son distille, but un peu de l'eau recueillie par la poche de la tente et sortit en s'étirant, chassant le sommeil de ses muscles.

« J'apprécie le calme de cet endroit », dit Paul sans se retourner.

Comme l'esprit se forme à l'environnement, songea-t-elle. Un axiome bene gesserit lui revint : « *Sous l'effet d'une tension, l'esprit va dans l'une ou l'autre direction : positive ou négative, dedans ou dehors. Concevez-le comme un spectre dont les extrêmes seraient l'inconscient, négatif, et l'hyperconscient, positif. La façon dont l'esprit réagit sous la tension est fortement influencée par l'entraînement reçu.* »

« La vie pourrait être agréable, ici », dit Paul.

Jessica essaya de voir le désert avec les yeux de son fils, tentant de rassembler toutes les rigueurs qui étaient communes sur cette planète, s'interrogeant sur les avenirs possibles que Paul avait entrevus. *Ici*, pensa-t-elle, *on peut vivre seul sans se retourner, sans craindre le chasseur.*

Elle s'avança, dépassa Paul, leva les jumelles et régla les objectifs à huile. Puis elle observa l'escarpement rocheux, de l'autre côté du désert. Oui, c'était bien du saguaro, là-bas, dans les arroyos. Il y avait aussi d'autres épineux… et des plaques d'herbe courte, jaune-vert entre les ombres.

« Je vais lever le camp », dit Paul.

Elle hocha la tête et gagna l'extrémité de la fissure, d'où elle pouvait contempler toute l'étendue du désert. Elle braqua alors ses jumelles vers la gauche. Une plaque de sel scintillait, maculée d'ocre sur les bords, blanche pourtant, ici où la mort était blanche. Mais cette plaque de sel disait bien autre chose. Elle disait : *eau*. Il y avait eu un temps où l'eau avait coulé sur cette blancheur scintillante. Jessica abaissa ses jumelles, ajusta son burnous et, durant un instant, prêta l'oreille aux mouvements de Paul.

Le soleil descendit plus bas encore. Les ombres s'étendirent sur la plaque de sel. Des lignes de couleurs fulgurantes jaillirent sur l'horizon du couchant. Puis elles se fondirent en un flot d'ombre sur le sable. Des rivages charbonneux apparurent et puis, tout à coup, la nuit s'épaissit sur le désert.

Les étoiles !

Elle leva les yeux vers le ciel et sentit que Paul s'approchait, venait près d'elle. La nuit s'établissait sur tout le désert et les étoiles semblaient monter du sable. Le poids du jour glissait, disparaissait. Jessica sentit sur son visage la caresse fugace d'une brise.

« La première lune va bientôt se lever, dit Paul. Le paquet est prêt et j'ai planté le marteleur. »

Dans cet endroit infernal, songea-t-elle, *nous pourrions nous perdre à tout jamais. Sans que nul le sache.*

Le vent de la nuit se leva et des filets de sable effleurèrent sa peau, apportant une senteur de cannelle, une pluie de parfums dans l'ombre.

« Vous sentez cela ? » demanda Paul.

« Même au travers du filtre. Cela représente une grande richesse. Mais est-ce suffisant pour acheter de l'eau ? (Elle désigna le bassin de sable.) Je ne distingue pas de lumières artificielles. »

« Les Fremen se dissimuleraient dans un sietch, derrière ces rochers », dit-il.

Un disque d'argent surgit sur l'horizon, à leur droite : la première lune. Elle s'élevait lentement. La forme d'une main apparaissait nettement sur l'hémisphère visible. Le regard de Jessica se posa sur le sable baigné de clarté argentée.

« J'ai planté le marteleur au plus profond de la crevasse, dit Paul. Lorsque j'allumerai la mèche, nous disposerons d'environ trente minutes. »

« Trente minutes ? »

« Avant d'attirer... un ver. »

« Bien. Je suis prête. »

Il s'éloigna et elle entendit ses pas au long de la fissure.

La nuit est un tunnel, se dit-elle. *Un trou dans l'avenir... si nous avons encore un avenir.* Elle secoua la tête. *Pourquoi suis-je aussi morbide ? Où est donc mon éducation ?*

Paul revint vers elle. Il prit le paquet et la précéda en direction de la première dune. Là, il s'arrêta et prêta l'oreille tandis qu'elle le rejoignait. Il percevait ses pas et la chute froide des grains de sable solitaires. Le code du désert qui se protégeait.

« Il faut que nous marchions sans rythme », rappela-t-il, et le souvenir lui revint d'hommes cheminant dans le sable, souvenir vrai et souvenir prescient.

« Regardez-moi. C'est ainsi que les Fremen marchent dans le sable. »

Il s'avança sur la dune, du côté exposé au vent, suivit la courbe d'une démarche traînante.

Jessica l'observa durant dix pas, le suivit, l'imita. Elle comprenait : ils devaient émettre les mêmes bruits que le sable dans sa chute naturelle... sous l'effet du vent. Mais les muscles réagissaient contre cette démarche brisée, anormale : Un pas... Je glisse... Je glisse... Un pas... Un pas... J'attends... Je glisse... Un pas...

Le temps s'étirait tout autour d'eux. La falaise semblait ne jamais grandir. Et celle qu'ils avaient quittée se dressait toujours au-dessus de leurs têtes.

Foum ! Foum ! Foum ! Foum !

Le bruit de tambour s'élevait de la falaise, derrière eux.

« Le marteleur », souffla Paul.

Le bruit sourd et régulier, ils s'en rendaient compte, rendait plus difficile encore leur progression brisée.

« Foum ! Foum ! Foum ! Foum ! Foum ! »

Ils dévalèrent un creux baigné de lune, poursuivis par ce martèlement, de dune en dune, dans le sable en cascades : ... Je glisse... J'attends... Un pas...

Sur le sable aggloméré qui roulait sous leurs pas : Je glisse... J'attends... Un pas...

Et ils ne cessaient pas un seul instant de guetter le sifflement qu'ils connaissaient maintenant si bien.

Celui-ci, lorsqu'il vint enfin, fut si faible qu'ils ne le perçurent pas vraiment, tout d'abord sous le bruit de leurs pas. Puis il se fit plus net, plus fort... Vers l'ouest.

« Foum ! Foum ! Foum ! Foum ! » répétait le marteleur.

Le sifflement s'étendit, se répandit dans la nuit derrière eux. Ils se retournèrent sans s'arrêter et virent la dune mouvante du ver.

« Continuez, souffla Paul. Ne vous retournez pas ! »

Un bruit terrifiant, furieux, explosa dans les rochers qu'ils avaient quittés. Une assourdissante avalanche de fracas.

« Continuez ! Avancez ! » répéta Paul.

Il s'aperçut qu'ils avaient atteint la limite invisible qui marquait la mi-distance entre les falaises.

Et, derrière eux, à nouveau, il y eut ce tonnerre de rocs fracassés au cœur de la nuit.

Ils continuèrent, sans cesse... Leurs muscles atteignirent un degré de souffrance mécanique qui semblait ne devoir jamais finir. Et puis, Paul vit que la falaise, devant eux, avait grandi.

Jessica se déplaçait dans le vide, consciente que la seule force de sa volonté lui permettait de marcher encore. Sa bouche desséchée était une plaie mais ce qu'elle entendait derrière elle lui ôtait tout espoir de s'arrêter pour boire une gorgée d'eau de son distille.

« Foum ! Foum ! Foum ! »

À nouveau, derrière eux, la fureur se déchaîna, noyant l'appel du marteleur.

Et puis le silence !

« Plus vite ! » souffla Paul.

Elle hocha la tête tout en sachant bien qu'il ne pouvait la voir. Mais elle avait besoin de cela pour exiger encore un peu plus de ses muscles qui avaient pourtant dépassé toute limite, épuisés par cette progression arythmique, anormale.

Le visage noir de la falaise s'érigea devant eux, occulta les étoiles. Près de la base, Paul distingua une surface de sable plane. Il s'avança encore, s'y aventura et trébucha sous l'effet de la fatigue. Il se redressa d'un mouvement instinctif.

Un bruit sourd s'éleva du sable. Paul fit deux pas de côté.

« Boum ! Boum ! »

« Le sable-tambour ! » dit Jessica.

Il retrouva son équilibre. Du regard, il balaya le sable, tout autour d'eux. L'escarpement rocheux n'était plus qu'à deux cents mètres environ.

Derrière eux, il y avait le sifflement, pareil au vent, pareil à l'approche de la marée.

« Cours ! cria Jessica. Cours, Paul ! »

Ils coururent.

Le tambour battait toujours sous leurs pas. Puis ils le quittèrent et ils continuèrent leur course sur du gravier. Une course qui était comme un soulagement pour leurs muscles encore douloureux de cette marche étrange, irrégulière, dans le sable. Maintenant, ils retrouvaient l'habitude, le rythme. Mais le sable et le gravier ralentissaient la foulée. Et le sifflement du ver, derrière eux, s'élevait comme une tempête.

Jessica tomba sur les genoux. Elle ne pensait plus qu'à sa fatigue, au bruit terrifiant, à sa peur.

Paul la releva.

Ils coururent encore, main dans la main.

Un piquet se dressait dans le sable devant eux. Ils le dépassèrent et en virent un autre.

Après un instant, l'esprit de Jessica enregistra leur présence.

Plus loin, il y en avait un autre.

Et un autre encore, surgi du rocher.

Le rocher !

Maintenant, oui, elle le sentait sous ses pieds. Cette surface solide, dure, qui ne cédait pas, parut lui apporter une énergie nouvelle.

Une crevasse profonde projetait son ombre dans la falaise, droit devant eux. Ils coururent à toute allure dans cette direction, se pelotonnèrent dans l'obscurité.

Derrière eux, le bruit du ver s'interrompit.

Ils se retournèrent, fouillèrent le désert du regard.

Là où commençaient les dunes, à quelque cinquante mètres du rocher, un sillage argenté apparut sur le désert, projetant des cascades, des ruisseaux de sable alentour. De plus en plus haut, il se changea en une bouche gigantesque, une bouche qui cherchait. Un trou noir, brillant, dont le rebord luisait dans le clair de lune.

La bouche se dirigea vers l'étroite crevasse où s'étaient réfugiés Paul et Jessica. La senteur de cannelle emplissait leurs narines et la clarté lunaire était réverbérée par chaque croc de cristal.

La bouche se balança, d'avant en arrière.

Paul retint son souffle.

Jessica, accroupie, ne baissait pas les yeux.

Il lui fallait toute sa concentration bene gesserit pour repousser les terreurs primaires, pour triompher de la peur atavique qui menaçait de submerger tout son esprit.

Paul éprouvait une sorte d'ivresse. Un instant auparavant, il avait franchi quelque barrière pour pénétrer dans un territoire qui lui était inconnu. Il percevait les ténèbres au-dessus de lui sans que son regard intérieur lui révélât rien. Comme si un seul pas avait suffi à l'engloutir dans un puits profond… ou dans une vague au sein de laquelle il ne pouvait plus discerner l'avenir. Le paysage tout entier avait été profondément bouleversé.

Loin de l'effrayer, cette impression d'obscurcissement du temps déclencha une hyper-accélération de ses autres sens. Et il se mit à enregistrer les plus infimes détails de la chose qui, derrière eux, sortait du sable, les cherchait… La bouche avait quelque quatre-vingts mètres de diamètre… Les dents courbes comme autant de couteaux krys scintillaient près du bord… et l'odeur de cannelle arrivait par bouffées… aldéhydes subtils, acides…

Le ver, en abordant les rochers au-dessus d'eux, occulta le clair de lune. Une pluie de cailloux et de sable s'abattit dans la crevasse.

Paul attira sa mère plus avant dans le refuge.

Cannelle !

Cette senteur recouvrait tout.

Quel rapport y a-t-il entre le ver et le Mélange ? se demanda-t-il. Et il se rappela que Liet-Kynes avait fait une référence voilée à quelque association entre le ver et l'épice.

« Baaououoummm… ! »

Ce fut comme un roulement de tonnerre particulièrement net quelque part sur leur droite.

Et puis, de nouveau : « Baaououoummm… ! »

Le ver se rejeta dans le sable et demeura là immobile, durant un instant, le clair de lune jouant dans le cristal de ses dents, jetant des éclairs.

« Foum ! Foum ! Foum ! Foum ! »

Un autre marteleur !

Le bruit se répéta sur leur droite.

Le ver eut comme un gigantesque frisson. Il commença de s'éloigner. Seul le monticule d'un anneau continua d'apparaître sur le désert, comme un tunnel mouvant franchissant dune après dune.

Et le sable crissait.

Plus loin, de plus en plus loin, la créature plongea plus profond dans le sable. Il n'y eut plus qu'une crête, un sillage.

Paul quitta la crevasse et son regard suivit la trace du ver qui se dirigeait vers l'appel lointain du nouveau marteleur.

Jessica vint à ses côtés et, comme lui, elle écouta : « Foum ! Foum ! Foum ! Foum ! »

Cela cessa.

Paul prit le tube de son distille, aspira une gorgée d'eau. Jessica le regarda mais rien ne s'inscrivait dans son esprit encore figé de lassitude et de terreur.

« Est-il vraiment parti ? » demanda-t-elle.

« Quelqu'un l'a attiré, dit Paul. Les Fremen. »

« Il était si énorme ! »

« Pas autant que celui qui a englouti notre orni. »

« Es-tu certain que c'étaient les Fremen ? »

« Ils ont utilisé un marteleur. »

« Pourquoi viendraient-ils à notre secours ? »

« Peut-être ne l'ont-ils pas fait pour nous. Ils pouvaient simplement appeler un ver. »

« Pourquoi ? »

La réponse était là, au-delà de sa conscience, mais elle refusait de se formuler. Dans son esprit, il eut la vision de quelque chose qui était en rapport avec ces tiges barbées, dans le Fremkit – les « hameçons à faiseur ».

« Pourquoi appelleraient-ils un ver ? » demanda à nouveau Jessica.

Le souffle de la peur effleura l'esprit de Paul. Il fit un effort pour se détourner, pour lever les yeux vers la falaise.

« Nous ferions bien de trouver un passage avant le jour. (Il leva la main.) Ces piquets que nous avons rencontrés. Il y en a d'autres là-bas. »

Elle regarda. Les repères usés par le vent se dessinaient sur l'ombre d'une étroite corniche qui, loin au-dessus d'eux, plongeait dans une crevasse.

« Ils ont marqué un chemin sur la falaise », dit Paul. Il assura le paquet sur ses épaules et entama l'escalade.

Avant de le suivre, Jessica attendit un instant, rassemblant ses forces.

Ils suivirent les repères jusqu'à ce que la corniche se rétrécisse en une étroite lèvre rocheuse, au seuil d'une crevasse ténébreuse.

Paul baissa la tête pour sonder l'obscurité. Il avait conscience de la précarité de sa situation sur la mince bande de rocher, mais il fallait être prudent, agir lentement. À l'intérieur de la crevasse, il ne décelait que les ténèbres. Jusqu'aux étoiles, tout au sommet. Il écoutait aussi, mais ne percevait que des bruits normaux : chute de sable, vrombissement léger d'un insecte, grattement des pattes d'une minuscule bestiole. Il avança un pied, pesa sur le sol. Sous une mince couche de sable, c'était du rocher. Lentement, très lentement, il se pencha à l'angle de la crevasse et fit signe à Jessica de le suivre. Il tendit la main, saisit un pli de sa robe et l'attira jusqu'à lui.

Ils levèrent les yeux vers l'étroite bande d'étoiles qui courait entre les deux parois noires de la crevasse. Près de lui, Paul distinguait sa mère comme une forme grise, floue. « Si seulement nous pouvions utiliser une lampe », murmura-t-il.

« Nous disposons d'autres sens que notre vue », dit-elle.

Il avança d'un pas, assura son équilibre et tendit l'autre pied. Il rencontra un obstacle. Il leva à nouveau le pied, sentit la marche dans le roc, se hissa vers le haut. Puis il se retourna, découvrit le bras de sa mère et, à nouveau, la tira par sa robe.

Un autre pas.

« Cela monte jusqu'au sommet », souffla-t-il.

Une crevasse, des marches, songea Jessica. *Sans aucun doute taillées par des hommes.*

Degré après degré, elle suivait la silhouette imprécise de son fils. Les murailles rocheuses se rétrécirent et elle finit par les frôler des épaules. Les marches s'achevèrent dans un étroit défilé d'environ vingt mètres de long qui débouchait sur un creux baigné de lune.

Paul s'arrêta au bord et murmura : « Quel merveilleux endroit ! »

Un pas derrière lui, Jessica ne répondit pas mais elle regardait, elle aussi.

Malgré sa fatigue, malgré l'irritation causée par les embouts de ses narines et les recycles, malgré le distille, la peur et une folle envie de se reposer, elle se sentait saisie par la beauté du lieu. Une beauté qui touchait tous ses sens, qui l'obligeait à demeurer là, immobile, pour admirer.

« Un pays de conte de fées », souffla Paul. Et elle acquiesça.

À gauche, la paroi du bassin était obscure mais, à droite, elle semblait couverte de givre. Au centre, un jardin de buissons, de cactées, de pousses rêches vibrait dans le clair de lune.

« Ce doit être un site fremen », dit Paul.

« Pour que toutes ces plantes survivent, il a fallu des hommes. » Jessica ouvrit le tube qui plongeait dans les poches de son distille et elle but une gorgée d'eau. C'était chaud, un peu âcre dans sa gorge. Pourtant, elle sentait que cela la rafraîchissait. En remettant l'obturateur du tube, elle sentit crisser des grains de sable.

Un mouvement attira le regard de Paul. Sur sa droite, près du fond du bassin, entre les buissons et les herbes, il aperçut une bande de sable. Là, quelque chose de petit sautillait. *Tip-top-tip-tip...*

« Des souris ! » dit-il.

Tip-top-tip... Elles sortaient et rentraient dans l'ombre, alternativement.

Puis quelque chose s'abattit silencieusement au milieu des souris. Il y eut un piaillement ténu, un battement d'ailes et un grand oiseau gris et fantomatique s'envola au-dessus du bassin, tenant une ombre minuscule entre ses serres.

Nous avions oublié cela, pensa Jessica.

Paul continuait d'observer le bassin. Il huma l'air de la nuit et perçut le contrepoint de la sauge entre tous les autres parfums. Cet oiseau de proie… Le désert était ainsi, songea-t-il. Le silence était maintenant devenu total. Il lui semblait presque qu'il entendait le lent ruissellement bleu du clair de lune sur les saguaro-sentinelles et les buissons-peinture épineux. La lumière, ici, était comme un murmure grave, une harmonie plus juste que toute autre dans l'univers.

« Nous ferions bien de trouver un endroit où planter la tente, dit-il. Demain, nous essaierons de trouver les Fremen qui… »

« La plupart des intrus regrettent de trouver les Fremen ! »

C'était une voix d'homme, lourde, tranchante, qui fendit le silence. Elle venait de la droite, au-dessus d'eux.

« Je vous en prie, intrus, ne courez pas ! reprit la voix comme Paul se retournait vers le défilé. Vous ne feriez que gâcher l'eau de vos corps. »

C'est ce qu'ils veulent, se dit Jessica. *L'eau de nos corps !*

Balayant sa fatigue, elle prépara ses muscles, les tendit au maximum sans trahir ce changement dans son attitude. Elle localisait maintenant l'origine de la voix. *Je ne l'ai pas entendu approcher !* se dit-elle. Celui qui venait de les interpeller avait réussi à progresser jusque-là en ne produisant que les bruits naturels du désert.

Une seconde voix s'éleva sur leur gauche, au bord du bassin.

« Fais vite, Stil. Prends leur eau et poursuivons notre route. Il nous reste peu de temps avant l'aube. »

Paul, moins entraîné que sa mère à réagir rapidement, regrettait d'avoir tenté de battre en retraite. Cet instant de panique avait amoindri ses facultés. À présent, il s'efforçait de mettre en pratique ce que Jessica lui avait appris : calme, puis semblant de calme, puis contrôle brusque des muscles, prêts à répondre dans n'importe quelle direction.

Pourtant, il ressentait toujours le frôlement de la peur et il en connaissait la raison. Ce moment était obscur. Il n'appartenait à aucun des avenirs qu'il avait vus… Sa mère et lui étaient à la merci de deux Fremen sauvages qui n'en voulaient qu'à l'eau que recelait la chair de deux corps vulnérables.

Cette religion fremen adaptée est donc la source de ce que nous reconnaissons maintenant comme « Les Piliers de l'Univers », dont les Qizara Tafwid sont les représentants parmi nous, avec les signes, les preuves et la prophétie. Ils nous apportent cette fusion mystique arrakeen dont la profonde beauté apparaît dans l'émouvante musique construite sur les formes anciennes mais marquée par cet éveil nouveau. Qui n'a entendu, sans être bouleversé, cet « Hymne du Vieil Homme » ?

J'ai foulé un désert
Dont les mirages flottants étaient les habitants.
Vorace de gloire, affamé de danger,
J'ai parcouru les horizons de al-Kulab,
J'ai regardé le temps niveler les montagnes
Dans sa quête et sa faim de moi.
Et j'ai vu surgir les moineaux,
Plus vifs que le loup en chasse.
Et dans l'arbre de ma jeunesse ils se sont dispersés.
Je les ai entendus dans mes branches
Et j'ai connu leurs pattes et leurs becs !

Extrait de L'Éveil d'Arrakis,
par la Princesse Irulan.

L'HOMME SURGIT EN RAMPANT AU SOMMET D'UNE DUNE. DANS le soleil de midi, il se confondait avec le sable. Il n'était plus vêtu que de lambeaux de cape jubba et la chaleur mordait sa peau nue. Il avait perdu le capuchon de la cape mais, avec un bout de tissu, il s'était fait un turban sous lequel apparaissaient des mèches de cheveux couleur de sable. Sa barbe était clairsemée, ses sourcils épais. Sous ses yeux entièrement bleus, une tache sombre marquait ses joues. Entre la moustache et la barbe, un sillon de poils agglomérés révélait l'emplacement d'un tube de distille.

L'homme s'immobilisa au sommet de la dune, les bras étendus vers l'autre versant. Le sang s'était coagulé sur son dos, ses bras et ses jambes. Des croûtes de sable jaunâtre s'étaient formées sur ses plaies. Lentement, il prit appui sur ses mains et se releva en vacillant. Même en cet instant, il restait une certaine précision dans ses mouvements.

« Je suis Liet-Kynes, dit-il en s'adressant à l'horizon vide. (Et sa voix rauque n'était plus que la caricature de ce qu'elle avait été.) Je suis le Planétologiste de Sa Majesté Impériale. Écologiste planétaire d'Arrakis. Le serviteur de ce territoire. »

Il trébucha, tomba sur le côté dans la croûte de sable de la face exposée au vent. Ses mains brassèrent lentement le sable.

Je suis le serviteur de ce sable, pensa-t-il.

Il se rendait compte qu'il était au seuil du délire. Il lui fallait creuser, s'enfoncer dans le sable pour trouver la couche profonde qui conservait un peu de fraîcheur et s'y enfouir. Mais il percevait le parfum douceâtre, tenace, des esters d'une poche d'épice en formation, là, quelque part sous lui. Plus que tout autre Fremen, il savait le péril que cela représentait. S'il pouvait sentir la masse d'épice jeune, cela signifiait que les gaz sous pression approchaient du point d'explosion. Il lui fallait s'éloigner.

Faiblement, ses mains s'ancrèrent dans le sable de la dune.

Une pensée se forma dans son esprit, claire, distincte : *La véritable richesse d'une planète est dans ses paysages, dans le rôle que nous jouons dans cette source primordiale de civilisation : l'agriculture.*

Et il songea qu'il était bien étrange que l'esprit, habitué longtemps à suivre certain sillon, ne pût le quitter. Les Harkonnen l'avaient abandonné sans eau ni distille, croyant que, si le désert n'avait pas raison de lui, un ver s'en chargerait. Ils avaient trouvé cela amusant, de le laisser ainsi mourir lentement des mains impersonnelles de la planète.

Les Harkonnen ont toujours trouvé qu'il était difficile de tuer les Fremen, se dit-il. *Nous ne mourons pas facilement. Je devrais être mort, en ce moment... Je le serai bientôt... mais je ne peux m'empêcher d'être encore un écologiste...*

« La plus haute fonction de l'écologie est la compréhension des conséquences. »

Cette voix le bouleversa parce qu'il croyait que celui auquel elle appartenait était mort. C'était la voix de son père qui avait été planétologiste sur ce monde bien avant lui, son père mort depuis longtemps, tué dans l'effondrement du Bassin de Plâtre.

« Tu t'es fichu dans une drôle de situation, reprit son père. Tu aurais dû comprendre quelles seraient les conséquences de ton geste quand tu as aidé l'enfant de ce Duc. »

Je délire, se dit Kynes.

La voix semblait provenir de sa droite. Il tourna la tête dans cette direction, le sable griffant son visage, et ne vit rien d'autre que les dunes rendues floues par la danse des innombrables démons torrides que faisait naître le soleil.

« Plus il y a de vie dans un système écologique, et plus il y a de refuges pour elle », dit encore son père. Maintenant, la voix venait de la gauche, un peu derrière lui.

Pourquoi bouge-t-il sans cesse ? se demanda Kynes. *Est-ce qu'il ne peut pas me voir ?*

« La vie augmente la capacité de l'environnement à susciter la vie, dit encore son père. La vie rend les agents nutritifs plus disponibles. Elle infuse plus d'énergie au système grâce aux formidables échanges chimiques entre organismes. »

Pourquoi ergote-t-il sans cesse sur le même sujet ? se demanda Kynes. *Je savais déjà tout ça à dix ans.* Des faucons du désert, charognards comme la plupart des créatures sauvages de ce monde, commençaient à tourner au-dessus de lui. Kynes vit une ombre frôler sa main et s'efforça de rejeter la tête en arrière.

Les oiseaux formaient une tache imprécise sur le fond d'argent bleuté du ciel.

« Nous sommes des généralistes, dit son père. Tu ne peux tracer des définitions nettes autour de problèmes planétaires. La planétologie est une science sur mesure. »

Qu'essaye-t-il donc de me dire ? se demanda Kynes. *Y a-t-il une conséquence que je n'aurais pas su voir ?*

Sa joue se posa sur le sable chaud et, au sein du parfum de la masse d'épice en formation, il discerna la senteur du rocher brûlé. Dans quelque recoin de son esprit demeuré logique, une pensée se forma : *Il y a des charognards au-dessus de moi. Peut-être certains de mes Fremen vont-ils les voir et venir...*

« Pour le planétologiste au travail, les êtres humains constituent l'outil le plus important, dit son père. Il faut cultiver la connaissance de l'écologie chez les gens. C'est pour cette raison que j'ai mis au point cette méthode de notation écologique totalement nouvelle. »

Il répète ce qu'il me disait quand j'étais enfant, songea Kynes.

Il commençait à avoir froid, mais cet îlot de logique qui subsistait dans son esprit lui disait : *Le soleil est à la verticale. Tu n'as pas de distille et il fait chaud. Le soleil boit toute l'humidité de ton corps.*

Faiblement, ses ongles s'enfonçaient dans le sable.

Ils ne m'ont même pas laissé un distille !

« La présence d'humidité dans l'atmosphère, dit son père, empêche que celle du corps s'évapore trop rapidement. »

Pourquoi répète-t-il sans cesse des évidences ? se demandait Kynes.

Il s'efforça de penser à un air humide... de l'herbe sur la dune... de l'eau, quelque part derrière lui... un long qanat dans le désert, bordé d'arbres... Jamais il n'avait contemplé une étendue d'eau libre, sous le ciel, si ce n'était dans les illustrations des livres. De l'eau libre... Une irrigation... Il fallait cinq mille mètres cubes d'eau pour irriguer un hectare de terrain à l'époque de la germination. Il se souvenait de cela.

« Notre premier objectif sur Arrakis, continuait son père, est de développer l'herbe. Nous commencerons avec une variété mutante pour terrain pauvre. Lorsque l'humidité se sera accumulée dans les zones d'herbe, nous pourrons développer les forêts en terrain élevé, puis créer quelques étendues d'eau. Peu importantes, dans les premiers temps, mais situées sur le parcours des vents dominants. Et nous mettrons en place, à différents intervalles, des pièges à vent munis de précipitateurs qui recueilleront une partie de l'humidité. Nous devrons créer un véritable sirocco, mais nous ne pourrons jamais nous passer de pièges à vent. »

Toujours la même leçon, songea Kynes. *Mais pourquoi ne se tait-il pas ? Est-ce qu'il ne voit pas que je suis en train de mourir ?*

« Toi aussi tu mourras, continua son père, si tu ne t'éloignes pas de la bulle qui gonfle, là, sous toi. Tu sais qu'elle est là. Tu sens les émanations de la masse d'épice en gestation. Et tu sais que les petits faiseurs commencent à perdre un peu de leur eau dans la masse. »

La pensée de toute cette eau, là, juste sous lui, était affolante. Il voyait la poche, au sein des strates de roche poreuse, attaquée par les pseudo-plantes coriaces, par les pseudo-animaux, les petits faiseurs. Et l'étroite brèche par laquelle se déversait un flot frais, clair, pur, liquide, bienfaisant, qui s'écoulait dans...

La masse d'épice en formation !

Il respira, huma la senteur douceâtre qui, autour de lui, était devenue plus intense encore.

Il se mit à genoux, entendit piailler un oiseau, un battement d'ailes.

Le désert à épice, pensait-il. *Les Fremen ne peuvent être loin, même durant le jour. Ils ont certainement vu les oiseaux. Ils vont venir.*

« Le mouvement au sein du territoire est une nécessité pour la vie animale, dit son père. C'est à elle qu'obéissent les populations nomades. Ce mouvement se fait selon des lignes correspondant aux besoins physiques en eau, en nourriture, en minéraux. Il nous faut contrôler ce mouvement, l'adapter à nos objectifs. »

« Tais-toi, le vieux », marmonna Kynes.

« Sur Arrakis, nous devons entreprendre ce qui n'a jamais encore été entrepris à l'échelle planétaire. Nous devons nous servir de l'homme comme d'une force écologique, injecter à ce monde une vie terraformée, adaptée. Une plante ici, un animal là, un homme. Pour transformer le cycle de l'eau et créer un territoire nouveau. »

« Tais-toi ! » coassa Kynes.

« Ce sont les lignes de mouvement qui nous ont fourni le premier indice de la relation qui existe entre les vers et l'épice », dit son père.

Un ver ! Kynes eut un sursaut d'espoir. *Lorsque la bulle explosera, un faiseur surviendra. Mais je n'ai pas d'hameçons. Comment pourrais-je monter un grand faiseur sans hameçons ?*

La frustration minait le peu d'énergie qui subsistait en lui.

L'eau était si proche. À une centaine de mètres sous lui. Et un ver allait venir, mais il n'avait aucun moyen de le capturer et de l'utiliser.

Il retomba dans le sable, dans le creux formé par son corps. Il ne perçut que vaguement le contact brûlant du sable contre sa joue gauche.

« L'environnement arrakeen s'est formé au gré du schéma d'évolution des formes de vie locales, continuait son père. Il est étrange de songer que bien peu de gens ont su détourner leur attention de l'épice pour s'interroger sur l'origine de l'équilibre presque idéal oxygène-azote-gaz carbonique qui règne sur ce monde en l'absence de vastes zones végétales. Cette sphère d'énergie de la planète, nous pouvons la voir, la comprendre. Le processus est lent, mais il existe néanmoins. Qu'une faille vienne à s'y former, quelque chose l'occupe immédiatement. La science est formée de tant de choses qui semblent évidentes lorsqu'elles ont été expliquées. Bien avant de le voir, je savais que le petit faiseur était là, dans le sable. »

« Je t'en prie, arrête ce sermon, Père », murmura Kynes.

Un faucon se posa sur le sable non loin de sa main tendue. Kynes le vit replier ses ailes, pencher la tête pour le regarder. Il rassembla toute son énergie pour émettre un grognement. L'oiseau sautilla en arrière, deux fois, mais sans cesser de le regarder.

« Depuis longtemps, les hommes et leurs œuvres ont été le fléau des planètes, disait son père. La nature tend à compenser l'effet des fléaux, à les repousser ou à les absorber pour les incorporer dans le système d'une façon qui lui est propre. »

Le faucon baissa la tête, déploya ses ailes, les replia. Toute son attention se portait maintenant sur la main tendue de Kynes.

Kynes se rendit compte qu'il n'avait plus assez de force pour former le moindre son.

« Ici, sur Arrakis, poursuivait son père, le système historique de pillage et d'extorsion mutuels ne joue pas. On ne peut continuer de voler sans cesse sans se préoccuper de ceux qui viendront après. Les particularités physiques d'un monde s'inscrivent dans son histoire économique et politique. Telle que nous la lisons, elle fait apparaître nos objectifs comme évidents. »

Il n'a jamais pu s'arrêter, se disait Kynes. *Il parle, il parle, il parle toujours...*

Le faucon fit un saut en avant vers la main de Kynes. Il pencha la tête d'un côté puis de l'autre, examinant cette chair offerte.

« Arrakis est la planète d'une seule récolte, disait son père. Une seule récolte. La classe dominante qui s'y maintient vit comme ont toujours vécu les classes dominantes, écrasant une masse semi-humaine de semi-esclaves qui survivent sur les restes. Ce sont les masses et les restes qui appellent toute notre attention. Ils ont plus de valeur qu'on l'a jamais pensé. »

« Je ne t'écoute pas, Père, murmura Kynes. Va-t'en. »

Il pensa : *Mes Fremen. Il y en a certainement quelques-uns à proximité. Il est impossible qu'ils ne voient pas tous ces oiseaux qui tournent au-dessus de moi. Ils vont venir. Ils penseront qu'il y a de l'humidité.*

« Les gens d'Arrakis devront savoir que nous œuvrons pour qu'un jour cette terre soit gorgée d'eau, dit son père. La plupart, bien sûr, ne comprendront notre projet que d'une façon semi-mystique. Et ils seront nombreux à croire, ignorant tout du rapport de masses prohibitif, que nous allons amener l'eau depuis une planète qui en est riche. Qu'ils pensent n'importe quoi, pour autant qu'ils croient en nous. »

Dans une minute, je vais me lever et lui dire un peu ce que je pense, songea Kynes. *Me faire la leçon alors qu'il devrait me porter secours...*

En sautillant, l'oiseau se rapprocha une fois encore de sa main. Deux de ses compagnons se posèrent sur le sable, non loin de là.

« La religion et la loi ne doivent être qu'une au sein des masses, continuait son père. Tout acte de désobéissance devra constituer un péché sanctionné de façon religieuse. Nous obtiendrons ainsi un double bénéfice : une plus grande obéissance, un plus grand courage. Nous ne dépendrons pas tant du courage individuel, vois-tu, que de celui de toute la population. »

Où est-elle, cette population, maintenant que j'ai tant besoin d'elle ? se dit Kynes. Il fit appel à ses ultimes forces et déplaça sa main de la longueur d'un doigt vers le faucon le plus proche. L'oiseau battit en retraite vers ses deux compagnons et tous se tinrent prêts à prendre leur vol.

« Notre calendrier de travail prendra la valeur d'un phénomène naturel, dit son père. La vie d'une planète est comme un immense tissu à la trame serrée. Tout d'abord, les modifications de la vie animale et végétale seront déterminées par les forces physiques brutes que nous manipulons. Cependant, comme ils deviendront permanents, ces changements que nous aurons suscités exerceront leurs influences propres avec lesquelles nous devrons également compter. Ne perds jamais de vue, pourtant, qu'il nous suffit de contrôler seulement trois pour cent de la surface d'énergie, *trois pour cent*, pour que la structure planétaire tout entière s'adapte à notre système autonome. »

Pourquoi ne m'aides-tu pas ? se demandait Kynes. *Toujours la même chose : c'est quand j'ai besoin de toi que tu te dérobes.* Il aurait voulu tourner la tête, regarder dans la direction de son père, essayer de l'intimider. Mais ses muscles refusaient de lui obéir. Il vit le faucon se remettre en mouvement, s'approcher prudemment de sa main tandis que ses compagnons attendaient, immobiles, avec une indifférence feinte. Le faucon s'arrêta tout près de sa main.

L'esprit de Kynes devint intensément clair. Il prenait soudain conscience d'une possibilité concernant Arrakis qui avait échappé à son père. Et toutes ses implications suivirent, l'envahirent.

« Ton peuple ne pourrait connaître plus terrible désastre que de tomber aux mains d'un Héros », dit son père.

Il lit dans mes pensées, songea Kynes. *Eh bien… qu'il lise donc. Les messages sont déjà partis vers mes sietch. Rien ne peut les arrêter. Si le fils du Duc est encore en vie, mes Fremen le trouveront. Ils le protégeront ainsi que je l'ai ordonné.*

Peut-être rejetteront-ils la femme, sa mère, mais l'enfant, ils le sauveront.

Une fois encore, le faucon sautilla en avant et la main tendue de Kynes fut à portée de son bec. Il pencha la tête en avant pour examiner la paume. Puis, soudain, il se redressa, son cou se raidit et, avec un glapissement, il s'éleva dans les airs, suivi de ses compagnons.

Les voilà, se dit Kynes. *Mes Fremen m'ont retrouvé !*

Et puis, il entendit gronder le sable.

Tous les Fremen connaissaient ce son. Ils savaient le distinguer des autres sons, ceux que produisait le ver ou la vie du désert. Quelque part, là, sous Kynes, la masse d'épice en formation avait accumulé suffisamment d'eau et de matières organiques grâce aux petits faiseurs. Elle avait maintenant atteint le stade critique de sa croissance sauvage. Dans les profondeurs du sable, une bulle énorme de gaz carbonique s'était formée et montait vers la surface, emportant en son centre un tourbillon de sable. Tout ce qui se trouvait à proximité, en surface, serait avalé, échangé contre ce qui venait du sol.

Les faucons tournaient au-dessus de Kynes, piaillant leur frustration. Ils savaient ce qui allait se produire. Comme n'importe quelle autre créature du désert.

Je suis une créature du désert, pensa Kynes. *Regarde-moi bien, Père. Je suis une créature du désert.*

Il sentit la bulle le soulever, l'emporter, éclater. Le tourbillon de sable le prit, l'enveloppa, l'entraîna dans des ténèbres fraîches. Un instant, l'obscurité, l'humidité lui furent agréables. Puis, en cette seconde où sa planète le tuait, Kynes se dit que son père se trompait, comme les autres savants. Les principes permanents de l'univers demeuraient encore l'erreur, l'accident.

Les faucons eux-mêmes savaient cela.

Prophétie et prescience. Comment les soumettre à l'examen, face aux questions restées sans réponse ? Par exemple : Dans quelle mesure s'agit-il d'une véritable prédiction de la « forme d'onde » (l'image-vision, ainsi que la désignait Muad'Dib) et dans quelle mesure le prophète façonne-t-il l'avenir afin qu'il corresponde à la prophétie ? Et qu'en est-il des harmoniques inhérents à l'acte de prophétie ? Le prophète voit-il l'avenir ou seulement une ligne de rupture, une faille, un clivage dont il peut venir à bout par des mots, des décisions ainsi qu'un tailleur de diamant façonnant une gemme d'un coup de son outil ?

Réflexions personnelles sur Muad'Dib,
par la Princesse Irulan.

« PRENDS LEUR EAU », AVAIT LANCÉ L'HOMME DANS LA NUIT. Et Paul, repoussant la peur, regarda sa mère. Ses yeux avertis lui apprirent qu'elle était prête au combat, que ses muscles attendaient le signal.

« Il serait regrettable que nous ayons à vous détruire de nos mains », dit la voix au-dessus d'eux.

C'est celui qui a parlé en premier, se dit Jessica. *Ils sont au moins deux. L'un est sur notre droite, l'autre sur notre gauche.*

« *Cignoro hrobosa sukares hin mange la pchagavas doi me kamavas na beslas lele pal hrobas !* »

C'était celui de droite. Il criait en direction du bassin.

Les mots, pour Paul, n'avaient aucun sens, mais l'éducation bene gesserit de Jessica lui fit reconnaître la langue. Du chakobsa. C'était l'une des anciennes langues de chasse et l'homme, au-dessus d'eux, venait de dire que, peut-être, c'était là les étrangers qu'ils cherchaient.

Dans le silence qui suivit l'appel, la deuxième lune se leva, comme un visage rond, d'ivoire pâle et bleu, penché sur le bassin entre les rochers, brillant, curieux. Puis, entre les rochers, il y eut des bruits furtifs. Au-dessus, de toutes parts... Mouvements d'ombres dans le clair de lune. Silhouettes glissant hors de l'obscurité.

Une troupe entière ! se dit Paul, avec un serrement de cœur.

Un homme de haute taille, au burnous maculé, s'avança vers Jessica. Il avait rejeté le voile de son visage pour se faire entendre clairement. La lumière pâle de la lune révélait une barbe épaisse mais son visage et ses yeux demeuraient dissimulés dans l'ombre du capuchon.

« Qui êtes-vous, des djinns ou des humains ? » demanda-t-il.

Il raillait, se dit Jessica, elle le lisait dans sa voix, et elle éprouva un faible espoir. Cette voix était celle d'un chef, c'était la première qui s'était élevée dans la nuit.

« Des humains, je pense », dit l'homme.

Jessica sentait plus qu'elle ne la distinguait la lame cachée dans un repli de la robe. Un bref instant, elle eut le regret amer de leurs boucliers.

« Vous parlez peut-être ? » demanda l'homme.

Jessica rassembla toute l'arrogance royale dans son maintien et dans sa voix. Il était urgent de répondre à cet homme. Pourtant, elle ne l'avait pas encore assez entendu pour enregistrer ses connaissances, ses faiblesses.

« Qui a surgi de la nuit comme un assassin ? » demanda-t-elle.

La tête encapuchonnée pivota soudain, révélant la tension de l'homme. Puis il se détendit lentement et ce fut plus révélateur encore. Il se contrôlait.

Paul s'éloigna de sa mère afin d'offrir une cible distincte et de disposer d'un champ suffisant pour une éventuelle action.

La tête encapuchonnée suivit son mouvement et le visage fut esquissé par le clair de lune. Jessica vit un nez acéré, un œil brillant *(sombre, pourtant, si sombre, sans le moindre blanc)*, un sourcil lourd, une moustache relevée.

« Le jeune fauve est habile, dit l'homme. Il se peut, si vous fuyez les Harkonnen, que vous soyez les bienvenus parmi nous. Qu'en dis-tu, garçon ? »

Toutes les hypothèses possibles traversèrent l'esprit de Paul. *Un piège ? La vérité ?* Il fallait se décider immédiatement.

« Pourquoi accueilleriez-vous des fugitifs ? » demanda-t-il.

« Un enfant qui parle et pense comme un homme. Eh bien, pour répondre à ta question, jeune wali, je suis celui qui ne paie pas le faix, le tribut d'eau aux Harkonnen. Pour cela, ceux qui les fuient peuvent être bienvenus. »

Il sait qui nous sommes, pensa Paul. *Il le cache. Je le sens dans sa voix.*

« Je suis Stilgar, le Fremen, reprit l'homme. Cela te délie-t-il la langue, garçon ? »

C'est bien la même voix, songea Paul. Il se souvint de cet homme qui était venu au Conseil réclamer le corps d'un ami tué par les Harkonnen.

« Je te connais, Stilgar, dit-il. J'étais avec mon père, au Conseil, lorsque tu es venu réclamer l'eau de ton ami. Tu as emmené avec toi Duncan Idaho, l'homme de mon père, en échange. »

« Et Idaho nous a abandonnés pour retourner auprès du Duc », dit Stilgar.

Jessica décela le dégoût dans la voix et elle se tint prête à l'attaque.

« Nous perdons notre temps, Stil », lança l'autre voix, dans les rochers.

« C'est le fils du Duc, répondit Stilgar. C'est certainement lui que Liet nous a demandé de retrouver. »

« Mais… c'est un enfant, Stil. »

« Le Duc était un homme et ce garçon s'est servi d'un marteleur, dit Stilgar. Il a été brave en traversant ainsi dans le sillage de Shai-hulud. »

Dans la voix de l'homme, Jessica lut que, déjà, il l'avait exclue de ses pensées. Avait-il prononcé la sentence ?

« Nous n'avons pas le temps d'en obtenir la preuve », protesta la voix dans les rochers.

« Pourtant, il pourrait être le Lisan al-Gaib », dit Stilgar.

Il cherche un signe ! se dit Jessica.
« Mais la femme... »
Jessica se prépara. Elle avait lu la mort dans ces paroles.
« Oui, la femme, dit Stilgar. Et son eau. »
« Tu connais la loi, dit la voix dans les rochers. Celui qui ne peut vivre avec le désert... »
« Silence, dit Stilgar. Les temps changent. »
« Liet a-t-il *ordonné* ceci ? »
« Tu as entendu la voix du cielago, Jamis. Pourquoi chercher à m'influencer ? »
Cielago ! songea Jessica. Cela lui ouvrait bien des chemins. Cette langue était celle de l'Ilm et du Fiqh. Cielago désignait un petit mammifère volant, une sorte de chauve-souris. *La voix du cielago :* les Fremen avaient reçu un message distrans leur ordonnant de les rechercher, Paul et elle.
« Je ne fais que te rappeler tes devoirs, ami Stilgar », reprit la voix au-dessus d'eux.
« Je n'ai qu'un devoir, dit Stilgar. Assurer la force de ma tribu. Je n'ai pas besoin que quiconque me le rappelle. L'enfant-homme m'intéresse. Sa chair est pleine. Il a vécu sans manquer d'eau. Loin du père soleil. Il n'a pas les yeux de l'Ibad. Pourtant, il ne parle ni n'agit comme les débiles qui vivent dans les fonds. Non plus que son père. Pourquoi en est-il ainsi ? »
« Nous ne pouvons rester ainsi toute la nuit à discuter, dit la voix dans les rochers. Si une patrouille... »
« Je ne te le redirai pas, Jamis : silence. »
La voix se tut mais Jessica perçut les mouvements de l'homme. Il franchissait une faille et descendait vers le fond du bassin.
« La voix du cielago laissait entendre que nous pouvions avoir quelque intérêt à vous sauver tous deux, dit Stilgar. La force de l'enfant-homme me laisse discerner des possibilités : il est jeune, il peut apprendre. Mais vous, femme ? » Il posa son regard sur Jessica.
Maintenant, se dit-elle, *j'ai enregistré sa voix, son schéma. D'un mot, je pourrais le dominer, mais il est puissant... Pour nous, il est plus précieux ainsi, libre, intact... Il faut attendre.*
« Je suis la mère de ce garçon, dit-elle. Sa force, que vous admirez, est en partie le résultat de l'éducation que je lui ai donnée. »

« La force d'une femme peut être sans limites, dit Stilgar. Il est certain qu'il en est ainsi pour une Révérende Mère. Êtes-vous une Révérende Mère ? »

Jessica parvint à rejeter les implications de cette question et répondit en toute franchise : « Non. »

« Connaissez-vous les usages du désert ? »

« Non, mais nombreux sont ceux qui considèrent mon éducation comme valable. »

« Nous avons nos propres jugements de valeur », dit Stilgar.

« Tout homme a droit à ses propres jugements. »

« Il est bon que vous compreniez la raison. Nous ne pouvons nous attarder ici afin de vous éprouver, femme. Comprenez-vous ? Nous ne pouvons nous embarrasser de votre ombre. Je vais prendre l'enfant-homme, votre fils, et je le protégerai, l'accueillerai dans ma tribu. Mais quant à vous, femme... Comprenez-vous qu'il n'y a rien de personnel en ceci ? Mais c'est la règle Istislah, dans l'intérêt de tous. N'est-ce pas suffisant ? »

Paul esquissa un pas en avant. « De quoi parlez-vous ? »

Stilgar lui accorda un bref coup d'œil, sans détourner son attention de Jessica.

« À moins que vous n'ayez été longuement entraînée depuis votre enfance à notre existence, vous risqueriez de provoquer la destruction de toute une tribu. C'est la loi, nous ne pouvons accepter... »

Le mouvement de Jessica fut tout d'abord comme un faux pas, une chute. Ce n'était pas surprenant de la part d'une malheureuse étrangère affaiblie. C'était là une chose normale, propre à ralentir les réactions de l'adversaire. Il faut un certain temps pour interpréter une chose connue lorsque celle-ci est présentée comme inconnue. Jessica entra en action à l'instant où elle vit l'épaule droite de Stilgar s'abaisser. D'entre les plis de sa robe, il ramena une arme qu'il brandit dans sa direction. Un pivotement, un coup du tranchant de la main, un tourbillon de robes et Jessica se retrouva appuyée au rocher, maintenant l'homme sans défense devant elle.

Au premier mouvement de sa mère, Paul avait reculé de deux pas. À l'instant de son attaque, il avait plongé vers l'ombre. Un homme barbu se dressait sur son chemin, levait une arme. D'un coup direct de sa main raidie, Paul l'atteignit au sternum, se déroba, frappa de nouveau à la base du cou et saisit l'arme au vol.

Il se hissa entre les rochers, dans l'obscurité, glissant l'arme dans sa ceinture. En dépit de sa forme bizarre, il l'avait déjà identifiée comme une arme à projectiles. Ce qui lui apprenait bien des choses sur cet endroit et sur l'inutilité des boucliers.

Ils vont concentrer leurs forces sur Jessica et sur Stilgar. Elle peut neutraliser. Il faut que je me mette en position pour pouvoir les attaquer et lui donner le temps de fuir.

Dans le bassin, il y eut les déclics multiples de ressorts qui se détendaient. Les projectiles miaulèrent sur les rochers alentour et l'un d'eux troua la robe de Paul. Il plongea derrière un angle et se glissa dans une étroite fente verticale. Puis il s'éleva, lentement, aussi silencieusement que possible, s'aidant du dos et des pieds.

La voix de Stilgar gronda, éveillant des échos : « En arrière, tas de poux ! Si vous approchez encore, elle va me rompre le cou ! »

« Le garçon s'est enfui, Stil, dit une voix dans le bassin. Qu'allons-nous… »

« Évidemment qu'il s'est enfui, tête de sable !… Aahh ! Du calme, femme ! »

« Dites-leur de cesser de poursuivre mon fils ! » dit Jessica.

« Ils se sont arrêtés, femme. Il s'est enfui, comme vous le vouliez. Grands dieux des profondeurs ! Pourquoi n'avez-vous pas dit que vous étiez une magique et une guerrière ? »

« Dites à vos hommes de se replier. Dites-leur de s'avancer au fond du bassin pour que je puisse les voir… et il vaut mieux que vous sachiez que je connais leur nombre. »

C'est le moment délicat, pensa-t-elle. *Mais s'il est aussi subtil que je le crois, nous avons une chance.*

Lentement, Paul continuait de monter. Il rencontra un entablement étroit où il lui était possible de se reposer tout en découvrant le bassin. La voix de Stilgar lui parvint de nouveau.

« Et si je refuse ? Comment pouvez-vous… Aaahh ! Arrêtez, femme ! Nous ne vous toucherons plus, maintenant. Grands dieux ! Si vous êtes capable de venir ainsi à bout du plus puissant d'entre nous, vous valez dix fois l'eau de votre corps. »

À présent, l'épreuve de la raison, songea Jessica, et elle dit : « Vous cherchez le Lisan al-Gaib. »

« Vous pourriez être ceux de la légende, dit Stilgar, mais je ne le croirai que lorsque j'en aurai la preuve. Tout ce que je sais c'est que vous êtes venus ici avec ce Duc stupide qui… Aahh ! Femme ! Peu m'importe que vous me tuiez ! Il était honorable et brave, mais il a été stupide de se mettre ainsi entre les mains des Harkonnen ! »

Silence.

« Il n'avait pas le choix, dit Jessica, mais nous n'en discuterons pas maintenant. Dites à cet homme derrière le buisson, là-bas, de cesser immédiatement de me mettre en joue, ou je débarrasse l'univers de votre présence avant de m'occuper de lui. »

« Toi, là-bas ! lança Stilgar. Fais ce qu'elle dit ! »

« Mais… Stil… »

« Fais ce qu'elle dit, face de ver, tête de sable, merde de lézard rampant ! Fais-le ou je l'aiderai à te découper en morceaux ! Tu ne vois pas à qui tu as affaire ? »

L'homme dans le buisson se releva et abaissa son arme.

« Il a obéi », dit Stilgar.

« À présent, dit Jessica, expliquez clairement à vos gens ce que vous attendez de moi. Je ne veux pas qu'une jeune tête brûlée tente n'importe quelle folie. »

« Quand nous nous glissons dans les cités et les villages, dit Stilgar, nous devons dissimuler notre origine et nous mêler aux gens des sillons et des bassins. Nous ne portons pas d'arme, car le krys est sacré. Mais vous, femme, vous connaissez l'art étrange du combat. Nous en avions seulement entendu parler et nombreux étaient ceux qui en doutaient, mais on ne peut plus douter de ce que l'on a vu de ses propres yeux. Vous avez maîtrisé un Fremen armé. Un tel pouvoir, nul ne peut le deviner… »

Comme s'élevaient les paroles de Stilgar, des mouvements naissaient dans l'ombre.

« Et si j'accepte de vous enseigner… cet art étrange ? »

« Comme votre fils, vous aurez mon soutien. »

« Comment pouvons-nous être certains que vous dites vrai ? »

Une trace de sécheresse apparut dans la voix de Stilgar, jusque-là subtilement teintée d'assurance.

« Ici, femme, nous n'avons ni contrats ni papiers. Nos promesses du soir ne sont pas oubliées à l'aube. Le contrat, c'est ce que déclare un homme. Je suis le chef de mon peuple. Il est lié à ma parole. Enseignez-nous cet art étrange du combat et vous pourrez demeurer parmi nous aussi longtemps que vous le désirerez. Votre eau sera mêlée à la nôtre. »

« Pouvez-vous parler pour tous les Fremen ? »

« Avec le temps, il en sera peut-être ainsi. Mais seul mon frère Liet peut parler pour tous. Moi, je ne puis que vous promettre le secret. Mon peuple ne parlera de vous à aucun autre sietch. Les Harkonnen sont revenus en force sur Dune et notre Duc est mort. On raconte que vous-même avez trouvé la mort dans une Mère tempête. Le chasseur ne poursuit plus la proie morte. »

C'est une protection, songea Jessica. *Mais ces gens disposent de bons moyens de communication et il est toujours possible d'expédier un message.*

« Je suppose, dit-elle, qu'une prime était offerte à qui nous retrouverait. »

Stilgar demeura silencieux. Elle sentait frémir ses muscles sous ses mains et il lui semblait qu'elle pouvait voir tourbillonner ses pensées.

« Je le dis à nouveau : Je vous ai donné la parole de la tribu. Mes gens connaissent maintenant votre valeur. Que pourraient donc nous offrir les Harkonnen ? Notre liberté ? Ah... Non, vous êtes le taqwa qui peut nous apporter plus que toute l'épice des coffres des Harkonnen. »

« Alors, je vous enseignerai ma façon de combattre », dit Jessica, et elle perçut l'intensité rituelle qu'elle mettait inconsciemment dans ces paroles.

« À présent, allez-vous me libérer ? »

« Qu'il en soit ainsi », dit Jessica. Elle relâcha son étreinte et fit un pas de côté, s'offrant à la vue des hommes dans le bassin. *C'est le test ultime*, se dit-elle. *Mais Paul doit savoir ce qu'il en est de ces hommes, même si j'en meurs.*

Dans le silence, il se hissa un peu plus haut pour mieux voir sa mère. Au-dessus de lui, dans la faille verticale, il entendit soudain un souffle lourd, aussitôt interrompu. Il entrevit une ombre qui se dessinait sur les étoiles.

« Toi, là-haut ! lança la voix de Stilgar. Cesse de traquer le garçon ! Il va descendre, maintenant ! »

Dans les ténèbres, la voix d'un jeune garçon ou d'une jeune fille répondit : « Mais, Stil, il ne peut être loin de... »

« J'ai dit de le laisser, Chani ! Chasseur de lézards ! » Paul perçut un juron murmuré. Puis une voix basse qui marmonnait : « *Moi !* Me traiter de chasseur de lézards ! » L'ombre disparut.

Paul reporta son attention sur le bassin. Stilgar était une ombre grise aux côtés de sa mère.

« Venez tous ! cria Stilgar. (Il se tourna vers Jessica.) Maintenant, c'est à moi de vous demander comment nous pouvons être certains que *vous* allez remplir *votre* part du marché ? C'est vous qui viviez avec des papiers et des contrats vides tels que... »

« Nous autres Bene Gesserit ne trahissons pas plus que vous notre parole », dit-elle.

Il y eut un silence tendu, puis des murmures. « Une sorcière Bene Gesserit ! »

Paul saisit l'arme à sa ceinture et la braqua sur la silhouette imprécise de Stilgar. Mais l'homme demeurait aussi immobile que ses compagnons. Il regardait Jessica.

« C'est la légende », dit une voix.

« La Shadout Mapes avait dit cela de vous, fit Stilgar, mais une chose de cette importance doit être vérifiée. Si vous êtes vraiment la Bene Gesserit de la légende dont le fils doit nous conduire au paradis... » Il haussa les épaules.

Jessica soupira et pensa : *Ainsi notre Missionaria Protectiva est parvenue à implanter des soupapes de sûreté religieuses dans cet enfer. Eh bien... elles vont nous servir. Tel est leur rôle.*

« La voyante qui vous a apporté la légende, dit-elle, l'a fait par le karama et l'ijaz, le miracle et l'immuabilité de la prophétie. Je sais cela. Voulez-vous un signe ? »

Stilgar redressa la tête dans le clair de lune.

« Nous ne pouvons nous attarder aux rites », murmura-t-il.

Jessica se souvint d'une carte que Kynes lui avait montrée alors qu'il leur préparait le chemin pour fuir. Elle avait lu le nom de « Stilgar » à proximité d'un lieu nommé « Sietch Tabr ».

« Peut-être en aurons-nous le temps quand nous serons au Sietch Tabr », dit-elle.

Elle vit qu'elle avait touché juste et songea : *S'il connaissait nos ruses ! Elle devait être habile, cette Bene Gesserit de la Missionaria Protectiva. Ces Fremen sont magnifiquement prêts à nous croire.*

Stilgar s'agita d'un air gêné. « Nous devons partir, maintenant. »

Elle acquiesça afin qu'il comprît qu'ils ne se mettaient en route qu'avec sa permission.

Stilgar se retourna et son regard se porta vers la falaise, presque directement sur la corniche où Paul demeurait accroupi.

« Tu peux descendre, maintenant, garçon ! » dit-il. Il regarda de nouveau Jessica et ajouta sur un ton d'excuse : « Votre fils a fait un bruit incroyable dans ces rochers. Il lui faudra encore beaucoup apprendre s'il ne veut pas nous mettre en danger. Mais il est jeune. »

« Il ne fait pas de doute que nous ayons beaucoup à nous enseigner mutuellement. Mais peut-être devriez-vous voir ce qu'il en est de votre compagnon, là-bas. Mon bruyant fils l'a désarmé plutôt brutalement. »

Stilgar pivota dans un froissement de capuchon. « Où ? »

Elle tendit la main. « Derrière ces buissons. »

Il désigna deux de ses hommes. « Allez voir. » Son regard courut entre ses hommes et il ajouta : « Jamis est manquant. » Puis il se tourna à nouveau vers Jessica : « Même le petit connaît l'art étrange. »

« Et vous remarquerez qu'il n'a pas bougé, contrairement à ce que vous aviez ordonné », dit Jessica.

Les deux hommes envoyés par Stilgar revenaient, soutenant leur compagnon haletant et trébuchant. Stilgar ne leur accorda qu'un bref regard. « Le fils n'obéira qu'à vos ordres, n'est-ce pas ? C'est bien. Il connaît la discipline. »

« Paul, tu peux descendre maintenant », dit Jessica.

Il se redressa dans le clair de lune et glissa l'arme dans sa ceinture. Comme il se retournait, une silhouette se leva entre les rochers et lui fit face. Une mince silhouette en robe fremen qui braquait sur lui le museau d'une arme à projectiles. Sous le capuchon, le visage était à peine distinct dans le reflet de lune sur la roche grise.

« Je suis Chani, fille de Liet. »

La voix était mélodieuse, colorée d'un rire léger.

« Je ne t'aurais pas permis de frapper mes compagnons », dit-elle encore.

Paul déglutit avec peine. Sous la lune, le visage bougea et il entrevit des traits de lutin, des yeux noirs et profonds. Un visage familier, qui avait habité combien de ses visions prescientes et qui, en cet instant, le troublait et le rendait muet. Il se souvint avec quelle bravoure pleine de fureur il avait une fois décrit ce visage de ses rêves à la Révérende Mère Gaius Helen Mohiam.

« Je la connaîtrai », avait-il dit.

Et ce visage était là, devant lui. Mais cette rencontre, il ne l'avait pas rêvée.

« Tu étais aussi bruyant que le shai-hulud en fureur. Et tu avais pris le chemin le plus difficile. Suis-moi. Je vais te guider pour redescendre. »

Il suivit le tournoiement de sa robe entre les rochers. Elle se déplaçait en dansant, comme une gazelle. Il sentit le sang affluer à son visage et rendit grâce à l'obscurité de la nuit.

Cette fille ! Elle était comme un attouchement du destin. Il lui semblait être emporté sur une vague, en accord avec un mouvement qui soulevait ses pensées.

Ils se retrouvèrent au fond du bassin, entre les Fremen.

Jessica adressa un pâle sourire à son fils avant de déclarer à Stilgar : « L'échange d'enseignements sera bénéfique. J'espère que ni vous ni vos gens ne ressentez plus de colère à l'égard de nos violences. Cela semblait... nécessaire. Vous étiez sur le point de... faire une erreur. »

« Sauver quelqu'un de l'erreur est comme un cadeau du paradis », dit Stilgar. Sa main gauche vint toucher ses lèvres tandis que, de la main droite, il prenait l'arme à la ceinture de Paul et la jetait à un compagnon.

« Tu auras ton propre pistolet maula quand tu l'auras mérité, garçon. »

Paul fut sur le point de répliquer, hésita et se souvint des leçons de sa mère : *« Les débuts sont des moments délicats. »*

« Mon fils a toutes les armes dont il a besoin », intervint Jessica. Elle affronta le regard de Stilgar, l'obligeant à se remémorer la façon dont Paul s'était approprié le pistolet.

Stilgar reporta son attention sur Jamis, l'homme auquel Paul avait dérobé son arme et qui se tenait à l'écart, baissant la tête, le souffle court.

« Vous êtes une femme difficile. (Il leva la main gauche et claqua des doigts.) *Kushti bakka te.* »

Du chakobsa, encore, songea Jessica.

Un homme tendit à Stilgar deux carrés de gaze. Il les prit, les roula entre ses doigts et noua le premier autour du cou de Jessica, sous le capuchon du distille. Il répéta l'opération sur Paul.

« À présent, dit-il, vous portez le mouchoir du bakka. Si nous venons à être séparés, on reconnaîtra que vous appartenez au sietch de Stilgar. Nous reparlerons des armes une autre fois. »

Il s'avança entre ses hommes, les inspecta et remit à l'un d'eux le Fremkit de Paul.

Le bakka, pensa Jessica. Elle connaissait ce terme religieux. *Le bakka... Celui qui pleure.* Maintenant, elle comprenait le symbolisme qui les unissait. *Mais pourquoi les larmes ?*

Stilgar s'approcha de la jeune fille qui avait provoqué le trouble de Paul et dit : « Chani, prends l'enfant-homme sous ton aile. Veille sur lui. »

Elle posa la main sur le bras de Paul. « Viens enfant-homme. »

Il réprima sa colère. « Mon nom est Paul. Il serait bon que vous... »

« Nous te donnerons un nom, petit homme, dit Stilgar, quand viendra le moment de la mihna, au cours de l'épreuve de l'aql. »

L'épreuve de raison, traduisit Jessica. Et soudain, le désir d'affirmer la supériorité de Paul balaya en elle toute autre considération. Elle lança : « Mon fils a été soumis au gom jabbar ! »

Dans le silence qui suivit, elle comprit qu'elle venait de les toucher au plus profond d'eux-mêmes.

« Il y a bien des choses que nous ignorons les uns et les autres, dit Stilgar. Mais nous nous attardons trop. Le soleil du jour ne doit point nous trouver à découvert. (Il avança vers l'homme que Paul avait terrassé.) Jamis, pourras-tu marcher ? »

L'homme grommela : « C'était un accident. Il m'a surpris. Oui, je peux marcher. »

« Ce n'était pas un accident. Tu partageras avec Chani la responsabilité du garçon, Jamis. Ces gens sont sous ma protection. »

Jessica regarda Jamis. Elle avait reconnu la voix qui, dans les rochers, avait répondu à Stilgar. Une voix qui recelait la mort. Stilgar avait senti la nécessité de renforcer son autorité sur Jamis.

Le regard de Stilgar courut entre ses hommes. Il tendit la main : « Larrus et Farrukh, vous suivrez et effacerez nos traces. Soigneusement. Ceux qui sont maintenant avec nous n'ont pas été éduqués. (Il se détourna, levant la main au-dessus du bassin.) En formation. Des gardes sur nos flancs. Il faut que nous soyons à la Caverne des Chaînes avant l'aube. »

Jessica lui emboîta le pas. Elle comptait les têtes. Quarante Fremen. Quarante-deux avec elle et Paul. *Ils marchent comme des militaires*, pensa-t-elle. *Même la fille, Chani.*

Paul se plaça derrière Chani. L'impression pénible qu'il avait ressentie à être surpris par la jeune fille s'effaçait maintenant devant les souvenirs qu'avaient réveillés les mots de sa mère. « Mon fils a été soumis au gom jabbar ! » Dans sa main, la souffrance revenait.

« Regarde où tu marches, souffla Chani. Ne frôle pas un seul buisson qui puisse laisser un indice de notre passage. »

Il acquiesça en silence.

Jessica prêtait l'oreille au bruit de leurs pas, s'émerveillant de la façon dont les Fremen progressaient. Ils étaient quarante à traverser le bassin et les bruits qui s'élevaient dans la nuit étaient naturels. Leurs robes, flottant entre les ombres, semblaient des voiles fantomatiques. Ils marchaient vers le Sietch Tabr, le sietch de Stilgar.

Elle tourna et retourna le mot dans son esprit : sietch. Un terme chakobsa qui avait traversé des siècles innombrables et demeurait inchangé, tel qu'on l'employait dans l'ancien langage de chasse. Sietch : le lieu où l'on se réunit en période de danger. Les implications profondes de ce mot, de ce langage commençaient seulement de s'imprimer en elle, après la tension de cette rencontre.

« Nous progressons vite, dit Stilgar. Avec l'aide du Shai-hulud, nous atteindrons la Caverne des Chaînes avant l'aube. »

Jessica hocha la tête, économisant ses forces, consciente de la lassitude qu'elle ne repoussait que par sa volonté et, il lui fallait l'admettre, par une sorte d'ivresse. Elle concentra son esprit sur la valeur que représentait cette troupe, sur ce qui lui était révélé de la culture fremen.

Tous, songea-t-elle, *ils forment une société militaire. Une puissance inestimable pour un Duc hors la loi !*

Les Fremen avaient au degré suprême cette qualité que les anciens appelaient le « *spannungsbogen* » et qui est le délai que l'on s'impose soi-même entre le désir que l'on éprouve pour une chose et le geste que l'on fait pour se l'approprier.

Extrait de La Sagesse de Muad'Dib,
par la Princesse Irulan.

QUAND L'AUBE POINTA, ILS APPROCHAIENT DE LA CAVERNE DES Chaînes, franchissant la muraille du bassin par une faille si étroite qu'ils devaient s'y glisser de côté. Aux premières lueurs du jour, Stilgar détacha des hommes en éclaireurs et Jessica les vit se lancer dans l'escalade de la falaise. Paul, tout en marchant, levait les yeux vers le mince ruban de ciel gris-bleu.

Chani tira sur sa robe et dit : « Plus vite. Il fera bientôt jour. »

« Ces hommes, là-haut, où vont-ils ? » murmura Paul.

« Ils prennent la première garde du jour. Allons, vite ! »

Des gardes à l'extérieur, pensa-t-il. *C'est habile. Mais il eût été encore plus habile de nous approcher en groupes séparés. Il y aurait ainsi moins de risques de voir toute la troupe anéantie.* Il interrompit le cours de ses pensées, prenant conscience, soudain, qu'il réfléchissait en termes de guérilla, et il se souvint que c'était là ce que son père avait craint : voir la Maison Atréides devenir une Maison de guérilla.

« Plus vite ! » souffla Chani.

Il força l'allure et perçut le froissement des robes derrière lui. Il pensa alors aux paroles du sirat qu'il avait lues dans la minuscule Bible Catholique Orange de Yueh : *« Le Paradis sur ma droite, l'Enfer sur ma gauche et l'Ange de la Mort derrière moi »*, et il se les répéta plusieurs fois.

Ils franchirent un tournant et le passage se fit plus large. Stilgar leur désignait une ouverture basse, aux angles droits.

« Vite ! souffla-t-il. Si une patrouille nous surprend ici, nous serons comme des lapins pris au piège ! »

Paul se courba et suivit Chani dans la pénombre grise. Quelque part au-dessus de leurs têtes, il y avait une faible clarté.

« Tu peux te redresser », dit Chani.

Il se releva et découvrit une salle profonde et vaste dont le plafond voûté était juste hors de portée d'une main tendue. Les Fremen s'étaient dispersés dans l'ombre. Il vit sa mère qui s'avançait et examinait leurs compagnons et remarqua qu'elle évitait de se mêler aux Fremen, bien que sa tenue fût identique à la leur. Il y avait toujours la même grâce, la même force dans sa démarche.

« Trouve un endroit où te reposer et tiens-toi à l'écart, enfant-homme, dit Chani. Voici de la nourriture. » Elle mit dans sa main deux tablettes enveloppées de feuilles et qui sentaient fortement l'épice.

Stilgar apparut derrière Jessica et lança un ordre en direction d'un groupe d'hommes, sur la gauche. « Mettez le sceau en place et occupez-vous de l'humidité. (Il se tourna vers un Fremen isolé.) Lemil, les brilleurs. (Puis il prit le bras de Jessica et déclara :) Je veux vous montrer quelque chose, femme étrange. » Il l'entraîna, au-delà d'un pan de rocher, vers la source de lumière.

Et Jessica, par une large ouverture, haut dans la falaise rocheuse, découvrit un autre bassin, large de quelque vingt kilomètres, entouré d'immenses murailles, parsemé de plantes. Il était encore plongé dans l'aube grise mais, sous les yeux de Jessica, le soleil apparut au-dessus des falaises donnant au paysage de rocs et de sable des tons de biscuit. Le soleil montait vite, remarqua Jessica. Comme s'il bondissait au-dessus de l'horizon.

C'est parce que nous voudrions le retenir, songea-t-elle. *La nuit est moins hostile que le jour.* Elle se prit alors à rêver d'un arc-en-ciel en ce lieu qui jamais ne connaîtrait la pluie. Et, aussitôt, elle se le reprocha. *Il ne faut plus que j'aie de tels regrets. C'est une faiblesse. Et je ne puis plus me permettre d'être faible.*

Stilgar lui prit le bras, désigna le bassin et lui dit : « Là-bas ! Regardez ! Les véritables Druses ! »

Elle suivit son doigt tendu et distingua des silhouettes en déplacement sur le fond du bassin, fuyant la clarté du jour pour les ombres qui subsistaient près de la falaise opposée. En dépit de la distance, la vision était très nette dans l'air limpide. Jessica prit ses jumelles sous sa robe, régla les lentilles à huile et observa les lointaines silhouettes. Des mouchoirs flottaient comme autant de papillons multicolores.

« Nous serons là-bas cette nuit. Chez nous, dit Stilgar. (Tout en contemplant le bassin, il tirait sur sa moustache.) Mon peuple a travaillé plus longtemps que de coutume. Cela signifie qu'il n'y a pas de patrouille à proximité. Quand je les aurai avertis, ils se prépareront à nous recevoir. »

« Votre peuple semble bien discipliné », dit-elle. Elle baissa ses jumelles et vit que Stilgar les regardait.

« Ils obéissent aux lois de sécurité de la tribu, dit-il. C'est ainsi que nous choisissons nos chefs. Le chef est le plus fort, celui qui procure l'eau et la sécurité. » Il leva les yeux sur son visage. Elle soutint son regard, examinant les pupilles ternies dans ces yeux sans blanc, la barbe et la moustache poudrées de poussière, le tube qui sortait de ses narines.

« Ai-je compromis votre position de chef en vous maîtrisant, Stilgar ? » demanda-t-elle.

« Vous ne m'avez pas défié », dit-il.

« Il est important pour un chef de garder le respect de ses hommes. »

« Je peux venir à bout de chacun de ces poux de sable. En me maîtrisant, vous nous avez tous maîtrisés. Maintenant, ils espèrent apprendre de vous… l'art étrange… et certains sont curieux de voir si vous allez me défier. »

Elle supputa les implications. « En combat ? »

Il acquiesça. « Je ne vous le conseillerai pas car ils ne vous suivraient pas. Vous n'êtes pas du sable. Ils ont pu le voir durant notre marche de la nuit. »

« Des gens pratiques », dit-elle.

« C'est vrai. (Il porta de nouveau son regard vers le bassin.) Nous connaissons nos besoins. Mais les pensées ne sont plus aussi profondes, si près de notre demeure. Nous avons mis trop longtemps à livrer notre quota d'épice aux commerçants de la maudite Guilde… Que leurs visages demeurent à jamais noirs ! »

Jessica se retourna brusquement. « La Guilde ? Qu'a-t-elle à voir avec l'épice ? »

« Liet l'a ordonné, dit Stilgar. Nous savons pour quelle raison mais cela n'en a pas moins un goût aigre pour nous. Nous payons la Guilde une somme monstrueuse en épice pour qu'aucun satellite ne puisse nous espionner depuis le ciel et voir ce que nous faisons sur la face d'Arrakis. »

Elle pesa ses mots, se rappelant ce que Paul avait dit sur l'absence de satellites autour d'Arrakis.

« Et qu'est-ce donc que vous faites sur la face d'Arrakis qui ne doit pas être vu ? »

« Nous la changeons… lentement, mais sûrement… pour qu'elle accepte la vie humaine. Notre génération ne verra pas la fin de cette tâche, ni nos enfants, ni les enfants des enfants de nos enfants… mais elle viendra. (Son regard absent flotta sur le bassin.) L'eau libre, de grandes plantes vertes et des hommes allant sans distilles. »

Tel est donc le rêve de ce Liet-Kynes, songea-t-elle. Et elle dit : « Le prix de la corruption a un danger. Il tend à augmenter, de plus en plus. »

« Il augmente, dit Stilgar. Mais la manière la plus lente est la plus sûre. »

Elle se détourna, contemplant le bassin, essayant de le voir comme Stilgar le voyait dans son imagination. Mais l'image des rochers ocre et gris ne changea pas. Dans le ciel, au-dessus des falaises, il y eut soudain comme un mouvement.

« Aahh », fit Stilgar.

Tout d'abord, elle pensa à un véhicule de patrouille, puis elle comprit que c'était un mirage, un autre paysage flottant au-dessus du sable du désert, un frémissement lointain de verdure et, un peu plus proche, un immense ver cheminant en surface avec sur le dos ce qui semblait être des robes fremen flottant au vent.

Le mirage s'évanouit.

« Ce serait mieux, dit Stilgar, mais nous ne pouvons pas admettre un faiseur dans ce bassin. Nous devrons donc marcher à nouveau, cette nuit. »

Faiseur... leur mot pour le ver, pensa Jessica.

Elle mesurait l'importance des paroles de Stilgar. Ils ne pouvaient pas *admettre* un ver dans ce bassin. Elle savait maintenant ce qu'elle avait vu dans le mirage. Des Fremen chevauchant un ver géant. Il lui fallut exercer un contrôle sévère sur elle-même pour ne pas trahir le choc qu'elle éprouvait devant ce que cela impliquait.

« Il nous faut retourner auprès des autres, reprit Stilgar. Autrement, mes gens pourraient croire que je vous séduis. Déjà, certains sont jaloux de ce que mes mains aient goûté à votre beauté cette nuit, quand nous avons lutté dans le bassin de Tuono. »

« Cela suffit ! » s'exclama Jessica.

« N'y voyez pas d'offense, dit Stilgar, et sa voix était douce. Chez nous, nous ne prenons pas les femmes contre leur volonté... et avec vous... (Il haussa les épaules.) Même cette convention est inutile. »

« N'oubliez pas que j'étais l'épouse d'un duc », dit-elle encore, mais d'une voix plus calme.

« Comme vous le désirerez, dit-il. Mais il est temps de sceller cette ouverture, afin de relâcher la discipline du distille. Mes gens ont besoin de se reposer dans le confort, aujourd'hui. Demain, leurs familles ne leur accorderont que peu de répit. »

Le silence s'établit entre eux.

Le regard de Jessica revint au paysage dans le soleil. Dans la voix de Stilgar, elle avait lu plus que l'offre d'une protection. Avait-il besoin d'une femme ? Elle pourrait remplir ce rôle. Ce serait une façon de résoudre le conflit pour l'autorité, la femelle s'alignant sur le mâle.

Mais Paul, en ce cas ? Qui pouvait savoir quelles étaient les règles de parenté qui prévalaient ici ? Et qu'en serait-il de cette fille qu'elle portait en elle depuis des semaines ? De cette fille d'un Duc défunt ? Il lui fallait admettre la signification véritable de cette conception qu'elle acceptait. Elle la connaissait. Elle avait succombé à cette pulsion profonde qui est commune à toutes les créatures placées devant la mort, cette pulsion qui vise l'immortalité par la procréation. La pulsion de fertilité des espèces avait triomphé d'eux.

Elle regarda Stilgar et vit qu'il attendait, qu'il l'étudiait. *Une fille née ici d'une femme mariée à un tel homme… Quel serait son sort ? L'homme tenterait-il de contrarier les obligations auxquelles toute Bene Gesserit est promise ?*

Stilgar s'éclaircit la gorge. « Ce qui importe pour un chef, c'est ce qui fait de lui un chef. Ce sont les besoins de son peuple. Si vous m'enseignez vos pouvoirs, un jour viendra où l'un de nous devra défier l'autre. Je préférerais une autre solution. »

« Il en existe ? » demanda-t-elle.

« La Sayyadina, Notre Révérende Mère, est vieille. »

Leur Révérende Mère !

Avant qu'elle ait pu réfléchir, il ajouta : « Je ne me propose pas nécessairement comme compagnon. Ce n'est nullement personnel, car vous êtes belle et désirable. Mais si vous deviez faire partie de mes femmes, cela pourrait amener certains de mes plus jeunes hommes à penser que je me préoccupe par trop des plaisirs de la chair et pas assez des besoins de la tribu. En ce moment même, ils nous écoutent et nous épient. »

Voilà un homme qui pèse ses décisions et qui pense aux conséquences, se dit-elle.

« Parmi mes jeunes gens, il en est qui ont atteint l'âge des pensées sauvages. Il faut les calmer durant cette période. Je ne dois pas leur laisser de raisons valables pour me défier. Parce que, alors, il me faudrait frapper et tuer. Pour un chef, s'il peut l'éviter dans l'honneur, ce n'est pas une façon raisonnable d'agir. Un chef, voyez-vous, est ce qui fait la différence entre un troupeau et un peuple. C'est le chef qui maintient le statut des individus. Trop peu d'individus, et le peuple redevient un troupeau. »

Ces paroles, la profonde compréhension qu'elles révélaient, en plus du fait qu'il parlait aussi bien pour ceux qui écoutaient, contraignirent Jessica à le reconsidérer.

Il est digne de sa position, pensa-t-elle. *Où a-t-il acquis cet équilibre intérieur ?*

« La loi qui engendre une telle façon de choisir un chef est une loi juste, dit Stilgar. Mais il ne s'ensuit pas qu'une justice est ce dont un peuple a constamment besoin. Ce dont nous avons vraiment besoin maintenant, c'est de croître et de prospérer afin de couvrir un plus vaste territoire. »

Quels sont ses ancêtres ? se demanda-t-elle. *Comment obtient-on semblable race ?*

« Stilgar, dit-elle, je vous ai sous-estimé. »

« Je le soupçonnais. »

« Apparemment, chacun de nous a sous-estimé l'autre. »

« J'aimerais mettre un terme à cela, dit-il. J'aimerais que l'amitié existe entre nous... avec la confiance. J'aimerais que naisse ce respect mutuel qui croît dans la poitrine sans exiger le mélange des sexes. »

« Je comprends. »

« Avez-vous confiance en moi ? »

« Je perçois votre sincérité. »

« Parmi nous, les Sayyadina, lorsqu'elles ne représentent pas l'autorité consacrée, conservent une place d'honneur. Elles enseignent. Elles maintiennent la puissance de Dieu en nous. » Il toucha sa poitrine.

C'est le moment d'éclaircir ce mystère de la Révérende Mère, se dit Jessica. Et elle déclara : « Vous parliez de votre Révérende Mère... Et j'ai entendu des allusions à une légende, à une prophétie. »

« Il est dit qu'une Bene Gesserit et son enfant détiennent la clé de notre avenir. »

« Croyez-vous que je sois cette Bene Gesserit ? »

Et elle observa son visage, songeant : *La jeune pousse meurt si facilement. Les débuts sont toujours des moments de grand péril.*

« Nous ne le savons pas », dit Stilgar.

Elle hocha la tête. *C'est un homme honorable. Il veut un signe mais il n'influencera pas le destin en me le révélant.*

Elle tourna la tête et regarda les ombres dorées, les ombres violettes, là-bas, dans le bassin, le frémissement de l'air chargé de poussière devant l'ouverture. Tout soudain, il y avait en son esprit une prudence de félin. Elle connaissait la phrase clé de la Missionaria Protectiva, elle savait comment adapter les techniques de la légende et de la peur à ses exigences immédiates, mais elle percevait des modifications profondes... Comme si quelqu'un était venu parmi les Fremen et avait joué sur l'empreinte laissée par la Missionaria Protectiva.

Stilgar toussota. Elle comprit qu'il était impatient, que le jour s'avançait et que les hommes attendaient que cette ouverture fût scellée. Le moment était venu de faire preuve d'audace et elle eut conscience de ce qu'il lui manquait quelque al-hikman, quelque école de traduction qui lui eût donné...

« Adab », murmura-t-elle.

Et il lui sembla que son esprit s'était soudain roulé sur lui-même. Elle reconnut la sensation et son pouls s'accéléra. Dans l'éducation bene gesserit, rien ne s'accompagnait d'un tel signe si ce n'était l'adab, la mémoire qui se déversait en vous d'elle-même. Elle s'y abandonna et laissa les mots s'échapper d'elle :

« *Ibn qirtaiba*, dit-elle, aussi loin que le lieu où finit la poussière. (Elle éleva un bras et vit s'agrandir les yeux de Stilgar, entendit le froissement des robes, plus loin.) Je vois un... Fremen avec le livre des exemples. Il le lit à al-Lat, le soleil qu'il défie et domine. Il le lit au Sadus du Jugement et voici ce qu'il lit :

“Mes ennemis sont comme feuilles vertes et dévorées,
Croissant sur le chemin de la tempête.
N'avez-vous point vu ce qu'a fait notre Seigneur ?
Il a, sur nous, lancé la pestilence,
Qui répand ses complots.
Comme des oiseaux par le chasseur dispersés,
Comme des mets de poison imprégnés
Que chaque bouche rejette.” »

Elle fut envahie d'un tremblement. Elle baissa les bras.

Derrière elle, du plus profond des ombres de la caverne, des voix chuchotèrent en réponse : « Leurs œuvres ont été défaites. »

« Le feu de Dieu monte en son cœur », reprit Jessica. Et elle songea : *Maintenant, c'est le cours qui convient.*

« Le feu de Dieu répand la lumière », répondirent les voix.

Elle acquiesça. « Ses ennemis tomberont. »

« *Bi-la kaifa.* »

Dans le silence soudain, Stilgar s'inclina vers elle. « Sayyadina, dit-il. Si le Shai-hulud accepte, alors vous pourrez passer Révérende Mère. »

Passer, pensa-t-elle. *Étrange façon de s'exprimer. Mais le reste correspond assez bien au plan.* Elle éprouvait une amertume cynique pour ce qu'elle venait de faire. *Notre Missionaria Protectiva échoue rarement. En ce monde désolé, un refuge a été préparé pour nous. Creusé par la prière du salat. À présent… Il me faut jouer le rôle d'Auliya, l'Amie de Dieu… La Sayyadina de ces gens farouches qui ont été tant imprégnés de nos dits bene gesserit qu'ils vont jusqu'à nommer Révérendes Mères leurs prêtresses.*

Dans l'ombre de la caverne, Paul se tenait à côté de Chani. Il avait encore le goût de la nourriture qu'elle lui avait offerte : chair d'oiseau et céréales liées de miel d'épice et enveloppées dans une feuille. En mangeant cela, il avait pris conscience que jamais encore il n'avait absorbé autant d'épice concentrée et il en avait éprouvé de la frayeur, pendant un instant. Il savait ce que cette essence pouvait provoquer en lui. L'épice avait la capacité de lui procurer des visions prescientes.

« *Bi-la kaifa* », murmura Chani.

Il la regarda et vit l'émotion que ressentaient les Fremen en écoutant sa mère. Seul l'homme du nom de Jamis paraissait se tenir à l'écart de la cérémonie, les bras croisés sur la poitrine.

« *Duy yakha hin mange*, murmura encore Chani. *Duy punra hin mange*. J'ai deux yeux. J'ai deux pieds. »

Elle posa sur Paul un regard plein de surprise.

Il prit une profonde inspiration, essayant de réprimer cette tempête qui se levait en lui. Les paroles de sa mère venaient de déclencher l'effet de l'essence d'épice. Sa voix s'était élevée en lui comme l'ombre projetée par un grand feu. Il y avait lu le cynisme (il la connaissait si bien) mais pourtant, rien ne pouvait interrompre cette transformation déclenchée par quelques bouchées de nourriture.

Le but terrible !

Il le percevait. Cette conscience raciale à laquelle il ne pouvait se soustraire. L'afflux de la connaissance ; la perception précise, froide et claire. Il se laissa aller sur le sol, le dos contre le rocher, abandonnant toute résistance. Et il fut dans cette strate hors du temps où il pouvait voir le temps, reconnaître les chemins ouverts devant lui, prendre les vents de l'avenir… et ceux du passé, visions borgnes du passé, du présent et de l'avenir formant une image triple qui lui permettait d'observer le temps devenant espace.

Il existait un danger, il le savait. Il pouvait aller trop loin. Il lui fallait se maintenir dans la perception du présent, sentir la réflexion floue de l'expérience, le flux du moment, la continuelle solidification du ce-qui-est dans le perpétuel-était.

Pour la première fois, en s'agrippant au présent, il décelait la monumentale régularité du mouvement du temps, compliqué de courants changeants, de vagues, de houles, comme la mer contre les récifs. Cela lui faisait mieux comprendre ce qu'était sa prescience et il vit la source des moments aveugles d'où pouvait découler l'erreur et ressentit l'immédiat contact de la peur.

Il comprit que sa prescience était une illumination qui recouvrait les limites de ce qu'elle lui révélait. Tout à la fois source de précision et d'erreur significative. Une sorte de principe d'incertitude d'Heisenberg intervenait ici : la dépense d'énergie qui lui révélait ce qu'il voyait le modifiait en même temps.

Et ce qu'il voyait était le nexus temporel de cette caverne, un bouillonnement de possibilités au sein duquel la plus infime action (clignement de paupières, mot irréfléchi, grain de sable mal placé) était répercutée sur un levier gigantesque qui agissait sur tout l'univers connu. La violence était présente dans un tel nombre de variables que le moindre mouvement suscitait d'immenses modifications du schéma.

Ce qu'il voyait l'incitait à se figer en une immobilité totale, mais ceci, également, était une action avec ses conséquences.

D'innombrables conséquences, d'innombrables lignes tracées à partir de cette caverne et dont beaucoup menaient à l'image de son cadavre, de son sang répandu par un couteau.

Mon père, l'Empereur Padishah, avait soixante-douze ans mais n'en paraissait pas plus de trente-six lorsqu'il décida la mort du duc Leto et la restitution d'Arrakis aux Harkonnen. Lorsqu'il paraissait en public, il portait rarement autre chose qu'un uniforme de Sardaukar et un casque noir de Burseg avec le lion d'or impérial en cimier. L'uniforme rappelait à tous quel était le principal instrument de son pouvoir. Mais il ne se montrait pas toujours aussi désagréable. Lorsqu'il le voulait, il pouvait faire preuve de charme et de sincérité mais, les derniers temps, j'en vins à me demander si quoi que ce fût dans sa personne correspondait aux apparences. À présent, je pense que c'était un homme qui luttait constamment contre les barreaux d'une cage invisible. Il ne faut pas oublier qu'il était empereur, qu'il représentait une dynastie dont les origines se perdaient dans le temps. Mais nous lui interdisions d'avoir un fils légal. N'est-ce pas là la plus terrible défaite que subit jamais un chef ? Ma mère a obéi à ses Sœurs Supérieures au contraire de Dame Jessica. Laquelle s'est montrée la plus forte ? L'Histoire, déjà, a répondu.

Extrait de Dans la Maison de Mon Père,
par la Princesse Irulan.

JESSICA S'ÉVEILLA DANS L'OBSCURITÉ ET PERÇUT LES mouvements des Fremen autour d'elle en même temps que l'odeur âcre des distilles. Son sens du temps lui apprit que la nuit approchait, au-dehors. Mais la caverne demeurait plongée dans les ténèbres, isolée du désert par les plaques de plastique qui retenaient l'humidité des corps.

Elle s'était abandonnée au sommeil total après sa grande fatigue, ce qui semblait suggérer qu'elle acceptait inconsciemment la sécurité au sein de la troupe de Stilgar. Elle se retourna dans le hamac qu'on lui avait façonné à partir de sa robe, se laissa glisser jusqu'au sol et chaussa ses bottes de sable.

Il ne faut pas que j'oublie de desserrer l'attache de mes bottes afin de faciliter la fonction de pompe de mon distille, songea-t-elle. *Il y a tant de choses que je ne dois pas oublier.*

Elle avait encore dans la bouche le goût du repas du matin, cette chair d'oiseau mêlée de céréales et de miel d'épice et roulée dans une feuille. Le repas du matin. Le temps, ici, était inversé. Le jour correspondait au repos. La nuit à l'activité.

La nuit cache ; la nuit est plus sûre.

Elle se rendit dans un renfoncement du rocher pour détacher sa robe des crochets de fixation du hamac. Elle se démena dans le noir jusqu'à ce qu'elle eût trouvé le haut du vêtement.

Elle se demandait comment faire parvenir un message aux Bene Gesserit. Comment informer le sanctuaire d'Arrakeen de leur sort.

Plus loin dans la caverne, des brilleurs furent allumés. Entre les silhouettes en mouvement, Jessica aperçut Paul. Il était déjà habillé. Son capuchon rejeté en arrière révélait le profil aquilin des Atréides.

Il s'était comporté de façon étrange, songea-t-elle. Il avait été *absent*, comme surgi d'entre les morts, à peine conscient de son retour, les yeux mi-clos, vagues. Cela lui avait rappelé ce qu'il lui avait dit à propos de leur régime saturé d'épice, qu'il provoquait l'accoutumance.

Cela aurait-il d'autres effets ? se demanda-t-elle. *Il a dit que cela avait quelque rapport avec ses facultés de prescience, mais il est resté étrangement silencieux quant à ses visions.*

Stilgar surgit de l'ombre à sa droite et s'avança vers les brilleurs. Elle remarqua sa démarche prudente, féline, et la façon dont ses doigts couraient dans sa barbe.

Puis la peur jaillit en elle à l'instant même où ses sens lui révélaient les tensions qui entouraient Paul, les gestes raides des hommes, les positions rituelles.

« Ils ont mon soutien ! » gronda Stilgar.

Jessica reconnut celui qu'il affrontait : Jamis ! Les épaules de l'homme étaient roides. Il était plein de fureur.

Jamis, celui que Paul a terrassé ! songea-t-elle.

« Tu connais la règle, Stilgar », dit Jamis.

« Qui la connaît mieux que moi ? » rétorqua Stilgar, et elle lut l'apaisement dans sa voix, le désir de calmer.

« Je choisis le combat », gronda Jamis.

Jessica s'élança dans la caverne et agrippa le bras de Stilgar.

« Qu'y a-t-il ? »

« C'est la règle de l'amtal. Jamis exige la preuve que vous êtes ceux de la légende. »

« Elle doit être défiée, dit Jamis. Si son champion triomphe, alors c'est la vérité. Mais il est dit (son regard courut sur ceux qui se pressaient autour de lui) qu'elle ne choisira pas de champion parmi les Fremen... C'est donc qu'il l'accompagne ! »

Il veut un combat singulier avec Paul ! se dit-elle.

Elle lâcha le bras de Stilgar et esquissa un pas en avant.

« Je suis mon propre champion, dit-elle. Le sens est assez simple pour... »

« Vous ne nous dicterez pas nos règles ! lança Jamis. Si vous ne donnez pas d'autre preuve que celle que j'ai vue. Ce matin, Stilgar a très bien pu vous souffler ce qu'il fallait dire. Il a pu mettre dans votre esprit les paroles qui devaient nous tromper et vous n'avez eu qu'à les répéter. »

Je peux me défendre, songea-t-elle, *mais cela s'opposerait à leur interprétation de la légende.* Et, de nouveau, elle se demanda de quelle manière on avait pu déformer l'œuvre de la Missionaria Protectiva sur cette planète.

Stilgar la regardait. Lorsqu'il parla, ce fut d'une voix basse mais assez forte, cependant, pour qu'elle fût perçue de ceux qui les entouraient :

« Jamis est homme à nourrir une rancune, Sayyadina. Votre fils l'a terrassé et... »

« C'était un accident ! rugit Jamis. La sorcellerie jouait son rôle dans le Bassin de Tuono. Je vais le prouver maintenant ! »

« … et je l'ai terrassé moi aussi, poursuivit Stilgar. Par ce défi tahaddi, il cherche aussi bien à prendre sa revanche sur moi. Il y a en lui trop de violence pour qu'il soit jamais un bon chef, trop de ghafla, d'instabilité. Il prête sa bouche aux règles mais son cœur est au sarfa, à l'éloignement. Non, jamais il ne fera un chef de valeur. Je l'ai épargné jusque-là parce qu'il est un bon combattant, mais cette colère qui le creuse le rend dangereux pour les siens. »

« Stilgaarrr ! » gronda Jamis.

Et Jessica comprit ce que faisait Stilgar. Il essayait de provoquer la fureur de Jamis, de détourner sa colère.

Il se retourna vers Jamis et, de nouveau, elle perçut cette volonté de calme dans sa voix rude. « Jamis ! Ce n'est qu'un enfant. Il… »

« Tu l'as traité d'homme. Et sa mère a dit qu'il avait affronté le gom jabbar. Sa chair est ferme et gorgée d'eau. L'homme qui a porté leurs bagages a dit qu'ils recelaient des jolitres d'eau. Des jolitres ! Et nous continuons de boire l'eau de nos poches pendant que la rosée se forme sur leur peau. »

Stilgar se tourna vers Jessica. « Est-ce vrai ? Y a-t-il de l'eau dans vos bagages ? »

« Oui. »

« Des jolitres ? »

« Deux. »

« Qu'entendiez-vous faire avec une telle richesse ? »

Une richesse ? pensa-t-elle. Elle secoua la tête, consciente du froid soudain dans la voix de Stilgar.

« Là où je suis née, l'eau tombe du ciel et court sur la terre en rivières, dit-elle. Là où je suis née, les océans sont si vastes que l'on ne peut d'un rivage apercevoir l'autre. Je n'ai pas été éduquée dans votre discipline de l'eau. Jamais je n'ai dû penser ainsi. »

Tout autour d'eux, il y eut comme un soupir : « L'eau tombe du ciel… elle *court sur la terre.* »

« Saviez-vous que, parmi nous, il en est qui ont perdu l'eau de leurs poches par accident et qui seront en péril avant que nous atteignions Tabr cette nuit ? »

« Comment aurais-je pu le savoir ? dit-elle. S'ils en ont besoin, donnez-leur l'eau que nous avons. »

« Est-ce là ce que vous entendiez faire avec cette richesse ? »

« J'entendais sauver la vie. »

« Alors, nous acceptons votre bénédiction, Sayyadina. »

« Vous ne nous achèterez pas avec votre eau, dit Jamis. Pas plus que tu ne détourneras ma fureur sur toi, Stilgar. Je comprends : tu veux que je te défie avant même d'avoir prouvé mes dires. »

Stilgar lui fit face. « Es-tu décidé à proposer ce combat à un enfant, Jamis ? » Sa voix, soudain, s'était chargée de venin.

« Elle doit être défiée. »

« Même si elle a mon soutien ? »

« J'invoque la règle de l'amtal. C'est mon droit. »

Stilgar acquiesça. « En ce cas, si le garçon ne t'abat point, c'est mon couteau que tu rencontreras ensuite. Et, cette fois, je ne l'abaisserai point ainsi que je l'ai fait auparavant. »

« Vous ne pouvez faire cela, dit Jessica, Paul n'est que... »

« Vous ne pouvez intervenir, Sayyadina, dit Stilgar. Oh, je sais que vous pouvez me vaincre comme n'importe lequel d'entre nous, mais vous ne pouvez venir à bout de tous à la fois. Et il doit en être ainsi. C'est la règle de l'amtal. »

Elle demeura silencieuse, le regardant à la lueur verte des brilleurs, découvrant la raideur démoniaque qui avait tout à coup envahi ses traits. Puis ses yeux se portèrent sur Jamis, sur le froncement de ses sourcils et elle songea : *J'aurais dû voir cela avant. Il est du genre silencieux, il rumine. Il travaille au plus profond de lui-même. J'aurais dû être prête.*

« Si vous frappez mon fils, dit-elle, vous devrez m'affronter. Je vous défie dès maintenant. Je vous abattrai dans un... »

« Mère ! (Paul s'avança, posa la main sur son bras.) Si je m'expliquais avec Jamis... »

« S'expliquer ! » lança Jamis.

Paul se tut. Il se détourna et le regarda. Il ne ressentait pas la moindre peur. Jamis lui semblait maladroit dans le moindre de ses mouvements et, la nuit précédente, il était tombé si vite. Mais Paul percevait encore le bouillonnement du nexus de la caverne, il se souvenait encore de sa propre image, du couteau planté dans son corps. Les chemins de fuite, de part et d'autre de cette vision, avaient été si rares...

« Sayyadina, dit Stilgar, il faut que vous reculiez vers... »

« Cesse de l'appeler Sayyadina ! s'écria Jamis. Cela reste encore à prouver. Elle connaît la prière ? Et alors ? Parmi nous, n'importe quel enfant la connaît, non ? »

Il en a assez dit, songea Jessica. *Je connais la clé. D'un mot, je pourrais l'immobiliser.* Elle hésita. *Mais je ne pourrais les immobiliser tous.*

« Alors tu vas me répondre », dit-elle, et elle mit un gémissement dans sa voix et un appel au dernier mot. Jamis la regarda avec crainte.

« Je vais t'apprendre la souffrance, reprit-elle sur le même ton. Souviens-toi de cela quand tu combattras. Ta souffrance sera telle que le gom jabbar, en comparaison, sera comme une joie. Tu te débattras de tous tes... »

« Elle essaye de m'ensorceler ! s'écria Jamis. (Il porta le poing droit derrière son oreille.) J'invoque le silence sur elle ! »

« Qu'il en soit donc ainsi, dit Stilgar. (Il lança à Jessica un regard impératif.) Si vous parlez à nouveau, Sayyadina, nous saurons que votre sorcellerie agit et nous vous rejetterons. » Et, d'un signe de tête, il lui fit signe de se retirer.

Des mains la prirent, la poussèrent sans hostilité. Elle vit Paul séparé des autres et Chani au visage d'elfe qui chuchotait à son oreille tout en montrant Jamis de la tête.

Le cercle se forma. De nouveaux brilleurs furent apportés qui, tous, irradiaient une clarté jaune.

Jamis s'avança à l'intérieur du cercle. Il ôta sa robe et la tendit à un homme, dans l'assistance. Il n'était plus vêtu que de son distille, taché par endroits. Il pencha la tête vers son épaule, but au tube puis se redressa et entreprit de défaire également son distille. Il le tendit avec précaution à la foule. Puis il attendit. Il n'avait plus que ses sous-vêtements. Ses pieds étaient étroitement enveloppés de tissu. Il tenait son krys dans la main droite.

Jessica observait Chani, la femme-enfant, qui aidait Paul et lui tendait un krys. Il prit l'arme, en apprécia le poids, l'équilibre. Jessica songea qu'il avait été éduqué dans le prana et le bindu, le nerf et la fibre. Que le combat lui avait été enseigné à une école mortelle, par des hommes tels que Ducan Idaho et Gurney Halleck, des hommes qui étaient devenus des légendes de leur vivant. Il connaissait les ruses bene gesserit et semblait confiant, assuré.

Mais il n'a que quinze ans, se dit-elle. *Et il n'a pas de bouclier. Il faut que j'arrête ça. Il doit y avoir un moyen...* Elle leva les yeux et rencontra le regard de Stilgar.

« Vous ne pouvez rien arrêter, dit-il. Vous ne pouvez pas parler. »

Elle posa la main sur sa bouche et songea : *J'ai instillé la peur dans l'esprit de Jamis. Peut-être cela va-t-il le ralentir... Si seulement je pouvais prier... prier vraiment...*

Maintenant, Paul était seul à l'intérieur du cercle. Il portait la tenue de combat qu'il avait gardée sous son distille et tenait le krys dans sa main droite. Ses pieds étaient nus sur le sol sableux. Idaho lui avait répété tant et tant de fois : *« Quand tu doutes du sol, reste pieds nus. »* Et il entendait encore les paroles de Chani : *« Après une parade, Jamis se porte sur sa droite. C'est une habitude que nous avons tous remarquée. Et il visera tes yeux pour te désorienter avant de frapper. Il se bat des deux mains. Prends garde lorsqu'il passe son couteau de l'une à l'autre. »*

Mais si intense avait été son entraînement, jour après jour, heure après heure, qu'il lui semblait sentir par tout son corps le mécanisme de réaction instinctive que l'on avait imprimé en lui.

Et il se souvenait des recommandations de Gurney Halleck : *« Le bon combattant au couteau doit penser simultanément à la pointe, à la lame et à sa garde. La pointe peut trancher, la lame peut percer et la garde peut aussi bien prendre au piège la lame de l'adversaire. »*

Il regarda le krys. Pas de garde. Rien que l'anneau du manche pour protéger la main. Et il prit conscience, soudain, qu'il ignorait la résistance de la lame. Il ne savait même pas s'il était possible de la briser.

Jamis s'avança sur la droite, suivant le cercle.

Paul s'accroupit. Il pensait qu'il n'avait pas de bouclier. Alors que tout son entraînement au combat reposait sur la présence de cet invisible champ autour de lui qui exigeait la plus grande rapidité en défense et une lenteur subtilement calculée pour l'attaque. En dépit des avertissements constants de ceux qui l'avaient éduqué, il se rendait compte à présent que le bouclier faisait intimement partie de ses réactions.

Jamis lança le défi rituel : « Puisse le couteau trancher et briser ! »

Alors, la lame doit se casser, pensa Paul.

Jamis, lui non plus, n'avait pas de bouclier. Mais il n'y avait pas été habitué.

Paul regarda son adversaire. Son corps paraissait fait de cuir tendu sur un squelette desséché. Dans la lumière des brilleurs, son krys jetait des reflets laiteux. La peur monta en lui. Tout à coup, il lui semblait être seul et nu dans la clarté jaune, au milieu de ce cercle de Fremen. La prescience l'avait empli d'innombrables visions, elle lui avait fait entrevoir les grands courants de l'avenir, les ressorts des décisions, mais ceci était maintenant. La mort était présente dans un nombre infini de probabilités. En cet instant, n'importe quoi pouvait modifier l'avenir. Il suffisait que quelqu'un tousse, que son attention soit détournée...

Par un changement de lumière, une ombre...

J'ai peur, se dit Paul.

Et il se mit à se déplacer en même temps que Jamis, autour du cercle se répétant la litanie bene gesserit contre la peur : « *La peur tue l'esprit...* » Ce fut comme une eau fraîche. Il sentit ses muscles se dénouer. Il était calme, prêt.

« Je vais baigner mon couteau dans ton sang », dit Jamis. Et, dans l'instant où il prononçait le dernier mot, il bondit.

Jessica réprima un cri.

Mais, là où l'homme avait frappé, il n'y avait plus rien. Paul était maintenant derrière Jamis qui offrait son dos à sa lame.

Frappe, Paul ! Maintenant ! hurla-t-elle dans son esprit.

Il frappa. Avec une lenteur calculée, en un geste merveilleusement fluide, si lentement que cela donna à Jamis la marge dont il avait besoin pour esquiver, reculer et se porter sur sa droite.

Paul battit en retraite, presque accroupi. « Il faut d'abord que tu trouves mon sang », dit-il.

Jessica avait décelé l'influence du bouclier dans les manœuvres de son fils et elle comprenait soudain le danger que recelait cette arme à double tranchant. Les réactions de Paul avaient la vivacité de la jeunesse et elles étaient le résultat d'un entraînement poussé à un degré inconnu des

Fremen. Et cet entraînement se lisait dans les attaques, faites pour percer la barrière du bouclier qui repoussait les coups rapides, qui exigeait de la ruse et un total contrôle.

Paul l'a-t-il compris ? Il le faut !

Jamis attaqua de nouveau. Ses yeux avaient un éclat sombre. Un instant, son corps ne fut qu'une trace jaune dans la clarté des brilleurs.

Encore une fois, Paul se déroba et riposta trop lentement.

Et encore.

Et encore.

Et encore.

Chaque fois, le coup arrivait avec une fraction de seconde de retard.

Jessica s'aperçut alors d'une chose et elle espéra que Jamis, lui, ne l'avait pas vue. La défense de Paul était d'une terrible rapidité mais, à chaque parade, il prenait exactement la position qui lui aurait permis de dévier en partie le coup de son adversaire sur son bouclier.

« Votre fils jouerait-il avec ce pauvre fou ? » demanda Stilgar. Puis il leva la main avant que Jessica ait pu répondre et ajouta : « Excusez-moi. Il faut que vous gardiez le silence. »

Maintenant, les deux adversaires faisaient le tour du cercle, l'un en face de l'autre. Jamis pointait son couteau, le bras presque tendu. Paul, à demi accroupi, baissait le sien.

Une fois encore, Jamis bondit, attaquant sur la droite, là où Paul esquivait.

Au lieu de se dérober, Paul leva sa lame et l'utilisa pour contrer le coup de Jamis. Puis il s'effaça en pirouettant sur sa gauche avec une pensée reconnaissante pour l'avertissement de Chani.

Jamis rompit vers le centre du cercle en frottant sa main où perlait le sang. Ses yeux agrandis étaient comme deux puits noirs et, dans la pâle clarté, ils se posèrent sur Paul avec une méfiance nouvelle.

« Ah, celui-là a fait mal », murmura Stilgar.

Paul s'accroupit, en garde et, ainsi qu'on lui avait enseigné, interpella son adversaire blessé : « Abandonnes-tu ? »

« Aahh ! » gronda Jamis.

Un murmure de colère monta de l'assistance.

« Du calme ! lança Stilgar. Le garçon ignore nos règles ! (Puis, s'adressant à Paul :) Nul ne peut abandonner dans le tahaddi. La mort est sa seule conclusion. »

Jessica vit son fils se raidir. Et elle songea : *Il n'a jamais tué un homme ainsi... dans un combat au couteau. Pourra-t-il le faire ?*

Lentement, suivant le mouvement de Jamis, Paul se déplaça sur la droite. Le souvenir des variables qu'il avait entrevues dans le bouillonnement du temps revenait le troubler, maintenant. Sa perception nouvelle lui révélait que ce combat comportait trop de décisions en un court laps de temps pour qu'un chemin se dessine plus clairement entre tous ceux qui étaient probables.

Les variables se multipliaient. C'était pour cela que la caverne semblait un nexus flou dans le cours du temps. C'était comme un rocher géant dressé dans le flot, créant de nouveaux courants, des tourbillons.

« Finis-en, garçon, grommela Stilgar. Ne joue pas avec lui. »

Paul s'avança à l'intérieur du cercle, confiant en sa rapidité.

Et Jamis battit en retraite. Il comprenait soudain qu'il n'avait pas en face de lui un étranger vulnérable pris au piège du tahaddi, une proie facile pour le krys.

Jessica lut l'ombre du désespoir sur les traits du Fremen. *C'est maintenant que le danger est le plus grand,* se dit-elle. *Le désespoir peut l'inciter à n'importe quoi. Il vient de découvrir que ce n'est pas un enfant qu'il affronte mais une machine de combat entraînée depuis ses premiers jours. Maintenant, la peur que je lui ai instillée doit produire son effet.*

Et, tout au fond d'elle-même, elle éprouva de la pitié pour Jamis, une pitié dominée par la conscience du danger que courait son fils.

Jamis peut faire n'importe quoi... Un geste inattendu. Et elle se demanda si Paul avait entrevu cet avenir, s'il revivait une vision. Mais, dans ses mouvements, dans les gouttes de sueur qui perlaient à son front et sur ses épaules, dans la tension de ses muscles, elle lut pour la première fois l'incertitude dont était marqué le pouvoir de son fils.

Paul cherchait le combat, maintenant. Mais il continuait de se déplacer sans attaquer. Il avait décelé la peur chez son adversaire. La voix de Duncan Idaho s'éleva dans sa mémoire :

« Lorsque ton adversaire a peur de toi, laisse les rênes libres à sa peur pour qu'elle fasse son œuvre. Qu'elle devienne terreur. L'homme qui a peur lutte avec lui-même. À la fin, il attaque par désespoir. C'est l'instant le plus dangereux mais, en général, l'homme terrifié commet une erreur fatale. Tu as été éduqué pour déceler ce genre d'erreur et en profiter. »

Une rumeur monta de l'assistance.

Ils croient que Paul joue avec Jamis, se dit Jessica. *Ils pensent qu'il est inutilement cruel.*

Mais elle sentait aussi le courant d'excitation qui circulait parmi les Fremen, leur joie devant le spectacle. Et la pression qui montait en Jamis. Elle sentit le moment précis où cette pression se fit trop forte… comme Jamis lui-même… ou Paul.

Jamis bondit, feinta et frappa de la main droite. Mais sa main était vide. Le couteau était passé dans l'autre main.

Jessica se figea.

Mais Paul avait été averti par Chani : *« Il se bat des deux mains. »* Ce détail s'était gravé en lui. *« Pense au couteau et non à la main qui le tient*, lui avait souvent répété Gurney Halleck. *Le couteau est plus dangereux que la main et il peut être aussi bien dans l'une ou dans l'autre. »*

Et il avait vu l'erreur de Jamis, le déséquilibre qui le retarderait le temps d'un battement de cœur, après ce bond qui ne visait qu'à le désorienter et à dissimuler le changement de main du couteau.

Tout se passait comme dans la salle d'entraînement, si l'on oubliait l'éclat jaune des brilleurs et la multitude des yeux noirs, tout autour. Les boucliers ne comptaient plus quand les propres mouvements du corps pouvaient être utilisés contre lui. Paul passa son couteau d'une main à l'autre en un éclair, se jeta de côté et frappa à l'endroit précis où allait se trouver la poitrine de son adversaire. Il recula pour le voir s'effondrer.

Jamis tomba la face contre terre. Il émit un râle, essaya de tourner son visage vers Paul puis demeura immobile. Ses yeux morts étaient deux perles sombres.

« Tuer avec la pointe n'est pas très artistique, avait dit Idaho, une fois, *mais que cette considération ne freine pas ta main quand l'occasion se présentera. »*

Les Fremen se précipitèrent dans le cercle, bousculant Paul, se pressant autour du corps de Jamis dans une activité frénétique. Puis un groupe repartit vers les profondeurs de la caverne, emportant un fardeau enveloppé dans une robe.

Sur le sol, il n'y avait plus rien.

Jessica s'élança vers son fils au sein d'une mer de robes, de dos à l'âcre odeur, une mer étrangement silencieuse.

Voici le moment terrible, se dit-elle. *Il a tué un homme grâce à la supériorité évidente de ses muscles et de son esprit. Il ne faut pas qu'il grandisse en s'en réjouissant.*

Elle se fraya un chemin jusqu'à l'étroit espace où deux Fremen aidaient Paul à remettre son distille.

Elle regarda son fils. Il avait les yeux brillants, le souffle court. Il semblait accepter l'aide des Fremen avec indifférence.

« Il s'est battu avec Jamis et il n'a pas une marque », dit l'un d'eux.

Chani se tenait à l'écart, les yeux fixés sur Paul, et Jessica devina son excitation et vit l'admiration sur son visage.

Il faut faire vite, songea-t-elle.

Elle mit tout le mépris possible dans sa voix et son attitude et demanda : « Eh bien... Quelle impression ressent le tueur ? »

Paul se raidit comme si elle venait de le frapper. Il affronta le regard froid de sa mère et le sang afflua à son visage. Involontairement, il tourna les yeux vers l'endroit où s'était effondré Jamis.

Stilgar surgit à côté de Jessica. Il revenait des profondeurs de la caverne où l'on avait emmené le corps de Jamis. Il s'adressa à Paul sur un ton mesuré, froid : « Lorsque le moment viendra où tu me défieras et tenteras de prendre ma burda, n'espère pas jouer avec moi ainsi que tu l'as fait avec Jamis. »

Jessica vit que les paroles de Stilgar, après les siennes, s'imprimaient en Paul, accomplissaient leur œuvre. L'erreur que commettaient ces gens devenait utile, à présent. Tout comme son fils, Jessica observa les visages qui les entouraient et elle vit ce qu'il voyait. De l'admiration, bien sûr, et de la peur... mais aussi... du dégoût. Elle regarda Stilgar et comprit la raison de son fatalisme, la façon dont il avait assisté au combat.

« Vous savez ce qu'il en était », dit Paul en regardant sa mère.

Elle perçut dans sa voix le remords, le retour à la raison et promena son regard sur ceux qui les entouraient en déclarant : « Paul n'avait jamais encore tué un homme avec une arme blanche. »

Stilgar lui fit face, incrédule.

« Je ne jouais pas avec lui, dit Paul. (Il s'avança devant sa mère, ajusta sa robe et regarda la marque sombre du sang de Jamis sur le sol de la caverne.) Je ne voulais pas tuer. »

Jessica sentit que, lentement, Stilgar acceptait la vérité. Il porta à sa barbe une main aux veines saillantes et il y avait du soulagement dans ce geste. Des murmures coururent parmi les Fremen.

« C'est pour cela que tu l'as invité à abandonner, dit Stilgar. Je vois. Nos coutumes sont différentes et tu en comprendras la raison. Je pensais que nous avions accepté un scorpion parmi nous... (Il hésita et ajouta :) Je ne t'appellerai plus garçon. »

Une voix lança : « Il lui faut un nom, Stil. »

Stilgar acquiesça. « Je discerne la puissance en toi... une puissance semblable à celle d'un pilier. (À nouveau, il hésita avant de poursuivre :) Nous te connaîtrons sous le nom d'Usul, la base de pilier. Ce sera ton nom secret, ton nom de soldat. Nous seuls du Sietch Tabr pourrons l'employer... Usul. »

Des voix murmurèrent : « Bien choisi... Cette force... elle nous portera chance. » Et Jessica comprit qu'ils acceptaient son fils et que, en même temps, ils l'acceptaient elle aussi. Elle était vraiment la Sayyadina.

« À présent, dit encore Stilgar, quel nom d'homme veux-tu que nous choisissions devant tous ? »

Paul jeta un coup d'œil à sa mère, puis regarda de nouveau Stilgar. Des fragments de cet instant correspondaient à sa *mémoire* presciente, mais les différences lui semblaient physiques. C'était comme une pression puissante qui le forçait à franchir l'étroite porte du présent.

« Quel nom donnez-vous à la petite souris, celle qui saute ? » demanda-t-il, se souvenant des petits bruits de pattes dans le Bassin de Tuono et mimant de la main.

Des rires s'élevèrent parmi les Fremen.

« Nous l'appelons Muad'Dib », dit Stilgar.

Jessica se raidit. Paul lui avait dit ce nom, déjà. C'était ainsi, selon lui, que les Fremen l'accepteraient et l'appelleraient. Tout soudain, elle eut à la fois peur de lui et peur pour lui.

Paul sentait qu'il jouait en cet instant un rôle qu'il avait joué d'innombrables fois dans son esprit... Pourtant... il y avait des différences. Il était sur un sommet vacillant, riche d'expérience, de connaissance, mais tout, autour de lui, n'était qu'abysses.

Il y eut à nouveau la vision des légions fanatiques suivant la bannière noire et verte des Atréides, laissant dans l'univers un sillage d'incendies et de pillages au nom de leur prophète, Muad'Dib.

Cela ne doit pas être, se dit-il.

« Est-ce le nom que tu souhaites, Muad'Dib ? » demanda Stilgar.

« Je suis un Atréides, dit-il, très bas, avant d'ajouter d'une voix forte : Il n'est pas juste que j'abandonne entièrement le nom que m'a donné mon père. Pourrais-je porter parmi vous le nom de Paul-Muad'Dib ? »

« Tu es Paul-Muad'Dib », fit Stilgar.

Ce n'était dans aucune de mes visions, pensa Paul. *J'ai agi différemment.*

Mais, autour de lui, les abysses demeuraient.

À nouveau, il y eut des murmures dans la foule. « La sagesse et la puissance... On ne peut demander plus... C'est certainement la légende... Lisan al-Gaib... Lisan al-Gaib... »

« Je vais te dire une chose à propos de ton nouveau nom, dit Stilgar. Ton choix nous plaît. Muad'Dib a la sagesse du désert. Muad'Dib crée elle-même son eau. Muad'Dib se cache du soleil et voyage dans la fraîcheur de la nuit. Muad'Dib est féconde et se multiplie à la face de la terre. Muad'Dib est le nom de "ceux qui instruisent les enfants". Voilà une base solide sur laquelle construire ta vie, Paul-Muad'Dib, Usul parmi nous. Nous te souhaitons la bienvenue. »

Il toucha le front de Paul de la paume de sa main, le prit entre ses bras et murmura : « Usul. » Puis il se retira et ce fut le tour d'un autre Fremen d'étreindre Paul en prononçant son nom : « Usul. » Et d'un autre encore. Tour à tour, tous les hommes répétèrent le geste, le nom. « Usul. Usul... Usul. » Paul prit conscience que, déjà, il pouvait en reconnaître certains et se rappeler leur nom. Et puis, Chani pressa sa joue contre la sienne et, à son tour, dit son nom.

Puis il se retrouva face à Stilgar qui déclara : « À présent, tu appartiens à l'Ichwan Bedwine, notre frère. (Son visage se durcit et sa voix se fit impérative.) Maintenant, Paul-Muad'Dib, tu vas resserrer ce distille. (Il se tourna vers Chani :) Chani ! Les filtres de ses narines sont aussi mal mis que possible ! Je croyais t'avoir ordonné de veiller sur lui ! »

« Je n'avais pas d'embouts, Stil. Et il y avait Jamis... »

« Ça suffit ! »

« Je vais lui donner un des miens, dit-elle. Je pourrai me débrouiller avec un seul jusqu'à... »

« Non. Je sais que nous avons des pièces de rechange. Où sont-elles ? Sommes-nous une troupe ou une horde de sauvages ? »

Des mains se tendirent. Stilgar choisit quatre objets durs, d'aspect fibreux, et les remit à Chani. « Occupe-toi d'Usul et de la Sayyadina. »

« Et l'eau, Stil ? demanda une voix dans la troupe. Ils en ont des jolitres dans leurs bagages. »

« Je connais tes besoins, Farok », dit Stilgar. Il regarda Jessica qui acquiesça.

« Prenez-en un pour ceux qui en ont besoin, reprit Stilgar. Maître d'eau... Où y a-t-il un maître d'eau ? Ah, Shimoom, veille à mesurer la quantité nécessaire, et rien de plus. Cette eau est la propriété de la Sayyadina et lui sera remboursée au sietch au taux du désert, droits d'emballage déduits. »

« Qu'est-ce que le remboursement au taux du désert ? » demanda Jessica.

« Dix pour un », dit Stilgar.

« Mais... »

« C'est une règle sage. Vous le comprendrez. »

Dans un froissement de robes, des hommes allèrent chercher l'eau.

Stilgar leva la main et le silence s'établit. « Quant à Jamis, dit-il, la cérémonie sera pleinement célébrée. Il était notre compagnon et frère de l'Ichwan Bedwine. Nous ne nous détournerons pas sans le respect dû à celui qui a mis notre chance à l'épreuve par son tahaddi. Le rite aura lieu... au crépuscule, quand l'ombre le recouvrira. »

Paul, en entendant ces mots, sentit qu'il plongeait une fois encore dans les abysses... Un moment aveugle. Dans son esprit, il n'y avait nul passé pour cet avenir... si ce n'est... Oui, il pouvait encore distinguer la bannière verte et noire des Atréides flottant... quelque part au-devant de la route... les mots sanglants du Jihad et les légions fanatiques.

Cela ne sera pas, se dit-il. *Je ne peux le permettre.*

Dieu a créé Arrakis pour éprouver les fidèles.

Extrait de La Sagesse de Muad'Dib,
par la Princesse Irulan.

DANS L'OBSCURITÉ DE LA CAVERNE, JESSICA ENTENDIT CRISSER le sable sous les pas de ceux qui s'avançaient en même temps qu'elle percevait les lointains cris d'oiseaux qui, avait dit Stilgar, étaient les appels des sentinelles.

Les sceaux de plastique furent ôtés des ouvertures et Jessica aperçut les ombres du soir qui, au-dehors, glissaient sur le rocher depuis le bassin. Elle sentit le retrait du jour dans la chaleur sèche et les ombres. Bientôt, elle le savait, ses perceptions aiguisées lui permettraient, comme les Fremen, de déceler le plus infime changement d'humidité dans l'air.

Elle se souvint avec quelle hâte ils avaient ajusté leurs distilles au moment de l'ouverture.

Loin dans la caverne, une voix entonna :

« Ima trava okolo !
I korenka okolo ! »

Elle traduisit : *« Voici les cendres ! Et voici les racines ! »* La cérémonie funèbre commençait.

Le regard de Jessica se posa sur le couchant, sur les strates de couleurs déployées dans le ciel. Les ombres qui, là-bas, s'étendaient sur les dunes et les rochers étaient celles de la nuit.

Pourtant, la chaleur ne mourait pas.

La chaleur la forçait à penser à l'eau et à ces gens qui avaient été entraînés à n'avoir soif qu'à des moments précis.

La soif.

Elle se souvenait des vagues sous le clair de lune de Caladan, de la robe blanche de l'écume sur les récifs, du vent chargé d'embruns. À présent, la brise qui venait du désert desséchait la peau nue de ses joues et de son menton. Les nouveaux embouts, dans ses narines, l'irritaient et elle avait une conscience aiguë de la présence du tube qui plongeait dans le distille et récupérait l'humidité de sa respiration.

Le distille lui-même était une étuve.

« Votre vêtement sera plus confortable lorsque votre corps aura moins d'eau », avait dit Stilgar.

Elle savait qu'il avait raison mais elle ne se sentait pas pour autant à l'aise en ce moment précis. Inconsciemment, l'eau la préoccupait et cela pesait sur son esprit. *Non*, corrigea-t-elle aussitôt. *C'est* l'humidité *qui me préoccupe.*

Et c'était là un problème plus profond et plus subtil.

Elle entendit des pas qui s'approchaient et se retourna pour voir Paul surgir des profondeurs de la caverne, suivi de Chani.

Autre chose encore, songea-t-elle. *Il faut que je l'avertisse quant à leurs femmes. Ce n'est pas parmi elles qu'il peut trouver une épouse digne d'un Duc. Une concubine, oui, mais pas une épouse.*

Puis elle pensa à elle-même. *M'a-t-il gagnée à ses projets ?* Elle avait été si bien conditionnée. *Je peux penser aux nécessités matrimoniales de la royauté sans évoquer mon propre concubinage. Pourtant… j'étais plus qu'une concubine.*

« Mère. »

Paul était devant elle, Chani à ses côtés.

« Mère, savez-vous ce qu'ils font là-bas ? »

Elle leva les yeux et rencontra son regard sombre sous le capuchon.

« Je crois le savoir. »

« Chani m'a montré… parce que je suis censé assister à cela et donner mon… accord pour la mesure de l'eau. »

Jessica regarda Chani.

« Ils récupèrent l'eau de Jamis », dit Chani. Sa voix aiguë était rendue nasillarde par les embouts de ses narines. « Telle est la règle. La chair d'un homme lui appartient, mais son eau revient à sa tribu, sauf dans le combat. »

« Ils disent que cette eau est à moi », dit Paul.

Jessica se demanda pourquoi cela éveillait soudain sa méfiance.

« L'eau du combat appartient au vainqueur, reprit Chani. Parce qu'il faut se battre sans distille. Le vainqueur a le droit de récupérer l'eau qu'il a perdue durant le combat. »

« Je ne veux pas de cette eau », grommela Paul. Il sentait qu'il appartenait à de multiples images qui se déplaçaient simultanément de façon heurtée, déconcertante pour la vision intérieure. Il n'était pas sûr de ce qu'il ferait mais il avait une certitude : il ne voulait pas de l'eau distillée à partir du corps de Jamis.

« Mais, dit Chani, c'est… de l'eau. »

Jessica s'émerveilla du ton qu'elle avait employé pour prononcer ce simple mot. *« Eau. »* Elle y avait mis tant de significations. Il existait un axiome bene gesserit qui disait ; *« La survie est la capacité de nager en des eaux étranges. »* Et Jessica songea : *En ces eaux étranges, Paul et moi devons trouver les courants favorables… si nous voulons survivre.*

« Accepte cette eau », dit-elle.

Il reconnut ce ton. Elle l'avait déjà employé avec son père lorsqu'elle lui avait dit d'accepter la somme importante qu'on lui offrait en échange de sa participation à une entreprise risquée, simplement parce que l'argent maintenait la puissance des Atréides.

Sur Arrakis, l'eau était de l'argent. Elle l'avait compris.

Paul demeura silencieux. Il savait qu'il ferait ce qu'elle lui avait dit de faire, non parce que c'était un ordre mais parce que le ton qu'elle avait employé le forçait à réfléchir. Refuser l'eau serait refuser les pratiques fremen.

Il retrouva les mots du Kalima 467 de la Bible Catholique Orange de Yueh et dit : « De l'eau vient toute vie. »

Jessica le regarda. *Où a-t-il appris cela ?* se demanda-t-elle. *Il n'a jamais étudié les mystères.*

« Ainsi est-il dit, fit Chani. *Giuduchar mantene* : il est écrit dans le Shah-Nama que l'eau fut la première chose créée. »

Jessica eut un frisson soudain dont elle ignorait la raison et ceci, plus que sa réaction, l'inquiétait. Elle se détourna pour dissimuler son trouble à l'instant même où se couchait le soleil. Un orage de couleurs s'enfla dans le ciel.

« C'est le moment ! lança la voix de Stilgar de la caverne. L'arme de Jamis a été tuée. Jamis a été appelé par Lui, le Shai-hulud qui a ordonné les phases des lunes qui chaque jour passent pour n'être plus à la fin que des brindilles desséchées. (Stilgar baissa la voix.) Ainsi en est-il de Jamis. »

Le silence s'établit dans la caverne.

Dans l'ombre, Jessica distinguait Stilgar comme une fantomatique silhouette grise. À nouveau, son regard revint sur le bassin. Elle sentit monter la fraîcheur vers son visage.

« Les amis de Jamis vont approcher », dit Stilgar.

Derrière Jessica, des hommes se mirent en mouvement, tendirent un rideau devant l'entrée. Un unique brilleur fut allumé au fond de la caverne. Sa clarté jaune esquissa les contours des visages. Jessica prêta l'oreille au lent froissement des robes.

Chani fit un pas en avant, comme attirée par la lumière.

Jessica se pencha vers Paul et murmura à son oreille, dans le code familial : « Suis-les. Fais ce qu'ils font. Ce ne sera qu'une simple cérémonie pour l'apaisement de l'âme de Jamis. »

Ce sera plus que cela, songea Paul. Il éprouvait une sensation de torsion, comme s'il essayait au fond de sa conscience de saisir quelque chose qui bougeait pour l'immobiliser.

Chani se glissa à côté de Jessica et lui prit la main. « Venez, Sayyadina. Nous devons prendre place à l'écart. »

Paul les regarda disparaître entre les ombres, le laissant seul. Il se sentit abandonné.

Les hommes qui avaient mis le rideau en place l'encadrèrent. « Viens, Usul. »

Il les laissa le guider, le pousser à l'intérieur du cercle qui s'était formé autour de Stilgar, immobile sous le brilleur, auprès d'un amas aux formes anguleuses que recouvrait une robe.

Sur un geste de Stilgar, l'assistance s'accroupit dans un bruissement de robes. Paul fit de même, sans quitter Stilgar des yeux. Sous le brilleur, ses yeux devenaient deux puits noirs. Près de son cou, l'étoffe verte brillait. Puis, Paul baissa le regard sur ce qui se trouvait aux pieds de Stilgar et il reconnut le manche d'une balisette.

« L'esprit quitte l'eau du corps lorsque se lève la première lune, dit Stilgar. Ainsi est-il dit. Lorsque se lèvera la première lune, cette nuit, qui appellera-t-elle ? »

« Jamis », psalmodia l'assistance.

Stilgar pivota sur un talon et son regard glissa de visage en visage. « J'étais un ami de Jamis, dit-il. Au Trou-dans-le-Rocher, lorsque l'avion-faucon a fondu sur nous, c'est Jamis qui m'a poussé à l'abri. »

Il se baissa, souleva la robe qui recouvrait l'amas et dit : « En tant qu'ami de Jamis, je prends cette robe. C'est le droit du chef. » Il se redressa, mit le vêtement sur son épaule.

À présent, Paul découvrait tous les objets entassés là. L'éclat gris d'un distille, un jolitre usé, un mouchoir et un petit livre, un manche de krys, un fourreau vide, un paquet enveloppé de tissu, un paracompas, un distrans, un marteleur, une pile d'hameçons métalliques gros comme le poing, des petits rochers dans un fragment d'étoffe, des plumes liées ensemble, la balisette, posée à côté…

Ainsi, Jamis jouait de la balisette, songea-t-il. Et il se souvint de Gurney Halleck, de tout ce qu'il avait perdu. L'avenir qu'il avait entrevu lui avait révélé certaines lignes de probabilités conduisant à une rencontre avec Gurney, mais ces lignes étaient rares et, chaque fois, l'image de la rencontre avait été sombre, brumeuse. Cela le troublait. Il restait perplexe devant le facteur d'incertitude qui habitait son pouvoir. *Cela signifie-t-il que je ferai quelque chose… que je pourrais faire quelque chose… qui amènera… amènerait… la fin de Gurney… ou son retour à la vie… ou…*

Il secoua la tête.

À nouveau, Stilgar se pencha sur l'amas d'objets.

« Pour la femme de Jamis et pour les gardes », dit-il en choisissant les petits rochers et le livre.

« Le droit du chef », répondit la foule.

« Le marqueur du service à café de Jamis, reprit Stilgar en prenant un petit disque de métal vert. À notre retour au sietch, il sera offert à Usul durant la cérémonie qui sied. »

« Le droit du chef. »

Enfin, Stilgar saisit le manche de krys et dit : « Pour la plaine funèbre. »

« Pour la plaine funèbre », firent les voix en écho.

Debout dans le cercle, en face de son fils, Jessica hocha la tête. Elle reconnaissait la source ancienne du rite. *La rencontre entre l'ignorance et la connaissance... Entre la brutalité et la culture... Tout est dans la dignité avec laquelle nous traitons nos morts.* Elle regarda Paul. *Comprend-il cela ? Sait-il ce qu'il faut faire ?*

« Nous sommes les amis de Jamis, reprit Stilgar. Nous ne pleurons pas nos morts comme une bande de garvarg. »

À gauche de Paul, un homme à la barbe grise se leva. « J'étais un ami de Jamis, dit-il. (Il s'avança vers la pile d'objets et prit le distrans.) Lorsque notre eau vint à manquer au siège des Deux Oiseaux, Jamis sut partager. » Et il regagna sa place dans le cercle.

Suis-je censé dire que j'étais un ami de Jamis ? se demanda Paul. *Attendent-ils que je choisisse quelque chose ?* Il vit les visages qui se tournaient vers lui, furtivement. *Est-ce cela qu'ils attendent ?*

De l'autre côté du cercle, un second homme se leva et alla prendre le paracompas. « J'étais un ami de Jamis, dit-il. Lorsque la patrouille nous surprit à l'Anse de la Colline et que je fus blessé, c'est Jamis, en détournant l'attention sur lui, qui permit de sauver tous ceux qui avaient été blessés. » Tout comme le premier, il regagna sa place.

À nouveau, Paul vit des visages se tourner vers lui. Il y lut l'attente et baissa les yeux. Un coude le toucha et une voix lui souffla : « Amènerais-tu la destruction sur nous ? »

Comment dire que j'étais son ami ? se dit-il.

Une nouvelle silhouette se dressa, s'avança dans la lumière et, sous le capuchon, Paul vit le visage de sa mère. Elle prit un mouchoir dans l'amas d'objets et dit : « J'étais une amie de Jamis. Lorsque l'esprit des esprits qui était en lui vit le besoin de vérité, cet esprit se retira de lui et épargna mon fils. » Elle reprit sa place dans le cercle.

Et Paul se souvint du mépris qu'il y avait eu dans sa voix lorsque, après le combat, elle lui avait dit : *« Quelle impression ressent le tueur ? »*

Une fois encore, les visages se tournèrent vers lui, une fois encore, il décela la peur, la colère. Il se souvint soudain d'une bobine que lui avait projetée sa mère. *Le Culte des Morts.* Maintenant, il savait ce qu'il devait faire.

Lentement, il se leva.

Un soupir courut dans le cercle.

Comme il s'avançait vers le centre, il eut l'impression que son *moi* s'effaçait progressivement. C'était comme s'il eût perdu un fragment de lui-même qu'il devait retrouver ici. Il se pencha sur l'entassement d'objets, prit la balisette. Une corde résonna doucement.

« J'étais un ami de Jamis », murmura Paul. Il sentit alors les larmes qui brûlaient ses yeux et sa voix se fit plus forte. « Jamis m'a appris que... lorsque l'on tue... on paie le prix... J'aurais aimé mieux le connaître. »

Sans rien voir, il retourna vers le cercle et se laissa aller sur le sol.

Une voix souffla : « Il a versé des larmes ! »

Et le murmure courut : « Usul a donné de l'humidité au mort ! »

Des doigts effleurèrent ses joues. Il entendit des exclamations étouffées.

Jessica percevait les origines profondes de ces réactions, les terribles inhibitions qui s'attachaient aux pleurs versés. Elle se répéta les mots qu'elle venait d'entendre : *« Il a donné de l'humidité au mort ! »* C'était un cadeau au royaume des ombres. Des larmes qui seraient sacrées.

Rien, sur ce monde, ne lui avait encore donné à ce point le sens de la valeur suprême que représentait l'eau.

C'était plus que les marchands d'eau, plus que les peaux desséchées, les distilles, le rationnement. C'était la vie elle-même, avec son symbolisme et ses rites.

C'était l'eau.

« J'ai touché sa joue, murmura une voix. J'ai senti le don. »

Dans le premier instant, ces doigts qui effleuraient son visage éveillaient de la crainte en Paul. Ses doigts s'étaient roidis sur le manche de la balisette et il éprouvait contre sa paume la froide morsure des cordes. Puis il vit les visages, par-delà les mains qui se tendaient, les yeux qui interrogeaient.

Les mains se retirèrent alors. La cérémonie funèbre reprenait son cours. Pourtant, à présent, il y avait autour de Paul un espace nouveau. Il se trouvait isolé et c'était là le témoignage du respect de l'assistance.

Un chant profond s'éleva :

« Regarde Shai-hulud,
Celui qu'appelle la pleine lune ;
Rouge est la nuit, le jour qui fuit,
Couleur du sang qu'il répandit.
Nous prions à la lune pleine,
Pour que sur nous la chance vienne
Et que nous touchions enfin au terme
De notre quête en terre ferme. »

Aux pieds de Stilgar, maintenant, il ne restait plus qu'un sac ventru. Il s'accroupit et plaça les paumes dessus. Quelqu'un vint le rejoindre et Paul, sous l'ombre de son capuchon, reconnut le visage de Chani.

« Jamis portait trente-trois litres, sept drachmes et trois secondes trente de l'eau de la tribu, dit-elle. Je la bénis maintenant en présence de la Sayyadina. *Ekkeriakairi*, voici l'eau, *fillissin-follasy*, de Paul-Muad'Dib ! *Kivi a-kavi*, jamais plus, *nakalas ! nakelas !* que ce qui doit être mesuré et compté, *ukair-an !* par les battements du cœur *jan-jan-jan* de notre ami… Jamis. »

Dans le brusque et profond silence, Chani se retourna et regarda Paul en déclarant : « Où je suis flamme, que tu sois brandon. Où je suis rosée, que tu sois eau ! »

« *Bi-la kaifa* », psalmodia la troupe tout entière.

« À Paul-Muad'Dib va cette part, reprit Chani. Puisse-t-il la garder pour la tribu et la préserver d'un insouciant usage. Puisse-t-il être généreux dans les moments de besoin. Puisse-t-il la transmettre en son temps pour le bien de la tribu. »

« *Bi-la kaifa.* »

Il faut que j'accepte cette eau, se dit Paul. Lentement, il se leva et s'approcha de Chani. Stilgar se redressa et recula pour lui laisser sa place tout en lui prenant doucement la balisette.

« À genoux », dit Chani.

Paul obéit.

Elle guida ses mains jusqu'au sac à eau, les lui posa sur la surface élastique. « Par cette eau, que la tribu t'accepte, dit-elle. Jamis l'a quittée. Prends-la en paix. » Elle se releva, l'entraînant à sa suite.

Stilgar rendit la balisette à Paul et présenta dans sa main ouverte des anneaux de métal. Paul remarqua qu'ils étaient de différentes tailles. Ils scintillaient sous la clarté du brilleur.

Chani prit le plus grand et le passa à un doigt. « Trente litres, dit-elle. (Puis, un par un, elle prit les autres, en les présentant chaque fois à Paul.) Deux litres ; un litre ; sept mesures d'une drachme ; une mesure de trois secondes trente. En tout : trente-trois litres, sept drachmes et trois secondes trente. »

Elle présenta l'ensemble des anneaux passés à son doigt.

« Les acceptes-tu ? » demanda Stilgar.

Paul acquiesça. « Oui. »

« Plus tard, dit Chani, je te montrerai comment les mettre dans un mouchoir sans qu'ils tintent lorsque le silence est nécessaire. » Elle tendit la main.

« Peux-tu… les conserver pour moi ? » demanda Paul.

Surprise, elle regarda Stilgar.

Celui-ci sourit. « Paul-Muad'Dib, qui est Usul, ne connaît pas encore nos coutumes, Chani. Garde ses mesures d'eau jusqu'à ce que soit venu le moment de lui montrer comment les porter. »

Elle hocha la tête, prit un fragment d'étoffe sous sa robe et le passa dans les anneaux selon un nœud complexe avant de les glisser sous sa ceinture.

Quelque chose m'a échappé, songea Paul. Il percevait l'ironie autour de lui. Un souvenir de ses visions lui revint à l'esprit. *Les mesures d'eau offertes à une femme… Le rituel de cour…*

« Maîtres d'eau ! » appela Stilgar.

Dans le bruissement des robes, la troupe se leva. Deux hommes s'avancèrent et prirent le sac. Stilgar abaissa le brilleur et le prit pour ouvrir la marche dans l'ombre.

Paul se retrouva derrière Chani. Autour d'eux, des reflets jaunes jouaient sur les murailles, des ombres dansaient. Il sentait que tous semblaient attendre quelque chose.

Jessica, ballottée entre les corps qui se pressaient, entraînée par des mains fermes, lutta un instant contre la panique. Elle avait reconnu certaines phases du rite, les traces de chakobsa et de bhotani-jib dans les paroles qui avaient été prononcées et elle savait quelle sauvage violence pouvait naître tout à coup de ces moments apparemment tranquilles.

Jan-jan-jan, pensa-t-elle. *En avant !*

C'était comme un jeu d'enfant débarrassé de toute inhibition entre des mains adultes.

Stilgar s'arrêta devant un rocher jaune. Il appuya sur une protubérance et, silencieusement, la muraille s'effaça, démasquant une crevasse irrégulière. Stilgar s'y engagea le premier, franchissant un panneau sombre et garni d'alvéoles. En le suivant, Paul sentit la caresse d'un souffle d'air frais sur son visage. Il tourna vers Chani un visage interrogateur et lui toucha le bras.

« Cet air est humide. »

« Cchhh », fit-elle en réponse.

Mais, derrière eux, une voix dit : « Il y a beaucoup d'humidité dans le piège, cette nuit. Jamis nous fait savoir ainsi qu'il est satisfait. »

Jessica entendit la muraille se refermer derrière eux. Elle remarqua la façon dont les Fremen ralentissaient le pas au moment où ils passaient devant le panneau alvéolé et, à son tour, ressentit le souffle d'air humide.

Un piège à vent ! Ils ont caché un piège à vent quelque part en surface de façon que l'air parvienne dans ces régions plus fraîches et que l'humidité se condense.

Une autre porte, un autre panneau. La porte se referma derrière eux. Le courant d'air était maintenant nettement humide.

Paul vit le brilleur de Stilgar s'abaisser tout à coup et, sous ses pas, il sentit des marches. L'escalier s'inclinait sur la gauche, en spirale. La lumière jaune dansa sur les têtes encapuchonnées et le frisson des robes.

Autour d'elle, sur ses nerfs, Jessica perçut la tension qui habitait le silence.

Les marches prirent fin et la troupe franchit une nouvelle porte pour aboutir dans un vaste espace où la clarté du brilleur parut se diluer. Le plafond était haut et voûté.

Sur son bras, Paul sentit le contact de la main de Chani. Dans l'air froid, il entendit le bruit de gouttes qui tombaient. Dans cette cathédrale créée par la présence de l'eau, les Fremen étaient soudain encore plus silencieux.

J'ai vu cet endroit en rêve, pensa Paul.

C'était à la fois rassurant et frustrant. Quelque part dans l'avenir, les hordes fanatiques suivaient leur chemin sinistre, ravageant l'univers en son nom. La bannière noire et verte des Atréides flottait, symbole de terreur, devant les légions sauvages qui chargeaient en hurlant leur cri de bataille : « Muad'Dib ! »

Cela ne sera pas, pensa-t-il. *Je ne peux le permettre.*

Mais il pouvait en cet instant ressentir en lui l'exigeante conscience raciale, le but terrible qui était le sien, et il sut qu'il serait difficile de détourner le fléau. Il prenait de la force, de la vitesse. Même si lui, Paul, mourait ici même, en cette seconde, cela se poursuivrait au travers de sa mère, de sa sœur encore à naître. Rien ne pouvait arrêter cela, rien si ce n'était la mort de toute la troupe, de tous ses membres, y compris lui et sa mère.

Il regarda autour de lui. Les Fremen se déployaient sur une seule ligne et le poussaient vers une barrière basse taillée à même le rocher. Au-delà, à la clarté du brilleur de Stilgar, il distingua la surface sombre d'une étendue d'eau qui se perdait dans l'ombre. La muraille opposée était à peine visible, peut-être à plus de cent mètres de là.

Dans l'air humide, Jessica sentit sa peau se détendre sur ses joues et son front. L'eau était profonde. Elle pouvait sentir cela et elle lutta contre le désir d'aller y plonger les mains.

Il y eut un bruit d'éclaboussement sur la gauche. Par-delà la ligne noire des Fremen, elle voyait Stilgar et Paul à ses côtés. Auprès d'eux, les maîtres d'eau déversaient leur fardeau sous le contrôle d'un compteur. L'appareil était visible comme un œil gris sur le fond noir de l'eau. L'aiguille de repère était lumineuse et Jessica la vit, comme l'eau s'écoulait, atteindre le chiffre précis de trente-trois litres, sept drachmes et trois secondes trente.

Magnifique précision, songea Jessica. Elle remarqua que les parois du compteur ne conservaient aucune trace d'humidité après le passage de l'eau. L'effet de tension du liquide avait été annulé. Ce simple fait était un indice éloquent de l'état de la technologie des Fremen. Ils apparaissaient comme des perfectionnistes. Elle se fraya facilement un chemin jusqu'auprès de Stilgar. En s'approchant, elle remarqua le regard absent de Paul. Mais le mystère de cette surface d'eau sombre emplissait toutes ses pensées.

Stilgar la regarda. « Certains, parmi nous, avaient besoin d'eau, dit-il. Pourtant, ils peuvent venir ici et ne pas y toucher. Savez-vous cela ? »

« Je le crois », dit-elle.

Il tourna son regard vers l'eau. « Ici, nous avons plus de trente-huit millions de décalitres d'eau, dit-il. Isolée des petits faiseurs, bien dissimulée, à l'abri. »

« Un trésor », dit-elle.

Il éleva le brilleur et regarda droit dans ses yeux. « Plus qu'un trésor. Et nous avons des milliers de réserves semblables. Seuls quelques-uns d'entre nous les connaissent toutes. (Il pencha la tête. La lumière jaune accentuait ses traits, le dessin noir de sa barbe.) Vous entendez cela ? »

Ils prêtèrent l'oreille.

Le bruit de l'eau qui s'écoulait goutte à goutte du piège à vent parut emplir toute la salle. La troupe demeurait immobile, fascinée. Seul Paul restait détaché.

Pour lui, chaque goutte qui tombait était un moment qui mourait. Il sentait le temps s'écouler en lui. Les instants qui passaient, jamais il ne les retrouverait. Il lui fallait prendre une décision, mais il n'avait pas la force de se mettre en mouvement.

« Tout a été calculé avec précision, reprit Stilgar, dans un chuchotement. À un million de décalitres près, nous savons quels sont nos besoins. Lorsque nous aurons atteint la quantité suffisante, nous serons en mesure de changer le visage d'Arrakis. »

La réponse monta dans un chuchotement de la troupe sombre : « *Bi-la kaifa.* »

« Nous prendrons les dunes au piège entre des plantations d'herbe, dit Stilgar d'une voix plus forte. Nous maintiendrons l'eau dans le sol par des arbres et des réseaux de racines. »

« *Bi-la kaifa* », psalmodia la troupe.

« Chaque année, la glace polaire recule. »

« *Bi-la kaifa.* »

« Nous referons d'Arrakis un monde habitable, avec des lacs dans les zones tempérées, avec des lentilles pour fondre les glaces aux pôles, avec le désert profond pour le seul faiseur et son épice. »

« *Bi-la kaifa.* »

Jessica décela le sens rituel des mots et prit conscience d'avoir répondu elle-même. Et elle songea : *Ils ont conclu une alliance avec l'avenir. Il leur faut escalader leur montagne. C'est le rêve scientifique... Il domine ces gens simples, ces paysans.*

Ses pensées se tournèrent alors vers Liet-Kynes, l'écologiste planétaire de l'Empereur, l'homme qui avait fini par devenir un indigène. Ce rêve était propre à capturer les esprits des hommes et elle pouvait sentir en cela la main de l'écologiste. Pour un tel rêve, les hommes étaient prêts à mourir. C'était là, elle le sentait, un autre des éléments essentiels dont Paul avait besoin : un peuple avec un but. Il serait facile de faire naître de la ferveur, du fanatisme au sein d'un tel peuple. Ces gens pourraient être façonnés, affûtés comme une épée et, comme une épée, redonner à Paul son pouvoir.

« Nous devons partir, maintenant, dit Stilgar, et attendre le lever de la lune. Quand Jamis sera sur la bonne route, nous nous mettrons en marche. »

Avec des murmures de réticence, les hommes lui emboîtèrent le pas, s'éloignant de l'eau.

Paul, en suivant Chani, sentit qu'un moment vital pour lui venait de s'enfuir, qu'il avait manqué l'occasion d'une décision essentielle et qu'il était pris désormais dans son propre mythe. Il savait qu'il avait déjà vu cet endroit dans un rêve prescient, sur la lointaine Caladan. Mais à présent, de nouveaux détails étaient survenus qu'il n'avait jamais connus. À nouveau, il était troublé par les limitations de son pouvoir. C'était comme s'il descendait le cours du temps en passant du creux d'une vague à une crête. Parfois les vagues voisines lui révélaient ce qu'elles portaient, parfois, comme il descendait, elles le lui cachaient.

Mais sans cesse, le sauvage Jihad courait loin devant, dans la violence, le massacre, dominant le courant comme un récif.

Par la dernière porte, la troupe regagna la caverne principale. L'entrée fut de nouveau masquée. Quand le brilleur s'éteignit et que les orifices furent ouverts sur le désert, ils virent la nuit et les étoiles.

Jessica s'avança sur le rebord desséché, au-delà du seuil de la caverne et leva les yeux vers les étoiles. Elles étaient brillantes, nettes et proches. Derrière elle, elle percevait les pas des Fremen. Puis un accord de balisette résonna et Paul chantonna. Elle perçut dans sa voix une mélancolie qu'elle n'aimait pas.

« Parle-moi des eaux de ton monde natal, Paul-Muad'Dib », dit la voix d'enfant de Chani, quelque part dans l'ombre de la caverne.

« Une autre fois, Chani, je te le promets », répondit Paul.

Sa voix était si triste.

« C'est une bonne balisette », reprit Chani.

« Très bonne, dit Paul. Tu crois que Jamis m'en voudrait d'en jouer ? »

Il parle du mort comme d'un homme vivant, songea Jessica. Ce que cela impliquait la troublait profondément.

« Jamis aimait la musique à cette heure », intervint une voix d'homme.

« Alors chante-moi une de tes chansons », demanda Chani.

Il y a tant de féminité dans la voix de cette enfant, se dit Jessica. *Il faut que je mette Paul en garde... très vite.*

« C'est une chanson que chantait un ami, dit Paul. Je crois qu'il est mort, maintenant, Gurney. Il l'appelait la chanson du soir. »

Le silence se fit comme la douce voix de Paul s'élevait sur les accords de la balisette :

« En ce moment criblé de cendres,
Un soleil d'or se perd à la plage du soir.
Quels sens fous, quel parfum de désespoir
Sont compagnons du souvenir... »

Dans sa poitrine, Jessica ressentit la musique des mots, païenne, chargée de sons qui, soudain, lui faisaient prendre conscience d'elle-même intensément, de son corps, de ses désirs. Elle écoutait en un silence tendu.

« Les perles pâles du requiem de la nuit
Sont pour nous…
Quelle joie, alors, s'allume et luit
Dans tes yeux…
Quelles amours striées de fleurs
Attirent nos cœurs…
Quelles amours striées de fleurs
Apaisent nos désirs. »

Après la dernière note, le silence se prolongea. *Pourquoi mon fils a-t-il chanté une chanson d'amour à cette enfant ?* se demanda Jessica. Elle ressentit une peur brutale. La vie ruisselait tout autour d'elle et il lui était impossible de la retenir. *Pourquoi a-t-il chanté cela ? Parfois, les instincts sont vrais. Pourquoi a-t-il fait cela ?*

Dans l'ombre, Paul demeurait silencieux, immobile, avec une unique pensée. *Ma mère est mon ennemie. Elle ne le sait pas, mais elle l'est vraiment. Elle a le Jihad en elle. Elle m'a porté, m'a entraîné. Elle est mon ennemie.*

Le concept de progrès agit comme un mécanisme de protection destiné à nous isoler des terreurs de l'avenir.

Extrait de Les Dits de Muad'Dib,
par la Princesse Irulan.

AUX JEUX FAMILIAUX, POUR SON DIX-SEPTIÈME ANNIVERSAIRE, Feyd-Rautha Harkonnen tua son centième esclave-gladiateur. Les observateurs de la Cour impériale, le Comte et Dame Fenring, se trouvaient alors sur Giedi Prime, le monde des Harkonnen, et ils avaient pris place avec la famille de Feyd-Rautha dans la loge dorée, au-dessus de l'arène triangulaire.

Pour l'anniversaire du na-Baron et afin de rappeler à tous les Harkonnen et à leurs sujets que Feyd-Rautha était l'héritier du nom, ce jour avait été décidé férié. Le vieux Baron avait décrété que d'un méridien à l'autre le labeur cesserait et dans la cité familiale d'Harko, on avait fait des efforts pour donner l'illusion de la gaieté. Des drapeaux flottaient sur les édifices et, au long de la Grand-Rue, les murs avaient été repeints.

Mais, entre les demeures, le comte Fenring et sa dame remarquaient les tas de détritus, les murs brunâtres qui se reflétaient dans les mares d'eau sale, la démarche furtive des gens.

Entre les murs bleus de la retraite du Baron, régnaient la perfection et la crainte, mais le Comte et sa Dame devinèrent le prix que cela supposait : il y avait des gardes de toutes parts et les armes avaient cet éclat particulier qui disait à l'œil averti qu'elles étaient régulièrement utilisées. Dans la demeure, les postes de contrôle se succédaient. La démarche des serviteurs révélait leur formation militaire autant que le port de leurs épaules et leur regard vigilant qui, sans cesse, fouillait, fouillait...

« La pression monte, murmura le Comte à sa dame dans leur langage secret. Le Baron commence seulement à comprendre vraiment le prix qu'il doit payer pour s'être débarrassé du duc Leto. »

« Il faudra que je vous raconte une fois la légende du phénix », dit-elle.

Ils se trouvaient dans le hall de réception de la demeure, attendant de se rendre aux jeux familiaux. Le hall n'était pas très grand. (Il faisait peut-être quarante mètres de long sur vingt de large.) Mais les faux piliers, sur les côtés, avaient un angle abrupt qui, s'ajoutant à l'arche subtile du plafond, donnait une illusion d'espace.

« Aahh, voici venir le Baron », dit le Comte.

Le Baron s'avançait au long du hall avec cette allure flottante qui s'expliquait par les suspenseurs qu'il devait guider tout en marchant. Ses bajoues tressautaient et, sous sa robe orange, les suspenseurs allaient et venaient en cadence. Des bagues scintillaient à ses doigts et les opaflammes brasillaient sur sa robe.

Auprès de lui s'avançait Feyd-Rautha. Ses cheveux sombres étaient peignés en bouclettes serrées. Cette coiffure gaie offrait un contraste incongru avec ses yeux tristes. Il portait une tunique noire et ajustée et des pantalons étroits légèrement évasés dans le bas. Ses petits pieds étaient chaussés de pantoufles.

Dame Fenring remarqua le port du jeune homme et la fermeté des muscles qui jouaient sous sa tunique et elle pensa : *Celui-ci ne se laissera pas grossir.*

Le Baron s'arrêta devant ses visiteurs, saisit le bras de Feyd-Rautha en un geste possessif et dit : « Mon neveu, le na-Baron Feyd-Rautha Harkonnen. (Et, tournant son visage de gros bébé vers Feyd-Rautha, il ajouta :) Le Comte et Dame Fenring dont je t'ai parlé. »

Feyd-Rautha inclina la tête comme le voulait l'usage. Il regarda Dame Fenring. Sa silhouette parfaite était rehaussée par une simple robe de toile sans aucun ornement. Ses cheveux dorés et légers étaient comme une pluie figée. Ses yeux gris-vert répondirent au regard du jeune homme. Il y avait en elle ce calme et cette sûreté bene gesserit qui troublaient vaguement Feyd-Rautha.

« Hummmmm, fit le Comte en posant les yeux sur Feyd-Rautha. C'est... Mmmm... ce jeune homme-là... Mmm... Ma chère ? (Il regarda le Baron.) Mon cher Baron, vous disiez que vous aviez parlé de nous à ce jeune homme ? Que lui avez-vous donc dit ? »

« J'ai fait part à mon neveu de la grande estime en laquelle vous tenait l'Empereur, Comte Fenring », dit le Baron. Et il pensa : *Repère-le bien, Feyd ! C'est un tueur avec des façons de lapin... L'espèce la plus dangereuse.*

« Bien sûr », dit le Comte, et il sourit à sa dame.

L'attitude et les paroles de cet homme semblaient presque insultantes à Feyd-Rautha. Elles restaient juste en deçà de la limite de l'affront. Le jeune homme concentra toute son attention sur le Comte : le petit homme avait une allure fragile. Ses yeux sombres étaient trop grands dans son visage de fouine. Des cheveux gris apparaissaient à ses tempes. Quant à ses gestes... Il bougeait la main, tournait la tête d'une façon... et parlait d'une autre. Il était difficile de le suivre.

« Vous... Mmm... êtes rarement aussi précis, dit le Comte comme s'il s'adressait à l'épaule du Baron. Je vous... Mmm... félicite pour la... Mmmm... perfection de votre neveu. Il profite de... Mmm... la lumière des aînés, peut-on dire. »

« Vous êtes trop bon », dit le Baron en s'inclinant. Mais Feyd-Rautha n'avait pas lu la moindre courtoisie dans le regard de son oncle.

« Lorsque vous, Mmmm... êtes ironique... cela laisse accroire que vous... Mmmm... nourrissez des pensées plus profondes », dit le Comte.

Il recommence, songea Feyd-Rautha. *Il s'exprime de façon insultante sans nous offrir la satisfaction de pouvoir le défier.*

En écoutant le Comte, il lui semblait qu'on lui enfonçait la tête dans de la bouillie... *Mmmmmm...* Il reporta son attention sur Dame Fenring.

« Je crois que nous retenons par trop ce jeune homme, dit-elle. Je sais qu'il doit paraître dans l'arène aujourd'hui. »

Par toutes les houris du harem impérial, se dit Feyd-Rautha. *Mais elle est adorable !*

« Aujourd'hui, Ma Dame, dit-il, je tuerai pour vous. Avec votre permission, je le proclamerai dans l'arène. »

Elle le regarda avec sérénité mais sa voix était comme la lanière d'un fouet quand elle répondit : « Vous n'avez pas ma permission ! »

« Feyd ! » s'exclama le Baron. Et il songea : *Jeune démon ! Est-ce qu'il veut que le Comte le défie ?*

Mais le Comte se contenta de sourire : « Hhmmmm. »

« Tu dois te préparer pour l'arène, maintenant, reprit le Baron. Il faut te reposer et ne pas prendre de risques. »

Feyd-Rautha s'inclina. Le ressentiment assombrissait ses traits.

« Je suis certain qu'il en sera selon vos désirs, Oncle », dit-il. Il s'inclina devant le Comte : « Monsieur ! » Puis devant sa dame : « Ma Dame. » Et il s'éloigna, accordant à peine un regard aux membres des familles des Maisons Mineures rassemblés près de la double porte.

« Il est si jeune », soupira le Baron.

« Hhmmm, oui, mmm », fit le Comte.

Et sa dame pensa : *Est-ce lui que désignait la Révérende Mère ? Est-ce donc vraiment cette lignée qu'il nous faut préserver ?*

« Il nous reste encore plus d'une heure avant de nous rendre à l'arène, dit le Baron. Peut-être pourrions-nous avoir ce petit entretien dès maintenant, Comte Fenring ? (Il pencha son énorme tête sur la droite.) Il nous faut discuter encore de bien des points. »

Il songeait : *Voyons donc comment s'y prendra le valet de l'Empereur pour me faire part de la teneur d'un message sans pousser la grossièreté jusqu'à me la répéter à haute voix.*

Le Comte se tourna vers sa dame. « Hhmm… Ma chère… nous excuserez-vous ? »

« Chaque jour, et parfois chaque heure, apporte son changement, dit-elle. Mmmm. » Et, avec un gracieux sourire à l'adresse du Baron, elle se détourna et s'éloigna vers l'extrémité du hall dans le bruissement de ses longues jupes. Elle se tenait très droite et sa démarche était royale.

Le Baron remarqua que, à son approche, les conversations se tarissaient dans le groupe des Maisons Mineures et que tous les yeux la suivaient. *Les Bene Gesserit !* se dit-il. *L'univers ferait mieux de s'en débarrasser !*

« Entre ces deux piliers, là-bas, à gauche, il y a un cône de silence, dit le Baron. Nous pourrons discuter sans craindre d'être entendus. » Il précéda le Comte de sa démarche ballottante et pénétra dans le champ isolant. Les bruits du hall devinrent étouffés, lointains.

Le Comte vint se placer à côté de lui et ils firent face au mur afin que nul ne pût lire sur leurs lèvres.

« La façon dont vous avez chassé les Sardaukars d'Arrakis ne nous satisfait pas », dit le Comte.

Tout net ! songea le Baron.

« Les Sardaukars ne pouvaient rester plus longtemps sans que nous courions le risque que d'autres découvrent de quelle façon l'Empereur m'avait apporté son aide », dit le Baron.

« Mais votre neveu Rabban ne semble pas se diriger assez vite vers une solution du problème fremen. »

« Que souhaite donc l'Empereur ? demanda le Baron. Il ne doit guère rester plus d'une poignée de Fremen sur Arrakis. Le désert du Sud est inhabitable et nos patrouilles fouillent sans cesse ceux du Nord. »

« Qui a dit que le désert du Sud était inhabitable ? »

« Votre propre planétologiste, mon cher Comte. »

« Mais le docteur Kynes est mort. »

« Oui, c'est vrai… C'est bien regrettable. »

« Les territoires du Sud ont été survolés, dit le Comte. Il a été prouvé que la vie végétale y existe. »

« La Guilde a-t-elle reçu l'autorisation d'observer Arrakis depuis l'espace ? »

« Vous savez bien que non, Baron. L'Empereur ne peut légalement faire surveiller Arrakis. »

« Et moi non plus, dit le Baron. Qui a donc effectué cette observation ? »

« Un… un contrebandier. »

« Quelqu'un vous aura menti, Comte, dit le Baron. Les contrebandiers, pas plus que les hommes de Rabban, ne peuvent explorer les régions du Sud. Il y a des tempêtes, des orages de sable… Les repères de navigation sont détruits plus vite qu'ils ne sont installés. »

« Nous discuterons une autre fois des différents types de tempêtes. »

Aahaa, songea le Baron. « Auriez-vous relevé quelque erreur dans ce que j'ai dit ? » demanda-t-il.

« Si vous imaginez des erreurs, je ne puis me défendre », dit le Comte.

Il essaye délibérément d'éveiller ma colère, pensa le Baron. Afin de se calmer, il prit deux profondes inspirations. Il sentit sa propre sueur et les harnais de ses suspenseurs, sous sa robe, le gênaient, le grattaient.

« L'Empereur ne peut prendre ombrage de la mort de la concubine et du garçon, dit-il. Ils se sont enfuis dans le désert. Il y avait une tempête. »

« Oui, il y a eu bien des accidents opportuns », dit le Comte.

« Je n'aime pas votre ton. »

« La colère est une chose, la violence en est une autre, dit le Comte. Laissez-moi vous donner un avertissement : si un accident malheureux m'arrivait ici, toutes les Grandes Maisons apprendraient ce que vous avez fait sur Arrakis. Il y a bien longtemps qu'elles soupçonnent les méthodes dont vous usez. »

« La seule dont je puisse me souvenir, dit le Baron, consistait à transporter sur Arrakis des légions de Sardaukars. »

« Croyez-vous vraiment que vous pourriez menacer l'Empereur avec cela ? »

« J'y songerai ! »

Le Comte eut un sourire. « Nous trouverions toujours des commandants de Sardaukars prêts à avouer qu'ils ont agi sans ordre parce qu'ils désiraient affronter votre racaille fremen. »

« Nombreux seraient ceux qui pourraient douter d'un tel aveu », dit le Baron. Mais cette menace l'avait ébranlé. *Les Sardaukars sont-ils vraiment aussi disciplinés ?* se demandait-il.

« L'Empereur, dit le Comte, aimerait prendre connaissance de vos livres. »

« Quand il le voudra. »

« Vous… Euh… n'avez aucune objection ? »

« Aucune. Mon administration dans le CHOM résisterait à l'examen le plus poussé. » Il pensa : *Laissons-le porter une fausse accusation à mon encontre. Qu'il la révèle au grand jour. Pour ma part, je pourrai proclamer à tous que je suis victime d'une erreur. Alors qu'il vienne donc ensuite m'accuser une seconde fois, même à juste titre. Jamais les Grandes. Maisons ne le croiront après sa fausse accusation.*

« Il ne fait aucun doute que vos livres résistent à un examen attentif », murmura le Comte.

« Pourquoi l'Empereur tient-il tant à exterminer les Fremen ? » demanda le Baron.

« Vous désirez changer de sujet, n'est-ce pas ? (Le Comte haussa les épaules.) Les Sardaukars le désirent, non l'Empereur. Ils aiment tuer et détestent laisser une tâche inachevée. »

Essaye-t-il de m'effrayer en me rappelant qu'il a de son côté ces tueurs assoiffés de sang ? se demanda le Baron.

« Le meurtre a toujours fait partie des affaires dans une certaine mesure, dit-il, mais il faut bien fixer une limite quelque part. Quelqu'un doit s'occuper de l'épice. »

Le Comte eut un rire bref, sec. « Croyez-vous pouvoir venir à bout des Fremen ? »

« Ils n'ont jamais été assez nombreux pour cela. Mais le massacre a mis le reste de la population mal à l'aise. C'est au point, mon cher Fenring, que j'en viens à considérer une autre solution au problème arrakeen. Et je dois avouer que c'est à l'Empereur que je dois cette inspiration qui m'est venue. »

« Ah ? »

« Voyez-vous, Comte, je dispose de la planète-prison de l'Empereur, Salusa Secundus, pour m'inspirer. »

Le Comte fixa sur lui des yeux brillants. « Quel rapport peut-il y avoir entre Salusa Secundus et Arrakis ? »

Le Baron décela l'inquiétude dans le regard de son interlocuteur et dit : « Aucun, encore. »

« Encore ? »

« Vous admettrez avec moi que le fait d'utiliser Arrakis comme planète-prison permettrait de développer le travail de façon substantielle. »

« Vous vous attendez à une augmentation du nombre des prisonniers ? »

« Il y avait de l'agitation. Il m'a fallu prendre des mesures plutôt sévères, Fenring. Après tout, vous connaissez le prix que j'ai dû payer à cette maudite Guilde pour le transport de nos forces communes. Il faut bien que je prenne cette somme *quelque part.* »

« Je vous suggère de ne pas utiliser Arrakis comme planète-prison sans la permission de l'Empereur, Baron. »

« Bien sûr que non », dit le Baron, et il se demanda pourquoi il y avait eu ce frisson soudain dans la voix de Fenring.

« Autre question, reprit le Comte. Nous avons appris que le Mentat du Duc Leto, Thufir Hawat, n'était pas mort mais qu'il vous servait. »

« Je n'ai pu me résoudre à le supprimer. »

« Lorsque vous avez dit à notre commandant des Sardaukars qu'il était mort, vous mentiez donc. »

« Pour la bonne cause, mon cher Comte. Je n'étais pas d'humeur à me disputer avec cet homme. »

« Hawat était-il réellement le traître ? »

« Oh, Dieu, non ! C'était le faux docteur. (Le Baron porta la main à son cou, effaça les traînées de transpiration.) Il faut me comprendre, Fenring. Je n'avais plus de Mentat. Vous le savez bien. Jamais cela ne m'était arrivé. J'étais tout à fait désemparé. »

« Comment avez-vous pu amener Hawat à changer d'allégeance ? »

« Son Duc était mort. (Le Baron s'efforça de sourire.) Il n'y avait rien à craindre de Hawat, mon cher Comte. Sa chair de Mentat a été imprégnée d'un poison lent. L'antidote lui est administré dans sa nourriture. Sans lui, il mourrait en quelques jours. »

« Cessez de le lui administrer », dit le Comte.

« Mais il m'est utile ! »

« Il sait trop de choses qu'aucun homme vivant ne doit savoir. »

« Vous m'avez dit que l'Empereur ne craignait pas les révélations. »

« Ne jouez pas à ce jeu avec moi, Baron ! »

« Lorsqu'un tel ordre me sera présenté sous le sceau impérial, j'obéirai, dit le Baron. Mais je refuse de me soumettre à votre caprice. »

« Vous prenez cela pour un caprice ? »

« Qu'est-ce que cela peut être d'autre ? L'Empereur, lui aussi, a des obligations envers moi, Fenring. Je l'ai débarrassé de cet encombrant Duc Leto. »

« Avec l'aide de quelques Sardaukars. »

« Où l'Empereur aurait-il trouvé une Maison pour lui fournir les uniformes nécessaires au déguisement de ses hommes afin que son rôle demeure secret ? »

« Il s'est posé la même question, Baron, mais d'une façon légèrement différente. »

Le regard du Baron se riva sur son interlocuteur. Il remarqua la raideur des muscles, le contrôle vigilant de l'homme.

« L'Empereur ne croit pas pouvoir m'attaquer dans le secret absolu, non ? »

« Il espère que ce ne sera pas nécessaire. »

« L'Empereur ne peut penser que je le menace ! » s'exclama le Baron, en se laissant aller à exprimer la colère et l'amertume dans sa voix, tout en songeant : *Qu'il me prenne donc en défaut sur ce point ! Je pourrais monter sur le trône sans cesser un seul instant de protester de mon innocence !*

La voix du Comte se fit sèche et distante. « L'Empereur croit ce que lui disent ses sens. »

« Oserait-il m'accuser de trahison devant le Conseil du Landsraad au complet ? » Le Baron retint son souffle, plein d'espoir.

« L'Empereur n'a pas à oser. »

Le Baron se détourna dans le flottement de ses suspenseurs pour dissimuler son expression. *Cela pourrait être !* pensa-t-il. *Empereur ! Qu'il m'accuse donc ! Ensuite, il suffira de la coercition, de la corruption. Les Grandes Maisons se rallieront. Elles se rangeront sous ma bannière comme un troupeau de paysans cherchant un abri. Ce qu'elles redoutent par-dessus tout, ce sont les Sardaukars s'attaquant à elles l'une après l'autre.*

« L'Empereur espère sincèrement n'avoir jamais à vous accuser de trahison », dit le Comte.

Le Baron s'efforça d'effacer toute trace d'ironie de sa voix pour n'exprimer que la tristesse. « J'ai été un loyal sujet. Ces paroles me blessent plus que je ne puis le dire. »

« Hummmmmmmm », fit le Comte.

Le Baron lui tourna le dos, hochant la tête. « Il est temps de nous rendre à l'arène », dit-il.

« Mais certainement. »

Ils quittèrent le cône de silence et, côte à côte, s'avancèrent vers les gens des Familles Mineures, à l'autre bout du hall. Quelque part, une cloche tinta lentement, annonçant qu'il ne restait plus que vingt minutes avant les jeux.

« Les Maisons Mineures attendent que vous les guidiez », dit le Comte en inclinant la tête.

Double sens... Double sens, pensa le Baron.

Il regarda les nouveaux trophées qui décoraient l'entrée du hall : la tête de taureau et le portrait à l'huile du vieux Duc Atréides, le père de Leto. Cette vision l'emplit d'un bizarre sentiment d'appréhension et il se demanda ce qu'avait pu éprouver le Duc Leto en contemplant ces mêmes trophées dans les halls de Caladan, puis dans ceux d'Arrakis. La tête du père et celle du taureau qui l'avait tué.

« L'humanité, mmm, n'a, mmm... qu'une science », dit le Comte tandis qu'ils quittaient le hall, précédant le groupe de leurs suivants pour accéder à la salle d'attente, espace étroit dominé par d'étroites fenêtres et dont le sol était recouvert de tuiles noires et blanches.

« Et quelle est-elle ? » demanda le Baron.

« C'est, mmm, la science du, mmm, mécontentement. »

Derrière eux, les gens des Maisons Mineures aux faces dociles de moutons, rirent comme il convenait mais, lorsque les pages déclenchèrent les moteurs d'ouverture des portes extérieures, cela fit comme une fausse note. Au-dehors, les véhicules attendaient, leurs fanions claquant à la brise.

Le Baron éleva la voix pour dominer le bruit : « J'espère que les performances de mon neveu ne vous décevront point, Comte Fenring. »

« J'attends, mmm, beaucoup de cette, mmm, circonstance, dit le Comte. Dans un, mmm, procès-verbal, il faut toujours, mmm, tenir compte du rôle des antécédents. »

En trébuchant sur la première marche, le Baron réussit à dissimuler sa surprise. *Procès-verbal ! Un rapport de crime contre l'Imperium !*

Mais le Comte, comme s'il s'agissait d'une plaisanterie, tapota le bras du Baron en riant.

Tout au long du chemin, cependant, bien enfoncé dans les coussins du véhicule blindé, le Baron ne cessa pas de lancer des coups d'œil furtifs au Comte assis à côté de lui. Il se demandait pourquoi ce valet de l'Empereur avait jugé opportun de se livrer à une telle plaisanterie devant les Maisons Mineures. Il était bien évident que Fenring faisait rarement quelque chose d'inutile, de même qu'il n'employait jamais deux mots quand un seul suffisait ou ne se contentait d'un seul sens pour une seule phrase.

Il ne découvrit la réponse que lorsqu'ils eurent pris place dans la loge dorée au-dessus du triangle de l'arène, entre les gradins grouillants de monde et le frémissement des fanions.

« Mon cher Baron, dit le Comte en se penchant pour lui parler à l'oreille, vous savez, bien entendu, que l'Empereur n'a pas encore officiellement sanctionné le choix de votre héritier ? »

Le Baron eut la sensation de se trouver soudain dans un cône de silence créé par le choc qu'il avait éprouvé. Il regarda Fenring et vit à peine sa dame surgir d'entre les gardes pour prendre sa place dans la loge.

« C'est en vérité la raison de ma présence, reprit le Comte. L'Empereur désire savoir si vous avez fait le choix d'un successeur valable. Et il n'y a rien de tel que l'arène pour révéler la vérité sous le masque, n'est-ce pas ? »

« L'Empereur m'avait promis le libre choix de mon héritier ! » gronda le Baron.

« Nous verrons », dit Fenring, et il se détourna pour accueillir sa dame. Elle s'assit, adressa un sourire au Baron, puis son attention se porta sur le sable de l'arène où Feyd-Rautha venait d'apparaître, en collant et gilet, gant noir et long couteau à la main droite, gant blanc et lame courte à la main gauche.

« Le blanc pour le poison, le noir pour la pureté, dit Dame Fenring. Curieux usage, n'est-ce pas, mon amour ? »

« Mmmm », fit le Comte.

Des acclamations s'élevèrent des gradins familiaux et Feyd-Rautha s'arrêta pour y répondre, levant les yeux vers les visages mêlés de ses cousins et demi-frères, concubines et hors-freyn, autant de bouches roses qui vociféraient dans un frisson multicolore de drapeaux et d'étoffes.

Il se dit alors que ces visages refléteraient la même avidité en contemplant son sang répandu ou celui de l'esclave-gladiateur. Bien sûr, il n'y avait pas de doute quant à l'issue de ce combat. Ce n'était là que l'apparence du danger sans sa substance, pourtant…

Feyd-Rautha leva son couteau dans le soleil et salua les trois angles de l'arène à la façon ancienne. La lame courte dans son gant blanc (blanc, le signe du poison) regagna la première son étui. Puis ce fut la longue lame dans sa main gantée de noir, la lame pure maintenant impure, l'arme secrète qui ferait de ce jour une victoire personnelle : il y avait du poison sur la lame noire.

Il ne lui fallut qu'un instant pour régler son bouclier corporel. Il s'arrêta pour sentir la peau se tendre sur son front, lui confirmant qu'il était paré.

C'était là un spectacle et Feyd-Rautha se mit à orchestrer les émotions de main de maître. Il fit signe à ses manipulateurs et distracteurs, vérifiant d'un coup d'œil leur équipement, les fers avec leurs pointes acérées et brillantes, les crochets et les barbes où flottaient les banderoles bleues. Puis il leva la main à l'adresse des musiciens.

La marche lente, aux accents anciens, s'éleva dans l'arène et Feyd-Rautha, à la tête de sa troupe, s'avança vers la loge de son oncle. Il saisit la clé de la cérémonie qu'on lui lançait.

La musique se tut.

Dans le silence soudain, il prit deux pas de recul, leva la clé et cria : « Je dédie cette vérité à… » Il s'interrompit, devinant les pensées de son oncle : *Ce jeune fou va dédier la vérité à Dame Fenring, envers et contre tout et provoquer un scandale !*

« … à mon oncle et supérieur, le Baron Vladimir Harkonnen ! » acheva Feyd-Rautha.

Avec délices, il surprit le soupir de son oncle.

La musique entama une marche plus rapide et, avec ses hommes, Feyd-Rautha traversa l'arène en direction de la porte de prudence que ne pouvaient franchir que ceux qui arboraient le ruban spécial d'identification. Il se félicitait de n'avoir jamais eu à utiliser cette porte et d'avoir eu rarement recours aux distracteurs. Mais, en ce jour, il était bon de savoir qu'il pouvait en disposer. Les plans spéciaux recèlent parfois des dangers spéciaux.

À nouveau, ce fut le silence sur l'arène.

Feyd-Rautha se retourna et fit face à la large porte rouge par laquelle devait surgir le gladiateur.

Le gladiateur spécial.

Le plan mis au point par Thufir Hawat était d'une simplicité admirable, songeait Feyd-Rautha. L'esclave ne serait pas drogué. Là résidait le danger. Au lieu de cela, un mot-clé avait été implanté dans son inconscient qui, à l'instant critique, provoquerait l'immobilisation des muscles. Feyd-Rautha se répéta plusieurs fois le mot, en silence : « Racaille ! » Aux yeux de l'assistance, tout se passerait comme si l'on avait réussi à introduire dans l'arène un esclave non drogué afin de tuer le na-Baron. Et les preuves évidentes et soigneusement préparées désigneraient le maître des esclaves comme coupable.

Un ronronnement sourd s'éleva de la porte rouge à l'instant où les servo-moteurs d'ouverture étaient mis en route.

Feyd-Rautha concentra tous ses sens sur la porte. Le premier instant était le plus critique. À la seconde où le gladiateur apparaissait, un œil entraîné pouvait apprendre tout ce qu'il lui fallait savoir. Tous les gladiateurs étaient censés être sous l'influence de l'elacca, prêts à mourir au combat. Mais il fallait observer la façon dont ils brandissaient le couteau, dont ils paraient, qu'ils eussent ou non conscience de la foule. Une simple inclinaison de tête pouvait fournir un indice vital pour le combat, les attaques et les feintes.

La porte rouge s'ouvrit.

L'homme qui en surgit était grand, musculeux, le crâne rasé, les yeux sombres, profondément enfoncés.

Sa peau avait la teinte rouge carotte que conférait l'elacca, mais Feyd-Rautha savait que ce n'était en réalité qu'une application de teinture. L'esclave portait des collants verts et la ceinture rouge d'un semi-bouclier sur laquelle une flèche blanche, pointée vers la gauche, indiquait le flanc non protégé. Il tenait son couteau ainsi qu'une épée, légèrement pointée en avant, dans l'attitude d'un combattant expérimenté. Lentement, il s'avança dans l'arène, présentant son côté protégé à Feyd-Rautha et aux hommes rassemblés près de la porte de prudence.

« Je n'aime pas l'allure de celui-là, dit l'un des piqueurs de Feyd-Rautha. Êtes-vous certain qu'il soit drogué, Mon Seigneur ? »

« Il en a la couleur », dit Feyd-Rautha.

« Pourtant, il est en position de combat », dit un autre.

Feyd-Rautha fit deux pas dans le sable, étudiant son adversaire.

« Qu'a-t-il donc fait à son bras ? » demanda l'un des distracteurs.

Le regard de Feyd-Rautha se porta sur la cicatrice qui marquait l'avant-bras gauche de l'esclave. Puis il vit la main qui lui désignait le dessin sanglant tracé sur la cuisse gauche du collant. Un faucon stylisé.

Un faucon !

Feyd-Rautha regarda droit dans les yeux sombres et les vit briller d'excitation.

C'est l'un des hommes du Duc que nous avons capturés sur Arrakis ! se dit-il. *Et non un simple gladiateur !* Il eut un long frisson et se demanda si le plan de Hawat n'était pas tout différent de ce qu'il en connaissait. S'il n'y avait pas un stratagème dans le stratagème...

Même ainsi, seul le maître des esclaves apparaîtrait comme coupable !

Le chef de ses hommes se pencha à son oreille : « Je n'aime pas du tout son allure, Mon Seigneur. Laissez-moi lui planter une ou deux piques dans le bras. »

« Je les planterai moi-même », dit Feyd-Rautha. Il prit à l'homme deux dards à crochets, les souleva, éprouvant leur équilibre. Ces piques aussi étaient d'habitude enduites de drogue, mais pas cette fois et il pourrait en coûter la vie au chef des aides. Mais tout cela faisait partie du plan.

Après, tu seras un héros, se dit Feyd-Rautha. *Tu auras tué ton gladiateur en homme, malgré la traîtrise. Le maître des esclaves sera exécuté et ton homme le remplacera alors.*

Feyd-Rautha fit encore cinq pas dans l'arène, observant toujours l'esclave. Il savait que, déjà, les experts présents dans les loges avaient compris que quelque chose était anormal. Le gladiateur avait la couleur de peau d'un homme drogué mais il demeurait fermement sur sa position et ne tremblait pas. Les aficionados devaient murmurer entre eux : « Regardez comme il se tient. Il devrait s'agiter, pourtant... Attaquer, battre en retraite. Mais il garde ses forces, il attend. Il ne devrait pas. »

Feyd-Rautha sentit croître sa propre excitation. *Trahison ou non*, se dit-il, *je peux l'abattre. Et c'est dans mon long couteau que se trouve le poison, aujourd'hui, pas dans le plus court. Même Hawat ignore cela.*

« Eh, Harkonnen ! lança l'esclave. Es-tu prêt à mourir ? »

Un silence de mort tomba sur l'arène. *Jamais les esclaves ne lançaient le défi !*

À présent, Feyd-Rautha voyait les yeux de l'homme, il pouvait y lire la férocité glacée du désespoir. Il nota la façon dont l'homme se tenait, décontracté, vigilant, tous ses muscles prêts à la victoire. Le télégraphe secret des esclaves avait dû lui apporter le message de Hawat : *« Tu auras une chance réelle de tuer le na-Baron. »* Mais cela, ils l'avaient mis au point ensemble, avec Hawat.

Un sourire furtif vint jouer sur les lèvres de Feyd-Rautha. Il leva les piques. Dans la position du gladiateur, maintenant, il entrevoyait le succès de ses plans.

« Ha ! Ha ! Ha ! » cria l'esclave, et il fit deux pas en avant, lentement.

Maintenant, songea Feyd-Rautha, *nul ne peut plus être abusé.*

Cet esclave aurait dû être en partie paralysé par la terreur suscitée par la drogue. Chacun de ses mouvements aurait dû trahir son désespoir, la certitude que, pour lui, il n'y avait ici aucune chance de gagner. Il aurait dû avoir en tête les histoires innombrables qui circulaient à propos des divers poisons dont le na-Baron se plaisait à enduire la courte lame qu'il tenait dans sa main gantée de blanc. Jamais, avec lui, la mort n'était rapide. Il se délectait à faire la démonstration de poisons rares et, dans l'arène, expliquait à l'assistance tel ou tel intéressant effet secondaire tandis que la victime se tordait au sol.

Certes, il y avait de la peur en l'homme. De la peur, et non de la terreur.

Feyd-Rautha leva haut les piques, inclinant la tête en un signe de semi-acquiescement.

Le gladiateur attaqua.

Ses feintes et ses contres étaient parmi les meilleurs que Feyd-Rautha ait jamais vus. Un coup latéral, ajusté avec précision, manqua la jambe du na-Baron d'une fraction de seconde.

Feyd-Rautha rompit en sautant, laissant une pique dans l'avant-bras droit de l'esclave. La pointe était profondément enfoncée et les crochets, sous la chair, ne pouvaient être dégagés qu'en arrachant les tendons.

Des cris étouffés montèrent des tribunes.

Et Feyd-Rautha se sentit envahi par l'exaltation.

Il savait maintenant ce qu'éprouvait son oncle, assis là-bas en compagnie des Fenring venus de la Cour Impériale pour observer. Dans ce combat, il ne pouvait y avoir d'interférence. Devant de tels témoins, les règles devaient être observées. Le Baron ne pouvait traduire ce qui se passait dans l'arène que d'une seule manière : une menace contre sa personne.

L'esclave recula. Il tenait son couteau entre ses dents et, à l'aide de la banderole, attachait le dard au long de son bras blessé. « Je ne sens rien ! » cria-t-il avant de se remettre en marche, le couteau levé, offrant son flanc gauche tout en ployant le corps en arrière pour profiter au maximum de la protection du semi-bouclier.

Ce mouvement n'échappa pas aux tribunes. Des cris véhéments s'élevèrent des loges familiales. Feyd-Rautha entendit les appels de ses hommes qui lui offraient leur assistance. D'un geste, il leur intima de gagner la porte de prudence.

Je vais leur donner un spectacle qu'ils n'ont jamais connu, songea-t-il. *Pas une bonne tuerie bien organisée dont ils puissent admirer le style dans leurs fauteuils. Non... Quelque chose qui va leur attraper les tripes et les tordre. Quand je serai Baron, ils se souviendront de ce jour et, à cause de ce jour, ils auront peur de moi et ne pourront m'échapper.*

Le gladiateur continuait de progresser comme un crabe et Feyd-Rautha lui céda du terrain, lentement. Ses pas crissaient sur le sable de l'arène. Il percevait le halètement de l'esclave, l'odeur âcre de sa propre sueur et aussi celle du sang.

Il se porta sur la droite, préparant sa seconde pique. L'esclave oscilla. Feyd-Rautha fit mine de trébucher et entendit le cri qui venait de toutes les tribunes.

Une fois encore, l'esclave attaqua.

Dieux ! Quel adversaire ! songea Feyd-Rautha en se dérobant. Seule la vivacité de la jeunesse le sauva, mais il laissa quand même un second dard profondément enfoncé dans le muscle deltoïde droit du gladiateur.

Des applaudissements frénétiques plurent des tribunes.

Ils m'acclament, à présent, se dit Feyd-Rautha. Et il percevait la sauvagerie qui habitait les voix, tout à coup, ainsi que l'avait prévu Hawat. Jamais encore ils n'avaient ainsi applaudi un champion familial. Il se souvint de ce que lui avait dit le Mentat : *« Il est facile d'être terrifié par un ennemi que l'on admire. »* Et cette pensée avait maintenant des échos sinistres.

Rapidement, il battit en retraite vers le centre de l'arène où il pourrait clairement percevoir chaque détail. Il sortit son long couteau, s'accroupit et attendit.

L'esclave ne s'attarda que le temps de lacer la seconde pique au long de son bras, ainsi qu'il avait fait pour la première, puis il se remit en marche.

Que la famille me regarde, se dit Feyd-Rautha. *Je suis leur ennemi. Il faut qu'ils pensent désormais à moi tel qu'ils me voient maintenant.*

Il brandit sa lame courte.

« Je ne te crains pas, porc de Harkonnen, dit le gladiateur. Tes tortures ne peuvent atteindre un mort. Je peux mourir de ma propre lame avant qu'un de tes valets ne me touche. Et tu mourras en même temps ! »

Feyd-Rautha sourit. Il pointait maintenant la longue lame, celle qui était enduite de poison.

« Essaye celle-ci », dit-il, et, de l'autre main, il feinta avec la lame courte.

L'esclave changea son arme de main et se tourna, parant et feintant dans le même temps pour se saisir de la lame courte du na-Baron. Celle qui, dans la main gantée de blanc, selon la tradition, devait porter le poison.

« Tu vas mourir, Harkonnen ! » souffla le gladiateur.

Ils se ruèrent l'un contre l'autre. Lorsque les boucliers entraient en contact, une lueur bleue naissait. L'odeur acide de l'ozone se faisait plus forte d'instant en instant.

« Meurs de ton propre poison ! » gronda l'esclave.

Il se saisit de la main gantée de blanc de Feyd-Rautha et la replia vers l'intérieur.

Il faut que tous voient cela ! pensa Feyd-Rautha.

Il abaissa la lame longue qui vint heurter en vain la pique lacée contre l'avant-bras de l'esclave.

Un instant, il fut troublé. Il n'avait pas encore songé que ses propres dards puissent être, pour le gladiateur, un moyen de défense. Mais, en vérité, ils lui faisaient une sorte de bouclier improvisé. Et l'homme était fort ! Peu à peu, inexorablement, la lame courte de Feyd-Rautha se rapprochait de sa chair et il se dit qu'un homme pouvait mourir par le couteau, sans le moindre poison.

« Racaille ! » cracha-t-il.

Au mot-clé, les muscles du gladiateur obéirent par un bref instant de flaccidité. Ce qui suffit à Feyd-Rautha. L'espace ainsi ouvert entre eux était suffisant pour permettre le passage de son long couteau. La pointe empoisonnée laissa un sillon rouge sur le torse du gladiateur. La souffrance fut immédiate. L'homme se dégagea et tituba en arrière.

À présent, se dit Feyd-Rautha, *que ma chère famille se régale. Qu'ils croient tous que cet esclave allait retourner contre moi la lame empoisonnée. Qu'ils se demandent donc comment un gladiateur a pu ainsi pénétrer dans l'arène pour tenter de m'assassiner. Et qu'ils puissent ne jamais savoir avec certitude laquelle de mes mains porte le poison.*

En silence, Feyd-Rautha observait maintenant les gestes de l'esclave. Celui-ci se déplaçait maintenant avec hésitation. Chacun pouvait lire sur son visage ce qui s'y dessinait clairement : la mort. L'homme savait ce qui venait de se passer et comment cela s'était passé. Il savait que le poison s'était trouvé sur le mauvais couteau.

« Toi ! » coassa-t-il.

Feyd-Rautha recula pour lui laisser assez de place pour mourir. Il fallait encore que l'élément paralysant du poison fît son effet mais la lenteur des gestes de l'homme était, quant à cela, éloquente.

Il tituba en avant, un pas après l'autre, comme tiré par quelque fil invisible. Et chaque pas semblait être le dernier. Il n'avait pas lâché son arme, mais elle tremblait maintenant entre ses doigts.

« Un jour… l'un… de nous… te tuera », souffla-t-il.

Une petite moue triste vint déformer sa bouche. Il tomba assis, puis s'effondra complètement, se raidit et roula un peu plus loin, face contre terre.

Dans l'arène silencieuse, Feyd-Rautha s'avança et, du pied, retourna le corps de son adversaire afin que chacun, dans les tribunes, pût voir opérer le poison dans les convulsions du visage. Mais le couteau du gladiateur était planté dans sa propre poitrine.

En dépit de la frustration qu'il éprouva soudain, Feyd-Rautha ne put rejeter un élan d'admiration pour l'effort que l'homme avait dû accomplir pour lutter contre la paralysie. Et, dans le même temps, il comprit qu'il devait *réellement* craindre quelque chose.

Est terrifiant ce qui rend un humain surhumain.

Comme il se concentrait sur cette pensée, Feyd-Rautha prit conscience du bruit qui venait des tribunes et des loges, tout autour de lui, le bruit d'applaudissements sans retenue.

Il se retourna alors et regarda l'assistance.

Ils l'acclamaient, tous, sauf le Baron qui, le menton dans la main, le contemplait, et le Comte et sa Dame dont le sourire était comme un masque.

À cet instant, le Comte se tournait vers sa Dame et lui disait : « Ah... Mmmm... Un jeune homme plein de... Mmmm... ressources, n'est-ce pas, ma chère ? »

« Ses... Euh... réponses synaptiques sont particulièrement vives », dit-elle.

Le Baron la regarda, puis son attention se porta sur son époux avant de revenir à l'arène. Et il songea : *Dire que quelqu'un peut s'approcher à ce point de l'un des miens !* La rage, maintenant, remplaçait la peur. *Cette nuit, le maître des esclaves sera mis à mort, lentement, sur un feu... Mais si ce Comte et sa Dame ont quelque chose à voir dans ceci...*

La discussion dans la loge du Baron n'était plus qu'un écho distant pour Feyd-Rautha, les voix se noyaient dans les chants qui s'élevaient maintenant de toute l'arène :

La tête ! La tête ! La tête ! La tête !

Le Baron prit un air renfrogné en voyant Feyd-Rautha se tourner vers lui. Contrôlant difficilement sa rage, le Baron fit un geste indolent de la main vers le jeune homme qui se tenait dans l'arène au côté du corps de l'esclave. Qu'on lui offre la tête. Il l'a gagnée en compromettant le maître des esclaves.

Feyd-Rautha vit le signe d'agrément et pensa : *Ils croient me faire honneur. Qu'ils voient donc ce que j'en pense !*

Ses gens s'approchaient, le couteau-scie en main pour les honneurs. D'un geste impératif il les arrêta, les vit hésiter et réitéra son ordre. *Ils pensent m'honorer avec une tête !* pensait-il. Il se baissa, croisa les mains du gladiateur autour du manche du couteau dépassant de sa poitrine, puis arracha la lame et la plaça dans les doigts inertes.

Cela fut fait en un instant. Puis il se redressa et fit signe à ses hommes d'approcher. « Enterrez-le ainsi, avec le couteau dans les mains, dit-il. Il l'a mérité. »

Dans la loge dorée, le Comte Fenring se pencha vers le Baron et lui dit : « Un beau geste que celui-ci... Quelle grandeur ! Votre neveu a autant de style que de courage ! »

« En refusant la tête, il insulte la foule », grommela le Baron.

« Pas du tout », dit Dame Fenring en se retournant et en portant son regard sur les gradins.

Dans ce mouvement, le Baron remarqua la ligne de son cou, le jeu adorable des muscles. Adorable comme un jeune garçon.

« Ils apprécient ce que vient de faire votre neveu », dit-elle.

Le Baron regarda et vit que la foule, effectivement, avait correctement interprété le geste de Feyd-Rautha. Jusqu'aux places les plus lointaines, chacun, maintenant, observait le corps intact du gladiateur que l'on emmenait.

Et chacun hurlait, trépignait, s'excitait.

D'une voix lasse, le Baron déclara : « Il va me falloir ordonner une fête. On ne peut renvoyer ainsi le peuple, sans qu'il ait dépensé son énergie. Il faut qu'ils voient que je partage leur excitation, leur joie. » Il fit un geste à l'intention de ses gardes. Au-dessus de la loge, un serviteur abaissa par trois fois la bannière orange de Harkonnen, donnant le signal de la fête.

Feyd-Rautha traversa l'arène et vint s'arrêter devant la loge dorée. Il avait remis ses armes au fourreau et ses mains pendaient à ses côtés. Par-dessus la rumeur de la foule, il demanda : « Une fête, mon Oncle ? »

Le bruit des voix innombrables décrut comme chacun essayait de percevoir la conversation.

« En ton honneur, Feyd ! » dit le Baron. Une fois encore, il fit abaisser la bannière orange.

Dans l'arène, les barrières avaient été jetées à bas et des jeunes gens se ruaient sur le sable en direction du na-Baron.

« Vous avez fait abaisser les boucliers, Baron ? » demanda le Comte Fenring.

« Personne ne portera la main sur le garçon. C'est un héros », dit le Baron.

Le premier des jeunes gens atteignit Feyd-Rautha et le hissa sur ses épaules avant de s'élancer pour un tour d'arène.

« Il pourrait aller sans arme et sans bouclier dans les quartiers les plus pauvres d'Harko, cette nuit, dit le Baron. On lui donnerait ce qui reste de nourriture ou de boisson pour la seule joie de sa compagnie. »

Le Baron quitta son fauteuil et assura sa masse dans ses suspenseurs. « Je vous prie de me pardonner, mais certaines questions requièrent mon attention immédiate. Le garde vous conduira. ».

Le Comte s'inclina. « Mais certainement, Baron. Nous allons nous préparer pour la fête. Je... Mmm... je n'ai jamais vu... Mmm... une fête harkonnen. »

« Ah oui, la fête », dit le Baron. Il se détourna et, entouré de ses gardes, quitta la loge par l'issue privée.

Un capitaine s'inclina alors devant le Comte. « Quels sont vos ordres, Mon Seigneur ? »

« Nous... Mmm... nous allons attendre que la foule... Mmm... diminue pour passer. »

« Bien, Mon Seigneur. » Le capitaine s'inclina de nouveau et recula de trois pas.

Le Comte se tourna vers sa dame et s'adressa à elle dans leur langage codé en murmurant : « Vous avez vu, n'est-ce pas ? »

« Le garçon savait que le gladiateur ne serait pas drogué. Il a éprouvé de la peur, sans doute, mais aucune surprise. »

« Tout était préparé, dit le Comte. Tout le combat. »

« Cela ne fait pas le moindre doute. »

« Cela ressemble furieusement à Hawat. »

« Bien sûr. »

« J'avais exigé que le Baron l'élimine. »

« C'était une erreur, mon cher. »

« Je le comprends maintenant. »

« Les Harkonnen pourraient avoir un nouveau Baron avant peu. »

« Si tel est le plan de Hawat. »

« Ce qui demande réflexion, j'en conviens », dit Dame Fenring.

« Le jeune sera plus susceptible d'être contrôlé. »

« Pour nous… après cette nuit. »

« Vous n'entrevoyez aucune difficulté pour le séduire, ma petite pouliche ? »

« Non, mon amour. Vous avez vu vous-même la façon dont il m'a regardée. »

« Oui, et je comprends maintenant pourquoi il nous faut cette lignée. »

« Bien sûr, et il est tout aussi évident que nous devons avoir une prise sur lui. Je vais implanter tout au fond de lui les phrases prana-bindu qui permettront de le soumettre. »

« Nous partirons aussitôt que possible… aussitôt que vous serez sûre », dit le Comte.

Elle eut un frisson. « Coûte que coûte. Je ne pourrais porter un enfant en un lieu aussi affreux. »

« Ce que nous faisons, nous le faisons au nom de l'humanité », dit-il.

« Vous avez la part la plus aisée. »

« Je dois triompher cependant de certains préjugés anciens. Ils sont d'importance, vous le savez. »

Elle lui tapota la joue. « Mon pauvre chéri… Vous savez pourtant que c'est là le seul moyen de sauver cette lignée. »

Il répondit d'une voix sèche : « Je comprends parfaitement ce que nous faisons. »

« Nous n'échouerons pas. »

« Le sentiment de culpabilité commence comme un doute », lui rappela-t-il.

« Il n'y aura pas de culpabilité. Il n'y aura que l'hypnoliaison de la psyché de ce Feyd-Rautha et son enfant dans ma matrice. Ensuite… nous partirons. »

« Son oncle, dit-il. Avez-vous jamais rencontré un être aussi distordu ? »

« Il est très redoutable, oui. Mais le neveu pourrait bien devenir pire encore. »

« Grâce à son oncle. Quand l'on songe à ce que ce garçon aurait pu devenir avec une autre éducation, celle des Atréides, par exemple. »

« C'est triste. »

« Nous aurions pu sauver le jeune Atréides comme celui-ci, reprit le Comte. D'après ce que j'ai entendu dire du jeune Paul, c'était un garçon remarquable, un résultat parfait sur le plan de l'hérédité et de l'éducation. (Il secoua la tête.) Mais ne pleurons pas en vain sur l'aristocratie du malheur. »

« Il existe une maxime bene gesserit à ce propos », dit sa Dame.

« Vous en avez pour tout ! »

« Celle-ci vous plaira. Elle dit : "Ne comptez point un humain au nombre des morts aussi longtemps que vous n'aurez pas vu son corps. Et même alors, ce pourrait encore être une erreur." »

Dans « Un moment de réflexion », Muad'Dib rapporte que le véritable début de son éducation correspondit à ses premiers contacts avec les impératifs d'Arrakis. Il apprit alors à sonder le sable pour connaître le temps, il apprit le langage des aiguilles que le vent plante dans la peau. Il connut alors la valeur de l'humidité de son corps et l'irritation du sable dans le nez et, tandis que ses yeux prenaient le bleu de l'Ibad, il reçut l'enseignement chakobsa.

Préface de Stilgar à Muad'Dib, l'Homme,
par la Princesse Irulan.

DANS LA PÂLE CLARTÉ DE LA PREMIÈRE LUNE, LA TROUPE DE Stilgar quittait le bassin avec ses deux rescapés du désert. Toutes ces silhouettes aux robes flottantes se hâtaient : l'odeur du foyer était déjà dans les narines. Derrière eux, la ligne grise de l'aube était plus brillante. Au calendrier de l'horizon, cela signifiait Caprock, le premier mois de l'automne.

Au pied de la falaise, le vent brassait les feuilles mortes amassées là par les enfants du sietch. Nul n'aurait pu distinguer les bruits qui venaient de la troupe de ceux de la nuit, à l'exception de quelques fautes occasionnelles de Paul et de sa mère.

Paul, de la main, balaya la fine pellicule de poussière qui s'était formée sur son front. Il sentit alors un contact sur son bras et la voix de Chani murmura : « Fais ce que je t'ai dit : ramène l'ourlet de ton capuchon sur ton front ! Ne laisse exposés que tes yeux ! Tu perds de l'humidité ! »

Derrière eux, une voix chuchota : « Le désert vous écoute ! »

Loin au-dessus d'eux, dans les rochers, un oiseau siffla. La troupe s'arrêta et Paul sentit brusquement la tension qui l'environnait.

Il perçut un choc assourdi, quelque part dans les rochers. Une souris, en sautant dans le sable, n'aurait pas fait plus de bruit.

L'oiseau siffla de nouveau.

Il y eut des mouvements dans les rangs des Fremen. Puis le bruit sourd se répéta.

L'oiseau siffla une troisième fois.

La troupe reprit alors son escalade et s'engagea dans la crevasse. Mais, à présent, la façon dont les hommes respiraient, autour de lui, maintenait Paul en état d'alerte. Il remarqua quelques regards qui se tournaient vers Chani. Et Chani elle-même paraissait soudain distante, renfermée.

Ils foulaient le rocher, maintenant. Dans le bruissement léger des robes, Paul percevait un début de relâchement de la discipline. Pourtant, Chani et les autres conservaient leur silence, leur calme. Il suivit une silhouette sombre au long d'un escalier naturel. Un virage, d'autres marches encore, puis un tunnel, et enfin deux portes scellées pour l'humidité, ouvrant sur un étroit passage baigné de lumière jaune, aux parois et au plafond rocheux.

Tout autour de Paul, les Fremen rejetaient leurs capuchons en arrière, ôtaient les embouts de leurs narines et respiraient profondément. Quelqu'un soupira. Paul se mit en quête de Chani et vit qu'elle s'était éloignée. Puis il fut pris dans un remous de corps, quelqu'un le bouscula et une voix lui dit : « Excuse-moi, Usul ! Quelle ruée ! C'est toujours comme ça ! »

À sa gauche, il découvrit le visage maigre et barbu de l'homme appelé Farok. Les yeux bleus et les orbites tachetées semblaient encore plus sombres à la clarté jaunâtre des globes.

« Ôte ton capuchon, Usul, lui dit Farok. Nous sommes arrivés. » Il se mit en devoir de l'aider, défaisant l'attache tout en lui ménageant un espace à coups d'épaule.

Paul ôta les embouts de ses narines, puis découvrit sa bouche. L'odeur de cet endroit l'assaillit, une odeur de corps sales, de déchets distillés. L'effluve de toute une humanité avec, en contrepoint, le parfum de l'épice.

« Qu'attendons-nous, Farok ? » demanda-t-il.

« La Révérende Mère, je pense. Tu as entendu le message... Pauvre Chani. »

Pauvre Chani ? répéta Paul en lui-même. Il regarda autour de lui. Il se demandait où était Chani, maintenant, et où était passée sa mère dans cette mêlée.

Farok souffla profondément. « L'odeur du foyer », dit-il.

Paul prit conscience du plaisir qu'éprouvait le Fremen à respirer cet air malodorant. Il n'y avait pas eu la moindre ironie dans ses paroles. Puis il entendit tousser sa mère et sa voix lui parvint. « Comme elles sont riches, les odeurs de votre sietch, Stilgar. Je vois que vous faites nombre de choses avec l'épice... du papier... du plastique... et là, est-ce que ce ne sont pas des explosifs chimiques ? »

« Vous savez cela par l'odeur ? » C'était une autre voix d'homme. Et Paul comprit que sa mère avait parlé pour son bénéfice, qu'elle désirait qu'il accepte rapidement cet assaut d'odeurs.

Puis, un bourdonnement d'activité s'éleva en tête de la troupe, tous les Fremen parurent retenir leur souffle et des voix chuchotèrent : « C'est vrai... Liet est mort. »

Liet, pensa Paul. Puis : *Chani, la fille de Liet.* Les pièces se mirent en place dans son esprit. Liet était le nom fremen du planétologiste. Il regarda Farok et lui demanda : « Est-ce Liet que nous connaissons sous le nom de Kynes ? »

« Il n'y a qu'un seul Liet », dit Farok.

Paul se détourna et son regard se porta sur la foule des Fremen. *Ainsi*, songea-t-il, *Kynes est mort.*

« C'est une ruse des Harkonnen, souffla quelqu'un. Ils voulaient que cela ressemble à un accident... Ils l'ont perdu dans le désert... un accident d'orni... »

Paul sentit la colère monter en lui. Cet homme qui était devenu leur ami, qui les avait aidés à échapper aux chasseurs de Harkonnen, qui avait envoyé les cohortes des Fremen à leur recherche, cet homme, à son tour, avait été victime des Harkonnen.

« Usul a-t-il déjà soif de vengeance ? » demanda Farok.

Avant que Paul ait pu répondre, un ordre fut donné à faible voix et la troupe tout entière s'avança dans une vaste salle, l'entraînant avec elle. Il se retrouva en face de Stilgar et d'une étrange femme qui portait un vêtement flottant aux couleurs vives, orange et vert. Ses bras étaient nus jusqu'aux épaules et Paul pouvait voir qu'elle ne portait pas de distille. Sa peau était d'une teinte olive pâle. Ses cheveux noirs étaient ramenés en arrière au-dessus de son front haut, faisant ressortir ses pommettes et son nez aquilin entre ses yeux sombres au regard intense.

Comme elle se tournait vers lui, Paul vit que des anneaux d'or mêlés à des anneaux d'eau pendaient à ses oreilles.

« C'est *cela* qui a terrassé mon Jamis ? » demanda-t-elle.

« Silence, Harah, dit Stilgar. C'est Jamis qui l'a défié. Il a réclamé le tahaddi al-burhan. »

« Ce n'est qu'un enfant ! » lança-t-elle. Elle secoua vivement la tête et les anneaux d'eau tintèrent à ses oreilles. « Mes enfants privés de père par un autre enfant ? Très certainement, c'est un accident ! »

« Usul, combien comptes-tu d'années ? » demanda Stilgar.

« Quinze années standard », dit Paul.

Le regard de Stilgar courut sur les hommes assemblés.

« Y en a-t-il un parmi vous qui veuille me défier ? »

Silence.

Le regard de Stilgar revint alors sur la femme. « Jusqu'à ce que je connaisse son art étrange, je ne le défierai pas. »

Elle affronta son regard. « Mais… »

« Tu as vu la femme étrangère qui, avec Chani, est allée vers la Révérende Mère ? Elle est notre Sayyadina hors-freyn, la mère de ce garçon. Mère et fils sont maîtres en l'art étrange du combat. »

« *Lisan al-Gaib* », murmura la femme, et son regard se tourna à nouveau vers Paul, mais avec émotion cette fois.

La légende, à nouveau, songea Paul.

« Peut-être, dit Stilgar. Mais nous n'avons pas encore de preuve. (Il regarda Paul.) Usul, il est de règle que la responsabilité de la femme de Jamis, ici présente, te revienne, ainsi que celle de ses deux fils. Son yali… ses appartements sont tiens. Son service à café aussi… Et sa femme. »

Paul observait la femme et se demandait : *Pourquoi ne pleure-t-elle pas son homme ? Pourquoi ne montre-t-elle aucune haine à mon égard ?* Brusquement, il s'aperçut que tous les Fremen le regardaient, attendaient.

Quelqu'un murmura : « Il y a du travail. Dis pourquoi tu l'acceptes. »

« Acceptes-tu Harah comme femme ou comme servante ? » demanda Stilgar.

Harah leva les bras, et lentement, pivota sur un talon.

« Je suis encore jeune, Usul. On dit que je parais encore aussi jeune que lorsque j'étais avec Geoff… avant que Jamis l'ait vaincu. »

Jamis a donc tué un autre pour l'avoir, se dit Paul.

« Si je l'accepte comme servante, dit-il enfin, pourrai-je changer d'idée plus tard ? »

« Tu auras un an pour cela, dit Stilgar. Après, elle sera une femme libre et pourra choisir selon ses désirs… À moins que tu ne la libères avant. Mais elle est sous ta responsabilité, quoi qu'il en soit, pour une année… Et tu seras toujours en partie responsable des fils de Jamis. »

« Je l'accepte pour servante », dit Paul.

Harah tapa du pied et haussa les épaules avec colère.

« Mais je suis jeune ! »

Stilgar regarda Paul. « La prudence est une qualité pour celui qui dirige. »

« Mais je suis jeune ! » répéta Harah.

« Silence, ordonna Stilgar. Si une chose a quelque mérite, elle sera. Montre ses quartiers à Usul et veille à ce qu'il ait des vêtements frais ainsi qu'un lieu pour se reposer. »

« Ohhh », se lamenta-t-elle.

Paul avait déjà suffisamment enregistré pour avoir une première approximation de Harah. Il percevait l'impatience grandissante de la troupe et savait qu'il restait bien des choses à faire. Il se demanda s'il devait oser s'enquérir de la situation de sa mère et de Chani mais il vit à l'apparence de Stilgar que ce serait une faute.

Il se tourna vers Harah et accentua sa peur et son trouble en parlant avec un léger trémolo : « Montre-moi mes quartiers, Harah ! Nous discuterons de ta jeunesse une autre fois ! »

Elle prit deux pas de recul et eut un regard effrayé à l'adresse de Stilgar. « Il a la voix d'étrangeté », souffla-t-elle.

« Stilgar, dit Paul, j'ai de lourdes obligations envers le père de Chani. S'il est quelque chose que... »

« Ce sera décidé en conseil, dit Stilgar. Tu pourras parler, alors. » Puis il hocha la tête et se mit en route, suivi par toute la troupe.

Paul prit le bras de Harah, remarquant à quel point sa chair était fraîche. Il vit qu'elle tremblait. « Je ne te ferai point de mal, Harah. Montre-moi mes quartiers. » Il adoucissait sa voix d'une note de calme.

« Tu ne me rejetteras pas quand l'année sera écoulée ? demanda-t-elle. Je sais bien qu'en vérité je ne suis plus aussi jeune que je l'étais. »

« Aussi longtemps que je vivrai tu auras une place auprès de moi, dit-il. (Il lui lâcha le bras.) Maintenant, viens. Où sont mes quartiers ? »

Elle le précéda le long du passage, tourna à droite dans un large tunnel latéral éclairé de loin en loin par des globes jaunes. Le sol rocheux était lisse, sans le moindre grain de sable.

Tout en marchant, Paul la regarda, observant son profil aquilin.

« Tu ne me détestes pas, Harah ? »

« Pourquoi devrais-je te détester ? »

Elle inclina la tête à l'adresse d'un groupe d'enfants qui les observaient. Derrière eux, de l'autre côté de draperies qui les dissimulaient à demi, Paul entrevit des adultes.

« J'ai... terrassé Jamis », dit-il.

« Stilgar a dit que la cérémonie avait eu lieu et que tu étais un ami de Jamis. (Elle lui jeta un regard.) Il dit que tu as donné ton humidité au mort. Est-ce vrai ? »

« Oui. »

« C'est plus que je ne ferai, plus que je puis faire. »

« Tu ne le pleures pas ? »

« Lorsque viendra le temps de pleurer, je le pleurerai. »

Ils passèrent devant une entrée en arche et Paul, dans une vaste pièce claire, vit des hommes et des femmes qui s'activaient autour d'une machine avec une sorte de hâte frénétique.

« Que font-ils ? »

Harah suivit son regard et dit : « Ils se dépêchent de finir leur quota de plastique avant que nous fuyions. Nous aurons besoin de beaucoup de collecteurs de rosée pour les plantations. »

« Fuir ? »

« Il le faut, jusqu'à ce que les bouchers cessent de nous poursuivre ou jusqu'à ce qu'ils soient chassés de notre terre. »

Un instant, pour Paul, ce fut comme si le temps s'arrêtait. Il lui revint un fragment de vision presciente. Mais l'image était déplacée, décalée. Ces parcelles de souvenirs prescients n'étaient pas exactement telles qu'il se les rappelait.

« Les Sardaukars nous pourchassent », dit-il.

« Ils ne trouveront pas grand-chose, si ce n'est un ou deux sietchs vides. Et le sable leur réserve leur part de mort. »

« Est-ce qu'ils découvriront cet endroit ? »

« C'est probable. »

« Pourtant, nous prenons le temps de... (Il tourna la tête en arrière.)... de fabriquer des... collecteurs de rosée. »

« Les plantations continuent. »

« Quelle est l'utilité des collecteurs de rosée ? »

Elle le regarda et il y avait une surprise intense dans ses yeux. « Est-ce qu'ils ne t'ont rien appris... là d'où tu viens ? »

« Rien à propos des collecteurs de rosée. »

« Hai ! » s'exclama-t-elle, et c'était comme si elle prononçait une longue phrase.

« Eh bien, insista Paul, que sont les collecteurs de rosée ? »

« Chaque buisson, chaque pousse d'herbe que tu vois dans l'erg, dit-elle, comment crois-tu qu'ils vivent lorsque nous partons ? Chacun d'eux est tendrement planté dans son petit puits et les puits sont emplis d'ovales de chromoplastique. La lumière les fait virer au blanc. Si tu regardes d'un endroit élevé, à l'aube, tu peux les voir briller. Comme des éclairs blancs. Mais quand le Vieux Père Soleil s'en va, le chromoplastique redevient transparent avec l'obscurité. Il se refroidit très rapidement. Sa surface condense l'humidité de l'air et c'est ce qui maintient la plante en vie. »

« Des collecteurs de rosée », murmura Paul, fasciné par la simple beauté du procédé.

« Je pleurerai Jamis quand il en sera temps, reprit Harah, comme si elle n'avait cessé de penser à la question de Paul.

C'était un homme bon mais à la colère vive. Il nous nourrissait très bien et il était merveilleux avec les enfants. Il ne faisait pas de différence entre mon premier-né, le fils de Geoff, et le sien. À ses yeux, ils étaient égaux. (Elle regarda Paul d'un air interrogateur.) En sera-t-il ainsi avec toi, Usul ? »

« Nous n'avons pas ce problème. »

« Mais si... »

« Harah ! »

Au ton dur de sa voix, elle se replia en elle-même et garda le silence.

Ils passèrent devant une nouvelle salle brillamment éclairée.

« Que fait-on ici ? » demanda Paul.

« On y répare les métiers à tisser, dit Harah. Mais, cette nuit, il faut les démonter. (Elle désigna un tunnel qui débouchait à leur gauche.) Dans cette direction se trouvent les salles où l'on fabrique la nourriture et où l'on répare les distilles. (Elle examina Paul.) Le tien paraît neuf. Mais s'il a besoin d'une réparation, je pourrai la faire. Je suis habile à cette tâche. J'ai travaillé à la fabrique, pendant la saison. »

À présent, ils rencontraient de plus en plus souvent des groupes de Fremen et, de part et d'autre du tunnel, les ouvertures se faisaient plus nombreuses. Ils croisèrent une file d'hommes et de femmes qui portaient des fardeaux glougloutants. Une lourde senteur d'épice les suivait.

« Ils n'auront pas notre eau ni notre épice, dit Harah. Tu peux en être certain. »

En passant devant les ouvertures, Paul entrevoyait de lourdes tentures, des murs revêtus de tissus aux couleurs vives, des coussins empilés. À leur approche, les gens devenaient silencieux et suivaient Paul d'un regard farouche.

« Les gens trouvent étrange que tu aies vaincu Jamis, dit Harah. Il faudra probablement que tu donnes des preuves quand nous serons dans un nouveau sietch. »

« Je n'aime pas tuer », dit-il.

« C'est ce que Stilgar nous a dit », fit-elle, mais il perçut le scepticisme dans sa voix.

Devant eux, des voix aiguës chantaient. Ils atteignirent une ouverture plus large que toutes les autres. Paul ralentit le pas et son regard plongea dans une salle pleine d'enfants, assis, jambes croisées, sur le sol revêtu d'un tapis brun.

De l'autre côté de la salle, une femme en tunique jaune se tenait devant un tableau, désignant avec un projecto-stylet divers dessins : cercles, courbes, angles, carrés et arcs coupés de parallèles. Les enfants chantaient en rythme.

Tout en s'éloignant, Paul tendait l'oreille, essayant de comprendre ce que chantaient les voix de plus en plus ténues.

« Arbre, arbre, herbe, dune, vent, montagne, chantaient les voix enfantines. Colline, feu, éclair, rochers, rocs, poussière, sable, chaleur, abri, chaleur, plein, hiver, froid, vide, érosion, été, caverne, jour, tension, lune, nuit, marée, pente, plantation, parpaing… »

« La classe continue en un pareil moment ? » demanda Paul.

Le visage de Harah s'assombrit et il y eut du chagrin dans sa voix lorsqu'elle répondit : « Nous ne pouvons nous arrêter un instant. C'est ce que Liet nous a enseigné. Liet est mort mais il ne peut être oublié. Ainsi le veut le chakobsa. »

Elle dévia sur la gauche et s'avança jusqu'à une loge tendue de draperie orange. « Ton yali est prêt pour toi, Usul. »

Paul hésita avant de s'approcher. Soudain, l'idée de se retrouver seul avec cette femme lui déplaisait. Il se rendait compte qu'il était environné par tout un mode de vie qu'il ne pourrait comprendre qu'à partir d'un ensemble écologique d'idées et de valeurs. Ce monde des Fremen se refermait sur lui, il allait le façonner. Et il savait bien ce que promettait ce piège… le sauvage Jihad, la guerre religieuse qu'il devait éviter à tout prix.

« C'est ton yali, dit Harah. Pourquoi hésites-tu ? »

Paul hocha la tête et la rejoignit. Il souleva les draperies et sentit des fibres de métal sous les doigts. Il suivit Harah dans une entrée étroite, puis dans une pièce plus vaste, carrée, d'environ six mètres de côté. D'épais tapis bleus couvraient le sol et les murs rocheux étaient revêtus de tissu bleu et vert. Des brilleurs jaunes flottaient à proximité des draperies jaunes qui formaient le plafond.

Paul eut l'impression de se trouver dans une ancienne tente.

Harah se tenait immobile devant lui, la main gauche à la hanche. Ses yeux ne quittaient pas le visage de Paul.

« Les enfants sont avec un ami, dit-elle. Ils se présenteront à toi plus tard. »

Paul dissimula la gêne qu'il éprouvait en examinant rapidement la pièce. Il remarqua que les fines draperies, à droite, masquaient en partie une autre pièce, plus vaste, dans laquelle des coussins étaient entassés contre les parois. Il sentit une douce brise sur son visage et découvrit l'orifice du conduit d'air, habilement camouflé dans les replis du tissu, juste au-dessus de sa tête.

« Veux-tu que je t'aide à ôter ton distille ? » demanda Harah.

« Non… Merci. »

« Dois-je t'apporter à manger ? »

« Oui. »

« Après l'autre pièce, il y a une chambre de repos, dit-elle en tendant la main. Pour ton confort et ton plaisir quand tu seras débarrassé de ton distille. »

« Tu as dit qu'il fallait que nous quittions le sietch. Ne devrions-nous pas faire des paquets ou autre chose ?… »

« Ce sera fait en son temps. Il faut encore que les bouchers pénètrent dans notre région. »

Elle hésitait, ne le quittant pas des yeux.

« Qu'y a-t-il ? »

« Tu n'as pas les yeux de l'Ibad, dit-elle. C'est étrange mais pas vraiment déplaisant. »

« Va chercher la nourriture, dit-il. J'ai faim. »

Elle lui sourit. Un sourire de femme, un sourire avisé et troublant.

« Je suis ta servante », dit-elle. Et, d'un mouvement souple, elle se retourna et repoussa une lourde tenture, révélant un étroit passage où elle disparut.

Paul écarta les fines draperies qui le séparaient de l'autre pièce. Il éprouvait de la colère envers lui-même. Un instant, il demeura immobile sur le seuil, incertain. Il se demandait où se trouvait Chani… Chani qui venait de perdre son père.

En cela nous sommes semblables, songea-t-il.

Un appel résonna dans les couloirs, étouffé par les multiples tentures. Il se répéta une seconde fois, un peu plus loin. Puis une fois encore. Paul comprit que l'on annonçait l'heure. Et il se dit qu'il n'avait encore vu aucune horloge dans le sietch.

La faible senteur d'un feu de créosote parvint à ses narines, mêlée à la puanteur omniprésente qui, il en eut conscience, ne lui semblait plus aussi violente.

Puis ses pensées allèrent vers sa mère. À nouveau, il se demanda quel serait son rôle dans les diverses images futures qu'il avait entrevues... Son rôle et celui de la fille qu'elle portait.

Le temps, le temps transformable semblait danser autour de lui. Il secoua la tête et essaya de se concentrer sur les preuves multiples qu'il avait eues de la profondeur de cette culture fremen qui venait de les absorber avec ses bizarreries subtiles.

Dans les grottes fremen aussi bien que dans cette pièce où il se trouvait en cet instant, il avait remarqué un détail qui, à lui seul, suggérait plus de différences que tout ce qu'il avait vu auparavant.

Nulle part, il n'y avait le moindre goûte-poison. Nulle part n'apparaissait le moindre signe de son usage. Pourtant, dans la vague d'odeurs du sietch, il pouvait déceler des poisons, violents ou communs.

Il entendit un bruissement d'étoffe, pensa que Harah était de retour avec son repas et se retourna. Il vit alors, derrière quelques tentures déplacées, deux jeunes garçons qui le regardaient avec des yeux avides. Ils avaient peut-être neuf ou dix ans et tous deux avaient une main posée sur la garde d'un petit krys, pareil à un kindjal. Il se souvint alors de ce que l'on disait à propos des Fremen, que les enfants se battaient avec la même ardeur que les adultes.

Les mains bougent, les lèvres bougent.
Les idées surgissent de ses paroles,
Et son regard est dévorant !
Il est une île sur lui seul close.

Description extraite du Manuel de Muad'Dib,
par la Princesse Irulan.

DANS LES LOINTAINS DE LA CAVERNE, DES TUBES À PHOSPHORE jetaient une faible clarté sur la foule qui se rassemblait. Le regard de Jessica se porta sur les reflets qui couraient sur les murailles rocheuses et elle se dit que cet endroit était plus vaste encore que le Hall de Rassemblement de l'école Bene Gesserit. Elle estimait à environ cinq mille le nombre des Fremen qui se pressaient maintenant autour de la terrasse où elle se tenait en compagnie de Stilgar.

Et il en arrivait d'autres.

L'air était empli du murmure des voix.

« Votre fils a été convoqué, Sayyadina, dit Stilgar. Désirez-vous qu'il partage votre décision ? »

« Pourrait-il la changer ? »

« Il est certain que l'air avec lequel vous parlez vient de vos poumons, mais… »

« La décision demeure telle. »

Mais elle éprouvait des doutes. Elle se demandait si elle devait utiliser Paul comme une excuse pour échapper à une situation dangereuse. Elle devait également penser à cette fille qui n'était pas encore née. Ce qui mettait en danger la chair de la mère mettait aussi en danger celle de la fille.

Des hommes approchèrent, portant des tapis roulés. Grognant sous le poids, ils déposèrent leur fardeau dans un nuage de poussière.

Stilgar prit le bras de Jessica et l'entraîna jusque dans la corne acoustique qui formait la limite arrière de la terrasse rocheuse. Il lui désigna un banc taillé à même le roc. « La Révérende Mère va y prendre place, dit-il, mais vous pouvez vous reposer jusqu'à ce qu'elle arrive. »

« Je préfère demeurer debout », dit Jessica.

Elle regarda les hommes dérouler les tapis, les déployer sur toute la terrasse. Puis son regard revint à la foule. Il y avait bien au moins dix mille personnes, maintenant.

Il en arrivait toujours.

Dehors, sur le désert, elle le savait, le crépuscule rouge survenait déjà. Mais ici, dans la caverne, régnait un demi-jour perpétuel, une grisaille qui emplissait cette vastitude où tous ces gens étaient venus pour la voir risquer sa vie.

À sa droite, un passage s'ouvrit dans la foule et elle vit s'approcher Paul, escorté de deux jeunes garçons. Ces derniers avaient une attitude hautaine et troublante. Fronçant les sourcils, ils gardaient une main sur leur couteau.

« Les fils de Jamis qui sont à présent ceux d'Usul, dit Stilgar. Ils prennent leur rôle d'escorte avec beaucoup de sérieux. » Il sourit à l'adresse de Jessica.

Elle devina l'effort qu'il faisait pour la détendre et elle lui en fut reconnaissante. Mais elle ne parvenait pas à détourner son esprit du danger qu'elle allait affronter.

Je n'avais que ce choix, songea-t-elle. *Nous devons agir rapidement pour assurer notre place au sein de ces Fremen.*

Paul monta sur la terrasse, laissant les enfants de Jamis en bas. Il s'arrêta devant sa mère, jeta un regard à Stilgar, puis dit : « Que se passe-t-il ? Je pensais que l'on m'avait convoqué pour un conseil. »

Stilgar leva la main pour intimer le silence à la foule. Puis il fit un geste vers la gauche, où un autre passage s'était ouvert dans la foule. Chani approchait. Une expression de douleur était peinte sur son visage d'elfe. Un mouchoir vert était noué sur son bras gauche, au-dessous de l'épaule.

Le vert du deuil, songea Paul.

Les deux fils de Jamis lui avaient appris cela indirectement en lui disant qu'ils ne portaient pas de vert parce qu'ils l'avaient déjà accepté comme père-gardien.

« Es-tu le Lisan al-Gaib ? » lui avaient-ils demandé. Et Paul, à travers leurs paroles, avait décelé la présence du Jihad, évitant de répondre à leur question en en posant une autre, ce qui lui avait permis d'apprendre que Kaleff, l'aîné, avait dix ans et qu'il était le fils naturel de Geoff. Orlop, le plus jeune, le fils de Jamis, avait huit ans.

La journée avait été étrange. Les deux enfants étaient restés auprès de lui à sa demande pour éloigner les curieux et lui laisser ainsi le temps de ramener le calme dans ses pensées et ses souvenirs prescients, et de décider d'un moyen de repousser le Jihad.

Maintenant, tandis qu'il contemplait la foule aux côtés de sa mère, il se demandait de nouveau si quoi que ce fût pourrait empêcher la sauvage ruée des légions fanatiques.

Chani s'approchait de la terrasse, suivie à distance par quatre femmes qui en portaient une autre sur une litière.

Jessica, ignorant Chani, concentrait toute son attention sur la femme dans la litière. Elle était vieille, usée, ridée, drapée dans une robe noire dont le capuchon, rejeté en arrière, révélait un chignon gris et un cou décharné.

Doucement, les femmes qui portaient la litière déposèrent leur fardeau sur la terrasse et Chani aida la vieille femme à descendre.

Ainsi, c'est là leur Révérende Mère, songea Jessica.

La vieille en noir s'appuyait lourdement sur l'épaule de Chani en s'avançant vers Jessica. Elle évoquait un fagot de vieilles branches enveloppé dans un tissu noir. Elle s'arrêta, leva les yeux et demeura un long moment silencieuse avant de déclarer dans un chuchotement rauque : « Ainsi c'est vous. La Shadout Mapes a eu raison d'avoir pitié de vous. » La vieille tête oscilla sur le cou maigre.

Jessica répondit d'un ton sec, méprisant : « Je n'ai besoin de la pitié de personne ! »

« Cela reste à prouver, souffla la vieille. (Avec une vivacité surprenante, elle se retourna et fit face à la foule.) Dis-leur, Stilgar. »

« Il le faut ? »

« Nous sommes le peuple de Misr. Depuis que nos ancêtres sunni se sont enfuis de Nilotic al-Ourouba, nous avons connu la mort et la fuite. Les jeunes vivent afin que notre peuple ne meure point. »

Stilgar prit une profonde inspiration et fit deux pas en avant.

Le silence s'établit dans toute l'immense caverne. Il y avait maintenant vingt mille Fremen qui attendaient, immobiles, pétrifiés. Jessica, soudain, se sentit petite et vulnérable.

« Cette nuit, dit Stilgar, nous devrons quitter ce sietch qui nous a abrités pendant longtemps pour aller loin dans le Sud. » Sa voix semblait gronder au-dessus des visages dressés, réverbérée par la corne acoustique.

Dans la foule, il n'y eut pas un murmure.

« La Révérende Mère me dit qu'elle ne pourrait survivre à un autre hajra, reprit Stilgar. Nous avons déjà vécu sans Révérende Mère, mais cela n'est pas bon pour un peuple qui cherche un nouveau foyer. »

À présent, des mouvements naissaient dans la foule, des murmures et des regards inquiets.

« Il se peut qu'il n'en soit pas ainsi. Notre nouvelle Sayyadina, Jessica de l'Art Étrange, a consenti à se prêter au rite. Elle va essayer de passer l'épreuve afin que nous ne perdions pas le soutien de notre Révérende Mère. »

Jessica de l'Art Étrange, songea Jessica. Elle vit le regard de Paul, elle lut toutes les questions qu'il y avait dans ses yeux. Mais ses lèvres étaient scellées par toute l'étrangeté qui les entourait.

Si je meurs dans cette épreuve, qu'adviendra-t-il de lui ? se demanda-t-elle. Et, à nouveau, les doutes affluèrent dans son esprit.

Chani conduisit la vieille Révérende Mère jusqu'au banc de pierre, dans la corne acoustique, puis revint auprès de Stilgar.

« Afin que nous ne perdions pas tout si Jessica de l'Art Étrange venait à échouer, dit Stilgar, Chani, fille de Liet, sera consacrée Sayyadina. » Puis il fit un pas de côté.

Du fond de la corne acoustique, la voix de la vieille femme s'éleva. C'était comme un formidable chuchotement, rauque, pénétrant. « Chani est revenue de son hajra. Chani a vu les eaux. »

La foule psalmodia la réponse : « Elle a vu les eaux. »

« Je consacre Sayyadina la fille de Liet. »

« Elle est acceptée », répondit la foule.

Paul ne prêtait que peu d'attention à la cérémonie. Il pensait à ce qui venait d'être dit à propos de sa mère.

Si elle venait à échouer ?

Il se tourna vers celle que tous appelaient la Révérende Mère, examinant les traits anciens, le bleu sans fond des yeux. Il lui semblait que la brise la plus légère l'emporterait. Pourtant, il y avait en elle quelque chose qui suggérait qu'elle pouvait résister à une tempête coriolis. Il émanait d'elle cette aura de puissance qu'il avait décelée chez la Révérende Mère Gaius Helen Mohiam lorsqu'elle l'avait soumis au test de souffrance du gom jabbar.

« Moi, Révérende Mère Ramallo, dit la vieille dont la voix était comme celle d'une multitude, je te dis ceci : il est bien que Chani soit acceptée comme Sayyadina. »

« C'est bien », répondit la foule.

La Révérende Mère hocha la tête et murmura : « Je lui donne les cieux argentés, le désert doré et ses rochers brillants, les champs verts qui seront. Je donne tout cela à la Sayyadina Chani. Et, pour que jamais elle n'oublie qu'elle est notre servante à tous, c'est à elle que reviennent les obligations domestiques de la Cérémonie de la Graine. Qu'il en soit ainsi selon le Shai-hulud. » Elle leva un bras qui était comme un vieux bâton bruni et le rabaissa.

Jessica eut l'impression que la cérémonie, tout à coup, était comme un courant violent qui l'emportait, lui interdisant de revenir en arrière. Elle ne put qu'adresser un regard à Paul, puis se prépara à l'épreuve.

« Que les maîtres d'eau s'avancent », dit Chani, et, dans sa voix de femme-enfant, il y avait une hésitation à peine perceptible.

À cet instant, Jessica sentit le danger sur elle. Elle reconnut sa présence dans les regards, dans le silence.

Un passage sinueux venait de s'ouvrir dans la foule et des hommes s'avançaient vers la terrasse. Ils allaient par deux, portant de petits sacs de peau qui se balançaient lourdement et qui étaient gros comme deux têtes d'homme.

Les deux premiers déposèrent leur fardeau aux pieds de Chani et reculèrent.

Jessica regarda le sac, puis les hommes. Ils avaient ramené leurs capuchons en arrière, révélant leurs longs cheveux noués en rouleau à la base du cou. Leurs yeux sombres affrontèrent calmement son regard.

Un lourd arôme de cannelle montait du sac. *L'épice ?* se demanda Jessica.

« Y a-t-il de l'eau ? » demanda Chani.

Le maître d'eau qui se trouvait à sa gauche, celui qui avait une cicatrice rouge sur l'aile du nez, acquiesça. « Il y a de l'eau, Sayyadina. Mais nous ne pouvons en boire. »

« Y a-t-il de la graine ? »

« Il y a de la graine. »

Chani s'agenouilla alors et posa ses mains sur le sac. « Bénies soient l'eau et la graine. »

Il y avait quelque chose de familier dans le rite et Jessica regarda la Révérende Mère Ramallo. La vieille femme avait fermé les yeux et s'était recroquevillée, comme si elle dormait.

« Sayyadina Jessica », dit Chani.

Jessica se retourna et vit que la femme-enfant la regardait.

« Avez-vous goûté l'eau bénite ? » demanda-t-elle.

Avant que Jessica ait pu répondre, elle ajouta : « Il n'est pas possible que vous ayez goûté l'eau bénite. Vous n'êtes pas de ce monde et vous n'avez pas de privilèges. »

Un soupir courut dans la foule, un murmure de robes qui fit naître un frisson en Jessica.

« La récolte a été bonne et le faiseur détruit », dit Chani. Elle se mit alors à dérouler le tuyau fixé au sac.

Le danger augmentait encore, songeait Jessica. Elle lança un regard à Paul et vit que, pris par le rite, il n'avait d'yeux que pour Chani.

A-t-il entrevu ce moment dans le temps ? se demanda-t-elle. Elle porta une main à son ventre, songeant à sa fille. *Ai-je le droit de les mettre en danger tous les deux ?*

Chani lui tendit le tuyau. « Voici l'Eau de la Vie, celle qui est plus grande que l'eau. Kan, l'eau qui libère l'âme. Si vous devez être une Révérende Mère, elle vous ouvrira l'univers. Que Shai-hulud juge, à présent. »

Jessica se sentait déchirée entre les obligations qu'elle avait envers son enfant à naître et son devoir à l'égard de Paul. Pour lui, elle le savait, il fallait qu'elle prenne ce tuyau et boive le liquide contenu dans le sac mais, à l'instant où elle se baissait, tous ses sens l'avertirent du péril.

Ce qu'il y avait dans le sac dégageait un parfum amer à la fois proche et différent de bien des poisons de sa connaissance.

« Maintenant, vous devez boire », dit Chani.

Il n'est pas de fuite possible, songea Jessica. Et rien, dans toute son éducation bene gesserit, ne lui donnait en cet instant de solution.

Qu'est-ce donc ? se demandait-elle. *Un alcool ? Une drogue ?*

Elle se pencha sur l'extrémité du tuyau, sentit les esters de cannelle et se souvint de l'ivresse de Duncan Idaho. Un alcool d'épice ? se demanda-t-elle. Elle prit le siphon dans sa bouche et aspira une infime gorgée. Cela avait un goût d'épice, un peu âcre sur la langue.

Chani appuya alors sur le sac et une grosse goulée de liquide se déversa dans la bouche de Jessica. Elle ne put que l'avaler en s'efforçant de conserver tout son calme et sa dignité.

« Accepter une petite mort est pire que la mort », dit Chani. Elle regardait Jessica, attendait.

Et Jessica répondait à son regard, le tuyau toujours dans la bouche. Le goût du liquide était sur son palais, dans ses narines, ses joues, ses yeux... Un goût sucré.

Fraîcheur.

À nouveau, le liquide se déversa dans la bouche de Jessica.

Délicatesse.

Jessica étudiait les traits de Chani, lisait les traces de Liet-Kynes, dans ce visage d'elfe, des traces que le temps n'avait pas encore fixées.

Ils m'ont donné une drogue, se dit-elle.

Mais cela ne ressemblait à rien qu'elle eût déjà connu. Pourtant, l'éducation bene gesserit comprenait la connaissance de bien des drogues.

Le visage de Chani était de plus en plus clair, comme dessiné par une intense lumière.

Une drogue.

Le silence tourbillonnait autour de Jessica. Par chaque fibre de son corps, elle acceptait ce changement profond qui survenait en elle. Il lui semblait être maintenant une particule infime et consciente, plus petite que la plus petite particule subatomique mais pourtant capable d'émotion, de perception. Les rideaux s'écartèrent et elle eut la révélation abrupte d'une extension psychokinétique d'elle-même. Elle était atome sans être atome.

Autour d'elle, la caverne subsistait. La caverne et les gens. Elle les sentait. Paul, Chani, Stilgar, la Révérende Mère Ramallo.

La Révérende Mère !

À l'école, certaines rumeurs prétendaient que, parfois, on ne survivait pas à l'épreuve de la Révérende Mère, que la drogue vous emportait.

Elle concentra son attention sur la Révérende Mère Ramallo, consciente que tout ceci se produisait en un bref instant figé, un fragment de temps suspendu pour elle seule.

Pourquoi le temps est-il suspendu ? se demanda-t-elle. Elle contemplait tous ces visages figés, autour d'elle. Un grain de poussière était suspendu, immobile, au-dessus de la tête de Chani. Il attendait.

La réponse lui vint alors et ce fut comme une explosion dans sa conscience : son temps personnel était suspendu pour qu'elle sauve sa vie.

Elle se concentra sur cette extension psychokinétique d'elle-même et fut immédiatement confrontée avec un noyau cellulaire, un puits de noirceur qui la repoussait.

C'est l'endroit que nous ne pouvons contempler, pensa-t-elle. *Celui que les Révérendes Mères n'aiment pas mentionner et que seul le Kwisatz Haderach peut voir.*

Comprenant cela, elle retrouva un peu de confiance et, de nouveau, essaya de se concentrer sur cette extension psychokinétique de son esprit, devint un atome-moi cherchant le danger.

Elle le découvrit dans la drogue qu'elle venait d'absorber.

En elle, la drogue était comme autant de particules dansantes, aux mouvements si rapides que même le temps gelé ne pouvait les faire apparaître. Des particules dansantes. Elle reconnut alors des structures familières, des liaisons atomiques : un atome de carbone ici, une formation hélicoïdale... une molécule de glucose. Elle avait devant elle une chaîne complète de molécules et identifia une protéine... la configuration méthyl-protéine.

Ahh !

Ce fut comme un soupir mental tout au fond d'elle-même. Elle avait identifié la nature du poison.

Elle s'installa en lui, déplaça un atome d'oxygène, attira un atome de carbone, rétablit une liaison avec l'oxygène... hydrogène.

La modification se développait... de plus en plus rapidement au fur et à mesure que la surface de contact de la réaction catalytique s'étendait.

Le temps ne fut plus suspendu. Elle perçut les mouvements. Le tuyau vint toucher ses lèvres, doucement, prenant un peu de sa salive.

Chani récupère le catalyseur de mon organisme pour transformer le poison dans le sac, pensa Jessica. *Pourquoi ?*

Quelqu'un l'aidait à s'asseoir. Elle vit que l'on amenait la Révérende Mère Ramallo à côté d'elle, sur le tapis. Une main sèche se posa sur son cou.

Et, tout à coup, au sein de sa projection psychokinétique, il y eut un autre atome ! Elle essaya de le rejeter. Mais il se rapprochait de plus en plus...

Ils se touchèrent !

Ce fut comme une union ultime, la rencontre de deux êtres. Ce n'était pas de la télépathie mais une perception mutuelle.

C'était la Révérende Mère !

Jessica vit qu'elle ne se concevait pas comme une vieille femme. Dans leurs esprits mêlés, elle voyait une jeune fille à l'esprit léger, au cœur tendre.

Et cette jeune fille lui dit : « Oui, c'est ainsi que je suis. »

Jessica ne pouvait qu'accepter ces paroles, sans y répondre.

« Tu auras tout, bientôt », dit l'image intérieure.

Une hallucination, pensa Jessica.

« Tu sais bien que non. Vite, maintenant. Ne lutte pas contre moi. Il n'y a guère de temps. Nous… (Il y eut une longue pause, puis :) Tu aurais dû nous dire que tu étais enceinte ! »

Jessica découvrit enfin la voix qui pouvait parler au sein de cette union et elle demanda : « Pourquoi ? »

« Cela vous a changées toutes deux ! Sainte Mère ! Qu'avons-nous fait ? »

Jessica perçut un changement dans la perception mutuelle et son regard intérieur lui révéla la présence d'un nouvel atome. Ce nouvel atome s'agitait frénétiquement en tous sens. Il irradiait une pure terreur.

« Il faudra que tu sois forte, dit la présence-image de la Révérende Mère. Il est heureux que tu aies porté une fille. Un fœtus mâle eût été tué. Maintenant… doucement… touche la présence de ta fille. Sois la présence de ta fille. Absorbe la peur, sois calme, use de ton courage, de ta force… doucement, doucement. »

Le nouvel atome passa à proximité et Jessica s'efforça de le toucher.

Elle faillit être balayée par la terreur. Elle lutta alors de la seule façon qu'elle connaissait. « *Je ne connaîtrai pas la peur, car la peur tue l'esprit…* »

La litanie amena un rien de calme. L'autre atome s'immobilisa près d'elle.

Les mots n'ont pas de pouvoir, se dit Jessica.

Elle revint au niveau des émotions de base, irradia l'amour, la tendresse, une tiède protection.

La terreur décrut.

À présent, la perception mutuelle était triple. Il n'y avait que deux atomes actifs. Le troisième demeurait au repos, absorbait tranquillement.

« Le temps me presse, dit la Révérende Mère. J'ai beaucoup à te donner. Et j'ignore si ta fille pourra tout accepter et conserver sa santé mentale. Mais cela doit être : les besoins de la tribu dominent tout. »

« Quel… »

« Garde le silence et accepte ! »

Et devant Jessica, des moments défilèrent alors, des expériences. C'était comme une bande de lecture dans l'un des projecteurs d'éducation subliminale de l'école Bene Gesserit… mais en plus rapide… terriblement plus rapide.

Mais… pourtant… tout restait distinct.

Et elle reconnaissait chaque expérience à l'instant où elle se présentait. Il y avait un amant, viril, barbu, aux yeux sombres de Fremen. Et Jessica vit sa force, sa tendresse en une infime fraction de temps, dans la mémoire de la Révérende Mère.

Il était trop tard, maintenant, pour se demander ce qu'il pourrait en résulter pour le fœtus qu'elle portait. Il fallait seulement accepter, enregistrer tandis que le flot d'expériences vécues par la Révérende Mère continuait de se déverser. Naissance, vie, mort. Moments importants, détails ordinaires… Une existence en éclairs de vision.

Pourquoi ce ruissellement de sable en haut d'une falaise est-il demeuré là, incrusté dans les souvenirs ? se demanda-t-elle.

Trop tard, elle comprit ce qui se passait : la vieille mourait et, dans son agonie, transvasait tous ses souvenirs dans la mémoire de Jessica, comme l'on transvase l'eau d'une coupe à une autre. Le troisième atome, sous le regard intérieur de Jessica, regagna l'état de conscience prénatal tandis que la vieille Révérende Mère laissait sa vie dans la mémoire de Jessica avec un dernier souffle de mots.

« Je t'ai longtemps attendue. Voici ma vie. »

Et, en vérité, c'était bien sa vie qui était là, dans Jessica, en totalité. Jusqu'à cet instant où elle mourait.

Je suis maintenant la Révérende Mère, pensa Jessica.

Et elle appréhenda en un instant tout ce qu'elle était devenue, elle sut véritablement ce que signifiait le nom de Révérende Mère Bene Gesserit. La drogue l'avait transformée.

Cela ne se passait pas exactement ainsi à l'école Bene Gesserit, songea-t-elle. Elle le savait, bien que nul ne l'eût jamais introduite dans ces mystères. Cependant, le résultat final était le même.

En elle, Jessica percevait encore la présence de l'atome qui était la conscience de sa fille. Elle l'effleura sans réponse.

Comme elle comprenait ce qui lui était arrivé, Jessica ressentit une terrible impression de solitude. Elle voyait sa vie se ralentir tandis que, tout autour d'elle, au contraire, la vie s'accélérait et que le jeu des interactions apparaissait plus clairement.

Sa perception intérieure se faisait moins intense comme diminuait l'effet de la drogue mais elle percevait encore confusément cet autre atome, tout au fond d'elle. Elle le toucha de nouveau avec une sensation de culpabilité.

J'ai permis cela, ma pauvre petite fille. Je t'ai amenée dans l'univers et, sans défense, je t'ai soumise à ses connaissances.

Un infime courant d'amour lui revint, comme un écho.

Avant qu'elle pût y répondre, elle sentit la présence de l'adab, le souvenir qui exigeait quelque chose d'elle. Elle chercha, prenant conscience du trouble produit par les ultimes traces de drogue qui brouillaient ses sens.

Je pourrais agir contre cela, se dit-elle. *Je pourrais éliminer la drogue, la rendre inoffensive.* Mais elle savait que ce serait une erreur. *Je participe à un rite d'union.*

Elle sut alors ce qu'elle devait faire. Elle ouvrit les yeux et désigna le sac que Chani tenait au-dessus d'elle.

« Il a été béni, dit-elle. Mélangez les eaux, que le changement s'étende à tous, que le peuple partage la bénédiction. »

Que le catalyseur fasse son œuvre, pensa-t-elle. *Que le peuple boive et que chacun ait sa perception des autres augmentée pour un instant. La drogue n'est plus dangereuse maintenant… maintenant qu'une Révérende Mère l'a transformée.*

Pourtant, le souvenir exigeait toujours, impérieusement. Il exigeait quelque chose d'elle. Quelque chose qu'elle devait accomplir. Mais la drogue l'empêchait de se concentrer vraiment.

Ah… La Révérende Mère.

« J'ai rencontré la Révérende Mère Ramallo, dit-elle. Elle est partie mais elle reste. Que sa mémoire soit honorée selon le rite. »

Où ai-je trouvé ces mots ? songea-t-elle.

Elle comprit alors qu'ils venaient de l'autre mémoire, de cette vie qui lui avait été transmise et qui, désormais, faisait partie d'elle-même. Pourtant, il lui semblait qu'il y manquait quelque chose.

« *Qu'ils aient donc leur orgie* », dit cette autre mémoire, quelque part en elle. « Ils ont bien peu de plaisirs dans l'existence. Et puis, vous et moi, nous aurons besoin de ce petit moment pour nous accoutumer l'une à l'autre avant que je m'enfonce dans vos souvenirs. Déjà, je me sens liée à certains. Ah, mais votre esprit est plein de choses très intéressantes. Tant de choses que je n'aurais jamais imaginées... »

Et cette mémoire qui était dans la sienne s'entrouvrit pour Jessica et elle eut l'impression de découvrir un vaste couloir de Révérendes Mères en Révérendes Mères, jusqu'à l'infini, semblait-il.

Elle recula, craignant de se perdre dans cet océan qui était unité. Mais le couloir demeura, lui révélant que la civilisation fremen était bien plus ancienne qu'elle ne l'avait cru.

Elle vit qu'il y avait eu des Fremen sur Poritrin, tout un peuple qui s'était amolli au contact d'une planète facile, tout un peuple de proies aisées pour les raiders impériaux en quête de colons pour Bela Tegeuse et Salusa Secundus.

Jessica vit combien de pleurs en étaient résultés.

Loin dans le vaste couloir, une voix-image cria : « Ils nous ont refusé le Hajj ! »

Et Jessica vit les huttes d'esclaves sur Bela Tegeuse dans ce même couloir ouvert dans son esprit, elle vit comment l'on avait sélectionné les hommes pour Rossak et Harmonthep. Les scènes de brutalité s'ouvraient une à une devant elle comme les pétales d'une horrible fleur. Et elle vit le fil du passé qui courait toujours, de Sayyadina en Sayyadina, d'abord par la parole, cachée dans les chants des sables, puis dans les Révérendes Mères, grâce à la découverte de la drogue sur Rossak... Et le fil était maintenant plus solide que jamais sur Arrakis avec l'Eau de Vie.

Loin, loin dans le couloir, une autre voix cria : « Ne jamais pardonner ! Ne jamais oublier ! »

Mais l'attention de Jessica s'était concentrée sur la révélation de l'Eau de Vie. Elle en vit la source : l'exhalaison liquide du ver des sables mourant, le faiseur. Et comme l'on tuait la créature, quelque part dans sa mémoire, elle faillit crier elle aussi.

On noyait le faiseur !

« Mère, qu'avez-vous ? »

C'était la voix de Paul. Elle lutta pour se retirer de sa mémoire et le regarda. Sa présence l'irritait, en cet instant, bien qu'elle eût conscience de ses devoirs envers lui.

Je suis comme un être dont les mains seraient demeurées paralysées, insensibles durant toute son existence, jusqu'au jour où elles auraient retrouvé la sensation.

La pensée demeura dans son esprit, connaissance intérieure.

Et je dis : « Regardez ! Je n'ai pas de mains ! » Mais les gens autour de moi demandèrent : « Que sont des mains ? »

« Mère... Vous n'avez rien ? »

« Non, je n'ai rien. »

« Je peux en boire ? (Il désignait le sac que tenait Chani.) Ils le veulent. »

Elle perçut le sens caché de ses paroles et comprit qu'il avait décelé le poison dans la substance d'origine et qu'il était inquiet pour elle. Elle se demanda alors quelles étaient les limites de la prescience de son fils. Sa question venait de lui révéler bien des choses.

« Tu peux boire, dit-elle. Cela a été transformé. » Et, par-delà Paul, elle regarda Stilgar aux yeux sombres.

« Maintenant, dit-il, nous savons que vous ne mentez pas. »

Là aussi, elle percevait un sens caché, mais la drogue lui obscurcissait toujours les sens. Elle était si douce, si chaude. Les Fremen étaient si bons de lui avoir donné une telle amie.

Paul vit que la drogue allait dominer sa mère.

Il chercha alors dans sa mémoire. Passé immuable, lignes d'avenirs possibles. Par son œil intérieur, il exploitait les moments figés du temps, et ces moments étaient autant de fragments qui, hors du flot, devenaient difficiles à examiner.

Cette drogue... Il pouvait accumuler des connaissances à son propos, comprendre ce qu'elle avait provoqué chez sa mère, mais le rythme naturel, un système de réflexion mutuel faisait défaut à cette connaissance.

Il comprit brusquement que, au-delà de la vision du passé dans le présent, se situait la véritable épreuve de prescience : le passé dans l'avenir.

Les choses persistaient à n'être pas ce qu'elles semblaient être.

« Bois », dit Chani. Elle lui présentait le tuyau.

Il se raidit, la regarda. Dans l'air, il percevait l'excitation qui annonce une fête. Il savait ce qui allait se produire s'il buvait cette drogue qui recelait la substance même qui l'avait transformé. Il reviendrait à cette vision du temps pur, du temps devenu espace. À nouveau, il serait sur cette cime vacillante, essayant de comprendre sans y parvenir.

« Bois, garçon, dit Stilgar, quelque part derrière lui. Tu retardes la cérémonie. »

Il prêta l'oreille à la foule et perçut dans les voix innombrables une note sauvage. « Lisan al-Gaib, disaient-elles. Muad'Dib ! » Il regarda sa mère. Elle était assise, immobile, et semblait paisiblement endormie. Son souffle était régulier, profond. Dans son esprit, surgit une phrase venue de cet avenir qui était son passé solitaire : « *Elle dort dans les Eaux de la Vie.* »

Chani le prit par le bras. Il saisit alors le tuyau relié au sac et entendit crier les gens autour de lui. Chani appuya sur le sac et une goulée ruissela dans sa gorge. Puis Chani lui ôta le tuyau et tendit le sac aux mains qui s'élevaient. Le regard de Paul se fixa sur le ruban vert du deuil noué à son bras.

Chani, en se redressant, lui dit : « Je peux le pleurer jusque dans la joie des eaux. C'est là quelque chose qu'il nous a donné. (Elle plaça les mains dans les siennes et l'entraîna au long de la terrasse rocheuse.) Nous sommes semblables en une chose, Usul : nous avons tous deux perdu un père par les Harkonnen. »

Il la suivit. Il lui semblait que sa tête avait été séparée de son corps avant de lui être rendue avec des connexions nouvelles et étranges. Ses jambes étaient lointaines, molles.

Ils s'engagèrent dans un passage étroit dont les parois étaient vaguement éclairées par des brilleurs très espacés.

Et déjà la drogue produisait son effet sur Paul, déjà le temps s'ouvrait comme une fleur. Comme ils franchissaient un tournant, il éprouva le besoin de s'appuyer sur Chani. Le contact de sa chair tendre sous le tissu rêche fit courir son sang. La sensation se mêla à l'effet de la drogue, rejetant le passé et l'avenir dans le présent.

« Je te connais, Chani, murmura-t-il. Nous nous sommes assis côte à côte sur le rocher au-dessus du sable et j'ai calmé tes craintes. Nous nous sommes caressés dans l'ombre du sietch. Nous... » Il secoua la tête, vacilla.

Chani le soutint, le redressa, le conduisit par-delà d'épaisses tentures jaunes dans un appartement privé. Il vit des tables basses, des coussins, un matelas derrière des draperies orange.

Il se rendit compte qu'ils s'arrêtaient. Chani le regardait et il y avait dans ses yeux une terreur tranquille.

« Tu dois me dire », souffla-t-elle.

« Tu es Sihaya, dit-il, le printemps du désert. »

« Lorsque la tribu partage l'Eau, dit-elle, nous ne faisons qu'un… Tous. Nous… partageons… Je peux… sentir les autres en moi. Mais j'ai peur de partager avec toi. »

« Pourquoi ? »

Il essaya de se concentrer sur elle, mais le passé et l'avenir surgissaient dans le présent, brouillaient la vision. Il voyait Chani, mais dans des lieux innombrables, des situations innombrables.

« Il y a en toi quelque chose d'effrayant, dit-elle. Lorsque je t'ai enlevé aux autres… j'ai senti ce qu'ils voulaient. Tu… es… comme une force. Tu nous fais voir… des choses ! »

Il s'efforça de parler distinctement.

« Et que vois-tu ? »

Elle baissa les yeux sur ses mains. « Je vois un enfant… dans mes bras. C'est notre enfant, le tien et le mien. (Elle porta la main à sa bouche.) Comment puis-je tout connaître de toi ? »

Ils ont un peu du talent, pensa-t-il, *mais ils le repoussent parce qu'ils sont terrifiés.*

Durant un instant de clarté, il vit à quel point Chani tremblait.

« Que veux-tu dire ? »

« Usul », murmura-t-elle, et elle tremblait toujours.

« Tu ne peux te replier dans l'avenir », dit-il.

Une profonde pitié l'envahit. Il la serra contre lui, posa les mains sur sa tête. « Chani, Chani, n'aie pas peur. »

« Usul, aide-moi ! » implora-t-elle.

Comme elle parlait, il sentit que la drogue l'envahissait totalement. Les rideaux du temps s'écartaient devant lui pour lui révéler le lointain tourbillon gris de son avenir.

« Tu es si calme », dit Chani.

Il interrompit la vision, au milieu du temps qui s'étirait dans cette dimension nouvelle, stable mais pourtant tourbillonnant, à la fois étroit et tout empli de forces, de mondes, semblable à une barrière qu'il lui fallait franchir, une barrière mouvante.

D'un côté, il voyait l'Imperium, un Harkonnen appelé Feyd-Rautha qui le menaçait comme une lame pointée, les Sardaukars se ruant hors de leur planète pour répandre le pogrom sur Arrakis, la Guilde, complotant et rusant, les Bene Gesserit avec leur plan de sélection. Tous, ils étaient là, massés sur l'horizon comme un gigantesque orage, maintenus par les Fremen et leur Muad'Dib. Le géant fremen qui dormait encore dans l'attente de la croisade sauvage qui allait dévaster l'univers.

Paul se sentait au centre de tout cela, comme un pivot autour duquel toute la structure se déplaçait, chevauchant un segment ténu de paix et de bonheur, Chani à ses côtés. Devant lui, il y avait un moment de relative tranquillité dans quelque sietch caché, une oasis de paix entre bien des périodes de violence.

« Pour la paix, dit-il, il n'est pas d'autre endroit. »

« Usul, tu pleures ! souffla Chani. Usul, ma force, donnes-tu ton humidité aux morts ? À quels morts ? »

« À ceux qui ne le sont point encore », dit-il.

« Qu'ils vivent le temps de leur vie, alors. »

Au sein du brouillard de la drogue, il sut qu'elle avait raison et il la serra encore plus fort contre lui, sauvagement. « Sihaya ! » s'écria-t-il.

Elle mit une main sur sa joue. « Je n'ai plus peur, Usul. Regarde-moi. Je vois ce que tu vois quand tu me tiens ainsi. »

« Que vois-tu ? »

« Je nous vois nous donnant l'amour l'un à l'autre en un moment de calme entre les tempêtes. C'est là ce que nous devions faire. »

À nouveau, la drogue s'empara de lui et il pensa : *Tu m'as si souvent donné l'oubli et le réconfort.* L'illumination lui revenait avec ses images détaillées du temps et il sentit l'avenir se muer en souvenirs : les tendres agressions de l'amour physique, la communion des moi, la douceur et la violence.

« Tu es forte, Chani, murmura-t-il. Reste avec moi. »

« Toujours », dit-elle, et elle l'embrassa sur la joue.

LIVRE 3

LE PROPHÈTE

Nulle femme, nul homme, nul enfant ne pénétra jamais dans l'intimité profonde de mon père. S'il eut jamais des rapports proches de la camaraderie, ce fut avec le Comte Hasimir Fenring, le compagnon de son enfance. L'influence de l'amitié du Comte eut un premier résultat positif puisque, après l'Affaire d'Arrakis, il parvint à calmer les soupçons du Landsraad. Il en coûta plus d'un milliard de solaris en épice, selon ma mère, sans compter les autres cadeaux : femmes-esclaves, honneurs royaux, titres. Mais l'amitié entre l'Empereur et le Comte Fenring eut un autre effet, négatif celui-là. Le Comte se refusait à tuer un homme, même lorsqu'il en avait reçu l'ordre, même si cela lui était possible. Je vais maintenant expliquer ce qu'il en était.

Le Comte Fenring : Un profil,
par la Princesse Irulan.

PLEIN DE RAGE, LE BARON VLADIMIR HARKONNEN ARRIVAIT de ses appartements, le geste frénétique, roulant et tanguant dans ses suspenseurs tout en suivant les longs couloirs, de flaque de soleil en flaque de soleil.

Il traversa la cuisine privée, il traversa la bibliothèque, il traversa la petite salle de réception et l'anti-chambre des serviteurs où, déjà, c'était le repos du soir.

Le capitaine des gardes, Iakin Nefud, était affalé sur un divan. La sémuta avait mis un masque d'hébétude sur ses traits plats. L'atroce miaulement de la musique de la drogue s'élevait autour de lui. Sa propre cour se tenait à proximité, prête à répondre à ses désirs.

« Nefud ! » rugit le Baron.

Les hommes se redressèrent.

Nefud s'était levé, le visage soudain blanc de peur en dépit du narcotique. La musique du sémuta s'était tue.

« Mon Seigneur Baron », dit-il, et seule la drogue empêchait sa voix de trembler.

Le Baron examina les visages qui l'entouraient, il vit leurs calmes regards, puis il reporta son attention sur Nefud et demanda d'une voix très douce :

« Depuis combien de temps es-tu le capitaine de mes gardes, Nefud ? »

« Depuis Arrakis, Mon Seigneur. Depuis deux ans. »

« Et tu as toujours su déceler les dangers qui menaçaient ma personne ? »

« Ce fut toujours mon unique désir, Mon Seigneur. »

« Alors, où est Feyd-Rautha ? » gronda le Baron.

Nefud hésita. « Mon Seigneur ?... »

« Tu ne le considères pas comme un danger ? » De nouveau, il parlait d'un ton très doux.

Nefud s'humecta les lèvres. L'hébétude de la sémuta, dans son regard, se dissipait peu à peu.

« Feyd-Rautha est dans le quartier des esclaves, Mon Seigneur. »

« Encore avec les femmes, hein ? » La voix du Baron frémissait de l'effort qu'il faisait pour repousser la fureur.

« Sire, il pourrait être... »

« Silence ! »

Le Baron fit un pas en avant, remarquant le recul des hommes qui, maintenant, avaient ménagé un espace autour de Nefud, se dissociant de l'objet de la colère.

« Ne t'ai-je point ordonné de savoir à chaque instant où se trouve le na-Baron ? (Le Baron fit un nouveau pas en avant.) Ne t'ai-je point ordonné de savoir *exactement* tout ce qu'il dit ? (Un autre pas.) Ne t'ai-je pas dit de me rapporter chacune de ses visites auprès des femmes-esclaves ? »

Nefud se taisait. Des gouttes de transpiration brillaient sur son front. La voix du Baron devint sans timbre. « Ne t'ai-je pas dit tout cela ? »

Nefud acquiesça.

« Ne t'ai-je pas dit aussi d'examiner tous les esclaves que l'on m'envoyait, et de le faire toi-même… *personnellement* ? »

Nefud acquiesça.

« Se pourrait-il que tu n'aies point vu cette marque sur la cuisse de celui que l'on m'a envoyé cet après-midi ? Est-ce possible… »

« Mon Oncle. »

Le Baron se retourna. Feyd-Rautha se tenait sur le seuil. Il était visible qu'il était arrivé en hâte. Il avait grand-peine à masquer son expression. Pour le Baron, la présence de son neveu ici, en cet instant, n'était que trop révélatrice. Feyd-Rautha disposait de son propre réseau d'espionnage, un réseau qui surveillait constamment le Baron Vladimir Harkonnen.

« Il y a, dans ma chambre, un corps que j'aimerais que l'on enlève », dit-il. Sous ses robes, sa main était proche de l'arme à projectiles qu'il portait constamment. Il se félicita intérieurement de ce que son bouclier fût le meilleur.

Feyd-Rautha jeta un coup d'œil aux deux gardes qui se tenaient contre le mur de droite et acquiesça. Les deux hommes s'élancèrent vers la porte et coururent vers les appartements du Baron.

Ces deux-là aussi ? pensa le Baron. *Mais ce jeune monstre a encore beaucoup à apprendre sur la conspiration !*

« Je présume que tout était tranquille dans le quartier des esclaves quand tu l'as quitté, Feyd », dit le Baron.

« Je jouais au chéops avec le maître des esclaves », dit Feyd-Rautha. Et il pensa : *Que s'est-il passé ? Le garçon que nous lui avons envoyé a été de toute évidence tué. Mais il était pourtant parfait pour cette tâche. Même Hawat n'aurait pu faire un meilleur choix. Il était parfait !*

« Ainsi tu jouais aux échecs-pyramide, dit le Baron. C'est très bien. As-tu gagné ? »

« Je… Euh… Oui, Mon Oncle. » Feyd-Rautha avait de la peine à dissimuler son trouble.

Le Baron claqua des doigts. « Nefud, veux-tu être de nouveau dans mes bonnes grâces ? »

« Sire, qu'ai-je fait ? » balbutia Nefud.

« C'est sans importance, à présent. Feyd a battu le maître des esclaves au chéops. Tu as entendu ? »

« Oui, Sire. »

« Je désire que tu prennes trois hommes avec toi et que tu te rendes auprès du maître des esclaves. Étrangle-le. Ramène-moi son corps ensuite, que je voie si le travail a été correctement fait. Nous ne pouvons garder d'aussi mauvais joueurs d'échecs à notre service. »

Feyd-Rautha devint blême. Il fit un pas en avant. « Mon Oncle, je... »

« Plus tard, Feyd, plus tard », dit le Baron en agitant la main.

Les deux gardes qui avaient été dépêchés dans les appartements du Baron pénétrèrent dans l'antichambre avec leur fardeau. Le Baron les suivit du regard jusqu'à ce qu'ils aient disparu.

Nefud s'avança. « Vous désirez que je tue le maître des esclaves maintenant, Mon Seigneur ? »

« Maintenant, dit le Baron. Et, quand tu en auras fini avec lui, ajoute donc à ta liste ces deux qui viennent de passer. Je n'aime pas la façon qu'ils ont de porter un cadavre. Il faut que toute chose soit faite proprement. Ah, oui... Je désirerais voir leurs restes, également. »

« Mon Seigneur, dit Nefud, est-il quelque chose que j'ai... »

« Fais ce que t'a ordonné ton maître », dit Feyd-Rautha. Et il songea : *Tout ce que je puis espérer maintenant, c'est de sauver ma propre peau.*

Très bien ! pensa le Baron. *Il sait au moins comment perdre. Il sait aussi ce qui pourrait me plaire et empêcher ma colère de s'abattre sur lui. Il sait bien que je dois le préserver. Qui d'autre pourrait prendre les rênes après moi ? Un jour, il le faudra bien. Mais il doit apprendre encore. Et je devrai me protéger moi-même aussi longtemps qu'il apprendra.*

Nefud désigna les hommes qui devaient l'accompagner et ils quittèrent l'antichambre à sa suite.

« M'accompagneras-tu dans mes appartements, Feyd ? » demanda le Baron.

« Je suis à votre disposition », dit Feyd-Rautha. Il s'inclina et songea : *Je suis fait.*

« Après toi », dit le Baron en désignant la porte.

Feyd-Rautha ne trahit sa peur que par une infime hésitation. *Ai-je totalement échoué ?* se demanda-t-il. *Va-t-il me plonger une lame empoisonnée dans le dos… lentement, pour pénétrer mon bouclier ? A-t-il un autre successeur ?*

Qu'il savoure cet instant de terreur, pensait le Baron en emboîtant le pas à son neveu. *Il me succédera, mais quand je le désirerai. Je ne lui permettrai pas de renverser tout ce que j'ai construit !*

Feyd-Rautha essayait de ne pas marcher trop vite. Il sentait la peau se rétracter sur son dos. Tout son corps semblait attendre le coup. Ses muscles se tendaient et se détendaient tour à tour.

« As-tu entendu les dernières nouvelles sur Arrakis ? » demanda le Baron.

« Non, Mon Oncle. »

Feyd-Rautha luttait pour ne pas se retourner. Il tourna dans le hall, quittant l'aile des serviteurs.

« Les Fremen ont un nouveau prophète ou quelque chef religieux. Ils l'appellent Muad'Dib. C'est vraiment très drôle. Cela signifie "La souris". J'ai dit à Rabban de les laisser en paix avec cela. Ça suffit à les occuper. »

« C'est très intéressant, Oncle », dit Feyd-Rautha. Ils atteignaient le couloir privé qui conduisait aux appartements du Baron et il se demanda : *Pourquoi parle-t-il de religion ? Est-ce là quelque subtile allusion qui m'est destinée ?*

« Oui, n'est-ce pas ? » dit le Baron.

Ils traversèrent le salon de réception et pénétrèrent dans la chambre du Baron. Des signes de lutte y étaient visibles : une lampe à suspenseur avait été déplacée, un édredon gisait au sol et, au chevet, la bobine-berceuse était ouverte.

« C'était un plan habilement conçu, dit le Baron. (Il maintenait son bouclier à l'intensité maximale. Il se retourna et regarda son neveu.) Mais pas assez subtil. Dis-moi, Feyd, pourquoi ne pas m'avoir frappé toi-même ? Tu as disposé de bien des occasions. »

Feyd-Rautha trouva une chaise à suspenseur à proximité et fit un effort mental pour s'asseoir sans en avoir reçu l'invitation.

De l'audace, maintenant, se dit-il.

« Vous m'avez enseigné que mes mains devaient demeurer propres », dit-il.

« Oui, dit le Baron. Lorsque tu te trouveras devant l'Empereur, il faudra que tu puisses affirmer en toute sincérité que tu n'as pas commis l'acte. La sorcière qui veille auprès de son épaule t'écoutera et saura discerner la vérité du mensonge. Oui, je t'ai averti à ce propos. »

« Pourquoi n'avez-vous jamais acheté de Bene Gesserit, Oncle ? demanda Feyd-Rautha. Avec une Diseuse de Vérité à vos côtés… »

« Tu connais mes goûts ! » dit sèchement le Baron.

« Pourtant, elle vous permettrait de… »

« Je n'ai aucune confiance en elles ! gronda le Baron. Et cesse d'essayer de changer de sujet ! »

Feyd-Rautha prit un ton humble. « Comme vous voudrez, Mon Oncle. »

« Je me souviens de ce qui s'est passé dans l'arène il y a quelques années. Ce jour-là, semble-t-il, un esclave avait été envoyé pour te tuer. Était-ce vrai ? »

« Cela fait bien longtemps, Mon Oncle. Après tout, je… »

« Pas de dérobade, je te prie. » Sa voix tendue laissait deviner la fureur qu'il maîtrisait.

Feyd-Rautha le regarda et se dit : *Il sait, autrement il n'aurait pas posé la question.*

« C'était un stratagème, Mon Oncle. Pour discréditer votre maître des esclaves. »

« Très habile. Et courageux, également. Ce gladiateur a bien failli t'avoir, non ? »

« Oui. »

« Si, avec ce courage, tu avais de la finesse et de la subtilité, tu serais réellement formidable. » Le Baron hocha la tête. Bien des fois, depuis ce jour terrible sur Arrakis, il avait regretté la perte de Piter, le Mentat. Piter avait été un homme d'une diabolique subtilité, d'une telle délicatesse. Pourtant, cela n'avait pas suffi à le sauver. Une fois encore, le Baron hocha la tête. Le destin est parfois indiscernable.

Feyd-Rautha promenait son regard sur la chambre, notant les signes de lutte et se demandant comment son oncle avait pu venir à bout de cet esclave qu'ils avaient préparé si soigneusement.

« Comment je l'ai neutralisé ? demanda le Baron. Ah ! Feyd, laisse-moi au moins quelques armes pour préserver ma vieillesse. Mieux vaut que nous profitions de ce moment pour conclure un marché. »

Feyd-Rautha le regarda. *Un marché ! Alors, il entend toujours faire de moi son héritier. Sans cela, il ne parlerait pas de marché. On ne propose un marché qu'à son égal !*

« Quel marché, Mon Oncle ? » Feyd-Rautha éprouva de la fierté en entendant sa voix calme et raisonnable qui ne laissait rien filtrer de la tension qu'il éprouvait.

Le Baron, lui aussi, apprécia ce contrôle et il acquiesça. « Tu es un bon matériau, Feyd. Je ne gâche jamais les bons matériaux. Cependant, tu persistes à ne pas reconnaître la valeur que je représente pour toi. Tu es obstiné. Tu ne comprends toujours pas pourquoi il convient de m'épargner. Ceci… (Il désigna les traces de désordre.) Ceci était stupide. Je ne récompense pas la stupidité. »

Arrivons-en à la question, vieux fou ! pensa Feyd-Rautha.

« Tu me considères comme un vieux fou, dit le Baron. Je dois t'en dissuader. »

« Vous avez parlé d'un marché. »

« Ah, l'impatience de la jeunesse… Eh bien, voici ce qu'il en est en substance : tu vas cesser ces folles tentatives contre mon existence. Et, quand tu seras prêt, je m'effacerai en ta faveur. Je me retirerai dans une position de simple conseiller en te laissant le pouvoir. »

« Vous vous retirerez, Mon Oncle ? »

« Tu penses toujours que je suis un vieux fou, dit le Baron, et ceci ne fait que te le confirmer, hein ? Tu crois que je t'implore ! Mais sois prudent, Feyd. Ce vieux fou a découvert cette aiguille que tu avais implantée dans la cuisse du garçon. Juste à l'endroit où je devais placer ma main, n'est-ce pas ? La plus infime pression et… Tic ! Le poison était dans la paume du vieux fou ! Ah, Feyd… »

Le Baron secoua la tête et songea : *Mais cela aurait réussi, si Hawat ne m'avait pas averti. Ma foi, si ce jeune monstre pense que j'ai découvert le complot moi-même… laissons-le penser. Et, en un sens, il en a bien été ainsi. C'est moi qui, sur Arrakis, ai sauvé Hawat de la catastrophe. Et il faut que ce garçon ait un peu plus de respect pour moi.*

Feyd-Rautha demeurait silencieux. Il luttait avec lui-même. *A-t-il dit la vérité ? Entend-il vraiment se retirer ? Pourquoi pas ? Si j'agis avec prudence, je suis certain de lui succéder un jour. Il ne peut vivre éternellement. Oui, peut-être était-ce stupide de chercher à hâter le processus.*

« Vous parliez d'un marché, dit-il. Avec quelles garanties réciproques ? »

« Comment pouvons-nous nous faire confiance ? demanda le Baron. Eh bien, Feyd, en ce qui te concerne, Thufir Hawat te surveille. Je me fie à ses pouvoirs de Mentat. Tu me comprends ? Pour moi, il faudra que tu fasses confiance à ma parole. Mais je ne peux vivre éternellement, n'est-ce pas, Feyd ? Et peut-être commences-tu seulement à soupçonner que tu dois connaître à ton tour certaines choses que je connais. »

« Je vous donne ma parole, dit Feyd-Rautha, mais vous, que me proposez-vous ? »

« Je te propose de continuer à vivre. »

À nouveau, Feyd-Rautha observa son oncle. *Il me fait surveiller par Hawat ! Que dirait-il s'il savait que c'est Hawat lui-même qui a mis au point le stratagème qui m'a débarrassé de son maître des esclaves ? Il penserait probablement que je mens pour discréditer Hawat. Non, le bon Thufir est un Mentat et il a prévu cela.*

« Eh bien, qu'en dis-tu ? » demanda le Baron.

« Que puis-je dire ? J'accepte, bien sûr. »

Et Feyd-Rautha songea : *Hawat ! Contre le centre, il joue les deux extrêmes… Est-ce donc cela ? Est-il passé du côté de mon oncle parce que je n'ai pas demandé son conseil pour le jeune esclave ?*

« Tu n'as rien dit quant à cette surveillance de Hawat », dit le Baron.

Un pincement de ses narines trahit la colère de Feyd-Rautha. Le nom de Hawat avait été un signal de danger familial durant tant d'années… Maintenant, il avait un autre sens. Toujours dangereux.

« Hawat est un jouet dangereux », dit-il.

« Un jouet ! Ne sois pas stupide. Je sais comment le contrôler. Il a des émotions profondes, Feyd. C'est celui qui n'a pas d'émotions qu'il faut craindre… Non, ceux qui ont des émotions peuvent être soumis à nos désirs. »

« Je ne vous comprends pas, Mon Oncle. »

« Oui, c'est évident. »

Feyd-Rautha ne traduisit son brusque ressentiment que par un bref battement de cils.

« Et tu ne comprends pas plus Hawat », dit le Baron.

Vous non plus ! pensa Feyd-Rautha.

« Contre qui Hawat dirige-t-il sa haine pour ce qu'il est devenu ? demanda le Baron. Contre moi ? Certainement. Mais il était un instrument des Atréides et m'a défié durant des années jusqu'à ce que l'Imperium m'aide. C'est ainsi qu'il voit les choses. Sa haine pour moi est maintenant banale. Il croit qu'il peut venir à bout de moi quand il le voudra. Et c'est ainsi que je le domine. Car je dirige son attention où je le veux… sur l'Imperium. »

Feyd-Rautha comprit et de fines rides apparurent sur son front en même temps que sa bouche se rétrécissait.

« Sur l'Empereur ? » demanda-t-il.

Que mon cher neveu savoure donc ceci, pensa le Baron. *Qu'il se dise : « L'Empereur Feyd-Rautha Harkonnen ! » Qu'il se demande combien cela peut valoir… Assurément la vie d'un vieil oncle capable de réaliser un tel rêve !*

Lentement, Feyd-Rautha humecta ses lèvres du bout de sa langue. Se pouvait-il que le vieux fou dise vrai ? Il y avait dans tout cela plus qu'il ne semblait y avoir.

« Et Hawat, qu'a-t-il donc à voir dans tout cela ? »

« Il croit nous utiliser pour accomplir sa vengeance contre l'Empereur. »

« Et quand elle sera accomplie ? »

« Il ne pense pas au-delà. Hawat est de ces hommes qui doivent servir les autres, mais il l'ignore. »

« J'ai beaucoup appris de lui, dit Feyd-Rautha, et il sentit la vérité qu'il y avait dans ces paroles. Mais plus j'apprends, plus je sens que nous devrions nous en débarrasser… et très vite. »

« L'idée qu'il te surveille ne te plaît guère. »

« Il surveille tout le monde. »

« Et il pourrait bien te mettre sur le trône. Il est rusé, dangereux. Mais je ne le priverai pas encore d'antidote. Une épée aussi est dangereuse, Feyd. Mais pour celle-ci nous avons un fourreau. Le poison est en lui. Il suffit de supprimer l'antidote pour que la mort l'enveloppe. »

« En un sens, dit Feyd-Rautha, c'est comme l'arène. Feinte après feinte. Il faut observer de quel côté le gladiateur se penche, dans quelle direction il regarde, la façon dont il tient son couteau. »

Il hocha la tête. Ces mots avaient plu à son oncle, il le sentait. *Oui !* pensa-t-il. *Comme l'arène ! Et c'est l'esprit qui est le tranchant !*

« À présent, dit le Baron, tu vois à quel point tu as besoin de moi. Je suis encore utile, Feyd. »

Comme une épée jusqu'à ce qu'elle soit trop émoussée, se dit Feyd-Rautha.

« Oui, Mon Oncle. »

« À présent, nous allons nous rendre au quartier des esclaves. Et je te regarderai tandis que, de ta main, tu tueras toutes les femmes dans l'aile des plaisirs. »

« Mon Oncle ! »

« Il y en aura d'autres, Feyd. Mais je veux que tu ne commettes pas une erreur avec moi sans en pâtir. »

Le visage de Feyd-Rautha était sombre. « Mon Oncle, vous… »

« Tu vas accepter cette punition et en tirer une leçon », dit le Baron.

Feyd-Rautha rencontra le regard avide de son oncle.

Et je dois me rappeler cette nuit, pensa-t-il. *Et, avec elle, d'autres nuits encore.*

« Tu ne refuseras pas », dit le Baron.

Que pourriez-vous faire si je refusais, vieil homme ? se demanda Feyd-Rautha. Mais il savait bien qu'il devait exister quelque autre châtiment, peut-être plus subtil encore. Quelque autre levier plus brutal pour agir sur lui.

« Je te connais, Feyd. Tu ne refuseras pas. »

D'accord, pensa Feyd-Rautha. *J'ai besoin de vous maintenant. Je le comprends. Le marché est conclu. Mais je n'aurai pas toujours besoin de vous. Et un jour…*

Le besoin pressant d'un univers logique et cohérent est profondément ancré dans l'inconscient humain. Mais l'univers réel est toujours à un pas au-delà de la logique.

Extrait de Les Dits de Muad'Dib,
par la Princesse Irulan.

JE ME SUIS ASSIS EN FACE DE BIEN DES MAÎTRES de Grandes Maisons, se dit Thufir Hawat, *mais jamais encore devant un porc aussi énorme et dangereux que celui-ci.*

« Vous pouvez parler franchement avec moi, Hawat », grommela le Baron. Il se laissa aller en arrière dans son fauteuil à suspenseur. Ses yeux cernés de plis de graisse étaient fixés sur le Mentat.

Le regard de Thufir Hawat se posa sur la table, entre le Baron et lui, et il admira le grain du bois. C'était là un facteur à considérer lors d'une entrevue avec le Baron, au même titre que les murs rouges de la salle de conférences privée et que la faible senteur douceâtre d'herbe qui flottait dans la pièce, mêlée à un parfum plus fort.

« Ce n'est pas par un simple caprice que vous m'avez fait expédier cet avertissement à Rabban », dit le Baron.

Le visage parcheminé du vieux Mentat demeura impassible, ne révélant pas la moindre trace de son dégoût.

« Je soupçonne diverses choses, Mon Seigneur », dit-il.

« Oui. Eh bien, j'aimerais savoir comment il se fait qu'Arrakis entre dans vos soupçons à l'égard de Salusa Secundus. Il ne me suffit pas que vous m'ayez dit que l'Empereur s'énerve à propos d'une certaine relation entre Arrakis et sa mystérieuse planète-prison. Je n'ai adressé cet avertissement à Rabban que parce que le courrier devait partir par ce vaisseau. Vous m'avez dit que cela ne pouvait attendre. Très bien. Maintenant, je veux une explication. »

Il bavarde trop, se dit Hawat. *Le Duc Leto, lui, pouvait me dire une chose d'un simple geste de la main, d'un haussement de sourcil. Et le vieux Duc exprimait toute une sentence en accentuant un seul mot. Quel rustre ! En le détruisant, je rendrai service à l'humanité.*

« Vous ne partirez pas sans que j'aie une explication totale », dit le Baron.

« Vous parlez trop à la légère de Salusa Secundus », dit Hawat.

« C'est une colonie pénitentiaire, dit le Baron. On y expédie la pire racaille de la galaxie. Est-il utile d'en connaître autre chose ? »

« Les conditions qui règnent sur la planète-prison sont plus terribles que partout ailleurs, dit Hawat. Vous savez que le taux de mortalité chez les nouveaux détenus est supérieur à soixante pour cent. Vous savez que l'Empereur utilise là-bas toutes les formes d'oppression possibles. Vous savez tout cela et vous ne posez aucune question ? »

« L'Empereur n'autorise pas les Grandes Maisons à visiter sa planète-prison, grommela le Baron. D'ailleurs, il n'a jamais inspecté mes oubliettes. »

« Et toute curiosité à propos de Salusa Secundus, dit Hawat, est... (il porta un index osseux à ses lèvres)... découragée. »

« C'est parce qu'il ne tire aucune fierté de certaines des choses qu'il fait sur Salusa Secundus ! »

Le plus subtil des sourires effleura les lèvres sombres de Hawat. Ses yeux brillaient comme il regardait le Baron.

« Et jamais vous ne vous êtes demandé où l'Empereur trouvait ses Sardaukars ? »

Le Baron plissa ses lèvres grasses. Ainsi, il ressemblait à un bébé faisant la moue. D'un ton presque joyeux, il répliqua :

« Mais... il recrute... c'est-à-dire que les enrôlements et les engagements... »

« Ppss ! Mais ce que vous entendez raconter à propos des exploits des Sardaukars, ce ne sont pas des rumeurs, non ? Ce sont des récits faits par les quelques rares survivants qui les ont affrontés, n'est-ce pas ? »

« Les Sardaukars sont des combattants excellents, cela ne fait pas de doute, dit le Baron. Mais je pense que mes propres légions... »

« De joyeux excursionnistes, par comparaison ! Vous croyez que je ne sais pas pourquoi l'Empereur s'est retourné contre la Maison Atréides ? »

« Ce n'est pas là un sujet ouvert à vos spéculations ! »

Est-il possible qu'il ne connaisse pas les motivations de l'Empereur ? se demanda Hawat.

« Tout est ouvert à mes spéculations, dit-il, si cela a quelque rapport avec la tâche dont vous m'avez chargé. Je suis un Mentat. On ne cache aucune information, aucune donnée à un Mentat. »

Durant une longue minute, le Baron le regarda en silence, puis il déclara : « Dites ce que vous avez à dire, Mentat. »

« L'Empereur Padishah s'est retourné contre la Maison Atréides parce que les Maîtres de Guerre du Duc, Gurney Halleck et Duncan Idaho, avaient constitué une unité de combat – une *petite* unité – qui était bien près de valoir les Sardaukars. Certains hommes étaient même meilleurs. Et le Duc avait la possibilité de développer cette unité, de la rendre aussi puissante que les forces de l'Empereur. »

Le Baron soupesa un instant cette révélation, puis demanda : « Quel est le rôle d'Arrakis dans tout cela ? »

« La planète constitue une réserve de recrues déjà formées aux conditions les plus difficiles. »

Le Baron secoua la tête. « Vous ne voulez pas parler des Fremen ? »

« Je veux parler des Fremen. »

« Ah !... En ce cas, pourquoi avertir Rabban ? Après le pogrom des Sardaukars et la répression de Rabban, il ne doit pas rester plus d'une poignée de Fremen. »

Hawat le regardait en silence.

« Pas plus d'une poignée ! insista le Baron. Rien que l'année dernière, Rabban en a tué six mille ! »

Hawat se taisait toujours.

« Et l'année d'avant, c'était neuf mille. Et avant leur départ, les Sardaukars ont bien dû en éliminer vingt mille. »

« Quelles sont les pertes des troupes de Rabban pour ces deux dernières années ? » demanda Hawat.

Le Baron se gratta les bajoues. « Eh bien, il a eu le recrutement plutôt lourd, dirons-nous. Ses agents font des promesses assez extravagantes et… »

« Disons aux alentours de trente mille ? »

« C'est une estimation assez large. »

« Bien au contraire, dit Hawat. Je peux aussi bien que vous lire entre les lignes des rapports de Rabban. Et, très certainement, vous avez compris ceux de mes propres agents. »

« Arrakis est un monde redoutable, dit le Baron. Les tempêtes à elles seules peuvent… »

« Nous connaissons tous deux la part attribuée aux tempêtes », dit Hawat.

« Alors qu'en est-il de ces trente mille hommes perdus ? » demanda le Baron, et l'afflux de sang assombrissait son visage.

« Selon votre propre estimation, il a tué environ quinze mille Fremen en deux années pour des pertes doubles. Vous dites que, de leur côté, les Sardaukars en auraient éliminé vingt mille, peut-être un peu plus. J'ai vu les manifestes de transport lorsqu'ils sont revenus d'Arrakis. S'ils ont vraiment tué vingt mille Fremen, leurs pertes sont dans la proportion de cinq pour un. Pourquoi ne pas accepter ces chiffres, Baron, et comprendre ce qu'ils signifient ? »

Le Baron répondit avec un ton froidement mesuré. « C'est votre travail, Mentat. Que signifient-ils ? »

« Je vous ai rapporté l'estimation faite par Duncan Idaho lors de sa visite dans un sietch. Tout concorde. Avec deux cent cinquante sietchs de cette importance, leur population devrait s'élever à cinq millions. Mais j'ai une meilleure estimation qui me donne à peu près le double de ce nombre. Sur une telle planète, la population est dispersée. »

« Dix millions ? »

Les bajoues du Baron frémissaient d'étonnement.

« Au moins. »

Le Baron pinça les lèvres. Ses yeux minuscules étaient fixés sur Hawat. *Est-ce vraiment une déduction de Mentat ?* se demanda-t-il. *Comment cela peut-il être sans que nul n'ait eu le moindre soupçon ?*

« Nous n'avons pas brisé le rythme des naissances, reprit Hawat. Nous n'avons fait qu'éliminer les spécimens les plus faibles, permettant ainsi aux plus forts de le devenir encore plus... Comme sur Salusa Secundus. »

« Salusa Secundus ! aboya le Baron. Quel rapport y a-t-il entre Arrakis et la planète-prison ? »

« Un homme qui survit sur Salusa Secundus est d'ores et déjà plus résistant que bien d'autres. Lorsque vous ajoutez à cela un entraînement militaire de la meilleure qualité... »

« Absurde ! Selon vous, je pourrais recruter parmi les Fremen après l'oppression que leur a fait subir mon neveu. »

« N'opprimez-vous jamais vos troupes ? » demanda Hawat d'une voix infiniment douce.

« Eh bien... oui... mais... »

« L'oppression est une chose relative. Vos soldats se trouvent mieux de leur sort que ceux qui les entourent. Ils ont sous les yeux des choix moins plaisants que d'être soldats du Baron, n'est-ce pas ? »

Le Baron demeura silencieux, le regard dans le vague. Les possibilités... Rabban avait-il donc donné sans le vouloir son arme ultime à la Maison Harkonnen ?

« Comment pourriez-vous être certain de la loyauté de telles recrues ? » dit-il enfin.

« Je les diviserais en petits groupes, pas plus importants qu'une section de combat, dit Hawat. Je les placerais hors de leur situation d'opprimés et les isolerais dans un encadrement de gens susceptibles de les connaître. De préférence des gens ayant subi le même genre d'oppression. Puis je leur offrirais une croyance selon laquelle leur planète est véritablement un terrain de préparation secret destiné à produire les êtres supérieurs qu'ils sont. Et je leur montrerais tout ce qu'un être supérieur est en droit de posséder : richesse, femmes, demeures somptueuses... Tout ce qu'il désire. »

Le Baron acquiesça. « Tout ce qu'ont les Sardaukars. »

« Les recrues en arrivent à penser que l'existence d'un monde tel que Salusa Secundus est justifiée dans la mesure où elle les produit, eux, l'élite. À bien des égards, le commun des soldats sardaukars a une existence aussi exaltante que celle d'un membre des Grandes Maisons. »

« Quelle idée ! » murmura le Baron.

« Vous commencez à partager mes soupçons », dit Hawat.

« Comment une telle chose a-t-elle pu commencer ? »

« Vous voulez dire : Quelle est l'origine de la Maison Corrino ? Y avait-il des gens sur Salusa Secundus avant que l'Empereur y expédie ses premiers contingents de prisonniers ? Le Duc Leto lui-même, qui était cousin du côté maternel, ne l'a jamais su avec certitude. On n'encourage guère ce genre de question. »

Le Baron réfléchissait intensément, le regard brillant.

« Oui, c'est un secret très bien gardé. Ils ont dû utiliser tous les procédés... »

« Mais aussi, reprit Hawat, qu'y a-t-il à cacher ? Que l'Empereur Padishah a une planète-prison ? Tout le monde sait cela. Qu'il a... »

« Le Comte Fenring ! » s'exclama le Baron.

Hawat s'interrompit, les sourcils froncés, et demanda : « Qu'y a-t-il à propos du Comte Fenring ? »

« Pour l'anniversaire de mon neveu, il y a des années, ce laquais de l'Empereur était venu comme observateur officiel et pour... oui, pour conclure un accord entre l'Empereur et moi. »

« Vraiment ? »

« Je... Oui, je crois que durant l'une de nos conversations, je lui ai parlé de la possibilité de faire une planète-prison d'Arrakis. Fenring... »

« Qu'avez-vous dit exactement ? » demanda Hawat.

« Exactement ? C'était il y a longtemps et... »

« Mon Seigneur Baron, si vous voulez tirer le meilleur usage de mes services, il faut me donner une information précise. Cette conversation a-t-elle été enregistrée ? »

La colère envahit le visage du Baron. « Vous êtes aussi mauvais que Piter ! Je n'aime pas ces... »

« Piter n'est plus à votre côté, Mon Seigneur. À ce propos, que lui est-il donc arrivé ? »

« Il est devenu trop familier, trop exigeant », dit le Baron.

« Vous m'avez assuré que vous ne supprimiez pas quelqu'un d'utile, dit Hawat. Aurez-vous raison de moi par des ruses et des menaces ? Nous parlions de ce que vous aviez déclaré au Comte Fenring. »

Lentement, le Baron reprit son calme. *Quand le moment sera venu*, se dit-il, *je me souviendrai de ses façons. Oui, je m'en souviendrai.*

« Un moment », dit-il, et il essaya de retrouver le souvenir de cette rencontre dans le grand hall. Il tenta de visualiser à nouveau le cône de silence sous lequel ils s'étaient placés, le Comte et lui.

« J'ai dit quelque chose comme cela : "L'Empereur sait bien qu'un certain nombre de meurtres a toujours fait partie des affaires." Je faisais allusion à nos pertes dans les équipes de travail. Le Comte a parlé alors d'une autre solution au problème arrakeen et je lui ai répondu que la planète-prison de l'Empereur me faisait songer à l'imiter. »

« Sang de sorcière ! lança Hawat. Et qu'a dit le Comte ? »

« À ce moment, il s'est mis à me questionner à votre propos. »

Hawat ferma les yeux. « Ainsi, c'est pour cela qu'ils se sont intéressés à Arrakis. Eh bien, la chose est faite. (Il rouvrit les yeux.) À l'heure qu'il est, ils doivent avoir des espions sur toute la planète. Deux années ! »

« Mais ce n'est certainement pas cette suggestion faite au hasard qui... »

« Rien n'est fait au hasard pour l'Empereur ! Quelles étaient les instructions que vous avez données à Rabban ? »

« Simplement qu'il devait enseigner à Arrakis à nous redouter. »

Hawat secoua la tête. « Maintenant, Baron, il vous reste deux solutions possibles. Vous pouvez tuer les indigènes, les balayer entièrement ou... »

« Vous voulez que j'élimine toute ma main-d'œuvre ? »

« Préférez-vous que l'Empereur et les Grandes Maisons qu'il peut encore rameuter débarquent ici pour un nettoyage général et dévastent toute la surface de Giedi Prime ? »

Le Baron observa son Mentat un instant, puis dit : « Il n'oserait pas. »

« Vraiment ? »

Les lèvres du Baron tremblèrent. « Quelle est l'autre solution ? »

« Abandonnez votre cher neveu, Rabban. »

« Abandonner… » Le Baron s'interrompit et regarda Hawat.

« Ne lui envoyez plus de troupes, plus d'aide d'aucune sorte. Ne répondez à ses messages qu'en disant que l'on vous a rapporté de quelle atroce façon il traitait les problèmes d'Arrakis et que vous avez l'intention de prendre des mesures correctives dès que possible. Je m'arrangerai pour que certains de vos messages soient interceptés par les espions de l'Empereur. »

« Mais l'épice, les bénéfices, les… »

« Exigez vos revenus de baronnie mais veillez bien à la façon dont vous formulerez ces exigences. Mentionnez des sommes fixes. Nous pouvons… »

Le Baron leva les mains. « Mais comment puis-je être certain que ma fouine de neveu n'est pas… »

« Nous avons encore nos espions sur Arrakis. Dites à Rabban qu'il doit respecter le quota d'épice, sinon il sera remplacé. »

« Je le connais. Cela ne l'amènerait qu'à opprimer un peu plus la population. »

« Mais bien sûr ! s'exclama Hawat. Vous ne pouvez désirer que cela cesse ! Vous ne voulez qu'une chose : garder les mains propres. Laissez donc Rabban construire votre Salusa Secundus. Il est même inutile de lui envoyer des prisonniers. Il dispose de toute la population. S'il presse ses gens pour respecter le quota d'épice, l'Empereur n'ira pas soupçonner d'autres motifs. Cette raison est suffisante pour tuer Arrakis à petit feu. Quant à vous, Baron, nul mot, nulle action de votre part ne viendra démentir cette évidence. »

Le Baron ne parvint pas à effacer totalement la note d'admiration dans sa voix. « Ah, Hawat, comme vous êtes rusé. Mais comment gagner Arrakis pour utiliser ce que Rabban prépare ? »

« C'est la plus simple de toutes les démarches, Baron. Si chaque année vous augmentez le quota de l'année précédente, les choses vont certainement atteindre un paroxysme. La production tombera en flèche. Vous pourrez alors relever Rabban et reprendre Arrakis… pour réparer le désastre. »

« Cela semble réalisable, dit le Baron. Mais je suis las de tout ceci. Je prépare quelqu'un d'autre pour me succéder sur Arrakis. »

Hawat examina cette grosse figure ronde qu'il avait en face de lui. Lentement, il inclina la tête.

« Feyd-Rautha… Ainsi, c'est là la raison de l'oppression actuelle. Vous êtes vous-même très rusé, Baron. Peut-être pourrions-nous mêler ces deux projets. Oui… Votre Feyd-Rautha pourrait se présenter comme le sauveur d'Arrakis. Il pourrait se gagner la populace. Oui… »

Le Baron sourit. Mais il se demandait : *En quoi tout ceci concorde-t-il avec le projet personnel de Hawat ?*

Hawat, comprenant que l'entretien avait pris fin, se leva et quitta la pièce rouge. Tout en marchant, il ne parvenait pas à écarter de son esprit les troublants facteurs inconnus qui entraient dans toute spéculation sur Arrakis. Il y avait ce nouveau chef religieux dont Gurney Halleck avait décelé l'existence depuis son refuge au sein des contrebandiers, ce Muad'Dib.

Peut-être n'aurais-je pas dû dire au Baron de laisser cette religion se développer, se dit-il. *Même parmi les gens des sillons et des creux. Mais il est bien connu que la répression favorise l'épanouissement des religions.*

Puis il pensa aux rapports de Halleck sur les tactiques de combat fremen. Des tactiques qui portaient la marque de Halleck lui-même… et d'Idaho… et même de Hawat.

Idaho a-t-il survécu ? se demanda-t-il.

Mais c'était une question futile. Il ne s'était même pas encore demandé s'il était possible que Paul ait survécu. Il savait que le Baron était convaincu de la mort de tous les Atréides. Il reconnaissait que la sorcière Bene Gesserit avait constitué son arme. Et cela ne pouvait donc signifier qu'une issue, même pour le propre fils de cette femme.

Quelle haine venimeuse elle devait vouer aux Atréides, songea-t-il. *Une haine pareille à celle que j'éprouve pour ce Baron. Mon coup ultime sera-t-il aussi définitif que le sien ?*

Il est en toutes choses un rythme qui participe de notre univers. Symétrie, grâce, élégance : vous retrouvez toutes ces qualités dans celles que saisit le véritable artiste. Vous pouvez retrouver ce rythme dans la succession des saisons, dans le cheminement du sable sur une corniche, dans les branches d'un buisson créosote ou le dessin de ses feuilles. Dans notre société, dans nos vies, nous avons essayé de copier ces formes, de chercher les rythmes, les danses qui réconfortent. Pourtant, il est possible de discerner un péril dans la découverte de la perfection ultime. Il est clair que le schéma ultime contient sa propre fixité. Dans cette perfection, toute chose s'en va vers sa mort.

Extrait de Les Dits de Muad'Dib,
par la Princesse Irulan.

PAUL-MUAD'DIB SE SOUVENAIT D'UN REPAS LOURDEMENT chargé en épice. Dans sa mémoire, c'était comme un point d'ancrage. Depuis cette position, il pouvait considérer le moment présent comme un rêve.

Je suis comme un théâtre ouvert aux processus, se dit-il. *Je suis la proie d'une vision imparfaite, de la conscience raciale et de son but terrible.*

Pourtant, il ne pouvait échapper à la crainte de s'être dépassé de quelque manière, d'avoir perdu sa position dans le temps.

Le passé, le présent et l'avenir étaient maintenant confusément mêlés. C'était comme une sorte de fatigue visuelle qui provenait, il le savait, de la nécessité constante de maintenir l'avenir prescient sous la forme d'une sorte de mémoire qui était une chose appartenant intrinsèquement au passé.

Chani m'a préparé le repas, songea-t-il.

Pourtant, Chani était loin dans le Sud, dans le pays froid où le soleil était chaud, dans l'un des nouveaux sietchs-bastions, en sûreté avec leur fils, Leto II.

Ou bien était-ce là une chose qui devrait se produire un jour ?

Non, se dit-il, car Alia l'Étrange, sa sœur, était également là-bas avec sa mère et Chani. Elles avaient fait ce voyage de vingt marteleurs vers le Sud à bord d'un palanquin de Révérende Mère, sur le dos d'un faiseur sauvage.

Il chassa la pensée du ver géant et se demanda : *Ou bien Alia n'est-elle pas encore née ?*

J'étais en razzia, se souvint-il. *Nous étions allés récupérer l'eau de nos morts dans Arrakeen. Et j'ai découvert les restes de mon père dans le bûcher funéraire. J'ai placé le crâne de mon père sous un tas de rochers, au-dessus de la Passe de Harg.*

Ou bien n'était-ce pas encore arrivé ?

Mes blessures sont réelles. Mes cicatrices aussi. Et le mausolée du crâne de mon père aussi.

Comme en un rêve, toujours, il se souvint que Harah, la femme de Jamis, était venue lui dire que l'on se battait dans le couloir du sietch. Il s'agissait du premier sietch, où ils s'étaient trouvés avant le départ des femmes et des enfants pour le Sud.

Harah était apparue sur le seuil de la chambre intérieure, les ailes noires de ses cheveux maintenues en arrière par les anneaux d'eau passés dans une chaîne. Elle avait écarté les draperies et lui avait dit que Chani venait de tuer quelqu'un.

Cela est vraiment arrivé, se dit Paul. *Cela n'est pas né du temps. Cela ne peut être changé.*

Il se souvenait de s'être rué hors de la chambre pour découvrir Chani, à la clarté jaune des brilleurs du corridor, drapée dans une robe bleue dont le capuchon était rejeté en arrière. Son visage d'elfe était tendu et elle glissait son krys dans son étui. Un groupe s'éloignait en hâte avec un fardeau. Il se souvint d'avoir songé : *Lorsqu'ils emportent un corps, on le sait toujours.*

Comme Chani lui faisait face, les anneaux d'eau tintèrent à son cou. À l'intérieur du sietch, elle les portait librement.

« Chani, que se passe-t-il ? »

« Je viens d'expédier celui qui voulait te défier en combat singulier, Usul. »

« Tu l'as tué, *toi* ? »

« Oui. Mais peut-être aurais-je dû le laisser à Harah. » (Il se souvint du contentement qui était apparu sur les visages, autour d'eux, à ces paroles. Harah elle-même avait ri.)

« Mais c'est moi qu'il était venu défier ! »

« Tu m'as enseigné l'art étrange, Usul. »

« Certainement ! Mais tu ne devrais pas... »

« Je suis née dans le désert, Usul. Je sais me servir d'un krys. »

Il réprima sa colère et s'efforça de parler calmement : « Tout ceci est sans doute vrai, Chani, mais... »

« Je ne suis plus une enfant qui chasse les scorpions dans le sietch à la clarté d'un brilleur, Usul. Je ne m'amuse plus. »

Le regard de Paul était fixé sur elle. Il était fasciné soudain par l'étonnante férocité qu'il décelait derrière son attitude désinvolte.

« Il ne méritait pas de te défier, Usul, dit-elle. Je n'aurais pas dérangé ta méditation pour lui. (Elle s'approcha, le regarda à la dérobée et sa voix devint un murmure.) Et puis, mon bien-aimé, lorsque l'on saura que l'on peut se retrouver face à moi et connaître une mort honteuse par la main de la femme de Muad'Dib, il y aura moins de candidats. »

Oui, se dit Paul, *cela est certainement arrivé.*

C'est le passé-réel. Et il est vrai que le nombre de ceux qui voulaient défier la lame nouvelle de Muad'Dib a décru de façon remarquable.

Quelque part, dans un monde qui n'appartenait pas au rêve, il y eut comme un mouvement, le cri d'un oiseau de nuit.

Je rêve, se dit Paul. *C'est ce repas d'épice.*

Pourtant, il éprouvait encore une impression d'abandon. Il se demanda s'il était possible que son esprit-ruh ait basculé dans ce monde auquel, selon les Fremen, il appartenait vraiment, l'alam al-Mithal, le monde des similitudes, le domaine métaphysique où toutes les limitations physiques étaient annihilées. Et, à la pensée d'un tel monde, il éprouvait de la peur, car la disparition de toute limitation signifiait la disparition de tout point de référence. Dans ce paysage de mythe, il ne pouvait s'orienter et dire : « Je suis parce que je suis ici. »

Sa mère lui avait déclaré une fois : « Certains, dans le peuple, sont divisés par la manière dont ils pensent à toi. »

Il faut que je m'éveille, se dit-il. Car ces paroles, sa mère les avait bien prononcées ; sa mère, Dame Jessica, qui était maintenant Révérende Mère des Fremen. Ces paroles étaient passées dans la réalité.

Jessica redoutait les liens religieux qui existaient entre les Fremen et lui, il le savait. Elle n'aimait pas entendre les gens des sietchs et des sillons le nommer *Lui*. Elle ne cessait de questionner les tribus à cet égard, d'envoyer au loin ses espions et de réfléchir mélancoliquement sur leurs rapports. Elle avait rappelé un proverbe bene gesserit à son fils : « Lorsque la religion et la politique voyagent dans le même chariot, les voyageurs pensent que rien ne peut les arrêter. Ils vont de plus en plus vite. Ils oublient alors qu'un précipice se révèle toujours trop tard. »

Paul se rappelait s'être assis dans les appartements de sa mère, dans la chambre intérieure enclose de lourdes tentures dont les broderies étaient inspirées de thèmes de la mythologie Fremen. Il s'était assis là et l'avait écoutée, remarquant la façon dont elle observait sans cesse, même lorsqu'elle baissait les yeux. Il y avait des plis nouveaux aux coins de sa bouche mais sa chevelure était toujours du même bronze poli. Ses grands yeux verts, pourtant, étaient voilés par la brume bleue de l'épice.

« Les Fremen ont une religion simple, pratique », avait-il dit.

« Rien n'est simple à propos de la religion », lui avait-elle rétorqué.

Mais Paul, voyant l'avenir lourd de nuées qui pesait sur eux, s'était senti submergé par la colère. Il n'avait pu que dire :

« La religion regroupe nos forces. C'est notre mystique. »

« Tu cultives délibérément cette atmosphère. Tu ne cesses d'endoctriner. »

« C'est ce que vous m'avez appris. »

Mais, ce jour-là, elle avait été pleine de reproches et d'arguments. C'était le jour où le petit Leto devait être circoncis. Paul avait compris certaines des raisons de la mauvaise humeur de sa mère. Elle n'avait jamais accepté sa liaison, son « mariage de jeunesse » avec Chani. Mais Chani avait donné le jour à un fils Atréides et Jessica n'avait pu rejeter l'enfant et la mère.

Sous son regard, elle avait réagi et demandé : « Tu penses que je suis une mère anormale ? »

« Non, certainement. »

« Je vois bien la façon dont tu m'observes quand je suis avec ta sœur. Tu ne comprends pas ce qu'il en est à son propos. »

« Je sais pourquoi elle est différente. Elle n'était pas encore née mais faisait partie de vous quand vous avez transformé l'Eau de Vie. Elle... »

« Tu ne sais rien de cela ! »

Et Paul, soudain incapable d'exprimer la connaissance qu'il avait extraite du temps, n'avait pu que dire : « Je ne pense pas que vous soyez anormale. »

Elle avait vu alors son désarroi et dit : « Mon fils, il faut que tu saches. »

« Oui ? »

« J'aime ta Chani. Je l'accepte. »

Cela était réel, se dit-il. Ce n'était pas là une vision imparfaite qui serait modifiée par les tourbillons issus de la source même du temps.

Cette assurance lui donna une prise nouvelle sur le monde. Des parcelles de réalité apparurent dans son rêve. Il sut brusquement qu'il se trouvait dans un hiereg, un camp du désert. Chani avait choisi le sable-farine pour dresser leur tente-distille, à cause de sa douceur. Cela ne pouvait signifier qu'une chose : Chani n'était pas loin. Chani sa Sihaya, douce comme le printemps du désert, Chani qui était revenue des palmeraies du sud lointain.

À présent, il se souvenait d'un chant de sable qu'elle avait choisi à l'heure du sommeil.

« Ô mon âme,
Dédaigne le Paradis cette nuit
Et par Shai-hulud je te promets
Que tu t'en iras là-bas,
Soumis à mon amour. »

Et puis, elle avait chanté la chanson de marche qui, sur le sable, unissait les amoureux, et dont le rythme était comme le frottement des dunes sous leurs pas :

« Souffle sur moi tes silences,
Et je m'approche.
Chuchote-moi tes désirs,
Et tes souffrances.
Chante pour moi tes rêves,
Et je te siffle mes pensées.
Murmure dans ton sommeil,
Et je délire dans mes jours... »

Dans une autre tente, quelqu'un avait tiré quelques accords d'une balisette. Il avait alors pensé à Gurney Halleck. Il avait entrevu son visage dans un groupe de contrebandiers, mais Gurney, lui, ne l'avait pas vu, ou n'avait pas voulu le voir de peur de remettre les Harkonnen sur la piste du fils du Duc qu'ils avaient assassiné.

Mais le style de celui qui jouait cette nuit-là, le jeu délié des doigts sur la balisette éveillaient un nom dans la mémoire de Paul. Celui de Chatt le Sauteur, capitaine des Fedaykin, les commandos de la mort qui veillaient sur Muad'Dib.

Nous sommes dans le désert, se souvint-il. *Dans l'erg central, au-delà des patrouilles harkonnens. Je suis ici pour marcher dans le sable, attirer le faiseur et réussir à le monter afin de prouver que je suis totalement Fremen.*

Maintenant, il sentait à sa ceinture le krys et le pistolet maula. Et, tout autour de lui, il percevait le silence.

C'était ce silence particulier qui précédait le matin, alors que les oiseaux nocturnes avaient disparu et que les créatures du jour n'avaient pas encore annoncé leur éveil à leur ennemi, le soleil.

« Tu devras cheminer dans le sable à la lumière du jour, avait dit Stilgar, afin que Shai-hulud te voit et qu'il sache que tu n'as pas peur. Aussi nous changerons l'emploi du temps et nous dormirons à la nuit. »

Lentement, Paul s'assit, dans l'ombre de la tente. Ses gestes étaient doux mais Chani l'entendit pourtant. « Il ne fait pas encore complètement jour, mon bien-aimé », dit-elle, ombre dans l'ombre.

« Sihaya », fit-il, et il y avait la trace d'un rire dans sa voix.

« Tu m'appelles ton printemps du désert, mais aujourd'hui, je suis là pour te harceler. Aujourd'hui, je suis la Sayyadina qui veille à ce que l'on obéisse aux rites. »

Il entreprit d'ajuster son distille. « Une fois, dit-il, tu m'as cité les paroles du Kitab al-Ibar : "La femme est ton champ ; alors va dans ce champ et cultive-le." »

« Je suis la mère de ton premier enfant », dit-elle.

Il la devinait dans la pénombre grise, imitant ses gestes, ajustant son distille pour le désert.

« Tu devrais te reposer aussi longtemps que possible », lui dit-elle.

Il sentit l'amour dans ses mots et répondit en plaisantant : « La Sayyadina qui Veille ne doit pas mettre en garde le candidat. »

Elle se glissa à ses côtés et posa la main sur sa joue. « Aujourd'hui, je suis celle qui veille mais je suis aussi la femme. »

« Tu aurais dû laisser cette tâche à une autre », dit-il.

« Il est aussi dur d'attendre. Je préfère être à tes côtés. »

Il déposa un baiser sur sa main avant d'ajuster le masque facial de son distille. Puis il descella la tente. L'air avait cette fraîcheur légèrement humide qui, avec l'aube, laisserait des traces de rosée sur le désert. Il apportait le parfum de la masse d'épice en gestation qu'ils avaient détectée au nord-est et qui indiquait la présence d'un faiseur.

Paul rampa hors du sphincter d'entrée, se redressa et, debout dans le sable, étira ses muscles, chassant le sommeil. Une pâle luminescence verte apparaissait à l'horizon d'est. Dans la pénombre, les tentes étaient comme autant de petites dunes. Sur sa gauche, Paul décela un mouvement. La garde. Les hommes avaient dû le voir. Ils savaient quel péril il allait affronter aujourd'hui. Chaque Fremen l'avait affronté. Il lui fallait se préparer et ils lui accordaient encore ce moment de solitude.

Ce doit être fait aujourd'hui, se dit-il.

Il songea à la puissance qu'il avait réussi à opposer au pogrom, aux vieux hommes qui, maintenant, lui amenaient leurs fils afin qu'il leur enseigne l'art étrange de la bataille, à ces vieux hommes qui l'écoutaient lors des conseils, qui suivaient ses plans et revenaient vers lui avec le plus grand compliment que pouvait faire un Fremen : « Ton plan a réussi, Muad'Dib. »

Pourtant, le plus petit, le plus médiocre des guerriers fremen était capable d'une chose qu'il n'avait encore jamais réalisée. Et il savait que cette différence pesait sur son statut de chef.

Il n'avait pas chevauché le faiseur.

Bien sûr, avec les autres il avait participé à des raids mais il n'avait pas encore fait son premier voyage seul. Et jusqu'à ce qu'il l'ait fait, son univers demeurerait limité par les capacités des autres. Il n'était pas de véritable Fremen qui pût permettre cela. Jusqu'à son premier voyage, les vastes territoires du Sud, à quelque vingt marteleurs au-delà de l'erg, lui étaient interdits, à moins qu'il ne voyage dans un palanquin, comme une Révérende Mère ou un malade.

Il se souvint alors de la lutte qu'il avait menée tout au long de la nuit avec sa perception intérieure et il vit là un parallèle étrange : s'il maîtrisait le faiseur, son pouvoir en serait affermi ; s'il maîtrisait sa vision intérieure, il posséderait alors un moyen de contrôle sur lui-même. Mais au-delà, il y avait la zone brumeuse, la grande turbulence qui semblait s'être emparée de l'univers tout entier.

Il était obsédé par les diverses manières dont il percevait l'univers, flou et précis dans le même temps. Il le voyait *in situ*. Pourtant, quand il était né, quand les pressions de la réalité avaient commencé de s'exercer sur lui, le *maintenant* avait eu sa vie propre et s'était mis à croître avec ses différences particulières et subtiles. Le but terrible demeurait. Ainsi que la conscience raciale. Et, les dominant, sanglant et sauvage : le Jihad.

Chani le rejoignit au-dehors. Les bras serrés sur sa poitrine, elle le regarda en biais, ainsi qu'elle le faisait toujours quand elle cherchait à deviner son état d'âme.

« Parle-moi encore des eaux de ton monde natal, Usul », dit-elle.

Il comprit qu'elle essayait de le distraire, d'apaiser les tensions de son esprit avant la dangereuse épreuve. Le ciel devenait plus clair, maintenant, et Paul vit que certains de ses Fedaykin démontaient déjà leurs tentes.

« J'aimerais mieux que tu me parles du sietch et de notre fils, dit-il. Est-ce qu'il tyrannise toujours ma mère ? »

« Et Alia tout aussi bien. Il grandit vite. Ce sera un homme costaud. »

« Comment est-ce dans le Sud ? »

« Lorsque tu chevaucheras le faiseur, tu le verras toi-même. »

« Mais j'aimerais d'abord le voir par tes yeux. »

« C'est d'une désolation puissante », dit-elle.

Il tendit la main vers son front et toucha l'écharpe nezhoni qui sortait du rabat de son distille. « Pourquoi ne me parles-tu pas du sietch ? »

« Je t'en ai déjà parlé. Sans nos hommes, c'est un endroit bien désert. C'est un lieu de travail. Nous passons nos heures dans les ateliers. Il faut fabriquer des armes, planter des sondes pour la prévision du temps, récolter l'épice pour les pots-de-vin. Les dunes doivent être ensemencées afin de les maintenir. Il faut confectionner des tissus, des tapis, charger les cellules à carburant. Et former les enfants afin que la puissance de la tribu ne diminue jamais. »

« Il n'y a donc rien de plaisant dans le sietch ? ».

« Les enfants. Nous observons les rites. Nous avons suffisamment de nourriture. Parfois, l'une d'entre nous peut se rendre dans le nord afin de retrouver son homme. La vie doit continuer. »

« Ma sœur, Alia... est-elle acceptée par les gens ? »

Dans la clarté grise de l'aube, Chani lui fit face, le regard triste. « C'est là une chose dont nous discuterons un autre jour, bien-aimé. »

« Discutons-en maintenant. »

« Tu devrais garder tes forces pour l'épreuve. »

Il vit qu'il avait touché quelque point sensible. La voix de Chani était soudain lointaine. « L'inconnu, dit-il, apporte ses propres peines. »

Chani acquiesça. « Il subsiste encore une certaine... incompréhension, due à l'étrangeté d'Alia. Les femmes la craignent parce qu'une enfant, presque un bébé, ne devrait pas parler de... choses que seul un adulte peut connaître. Elles ne comprennent pas que ce... changement qui s'est produit dans la matrice a rendu Alia... différente. »

« Des ennuis ? » demanda Paul, songeant : *J'ai eu la vision d'ennuis au sujet d'Alia.*

Le regard de Chani se porta sur la ligne claire du soleil. « Certaines des femmes se sont rassemblées pour en appeler à la Révérende Mère. Elles lui ont demandé d'exorciser le démon qui est dans sa fille. Elles ont cité l'écriture : "Point ne tolérera sorcière parmi nous." »

« Et que leur a dit ma mère ? »

« Elle leur a récité la loi et les a renvoyées dans la confusion. Elle leur a dit : "Si Alia est source d'ennuis, la faute en revient à l'autorité qui n'a pas su prévoir et prévenir ces ennuis." Puis elle a essayé de leur expliquer de quelle façon le changement avait agi sur Alia, à l'intérieur de sa matrice. Mais les femmes étaient furieuses parce qu'elles étaient confuses et elles sont reparties en maugréant. »

Alia provoquera des troubles, pensa Paul.

Un souffle cristallin de sable lui effleura le visage, apportant la senteur de la masse d'épice en gestation. « El sayal, dit-il, la pluie de sable qui apporte le matin. »

Son regard courut sur le désert baigné de lumière grise, sur le paysage qui dépassait toute désolation, sur ce sable qui était l'image de la forme éternellement absorbée et recréée. Des éclairs jaillirent dans une île d'ombre, au ciel du sud, révélant la formation d'une tempête dans cette direction. Longtemps après vint le grondement du tonnerre.

« La voix qui magnifie la terre », dit Chani.

Les hommes quittaient leurs tentes. Les gardes revenaient de leurs postes. Leurs gestes étaient lents. C'étaient ceux d'une routine ancienne pour laquelle tout ordre était inutile.

« Donne aussi peu d'ordres que possible, lui avait dit son père, autrefois. Dès que tu auras donné des ordres sur un sujet, tu devras sans cesse donner des ordres sur ce point. »

Les Fremen connaissaient d'instinct cette règle.

Le maître d'eau de la troupe entonna son chant du matin, y ajoutant les paroles rituelles qui préludaient à l'initiation de celui qui allait chevaucher le faiseur.

« Le monde est une carcasse, psalmodiait l'homme par-dessus les dunes. Qui peut repousser l'Ange de la Mort ? Ce qu'a décidé Shai-hulud doit être. »

Paul écoutait et reconnaissait les paroles qui étaient les premières du chant de mort des Fedaykin, ce chant de mort qu'ils entonnaient en se lançant dans la bataille.

Y aura-t-il un mausolée de rochers ici pour marquer le départ d'une âme nouvelle ? se demanda Paul. *Dans l'avenir, les Fremen s'arrêteront-ils ici pour ajouter une autre pierre et penser à Muad'Dib qui mourut en ce lieu ?*

Il savait que cela faisait partie des avenirs possibles qui irradiaient à partir de ce point précis de l'espace-temps. La vision était plus imparfaite que jamais. Plus il résistait au but terrible et luttait contre la venue du Jihad, plus le tourbillon s'accélérait. Son avenir tout entier était comme une rivière qui se ruait vers un gouffre, un nexus de violence au-delà duquel tout n'était que brumes et nuées.

« Stilgar arrive, dit Chani. Je dois me séparer de toi, maintenant, bien-aimé. Il faut que je sois la Sayyadina et que j'assiste au rite afin qu'il soit rapporté en toute vérité dans les Chroniques. (Elle le regarda et, pendant un instant, elle se sentit faiblir. Puis elle retrouva son contrôle.) Quand cela sera fini, je préparerai le repas de mes mains », ajouta-t-elle. Et elle s'éloigna.

Stilgar arrivait. Ses pas soulevaient de légers nuages de sable farine. Ses yeux sombres étaient fixés sur Paul. La barbe noire qui apparaissait au-dessus du masque du distille, les joues ridées semblaient sculptées dans quelque rocher par le vent du désert. Il portait la bannière de Paul, verte et noire, dont la hampe recelait un tube à eau, la bannière qui, déjà, était légendaire. Avec une trace d'orgueil, Paul songea : *Je ne peux faire la plus simple des choses sans que cela devienne une légende. Ils auront noté la façon dont j'ai quitté Chani, dont j'ai accueilli Stilgar... tout ce que je fais aujourd'hui. Que je meure ou que je vive, cela sera une légende. Il ne faut pas que je meure. Car la légende resterait, seule, et rien ne pourrait plus empêcher le Jihad.*

Stilgar planta la bannière dans le sable à côté de Paul et laissa retomber ses bras. Ses yeux bleus ne cillaient pas. Paul songea que ses propres yeux, peu à peu, assumaient cette couleur née de l'épice.

« Ils nous refusent le Hajj », dit Stilgar avec la solennité qu'imposait le rituel.

Ainsi que Chani le lui avait enseigné, Paul répondit : « Qui peut refuser à un Fremen le droit de marcher ou de chevaucher où il le désire ? »

« Je suis un Naib, dit Stilgar, que l'on ne prend jamais vivant. Je suis un pied du tripode de la mort qui va détruire nos ennemis. »

Le silence s'établit alors entre eux.

Paul regarda les autres Fremen rassemblés sur le sable, plus loin, immobiles pour cet instant de prière. Et il pensa que les Fremen étaient un peuple qui vivait par le meurtre, un peuple qui n'avait connu que le chagrin et la rage jour après jour, qui n'avait jamais songé qu'il pût exister autre chose, si ce n'est le rêve que leur avait donné Liet-Kynes avant de mourir.

« Où est le Seigneur qui nous a conduits à travers le désert et les puits ? » demanda Stilgar.

« Il est toujours avec nous », chantèrent les Fremen.

Stilgar raffermit ses épaules, s'avança plus près de Paul et dit à voix basse : « Maintenant, souviens-toi de ce que je t'ai dit. Il te faut agir simplement et directement. Sans la moindre fantaisie. Chez nous, nous chevauchons le faiseur à l'âge de douze ans. Tu en as presque six ans de plus. Tu n'as pas à impressionner qui que ce soit par ton courage. Nous savons que tu es brave. Tout ce que tu dois faire, c'est appeler le faiseur et le chevaucher. »

« Je me souviendrai », dit Paul.

« J'y compte bien. Je ne tiens pas à ce que la honte retombe sur mon enseignement. »

Stilgar sortit une tige de plastique longue d'un mètre environ de sous sa robe. Une extrémité était en pointe, l'autre était munie d'un clapet monté sur ressort.

« J'ai préparé ce marteleur moi-même. Il est bon. Prends-le. »

Paul sentit sous sa main la matière douce et lisse de l'objet, sa tiédeur.

« C'est Shishakli qui a tes hameçons, reprit Stilgar. Il te les donnera lorsque tu seras sur cette dune, là-bas. (Il tendit la main vers la droite.) Appelle un gros faiseur, Usul. Montre-nous le chemin. »

La voix de Stilgar était à la fois solennelle et pleine de l'inquiétude d'un ami.

À cet instant précis, le soleil apparut sur l'horizon. Le ciel prit la teinte gris-bleu argentée qui annonçait une chaleur extrême.

« Voici le jour brillant, dit Stilgar, et sa voix avait toute la solennité du rite. Va, Usul, et chevauche le faiseur, sillonne le sable comme le chef des hommes. »

Paul salua sa bannière qui, maintenant, pendait inerte. Le vent de l'aube était mort. Il se tourna vers la dune que Stilgar lui avait désignée, un simple monticule de sable dont la crête dessinait un S. Déjà, une grande partie de la troupe s'était massée dans la direction opposée, au flanc de la dune qui avait abrité le camp.

À l'écart, un seul homme se tenait sur le chemin de Paul. Seuls ses yeux étaient visibles entre le masque et le rabat de son distille. Shishakli, chef de groupe des Fedaykin.

Comme Paul approchait, il lui tendit deux tiges minces, pareilles à des fouets, longues d'environ un mètre cinquante. Des crochets de cristacier luisaient à une extrémité. L'autre avait été râpée pour permettre une meilleure prise.

Paul les prit toutes deux dans sa main gauche comme le voulait le rituel.

« Ce sont mes propres hameçons, dit Shishakli d'une voix rauque. Ils ne m'ont jamais trahi. »

Paul hocha la tête en silence avant de reprendre son chemin. Sur la crête de la dune, il se retourna. La troupe tout entière se rassemblait comme une nuée d'insectes. Paul était seul, maintenant, avec l'horizon de sable en face de lui, plat, immuable. Stilgar lui avait choisi une bonne dune, plus haute que toutes celles qui l'entouraient.

Il se pencha et planta le marteleur dans le versant exposé au vent, là où le sable plus compact transmettrait le martèlement avec plus d'intensité. Puis il hésita, se remémorant ses leçons et les impératifs de vie et de mort qu'il allait affronter.

Lorsqu'il presserait la détente, le marteleur commencerait à lancer son appel. Quelque part dans le sable, un faiseur entendrait et viendrait. Paul savait qu'avec les tiges à hameçons il pouvait chevaucher un anneau de ver géant. En effet, aussi longtemps que l'anneau était maintenu par l'hameçon et que sa face interne était soumise au souffle abrasif du sable, le ver ne replongeait pas dans le désert. Il lovait son corps gigantesque afin d'élever aussi haut que possible le segment ouvert.

Je suis un cavalier des sables, se dit Paul.

Il regarda les hameçons, dans sa main gauche. Il lui suffisait de les fixer au corps immense d'un faiseur pour que la créature tourne et se déploie à sa guise. Il avait déjà vu faire cela. Il avait accompli de courts trajets au flanc d'un faiseur. Mais il était possible d'aller très loin, jusqu'à ce que la créature s'effondre d'épuisement. Alors, il fallait appeler un nouveau faiseur.

Lorsqu'il aurait triomphé de cette épreuve, Paul le savait, il serait digne d'accomplir le voyage de vingt marteleurs jusque dans les territoires du sud, libre de se reposer dans les nouvelles palmeraies et les sietchs où l'on avait emmené les femmes et les enfants pour échapper au pogrom.

Levant la tête, il regarda vers le sud, se souvenant que le faiseur qui allait surgir de l'erg était un facteur inconnu, de même que lui qui l'appelait pour cette épreuve.

« Tu dois calculer avec soin son approche, lui avait dit Stilgar. Rester assez près afin de pouvoir le monter quand il passera, mais assez loin pour n'être pas englouti. »

Paul se décida soudain et déclencha le marteleur. Le clapet se mit à tourner et à frapper le sable. « Foum ! Foum ! Foum !... »

Il se redressa et son regard courut sur l'horizon. « Examine soigneusement sa ligne d'approche, avait dit Stilgar. Souviens-toi qu'un ver demeure rarement invisible en arrivant sur un marteleur. Écoute également. Il se peut que tu l'entendes avant même de le voir. »

Et, au creux de la nuit, Chani lui avait murmuré : « En te plaçant sur le passage du faiseur, il faut que tu restes absolument silencieux. Il faut que tu penses comme le sable, que tu deviennes une petite dune. »

Lentement, son regard parcourait l'horizon. Il écoutait, guettait les signes qu'on lui avait indiqués.

Et cela vint du sud-est. Un sifflement lointain, un murmure de sable, un chuchotement. Puis il vit la dune qui courait dans la clarté de l'aube et songea qu'il n'avait encore jamais rencontré de faiseur aussi énorme, qu'il n'en avait même jamais entendu parler. La créature devait mesurer plus d'une demi-lieue et la vague de sable soulevée par sa tête était comme une montagne en marche.

Je n'ai jamais rien vu de tel dans ma vie ou mes visions, se dit Paul. Il s'élança au-devant du ver pour se mettre en position, entièrement absorbé par les impératifs de cet instant.

« Contrôlons la monnaie et les alliances. Que la racaille s'amuse du reste. » Ainsi dit l'Empereur Padishah. Et il ajoute : « Si vous voulez des profits, il vous faut régner. » Il y a une certaine vérité dans ces paroles, mais pour ma part, je me demande : « Où est la racaille et où sont les gouvernés ? »

Message Secret de Muad'Dib au Landsraad,
extrait de L'Éveil d'Arrakis, *par la Princesse Irulan.*

SANS CESSE, UNE PENSÉE REVENAIT À L'ESPRIT DE JESSICA : *Paul va bientôt être soumis à l'épreuve du faiseur. Ils ont essayé de me cacher cela, mais c'est évident. Et Chani est partie pour quelque mystérieuse destination.*

Assise dans sa chambre, elle profitait d'un moment de repos entre deux classes de nuit. La chambre était agréable mais pas aussi grande cependant que celle qu'elle avait connue au Sietch Tabr avant la fuite devant le pogrom. Pourtant, les tapis étaient profonds, les coussins moelleux, et il y avait une table à café basse, des tentures multicolores et des brilleurs à la clarté douce. La senteur âcre qui flottait dans la pièce était celle de tous les sietchs fremen, une senteur qu'elle associait à un sentiment de sécurité.

Pourtant, elle savait que jamais elle ne pourrait se débarrasser de l'impression d'être en un lieu étranger. Et cela, les tentures et les tapis ne parvenaient pas à l'empêcher.

Un tambourinement, un battement, un tintement lui parvint. Ce devait être pour une naissance. Probablement celle de l'enfant de Subiay. Son temps approchait. Jessica savait qu'elle verrait bien assez tôt le bébé lorsqu'on le lui amènerait pour la bénédiction. Elle savait aussi qu'Alia, sa fille, serait présente à la cérémonie et lui rapporterait ce qu'elle avait vu et entendu.

Le moment n'était pas encore venu de la prière de nuit. Ils n'auraient pas commencé à célébrer une naissance alors que la cérémonie pour les raids d'esclavage sur Poritrin, Bela Tegeuse, Rossak et Harmonthep était si proche.

Jessica eut un soupir. Elle savait qu'elle essayait de ne pas penser à son fils et aux dangers qu'il affrontait. Les puits piégés avec leurs épines empoisonnées, les raids harkonnens (ceux-ci devenaient plus rares du fait des armes nouvelles que Paul avait données aux Fremen) et les périls naturels du désert, la soif, les crevasses de poussière et les faiseurs.

Elle pensa qu'il lui fallait demander son café et, dans le même temps, elle évoqua une fois encore le paradoxe de l'existence fremen, de ces hommes qui connaissaient dans leurs sietchs une vie plus agréable que celle des pyons des creux tout en souffrant bien pis d'un hajra au désert que n'importe quel mercenaire harkonnen.

Une main sombre apparut entre les tentures et déposa une tasse sur la table avant de disparaître. L'arôme du café d'épice se répandit dans la pièce.

Une offrande pour la célébration de la naissance, pensa-t-elle.

Elle prit la tasse et but une gorgée, se souriant à elle-même : *Où, dans notre univers*, se demandait-elle, *une personne de ma position pourrait-elle accepter une boisson offerte par une main anonyme et la boire sans peur ? Bien sûr, à présent je pourrais altérer n'importe quel poison avant qu'il ne me fasse du mal, mais celle qui m'a donné cette tasse ne le sait pas.*

C'était chaud, délicieux. Elle sentit la force, l'énergie contenues dans le café. Elle se demanda alors quelle autre société aurait eu ce respect naturel pour sa tranquillité et son isolement, un respect qui faisait que celui qui offrait ne se montrait pas ? Le respect et l'amour seuls lui avaient valu cette offrande… avec une trace de crainte.

Puis un nouvel élément lui apparut : elle avait pensé au café et il était venu. Elle savait qu'il n'y avait là aucun effet de télépathie. C'était le tau, l'unité de la communauté du sietch, la compensation naturelle au poison subtil que représentait leur alimentation à base d'épice. La grande masse du peuple ne pouvait espérer atteindre la liberté que lui avait conférée l'épice. Les gens n'avaient pas été éduqués pour cela, ils n'avaient pas été préparés. Leur esprit rejetait ce qu'il ne pouvait appréhender ou admettre. Pourtant, parfois, ils réagissaient comme un organisme unique.

Et jamais le soupçon d'une coïncidence n'effleurait leurs pensées.

Paul a-t-il subi l'épreuve ? se demanda Jessica. *Il a des capacités pour triompher, mais l'accident peut venir à bout des meilleurs.*

Attente.

C'est la tristesse, songea-t-elle. *On ne peut attendre aussi longtemps. Alors, la tristesse de l'attente vous submerge.*

L'attente imprégnait leurs vies.

Nous sommes ici depuis plus de deux années, songea-t-elle, *et il nous reste au moins deux fois aussi longtemps à attendre avant d'essayer d'arracher Arrakis au gouverneur Harkonnen, le Mudir Nahya. Rabban la Bête.*

« Révérende Mère ? »

La voix, par-delà les tentures, était celle de Harah, la seconde femme dans le ménage de Paul.

« Oui, Harah. »

Les tentures s'ouvrirent et Harah parut se glisser au travers du tissu. Elle portait une robe drapée de couleur orangée qui exposait ses bras presque jusqu'aux épaules. Sa chevelure noire était séparée par le milieu, formant comme deux élytres noires d'insecte, plates et brillantes. Ses traits acérés d'oiseau rapace étaient crispés. Derrière elle entra Alia. Alia avait environ deux ans.

En voyant sa fille, Jessica fut frappée, une fois de plus, par sa ressemblance avec Paul, au même âge. Alia avait les mêmes grands yeux solennels, la même fermeté dans le dessin de sa bouche et les cheveux aussi noirs. Mais il existait aussi des différences subtiles et c'était en elles que la plupart des adultes trouvaient leur inquiétude. Cette enfant avait un calme et une vigilance qui n'étaient pas de son âge. Les adultes étaient choqués de la voir rire d'un jeu de mots subtil sur le sexe. Ou bien, prêtant l'oreille à cette voix zézayante, formée par une bouche au palais encore mou, ils entendaient des remarques qui témoignaient d'une expérience impossible à un bébé de deux ans.

Avec un soupir d'exaspération, Harah se laissa aller sur un coussin et fronça les sourcils à l'adresse d'Alia.

Jessica fit un geste. « Alia. »

L'enfant s'étendit sur un coussin devant sa mère et lui prit la main. Le contact de la chair réveilla en Jessica cette mutuelle perception qu'elle avait découverte avant même la naissance de sa fille. Il ne s'agissait pas de pensées partagées en commun, bien qu'il y eût un peu de cela lorsque Jessica, au cours d'une cérémonie, transformait l'épice-poison. C'était quelque chose de plus vaste, la perception immédiate d'une autre étincelle vivante, une sensation aiguë et poignante, une liaison émotionnelle qui les fondait l'une dans l'autre.

Du ton solennel qui convenait aux membres de la maison de son fils, Jessica dit : « *Subakh ul kuhar, Harah.* La nuit t'a-t-elle trouvée en bonne santé ? »

Sur le même ton, Harah répondit : « *Subakh un nar.* Je suis en bonne santé. »

Sa voix n'avait presque aucune tonalité. À nouveau, elle soupira.

Jessica perçut de l'amusement chez Alia.

« La ghanima de mon frère est en colère contre moi », dit Alia avec son léger zézaiement.

Jessica remarqua le terme qu'elle venait d'employer à propos de Harah : ghanima. Les subtilités du langage Fremen donnaient à ce mot le sens de « quelque chose acquis durant la bataille ». La façon dont il avait été prononcé impliquait que ce « quelque chose » n'avait plus sa fonction d'origine, que ce n'était plus qu'un ornement, un fer de lance utilisé pour lester un rideau.

Harah tourna vers Alia un visage sombre. « N'essaye pas de m'insulter, enfant. Je connais mon rang. »

« Qu'as-tu fait encore, cette fois-ci ? » demanda Jessica à sa fille.

Ce fut Harah qui répondit. « Non seulement elle a refusé de jouer avec les autres enfants aujourd'hui, mais elle s'est introduite là où… »

« Je me suis cachée derrière les tentures et j'ai assisté à la naissance de l'enfant de Subiay, dit Alia. C'est un garçon. Il a crié… Quels poumons ! Quand il a eu assez crié… »

« Elle est apparue et l'a touché, dit Harah. Et il s'est arrêté. Tout le monde sait qu'un bébé Fremen doit crier à sa naissance s'il est au sietch, parce que plus tard, au cours du hajra, il ne pourra plus le faire. »

« Il avait assez crié, dit Alia. Je voulais seulement sentir son étincelle, sa vie. C'est tout. Et quand il m'a sentie, il n'a plus voulu crier. »

« Cela a fait encore parler les gens », dit Harah.

« Le garçon de Subiay est sain ? » demanda Jessica. Elle devinait que Harah était profondément troublée par quelque chose d'autre et elle se demandait quoi.

« Aussi sain que peut le désirer une mère, dit Harah. Ils savent qu'Alia ne lui a fait aucun mal. Il ne leur importe pas tellement qu'elle l'ait touché. Il s'est calmé aussitôt et il était heureux. C'était… » Harah se tut et haussa les épaules.

« L'étrangeté de ma fille, c'est cela, n'est-ce pas ? demanda Jessica. C'est la façon qu'elle a de parler de choses qui ne devraient pas la concerner avant des années et d'autres qu'elle ne devrait pas connaître… des choses du passé. »

« Comment pouvait-elle savoir ce qu'est l'aspect d'un enfant sur Bela Tegeuse ? » demanda Harah.

« Mais il était ainsi ! lança Alia. Le garçon de Subiay était exactement comme le fils de Mitha qui est né avant le départ. »

« Alia ! s'écria Jessica. Je t'ai avertie. »

« Mais, Mère, je l'ai vu et c'était vrai, il… »

Jessica secoua la tête. Elle lisait sur les traits de Harah. *À qui ai-je donné le jour ?* se demanda-t-elle. *À une fille qui, à sa naissance, savait déjà tout ce que je savais… et plus encore. Tout ce qui lui avait été révélé dans les corridors du passé par la Révérende Mère, au-dedans de moi.*

« Ce ne sont pas seulement les choses qu'elle dit, fit Harah. Il y a aussi les exercices. La façon qu'elle a de s'asseoir et de regarder les rochers en ne bougeant qu'un muscle près de son nez, un doigt ou… »

« Cela fait partie de l'éducation bene gesserit, dit Jessica. Tu le sais, Harah. Nierais-tu l'héritage de ma fille ? »

« Révérende Mère, vous savez bien que ces choses ne m'importent guère. Il s'agit du peuple et de ce qu'il murmure. Je pressens le danger. Ils disent que votre fille est un démon, que les autres enfants refusent de jouer avec elle, qu'elle est… »

« Elle a si peu de choses en commun avec les autres enfants, dit Jessica. Elle n'est pas un démon, non. Elle est seulement… »

« Bien sûr qu'elle ne l'est pas ! »

Jessica fut surprise par la véhémence de Harah et elle jeta un coup d'œil à sa fille. Celle-ci apparaissait perdue dans ses pensées. Elle irradiait comme une impression… d'attente. Jessica reporta son regard sur Harah.

« Je te respecte en tant que membre de la maison de mon fils, dit-elle. (Alia s'agita nerveusement.) Tu peux me faire part de tout ce qui te tourmente. »

« Bientôt, je ne ferai plus partie de la maison de votre fils, dit Harah. Si j'ai attendu aussi longtemps, ce n'était que pour le bien de mes fils, pour l'éducation spéciale qu'ils recevaient en tant que fils d'Usul. C'est le moins que je pouvais leur donner, puisqu'il est bien connu que je ne partage pas le lit de votre fils. »

À nouveau, Alia bougea auprès de sa mère, à demi endormie.

« Pourtant, dit Jessica, tu aurais fait une bonne compagne pour mon fils. » Et elle pensa en elle-même, comme toujours : *Une compagne… pas une épouse.* Puis ses pensées rejoignirent le sujet qui était commun à tout le sietch, le centre des conversations : la liaison de Paul avec Chani.

J'aime Chani, pensa-t-elle. Mais elle se rappelait dans le même instant que l'amour devait s'effacer devant la nécessité royale. Aux mariages royaux, il était d'autres raisons que l'amour…

« Vous pensez que j'ignore ce que vous projetez pour votre fils ? » demanda Harah.

« Que veux-tu dire ? »

« Vous projetez de rassembler les tribus sous son pouvoir. »

« Est-ce mal ? »

« Je vois du danger pour lui… Et Alia fait partie de ce danger. »

Alia se rapprocha tout contre sa mère, ouvrit les yeux et regarda Harah.

« Je vous ai observées toutes les deux, reprit Harah. J'ai vu la façon dont vous vous touchiez. Alia est pareille à ma propre chair puisqu'elle est la sœur d'un être qui est comme mon frère. Je l'ai veillée, je l'ai gardée alors même qu'elle n'était qu'un bébé, depuis le temps où nous avons fui devant la razzia. J'ai lu bien des choses en elle. »

Jessica hocha la tête. Elle sentait grandir l'irritation d'Alia, à côté d'elle.

« Vous savez ce que je veux dire, poursuivit Harah. Cette façon qu'elle a eue de comprendre immédiatement ce que nous lui disions. Aurait-on jamais vu un bébé qui fût au courant de la discipline de l'eau ? Et dont les premiers mots auraient été : *Je t'aime, Harah.* (Elle regarda Jessica.) Pourquoi croyez-vous que j'aie accepté ses insultes ? Je savais bien qu'il n'y avait aucun mal en elle. »

Alia leva les yeux sur sa mère.

« Oui, j'ai le pouvoir de raisonner, Révérende Mère, continua Harah. J'aurais pu être la Sayyadina. J'ai vu ce que j'ai vu. »

« Harah… (Jessica haussa les épaules.) Je ne sais que te dire. » Et elle ressentit soudain de la surprise, parce qu'elle venait d'exprimer la vérité.

Alia se redressa, raffermit ses épaules. Jessica perçut la fin de l'attente, une émotion faite de tristesse et de décision.

« Nous avons fait une faute, dit Alia. À présent, nous avons besoin de Harah. »

« C'est lors de la Cérémonie de la Graine, dit Harah, que vous avez changé l'Eau de Vie, Révérende Mère, alors qu'Alia était en vous. »

Besoin de Harah ? se demanda Jessica.

« Qui d'autre pourrait parler au peuple et aider à me faire comprendre ? » demanda Alia.

« Que pourrait-elle faire ? »

« Elle le sait déjà », dit Alia.

« Je leur dirai la vérité, fit Harah. (Son visage à la peau olivâtre était soudain ancien et triste, couvert de rides, semblable à celui d'une sorcière.) Je leur dirai qu'Alia faisait semblant d'être une petite fille mais qu'elle ne l'a jamais été. »

Alia secoua la tête. Des larmes coulèrent sur ses joues et Jessica ressentit la vague de chagrin qui la balayait avec une extraordinaire violence.

« Je sais que je suis un monstre », dit Alia dans un souffle, et cette phrase d'adulte dans la bouche de sa fille fut pour Jessica comme une affreuse confirmation.

« Tu n'es pas un monstre ! lança Harah. Qui oserait le prétendre ? »

À nouveau, Jessica s'émerveilla de la note de protection ardente qu'elle venait de percevoir dans la voix de Harah. Et elle se rendit compte que le jugement de sa fille était juste : elles avaient besoin de Harah. La tribu comprendrait Harah, ses paroles comme ses émotions, car il était évident qu'elle aimait Alia comme sa propre enfant.

« Qui a dit cela ? » dit Harah.

« Personne. »

Alia essuya les larmes de son visage à l'aide d'un coin de l'aba de sa mère. Puis elle effaça les plis de la robe.

« Alors tu n'as rien dit », reprit Harah.

« Oui, Harah. »

« Et maintenant, il faut que tu me dises comment c'était afin que je le répète aux autres. Dis-moi ce qui t'est arrivé. »

Alia regarda sa mère. Jessica acquiesça.

« Un jour, dit Alia, je me suis éveillée. J'avais l'impression d'avoir dormi et pourtant je ne me rappelais de rien. J'étais dans un endroit chaud, et sombre. Et j'avais peur. »

En écoutant les paroles zézayantes de sa fille, Jessica se souvint de la grande caverne.

« J'avais peur, continuait Alia, et j'ai essayé de fuir, mais cela n'était pas possible. Alors, j'ai vu une étincelle… Ou plutôt, je ne l'ai pas vue exactement. Elle était seulement là avec moi et je ressentais ses émotions… Elle me berçait, me calmait, me disait que tout se passerait bien pour moi. C'était ma mère. »

Harah se frotta les yeux et sourit à Alia d'un air rassurant. Pourtant, il y avait encore une étincelle farouche dans le regard de la femme Fremen, comme si ses yeux, eux aussi, écoutaient les paroles qu'elle prononçait.

Et Jessica se dit : *Que savons-nous des pensées des autres… de leurs expériences, de leur éducation, de leurs ancêtres ?*

« Alors même que je me sentais rassurée et en sécurité, reprit Alia, une autre étincelle vint nous rejoindre… et tout se produisit en même temps. Cette autre étincelle était la Révérende Mère. Elle… échangeait des vies avec ma mère… tout… et j'étais avec elles, je voyais… Et puis tout fut fini et je fus elles, et tous les autres et moi-même… Seulement, il me fallut longtemps pour être moi-même ; seule. Il y avait tant d'autres gens. »

« C'était là une chose cruelle, dit Jessica. Aucun être ne devrait s'éveiller ainsi à la conscience. Ce qui est surprenant, c'est que tu aies accepté tout ce qui t'est advenu. »

« Je ne pouvais rien faire d'autre ! se récria Alia. Je ne savais pas comment rejeter cela, comment cacher ma conscience… ou l'isoler… Tout s'est passé comme cela… Tout… »

« Nous ne savions pas, murmura Harah. Lorsque nous avons donné l'eau à votre mère pour la Changer, nous ignorions que vous existiez en elle. »

« Ne sois pas triste, Harah, dit Alia. Je ne devrais pas me plaindre. Après tout, j'ai des raisons d'être heureuse : je suis une Révérende Mère. La tribu a deux Rév… »

Elle se tut brusquement, pencha la tête et parut écouter intensément.

Harah la regarda puis revint à Jessica.

« N'avais-tu pas deviné ? » demanda Jessica.

« Chcht », fit Alia.

Un chant rythmé leur parvenait maintenant des couloirs du sietch au-delà des tentures. Il se fit de plus en plus net. « *Ya ! Ya ! Yawm ! Ya ! Ya ! Yawm ! Mu zein, wallah ! Ya ! Ya ! Yawm ! Mu zein, Wallah !* »

Les chanteurs passèrent devant l'entrée et leurs voix résonnèrent dans l'appartement. Puis, lentement, elles s'estompèrent.

Alors, Jessica prononça les paroles rituelles et il y avait du chagrin dans sa voix : « C'était Ramadhan et avril sur Bela Tegeuse. »

« Ma famille était assise dans la cour, dit Harah, et l'air était tout embué par la fontaine. Il y avait un arbre à portyguls, rond et sombre, tout près de là. Et un panier avec des mish mish, du baklava et des coupes de liban, toutes choses délicieuses. Et la paix régnait en nos jardins, sur nos troupeaux… sur toute la terre. »

« La vie était pleine de joie jusqu'à la venue des raiders », dit Alia.

« Notre sang est devenu froid aux cris de nos amis », dit Jessica. Et elle sentit affluer les souvenirs venus de tous ces passés dont elle avait la connaissance.

« *La, la, la !* ont crié les femmes », dit Harah.

« Les raiders ont surgi du mushtamal et leurs couteaux étaient rouges du sang de nos hommes », dit Jessica.

Et le silence tomba sur elles comme dans tout le sietch tandis qu'elles se souvenaient et ravivaient ainsi leur chagrin.

Puis Harah prononça les dernières paroles du rite avec une dureté que Jessica ne lui avait encore jamais connue.

« Nous ne pardonnerons jamais et n'oublierons jamais. »

Dans le silence qui suivit, elles perçurent une rumeur et le bruit soyeux des robes. Jessica sentit que quelqu'un s'était arrêté derrière les tentures.

« Révérende Mère ? »

C'était une voix de femme, celle de Tharthar, une des épouses de Stilgar.

« Qu'y a-t-il, Tharthar ? »

« Des ennuis, Révérende Mère. »

Jessica sentit son cœur se serrer. Elle eut peur pour Paul soudain et ne put s'empêcher de prononcer son nom dans un souffle.

Tharthar, écartant les tentures, pénétra dans la chambre. Derrière elle, tandis que le lourd tissu retombait, Jessica entrevit la foule assemblée. Elle se tourna vers la femme. Tharthar était petite, avec la peau sombre. Elle portait une robe rouge. Ses yeux étaient fixés sur Jessica et, dans ses narines dilatées, les marques des embouts étaient visibles.

« Que se passe-t-il ? » demanda Jessica.

« Des nouvelles sont venues du sable. Usul va affronter l'épreuve du faiseur… aujourd'hui. Les jeunes hommes disent qu'il ne peut échouer, qu'il chevauchera le faiseur avant que le soleil se couche. Ils se rassemblent pour une razzia. Ils vont lancer un raid sur le nord et c'est là qu'ils rencontreront Usul. Ils disent qu'ils lanceront le cri, alors. Ils disent qu'ils l'obligeront à défier Stilgar et à prendre le commandement des tribus. »

Récolter l'eau, sonder les dunes, changer ce monde lentement mais sûrement... ce n'est plus assez, pensa Jessica. *Les petites expéditions, les raids en toute sécurité, cela ne leur suffit plus maintenant que nous les avons formés, Paul et moi. Ils connaissent leur force. Ils veulent se battre.*

Tharthar dansait d'un pied sur l'autre et s'éclaircit la gorge.

Nous savons qu'il faut attendre prudemment, se dit Jessica, *mais il y a en nous ce noyau de frustration. Et nous savons aussi le mal que peut nous faire une attente trop prolongée. Nous risquons d'oublier notre dessein.*

« Les jeunes hommes disent que si Usul ne défie pas Stilgar, c'est qu'il doit avoir peur », dit Tharthar.

Elle baissa les yeux.

« C'est donc ainsi », murmura Jessica. Et elle songea : *Eh bien, je l'ai vu venir. Tout comme Stilgar.*

« Mon frère lui-même, Shoab, parle ainsi, dit encore Tharthar. Ils ne donneront pas le choix à Usul. »

Le moment est donc venu. Et Paul devra s'en sortir par lui-même. La Révérende Mère ne peut jouer un rôle dans la succession.

Alia retira ses mains de celles de sa mère et dit : « J'irai avec Tharthar et j'écouterai les jeunes hommes. Il existe peut-être un moyen. »

Jessica rencontra le regard de Tharthar mais ce fut à Alia qu'elle s'adressa. « Alors va. Et reviens me rapporter ce que tu auras entendu dès que possible. »

« Nous ne voulons pas que cela soit, Révérende Mère », dit Tharthar.

« Nous ne le voulons pas non plus, dit Jessica. La tribu a besoin de *toute* sa force. (Elle regarda Harah.) Iras-tu avec elles ? »

Harah répondit à la question qu'elle n'avait pas posée à haute voix : « Tharthar ne fera rien contre Alia. Elle sait que bientôt nous serons femmes ensemble, elle et moi, et que nous partagerons le même homme. Nous avons parlé, Tharthar et moi. (Elle regarda la femme de Stilgar puis de nouveau Jessica.) Nous nous comprenons. »

Tharthar tendit la main vers Alia. « Il faut nous hâter. Les jeunes hommes partent déjà. »

Elles franchirent les tentures. La main de l'enfant était dans celle de la femme, mais c'était l'enfant qui semblait mener la marche.

« Si Paul-Muad'Dib terrasse Stilgar, cela ne servira pas la tribu, dit Harah. Les chefs se succédaient ainsi auparavant, mais les temps ont changé. »

« Ils ont également changé pour toi », dit Jessica.

« Vous ne pouvez croire que je doute de l'issue de ce combat. Usul ne peut que vaincre. »

« C'est bien ce que j'entendais. »

« Et vous pensez que mes sentiments personnels marquent mon jugement, dit Harah. (Elle secoua la tête et les anneaux d'eau tintèrent à son cou.) Vous vous trompez. Mais peut-être pensez-vous tout aussi bien que je regrette de n'avoir pas été l'élue d'Usul et que je suis jalouse de Chani ? »

« Tu fais tes propres choix », dit Jessica.

« J'ai pitié de Chani. »

« Que veux-tu dire ? » Jessica s'était raidie, soudain.

« Je sais ce que vous pensez de Chani. Vous pensez qu'elle n'est pas la femme qu'il faut à votre fils. »

Jessica se détendit et se laissa aller sur les coussins. Elle haussa les épaules. « Peut-être. »

« Il se pourrait que vous ayez raison, dit Harah. Dans ce cas, vous trouverez une alliée surprenante dans la personne de Chani elle-même. Pour *Lui*, elle ne désire que ce qui est le mieux. »

Jessica sentit sa gorge se serrer. « Chani m'est très chère. Elle ne pourrait... »

« Vos tapis sont très sales, dit Harah en promenant les yeux par toute la pièce, évitant le regard de Jessica. Tant de gens viennent ici. Vous devriez les faire nettoyer plus souvent. »

On ne peut éviter l'influence de la politique au sein d'une religion orthodoxe. Cette lutte pour le pouvoir imprègne l'éducation, la formation et la discipline d'une communauté orthodoxe. À cause de cette pression, les chefs d'une telle communauté doivent inévitablement faire face à l'ultime question intérieure : se soumettre totalement à l'opportunisme pour conserver leur pouvoir ou risquer de se sacrifier eux-mêmes pour le maintien de l'éthique orthodoxe.

Extrait de Muad'Dib : Les Questions Religieuses,
par la Princesse Irulan.

DEBOUT DANS LE SABLE, PAUL ATTENDAIT LE VER GÉANT. *Je ne dois pas attendre comme un contrebandier, en frémissant d'impatience*, se dit-il. *Il faut que je me fonde dans le désert.*

La créature n'était plus qu'à quelques minutes, maintenant. Le crissement de son approche s'élevait dans l'air du matin. Dans la caverne de sa gueule, les dents dessinaient comme une fleur énorme. L'odeur de l'épice se faisait de plus en plus dense.

Paul était à l'aise dans son distille, qui glissait parfaitement sur son corps, et il était à peine conscient de la présence des embouts dans ses narines et du masque sur sa bouche.

Il ne pensait qu'aux paroles de Stilgar, aux heures harassantes passées dans le sable.

« Dans le sable pois, à quelle distance du faiseur dois-tu te maintenir ? »

Il avait correctement répondu : « Par rapport au diamètre du faiseur, à un demi-mètre pour chaque mètre. »

« Pourquoi ? »

« Pour éviter le sillage de sable tout en ayant la possibilité de courir et de le monter. »

« Tu as déjà monté les petits, ceux qui sont élevés pour la graine et l'Eau de Vie, avait dit Stilgar. Mais pour l'épreuve, tu vas appeler un faiseur sauvage ; un vieux du désert. Celui-là, il te faudra lui témoigner le respect qui convient. »

Maintenant, le bruit profond du marteleur se mêlait au sifflement du ver. Paul respira à fond et perçut, même au travers de ses filtres, le parfum minéral, amer du désert. Le faiseur sauvage, le vieil homme du désert, était presque au-dessus de lui, à présent. Les premiers segments soulevaient une vague de sable qui allait bientôt atteindre Paul.

Viens, gentil monstre, pensa-t-il. *Arrive. Tu as entendu mon appel, hein ? Allez, viens.*

La vague de sable le souleva. Il fut enveloppé de poussière et il raffermit sa position tandis que la muraille vivante passait au-dessus de lui dans le tourbillon de sable.

Alors il lança ses hameçons, les sentit mordre, tira, sauta vers le haut et mit les pieds sur la falaise d'un anneau. C'était l'instant décisif : s'il avait planté correctement les hameçons sur le bord avant de l'anneau, s'il avait ouvert le segment, alors le ver ne l'écraserait pas contre le sol.

La créature ralentit. Elle arriva sur le marteleur qui se tut. Lentement, son corps se lova vers le haut, aussi haut que possible pour éloigner ces dards irritants du sable qui menaçait la tendre paroi de l'intérieur du segment.

Et Paul se retrouva sur le ver, exultant, comme un empereur dominant l'univers. Il dut lutter contre le désir soudain de se livrer à des facéties, de faire pivoter le monstre géant pour montrer sa maîtrise.

Il comprenait maintenant pourquoi Stilgar l'avait mis en garde en lui parlant de ces jeunes fous qui dansaient sur le ver, jouaient avec lui, ôtaient leurs deux hameçons à la fois pour les replanter ailleurs, très vite, avant que le ver ne les jette au sol.

Paul arracha un premier hameçon et le replanta plus bas dans l'anneau. Il assura fermement sa prise avant de répéter l'opération pour l'autre, descendant encore un peu plus bas. Le faiseur se lova encore, tourna et se dirigea vers la zone de sable farine où attendaient Stilgar et les autres.

Paul les vit s'approcher et lancer leurs hameçons pour escalader le ver, en évitant toutefois les bords sensibles des anneaux. Finalement, ils se retrouvèrent tous derrière Paul, formant une triple rangée.

Stilgar s'avança, vérifia la position des hameçons de Paul et répondit à son sourire.

« Tu as réussi, hein ? dit-il en haussant la voix pour dominer le crissement de leur course. Du moins c'est ce que tu crois. Maintenant, laisse-moi te dire que c'était du bien mauvais travail. Je connais des gamins de douze ans qui font mieux. Il y avait des sables-tambours à gauche de l'endroit où tu attendais. Si le ver avait modifié sa course, tu n'aurais pas pu battre en retraite. »

Le sourire s'effaça du visage de Paul.

« J'avais vu ces sables-tambours », dit-il.

« Alors pourquoi n'as-tu pas demandé à l'un de nous de se mettre en position secondaire derrière toi ? Même pour l'épreuve, cela est permis. »

Paul se tut et offrit son visage au vent.

« Tu m'en veux de te dire cela maintenant, reprit Stilgar, mais c'est mon devoir. Je ne pense qu'à la valeur que tu représentes pour la troupe. Si tu étais tombé dans les sables-tambours, le faiseur serait venu sur toi. »

En dépit de la colère qu'il éprouvait, Paul devait admettre que Stilgar disait vrai. Il lui fallut toute la force de son éducation et une longue minute pour retrouver son calme « Je m'excuse, dit-il. Cela ne se reproduira pas. »

« En position difficile, garde toujours un second qui te remplacera. Souviens-toi : nous travaillerons ensemble. Comme cela, ce sera plus sûr. Ensemble, n'est-ce pas ? »

Il posa la main sur l'épaule de Paul.

« Ensemble », dit Paul.

« Et maintenant, reprit Stilgar (et sa voix était âpre) montre-moi que tu sais vraiment monter un faiseur. Sur quel côté sommes-nous ? »

Paul baissa les yeux sur la surface écailleuse de l'anneau, examina la forme et les caractéristiques des écailles qui devenaient plus grandes à droite, plus petites à gauche. Il savait que chaque ver présentait plus souvent un certain côté en surface. Avec l'âge, cela devenait permanent. Les écailles du bas devenaient plus grandes, plus épaisses, plus lisses. Sur un gros ver, leur seule taille suffisait à reconnaître les écailles du haut.

Paul déplaça ses hameçons pour se porter sur la gauche. Il désigna deux hommes de flanc qui se portèrent sur les segments ouverts afin de maintenir le ver en ligne droite. Puis il ordonna à deux barreurs de se placer à l'avant.

Il lança alors le cri traditionnel : « *Ach, haiiiyoh !* » Le barreur gauche ouvrit un segment. Pour protéger ce segment, le faiseur forma un cercle majestueux, pivota complètement sur lui-même et, comme il repartait droit vers le sud, Paul lança l'appel : « *Geyrat !* »

Le barreur ôta l'hameçon. Le ver continua sa course en ligne droite.

« Très bien, Paul-Muad'Dib, dit Stilgar. Avec de la pratique, tu deviendras un cavalier des sables. »

Paul se rembrunit. *N'étais-je pas le premier ?* songea-t-il.

Derrière lui, des rires jaillirent soudain. Puis la troupe tout entière se mit à chanter, lançant son nom au ciel.

« Muad'Dib ! Muad'Dib ! Muad'Dib ! Muad'Dib ! »

Derrière, loin vers l'extrémité du ver, Paul entendit le battement des harceleurs sur les segments de queue. Le ver se mit à prendre de la vitesse. Les robes claquèrent au vent de la course et le sifflement du sable se fit plus fort.

Paul reconnut le visage de Chani et il ne le quitta pas des yeux tandis qu'il demandait : « Alors je suis un cavalier des sables, Stil ? »

« *Hal yawm !* Tu es un cavalier des sables. ».

« Je peux donc choisir notre destination ? »

« C'est ainsi que cela se fait. »

« Et je suis un Fremen, né ce jour dans l'erg de Habbanya. Avant ce jour je n'ai pas eu de vie. J'étais un enfant. »

« Pas vraiment un enfant », dit Stilgar, et il tira sur un coin de son capuchon qui claquait au vent.

« Mais il y avait un bouchon qui scellait mon univers, et ce bouchon a été retiré. »

« Il n'y a plus de bouchon. »

« Je voudrais aller vers le sud, Stilgar. À vingt marteleurs de là. Je voudrais voir cette terre que nous faisons, cette terre que je n'ai vue que par les yeux des autres. »

Et j'aimerais aussi voir mon fils et ma famille, pensa-t-il. *Il me faut du temps, maintenant, pour examiner cet avenir qui, dans mon esprit, est un passé. Le tourbillon approche et si je ne peux le freiner, il se déchaînera.*

Stilgar le jaugea du regard, calmement. Paul ne quittait pas Chani des yeux. Il lisait sur son visage le reflet de l'excitation que ses paroles avaient éveillée dans la troupe.

« Les hommes sont prêts à effectuer un raid sur les sillons des Harkonnen avec toi, dit Stilgar. Ils ne sont guère qu'à un marteleur d'ici. »

« Les Fedaykin se sont déjà battus avec moi, dit Paul. Et ils se battront encore jusqu'à ce qu'il n'y ait plus un seul Harkonnen pour respirer l'air d'Arrakis. »

Stilgar le regarda longuement et Paul comprit qu'il songeait en cet instant à son accession à la tête du Sietch Tabr et au Conseil des Chefs depuis la mort de Liet-Kynes.

Il a entendu parler de l'agitation qui règne chez les jeunes Fremen, se dit-il.

« Désires-tu un rassemblement des chefs ? » demanda Stilgar.

Dans la troupe des jeunes hommes, les yeux brillaient, observaient. Dans ceux de Chani, il y avait de l'inquiétude, tandis qu'elle regardait Stilgar, qui était son oncle, puis Paul-Muad'Dib, qui était son compagnon.

« Tu ne peux deviner ce que je désire », dit Paul.

Je ne peux rebrousser chemin, pensa-t-il. *Je dois garder mon emprise sur ces gens.*

« Tu es le mudir des sables, aujourd'hui, dit Stilgar. Comment vas-tu user de ce pouvoir ? » Sa voix était froide.

Nous avons besoin de temps pour nous reposer, pour réfléchir, songea Paul.

« Nous irons au sud », dit-il.

« Même si je dis que nous devrons retourner vers le nord à la fin de cette journée ? »

« Nous irons au sud », répéta Paul.

Stilgar ajusta sa robe. « La Réunion aura lieu, dit-il. Je vais envoyer les messages. »

Il pense que je vais le défier, se dit Paul. *Et il sait qu'il ne peut me vaincre.*

Il se tourna vers le sud, dans le vent qui giflait ses joues, songeant à toutes les obligations qui allaient marquer ses décisions.

Ils ignorent ce qu'il en est vraiment, se dit-il.

Mais il savait qu'il ne pouvait se laisser arrêter par aucune considération. Il lui fallait demeurer sur le chemin de cet ouragan du temps qu'il pouvait apercevoir dans l'avenir. À un moment, il serait possible de le maîtriser, mais seulement s'il se trouvait en mesure de toucher le cœur du tourbillon.

Je ne défierai pas Stilgar si je peux l'éviter, se dit-il. *S'il existe un autre moyen d'empêcher le Jihad...*

« Pour le repas du soir et la prière, nous nous arrêterons dans la Grotte des Oiseaux, au-delà de la chaîne de Habbanya », dit Stilgar. Il désigna une lointaine barrière de rochers qui surgissait du désert tout en plantant un hameçon pour assurer sa position dans le roulis du faiseur.

Paul porta son regard sur la falaise, sur les vagues de roc. Nul vert, nulle fleur pour adoucir la rigidité de cet horizon. Au-delà s'ouvrait le chemin du sud, à dix jours et dix nuits de voyage, aussi rapide que fût le faiseur qu'ils chevauchaient. Vingt marteleurs...

Leur route allait bien plus loin que celle des patrouilles harkonnens. Paul la connaissait. Ses rêves la lui avaient révélée. Il viendrait un jour où, à l'horizon, la couleur changerait, de façon si subtile que l'on pourrait croire que c'était là une illusion due à l'imagination, à l'espoir. Et puis, ils atteindraient le nouveau sietch.

« Ma décision convient-elle à Muad'Dib ? » demanda Stilgar. Il y avait dans sa voix une trace infime de sarcasme, mais les oreilles qui écoutaient étaient celles de Fremen et, ainsi qu'elles lisaient le cri de l'oiseau ou le message du cielago, elles lurent le sarcasme et les yeux se tournèrent alors vers Paul pour voir ce qu'il allait faire.

« Lorsque nous avons consacré les Fedaykin, Stilgar a entendu mon serment de loyauté, dit Paul. Mes commandos de la mort savent que l'honneur parle par ma bouche. Stilgar en douterait-il ? »

Il y avait une peine réelle dans la voix de Paul. Stilgar l'entendit et baissa les yeux.

« D'Usul, le compagnon de sietch, je n'aurais point douté, dit-il. Mais tu es Paul-Muad'Dib, le Duc Atréides, et le Lisan al-Gaib, la Voix de L'Autre Monde. Ceux-là, je ne les connais pas. »

Paul se détourna pour observer la Chaîne de Habbanya qui surgissait du désert. Sous eux, le faiseur était encore plein de force et de volonté. Il pouvait aller presque deux fois plus loin que tout autre faiseur avant lui. Paul le savait. Rien, même dans les histoires que se racontaient les enfants, ne pouvait se comparer à ce vieil homme du désert. Ce ver, comprit-il, était la source d'une nouvelle légende.

Une main lui agrippa l'épaule.

Les yeux sombres de Stilgar le contemplaient, entre le masque et le capuchon de son distille.

« Celui qui menait le Sietch Tabr avant moi était mon ami, dit-il. Nous partagions les mêmes dangers. Plus d'une fois, il m'a dû la vie... comme je lui ai dû la mienne. »

« Je suis ton ami, Stilgar », dit Paul.

« Nul n'en doute, dit Stilgar. (Il retira sa main, haussa les épaules.) C'est ainsi. »

Et Paul comprit qu'il était trop imprégné des usages fremen pour pouvoir seulement en imaginer d'autres. Chez les Fremen, le chef devait mourir pour abandonner les rênes du pouvoir à un autre. Stilgar était un naib.

« Nous devrions laisser ce faiseur en sable profond », dit Paul.

« Oui. Nous pourrons marcher jusqu'à la grotte. »

« Nous l'avons monté assez longtemps. Maintenant, il va s'enterrer et dormir pendant un jour ou deux. »

« Tu es le mudir du sable, dit Stilgar. Quand nous... »

Il se tut, les yeux fixés sur l'horizon d'est.

Paul suivit son regard. La teinte bleue de ses yeux rendait le ciel plus sombre, d'un riche azur. Et sur ce fond, un clignotement lointain se détachait nettement.

Un ornithoptère !

« Un petit », dit Stilgar.

« Peut-être un éclaireur. Crois-tu qu'ils nous aient vus ? »

« À cette distance, ils ne distinguent qu'un ver en surface, dit Stilgar. (Il tendit la main gauche.) En bas. Dispersez-vous sur le sable. »

La troupe se laissa glisser sur les flancs du ver, se confondant avec le sable. Paul repéra l'endroit où était tombée Chani. Stilgar et lui demeuraient seuls sur le faiseur.

« Le premier en haut, le dernier en bas », dit Paul.

Stilgar acquiesça et se laissa glisser vers le sol. Paul attendit encore un instant que le ver se fût éloigné de la zone où les hommes s'étaient dispersés, puis ôta ses propres hameçons. Avec un ver qui n'était pas totalement épuisé, c'était le moment le plus critique. Libéré des hameçons et des harceleurs, le ver géant plongea vers les profondeurs du sable. Paul courut sur les vastes anneaux, choisit son moment avec précision et sauta. Il tomba dans le sable et prit immédiatement sa course vers une dune proche pour plonger sous une cascade de sable, ainsi qu'on le lui avait appris.

Maintenant, il fallait attendre.

Doucement, il se tourna jusqu'à ce qu'il pût distinguer un ruban de ciel. Plus loin, il le savait, tous les autres faisaient de même.

Il perçut le battement des ailes de l'orni avant même de le voir. Puis, dans le chuchotement de ses fusées, l'appareil plongea vers les rochers.

Paul remarqua qu'il ne portait aucun emblème.

Il disparut derrière la Chaîne de Habbanya.

Quelque part dans le désert, un oiseau cria. Puis un autre.

Paul se releva et escalada la dune. De loin en loin, des silhouettes se dressaient. Il reconnut Chani, puis Stilgar qui tendait la main vers la chaîne.

Ils se rassemblèrent, tous, et se mirent en marche selon le rythme brisé qui ne pouvait attirer un faiseur. Stilgar rejoignit Paul sur la crête d'une dune durcie par le vent.

« C'était un appareil des contrebandiers », dit-il.

« C'est ce qu'il semblait, dit Paul. Mais nous sommes bien loin dans le désert. »

« Ils ont aussi leurs problèmes avec les patrouilles », dit Stilgar.

« S'ils viennent si loin dans le désert, ils peuvent aller plus loin encore. »

« C'est vrai. »

« Il ne serait pas bon qu'ils puissent voir ce qu'il y a plus loin au sud. Les contrebandiers font également le commerce des informations. »

« Tu ne penses pas qu'ils cherchaient de l'épice ? » demanda Stilgar.

« En ce cas, il devrait y avoir une aile et une chenille quelque part, dit Paul. Nous avons de l'épice. Tendons un piège et attrapons quelques contrebandiers. Il faut qu'ils apprennent que ce pays est le nôtre et que nos hommes ont besoin d'essayer leurs nouvelles armes. »

« Voilà qui est parlé, Usul, dit Stilgar. Usul pense comme un Fremen. »

Mais Usul doit prendre des décisions qui mènent à un but terrible, pensa Paul. Et l'orage se formait.

Quand la loi et le devoir ne font qu'un sous la religion, nul n'est plus vraiment conscient. Alors, on est toujours un peu moins qu'un individu.

Extrait de Muad'Dib : Les Quatre-vingt-dix-neuf Merveilles de l'Univers, *par la Princesse Irulan.*

L'USINE À ÉPICE DES CONTREBANDIERS S'AVANÇAIT À TRAVERS les dunes avec son aile portante et sa couronne d'ornithoptères bourdonnants, pareille à quelque reine insecte suivie de son cortège. Des alignements de rochers bas apparurent, semblables à des modèles réduits du Bouclier.

Dans la bulle de commande de l'usine, Gurney Halleck, penché en avant, réglait les lentilles à huile de ses jumelles pour observer le paysage. Au-delà des rochers, il distinguait une zone sombre qui pouvait correspondre à un gisement d'épice. Il donna l'ordre à un des ornis d'aller en reconnaissance.

L'appareil battit des ailes pour accuser réception du message et quitta l'essaim pour piquer vers la tache de sable sombre qu'il survola à basse altitude, dardant ses détecteurs.

Presque aussitôt, il abaissa ses ailes et accomplit un cercle, indiquant qu'il venait de repérer l'épice.

Gurney abaissa ses jumelles. Les autres avaient dû également voir le signal. L'endroit lui semblait parfait. Les rochers les protégeaient. Bien sûr, ils étaient loin dans le désert et une embuscade était peu probable, mais, pourtant... Il donna l'ordre à un appareil de survoler les rochers et envoya les autres en différents points autour de la zone repérée, pas trop haut cependant, pour échapper aux détecteurs harkonnens à longue portée.

Mais il ne pensait pas qu'ils puissent rencontrer des patrouilles harkonnens si loin dans le sud. Non, ce territoire était celui des Fremen.

Gurney entreprit de vérifier ses armes tout en maudissant encore une fois l'inutilité des boucliers. Il fallait éviter à tout prix d'attirer un ver. Il caressa la cicatrice sur sa mâchoire et décida, tout en observant le paysage, qu'il valait mieux envoyer des hommes à pied dans les rochers. L'inspection directe du terrain restait encore le moyen le plus sûr. Les Fremen et les Harkonnen étaient à couteaux tirés et l'on ne pouvait être trop prudent.

C'étaient les Fremen qui préoccupaient Gurney. L'épice leur importait peu mais ils se révélaient de vrais démons dès l'instant où l'on pénétrait sur un territoire qu'ils considéraient comme interdit. Et, depuis quelque temps, ils étaient diaboliquement rusés.

C'était cela précisément qui troublait Gurney, la ruse et l'habileté au combat de ces indigènes. Ils montraient une connaissance de la guerre qu'il avait encore rarement rencontrée, lui qui avait été formé par les meilleurs combattants de l'univers avant de participer à des batailles où seuls survivaient les plus forts.

À nouveau, il examina le désert, se demandant d'où pouvait provenir son inquiétude grandissante. C'était peut-être ce ver qu'ils avaient vu. Pourtant, il était loin, de l'autre côté de la chaîne.

Une tête apparut à ses côtés, celle du commandant de la chenille, un vieux pirate barbu et borgne, aux yeux bleuis par l'épice, aux dents d'une blancheur de lait.

« Le gisement a l'air riche, dit-il. Nous y allons ? »

« Allez jusqu'à la limite des rochers, dit Gurney. Laissez-moi débarquer avec mes hommes. Vous pourrez ensuite rouler jusqu'au gisement. Il faut que nous jetions un coup d'œil par là. »

« Vu. »

« En cas d'ennuis, sauvez l'usine. Nous fuirons avec les ornis. »

Le commandant salua : « Vu, chef. » Et il se retira.

Une fois encore, Gurney explora l'horizon. Il ne devait pas rejeter la possibilité de la présence de Fremen. L'usine était loin dans leur territoire.

Le caractère imprévisible et la dureté des Fremen ne laissaient pas de le contrarier. Et il y avait bien d'autres choses encore qui le contrariaient dans ce travail. Mais les gains étaient importants. Par exemple, il ne pouvait jamais autoriser les ornis à prendre de l'altitude. Et la radio devait garder un silence absolu. Tout cela ne faisait qu'ajouter à son inquiétude.

La chenille vira et descendit vers le désert. Doucement, les bandes de roulement touchèrent le sable.

Gurney ouvrit le dôme transparent et se débarrassa de son harnachement. À l'instant même où l'usine s'arrêtait, il fut dehors, claqua le dôme derrière lui et s'élança au-delà du périmètre de sécurité de la chenille, suivi des cinq hommes de sa garde personnelle qui venaient de surgir de l'écoutille avant. Pendant ce temps, l'aile portante prenait de l'altitude et se mettait à tourner au-dessus de l'usine.

L'énorme chenille se remit presque aussitôt en marche et s'éloigna des rochers en direction de la tache sombre du gisement d'épice.

Un premier orni, puis deux autres gagnèrent le sol et dégorgèrent les hommes de Gurney avant de reprendre l'air.

Gurney, dans son distille, étira ses muscles. Il abaissa son masque facial. En cet instant, la puissance de sa voix, les ordres qu'il devait lancer comptaient plus que l'humidité qu'il allait perdre. Il s'élança entre les rochers, sondant le terrain sous ses pas : cailloux, sable pois, senteur d'épice dans l'air.

Un site idéal pour une base de secours, se dit-il. *Il serait peut-être avisé d'enterrer quelques provisions par ici.*

Il se tourna vers ses hommes. C'étaient de bons éléments, même les nouveaux qu'il n'avait pas eu le temps de mettre à l'épreuve. Des hommes de valeur. Il était inutile de leur dire constamment ce qu'il fallait faire. Aucun lâche parmi eux, aucun bouclier susceptible d'attirer un ver qui viendrait ruiner leur récolte d'épice.

De l'endroit où il se trouvait, Gurney pouvait apercevoir la tache sombre du gisement, à quelque cinq cents mètres de là. La chenille l'avait presque atteint. Les ornis de couverture maintenaient leur altitude et Gurney hocha la tête, satisfait avant de reprendre son escalade.

À cet instant, la chaîne tout entière parut faire explosion.

Douze traits de flammes jaillirent en rugissant vers les ornis et l'aile portante. Dans le même temps, un fracas métallique s'éleva dans la direction de la chenille et les rochers, autour de Gurney, furent pleins de guerriers encapuchonnés.

Gurney eut le temps de penser : *Par les cornes de la Grande Mère ! Ils utilisent des fusées !* Puis il y eut un homme devant lui, accroupi, le krys pointé. Deux autres se dressaient entre les rochers, à droite et à gauche. Seuls les yeux de l'homme étaient visibles, entre le capuchon et le voile couleur de sable, mais son attitude, la façon dont il se tenait accroupi étaient révélatrices. C'était un guerrier endurci et habile. Ses yeux entièrement bleus étaient ceux des Fremen du désert profond.

Gurney porta la main à son propre couteau sans quitter des yeux le krys de son adversaire. S'ils utilisaient des fusées, ils devaient disposer d'autres armes à projectiles. Il fallait être d'une extrême prudence. Rien qu'aux sons qu'il percevait, Gurney savait que leur couverture aérienne avait été en partie détruite. Il percevait aussi des grognements, des bruits de lutte derrière lui.

Le Fremen avait suivi le mouvement de sa main.

« Laisse ton couteau dans son étui, Gurney Halleck », dit-il.

Gurney hésita. Même au travers du filtre du distille, cette voix avait des accents familiers.

« Tu connais mon nom ? » dit-il.

« Tu n'as nul besoin d'un couteau avec moi, Gurney, dit le Fremen. (Il se redressa et glissa son krys sous sa robe.) Dis à tes hommes de cesser leur résistance inutile. »

Puis, l'homme rejeta son capuchon en arrière et ôta son filtre.

Gurney se figea. Il crut une seconde qu'il avait devant lui le fantôme du Duc Leto Atréides. Puis il comprit, lentement.

« Paul ! souffla-t-il. (Puis, plus fort :) Paul, est-ce vraiment toi ? »

« Ne crois-tu pas tes propres yeux ? » demanda Paul.

« Ils disaient que tu étais mort », dit Gurney, et sa voix était rauque. Il fit un pas en avant.

« Dis à tes hommes de se rendre », répéta Paul en tendant la main vers le bas des rochers.

À regret, Gurney se retourna. Il ne vit que quelques rares combattants. Les hommes du désert semblaient être de partout. La chenille s'était immobilisée, silencieuse. Des Fremen se tenaient debout sur la coque. Il n'y avait plus un seul orni dans le ciel.

« Cessez le combat ! lança Gurney. (Il prit son souffle et mit ses mains en porte-voix :) Ici Gurney Halleck ! Cessez le combat ! »

Lentement, les combattants se séparèrent. Des regards perplexes se tournèrent vers Gurney.

« Ce sont des amis ! » lança-t-il.

« Drôles d'amis, répondit une voix. La moitié des nôtres ont été tués ! »

« C'est une erreur. N'y ajoutez pas encore. »

Gurney fit de nouveau face à Paul et plongea son regard dans ses yeux bleus de Fremen.

Il y avait un sourire sur les lèvres de Paul mais son expression conservait une dureté qui rappela à Gurney le Vieux Duc, le grand-père de Paul. Puis il vit la peau tannée, le regard vigilant qui n'avaient jamais été d'un Atréides.

« Ils disaient que tu étais mort », répéta-t-il.

« Et de les laisser croire cela semble bien la meilleure des protections », dit Paul.

Et Gurney comprit que ce serait la seule excuse qu'il entendrait jamais, lui qui avait été abandonné à lui-même, lui qui avait cru son jeune Duc mort… Son jeune Duc, son ami. Et il se demanda ce qui restait en lui du garçon à qui il avait enseigné l'art du combat.

Paul fit un pas vers lui et vit son regard songeur.

« Gurney… »

Et ils furent dans les bras l'un de l'autre, se donnant de grandes bourrades dans le dos, éprouvant le contact réconfortant de leurs muscles.

« Satané gamin ! Satané gamin ! » répétait Gurney.

« Gurney ! Vieux Gurney ! » disait Paul.

Puis ils se séparèrent, se regardèrent. Gurney respira profondément. « Ainsi c'est à cause de toi que les Fremen sont devenus si habiles à la bataille. J'aurais dû comprendre. Ils font des choses que je pourrais faire moi-même. Si seulement j'avais compris... (Il secoua la tête.) Si tu m'avais averti, mon garçon, rien n'aurait pu m'arrêter. Je serais arrivé en courant et... »

Le regard de Paul l'interrompit, un regard dur, calculateur. Il soupira : « Oui, bien sûr, et certains se seraient demandé pourquoi Gurney Halleck partait ainsi en courant et d'autres auraient fait plus que se poser des questions. Ils seraient venus chercher les réponses. »

Paul acquiesça et regarda les Fremen, autour d'eux. Les Fedaykin avaient une expression de curiosité. Son regard revint à Gurney. D'avoir ainsi retrouvé le vieux maître d'armes l'emplissait de joie. C'était comme un heureux présage, l'annonce d'un avenir où tout était bien.

Avec Gurney à mes côtés...

Il regarda vers le bas des rochers, au-delà des Fedaykin, les hommes de Gurney.

« Comment se comportent-ils, Gurney ? »

« Ce sont des contrebandiers. Ils vont là où le profit les appelle. »

« Notre aventure promet peu de profits », dit Paul. Il nota le geste subtil de la main droite de Gurney. Dans le vieux code manuel qu'ils utilisaient tous deux autrefois cela signifiait que, parmi les contrebandiers, il y avait certains hommes dont il devait se méfier.

Il porta la main à sa bouche pour indiquer qu'il avait compris et leva les yeux vers les Fremen. Il aperçut alors Stilgar et le souvenir de ce problème encore en suspens vint ternir quelque peu sa joie.

« Stilgar, dit-il, voici Gurney Halleck dont tu m'as entendu parler. C'est un vieil ami. Il était le maître d'armes de mon père et m'enseignait le combat. On peut se fier à lui dans n'importe quelle aventure. »

« Je comprends, dit Stilgar. Tu es son Duc. »

Paul contempla le sombre visage et se demanda pour quelles raisons Stilgar avait dit précisément cela. Son Duc. Il avait eu une intonation étrange, comme s'il eût voulu dire autre chose.

Et cela ne lui ressemblait pas. Stilgar était un chef Fremen, un homme qui parlait avec son esprit.

Mon Duc ! pensa Gurney. (Il regarda Paul.) *Oui, Leto est mort et le titre lui revient désormais.*

Dans son esprit, la carte de la guerre fremen sur Arrakis prit une forme nouvelle. *Mon Duc !* Tout au fond de lui, quelque chose de mort revenait à la vie. C'est à peine s'il avait conscience de la voix de Paul qui ordonnait que les contrebandiers soient désarmés jusqu'à leur interrogatoire.

Il ne revint à la réalité que lorsqu'il perçut quelques protestations parmi ses hommes. Il secoua la tête et se retourna : « Êtes-vous sourds ? lança-t-il. C'est le Duc légitime d'Arrakis qui ordonne. Faites ce qu'il dit. »

En grommelant, ils obéirent.

Paul se rapprocha de Gurney et dit à voix basse : « Je ne me serais pas attendu à ce que tu tombes dans ce piège, Gurney. »

« Je suis bien puni. Mais je suis prêt à parier que l'épaisseur du gisement d'épice dépasse à peine celle d'un grain de sable. C'était là juste un appât capable de nous attirer. »

« Tu gagnerais ton pari, dit Paul. (Il regarda les hommes qui rendaient leurs armes.) Y a-t-il des hommes de mon père parmi eux ? »

« Aucun. Tous sont dispersés. Quelques-uns sont avec les libres marchands mais la plupart ont dépensé tous leurs biens pour fuir ce monde. »

« Mais tu es demeuré, toi. »

« Je suis demeuré. »

« Parce que Rabban est ici. »

« Je pensais qu'il ne me restait rien d'autre que la vengeance », dit Gurney.

Un cri étrangement bref vint des hauteurs. Gurney leva les yeux et vit un Fremen qui agitait un mouchoir.

« Un ver arrive », dit Paul. Suivi de Gurney, il gagna un rocher et regarda dans la direction du sud-ouest. À mi-distance, le monticule mouvant d'un ver approchait dans un jaillissement de poussière. Il venait droit sur les rochers.

« Il est assez gros », dit Paul.

Dans un fracas métallique, la chenille s'ébranla et, comme un énorme insecte, revint vers les rochers.

« Quel dommage que nous n'ayons pu épargner le portant », dit Paul.

Gurney le regarda, puis ses yeux se portèrent sur les débris fumants qui étaient tout ce qui subsistait de l'aile et des ornis abattus par les fusées Fremen. Il fut soudain envahi par le chagrin en songeant à tous les hommes qui étaient morts, là, ses hommes, et il dit : « Votre père aurait plutôt pleuré les hommes qu'il n'avait pu sauver. »

Paul lui jeta un regard pénétrant, puis baissa les yeux.

« Ils étaient tes amis, Gurney. Je te comprends. Pour nous, cependant, ils étaient des intrus. Ils pouvaient voir des choses qu'il leur était interdit de voir. Tu dois comprendre cela. »

« Je pense que je le comprends, dit Gurney. Mais à présent, je serais curieux de voir ce que je ne devais pas voir. »

Paul reconnut tout à coup ce sourire de vieux loup qu'il connaissait si bien et il vit se plisser l'ancienne cicatrice de vinencre sur la mâchoire de Gurney.

De tous côtés, maintenant, les Fremen poursuivaient leur tâche et Gurney prit conscience qu'ils ne semblaient pas du tout s'inquiéter de l'approche du ver.

Dans les dunes, au-delà du gisement d'épice, un battement sourd se fit entendre et, dans le même temps, Gurney en perçut les vibrations dans le sol. Des Fremen se dispersaient dans le sable, là-bas, sur le chemin du ver. Et le ver était tout proche, maintenant, pareil à quelque poisson frôlant la surface de sable liquide, ses anneaux ondoyant et brillant au-devant du sillage de poussière.

Et Gurney assista à sa capture. Il vit le mouvement du premier lanceur d'hameçons, le pivotement brusque de la créature, et puis tous les hommes qui se lançaient à l'assaut de la mouvante colline d'écailles.

« Voilà une chose que tu n'aurais pas dû voir », dit Paul.

« Des histoires et des rumeurs circulent, dit Gurney. Mais on a du mal à croire cela sans l'avoir vu. (Il secoua la tête.) Vous traitez comme un animal de monte cette créature que tout Arrakis redoute. »

« Tu as entendu mon père parler du pouvoir du désert. Le voici. La surface de la planète nous appartient. Il n'est nulle créature, nulle tempête qui puisse nous arrêter. »

Nous, songea Gurney. Il veut dire : *Nous, les Fremen. Il se considère comme l'un d'eux.* À nouveau, il regarda les yeux bleus de Paul. Il savait que les siens aussi avaient un reflet bleu léger, comme tous ceux des contrebandiers qui, cependant, absorbaient aussi des aliments d'importation.

Cela était à l'origine d'un subtil système de castes. Lorsqu'un homme devenait trop semblable aux indigènes, on disait qu'il avait « pris un coup d'épice ». Il y avait toujours un certain mépris dans cette expression.

« Il fut un temps où nous ne chevauchions pas le ver dans la clarté du jour, sous ces latitudes, dit Paul. Mais Rabban ne dispose plus d'un nombre suffisant d'ornis pour se permettre de surveiller le moindre sillage de sable. (Il regarda Gurney.) Ta présence ici nous a surpris. »

Nous... Nous...

Gurney secoua la tête pour chasser ces pensées. « Vous n'avez pas été aussi surpris que nous. »

« Que dit Rabban, dans les creux et les villages ? »

« Que les villages des sillons sont fortifiés à un point tel que vous n'oserez plus les attaquer. Ils n'ont qu'à demeurer tranquillement derrière leurs lignes de défense pendant que vous vous perdrez en attaques futiles. »

« En résumé, dit Paul, ils sont immobilisés. »

« Alors que vous pouvez vous rendre où vous le désirez », dit Gurney.

« C'est une tactique que je tiens de toi. Ils ont perdu l'initiative, ce qui signifie qu'ils ont perdu la guerre. »

Gurney eut un sourire de compréhension.

« Notre ennemi, reprit Paul, est exactement là où je désire qu'il soit. (Il regarda Gurney et demanda :) Eh bien, Gurney, veux-tu t'enrôler avec moi pour la fin de cette campagne ? »

« M'enrôler ? Mais Mon Seigneur, je n'ai jamais quitté votre service. Vous êtes tout ce qui me reste... Alors que je vous croyais mort. J'étais seul et j'ai survécu comme je le pouvais, en attendant de donner ma vie pour la seule cause qui restait valable... la mort de Rabban. »

Il y eut un silence embarrassé entre eux.

Une silhouette féminine apparut au-dessus d'eux, entre les rochers. Ses yeux, entre le masque de son visage et le capuchon, allaient de Paul à son interlocuteur, sans cesse. Elle s'approcha et s'arrêta devant Paul.

« Chani, voici Gurney Halleck, dit Paul. Tu m'as entendu parler de lui. »

« Oui, j'ai entendu parler de lui », dit-elle, et elle jeta un coup d'œil à Halleck avant de regarder à nouveau Paul.

« Où sont allés les hommes, sur le faiseur ? »

« Ils ne font que l'éloigner pour nous permettre de sauver le matériel. »

« En ce cas... » dit Paul. Il s'interrompit et huma le vent.

« Le vent approche », dit Chani.

Quelque part au-dessus d'eux, une voix lança : « Oh... Le vent ! »

Gurney vit que les Fremen se hâtaient, tout à coup. Leurs gestes devenaient frénétiques. L'approche du vent faisait naître une crainte que n'avait pas suscitée le ver géant. La chenille gagna en cahotant les premiers rochers et les hommes se mirent à lui frayer un chemin. Ils replaçaient ensuite les rochers et Gurney lui-même n'aurait pu être certain de relever la trace du passage de l'engin.

« Avez-vous beaucoup de repaires semblables ? » demanda-t-il.

« Beaucoup, dit Paul. (Il regarda Chani.) Trouve-moi Korba. Dis-lui que Gurney m'a averti que nous devions nous méfier de certains des hommes des contrebandiers. »

Elle regarda rapidement Gurney, puis elle acquiesça et courut vers le bas des rochers avec la grâce et l'agilité d'une gazelle.

« C'est votre compagne », dit Gurney.

« La mère de mon premier enfant, dit Paul. Les Atréides ont un nouveau Leto. »

Gurney se contenta de hausser les sourcils.

Paul observait les opérations, autour d'eux, d'un œil critique. Le ciel prenait une teinte ocre, à présent, et les premiers souffles de vent leur apportaient la poussière du désert.

« Ferme bien ton distille », dit Paul. Il ajustait le masque et le capuchon sur son visage. Gurney obéit. D'une voix étouffée par le filtre, Paul demanda : « Quels sont les hommes dont tu te méfies, Gurney ? »

« Il y a quelques nouvelles recrues. Des étrangers… » Il hésita, surpris que le terme fût venu aussi facilement sous sa langue : *Des étrangers.*

« Oui ? »

« Ils ne ressemblent pas aux autres, aux chasseurs de fortune que nous avions précédemment. Ils sont plus durs. »

« Des espions harkonnen ? » demanda Paul.

« Je crois, Mon Seigneur, qu'ils n'ont rien à voir avec les Harkonnen. Je les soupçonne d'être au service de l'Empereur. Salusa Secundus a laissé son empreinte sur eux. »

« Des Sardaukars ? » Le regard de Paul était dur.

Gurney haussa les épaules. « C'est possible, mais ils le cacheraient bien, en ce cas. »

Paul acquiesça. Gurney était bien vite revenu à ses habitudes de loyal défenseur des Atréides, mais avec des différences subtiles. Lui aussi avait été transformé par Arrakis.

Deux Fremen venaient vers eux. L'un d'eux portait sur l'épaule un volumineux paquet noir.

« Où sont mes hommes, maintenant ? » demanda Gurney.

« Dans les rochers, en dessous. Dans la Grotte des Oiseaux. Nous déciderons de ce qu'il convient de faire à leur sujet après la tempête. »

« Muad'Dib ! » appela une voix.

Paul se retourna et, d'un geste, répondit au garde fremen qui les appelait depuis l'entrée de la grotte.

Gurney le regardait avec une expression nouvelle. « C'est toi Muad'Dib ? dit-il. Le feu follet des sables ? »

« C'est mon nom de Fremen. »

Gurney se détourna, soudain envahi d'un sombre pressentiment. La moitié de ses hommes gisait dans le sable. L'autre moitié était prisonnière. Les nouveaux, les hommes suspects, ne lui importaient guère. Mais parmi les autres il y avait des hommes braves, des amis, des gens dont il se sentait responsable. *« Nous déciderons ce qu'il convient de faire à leur sujet après la tempête. »* C'est ce qu'avait dit Paul, ce qu'avait dit Muad'Dib. Et Gurney se souvenait des histoires qui circulaient à propos de Muad'Dib, le Lisan al-Gaib. On disait qu'il s'était servi de la peau d'un officier harkonnen pour revêtir ses tambours, qu'il ne se déplaçait qu'avec ses commandos de la mort, les Fedaykin, qui se ruaient au combat avec un chant de mort.

Lui.

Les deux Fremen qui venaient du bas des rochers, d'un bond léger, gagnèrent un entablement et s'immobilisèrent devant Paul. Celui qui avait le visage sombre déclara : « Tout est en sûreté, Muad'Dib. Nous ferions bien de descendre, à présent. »

« C'est juste. »

Gurney remarqua le ton particulier de l'homme. Il ordonnait et demandait dans le même temps. C'était celui que l'on nommait Stilgar, une autre figure légendaire parmi les Fremen.

Paul se tourna vers l'autre homme, qui portait son fardeau noir : « Korba, qu'y a-t-il dans ce paquet ? »

Ce fut Stilgar qui répondit : « C'était dans la chenille. C'est une balisette, avec les initiales de ton ami. Je t'ai souvent entendu parler du talent de Gurney Halleck à la balisette. »

Gurney regarda attentivement Stilgar, la frange de barbe noire qui apparaissait au-dessus du masque, les yeux de faucon, le nez aigu.

« Votre compagnon pense juste, Mon Seigneur, dit Gurney. Merci, Stilgar. »

Stilgar fit signe à Korba de remettre le paquet à Gurney, puis dit : « Remerciez votre Seigneur Duc. C'est lui qui vous a fait admettre parmi nous. »

Gurney prit la balisette. La dureté qu'il avait perçue sous ces paroles le rendait perplexe. L'homme avait comme un air de défi et Gurney se demanda si cela pouvait provenir d'un quelconque sentiment de jalousie. Il était, pour Stilgar, Gurney Halleck, un homme qui avait connu Paul longtemps avant Arrakis, un vieux compagnon que Stilgar ne pourrait jamais espérer devenir vraiment.

« J'aimerais que vous soyez deux amis », dit Paul.

« Stilgar le Fremen est renommé, dit Gurney. Je serais honoré d'avoir pour ami un tueur de Harkonnen. »

« Toucheras-tu les mains de mon ami Gurney Halleck, Stilgar ? » demanda Paul.

Lentement, Stilgar tendit la main, toucha celle que lui offrait Gurney, une main que l'épée, année après année, avait rendue calleuse.

« Il en est peu qui n'aient pas entendu prononcer le nom de Gurney Halleck, dit-il. (Puis il se retourna vers Paul :) La tempête arrive sur nous. »

« Allons », dit Paul.

Stilgar prit la tête et, par un itinéraire qui serpentait entre les rochers, ils atteignirent l'entrée basse de la grotte. Dès qu'ils furent à l'intérieur, des hommes se précipitèrent pour sceller l'orifice. La clarté des brilleurs révélait une vaste salle en forme de dôme. De l'autre côté d'une terrasse naturelle, s'ouvrait un passage et c'est dans cette direction que s'engagea Paul, suivi de Gurney, tandis que les autres se dirigeaient vers un second couloir, juste en face de l'entrée de la grotte.

Paul traversa l'antichambre et pénétra dans une pièce aux murs tendus de draperies aux tons de vin sombre.

« Nous pourrons être tranquilles ici pendant un moment, dit-il, les autres respecteront mon… »

Une cymbale d'alarme claqua dans la grotte. Il y eut des cris, des froissements d'armes. Paul se retourna, retraversa l'antichambre et surgit sur la terrasse rocheuse. Gurney était derrière lui, l'épée au clair.

Sur le sol de la grotte, des silhouettes entremêlées luttaient sauvagement. Il ne fallut qu'un bref instant à Paul pour analyser la scène, séparer les robes Fremen et les bourkas des autres vêtements. Ses sens, que sa mère avait affinés au long des années, lui révélèrent un détail significatif : les Fremen se battaient contre des hommes qui portaient la robe des contrebandiers, mais qui étaient groupés trois par trois, formant le triangle lorsqu'ils étaient acculés.

Cette tactique était la marque des Sardaukars de l'Empereur.

Tout à coup, un Fedaykin aperçut Paul et lança le cri de bataille qui se répercuta dans la grotte. « Muad'Dib ! Muad'Dib ! »

D'autres yeux avaient relevé la présence de Paul. Un couteau noir jaillit vers lui. Il se déroba et entendit la lame claquer sur le rocher, derrière lui. D'un coup d'œil, il entrevit Gurney qui la ramassait.

Les triangles des attaquants étaient repoussés, maintenant.

Gurney leva le couteau devant les yeux de Paul et lui montra la spirale jaune de l'Imperium et le lion à crinière dorée, aux yeux à facettes, sur le pommeau.

Des Sardaukars.

Paul s'avança sur la terrasse. Il ne restait que trois Sardaukars, maintenant. Des corps sanglants étaient dispersés par toute la grotte.

« Cessez le combat ! lança-t-il. Le duc Paul Atréides vous ordonne de cesser le combat ! »

Les combattants hésitèrent.

« Vous, les Sardaukars ! reprit Paul. Sur quels ordres menacez-vous la vie d'un duc régnant ? (Puis, comme ses hommes poursuivaient leur attaque, il lança de nouveau :) Cessez, j'ai dit ! »

L'un des Sardaukars se redressa : « Qui dit que nous sommes des Sardaukars ? » demanda-t-il.

Paul prit le couteau des mains de Halleck et le brandit. « Ceci. »

« Et qui dit alors que vous êtes le Duc régnant ? »

Paul tendit la main vers les Fedaykin. « Ces hommes disent que je suis le duc régnant. Votre propre Empereur a remis Arrakis à la Maison Atréides. La Maison Atréides, c'est *moi.* »

Le Sardaukar demeura silencieux, alors. Paul l'étudia. L'homme était de haute taille, les traits plats, avec une cicatrice pâle sur la joue gauche. Son attitude trahissait la colère et le doute mais, par-dessus tout, cet orgueil sans lequel un Sardaukar ne pouvait être complet, cet orgueil qui était comme un vêtement.

Paul se tourna vers l'un de ses lieutenants : « Korba, comment se fait-il qu'ils aient des armes ? »

« Ils avaient dissimulé des couteaux à l'intérieur de leurs distilles. »

Le regard de Paul courut sur les morts et les blessés avant de revenir sur Korba. Les mots étaient inutiles. Le Fedaykin baissa les yeux.

« Où est Chani ? » demanda-t-il, et il attendit la réponse, le souffle suspendu.

« Stilgar l'a placée à l'écart, dit Korba. (Il désigna le second couloir, puis, à son tour, regarda les morts et les blessés.) Je me considère comme responsable de cette faute, Muad'Dib. »

« Combien y avait-il de Sardaukars, Gurney ? » demanda Paul.

« Dix. »

Avec souplesse, il sauta de la terrasse et s'avança jusqu'à distance d'épée du Sardaukar qui avait parlé.

Il sentit que les Fedaykin se tendaient. Il leur déplaisait de le voir s'exposer ainsi. Ils devaient tout faire pour empêcher cela parce que le vœu des Fremen était de conserver la sagesse de Muad'Dib.

Sans se retourner, Paul demanda : « Quelles sont nos pertes ? »

« Quatre blessés, deux morts, Muad'Dib. »

Paul décela un mouvement au-delà des Sardaukars. Chani et Stilgar se tenaient sur le seuil de l'autre passage. Son regard revint au Sardaukar, plongea dans les yeux étrangers.

« Toi, quel est ton nom ? »

L'homme se raidit. Ses yeux allèrent de droite à gauche.

« Ne t'y risque pas, dit Paul. Il est évident que l'on vous a ordonné de chercher et de tuer Muad'Dib. Je suis certain que c'est vous qui avez proposé d'aller chercher de l'épice dans le désert profond. »

Il perçut derrière lui l'exclamation étouffée de Gurney et un faible sourire vint jouer sur ses lèvres.

Le sang afflua au visage du Sardaukar.

« Ce que tu vois devant toi est plus que Muad'Dib, reprit Paul. Sept d'entre vous sont morts pour deux des nôtres. Trois pour un. Ce n'est pas mal contre des Sardaukars, hein ? »

L'homme se tendit, puis recula devant le mouvement menaçant des Fedaykin.

« Je t'ai demandé ton nom, dit Paul. (Et il se servit de la Voix :) Dis-moi ton nom ! »

« Capitaine Aramsham, Sardaukar impérial ! » lança l'homme. Il regarda Paul, surpris, désemparé, bouche bée. Pour lui, cette grotte n'avait été jusque-là qu'un repaire barbare, mais il était en train de changer d'idée.

« Capitaine Aramsham, dit Paul, les Harkonnen seraient prêts à donner beaucoup pour apprendre ce que vous savez maintenant. Et l'Empereur, quant à lui, que ne donnerait-il pas pour savoir qu'un Atréides vit encore en dépit de sa traîtrise. »

Le capitaine jeta un regard rapide aux deux hommes qui restaient avec lui. Paul pouvait presque voir tourner les pensées dans sa tête. Les Sardaukars ne se rendaient jamais, mais il *fallait* que l'Empereur apprenne cette menace.

Il se servit à nouveau de la Voix pour dire : « Rendez-vous, capitaine. »

L'homme qui se trouvait à gauche du capitaine bondit tout à coup sur Paul et rencontra l'éclair du couteau de son capitaine. Il s'effondra sur le sol, l'arme plantée dans la poitrine.

Le capitaine se tourna alors vers son dernier compagnon. « C'est à moi de décider ce qui sert le mieux Sa Majesté, dit-il. Compris ? »

Les épaules de l'homme s'affaissèrent.

« Lâche ton arme », dit le capitaine.

L'homme obéit.

Le capitaine se tourna de nouveau vers Paul. « Pour vous, j'ai tué un ami. Ne l'oublions jamais. »

« Vous êtes mes prisonniers, dit Paul. C'est à moi que vous vous rendez. Que vous viviez ou que vous mouriez, cela n'a aucune importance. » Puis il fit signe à un des gardes d'emmener les prisonniers et se tourna vers Korba.

« Muad'Dib, dit son lieutenant, j'ai failli à ma tâche... »

« Non, c'est moi, Korba. J'aurais dû te mettre en garde. À l'avenir, lorsque nous aurons affaire à des Sardaukars, souviens-toi de cela. Souviens-toi, aussi, que chacun d'eux possède un ou deux faux orteils qui, avec certains dispositifs placés dans leur corps, peuvent constituer un émetteur. Ils ont également plus d'une dent fausse. Dans leurs cheveux sont dissimulées des spires de shigavrille, si fines qu'il est difficile de les déceler mais assez solides pour permettre d'étrangler un homme et même de lui couper la tête. Avec les Sardaukars, il faut sonder, examiner centimètre par centimètre et couper le moindre poil. Même après cela, tu peux être certain de n'avoir pas tout découvert. »

Il regarda Gurney, qui s'était approché à son tour.

« En ce cas, dit Korba, nous ferions mieux de les tuer. »

Paul secoua la tête. « Non. Je veux qu'ils s'enfuient. »

« Sire... » souffla Gurney.

« Oui ? »

« Il a raison. Il faut les tuer immédiatement. Détruire toute preuve de leur présence ici. Vous avez humilié les Sardaukars impériaux ! Quand l'Empereur apprendra cela, il n'aura de cesse de vous faire mourir à petit feu ! »

« Il est douteux que l'Empereur en ait jamais la possibilité », dit Paul, lentement, froidement. Quelque chose s'était passé en lui, un instant auparavant, tandis qu'il affrontait les Sardaukars. Une somme de décisions s'était formée.

« Gurney, reprit-il, les hommes de la Guilde sont-ils nombreux dans l'entourage de Rabban ? »

Gurney se raidit et ses yeux se rétrécirent. « Votre question ne fait pas de… »

« Sont-ils nombreux ? » La voix de Paul était cinglante.

« Arrakis grouille d'agents de la Guilde. Ils achètent l'épice comme si c'était la chose la plus précieuse de l'univers. Pourquoi croyez-vous que nous nous soyons risqués aussi loin dans le sud… »

« L'épice est la chose la plus précieuse de l'univers, dit Paul. Pour eux. (Il se tourna vers Chani et Stilgar qui s'approchaient.) Et c'est nous qui la contrôlons, Gurney. »

« Non, ce sont les Harkonnen ! »

« Ce sont ceux qui peuvent détruire une chose qui la contrôlent vraiment », dit Paul. Il tendit une main impérative pour prévenir toute réplique de Gurney, puis hocha la tête à l'adresse de Stilgar et de Chani.

Il prit le couteau sardaukar dans sa main gauche et le tendit à Stilgar.

« Tu vis pour le bien de la tribu, dit-il. Pourrais-tu prendre le sang de ma vie avec ce couteau ? »

« Pour le bien de la tribu », grommela Stilgar.

« Alors sers-toi de ce couteau. »

« Tu me défies ? » demanda Stilgar.

« Si je te défiais, dit Paul, je le ferais sans arme et je te laisserais me frapper. »

Le souffle de Stilgar devint court.

« Usul ! » s'exclama Chani. Elle regarda Gurney, puis Paul.

Alors même que Stilgar continuait de réfléchir au sens de ses paroles, Paul poursuivit : « Tu es Stilgar, l'homme des combats. Quand les Sardaukars ont commencé à se battre ici, tu n'étais pas présent. Ta première pensée a été de protéger Chani. »

« Elle est ma nièce, dit Stilgar. Si tes Fedaykin n'avaient pu venir à bout de ces canailles… »

« Pourquoi ta première pensée a-t-elle été pour Chani ? » demanda Paul.

« Ce n'est pas vrai ! »

« Ah ? »

« C'est à toi que j'ai pensé. »

« Penses-tu alors que tu pourrais lever la main sur moi ? »

Stilgar se mit à trembler et il murmura : « C'est l'usage. »

« L'usage veut que l'on tue les étrangers à Arrakis trouvés dans le désert et que l'on prenne leur eau comme un cadeau de Shai-hulud. Pourtant, tu as accordé la vie à deux de ces étrangers, une nuit. Ma mère et moi. »

Comme Stilgar demeurait silencieux et tremblant, les yeux fixés sur lui, Paul poursuivit : « Les usages changent, Stilgar. Tu les as changés toi-même. »

Stilgar baissa les yeux sur l'emblème jaune qui marquait le couteau qu'il tenait.

« Lorsque je serai Duc dans Arrakeen avec Chani à mes côtés, crois-tu que j'aurai le temps de m'occuper de tous les détails concernant le Sietch Tabr ? Crois-tu que je pourrai penser aux problèmes particuliers de chaque famille ? »

Stilgar ne quittait pas des yeux le couteau.

« Crois-tu que je veuille me couper le bras droit ? » demanda Paul.

Lentement, Stilgar releva la tête, le regarda.

« Crois-tu, dit Paul, que je veuille priver la tribu comme moi-même de ta force et de ta sagesse ? »

D'une voix basse, Stilgar répondit : « Ce jeune homme de ma tribu dont je connais le nom, ce jeune homme, je pourrais le tuer en réponse à son défi, selon la volonté de Shai-hulud. Mais le Lisan al-Gaib, je ne pourrais le toucher. Tu le savais lorsque tu m'as donné ce couteau. »

« Je le savais », dit Paul.

Stilgar ouvrit la main. Le couteau tomba sur le sol avec un bruit sonore.

« Les usages changent », dit-il.

« Chani, fit Paul, rejoins ma mère. Qu'elle vienne nous retrouver avant… »

« Mais tu as dit que nous irions dans le sud ! » protesta Chani.

« Je me suis trompé. Les Harkonnen ne sont pas là. La guerre n'est pas là. »

Elle respira profondément, acceptant cela ainsi que toute femme du désert acceptait les obligations de cette vie qui se mêlait à la mort.

« Je vais te confier un message pour les seules oreilles de ma mère, reprit Paul. Dis-lui que Stilgar me reconnaît comme Duc d'Arrakis mais qu'il faut trouver un moyen pour que les jeunes hommes acceptent cela sans combat. »

Chani regarda Stilgar.

« Fais ce qu'il dit, grommela ce dernier. Nous savons tous qu'il pourrait me vaincre... et je ne pourrais pas lever la main sur lui... pour le bien de la tribu. »

« Je reviendrai avec ta mère », dit Chani.

« Qu'elle vienne seule, dit Paul. L'instinct de Stilgar ne le trompait pas. Je suis plus fort quand tu es en sûreté. Tu resteras au sietch. »

Elle voulut protester mais se tut.

« Sihaya », ajouta Paul, lui donnant le nom intime qui était le sien. Puis, se tournant à droite, il rencontra les yeux brillants de Gurney.

Depuis que Paul avait fait allusion à sa mère, les paroles qui s'étaient échangées s'étaient fondues en un brouillard, pour Gurney.

« Votre mère », dit-il.

« La nuit du raid, Idaho nous a sauvés, dit Paul, qui était encore tout à Chani. Maintenant, nous... »

« Et Duncan Idaho, Mon Seigneur ? »

« Il est mort, en nous donnant le temps de fuir. »

La sorcière est vivante ! pensait Gurney. *Elle est vivante, celle contre laquelle j'ai juré vengeance ! Et il est évident que le Duc Paul ignore quelle créature lui a donné le jour. Diablesse ! Elle a livré son père aux Harkonnen !*

Paul regagna la terrasse. Il parcourut la grotte du regard et vit que les morts et les blessés avaient été emportés. Il eut alors une pensée amère pour le chapitre de la légende de Muad'Dib qui venait d'être écrit en ce lieu. *Je n'ai même pas tiré mon couteau, mais on rapportera qu'en ce jour j'ai tué vingt Sardaukars de ma main.*

Gurney suivit Stilgar. Il ne sentait plus le sol sous ses pas, ne voyait plus la lueur des brilleurs. Dans son esprit empli de fureur, il pensait : *La sorcière vit, alors que ceux qu'elle a trahis ne sont plus que des ossements dans des tombes solitaires. Il faut que Paul apprenne la vérité sur elle avant que je la tue.*

Combien de fois l'homme en colère nie-t-il avec rage ce que lui souffle son moi intérieur ?

Extrait de Les Dits de Muad'Dib,
par la Princesse Irulan.

IL IRRADIAIT DE LA FOULE ASSEMBLÉE DANS LA GROTTE CETTE atmosphère que Jessica avait perçue le jour où Paul avait tué Jamis. De petits groupes se formaient et des murmures nerveux couraient.

Comme elle quittait la chambre de Paul et s'avançait sur la terrasse rocheuse, elle prit sous sa robe un cylindre à message. Elle s'était reposée après le long voyage depuis le sud, mais elle en voulait encore à Paul de ne pas les autoriser à utiliser les ornis capturés.

« Nous n'avons pas encore pleinement le contrôle des airs, avait-il dit. Et nous ne pouvons dépendre d'apports de carburant étranger. Les appareils et le carburant doivent être mis en réserve en attendant le jour de l'offensive générale. »

Paul se tenait près de la terrasse en compagnie des hommes les plus jeunes. Dans la pâle clarté des brilleurs, la scène semblait irréelle. C'était comme un tableau avec, en plus, la rumeur des voix, les odeurs âcres, les piétinements.

Jessica observa son fils, se demandant pourquoi il ne lui avait pas encore révélé la surprise... Gurney Halleck. La pensée de Gurney lui ramenait les souvenirs d'un passé plus doux, un passé fait de jours de beauté et de l'amour du père de Paul.

Stilgar attendait au sein d'un autre groupe, de l'autre côté de la terrasse. Il était silencieux, plein de dignité.

Il ne faut pas perdre cet homme, songea Jessica. *Le plan de Paul doit réussir. Toute autre solution serait tragique.*

Elle s'avança, passa à côté de Stilgar et un chemin s'ouvrit dans la foule jusqu'à Paul. Elle le parcourut dans le silence.

Elle connaissait la raison de ce silence, toute l'émotion et les questions muettes qu'il contenait. Elle était la Révérende Mère.

Les jeunes gens s'écartèrent de Paul à son approche et, un instant, cette déférence nouvelle l'irrita.

Un axiome bene gesserit lui revint : *« Tous ceux qui se trouvent au-dessous de toi convoitent ta situation. »* Mais, sur tous ces visages, elle ne lisait pas la moindre convoitise. Ce qui les séparait d'elle, c'était ce ferment religieux qui s'était développé à partir de Paul, qui s'était étendu autour du chef. Et Jessica se souvint d'un autre axiome bene gesserit : *« Les prophètes ont l'habitude de périr par la violence. »*

Paul leva les yeux sur elle.

« C'est le moment », dit-elle, et elle lui tendit le cylindre.

L'un des compagnons de Paul, plus audacieux que les autres, regarda Stilgar et demanda : « Vas-tu le défier, Muad'Dib ? Le moment est venu, c'est certain. Ils vont tous penser que tu es un lâche si tu ne… »

« Qui ose me traiter de lâche ? » s'exclama Paul. Et sa main jaillit en un éclair vers la poignée de son krys.

Le silence s'abattit sur le petit groupe et gagna la foule.

« Nous avons un travail à accomplir », dit Paul tandis que l'audacieux reculait. Il se retourna, se fraya un passage jusqu'à la terrasse et y bondit avec souplesse : il fit face à la foule.

« Vas-y ! » hurla une voix.

Des murmures et des chuchotements s'élevèrent.

Paul laissa le silence revenir. Il y eut encore des toussotements, des piétinements, puis, quand le calme fut revenu dans la caverne, il leva la tête et sa voix porta dans toute la vaste salle.

« Vous en avez assez d'attendre », dit-il.

À nouveau, il laissa monter les cris puis revenir le silence.

Bien sûr qu'ils en ont assez d'attendre, se dit-il. Il brandit le cylindre tout en pensant au message qu'il contenait. Sa mère le lui avait montré en lui expliquant qu'il avait été pris sur un courrier des Harkonnen. Il était explicite. Rabban était laissé à ses propres ressources sur Arrakis ! Il ne pouvait demander ni soutien ni renforts !

« Vous pensez que le moment est venu de défier Stilgar et de changer de chef ! lança-t-il. (Et, avant que la foule puisse répondre, il ajouta avec fureur :) Croyez-vous que le Lisan al-Gaib soit aussi stupide ? »

Il y eut un silence stupéfait.

Il assume son titre religieux, se dit Jessica. *Il ne doit pas.*

« C'est l'usage ! » lança quelqu'un.

Paul répliqua d'une voix sèche, guettant les moindres courants d'émotions : « Les usages changent. »

Une voix pleine de colère s'éleva du fond de la grotte : « C'est nous qui décidons des changements ! »

Il y eut des cris d'approbation.

« Comme vous le voudrez », dit Paul.

Il se servait de la Voix. Jessica avait reconnu les subtiles intonations qu'elles lui avaient enseignées.

« C'est vous qui déciderez, dit Paul, mais, d'abord, vous m'écouterez. »

Stilgar s'avança, le visage impassible. « C'est aussi l'usage, dit-il. Tout Fremen peut être entendu au Conseil. Paul-Muad'Dib est un Fremen. »

« Le bien de la tribu est ce qui importe, non ? » demanda Paul.

Sans se départir de son calme plein de dignité, Stilgar répondit : « Tel est le but de nos pas. »

« Très bien. Alors qui commande cette troupe, cette tribu ? Et qui commande toutes les troupes et toutes les tribus par l'intermédiaire des instructeurs formés à l'art étrange du combat ? »

Paul attendit, observant les têtes innombrables. Il n'y eut pas de réponse.

« Est-ce donc Stilgar ? Il s'en défend lui-même. Est-ce moi ? Même Stilgar agit selon ma volonté, parfois, ainsi que les sages et les plus sages des sages. Tous, ils m'écoutent et m'honorent au Conseil. »

Le silence continuait de régner sur la foule.

« Et ma mère commande-t-elle ? (Il tendit la main vers Jessica qui attendait, dans sa robe noire de cérémonie.) Stilgar et tous les autres chefs lui demandent conseil pour une décision importante. Vous le savez bien. Mais une Révérende Mère marche-t-elle dans le sable, conduit-elle une razzia contre les Harkonnen ? »

Paul vit des sourcils froncés, des expressions pensives, mais il perçut encore des murmures de colère.

Il s'y prend d'une façon dangereuse, se dit Jessica, mais elle se rappelait le message du cylindre et ce qu'il signifiait. Et elle comprit ses intentions : aller jusqu'au fond de leur incertitude et en triompher. Tout le reste suivrait alors.

« Nul homme ne reconnaît un chef sans qu'il y ait défi et combat, n'est-ce pas ? » demanda Paul.

« C'est l'usage ! » lança une voix.

« Quel est notre but ? Renverser Rabban, la bête des Harkonnen et faire de ce monde un endroit où nous puissions vivre avec nos familles dans le bonheur et l'abondance d'eau... Est-ce bien notre but ? »

« Les tâches difficiles exigent des moyens difficiles », cria une voix.

« Jetez-vous votre couteau avant la bataille ? demanda Paul. Je vous le dis, et ce n'est là ni orgueil ni défi : il n'est pas un homme ici pour me vaincre, Stilgar y compris. Stilgar lui-même l'admet. Il sait, et vous aussi, que cela est vrai. »

Il y eut encore des murmures de colère.

« Nombreux sont ceux d'entre vous qui se sont essayés contre moi. Vous savez que je ne me vante point. C'est un fait que nous connaissons tous, que nous reconnaissons. Si je ne le reconnaissais pas moi-même, je serais stupide. Je me suis battu ainsi bien avant vous et ceux qui m'ont enseigné cet art de se battre étaient plus forts que tous les hommes que vous pourrez jamais rencontrer. Comment croyez-vous que j'aie pu terrasser Jamis à un âge où les autres enfants jouent encore ? »

Il se sert très bien de la Voix, se dit Jessica, *mais cela ne peut suffire avec ces gens. Ils sont particulièrement protégés contre le contrôle vocal. Il doit aussi les attaquer par la logique.*

« Alors, reprit Paul, venons-en à ceci. (Il prit le cylindre et déploya le message.) Ceci a été pris à un courrier harkonnen. L'authenticité de ce message ne souffre pas de doute. Il est adressé à Rabban et dit que sa dernière requête pour l'envoi de troupes est repoussée, que sa récolte d'épice est en dessous du quota et qu'il doit être en mesure d'amasser plus d'épice avec les gens dont il dispose. »

Stilgar s'avança.

« Combien d'entre vous comprennent-ils ce que signifie ce message ? demanda Paul. Stilgar l'a vu immédiatement. »

« Ils sont isolés ! » cria quelqu'un.

Paul remit le message et le cylindre dans sa ceinture. Puis il prit l'anneau qui pendait à son cou sur un fil de shigavrille tressée.

« Voici l'anneau ducal de mon père, dit-il. J'avais fait le serment de ne pas le porter avant le jour où je pourrais lancer mes troupes sur Arrakis et réclamer le fief qui me revient légalement. » Il libéra l'anneau, le glissa à son doigt et ferma le poing.

Le silence devint encore plus lourd.

« Qui commande ici ? (Il brandit le poing.) C'est moi ! Je règne sur chaque pouce d'Arrakis ! Ce monde est le fief du Duc Atréides, que l'Empereur le veuille ou non ! Il l'a donné à mon père et par mon père il me revient ! »

Il se dressa sur la pointe des pieds et observa la foule, essayant de percevoir les émotions.

Presque, se dit-il.

« Quand je réclamerai les droits impériaux qui me reviennent, certains hommes acquerront des postes importants sur Arrakis. Stilgar sera l'un d'eux. Ce n'est pas que je veuille l'acheter. Ce n'est pas non plus par gratitude, bien que je sois l'un de ceux qui lui doivent la vie. Non ! C'est simplement parce qu'il est sage et fort. Parce qu'il gouverne sa troupe avec son intelligence et non pas seulement par ses ordres. Me croyez-vous stupide ? Pensez-vous vraiment que je me trancherais ainsi le bras droit et le laisserais tout sanglant sur le sol de cette grotte pour le seul plaisir de vous distraire ? »

Il promena un regard dur sur les visages levés vers lui. « Qui ose dire que je ne suis pas le maître légal d'Arrakis ? Dois-je le prouver en privant de leur chef toutes les tribus de l'erg ? »

À ses côtés, Stilgar eut un regard interrogateur.

« Comment pourrais-je me priver d'une partie de notre force au moment où nous en avons le plus besoin ? Je suis votre chef et je vous dis que le moment est venu où nous devons cesser de tuer nos meilleurs hommes pour commencer à tuer nos véritables ennemis, les Harkonnen ! »

D'un geste vif, Stilgar brandit son krys et le pointa vers l'assemblée. « Longue vie au Duc Paul-Muad'Dib ! » cria-t-il.

Une assourdissante rumeur emplit la grotte, répercutée par l'écho. « *Ya hya chouhada ! Muad'Dib ! Muad'Dib ! Muad'Dib ! Ya hya chouhada !* »

« *Longue vie aux soldats de Muad'Dib !* » traduisit Jessica. Les événements se déroulaient selon le plan qu'elle avait mis au point avec Paul et Stilgar.

Lentement, le tumulte s'estompa et mourut.

Quand le silence fut revenu, Paul se tourna vers Stilgar et dit : « À genoux, Stilgar. »

Stilgar obéit.

« Donne-moi ton krys », dit Paul.

Stilgar lui tendit la lame blanche.

Nous n'avions pas prévu cela, se dit Jessica.

« Répète après moi, dit Paul. (Et il prononça les paroles d'investiture telles qu'il les avait entendues prononcer par son père :) Moi, Stilgar, je prends ce couteau des mains de mon Duc. »

« Moi, Stilgar, je prends ce couteau des mains de mon Duc », répéta Stilgar en acceptant le krys à l'éclat laiteux.

« Où mon Duc me l'ordonnera, je plongerai cette lame », dit Paul.

Lentement, solennellement, Stilgar répéta ses paroles.

Jessica, se souvenant du rite, dut refouler ses larmes et elle songea en secouant la tête : *Je connais ses raisons. Je ne devrais pas me laisser émouvoir ainsi.*

« Je voue cette lame à la cause de mon Duc et à la mort de ses ennemis aussi longtemps que coulera notre sang », dit Paul.

Et Stilgar répéta.

« Embrasse cette lame », ordonna Paul.

Stilgar obéit puis, à la façon fremen, embrassa ensuite le bras de combat de Paul. Enfin, il glissa le krys dans son fourreau et se remit sur pied.

Un murmure courut dans la foule et Jessica perçut des mots. « La prophétie. Une Bene Gesserit montrera le chemin et une Révérende Mère le verra... » Plus loin encore, une voix ajouta : « Elle nous guide par son fils ! »

« C'est Stilgar qui commande la tribu, dit Paul. Que nul homme ne s'y trompe. Il commande avec ma voix. Ce qu'il vous dit, c'est ce que je vous dis. »

Habile, pensa Jessica. *Le chef de la tribu ne peut perdre la face devant ceux qui devront lui obéir.*

Paul baissa la voix pour poursuivre : « Stilgar, je veux que des marcheurs gagnent le désert cette nuit et que l'on envoie des cielagos pour convoquer l'Assemblée des Conseils. Lorsque ce sera fait, prends Chatt, Korba, Otheym et deux autres lieutenants de ton choix. Venez me rejoindre dans mes quartiers pour que nous mettions le plan de bataille au point. Lorsque le Conseil des Chefs se réunira, il faut que nous ayons une victoire à présenter. »

Paul se tourna vers sa mère et inclina la tête pour l'inviter à le suivre, puis quitta la terrasse rocheuse et emprunta le passage central vers les chambres qui leur avaient été préparées, tandis que, de toutes parts, des mains se levaient et que des voix appelaient.

« Mon couteau obéira aux ordres de Stilgar, Paul-Muad'Dib ! Battons-nous, Paul-Muad'Dib ! Que le sang des Harkonnen abreuve notre monde ! »

Jessica percevait nettement le désir de se battre qui animait tous ces hommes. Jamais ils n'avaient été aussi prêts. *Nous les emmenons vers les sommets*, pensa-t-elle.

Dans la chambre, Paul fit asseoir sa mère puis dit : « Attendez ici. » Et il disparut entre les tentures.

Jessica resta seule dans la chambre silencieuse où ne parvenait même pas la rumeur des grandes pompes qui faisaient circuler l'air dans le sietch.

Il va chercher Halleck, se dit-elle. Et elle s'inquiéta de l'étrange mélange d'émotions qu'elle ressentait. Gurney et sa musique évoquaient tant de moments heureux de Caladan. Mais Caladan était si loin que c'était comme si une autre personne y avait vécu. En trois années, Jessica était devenue quelqu'un d'autre et l'idée de revoir Gurney l'obligeait à repenser à tous les changements qui s'étaient produits.

Sur une table basse, à sa droite, il y avait le service à café d'argent et de jasmium que Paul avait hérité de Jamis. En observant les tasses élancées, elle se demanda combien de mains, déjà, les avaient touchées. Chani elle-même avait servi Paul au cours du mois écoulé.

Que peut faire cette femme du désert pour un duc sinon lui servir le café ? se dit Jessica. *Elle ne lui apporte aucun pouvoir, aucune famille. Paul n'a qu'une chance majeure, celle de pouvoir s'allier à une des Grandes Maisons, peut-être même à la famille impériale. Il y a des princesses en âge de se marier, après tout, et chacune d'elles est une Bene Gesserit.*

Et elle s'imagina quittant les rigueurs d'Arrakis pour la sécurité et le pouvoir qui étaient les attributs de la mère d'un prince. Elle promena son regard sur les épaisses tentures et se souvint de son voyage jusqu'à la grotte, en palanquin, de ver en ver, avec autour d'elle les plates-formes où s'entassaient les vivres et le matériel nécessaires à la campagne en préparation.

Aussi longtemps que Chani vivra, Paul ne comprendra pas où est son devoir. Elle lui a donné un fils. Cela suffit.

Elle éprouva le désir soudain de voir son petit-fils, cet enfant qui ressemblait tant à Leto. Elle plaça alors les paumes de ses mains contre ses joues et donna à sa respiration le rythme rituel qui calmait les émotions et clarifiait l'esprit. Puis elle se pencha en avant pour l'exercice de dévotion qui préparait le corps aux exigences de l'esprit.

Paul avait choisi la Grotte des Oiseaux comme poste de commandement et cela ne pouvait être mis en question, elle le savait. C'était un choix idéal. Au nord, s'ouvrait la Passe du Vent qui accédait à un village fortifié, au fond d'un creux entouré de falaises. Ce village était important, puisqu'il abritait des artisans et des techniciens. De lui, dépendait tout un secteur de défense harkonnen.

Derrière les tentures, il y eut un toussotement. Jessica se redressa et respira profondément avant de dire : « Entrez. »

Les tentures s'écartèrent et Gurney Halleck bondit dans la pièce. Elle n'eut que le temps d'entrevoir son visage familier à la grimace étrange, puis il fut derrière elle et la maîtrisa, passant un bras sous son menton, la relevant brutalement.

« Gurney, espèce de fou, que faites-vous ? »

Elle sentit alors le contact de la pointe du couteau dans son dos. Elle comprit alors et ce fut comme si une eau glacée s'écoulait de la lame pour se répandre dans son corps. Gurney allait la tuer. *Pourquoi ?* Elle ne pouvait entrevoir la moindre raison. Gurney ne pouvait être un traître. Pourtant, elle ne pouvait avoir aucun doute sur ses intentions. Son esprit cherchait, ses pensées s'accéléraient. Gurney n'était pas un adversaire dont on pouvait se débarrasser aisément. C'était un tueur qui se méfiait de la Voix, qui connaissait tous les stratagèmes, qui était constamment à l'affût de la moindre réaction de violence ou de mort. C'était un superbe instrument. Elle avait elle-même aidé à le former par ses conseils, ses suggestions subtiles.

« Vous pensiez avoir échappé, hein, sorcière ? » gronda-t-il.

Avant que la question fût acceptée par son esprit, avant qu'elle ait tenté de répondre, les tentures furent à nouveau écartées et Paul entra.

« Le voilà, Mère, il... » Paul se tut brusquement.

« Restez où vous êtes, Mon Seigneur », dit Gurney.

« Qu'est-ce... » Paul se tut, secoua la tête.

Jessica voulut parler, mais le bras resserra son étreinte.

« Vous ne parlerez que lorsque je vous y autoriserai, sorcière, dit Gurney. Je veux seulement que votre fils entende une chose. Au moindre signe, je suis prêt à plonger ce couteau dans votre cœur par simple réflexe. Votre voix doit rester monotone. Vous ne devez pas bouger certains muscles, ni les tendre. Vous allez agir avec la plus extrême prudence afin de gagner ces quelques secondes supplémentaires de vie. Et, je vous l'assure, c'est tout ce qui vous reste. »

Paul fit un pas en avant. « Gurney, mon vieux, que... »

« Restez où vous êtes ! lança Gurney. Un pas de plus et elle est morte ! »

La main de Paul se glissa vers son couteau. Sa voix, lorsqu'il parla, était pleine d'un calme mortel : « Tu ferais bien de t'expliquer, Gurney. »

« J'ai fait le serment de tuer la traîtresse, dit Gurney. Crois-tu que j'aie pu oublier l'homme qui m'a sauvé du puits d'esclaves harkonnens, qui m'a donné la liberté, la vie et l'honneur... Et aussi l'amitié, une chose qui passe avant toute autre. Et celle qui l'a trahi est maintenant sous mon couteau. Nul ne m'empêchera de… »

« Tu es dans l'erreur la plus complète, Gurney », dit Paul.

C'est donc cela, songea Jessica. *Quelle ironie !*

« Dans l'erreur ? dit Gurney. Écoutons donc ce que cette femme elle-même a à nous dire. Et rappelez-vous que j'ai payé, espionné et rusé pour étayer cette accusation. J'ai même offert de la sémuta à un capitaine des gardes harkonnen pour qu'il me rapporte une partie de l'histoire. »

Jessica sentit que l'étreinte du bras sur sa gorge se relâchait très légèrement mais, avant qu'elle ait pu prononcer un mot, Paul dit : « Le traître était Yueh. Je te le dis, Gurney. Les preuves sont complètes. C'était Yueh. Je ne veux pas savoir comment tu en es venu à concevoir un tel soupçon, mais si jamais tu frappes ma mère… (Il brandit son krys.)… je répandrai ton sang. »

« Yueh était un docteur conditionné pour servir les maisons royales, dit Gurney. Il ne pouvait trahir ! »

« Je connais un moyen d'annuler ce conditionnement », dit Paul.

« Les preuves », dit Gurney.

« Elles ne sont pas ici, mais au Sietch Tabr, loin dans le sud, mais… »

« C'est un piège », grommela Gurney. Et son bras se resserra sur la gorge de Jessica.

« Ce n'est pas un piège, Gurney », dit Paul. Et il y avait une si terrible tristesse dans sa voix que Jessica en eut le cœur broyé.

« J'ai vu le message pris sur un agent des Harkonnen, dit Gurney. Il désignait nettement… »

« Moi aussi, je l'ai vu. Mon père me l'a montré le soir même et m'a expliqué que ce n'était là qu'un stratagème harkonnen qui visait à rendre suspecte à ses yeux la femme qu'il aimait. »

« *Ayah !* s'exclama Gurney. Tu n'as pas… »

« Silence ! » dit Paul. Et le ton dur de sa voix était plus impératif que tous les ordres que Jessica avait jamais entendus.

Il a le Grand Contrôle, se dit-elle.

Le bras de Gurney trembla sur son cou. La pointe du couteau se retira.

« Ce que tu n'as pas entendu, reprit Paul, ce sont les sanglots de ma mère, cette nuit-là, quand elle eut perdu son Duc. Ce que tu n'as pas vu, ce sont ses yeux brûlants quand elle parle de tuer les Harkonnen. »

Ainsi, pensa-t-elle, *il a écouté.* Les larmes lui brouillèrent la vue.

« Ce que tu as oublié, poursuivit Paul, ce sont les leçons que tu avais apprises dans le puits d'esclaves harkonnens. Tu parles avec fierté de l'amitié de mon père ! Mais es-tu incapable de faire la différence entre les Harkonnen et les Atréides au point de ne pas sentir un piège harkonnen par la seule puanteur qu'il dégage ? Ne sais-tu pas que la loyauté des Atréides s'achète avec l'amour tandis que la monnaie d'échange des Harkonnen est la haine ? Comment la véritable nature de cette trahison a-t-elle pu t'échapper ? »

« Mais Yueh ? » murmura Gurney.

« La principale preuve que nous ayons est un message signé de sa main et où il reconnaît sa trahison, dit Paul. Je te le jure par l'amour que je garde encore pour toi. Un amour que je garderai même après que je t'aurai laissé en sang sur le sol de cette chambre. »

En écoutant parler ainsi son fils, Jessica s'émerveilla de sa compréhension, de la pénétration de son intelligence.

« Mon père avait un instinct pour ses amis, dit Paul. Il ne donnait que rarement son amour, mais ne se trompait jamais. Sa faiblesse était de ne pas comprendre la haine. Il croyait que quiconque détestait les Harkonnen ne pouvait le trahir. (Il regarda sa mère.) Elle le savait. Je lui ai transmis le message de mon père, qui disait que jamais il ne douterait d'elle. »

Jessica sentit que son contrôle s'effritait. Elle se mordit la lèvre. Devant l'attitude pleine de raideur de son fils, elle comprenait ce que ces paroles lui coûtaient. Et elle aurait voulu courir à lui, presser sa tête contre sa poitrine comme jamais encore elle ne l'avait fait. Mais le bras, contre sa gorge, ne tremblait plus. Et la pointe du couteau était de nouveau dans son dos, immobile, acérée.

« L'un des moments les plus terribles de la vie d'un enfant, reprit Paul, c'est lorsqu'il découvre que son père et sa mère sont des êtres humains qui partagent un amour auquel il ne peut vraiment goûter. Il perd ainsi quelque chose mais, en même temps, s'éveille à l'idée que le monde est bien là et que nous y sommes seuls. Ce moment porte avec lui sa vérité. On ne peut la fuir. J'ai entendu mon père parler de ma mère. Elle n'a pas trahi, Gurney. »

Jessica retrouva enfin sa voix et dit : « Gurney, lâchez-moi. » Elle avait parlé sur un ton normal, sans essayer de jouer sur les faiblesses de l'homme. Pourtant, la main de Gurney retomba. Elle s'avança vers Paul et s'arrêta tout près de lui, mais ne fit aucun geste pour le toucher.

« Paul, dit-elle, il y a d'autres moments d'éveil dans l'univers. Je comprends soudain à quel point je t'ai manipulé, transformé pour te faire suivre la voie que j'avais choisie... que je devais choisir, si cela peut être une excuse, par mon éducation. (Elle se tut une seconde, la gorge nouée puis reprit, en regardant son fils droit dans les yeux :) Paul... je veux que tu fasses quelque chose pour moi : choisis la voie du bonheur. Ta femme du désert, épouse-la si tel est ton désir. Pour cela, défie n'importe qui, n'importe quoi. Mais choisis ta propre voie. Je... »

Elle se tut en entendant la voix qui murmurait derrière elle.

Gurney !

Elle suivit le regard de Paul, se retourna.

Gurney n'avait pas bougé, mais il avait remis son couteau dans son étui, et ouvert sa robe pour révéler sa poitrine revêtue du distille gris des contrebandiers.

« Plongez votre couteau là, dans ma poitrine, dit-il. Tuez-moi, je vous dis, et que tout soit terminé ainsi. J'ai trahi mon nom ! J'ai trahi mon Duc ! Le meilleur... »

« Silence ! » lança Paul.

Gurney se tut et le regarda.

« Ferme cette robe et cesse de te comporter comme un fou. C'est assez de folie pour aujourd'hui. »

« Tuez-moi, vous dis-je ! »

« Tu ne me connais pas. Pour quel idiot me prends-tu ? Faut-il donc qu'il en soit ainsi avec chacun des hommes dont j'ai besoin ? »

Gurney se tourna alors vers Jessica et sa voix prit un ton lointain, une note suppliante qui ne lui ressemblaient guère.

« Alors, vous, Ma Dame... Tuez-moi, je vous en prie. »

Jessica alla jusqu'à lui, mit les mains sur ses épaules et dit : « Gurney, pourquoi voulez-vous que les Atréides tuent ceux qu'ils aiment ? » Et, lentement, elle referma la robe de Gurney.

« Mais... je... »

« Vous pensiez agir pour Leto, dit-elle, et pour ceci je vous honore. »

« Ma Dame », dit Gurney. Et il baissa la tête et ferma les paupières pour retenir ses larmes.

« Considérons ceci comme un malentendu entre de vieux amis, dit encore Jessica. (Et Paul perçut les notes apaisantes de sa voix.) C'est fini et nous pouvons nous réjouir de savoir que jamais plus nous ne connaîtrons un tel malentendu entre nous. »

Gurney ouvrit les yeux et la regarda.

« Le Gurney Halleck que je connaissais était habile tant à la lame qu'à la balisette. C'est l'homme de la balisette que j'admirais le plus. Ce Gurney Halleck-là se souvient-il combien j'aimais l'entendre quand il jouait pour moi ? Avez-vous encore une balisette, Gurney ? »

« J'en ai une nouvelle, dit Gurney. Elle vient de Chusuk. Elle joue comme une véritable Varota, bien qu'elle ne soit pas signée. Je pense qu'elle a été fabriquée par un élève de Varota qui... (Il s'interrompit.) Mais que puis-je vous dire, Ma Dame ? Nous voilà en train de bavarder de... »

« Nous ne bavardons pas, Gurney, dit Paul. (Il vint auprès de sa mère.) Nous ne bavardons pas, nous parlons d'une chose qui ramène la joie entre les amis. J'aimerais que tu joues pour elle maintenant. Les plans de bataille peuvent attendre un instant. De toute façon, nous n'irons pas au combat avant demain. »

« Je... je vais chercher ma balisette, dit Gurney. Elle est dans le couloir. » Il franchit les tentures.

Paul posa une main sur le bras de sa mère et sentit qu'elle tremblait.

« C'est fini, Mère », dit-il.

Sans tourner la tête, elle lui jeta un regard oblique.

« Fini ? »

« Bien sûr, Gurney a... »

« Gurney ? Ah... oui. » Elle baissa les yeux.

Dans le bruissement des tentures, Gurney réapparut avec sa balisette. Il entreprit de l'accorder, tout en évitant leurs regards. Les tapis, les draperies et les tentures absorbaient l'écho et la balisette, dans cette chambre, produisait des sons intimes.

Paul conduisit sa mère jusqu'à un coussin. Il était soudain frappé par l'âge qu'il lisait sur son visage où le désert avait laissé déjà ses premières rides, ses premières traces aux coins des yeux emplis de bleu.

Elle est fatiguée, se dit-il. *Il faut que nous trouvions un moyen de supprimer une partie de ses charges.*

Gurney joua un accord.

Paul le regarda et dit : « Certaines… choses requièrent mon attention. Attends-moi ici. »

Gurney acquiesça. Son esprit était lointain, peut-être sur Caladan, sous les cieux ouverts où roulaient des nuages annonciateurs de pluie.

Paul s'éloigna à regret. Tandis qu'il avançait dans le couloir, il entendit un nouvel accord de balisette et s'arrêta une seconde pour prêter l'oreille à la musique étouffée.

Des vignes et des vergers,
Des filles rondes et jolies,
Et un verre plein dans ma main.
Pourquoi songer aux batailles,
Au tonnerre sur les montagnes ?
Pourquoi ces larmes dans mes yeux ?

Les cieux grands ouverts
M'offrent tous leurs trésors,
Tout près de ma main tendue…
Pourquoi redouter l'embuscade.
Et le poison caché ?
Pourquoi me pèsent les années ?

Des bras amoureux m'appellent
Nus, vers leurs caprices
Et l'Éden me promet ses délices…
Pourquoi me rappeler les blessures
Et les fautes anciennes ?
Pourquoi cette peur dans mon sommeil ?

Devant Paul, à l'angle du couloir, un messager fedaykin apparut. L'homme avait rejeté son capuchon en arrière et les attaches de son distille pendaient autour de son cou, révélant qu'il arrivait du désert.

Paul lui fit signe de s'arrêter et s'avança vers lui.

L'homme s'inclina, les mains jointes, ainsi qu'il devait saluer la Révérende Mère ou la Sayyadina lors des rites.

« Muad'Dib, dit-il, les chefs commencent à arriver pour le Conseil. »

« Déjà ? »

« Ce sont ceux que Stilgar a convoqués en premier lorsque l'on croyait que... » Il s'interrompit, haussa les épaules.

« Je vois », dit Paul.

Il se retourna vers la chambre d'où filtraient les accords de balisette de cet air ancien que sa mère aimait entre tous, avec son mélange de paroles joyeuses et tristes.

« Stilgar arrivera bientôt avec les autres, dit-il. Tu les guideras jusqu'à ma mère. »

« J'attendrai ici, Muad'Dib », dit le messager.

« Oui... oui, c'est cela. »

Et Paul se mit en marche vers les profondeurs de la grotte, vers ce lieu qui se trouvait dans toutes les grottes, ce lieu proche du bassin d'eau où il y aurait un petit shai-hulud. La créature, qui ne mesurait pas plus de neuf mètres de long, était prise au piège des conduits d'eau qui l'entouraient de toutes parts. Le faiseur, après avoir émergé du vecteur du petit faiseur, évitait l'eau comme un poison. Le faiseur noyé constituait le plus grand des secrets fremen car l'union de l'eau et du faiseur produisait L'Eau de Vie, ce poison que seule une Révérende Mère pouvait transformer.

Paul avait pris sa décision dans l'instant où sa mère affrontait le danger. Aucune des lignes d'avenir qu'il avait entrevues ne comportait ce moment de péril associé avec Gurney Halleck. L'avenir, cet avenir lourd de nuages, où l'univers se précipitait vers le nexus bouillonnant, était comme un monde fantomatique, tout autour de lui.

Je dois le voir, se dit-il.

Lentement, son organisme avait acquis une tolérance à l'épice qui avait eu pour effet de rendre ses visions prescientes de plus en plus rares… de plus en plus floues. Et une solution évidente s'imposait.

Je vais noyer le faiseur. Ainsi, nous verrons bien si je suis le Kwisatz Haderach qui peut survivre à l'épreuve des Révérendes Mères.

Et l'on dit dans la troisième année de la Guerre du Désert que Paul-Muad'Dib gisait seul dans la Grotte des Oiseaux, derrière les tentures de kiswa d'une chambre. Il gisait immobile comme un mort, pris par la révélation de l'Eau de Vie. Son être était transporté au-delà des frontières du temps par le poison qui donne la vie. Ainsi se réalisa la prophétie qui disait que le Lisan al-Gaib serait à la fois vivant et mort.

Légendes d'Arrakis,
par la Princesse Irulan.

DANS LA PÉNOMBRE QUI PRÉCÉDAIT L'AUBE, CHANI QUITTA le Bassin de Habbanya, prêtant l'oreille au murmure de l'orni qui l'avait amenée du sud et gagnait maintenant quelque repaire dans le désert. Autour d'elle, les gens de son escorte gardaient leurs distances, selon la requête de la compagne de Muad'Dib, mère de son premier-né, qui voulait marcher seule, pendant un moment. Dispersés dans les rochers, ils guettaient le danger possible.

Pourquoi m'a-t-il rappelée ? se demandait Chani. *Il m'avait ordonné de demeurer dans le sud avec le petit Leto et Alia.*

Elle drapa sa robe autour d'elle, sauta d'un bond par-dessus un rocher et se mit à gravir le sentier que seule une créature du désert pouvait distinguer dans l'ombre. Des cailloux roulaient sous ses pas, qu'elle évitait avec une agilité insouciante.

De monter ainsi entre les rochers la soulageait des craintes nées du silence de son escorte et du fait que l'on eût envoyé un des précieux ornis la chercher. Elle ressentait maintenant cette excitation qu'elle connaissait si bien à la pensée de retrouver bientôt son Usul. Pour tout le désert, il était devenu un cri de bataille : « *Muad'Dib ! Muad'Dib !* » Mais, pour elle, c'était un homme différent, au nom différent, un tendre amoureux, le père de son enfant.

Une haute silhouette se dressa devant elle et lui fit signe de se hâter. Dans le ciel, déjà les oiseaux de l'aube s'élevaient et s'appelaient. Une fine trace de lumière se dessinait sur l'horizon de l'est.

La silhouette était celle d'un des hommes de son escorte. *Otheym ?* se dit-elle, reconnaissant certains gestes familiers. Elle s'approcha et reconnut effectivement les traits plats du lieutenant des Fedaykin. Son capuchon était ouvert et son filtre de bouche hâtivement fixé, ainsi que cela se faisait pour de très courtes sorties dans le désert.

« Vite, souffla-t-il en la précédant vers la crevasse secrète. Il fera jour bientôt. Les Harkonnen ont lancé des patrouilles en grand nombre sur la région. Nous ne pouvons risquer d'être découverts maintenant. » Il descella une porte et ils surgirent dans un étroit couloir qui accédait à la Grotte des Oiseaux. Des brilleurs s'illuminèrent. Otheym se remit en marche d'un pas rapide. « Suivez-moi. Vite. »

Ils s'avancèrent au long du couloir, franchirent une seconde porte à valve, empruntèrent un autre couloir, encore, puis passèrent entre des tentures qui avaient délimité l'alcôve de la Sayyadina au temps où la grotte n'avait été qu'une étape de repos, pour le jour. À présent, des tapis et des coussins couvraient le sol. Sur les parois apparaissaient des tapisseries à l'emblème du faucon rouge. Un bureau était encombré de papiers qui dégageaient une senteur d'épice qui révélait leur origine.

La Révérende Mère était assise là, seule, face à l'entrée.

Elle leva la tête avec cette expression absente qui faisait trembler les non-initiés.

Otheym joignit les mains et déclara : « J'ai amené Chani. » Puis il s'inclina et disparut derrière les tentures.

Comment le dire à Chani ? pensa Jessica.

« Comment va mon petit-fils ? » demanda-t-elle.

L'accueil rituel, se dit Chani. Et toutes ses craintes revinrent alors. *Où est Muad'Dib ? Pourquoi n'est-il pas ici ?*

« Il se porte bien, il est heureux, ma mère, dit-elle. Je l'ai laissé avec Alia aux soins d'Harah. »

Ma mère, pensa Jessica. *Oui, elle a le droit de m'appeler ainsi pour l'accueil rituel. Elle m'a donné un petit-fils.*

« On m'a dit que le sietch Coanua avait offert du tissu », dit Jessica.

« Il est très beau. »

« Alia a-t-elle un message ? »

« Aucun. Mais le sietch est plus calme, maintenant que le peuple accepte le miracle de son état. »

Pourquoi gagne-t-elle ainsi du temps ? se demandait Chani. *Il y avait quelque chose de si urgent qu'ils ont envoyé un orni. Et maintenant, nous voilà plongées dans les politesses !*

« Il faut que l'on coupe des vêtements pour le petit Leto dans ce tissu », dit Jessica.

« Comme vous le désirez, ma mère. (Chani baissa les yeux.) A-t-on des nouvelles des batailles ? » Elle ne relevait pas la tête, de peur de se trahir, de révéler à Jessica qu'elle n'avait posé cette question que pour Paul-Muad'Dib.

« De nouvelles victoires, dit Jessica. Rabban a fait quelques ouvertures prudentes en vue d'une trêve. Ses messagers lui ont été retournés sans leur eau. Il a même été jusqu'à alléger les charges des gens dans certains villages des creux. Mais il est trop tard. Le peuple sait déjà qu'il n'agit ainsi que par crainte de nous. »

« Il en est donc ainsi que l'a dit Muad'Dib », dit Chani. Elle gardait les yeux fixés sur Jessica, essayant de garder ses craintes en elle-même. *J'ai prononcé son nom, mais elle n'a pas répondu. Nul ne saurait lire une émotion dans cette pierre lisse qu'elle appelle son visage... mais elle est vraiment trop figée. Pourquoi garde-t-elle le silence ? Qu'est-il arrivé à Usul ?*

« J'aimerais que nous soyons dans le sud, dit Jessica. Les oasis étaient si belles lorsque nous sommes partis. N'es-tu pas impatiente de voir revenir cette saison où toute la terre est en fleurs ? »

« La terre est belle, alors, c'est vrai, dit Chani. Mais elle est aussi pleine de tristesse. »

« La tristesse est le prix de la victoire. »

Me prépare-t-elle à la tristesse ? se demanda Chani.

« Il y a tant de femmes sans homme, dit-elle. Lorsque j'ai été appelée dans le nord, cela a créé des jalousies. »

« C'est moi qui t'ai appelée », dit Jessica.

Chani sentit que son cœur se mettait à battre plus vite, plus lourdement. Elle lutta contre le désir soudain de mettre ses mains sur ses oreilles pour ne pas entendre ce que Jessica allait dire. Pourtant, elle parvint à dire d'une voix calme : « Le message était signé Muad'Dib. »

« Je l'ai signé en présence de ses lieutenants. Ce subterfuge était nécessaire. » Et Jessica songea : *Cette femme est brave. Elle se raccroche aux bonnes façons alors même que la peur la submerge. Oui. Elle pourrait être celle qu'il nous faut en ce moment.*

Il y eut une note infime de résignation dans la voix de Chani quand elle parla de nouveau : « Maintenant, vous pouvez me dire ce qui doit être dit. »

« Ta présence m'était nécessaire pour m'aider à rappeler Paul à la vie », dit Jessica. Et elle pensa : *Ça y est ! Je l'ai dit exactement comme il fallait le dire.* Rappeler à la vie. *Elle sait ainsi que Paul n'est pas réellement mort mais, en même temps, que le péril est grand.*

Il ne fallut qu'un instant à Chani pour retrouver son calme. « Que dois-je donc faire ? » Dans l'instant où elle prononçait ces mots, elle avait envie de sauter sur Jessica, de la secouer et de hurler : « *Conduisez-moi auprès de lui !* » Mais, en silence, elle attendit la réponse.

« Je crains que les Harkonnen n'aient réussi à infiltrer un agent parmi nous afin d'empoisonner Paul, dit Jessica. C'est du moins la seule explication qui me paraisse possible. Le poison doit être très rare et inhabituel. J'ai examiné son sang avec les plus subtiles méthodes sans en détecter la trace. »

Chani se laissa aller à genoux. « Du poison ? Souffre-t-il ? Pourrais-je ?... »

« Il est inconscient. Les processus vitaux sont ralentis à tel point qu'on ne peut les déceler qu'avec les techniques les plus raffinées. Je frémis en songeant à ce qu'il en aurait été si je ne l'avais pas découvert moi-même. Pour un œil non averti, il semblait mort. »

« Vous ne m'avez pas convoquée seulement par bonté, dit Chani. Je vous connais, Révérende Mère. Que pensez-vous que je puisse faire, moi, qui vous soit impossible à vous ? »

Elle est brave, belle et… Oh, oui, si perspicace, se dit Jessica. *Elle aurait fait une excellente Bene Gesserit.*

« Chani, dit-elle, cela te paraîtra peut-être difficile à croire, mais j'ignore exactement pour quelle raison je t'ai fait appeler. C'était un instinct… une intuition. La pensée m'est venue comme cela, très nette : *Appelle Chani.* »

Pour la première fois, Chani lut alors la tristesse dans le regard de Jessica, la douleur tout au fond de ces yeux si calmes, tournés vers l'intérieur.

« J'ai fait tout ce que je pouvais faire, tout ce que je savais faire… Et ce *tout* dépasse de loin ce que tu peux imaginer… Pourtant, j'ai échoué. »

« Halleck, le vieux compagnon, demanda Chani. Pourrait-il être un traître ? »

« Non, pas Gurney. »

Ces trois mots étaient comme une longue conversation et Chani y perçut comme l'écho de multiples quêtes, de longues épreuves, d'échecs anciens.

Elle se releva, lissa les plis de sa robe tachée par le désert et dit : « Conduisez-moi auprès de lui. »

Jessica se leva à son tour et écarta les tentures de la paroi gauche.

Chani la suivit et se retrouva dans ce qui avait dû être une resserre. Les murs de rocher étaient maintenant dissimulés par d'épaisses tapisseries. Paul était étendu sur un lit de fortune. Un unique brilleur éclairait son visage. Une robe noire le couvrait jusqu'à la poitrine. Ses bras nus étaient immobiles le long de son corps. Sous la robe, il devait être nu. Sa peau avait un aspect cireux.

Chani réprima le brusque désir de courir jusqu'à lui, de se jeter sur son corps. Ses pensées se portèrent sur son fils, Leto. Et elle comprit en cet instant que Jessica avait déjà connu une telle épreuve. Tandis que la vie de son compagnon était menacée, elle s'était obligée à ne penser qu'à la survie de son enfant. Chani, alors, tendit la main, prit celle de Jessica, et l'étreinte fut presque douloureuse dans sa violence.

« Il vit, dit Jessica. Je t'assure qu'il vit. Mais le fil de cette vie est si ténu qu'on peut ne pas le voir. Certains des chefs commencent déjà à murmurer que c'est la mère qui parle et non la Révérende Mère, que mon fils est vraiment mort et que je me refuse à donner son eau à la tribu. »

« Depuis combien de temps est-il ainsi ? » demanda Chani. Elle retira sa main de celle de Jessica et s'avança dans la pièce.

« Depuis trois semaines. J'ai passé déjà près d'une semaine à tenter de l'éveiller. J'ai cherché, réfléchi, discuté, affronté des arguments… Puis je t'ai appelée. Les Fedaykin m'obéissent, sans quoi je n'aurais pu retarder le… » Elle humecta ses lèvres et se tut tandis que Chani s'approchait du lit.

Elle s'arrêta auprès de Paul et contempla son visage, la trace de barbe naissante, les hauts sourcils, le nez acéré, les paupières closes. Ses traits étaient paisibles.

« Comment se nourrit-il ? » demanda Chani.

« Les besoins de sa chair sont si réduits qu'il n'a encore rien pris », dit Jessica.

« Combien savent ce qui est arrivé ? »

« Seuls ses conseillers les plus proches sont au courant, ainsi que quelques chefs, les Fedaykin et, bien sûr, celui qui lui a administré le poison. »

« Il n'y a aucun indice quant à son identité ? »

« Non, et ce n'est pas faute d'avoir cherché »

« Que disent les Fedaykin ? »

« Ils croient que Paul est en transe sacrée, qu'il rassemble ses saintes forces avant les ultimes combats. C'est là une croyance que j'ai entretenue. »

Chani s'agenouilla à côté de la couche et se pencha sur le visage de Paul. Elle décela immédiatement le parfum de l'épice, un parfum qui baignait en permanence la vie des Fremen. Pourtant…

« Vous n'êtes pas nés avec l'épice comme nous, dit-elle. Avez-vous pensé que son corps pouvait s'être rebellé contre une dose trop importante d'épice ? »

« Toutes les réactions allergiques sont négatives », dit Jessica.

Elle ferma les paupières, autant pour ne plus voir cette scène pendant un instant que parce qu'elle ressentait soudain sa fatigue. *Depuis combien de temps n'ai-je pas dormi ?* se demanda-t-elle.

« Lorsque vous changez l'Eau de Vie, dit Chani, vous le faites en vous-même, par votre perception intérieure. Avez-vous utilisé cette perception pour examiner son sang ? »

« C'est un sang fremen normal. Totalement adapté à cette existence et à cette nourriture qui sont les nôtres. »

Chani s'assit sur ses talons. Tandis qu'elle examinait Paul, ses pensées repoussaient sa peur. C'était là une technique qu'elle avait apprise en observant les Révérendes Mères. Le temps pouvait servir l'esprit. Toute l'attention pouvait être concentrée en une seule pensée.

« Y a-t-il un faiseur ici ? » demanda-t-elle soudain.

« Il y en a plusieurs. Nous n'en manquons jamais, en ce moment. Chaque victoire doit être bénie. Chaque cérémonie qui précède un raid... »

« Mais Paul-Muad'Dib s'est tenu à l'écart de ces cérémonies », dit Chani.

Jessica hocha la tête. Elle se souvenait des sentiments ambivalents de son fils à l'égard de la drogue d'épice et de la prescience qu'elle suscitait.

« Comment sais-tu cela ? » demanda-t-elle.

« On le dit. »

« On dit trop de choses. » La voix de Jessica était sèche.

« Donnez-moi l'Eau brute du faiseur. »

Jessica se raidit en percevant le ton impératif de Chani. Puis elle remarqua la concentration intense de la jeune femme et dit : « Tout de suite. » Et elle écarta les tentures pour appeler un porteur d'eau.

Chani ne quittait pas des yeux le visage de Paul. *S'il a essayé de faire cela...* se dit-elle. *Et c'est bien le genre de chose qu'il pourrait essayer...*

Jessica revint et s'agenouilla auprès d'elle avec un broc qui répandait l'âcre senteur du poison. Chani plongea un doigt dans le liquide et, le retirant, le mit tout près du nez de Paul.

La peau frémit et, lentement, les narines se dilatèrent.

Jessica eut un cri étouffé.

Chani toucha alors de son doigt humide la lèvre supérieure de Paul.

Il inspira longuement, péniblement.

« Qu'est-ce donc ? » demanda Jessica.

« Du calme, dit Chani. Il faut que vous convertissiez un peu de l'eau sacrée. Vite ! »

Sans poser de question, Jessica prit le broc et but une petite gorgée de liquide.

Les yeux de Paul s'ouvrirent. Il regarda Chani.

« Il n'est pas nécessaire qu'elle change l'Eau », dit-il. Sa voix était faible, mais calme.

Jessica, dans le même temps qu'elle sentait la gorgée de liquide sur sa langue, percevait la réaction de son organisme qui, presque automatiquement, convertissait le poison. Avec la sensibilité accrue que suscitait la cérémonie, elle sentit le flux vital qui émanait de Paul.

En cet instant, elle sut.

« Tu as bu l'eau sacrée ! » s'exclama-t-elle.

« Une goutte, dit Paul. Si peu... Rien qu'une goutte. »

« Comment as-tu pu commettre une telle folie ? »

« C'est votre fils », dit Chani.

Jessica la regarda, les yeux flamboyants.

Un sourire plein de tendresse, de compréhension apparut sur les lèvres de Paul. « Écoutez ma bien-aimée, dit-il. Écoutez-la, Mère, elle sait. »

« Ce que les autres peuvent faire, dit Chani, il doit le faire. »

« Quand cette goutte a été dans ma bouche, dit Paul, quand je l'ai goûtée et sentie et que j'ai su ce qu'elle faisait en moi, alors j'ai compris que je pouvais faire ce que vous aviez fait, Mère. Vos rectrices Bene Gesserit parlent du Kwisatz Haderach mais elles sont loin de deviner en combien de lieux j'ai été. Dans les quelques minutes qui... (Il s'interrompit et regarda Chani avec un froncement de sourcils perplexe.) Chani ? Comment se fait-il que tu sois ici ? Tu devrais... Pourquoi es-tu ici ? »

Il essaya de se redresser, mais elle le repoussa doucement.

« Je t'en prie, mon Usul », dit-elle.

« Je me sens faible. (Son regard courut par toute la pièce.) Depuis combien de temps suis-je ici ? »

« Tu es resté durant trois semaines dans un coma si profond que l'étincelle de la vie semblait t'avoir quitté », dit Jessica.

« Mais c'était... il ne m'a fallu qu'un moment et... »

« Un moment pour toi, trois semaines de peur pour moi », dit Jessica.

« Ce n'était qu'une goutte, mais je l'ai convertie. J'ai changé l'Eau de Vie. » Et, avant que Chani ou Jessica aient pu l'en empêcher, il plongea une main dans le broc, la ramena à sa bouche et but les quelques gouttes de liquide qui étaient dans sa paume.

« Paul ! » cria Jessica.

Il agrippa sa main, tourna vers elle un visage que déformait un rictus mortel, et lança toute sa perception.

Le rapport ne fut pas aussi tendre, aussi complet, aussi absolu qu'il avait été avec Alia et la vieille Révérende Mère dans la caverne... mais c'était tout de même une union, un partage de l'être tout entier. Jessica se sentit secouée, affaiblie et elle se replia dans son esprit, emplie de crainte devant son fils.

À haute voix, il dit : « Vous parlez d'un lieu où vous ne pouvez pénétrer ? Ce lieu que la Révérende Mère ne peut contempler, montrez-le-moi. »

Elle secoua la tête, terrifiée.

« Montrez-le-moi ! » répéta-t-il.

« Non ! »

Mais elle ne pouvait lui échapper. Subjuguée, elle ferma les yeux et plongea en elle, dans la direction-qui-est-ténèbres.

La conscience de Paul l'enveloppa, la pénétra. Elle entrevit vaguement le lieu avant que son esprit ne se replie, vaincu par la terreur. Sans qu'elle sût pourquoi, tout son corps tremblait de cette vision, de ce qu'elle n'avait fait qu'entrevoir... une région où soufflait le vent, où brillaient des étincelles, où des anneaux de lumière se dilataient puis se contractaient, où des cercles de formes blanches et tumescentes se répandaient autour des lueurs, poussés par les ténèbres et par le vent qui venait de nulle part.

Elle ouvrit les yeux et rencontra le regard de Paul. Il lui tenait toujours la main mais la terrible union avait pris fin. Elle entreprit de réprimer le tremblement qui l'agitait encore. Paul lui lâcha la main. Ce fut comme si un lien était rompu. Jessica vacilla et elle serait tombée si Chani n'avait bondi à cet instant pour la soutenir.

« Révérende Mère ! Que se passe-t-il ? »

« Fatiguée, murmura Jessica. Si… fatiguée. »

« Par ici, dit Chani. Asseyez-vous. » Elle la guida jusqu'à un coussin, près du mur.

Jessica éprouva du réconfort au contact de ces jeunes bras vigoureux. Elle se cramponna à Chani.

« A-t-il, en vérité, bu l'Eau de la Vie ? » demanda Chani en se dégageant.

« Il l'a bue », souffla Jessica. Son esprit continuait de rouler. C'était comme si elle venait de regagner la terre ferme après un long voyage sur une mer houleuse. Elle sentit la vieille Révérende Mère tout au fond d'elle… la vieille Révérende Mère et toutes les autres. Elles étaient éveillées et elles demandaient : *Qu'était-ce que cela ? Où était donc ce lieu ?*

Mais une pensée dominait : son fils était le Kwisatz Haderach, celui qui pouvait être en plusieurs lieux à la fois. Celui qui était né du rêve bene gesserit. Et cette pensée n'apportait nulle paix en Jessica.

« Que s'est-il passé ? » demanda Chani.

Jessica secoua la tête.

« Il y a en chacun de nous, dit Paul, une force ancienne qui prend et une force ancienne qui donne. Il n'est pas très difficile pour un homme de voir en lui ce lieu où règne la force qui prend, mais il lui est presque impossible de contempler la force qui donne sans se transformer en autre chose qu'un homme. Pour une femme, la situation est exactement inverse. »

Jessica leva la tête et vit que Chani la regardait, elle, tout en écoutant Paul.

« Me comprenez-vous, Mère ? » demanda Paul.

Elle ne put que hocher la tête.

« Ces choses qui sont en nous sont si anciennes, dit Paul, qu'elles sont réparties dans chaque cellule de notre corps. Ce sont elles qui nous façonnent. Il est toujours possible de se dire : *Oui, je vois ce que peut être cette chose.* Mais lorsque l'on regarde en soi-même et que l'on se trouve confronté à la force brute de sa propre vie, on comprend le péril. On comprend que cela peut vous submerger. Pour le Donneur, le plus grand péril est la force qui prend. Pour le Preneur, c'est la force qui donne. Il est aussi facile d'être emporté par l'une que par l'autre. »

« Et toi, mon fils, dit Jessica, es-tu celui qui donne ou celui qui prend ? »

« Je suis le pivot. Je ne peux donner sans prendre et je ne peux prendre sans... » Il se tut et regarda le mur, à sa droite.

Chani sentit un courant d'air sur sa joue et se retourna pour voir se refermer les tentures.

« C'était Otheym, dit Paul. Il écoutait. »

Chani accepta ces paroles et un peu de la prescience qui emplissait Paul passa en elle. Elle eut la connaissance de ce qui allait être comme si c'était un événement du passé. Otheym rapporterait ce qu'il avait vu et entendu. D'autres propageraient l'histoire jusqu'à ce que ce soit comme un feu sur la terre. Tous diraient que Paul-Muad'Dib ne ressemblait à aucun autre homme. Il n'y aurait plus de doute. Paul-Muad'Dib était certes un homme mais il pouvait voir dans l'Eau de la Vie comme une Révérende Mère. Il était le Lisan al-Gaib.

« Tu as vu l'avenir, Paul, dit Jessica. Nous diras-tu ce que tu as vu ? »

« Non pas l'avenir, dit Paul. Mais le Maintenant. (Il s'assit péniblement et repoussa la main de Chani qui voulait l'aider.) L'espace, au-dessus d'Arrakis, est tout empli de vaisseaux de la Guilde. »

Jessica perçut la certitude dans sa voix et trembla.

« L'Empereur Padishah lui-même est présent, reprit Paul. (Il leva les yeux vers le plafond de la pièce.) Il est là, avec sa Diseuse de Vérité favorite et cinq légions de Sardaukars. Le vieux Baron Vladimir Harkonnen est là, également, avec Thufir Hawat à ses côtés et sept vaisseaux emplis de tous les conscrits qu'il a pu trouver. Chacune des Grandes Maisons a envoyé ses troupes... Ils sont là, tous, au-dessus de nous. Ils attendent... »

Chani secoua la tête. Elle ne pouvait détacher ses yeux de Paul. Elle était fascinée et bouleversée par le ton monotone de sa voix, par l'étrangeté qui se dégageait de lui, par la façon dont il la regardait, comme s'il voyait à travers elle.

La gorge sèche, Jessica demanda : « Qu'attendent-ils ? »

« La permission de la Guilde d'atterrir. La Guilde abandonnerait sur Arrakis toute force qui se poserait sans son autorisation. »

« La Guilde nous protège ? » demanda Jessica.

« Nous protéger ! s'exclama Paul. C'est la Guilde elle-même qui a créé cette situation en rapportant ce que nous faisons sur ce monde et en abaissant le prix du transport à un point tel que les plus pauvres des Maisons sont là, également, à attendre avec les autres, prêtes à nous piller. »

Jessica perçut la dureté, la sécheresse et l'amertume de ses paroles et elle en fut perplexe. Elle ne pouvait en douter, pourtant. Il avait parlé avec la même intensité que la nuit où il lui avait rapporté ses premières visions de l'avenir qui devait les amener parmi les Fremen.

Paul prit une profonde inspiration et dit : « Mère, il faut que vous changiez une partie de l'Eau pour nous. Nous aurons besoin du catalyseur. Chani, envoie des hommes en éclaireurs… qu'ils trouvent une masse d'épice en gestation. Si nous versons de l'Eau de Vie à proximité, savez-vous ce qui se produira ? »

Jessica, un instant, soupesa ces mots. Puis elle comprit leur sens. « Paul ! » s'exclama-t-elle.

« L'Eau de Mort, dit-il. Ce serait une réaction en chaîne. (Il tendit la main vers le sol.) La mort se répandrait parmi les petits faiseurs, supprimant un vecteur du cycle de vie dont font partie l'épice et les faiseurs. Arrakis, sans eux, deviendrait un monde de désolation. »

Chani porta la main à sa bouche, bouleversée par le blasphème.

« Celui qui peut détruire une chose la contrôle, dit Paul. Nous pouvons détruire l'épice. »

« Qu'est-ce donc qui retient la main de la Guilde, alors ? » demanda Jessica.

« Ils me cherchent, dit Paul. Songez seulement à cela ! Les meilleurs navigateurs de la Guilde, des hommes qui peuvent plonger dans le temps pour choisir la trajectoire la plus sûre pour les plus rapides des long-courriers… tous ces hommes me cherchent… et ils sont incapables de me trouver. Ils tremblent ! Ils savent que je détiens leur secret ! (Il leva la main.) Sans l'épice, ils sont aveugles ! »

Chani retrouva sa voix. « Tu as dit que tu voyais le *Maintenant !* »

Paul s'étendit à nouveau, cherchant le *présent* dispersé dont les limites touchaient l'avenir comme le passé, luttant pour conserver sa perception comme s'atténuait l'effet de l'épice.

« Va et fais ce que je t'ai ordonné, dit-il. L'avenir devient aussi flou pour moi qu'il l'est pour la Guilde. Les lignes de vision se fondent. Tout est concentré sur l'épice… ils n'osaient pas intervenir ici auparavant… parce qu'ils risquaient de perdre ce qu'ils avaient. Mais maintenant, ils sont acculés… Tous les chemins aboutissent aux ténèbres. »

Et l'aube apparut où Arrakis se retrouva au centre de l'univers, dans le moyeu de la roue qui allait se mettre à tourner.

Extrait de L'Éveil d'Arrakis,
par la Princesse Irulan.

« REGARDE ÇA ! » SOUFFLA STILGAR.

Paul se tenait à ses côtés dans la fente qui s'ouvrait haut dans la paroi rocheuse du Bouclier, l'œil rivé à l'oculaire d'un télescope fremen. Les objectifs à huile étaient braqués sur le vaisseau interstellaire qui apparaissait sous les premiers rayons de l'aube, dans le bassin, loin en dessous. Déjà, une moitié de la coque brillait dans la lumière alors que l'autre demeurait plongée dans l'ombre, révélant les rangées de hublots qui laissaient filtrer la clarté jaune des brilleurs du bord.

Au-delà du vaisseau, la cité d'Arrakeen était figée, froide et brillante.

Ce n'était pas tant le vaisseau qui excitait Stilgar que la construction qui s'élevait à proximité. Un vaste camp métallique, une seule et immense tente faite de feuilles de métal, haute de plusieurs étages, et qui s'étendait en un cercle dont le vaisseau occupait le centre et qui devait mesurer près de mille mètres de rayon. C'était là que résidaient temporairement Sa Majesté Impériale, l'Empereur Padishah Shaddam IV et ses cinq légions de Sardaukars.

Accroupi à côté de Paul, Gurney Halleck remarqua : « Je compte en tout neuf niveaux. Cela doit faire un certain nombre de Sardaukars. »

« Cinq légions », dit Paul.

« Il va faire jour, murmura Stilgar. Nous n'aimons pas que tu t'exposes ainsi, Muad'Dib. Retournons aux rochers, maintenant. »

« Je suis tout à fait en sécurité ici », dit Paul.

« Ce vaisseau est équipé d'armes à projectiles », dit Gurney.

« Ils croient que nous sommes protégés par des boucliers, observa Paul. Même s'ils nous apercevaient, ils ne gâcheraient pas leurs munitions sur un trio non identifié. »

Paul braqua le télescope sur la paroi opposée du bassin, sur les taches sombres qui, au flanc de la falaise, marquaient les tombes de tant d'hommes de son père. Et les ombres de ces hommes, en ce moment, regardaient peut-être. Les cités et les citadelles harkonnens étaient toutes tombées aux mains des Fremen ou bien, isolées, elles dépérissaient comme des branches sectionnées. Seuls ce bassin, cette cité appartenaient encore à l'ennemi.

« Ils pourraient tenter une sortie en ornis, s'ils nous voyaient », dit Stilgar.

« Qu'ils viennent, dit Paul. Nous avons des ornis à griller, aujourd'hui… et nous savons qu'une tempête approche. »

À nouveau, il fit pivoter le télescope et observa le terrain de débarquement d'Arrakeen où s'alignaient les frégates de Harkonnen sous une bannière de la Compagnie CHOM qui flottait dans le vent léger. Il fallait que la Guilde fût désespérée pour avoir ainsi autorisé ces deux groupes à débarquer tandis que les autres étaient maintenus en réserve. La Guilde se comportait comme un homme qui tâte le sable du pied pour vérifier sa température avant d'ériger une tente.

« Y a-t-il autre chose à voir ? demanda Gurney. Nous devrions nous mettre à couvert. La tempête arrive. »

Paul revint au campement géant. « Ils ont même amené leurs femmes, dit-il. Et leurs valets, leurs servantes… Ahh, mon cher Empereur, comme vous êtes confiant ! »

« Des hommes approchent par le passage secret, dit Stilgar. Ce doit être Otheym et Korba. »

« D'accord, Stil, fit Paul. Repartons. »

Mais il jeta un dernier coup d'œil dans le télescope sur la vaste plaine et les grands vaisseaux, la tente de métal scintillante, la cité silencieuse, les frégates des mercenaires. Puis il se laissa glisser le long du rocher. Un garde fedaykin le remplaça devant le télescope.

Il émergea dans un creux ménagé dans la falaise du Bouclier, un repaire naturel d'environ trente mètres de diamètre, profond de trois, que les Fremen avaient dissimulé sous un camouflage translucide. Le matériel radio était groupé autour d'un trou, sur la paroi de droite. Les Fedaykin s'étaient déployés dans l'attente de l'ordre d'attaque.

Deux hommes émergèrent du boyau qui s'ouvrait près de la radio et interpellèrent les gardes.

Paul regarda Stilgar et désigna les deux hommes. « Va prendre leur rapport, Stil. »

Stilgar obéit et s'avança vers les deux hommes.

Paul s'accroupit, le dos contre le rocher, détendant ses muscles, puis se redressa. Stilgar renvoyait les deux hommes par où ils étaient venus et Paul songea à la longue descente qui les attendait au long de l'étroit boyau creusé de main d'homme qui débouchait, là-bas, au fond du bassin.

Stilgar revenait vers lui.

« Était-ce si important qu'ils n'aient pu utiliser un cielago ? » demanda-t-il.

« Ils gardent les oiseaux pour la bataille, dit Stilgar. (Il regarda en direction du matériel de communication, puis revint à Paul.) Même avec un faisceau étroit, il ne faut pas utiliser ces choses, Muad'Dib. On pourrait nous détecter en remontant à l'émetteur. »

« Bientôt, dit Paul, ils seront trop occupés pour me retrouver. Que disent les hommes ? »

« Nos Sardaukars apprivoisés ont été relâchés près de la Vieille Faille et retournent vers leur maître. Les lance-fusées et les autres armes à projectiles sont en place. Nos hommes se sont déployés selon tes ordres. Simple routine. »

Le regard de Paul se promena sur les Fedaykin qui attendaient, dans la clarté filtrée par le camouflage. Le temps était comme un insecte cheminant sur un rocher.

« Il faudra un certain temps à nos Sardaukars pour arriver à proximité d'un transport de troupes, dit-il. On les surveille ? »

« On les surveille », dit Stilgar.

Gurney Halleck se racla la gorge avant de demander : « Est-ce que nous ne ferions pas bien de nous mettre à l'abri ? »

« Il n'y a pas d'abri, répliqua Paul. Les rapports sur le temps sont-ils toujours favorables ? »

« La tempête qui arrive est une arrière-grand-mère, dit Stilgar. Est-ce que tu ne le sens pas, Muad'Dib ? »

« L'air me le dit. Mais j'aime mieux m'en assurer en sondant le sable. »

« La tempête sera ici dans une heure », dit Stilgar.

Il désigna la faille qui ouvrait sur le bassin, le camp impérial et les frégates harkonnens.

« Eux aussi le savent, là-bas. Il n'y a pas un orni dans le ciel. Tout est recouvert et arrimé. Leurs petits amis leur ont annoncé le temps depuis l'espace. »

« Plus de sorties ? » demanda Paul.

« Plus depuis le débarquement, la nuit dernière. Ils savent que nous sommes là. Je crois qu'ils attendent maintenant de choisir leur moment. »

« C'est nous qui choisissons », dit Paul.

Gurney leva les yeux et grommela : « S'ils nous en laissent le temps. »

« Cette flotte restera dans l'espace », dit Paul.

Gurney secoua la tête.

« Ils n'ont pas le choix, insista Paul. Nous pouvons détruire l'épice. La Guilde ne courra pas ce risque. »

« Ce sont les gens désespérés qui sont les plus dangereux », dit Gurney.

« Ne le sommes-nous pas, nous ? » demanda Stilgar.

Gurney le regarda, fronçant les sourcils.

« Tu n'as pas vécu avec le rêve fremen, lui dit Paul. Stilgar pense à toute l'eau que nous avons dépensée pour la corruption, à toutes ces années d'attente dans l'espoir de voir naître Arrakis. Il n'est pas... »

« Baahh », fit Gurney.

« Pourquoi est-il si sombre ? » demanda Stilgar.

« Il l'est toujours avant la bataille, dit Paul. C'est la seule forme de bonne humeur qu'il s'autorise. »

Lentement, un sourire de loup apparut sur le visage de Gurney. Ses dents brillèrent au-dessus de la mentonnière de son distille. « Ce qui me rend sombre, c'est la pensée de tous ces pauvres Harkonnen que nous allons laisser sans sépulture convenable. »

Stilgar sourit. « Il parle comme un Fedaykin. »

« Gurney est né pour les commandos de la mort », dit Paul. Et il songea : *Oui, qu'ils occupent leur esprit en bavardant avant que vienne l'heure de se lancer à l'attaque de cette force rassemblée dans la plaine.*

Il regarda dans la direction de la faille, puis, comme ses yeux se posaient à nouveau sur Gurney, il vit que le guerrier troubadour fronçait toujours les sourcils.

« Le chagrin sape les forces, murmura-t-il. Tu m'as dit cela une fois, Gurney. »

« Mon Duc, je me préoccupe surtout des atomiques. Si vous les utilisez pour creuser une brèche dans le Bouclier… »

« Eux n'utiliseront pas les atomiques contre nous. Ils n'oseront pas… pour la même raison qui les empêche de courir le risque de voir l'épice détruite. »

« Mais l'injonction contre… »

« L'injonction ! lança Paul. C'est la peur, et non l'injonction, qui empêche les Grandes Maisons de s'attaquer à coups d'atomiques. Les termes de la Grande Convention sont assez clairs : "L'usage d'atomiques contre des êtres humains amènera l'oblitération planétaire." C'est le Bouclier que nous allons attaquer, et non des humains. »

« La différence est subtile », dit Gurney.

« Les coupeurs de cheveux en quatre qui sont là-bas seront heureux de la reconnaître, dit Paul. Ne parlons plus de cela. »

Il se détourna. Il aurait aimé se sentir vraiment aussi confiant. « Et les gens de la cité ? demanda-t-il. Sont-ils en position ? »

« Oui », murmura Stilgar.

Paul se tourna vers lui. « Qu'y a-t-il ? »

« Je n'ai jamais pensé que l'on pouvait se fier entièrement à un homme de la cité », dit Stilgar.

« J'en étais un moi-même. »

Stilgar se raidit. L'afflux de sang assombrit son visage. « Muad'Dib sait que je ne… »

« Je sais ce que tu voulais dire, Stil. Mais il ne s'agit pas de ce que tu penses d'un homme. Il s'agit de ce qu'il fait vraiment. Les gens de la cité sont de sang fremen. Seulement, ils n'ont pas su comment se débarrasser de leurs liens. Nous le leur apprendrons. »

Stilgar acquiesça et dit d'un ton grave : « La vie nous a habitués à penser ainsi, Muad'Dib. C'est sur la Plaine Funèbre que nous avons appris à mépriser les gens des communautés. »

Paul regarda Gurney et vit que celui-ci observait attentivement Stilgar. « Gurney, dit-il, explique-nous pourquoi les gens de la cité ont été chassés de leurs maisons par les Sardaukars ? »

« Un vieux truc, Mon Duc. Ils pensent que les réfugiés seront un handicap pour nous. »

« Les dernières guérillas sont si lointaines que les puissants ont oublié comment les combattre, dit Paul. Les Sardaukars ont fait notre jeu. Ils ont enlevé quelques femmes des cités pour se divertir, ils ont décoré leurs pavillons de guerre avec les têtes des hommes qui protestaient. Ainsi, ils ont déclenché une fièvre haineuse chez des gens qui, autrement, n'auraient considéré cette bataille que comme un inconvénient supplémentaire… avec la possibilité d'un changement de maître. Les Sardaukars recrutent pour notre compte, Stil. »

« Les gens de la cité ont l'air décidés », admit Stilgar.

« Leur haine est fraîche et nette, dit Paul. C'est pour cela qu'ils constitueront nos troupes de choc. »

« Les pertes seront effrayantes », dit Gurney.

Stilgar hocha la tête.

« Nous le leur avons fait savoir, dit Paul. Ils savent que chaque Sardaukar qu'ils tueront sera autant de gagné pour nous. Voyez-vous, ils ont une raison pour mourir, maintenant. Ils ont découvert qu'ils formaient un peuple. Ils s'éveillent. »

L'homme qui veillait au télescope lança un appel étouffé. Paul se glissa jusqu'à la faille et demanda : « Que se passe-t-il ? »

« Une grande agitation, Muad'Dib. Dans cette monstrueuse tente de métal. Un véhicule de surface vient d'arriver de la Bordure Ouest et c'était comme si un faucon venait de fondre sur un nid de perdrix. »

« Nos prisonniers sardaukars », dit Paul.

« Ils viennent de placer un bouclier tout autour du terrain. Je vois l'air qui danse jusqu'aux parcs où est entreposée l'épice. »

« Maintenant, ils savent qui ils vont combattre, dit Gurney. Maintenant, les bêtes de Harkonnen doivent trembler à l'idée qu'un Atréides vit encore. »

Paul s'adressa de nouveau au Fedaykin du télescope. « Surveille bien le mât porte-bannière du vaisseau impérial. Si mes couleurs apparaissent... »

« Impossible », dit Gurney.

Paul surprit le froncement de sourcils perplexe de Stilgar. « Si l'Empereur accepte ma réclamation, il le signalera en hissant la bannière des Atréides. En ce cas, nous appliquerons le second plan et nous n'attaquerons que les Harkonnen. Les Sardaukars se tiendront à l'écart et ils nous laisseront nous battre entre nous. »

« Je n'ai aucune expérience des choses des autres mondes, dit Stilgar. J'en ai entendu parler, mais il me semble peu probable que... »

« Il n'est pas besoin d'expérience pour savoir ce qu'ils vont faire », dit Gurney.

« Ils hissent une nouvelle bannière sur le vaisseau principal, annonça le Fedaykin. Elle est jaune... avec un cercle rouge et noir au centre. »

« Très subtil, dit Paul. Les couleurs de la Compagnie CHOM. »

« C'est la même bannière que celle des autres vaisseaux », dit encore le Fedaykin.

« Je ne comprends pas », fit Stilgar.

« Oui, très subtil, dit Gurney. S'il avait fait hisser la bannière des Atréides, il lui aurait fallu reconnaître ensuite tout ce que cela impliquait. Il y a trop d'observateurs. Il aurait également pu répondre par les couleurs de Harkonnen. Mais non... il envoie l'emblème du CHOM. Ainsi, il dit aux gens de là-haut... (Gurney leva la main vers le ciel)... où se trouve le profit. Il leur dit qu'il lui importe peu que ce soit un Atréides ou un autre qui règne ici. »

« Dans combien de temps la tempête atteindra-t-elle le Bouclier ? » demanda Paul.

Stilgar se retourna et interrogea l'un des Fedaykin qui attendaient. Puis il dit : « Très bientôt, Muad'Dib. Bien plus tôt que nous l'attendions. C'est une arrière-arrière-grand-mère... Elle dépasse peut-être ce que tu espérais. »

« C'est ma tempête, dit Paul. (Et il vit l'expression de crainte respectueuse qui se peignait sur le visage des Fedaykin silencieux.) Viendrait-elle à secouer le monde qu'elle répondrait encore à mes désirs. Frappera-t-elle le Bouclier de plein fouet ? »

« Assez près pour que cela ne fasse aucune différence », dit Stilgar.

Un messager surgit du boyau qui accédait au repaire et lança : « Les patrouilles harkonnens et sardaukars se replient, Muad'Dib ! »

« Ils s'attendent à ce que la tempête interdise toute visibilité, dit Stilgar. Ils pensent que nous allons être paralysés, nous aussi. »

« Dis à nos tireurs de faire le point avec précision avant qu'ils ne puissent plus rien voir, dit Paul. Il faut qu'ils fracassent le nez de chacun de ces vaisseaux aussitôt que la tempête aura détruit les boucliers. »

Il marcha jusqu'à la paroi, tira une partie du camouflage et observa le ciel sombre où dansaient déjà les queues de cheval du sable emporté par le vent. Il remit la couverture en place et dit : « Que nos hommes commencent à descendre, Stil. »

« Tu ne viens pas avec nous ? » demanda Stilgar.

« Je vais attendre un moment avec les Fedaykin. »

Stilgar haussa les épaules d'un air entendu à l'adresse de Gurney et s'avança vers l'orifice obscur du boyau.

Paul s'adressa à Gurney : « La destruction du Bouclier est entre tes mains, Gurney. Je compte sur toi. »

« Je le détruirai. »

Paul se tourna vers un lieutenant des Fedaykin : « Otheym, retire les patrouilles de contrôle de la zone de destruction. Il faut qu'elles se soient éloignées avant que la tempête frappe. »

L'homme s'inclina et suivit Stilgar.

Gurney s'avança dans la faille et lança à l'adresse de l'homme du télescope : « Ne quitte pas le mur sud des yeux. Il sera sans aucune défense jusqu'à l'explosion. »

« Envoie un cielago », ordonna Paul.

« Des véhicules de surface se dirigent vers le mur sud, dit l'homme du télescope. Ils lancent des projectiles d'essai. Nos hommes utilisent les boucliers corporels comme vous l'avez ordonné. Les véhicules s'arrêtent… »

Dans le silence soudain, Paul entendit les démons du vent qui hurlaient dans le ciel. L'avant-garde de la tempête arrivait. Le sable commençait à s'infiltrer dans la cuvette par les trous du camouflage. Puis un souffle de vent arracha le tissu, le balaya.

Paul fit signe au Fedaykin de s'abriter puis se rendit vers les hommes groupés autour du matériel de communication, près de l'orifice du boyau. Gurney le suivit.

« Une arrière-arrière-*arrière*-grand-mère, Muad'Dib », dit l'un des hommes.

Paul regarda le ciel sombre et dit : « Gurney, que l'on retire les observateurs du mur sud. » Il dut répéter son ordre. La tempête hurlait de plus en plus fort.

Gurney s'éloigna.

Paul ajusta le capuchon de son distille, resserra son filtre facial.

Gurney revenait.

Paul lui toucha l'épaule et désigna le dispositif de déclenchement de l'explosion, à l'entrée du boyau. Gurney s'avança et, une main sur la commande, se retourna et regarda Paul.

« Aucun message, dit le radio. Rien que des parasites. »

Paul acquiesça. Il gardait les yeux fixés sur le cadran gradué en temps standard. Puis il regarda de nouveau Gurney, leva la main, revint au cadran… et abaissa la main en criant : « Feu ! »

Gurney appuya sur la commande.

Il leur sembla qu'une seconde s'écoulait avant que le sol ne se mette à trembler. Un grondement enfla et s'ajouta au ronflement de la tempête.

L'homme du télescope apparut devant Paul. Il tenait l'instrument replié sous le bras. « La brèche est ouverte, Muad'Dib ! La tempête est sur eux et nos tireurs ouvrent déjà le feu. »

Paul eut alors la vision de la tempête balayant le bassin tandis que la muraille de sable chargée d'électricité détruisait tous les boucliers du camp ennemi sur son passage.

« La tempête ! hurla une voix. Il faut nous abriter, Muad'Dib ! »

Paul prit conscience des piqûres innombrables du sable sur ses joues. Il mit un bras sur les épaules du radio : « Laissez le matériel ! Il y en a dans le tunnel ! » Puis les Fedaykin se groupèrent autour de lui pour le protéger, le poussèrent en avant dans les profondeurs du boyau. Ce fut presque le silence. Ils tournèrent un angle et se retrouvèrent dans un petit réduit illuminé par des brilleurs. Un autre boyau s'y ouvrait.

Il y avait là un nouveau matériel radio et un opérateur à l'écoute.

« Beaucoup de friture », dit-il.

Un tourbillon de sable les environna.

« Scellez ce tunnel ! » cria Paul. Le silence s'établit. Son ordre avait été exécuté.

« Le chemin est-il libre jusqu'au bassin ? »

L'un des Fedaykin s'éloigna quelques secondes, revint et dit : « L'explosion a provoqué la chute d'un petit rocher, mais les ingénieurs disent que la voie est toujours libre. Ils la nettoient au laser. »

« Dis-leur de se servir de leurs mains ! Il y a encore des boucliers, là en bas ! »

« Ils font attention, Muad'Dib », dit l'homme, mais il repartit néanmoins pour transmettre l'ordre.

Les opérateurs radio de l'extérieur apparurent, portant le matériel.

« Je leur avais dit d'abandonner leur matériel, Muad'Dib », gronda l'un des Fedaykin.

« Les hommes ont plus d'importance que le matériel, en ce moment, dit Paul. Bientôt, nous aurons plus de matériel que nous pouvons en utiliser, ou alors nous n'en aurons plus besoin. »

Gurney s'avança : « Je les ai entendus dire que la voie était libre. Nous sommes tout près de la surface, ici, Mon Seigneur. Si les Harkonnen se livraient à des représailles… »

« Ils ne sont pas en état de le faire, dit Paul. Ils viennent de s'apercevoir qu'ils n'ont plus de boucliers et qu'il leur est impossible de quitter Arrakis. »

« Mais le nouveau poste de commandement est prêt, Mon Seigneur. »

« Ils n'ont pas encore besoin de moi au poste de commandement. Le plan se déroule très bien sans ma présence. Nous devons attendre que… »

« Je capte un message, Muad'Dib, dit l'opérateur radio. (Il secoua la tête.) Il y a trop de parasites ! » Puis il se mit à griffonner sur un bloc sans cesser de secouer la tête, s'arrêtant par instants, puis recommençant à écrire…

Paul s'approcha. L'un des Fedaykin s'écarta pour lui laisser le passage. Il se pencha sur l'opérateur, lut ce qui était inscrit sur le bloc :

« Raid… sur Sietch Tabr… prisonniers… Alia… familles des… morts sont… ils… fils de Muad'Dib… »

À nouveau, l'opérateur secoua la tête.

Paul releva les yeux. Gurney le regardait.

« Le message n'est pas complet, dit-il. À cause de la friture… Vous ne pouvez pas savoir… »

« Mon fils est mort, dit Paul. (Et il sut qu'il disait la vérité dans l'instant même où il prononçait ces mots.) Mon fils est mort… et Alia est prisonnière… une otage. » Il se sentait vide, vide comme un coquillage, sans aucune émotion. Tout ce qu'il touchait n'apportait que la mort et le chagrin. C'était comme une maladie, une lèpre qui pouvait se répandre sur tout l'univers.

Il éprouvait la sagesse d'un vieil homme, faite de l'accumulation d'expériences innombrables, dans des vies possibles innombrables. Tout au fond de lui, quelqu'un semblait rire en se frottant les mains.

Et il pensa : *L'univers sait bien peu de chose de la véritable cruauté !*

Et Muad'Dib se tint devant eux, et il dit :
« Bien que nous pensions la captive morte, elle vit. Car sa graine est la mienne et sa voix est ma voix. Et elle voit au-delà des plus lointaines frontières du possible. Oui, elle voit jusque dans le vallon de l'inconnaissable à cause de moi. »

Extrait de L'Éveil d'Arrakis,
par la Princesse Irulan

LES YEUX BAISSÉS, LE BARON VLADIMIR HARKONNEN attendait dans le selamlik, la salle d'audience impériale ovale de l'Empereur Padishah. Furtivement, il avait observé la pièce aux parois de métal et ses occupants : noukkers, pages, gardes, Sardaukars alignés contre les murs dont la seule décoration était constituée par les bannières sanglantes et déchirées prises dans les batailles.

Puis des voix s'élevèrent, venant d'un haut passage qui s'ouvrait sur la droite. « Place ! Place à la Royale Personne ! »

Et l'Empereur Padishah Shaddam IV surgit dans la pièce à la tête de sa suite. Il s'immobilisa et attendit pendant que l'on apportait son trône, ignorant totalement le Baron comme tous ceux qui se trouvaient là.

Le Baron, quant à lui, ne pouvait ignorer la Royale Personne et guettait un quelconque signe de sa part, un quelconque indice qui pût lui permettre de deviner l'objet de cette audience. L'Empereur demeurait parfaitement immobile et calme. Sa silhouette maigre, élancée, était élégamment prise dans l'uniforme gris des Sardaukars, soutaché d'or et d'argent. Ses traits acérés et ses yeux froids, en cet instant, rappelèrent au Baron le Duc Leto depuis longtemps défunt. L'Empereur, lui aussi, évoquait un oiseau rapace. Mais il avait les cheveux roux, et non pas bruns, et il portait le casque noir de Burseg dont la couronne était sommée du cimier d'or impérial.

Des pages surgirent, portant le trône massif taillé dans un bloc de quartz de Hagal. La pierre bleu-vert lançait des étincelles jaunes. Le siège fut placé sous le dais et l'Empereur put y prendre place.

Une vieille femme en robe aba dont le capuchon était rabattu sur son front quitta alors la suite impériale et vint prendre place derrière le trône. Elle posa une main noueuse sur le dossier de quartz. Son visage, dans l'ombre du capuchon, était la caricature de celui d'une sorcière. Ses joues étaient creusées, ses yeux enfoncés dans les orbites, son nez protubérant et sa peau grêlée était marquée de veines saillantes.

Comme il levait les yeux sur elle, le Baron cessa de trembler. La présence de la Révérende Mère Gaius Helen Mohiam, Diseuse de Vérité de l'Empereur, révélait l'importance véritable de cette audience. Il observa la suite. Deux agents de la Guilde étaient présents, un personnage gras et grand et un autre petit et gras. Tous deux avaient des yeux au regard gris et doux. Parmi les laquais apparaissait l'une des filles de l'Empereur, la Princesse Irulan, une femme que l'on disait éduquée selon la plus absolue discipline bene gesserit et destinée à devenir Révérende Mère. Elle était grande, blonde, d'une beauté fragile, avec des yeux verts qui semblaient regarder bien au-delà du Baron.

« Mon cher Baron... »

L'Empereur daignait s'apercevoir de sa présence. Sa voix au timbre de baryton était admirablement contrôlée et il parvenait, par son ton seul, à congédier le Baron tout en l'accueillant.

Le Baron s'inclina profondément et s'avança jusqu'à dix pas du dais, selon l'usage. « Je suis accouru selon votre volonté, Majesté. »

« Votre volonté ! » railla la vieille sorcière.

« Allons, Révérende Mère, dit l'Empereur. (Mais il souriait du trouble du Baron en poursuivant :) Tout d'abord, dites-moi où vous avez envoyé votre mignon, Thufir Hawat. »

Le regard du Baron alla de droite à gauche. Il s'en voulait d'être ainsi venu sans ses gardes personnels. Bien sûr, ceux-ci eussent été de peu d'utilité face aux Sardaukars. Cependant…

« Eh bien ? »

« Il est parti depuis cinq jours, Majesté. (Le Baron jeta un rapide coup d'œil aux agents de la Guilde avant de revenir à l'Empereur.) Il devait se rendre dans une base de contrebandiers et essayer d'infiltrer ses hommes dans le camp du Fremen fanatique, Muad'Dib. »

« Incroyable ! » s'exclama l'Empereur.

La main de rapace de la sorcière se referma sur l'épaule de l'Empereur. Elle se pencha en avant et chuchota à son oreille.

L'Empereur acquiesça et dit : « Depuis cinq jours, Baron… Dites-moi, pourquoi ne vous êtes-vous pas soucié de son absence ? »

« Mais je suis inquiet, Majesté ! »

L'Empereur ne le quitta pas du regard. La Révérende Mère émit un rire caquetant.

« Ce que je veux dire, Majesté, reprit le Baron, c'est que Hawat mourra dans quelques heures. » Et il expliqua alors ce qu'il en était du poison latent et de l'antidote.

« Très habile, Baron, dit l'Empereur. Et où sont donc vos neveux, Rabban et le jeune Feyd-Rautha ? »

« La tempête arrive, Majesté. Je les ai envoyés inspecter notre périmètre, craignant une attaque fremen. »

« Le périmètre… dit l'Empereur. (Il semblait avoir craché le mot.) La tempête n'affectera guère ce bassin, et la racaille fremen n'attaquera pas aussi longtemps que je serai là avec mes cinq légions de Sardaukars. »

« Certainement pas, Majesté, dit le Baron, mais la sécurité doit tenir compte de l'erreur. »

« Ahh, fit l'Empereur. Il faut en tenir compte, oui. Alors, que dire de tout le temps que cette comédie d'Arrakis m'a coûté ? Et je ne parle pas des bénéfices du CHOM qui s'engloutissent dans ce trou à rat. Ni des problèmes d'État et de juridiction que j'ai dû retarder ou annuler à cause de cette stupide histoire… »

Le Baron baissa la tête, effrayé par la colère impériale. Il était seul ici, il ne dépendait plus que de la Convention et du dictum familia des Grandes Maisons, et cela le mettait mal à l'aise.

Est-ce qu'il a l'intention de me tuer ? se demanda-t-il. *Non, il ne le peut pas ! Pas avec les Grandes Maisons qui le guettent et qui attendent de tirer un quelconque profit de cette crise.*

« Avez-vous capturé des otages ? » demanda l'Empereur.

« C'est inutile, Majesté, dit le Baron. Ces fous de Fremen honorent chaque prisonnier selon le cérémonial funèbre et se comportent comme s'il était déjà mort. »

« Vraiment ? » dit l'Empereur.

Et le Baron attendit, regardant furtivement les murs de métal du selamlik, songeant à la monstrueuse tente qui s'étendait autour de lui, s'élevait au-dessus de lui, songeant aussi à la richesse que cela représentait. *Il amène des pages*, songea le Baron, *et des laquais inutiles, ses femmes et ses compagnons, ses coiffeurs, ses dessinateurs, tout. Tous les parasites de la Cour jusqu'aux plus infimes. Ils sont tous là... Ils grouillent, ils complotent leurs petites intrigues, ils tournent autour de lui... Ils sont là pour le voir mettre un terme à cette affaire, pour écrire des épigrammes sur la bataille et idolâtrer les blessés.*

« Peut-être, dit l'Empereur, n'avez-vous pas songé aux otages qui convenaient. »

Il sait quelque chose, pensa immédiatement le Baron. Et la peur pesa sur son estomac, comme une pierre très lourde, très froide. C'était comme la faim. Le désir de commander immédiatement à manger lui vint et il le repoussa, tremblant entre ses suspenseurs. Autour de lui, il n'y avait personne pour obéir à ses ordres.

« Selon vous, Baron, qui peut bien être ce Muad'Dib ? » demanda l'Empereur.

« Certainement un Umma, un fanatique, un aventurier. Ils apparaissent régulièrement sur ces frontières. Votre Majesté sait bien cela. »

L'Empereur regarda sa Diseuse de Vérité puis ses yeux revinrent sur le Baron. « Et vous n'avez aucun autre renseignement sur ce Muad'Dib ? »

« Un fou, dit le Baron. Mais tous les Fremen sont un peu fous. »

« Fous ? »

« Ils crient son nom quand ils vont au combat. Les femmes lancent leurs bébés sur nos hommes et s'empalent sur nos couteaux pour ouvrir une brèche à leurs hommes quand ils attaquent. Ils n'ont pas... de... de décence ! »

« C'est grave, dit l'Empereur. (Et la dérision qui imprégnait ses paroles n'échappa pas au Baron.) Dites-moi, mon cher Baron, avez-vous exploré les régions du sud polaire d'Arrakis ? »

Le Baron le regarda, surpris par le soudain changement de sujet. « Mais... Mais, Votre Majesté sait bien que toute cette région est inhabitable, entièrement livrée au vent et aux vers. Il n'y a même pas d'épice sous ces latitudes. »

« Jamais aucun équipage des vaisseaux à épice ne vous a rapporté avoir aperçu des zones vertes dans ces régions ? »

« Oui, il y a eu de tels rapports. Certains ont donné lieu à des enquêtes... il y a longtemps. On a décelé quelque végétation. Beaucoup d'ornithoptères ont été perdus. Beaucoup trop. Cela coûte cher, Votre Majesté. Les hommes ne peuvent survivre longtemps dans un tel territoire. »

« Certainement », dit l'Empereur. Il claqua les doigts et une porte s'ouvrit à gauche, derrière le trône. Deux Sardaukars apparurent, escortant une fillette qui ne semblait pas avoir plus de quatre ans. Elle portait une aba noire dont le capuchon était rejeté en arrière, révélant les fixations d'un distille. Ses yeux bleus étaient ceux des Fremen. Son visage était rond, avec des traits doux. Elle ne semblait pas éprouver la moindre peur et il y avait même dans son regard quelque chose qui mit le Baron mal à l'aise.

La vieille Diseuse de Vérité elle-même fit un pas en arrière lorsque l'enfant passa devant elle et elle esquissa un signe dans sa direction.

L'Empereur s'éclaircit la gorge pour parler, mais ce fut la fillette qui prit la parole. Sa voix était aiguë avec un très léger zézaiement enfantin, mais claire et nette, pourtant. « Ainsi c'est lui, dit-elle. (Elle s'avança au bord du dais.) Il n'a pas grande allure, non ? Un vieil homme empli de peur, trop faible pour supporter sa propre graisse sans l'aide des suspenseurs. »

Ces paroles étaient si inattendues de la part d'une enfant de cet âge que le Baron ne put que la regarder en silence, en dépit de sa fureur. *Est-ce une naine ?* se demanda-t-il.

« Mon cher Baron, dit enfin l'Empereur, je vous présente la sœur de Muad'Dib. »

« La sœur de… (Le Baron regarda l'Empereur.) Je ne comprends pas… »

« Moi aussi, parfois, je joue la prudence, dit l'Empereur. On m'a rapporté que vos régions polaires méridionales inhabitées présentaient des signes évidents d'activité humaine. »

« Mais c'est impossible ! s'exclama le Baron. Les vers… Il n'y a que du sable jusqu'à… »

« Ces gens semblent en mesure d'éviter les vers », dit l'Empereur.

La fillette s'assit au bord du dais et balança ses pieds dans le vide en examinant les lieux avec un air de totale assurance.

Le Baron ne pouvait détacher son regard de ces petits pieds, des jambes qui jouaient sous la robe noire.

« Malheureusement, reprit l'Empereur, je n'ai envoyé que cinq transports de troupes avec une force d'attaque réduite pour capturer des prisonniers afin de les interroger. Nous avons eu grand-peine à ramener trois prisonniers et un seul transport de troupes. Oui, Baron, mes Sardaukars ont bien failli être balayés par une force défensive qui se composait en grande partie de femmes, d'enfants et de vieillards. Cette enfant ici présente dirigeait l'un des groupes de combat. »

« Vous voyez, Majesté ! s'exclama le Baron. Vous voyez comment ils sont ! »

« Je me suis laissé capturer, dit la fillette. Je ne voulais pas affronter mon frère et lui dire que son fils avait été tué. »

« Seule une poignée de mes hommes est revenue, dit l'Empereur. Une poignée, entendez-vous ? »

« Nous aurions pu les avoir, s'il n'y avait eu les flammes », commenta l'enfant.

« Mes Sardaukars se sont servis des fusées de leurs appareils comme de lance-flammes, expliqua l'Empereur. Ce n'est que grâce à cela qu'ils ont pu se replier avec leurs trois prisonniers. Comprenez bien ceci, Baron : des Sardaukars ont été forcés de battre en retraite devant des femmes, des enfants et des vieillards ! »

« Nous devons attaquer en masse, gronda le Baron. Nous devons détruire jusqu'au dernier vestige de… »

« Silence ! gronda l'Empereur. (Il se dressa.) N'abusez pas plus longtemps de mon intelligence ! Vous restez là devant moi comme un idiot et... »

« Majesté ! » dit la vieille Diseuse de Vérité.

Il eut un geste impératif. « Vous me dites que vous ne savez rien de ce que nous avons découvert, ni des magnifiques qualités de combat de ce peuple ! Pour qui me prenez-vous, Baron ? »

Le Baron fit deux pas en arrière. Il songea : *C'est Rabban. C'est lui qui a provoqué cela. Il m'a...*

« Et cette fausse lutte avec le Duc Leto, Baron, grommela l'Empereur en se rasseyant. Comme c'était bien manœuvré... »

« Majesté, commença le Baron. Que cherchez-vous à... »

« Silence ! »

La vieille Bene Gesserit, encore une fois, plaça une main sur l'épaule de l'Empereur et se pencha pour murmurer à son oreille.

La fillette, à cet instant, cessa de balancer les pieds et dit : « Effrayez-le encore un peu plus, Shaddam. Je ne devrais pas y prendre plaisir, mais je ne peux m'en empêcher. »

« Silence, enfant, dit l'Empereur. (Il se pencha en avant, posa la main sur sa tête et regarda le Baron.) Est-ce possible, Baron ? Pourriez-vous être aussi simple d'esprit que le suggère ma Diseuse de Vérité ? Ne reconnaissez-vous pas cette enfant, ne reconnaissez-vous pas la fille de votre allié, le Duc Leto ? »

« Jamais mon père n'a été son allié, dit la fillette. Mon père est mort et jamais cette vieille bête de Harkonnen ne m'a vue. »

Le Baron demeura pétrifié de stupéfaction. Lorsqu'il retrouva sa voix, il ne put que bredouiller : « Qui ? »

« Je suis Alia, fille du Duc Leto et de Dame Jessica, sœur du Duc Paul-Muad'Dib, répondit la fillette. (Elle se redressa et sauta sur le parquet de la salle d'audience.) Mon frère a juré de placer votre tête sur son emblème de bataille et je crois qu'il le fera. »

« Tais-toi, enfant », dit l'Empereur. Et il se laissa aller au fond de son trône, la main sous le menton, examinant le Baron.

« Je ne reçois pas d'ordre de l'Empereur, dit Alia. (Elle se retourna et leva les yeux vers la Révérende Mère.) Elle sait. »

L'Empereur se tourna vers sa Diseuse de Vérité. « Que veut-elle dire ? »

« Cette enfant est une abomination ! s'exclama la vieille femme. Sa mère mérite la punition la plus sévère que l'Histoire ait jamais connue. La mort ne peut être trop rapide pour cette *enfant* et celle qui l'a engendrée ! (Elle pointa l'index vers Alia.) Sors de mon esprit ! »

« Télépathie ? souffla l'Empereur. (Il reporta son attention sur la fillette.) Par la Grande Mère ! »

« Vous ne comprenez pas, Majesté, dit la vieille femme. Ce n'est pas de la télépathie ; elle est vraiment dans mon esprit. Elle est comme toutes celles qui m'ont précédée et qui m'ont laissé leurs souvenirs. Elle est à l'intérieur de mon esprit ! »

« Quelles autres ? demanda l'Empereur. Qu'est-ce que cette histoire absurde ? »

La vieille femme se redressa et tendit la main. « J'en ai trop dit, mais il n'en reste pas moins que cette *enfant* qui n'en est pas une doit être détruite. Depuis longtemps nous sommes avertis de ce qu'il faut faire pour empêcher une telle naissance, mais l'une des nôtres nous a trahies ! »

« Vous radotez, vieille femme, dit Alia. Vous ne savez même pas ce dont il s'agit. » Elle ferma les yeux, prit une profonde inspiration et la garda.

La vieille Révérende Mère grommela et vacilla.

Alia ouvrit les yeux. « Cela s'est déroulé ainsi, dit-elle. C'était un accident cosmique… et vous y avez joué un rôle. »

La Révérende Mère leva les mains comme pour repousser la fillette.

« Que se passe-t-il donc ici ? demanda l'Empereur. Enfant, est-il vrai que tu puisses projeter tes pensées dans un autre esprit ? »

« Ce n'est pas du tout cela, dit Alia. Si je ne suis pas née comme vous, je ne peux donc penser comme vous. »

« Tuez-la, marmonna la vieille femme en s'appuyant au dossier du trône. Tuez-la ! » Ses yeux profondément enfoncés et luisants étaient fixés sur Alia.

« Silence ! ordonna l'Empereur. (Il observa la fillette.) Peux-tu entrer en communication avec ton frère ? »

« Mon frère sait que je suis ici. »

« Peux-tu lui demander de se rendre en échange de ta vie ? »

Alia sourit avec innocence. « Non, je ne ferai pas cela », dit-elle.

Le Baron s'avança. « Majesté... Je ne sais rien de... »

« Baron, dit l'Empereur, à la prochaine interruption, je vous ôte l'usage de la parole, pour toujours. (Ses yeux ne quittaient pas le petit visage d'Alia sous ses paupières à demi fermées.) Tu refuses, hein ? Peux-tu lire dans mon esprit ce que je vais faire si tu ne m'obéis pas ? »

« J'ai déjà dit que je ne peux lire dans les esprits, dit l'enfant. Mais il n'est pas besoin d'être télépathe pour connaître vos intentions. »

L'Empereur se renfrogna. « Enfant, ta cause est sans espoir. Il ne me reste qu'à rassembler mes forces et à réduire cette planète en... »

« Ce n'est pas aussi simple, dit Alia. (Elle regarda les deux hommes de la Guilde.) Demandez-leur donc. »

« Il n'est pas raisonnable de s'opposer à mes désirs, dit l'Empereur. Tu ne peux rien me refuser. »

« Mon frère arrive, dit Alia. Même un Empereur doit trembler devant Muad'Dib, car sa force est celle du bon droit et le ciel lui sourit. »

L'Empereur bondit sur ses pieds. « Ce jeu a suffisamment duré. Je vais me charger de ton frère en même temps que de cette planète et les broyer en... »

La pièce vibra et trembla autour d'eux dans un grondement sourd. Puis une cascade de sable s'abattit derrière le trône impérial, à la jonction de la tente de métal et du vaisseau. La pression de l'air augmenta brusquement. La peau des assistants frémit. Un bouclier de vastes dimensions venait d'être mis en batterie.

« Je vous ai dit que mon frère arrivait », dit Alia.

L'Empereur se tenait immobile devant son trône, la main droite contre l'oreille droite, écoutant son servo-récepteur. Le Baron se rapprocha d'Alia tandis que les Sardaukars prenaient position aux issues.

« Nous allons regagner l'espace et nous regrouper, dit l'Empereur. Baron, toutes mes excuses. Ces fous attaquent bel et bien sous le couvert de la tempête. Ils vont savoir ce qu'est la colère de l'Empereur. (Il désigna Alia.) Jetez-la dans la tempête. »

À ces mots, Alia se rejeta en arrière, feignant la terreur. « Que la tempête prenne ce qu'elle pourra ! » cria-t-elle. Et elle se jeta dans les bras du Baron.

« Je la tiens, Majesté ! lança celui-ci. Faut-il que je la jette au-dehors mainte... Aaaahhh ! » Il la projeta sur le sol et serra son bras gauche.

« Désolée, grand-père, dit Alia. Vous avez fait la connaissance du gom jabbar des Atréides. » Elle se releva et une aiguille sombre tomba de sa main.

Le Baron s'effondra. Ses yeux exorbités se portèrent sur la trace rouge qui apparaissait sur sa paume. « Tu... » souffla-t-il. Il roula entre ses suspenseurs et ne fut plus qu'une masse énorme de chair flasque. Sa tête ballotta encore quelques secondes tandis que s'ouvrait sa bouche.

« Ces gens sont fous ! gronda l'Empereur. Vite ! À bord du vaisseau ! Nous allons purger cette planète de tous ses... »

Quelque chose étincela sur sa gauche. Une boule de foudre jaillit de la paroi et crépita en touchant le sol. Une odeur de feu se répandit dans le selamlik.

« Le bouclier ! cria l'un des officiers sardaukars. Le bouclier extérieur est abattu ! Ils... »

Le reste de ses paroles fut noyé dans un rugissement métallique tandis que la coque du vaisseau, derrière l'Empereur, vacillait et frémissait.

« Ils ont détruit le nez du vaisseau ! » hurla une voix.

Un nuage de poussière s'engouffra dans la pièce. Alia s'élança vers la porte.

L'Empereur se retourna alors et fit signe à ses gens de gagner l'issue de secours qui s'était ouverte derrière son trône. Au travers de la poussière, il leva la main à l'adresse d'un officier sardaukar. « Nous résisterons ici ! » ordonna-t-il.

Une autre commotion secoua la tente de métal. Les doubles portes claquèrent violemment à l'extrémité de la pièce, livrant passage à un torrent de sable tandis que retentissaient des cris innombrables. Un instant, chacun put entrevoir une petite silhouette en robe noire dans la lumière. Alia se ruait au-dehors pour se procurer un couteau et, comme le voulait son éducation fremen, achever tous les blessés, Harkonnen et Sardaukars. Les Sardaukars de la suite impériale se déployèrent alors dans la brume jaunâtre, formant un arc de cercle pour protéger la retraite de l'Empereur.

« Au vaisseau ! cria un Sardaukar. Sauvez-vous, Sire ! »

Mais l'Empereur demeurait seul, la main tendue vers les portes. La paroi s'était abattue sur quarante mètres et les portes du selamlik s'ouvraient sur le sable en furie. Depuis des distances infinies et pastel, un nuage de poussière soufflait sur le monde. Il crépitait d'éclairs d'électricité statique qui s'ajoutaient aux étincelles des boucliers qui, l'un après l'autre, succombaient à la tempête. Sur toute la plaine, des silhouettes s'affrontaient, des Sardaukars et des hommes en robe qui semblaient surgir sans cesse du cœur de la tempête et qui sautaient et tourbillonnaient.

Tout cela, l'Empereur le désignait de sa main tendue.

De la brume ocre surgit alors une rangée de formes rondes et mouvantes, étincelantes, bardées de crocs cristallins, une rangée de vers des sables aux gueules béantes, une muraille vivante de monstres que chevauchaient des guerriers fremen. Ils arrivaient dans un crissement, un sifflement, dans le frisson noir de robes claquant au vent. Ils s'avançaient, écartaient, écrasaient la mêlée furieuse répandue sur la plaine. Ils venaient droit sur la grande tente impériale et les Sardaukars les regardaient approcher, pétrifiés de peur pour la première fois de leur histoire, ne parvenant pas à croire à une telle attaque.

Mais les silhouettes qui dansaient sur le dos des monstres étaient celles de Fremen et les lames qu'ils brandissaient et qui jetaient des éclairs dans la menaçante clarté jaune de la tempête étaient familières aux Sardaukars. Ils se lancèrent à l'attaque. Et le combat s'engagea tandis qu'un Sardaukar poussait l'Empereur vers le vaisseau, scellait la porte et se préparait à mourir à ce poste.

À l'intérieur du vaisseau, c'était presque le silence. Le regard de l'Empereur se porta sur les visages blêmes des gens de sa suite. Sa fille aînée semblait épuisée et ses joues étaient empourprées. La vieille Diseuse de Vérité n'était plus qu'une ombre noire. L'Empereur découvrit alors les deux silhouettes qu'il cherchait, les deux hommes de la Guilde en uniforme gris, strict, qui ne se départissaient pas de leur calme.

Le plus grand des deux, pourtant, gardait une main sur son œil gauche. Tandis que l'Empereur l'observait, quelqu'un le bouscula, sa main glissa et l'œil apparut. L'homme de la Guilde avait perdu son verre de contact et l'Empereur vit l'œil tel qu'il était, totalement bleu, d'un bleu si sombre qu'il semblait noir.

Le plus petit des deux s'avança vers l'Empereur et dit : « Nous ne pouvons prévoir l'issue. » Et son compagnon, ayant maintenant remis la main sur son œil bleu, ajouta d'un ton froid : « Mais ce Muad'Dib non plus. »

Ces mots produisirent un choc dans l'esprit de l'Empereur et il sortit de sa torpeur. Il se retint à grand-peine d'exprimer son mépris pour ce navigateur de la Guilde incapable de deviner le proche avenir qui se formait, là, au-dehors. Ces gens dépendaient-ils à ce point de leur *faculté* qu'ils avaient perdu tout à la fois la vue et la raison ?

« Révérende Mère, dit-il. Nous devons mettre un plan au point. »

Elle rejeta son capuchon en arrière et affronta son regard. Une totale compréhension s'établit entre eux, à cet instant. Ils savaient qu'il leur restait encore une arme : la traîtrise.

« Convoquez le Comte Fenring », dit la Révérende Mère.

L'Empereur acquiesça et fit signe à l'un de ses lieutenants.

Il était guerrier et mystique, féroce et saint ; il était retors et innocent, chevaleresque, sans pitié, moins qu'un dieu, plus qu'un homme. On ne peut mesurer Muad'Dib selon les données ordinaires. Au moment de son triomphe, il devina que la mort le guettait et accepta pourtant la traîtrise. Peut-on dire qu'il le fit pour obéir à son sens de la justice ? Quelle justice, en ce cas ? Car, souvenez-vous bien : nous parlons du Muad'Dib qui revêtit ses tambours de la peau de ses ennemis, qui rejeta toutes les conventions de son passé ducal en déclarant simplement : « Je suis le Kwisatz Haderach. Cette raison me suffit. »

Extrait de L'Éveil d'Arrakis,
par la Princesse Irulan.

AU SOIR DE LA VICTOIRE, CE FUT JUSQU'À LA RÉSIDENCE gouvernementale, l'ancienne demeure des Atréides, qu'ils escortèrent Paul-Muad'Dib. L'édifice était tel que Rabban l'avait restauré. Il n'avait souffert en rien des combats bien que la population de la cité l'eût pillé. Certains des meubles, dans le Grand Hall, avaient été renversés et brisés.

Paul franchit la porte principale, suivi de Gurney Halleck et de Stilgar. Leur escorte se dispersa dans le Grand Hall et ménagea un espace sûr pour Muad'Dib. Un groupe se mit en quête de pièges.

« Je me souviens du jour où nous sommes arrivés ici avec votre père, dit Gurney. (Il leva les yeux sur les larges poutres et les hautes fenêtres.) Cet endroit ne m'a pas plu alors, et il ne me plaît pas plus maintenant. Nos grottes sont plus sûres. »

« Voilà qui est parlé. Vous êtes un vrai Fremen, dit Stilgar. (Il remarqua le sourire froid qui apparut sur les lèvres de Muad'Dib.) Muad'Dib, accepteras-tu de changer d'idée ? »

« Cet endroit est un symbole. Rabban vivait ici. En l'occupant, je scelle ma victoire aux yeux de tous. Que l'on envoie des hommes dans toute la place. Qu'ils ne touchent à rien. Qu'ils s'assurent simplement qu'il ne reste aucun Harkonnen ici. »

« Comme tu voudras », dit Stilgar, et il se détourna avec réticence.

L'équipe de radio surgit dans la salle et se mit à installer le matériel près de la grande cheminée. Les Fremen qui s'étaient joints aux Fedaykin qui avaient survécu prirent position autour de la salle. L'ennemi avait trop longtemps résidé en ce lieu pour qu'ils relâchent leur vigilance.

« Gurney, qu'une escorte aille chercher ma mère et Chani, dit Paul. Chani sait-elle, pour notre fils ? »

« Le message a été envoyé, Mon Seigneur. »

« Les faiseurs ont-ils été retirés du bassin ? »

« Oui, Mon Seigneur. La tempête est presque finie. »

« Quels sont les dégâts ? »

« Très importants sur le chemin direct, c'est-à-dire sur le terrain de débarquement et les parcs à épice de la plaine. Autant par la bataille que par la tempête, d'ailleurs. »

« Rien que l'argent ne puisse réparer, je pense », dit Paul.

« Rien si ce n'est les vies, Mon Seigneur. » Et il y avait un accent de reproche dans la voix de Gurney, comme s'il voulait dire : *Depuis quand un Atréides se soucie-t-il des choses alors que des vies humaines sont en jeu ?*

Mais l'attention de Paul était tout entière fixée sur son œil intérieur, sur la muraille du temps où apparaissaient des brèches. Par chacune de ces brèches, le Jihad se ruait au travers des corridors de l'avenir.

Il soupira, traversa le hall et vit une chaise contre le mur. Elle s'était autrefois trouvée dans la salle à manger et son père avait pu y prendre place. En cet instant, cependant, ce n'était qu'un siège offert à sa fatigue et à son désir d'isolement. Il s'y assit, ramena sa robe sur ses jambes et desserra les fixations de son distille.

« L'Empereur se terre toujours dans les débris de son vaisseau », dit Gurney.

« Jusqu'à nouvel ordre, qu'il y reste, dit Paul. A-t-on retrouvé les Harkonnen ? »

« On examine toujours les morts. »

« Et qu'ont répondu les vaisseaux, là-haut ? » Il leva le menton.

« Encore rien, Mon Seigneur. »

Paul soupira et s'appuya au dossier. « Amène-moi un prisonnier sardaukar. Il faut que nous fassions parvenir un message à l'Empereur. Il est temps de discuter des termes de la reddition. »

« Oui, Mon Seigneur. »

Gurney se retourna et, d'un geste, ordonna à l'un des Fedaykin de prendre position auprès de Paul.

« Gurney, souffla Paul. Depuis que nous nous sommes retrouvés, j'attends que tu trouves la citation appropriée à l'événement. » Se retournant, il vit l'expression sombre de Gurney, le raidissement des muscles sur ses mâchoires.

« Comme vous le désirez, Mon Seigneur. (Il s'éclaircit la gorge et dit :) Et la victoire en ce jour se changea en deuil pour tout le peuple, car le peuple sut ce jour que le roi pleurait son fils. »

Paul ferma les yeux, essayant de chasser le chagrin, d'attendre que vienne le temps de pleurer, tout comme il avait attendu pour pleurer son père. Il concentra ses pensées sur toutes les découvertes qu'il avait faites en ce jour, sur les avenirs qui se mêlaient et la *présence* d'Alia dans son esprit. De toutes les particularités de la vision temporelle, celle-ci était la plus étrange. « Je peux maîtriser le temps afin que mes paroles ne parviennent qu'à toi, avait dit Alia. Même toi, mon frère, tu ne peux faire cela. Je trouve ce jeu intéressant. Et... oh oui... j'ai tué notre grand-père, ce vieux baron dément. Il a peu souffert. »

Silence. Sa perception temporelle lui disait qu'Alia s'était retirée de lui.

« Muad'Dib ! »

Il ouvrit les yeux et vit le visage de Stilgar. Les yeux sombres au-dessus de la barbe sombre étaient fixés sur lui dans les lueurs de la bataille.

« Tu as trouvé le corps du Baron », dit Paul.

« Comment peux-tu savoir ? murmura Stilgar. Nous venons seulement de retrouver son corps dans ce grand tas de métal édifié par l'Empereur. »

Paul parut ne pas entendre la question. Gurney revenait, suivi de deux Fremen qui escortaient un prisonnier sardaukar.

« En voici un, Mon Seigneur », dit Gurney. D'un geste, il ordonna aux gardes de s'arrêter avec le prisonnier à cinq pas de Paul.

Paul remarqua aussitôt que l'homme était encore sous l'effet d'un choc. Ses yeux avaient un regard terne et une marque sombre allait de son nez à sa bouche. Il était blond avec ces traits acérés qui semblaient caractériser les hommes de haut rang parmi les Sardaukars. Son uniforme, cependant, était vierge d'insignes. Il ne portait que les boutons dorés marqués de l'emblème impérial.

« Je pense que c'est un officier, Mon Seigneur », dit Gurney.

Paul acquiesça et dit : « Je suis le duc Paul Atréides. Comprends-tu cela ? »

Le Sardaukar le regarda sans répondre, sans esquisser un mouvement.

« Parle, dit Paul. Ou il se pourrait bien que ton Empereur meure. »

L'homme cligna des paupières et se raidit.

« Qui suis-je ? » demanda Paul.

« Vous êtes le duc Paul Atréides », répondit le Sardaukar d'une voix étranglée.

Paul eut l'impression qu'il se soumettait trop aisément mais, à bien y songer, les Sardaukars ne s'étaient jamais attendus aux événements qui venaient de marquer la journée. Ils n'avaient jamais connu rien d'autre que la victoire, ce qui, se dit Paul, pouvait être une forme de faiblesse. Il écarta cette pensée en se promettant d'y revenir plus tard.

« Je veux que tu portes un message à l'Empereur, dit-il. (Et il prononça l'ancienne formule.) Moi, Duc de Grande Maison, Sujet Impérial, fais serment de fidélité à la Convention. Si l'Empereur et les siens déposent les armes et viennent à moi, je garderai leur vie de la mienne. (Il leva la main gauche pour que le Sardaukar pût voir l'anneau ducal.) Par cela, je le jure. »

L'homme s'humecta les lèvres, regarda Gurney.

« Oui, dit Paul, qui d'autre qu'un Atréides pourrait s'assurer l'allégeance de Gurney Halleck. »

« Je porterai votre message », dit le Sardaukar.

« Qu'on l'emmène au poste de commandement avancé », dit Paul.

« Oui, Mon Seigneur. » Gurney transmit l'ordre aux gardes et les précéda vers la porte.

Paul se tourna vers Stilgar.

« Chani et ta mère sont arrivées, dit celui-ci. Chani a demandé à rester quelque temps seule avec son chagrin. La Révérende Mère est demeurée un moment dans la chambre étrange. J'ignore pourquoi. »

« Ma mère regrette ce monde qu'elle ne reverra peut-être jamais, dit Paul, où l'eau tombe du ciel et où les plantes poussent si denses que, parfois, on ne peut marcher entre elles. »

« De l'eau qui tombe du ciel », souffla Stilgar.

Et, en cet instant, Paul prit conscience de la transformation qui s'était opérée en Stilgar. Le naib fremen était devenu la créature du Lisan al-Gaib, pleine d'obéissance et d'adoration. Ce n'était plus vraiment là un homme et Paul sentit en lui le premier souffle de vent fantomatique du Jihad.

J'ai vu un ami se changer en adorateur, songea-t-il.

Il éprouva tout à coup une impression de profonde solitude. Il promena son regard sur la salle et vit à quel point l'attitude des gardes s'était modifiée en sa présence. Ils avaient rectifié leur tenue et se tenaient comme à la parade, se livrant à une sorte de compétition dans l'espoir d'attirer l'attention de Muad'Dib.

Muad'Dib de qui vient toute bénédiction, pensa-t-il, et c'était bien la pensée la plus amère de sa vie. *Ils se disent que je dois m'emparer du trône. Mais ils ne savent pas que je ne le fais que pour empêcher le Jihad.*

« Rabban aussi est mort », dit Stilgar.

Paul acquiesça.

Sur la droite, soudain, les hommes se mirent au garde-à-vous pour livrer passage à Jessica. Elle portait l'aba noire et semblait encore marcher sur le sable. Mais Paul remarqua que quelque chose semblait être revenu en elle, quelque chose qui datait du temps où elle vivait ici, concubine du Duc régnant. Un peu de son ancienne assurance.

Elle s'arrêta devant son fils et le regarda. Elle comprit sa fatigue, elle vit qu'il la cachait, mais elle ne ressentit aucune compassion pour lui. C'était comme si elle était désormais incapable de toute émotion à l'égard de son fils.

En pénétrant dans le Grand Hall, elle s'était demandé pourquoi les lieux refusaient de reprendre leur place dans ses souvenirs. Cette salle demeurait étrangère, comme si elle n'y avait jamais pénétré, comme si elle ne l'avait jamais traversée au bras de son Duc bien-aimé, comme si elle n'avait jamais affronté là, certain soir, un Duncan Idaho complètement ivre... Comme si jamais... jamais... jamais...

Il devrait exister une tension-mot directement opposée à l'adab, la mémoire qui exige, se dit-elle. *Il devrait exister un mot pour désigner les souvenirs qui se renient.*

« Où est Alia ? » demanda-t-elle.

« Au-dehors, répondit Paul. Elle fait ce que tout bon enfant de Fremen fait en de telles circonstances. Elle achève les ennemis blessés et marque leurs corps pour l'équipe de récupération d'eau. »

« Paul ! »

« Il faut que vous compreniez qu'elle agit par bonté. N'est-il pas étrange que nous puissions ne pas comprendre l'unité cachée de la bonté et de la cruauté ? »

Jessica ne put que regarder son fils, bouleversée par le changement qui s'était opéré en lui. *Est-ce la mort de son enfant qui a fait cela ?* se demanda-t-elle. Et elle dit : « Les hommes racontent d'étranges histoires à ton propos, Paul. Ils disent que tu as tous les pouvoirs de la légende, que rien ne peut te rester caché, que tu vois là où les autres ne peuvent voir. »

« Une Bene Gesserit qui pose des questions à propos de légendes ? » dit-il.

« J'ai ma responsabilité dans ce que tu es, dit-elle. Mais n'espère pas que je... »

« Que diriez-vous de vivre des milliards et des milliards d'existences ? demanda Paul. Quel réservoir de légendes ! Pensez à toutes les expériences, à toute la sagesse qu'il peut en résulter. Mais la sagesse atténue l'amour, n'est-ce pas ? Et elle donne une forme nouvelle à la haine… Comment savoir ce qui est impitoyable si l'on n'a pas exploré le tréfonds de la cruauté comme celui de la bonté ? Vous devriez me redouter, Mère. Je suis le Kwisatz Haderach. »

Jessica avait la gorge sèche. « Une fois, dit-elle, tu as nié l'être. »

Il secoua la tête. « Je ne le peux plus. (Il affronta son regard.) L'Empereur et ses gens arrivent, maintenant. Dans un instant, on les annoncera. Restez à mes côtés. Je désire les voir pleinement, clairement. Ma future épouse sera parmi eux. »

« Paul ! Ne commets pas la faute de ton père ! »

« C'est une princesse, dit-il. Elle m'ouvre le chemin du trône et c'est tout. Une faute ? Vous croyez que, parce que je suis tel que vous m'avez fait, je ne puis éprouver le besoin de me venger ? »

« Même sur les innocents ? » demanda-t-elle. Et elle pensa : *Il ne faut pas qu'il commette les fautes que j'ai commises.*

« Il n'y a plus d'innocents », dit-il.

« Dis cela à Chani », répondit Jessica, et elle tendit la main vers le couloir qui accédait à l'arrière de la demeure.

Chani arrivait. Elle pénétrait dans le Grand Hall entre les gardes fremen comme si elle ne les voyait pas. Son capuchon était rejeté en arrière et son masque facial abaissé. Sa démarche semblait fragile, incertaine, comme elle s'avançait et s'arrêtait auprès de Jessica.

Paul vit les traces des larmes sur ses joues. *Elle donne l'eau aux morts.* À nouveau, il sentit le chagrin monter en lui, comme éveillé par la présence de Chani.

« Il est mort, bien-aimé, dit Chani. Notre fils est mort. »

Paul se leva. Il maintenait un contrôle absolu sur lui-même. Il tendit la main, toucha la joue de Chani, l'humidité sur sa peau.

« On ne peut le remplacer, dit-il, mais il y aura d'autres fils. Usul te le promet. » Doucement, il l'éloigna, puis fit signe à Stilgar.

« Muad'Dib », dit Stilgar.

« Ils arrivent du vaisseau, l'Empereur et tous les siens. Je vais les attendre ici. Rassemble tous les prisonniers au centre de la salle. Qu'ils demeurent à dix mètres de moi sauf ordre contraire. »

« À tes ordres, Muad'Dib. »

Comme Stilgar s'éloignait, Paul perçut les murmures des gardes fremen. « Vous voyez ? Il sait ! Personne ne lui a rien dit, mais il sait ! »

Et maintenant, on pouvait entendre approcher les Sardaukars. Ils fredonnaient une chanson de marche. Puis il y eut un vaste murmure de voix dans l'entrée et Gurney Halleck surgit, s'approcha d'abord de Stilgar, puis vint vers Paul. Il avait un regard étrange.

Vais-je perdre Gurney aussi ? se demanda Paul. *Tout comme j'ai perdu Stilgar... Je vais perdre encore un ami pour gagner une créature ?*

« Ils n'ont aucune arme de jet, dit Gurney. Je m'en suis assuré moi-même. (Il promena les yeux sur la salle, observant les préparatifs ordonnés par Paul.) Feyd-Rautha Harkonnen est avec eux. Faut-il que je l'isole ? »

« Laisse-le. »

« Il y a aussi des gens de la Guilde. Ils demandent des privilèges spéciaux et menacent de déclencher l'embargo sur Arrakis. Je leur ai dit que je transmettrais leur message. »

« Qu'ils menacent donc. »

« Paul ! souffla Jessica. C'est de la Guilde qu'il s'agit ! »

« Je vais lui ôter ses crocs », dit-il.

Il songea alors à la Guilde, à cette puissance qui s'était spécialisée depuis si longtemps qu'elle était devenue un parasite, incapable d'exister indépendamment de cette vie dont elle se nourrissait. Jamais la Guilde n'avait osé brandir l'épée... et maintenant elle ne le pouvait plus.

Ses navigateurs dépendent exclusivement du Mélange. Quand elle a compris l'erreur que cela signifiait, elle aurait dû s'emparer d'Arrakis. Elle aurait pu réussir, connaître son jour de gloire et mourir. Au lieu de cela, elle prolonge son existence d'instant en instant, espérant que les mers qu'elle parcourt pourront produire un hôte nouveau quand l'ancien mourra.

Les navigateurs de la Guilde, avec leur prescience limitée, avaient fait un choix fatal : ils s'étaient engagés sur le chemin le plus facile, le plus sûr, celui qui conduit à la stagnation.

Qu'ils regardent attentivement ce nouvel hôte, pensa Paul.

« Il y a aussi une Révérende Mère Bene Gesserit qui déclare être une amie de votre mère », dit Gurney.

« Ma mère n'a pas d'amies parmi les Bene Gesserit. »

À nouveau, Gurney examina le Grand Hall, puis se pencha à l'oreille de Paul. « Thufir Hawat est avec eux, Mon Seigneur. Je n'ai pu le voir seul, mais il m'a expliqué avec nos anciens signes de code qu'il avait travaillé pour les Harkonnen et qu'il vous avait cru mort. Il dit qu'il doit rester avec eux. »

« Tu as laissé Thufir avec ces… »

« C'est ce qu'il voulait… et j'ai pensé que c'était mieux ainsi. S'il… si quelque chose n'allait pas, il est dans une position où il peut nous rendre service. »

Paul se souvint alors de brèves visions prescientes des avenirs possibles. Dans l'une, en particulier, Thufir Hawat portait une aiguille empoisonnée que l'Empereur lui avait ordonné d'utiliser contre « ce Duc révolté ».

Les gardes postés à l'entrée s'écartèrent et formèrent un étroit couloir de lances. Il y eut un bruit confus fait du froissement des étoffes, des pieds crissant dans le sable.

L'Empereur Padishah Shaddam IV apparut à la tête de ses gens. Il n'avait plus son casque de Burseg et sa chevelure rousse était en désordre. La manche gauche de son uniforme avait été déchirée tout au long de la couture intérieure. Il était sans ceinture, sans armes mais, par sa seule personnalité, il semblait créer un bouclier autour de lui.

Une lance fremen s'abaissa devant lui, l'arrêtant à la distance indiquée par Paul. Les gens de sa suite se groupèrent derrière lui, visages confondus, étoffes multicolores et mêlées.

Paul leva son regard sur eux. Il vit des femmes qui essayaient de dissimuler leurs larmes, il vit des valets qui n'étaient venus sur Arrakis que pour assister à une nouvelle victoire des Sardaukars et que la défaite avait rendus muets. Il vit les yeux d'oiseau brillants de la Révérende Mère Gaius Helen Mohiam qui l'épiaient sous le capuchon noir et, auprès d'elle, la silhouette étroite, effacée, de Feyd-Rautha Harkonnen.

Puis, derrière Feyd-Rautha, son regard fut attiré par un mouvement. Il découvrit un visage mince, des traits de fouine qu'il n'avait encore jamais vus. Pourtant, c'était comme s'il devait connaître ce visage.

Le temps me l'a caché, se dit-il.

Cette pensée était teintée de peur.

Pourquoi devrais-je avoir peur de cet homme ?

Il se pencha vers sa mère et murmura : « Cet homme, là-bas, à gauche de la Révérende Mère ?... Qui est-ce ? »

Jessica reconnut le visage pour l'avoir vu dans les dossiers de son Duc. « Le Comte Fenring, dit-elle. Celui qui nous a précédés sur Arrakis. Un eunuque-génétique... un tueur. »

Le commis de l'Empereur, songea Paul. Et il éprouva comme un choc au plus profond de sa conscience car s'il avait eu la vision d'innombrables avenirs possibles où l'Empereur était présent, jamais il n'avait vu le Comte Fenring.

Il avait également vu son propre cadavre en de multiples points de la trame du temps, mais il n'avait jamais assisté à sa mort.

Cet homme m'est-il demeuré caché parce qu'il est précisément celui qui doit me tuer ? se demanda-t-il.

Cette pensée lui amena un sentiment d'appréhension. Il détacha son attention de Fenring et observa les Sardaukars, leurs visages amers, désespérés. Parmi eux, certains étaient vigilants. Ils examinaient et sondaient la salle en quête d'un moyen qui leur permettrait de changer la défaite en victoire.

Finalement, le regard de Paul se posa sur une grande femme blonde aux yeux verts, d'une beauté patricienne. Son visage plein de dignité ne portait aucune trace de larmes. Paul sut aussitôt qui elle était : la Princesse Royale Bene Gesserit Irulan dont le visage lui était apparu dans bien des situations.

La clé du trône, se dit-il.

Puis il se produisit un mouvement au sein de la suite impériale et un homme en émergea : Thufir Hawat. Ses lèvres étaient toujours aussi noires dans son visage ancien, ses épaules toujours aussi voûtées, son apparence aussi fragile.

« Voici Thufir, dit Paul. Qu'il aille librement, Gurney. »

« Mon Seigneur ! »

« Qu'il aille librement », répéta Paul.

Gurney acquiesça.

Hawat s'avançait. Une lance fremen se releva puis se rabaissa derrière lui. Ses yeux chassieux étaient fixés sur Paul. Ils cherchaient, mesuraient.

Paul fit un pas en avant et perçut la tension, l'attente de l'Empereur et de ses gens.

Le regard de Hawat se porta au-delà de Paul et il dit : « Dame Jessica, je n'ai appris qu'aujourd'hui quelle était mon erreur. Il est inutile de me pardonner. »

Paul attendit. Sa mère demeurait silencieuse.

« Thufir, mon vieil ami, dit-il, comme tu le vois, je ne tourne le dos à aucune porte. »

« L'univers est plein de portes », dit Hawat.

« Suis-je le fils de mon père ? »

« Tu ressembles plus à ton grand-père, dit Hawat d'une voix rauque. Tu en as le regard et les manières. »

« Pourtant, je suis le fils de mon père, dit Paul. Je te le dis, Thufir : pour toutes ces années où tu as servi ma famille, tu peux maintenant me demander ce que tu veux. Tout ce que tu veux. Est-ce ma vie que tu veux ? Elle est à toi. » Et il fit encore un pas en avant, les mains au long du corps. Il vit alors la compréhension qui s'éveillait dans le regard de Thufir.

Il sait que j'ai deviné le piège, pensa-t-il.

Il réduisit alors sa voix à un simple chuchotement qui ne pouvait être perçu que de Hawat : « Je parle sincèrement, Thufir. Si tu dois me frapper, frappe maintenant. »

« Je voulais seulement reparaître une fois devant toi, Mon Duc », dit Hawat. Et Paul, pour la première fois, vit l'effort que faisait le vieil homme pour ne pas tomber. Il s'avança, le prit par les épaules et sentit frémir les muscles sous ses doigts.

« Tu souffres, mon vieil ami ? »

« Je souffre, Mon Duc, mais le plaisir n'en est que plus grand, dit Hawat. (Il se tourna à demi entre les bras de Paul, tendit sa main gauche, la paume vers le haut, en direction de l'Empereur et révéla l'aiguille minuscule serrée entre ses doigts.) Vous voyez, Majesté ? Vous voyez l'aiguille de votre traître ? Croyiez-vous que celui qui avait voué sa vie au service des Atréides pouvait leur offrir moins que cela aujourd'hui ? »

Paul trébucha comme le vieil homme s'effondrait entre ses bras. Il reconnut la flaccidité de la mort. Lentement, il étendit

Hawat sur le sol, puis se redressa et, d'un geste, ordonna à ses gardes d'emporter le corps.

Un silence total s'était établi sur le Grand Hall.

Paul regarda l'Empereur et lut enfin la peur dans ses yeux, une expression d'attente angoissée sur son visage.

« Majesté », dit-il. Il vit l'expression de surprise de la Princesse Royale. Il avait mis dans ce mot qu'il venait de prononcer les intonations contrôlées du Bene Gesserit afin qu'il fût chargé de tout le mépris possible.

C'est bien une Bene Gesserit, songea-t-il.

L'Empereur s'éclaircit la gorge et dit : « Sans doute mon sujet respecté croit-il maintenant que tout s'arrange selon ses désirs. Mais rien ne saurait être plus faux. Vous avez violé la Convention, usé des atomiques contre... »

« J'ai usé des atomiques contre un obstacle naturel du désert, dit Paul. Il se trouvait sur mon passage, Majesté, et j'avais grande hâte de vous joindre, afin de vous demander quelques explications sur vos étranges activités. »

« L'armada des Grandes Maisons attend dans l'espace au-dessus d'Arrakis en ce moment même, dit l'Empereur. Il me suffit d'un mot pour... »

« Ah oui, dit Paul, je les avais presque oubliées. » Son regard se porta sur les gens de la suite impériale et il aperçut les visages des deux représentants de la Guilde. Il s'adressa alors à Gurney : « Ce sont bien les hommes de la Guilde, n'est-ce pas, Gurney ? Ces deux gros en gris ? »

« Oui, Mon Seigneur. »

« Vous deux, appela-t-il, la main tendue. Sortez immédiatement de là et renvoyez cette flotte d'où elle vient. Après cela, vous attendrez mon autorisation pour... »

« La Guilde n'accepte pas vos ordres ! » lança le plus grand des deux. Ils s'avancèrent et, sur un signe de Paul, les lances furent levées devant eux. Le plus grand s'adressa de nouveau à Paul en levant le bras : « Vous pourriez bien connaître l'embargo pour cette... »

« Si j'entends encore une autre absurdité, dit Paul, je donne l'ordre de détruire toute la production d'épice d'Arrakis à tout jamais. »

« Êtes-vous fou ? » L'homme de la Guilde fit un pas en arrière.

« Ainsi, vous admettez que j'ai le pouvoir de le faire ? » demanda Paul.

Durant un instant, l'homme parut sonder l'espace du regard, puis il répondit : « Oui, vous pourriez le faire, mais vous ne le ferez pas. »

« Ah... (Paul hocha la tête.) Vous êtes tous deux des navigateurs de la Guilde, n'est-ce pas ? »

« Oui. »

Le plus petit ajouta : « Vous aussi, vous seriez aveugle et comme nous condamné à la mort lente. Savez-vous seulement ce que cela représente que d'être privé de la liqueur d'épice lorsqu'on y est accoutumé ? »

« L'œil qui choisit le chemin le plus sûr à jamais fermé, dit Paul. La Guilde devenue infirme. Les humains formant de petits îlots isolés sur leurs planètes. Je pourrais le faire, savez-vous, par simple dépit, ou par ennui. »

« Nous devons parler en privé, dit le plus grand. Je suis certain que nous pouvons arriver à quelque compromis qui... »

« Envoyez le message à ceux qui attendent au-dessus d'Arrakis, dit Paul. Cette discussion commence à me lasser. Si cette flotte ne repart pas très vite, il sera inutile de discuter plus longtemps. (Il se tourna vers les hommes de la radio qui attendaient à l'extrémité du Hall.) Vous pouvez vous servir de cette installation. »

« Il faut d'abord que nous discutions, dit l'homme de la Guilde. Nous ne pouvons pas simplement... »

« Envoyez ce message ! Être en mesure de détruire une chose revient à la contrôler de façon absolue. Vous avez admis que je dispose de ce pouvoir. Nous ne sommes pas ici pour discuter, négocier ou atteindre un compromis. Vous allez exécuter mes ordres ou bien vous en subirez les conséquences immédiates ! »

« Il le ferait », dit le plus petit des deux agents. Et Paul vit qu'ils avaient peur, maintenant. Lentement, ils se dirigèrent vers la radio.

« Vont-ils obéir ? » demanda Gurney.

« Leur vision du temps se rétrécit. Ils ne voient plus qu'un mur nu où s'inscrivent les conséquences de leur désobéissance. Et à bord de chaque vaisseau, chaque navigateur de la Guilde peut voir ce même mur. Ils vont obéir. »

Il se retourna vers l'Empereur : « Lorsqu'ils vous ont permis de monter sur le trône de votre père, ce n'était qu'avec l'assurance que l'épice continuerait de se déverser. Vous avez trahi votre engagement, Majesté. Savez-vous ce qui vous attend ? »

« Personne ne m'a *permis* de... »

« Cessez de faire l'idiot. La Guilde est comme un village au bord d'un fleuve. Elle a besoin de l'eau mais ne peut en prendre qu'un minimum. Impossible de construire un barrage car cela attirerait l'attention sur ce petit prélèvement. Cela pourrait même amener la destruction. Ce fleuve, c'est l'épice, et j'ai construit un barrage sur ce fleuve. Je l'ai construit de telle façon que vous ne pouvez le détruire sans éliminer le fleuve. »

L'Empereur passa la main dans ses cheveux roux et regarda les deux hommes de la Guilde.

« Votre Bene Gesserit elle-même tremble, reprit Paul. Il est bien d'autres poisons que les Révérendes Mères peuvent utiliser pour leurs tours, mais, quand elles se sont servies de la liqueur d'épice, ces autres poisons restent sans effet. »

La vieille femme drapa autour d'elle sa robe informe et s'avança jusqu'à rencontrer les lances.

« Révérende Mère Gaius Helen Mohiam, dit Paul. Bien du temps a passé depuis Caladan, n'est-ce pas ? »

Elle regarda au-delà de lui, en direction de sa mère. « Eh bien, Jessica, dit-elle, je vois que ton fils est bien celui que nous cherchions. Pour cela, il peut t'être pardonné cette abomination qu'est ta fille. »

Paul réprima la colère froide qui montait soudain en lui. « Vous n'avez ni droit ni raison pour pardonner quoi que ce soit à ma mère ! »

La vieille femme affronta son regard.

« Essayez donc vos tours sur moi, vieille sorcière, dit-il. Où est donc votre gom jabbar ? Essayez de plonger votre regard en ce lieu où vous ne pouvez regarder ! Vous m'y verrez ! »

La vieille femme baissa les yeux.

« N'avez-vous rien à dire ? » demanda Paul.

« Je t'ai accueilli dans les rangs des humains, marmonna-t-elle. Ne ternis pas cela. »

Il éleva la voix : « Observez bien, mes amis ! Voici une Révérende Mère Bene Gesserit, le plus patient des êtres au service de la plus patiente des causes ! Elle a pu attendre avec ses sœurs durant quatre-vingt-dix générations que se produise cette idéale combinaison des gènes et de l'environnement d'où devait naître celui qu'exigeaient leurs plans. Observez-la bien, mes amis ! Maintenant, elle sait que les quatre-vingt-dix générations ont passé et que le but est atteint. Je suis là... mais... je... ne... me... plierai... pas... à... son... désir ! »

« Jessica ! s'exclama la Révérende Mère. Fais-le taire ! »

« Faites-le taire vous-même », dit Jessica.

Paul posa sur la vieille femme un regard flamboyant. « Pour la part que vous avez prise dans tout ceci, je vous ferais étrangler avec joie, dit-il, et vous ne pourriez m'échapper ! (Elle se raidit de fureur.) Mais je pense qu'il est mieux de vous laisser vivre sans que jamais vous puissiez porter la main sur moi, sans qu'il vous soit possible de me faire agir selon vos plans. »

« Jessica, qu'as-tu fait ? » s'exclama la Révérende Mère.

« Je ne vous accorderai qu'une chose, poursuivit Paul. Vous avez su voir en partie quels étaient les besoins de la race, mais combien pauvrement. Vous croyez contrôler l'évolution humaine par quelques accouplements dirigés selon votre maître-plan ! Vous comprenez bien mal ce que... »

« Vous ne devez pas parler de ces choses ! » siffla la Révérende Mère.

« Silence ! » gronda Paul. Et le mot parut acquérir de la substance sous son contrôle.

La vieille femme battit en retraite, le visage blême devant cette puissance qui venait d'agresser sa psyché.

« Jessica, murmura-t-elle. Jessica ! »

« Je me souviens de votre gom jabbar, dit Paul. N'oubliez pas le mien. D'un mot, je peux vous tuer. »

Tout autour du Hall, les Fremen se regardèrent. La légende ne disait-elle pas : *« Et sa parole portera la mort éternelle dans les rangs de ceux qui se dresseront contre le droit. »*

Paul se tourna vers la Princesse Royale qui se tenait à côté de son père. Il dit, sans la quitter des yeux : « Majesté, nous connaissons tous deux la clé de nos problèmes. »

L'Empereur jeta un coup d'œil à sa fille, puis revint à Paul : « Vous osez ? Un aventurier sans famille, un... »

« Cessez cette comédie, dit Paul. Vous m'avez reconnu comme sujet impérial. Ce sont vos propres paroles. »

« Je suis votre maître », dit l'Empereur.

Paul se tourna vers les hommes de la Guilde qui, immobiles près de la radio, le regardaient. L'un d'eux acquiesça.

« Je pourrais employer la force », dit Paul.

« Vous n'oserez pas ! »

Paul se contenta de le regarder en silence.

La Princesse mit une main sur le bras de son père. « Père », dit-elle, et sa voix était pleine d'une douceur soyeuse, apaisante.

« N'essayez pas vos tours sur moi, dit l'Empereur. (Il regarda sa fille.) Il est inutile que vous fassiez cela, Ma Fille. Nous avons d'autres ressources qui… »

« Mais cet homme que voici est fait pour être votre fils », dit-elle.

La Révérende Mère, qui avait retrouvé sa dignité, s'approcha de l'Empereur et se pencha à son oreille.

« Elle défend ta cause », dit Jessica.

Paul ne quittait pas des yeux la princesse aux cheveux dorés.

« C'est Irulan, l'aînée, n'est-ce pas ? »

« Oui. »

Chani s'approcha : « Veux-tu que je me retire, Muad'Dib ? »

Il la regarda. « Te retirer ? Jamais tu ne quitteras mon côté. »

« Il n'existe aucun lien entre nous. »

Il baissa les yeux sur elle et, lentement, répondit : « Ne parle jamais que le langage de la vérité avec moi, ma Sihaya. (Et, comme elle s'apprêtait à répondre, il posa un doigt sur ses lèvres.) Le lien qui nous unit ne peut se rompre. Maintenant, observe avec attention car, plus tard, je désirerai voir cette salle par les yeux de ta sagesse. »

L'Empereur et sa Diseuse de Vérité discutaient à voix basse, sur un ton vif.

Paul s'adressa à sa mère. « Elle lui rappelle que, selon leur accord, il a accepté de laisser monter une Bene Gesserit sur le trône et que c'est Irulan qu'ils avaient pressentie. »

« C'était donc leur plan ? »

« N'est-ce pas évident ? » dit-il.

« Je sais lire les signes ! dit-elle. Ma question ne visait qu'à te rappeler de ne pas chercher à m'enseigner ce que je t'ai inculqué moi-même. »

Paul la regarda et vit s'esquisser un sourire froid sur ses lèvres.

Gurney Halleck se pencha entre eux. « Je vous rappelle, Mon Seigneur, qu'il y a un Harkonnen dans cette bande. (Il leva le menton vers Feyd-Rautha qui, sur la gauche, s'appuyait à une lance.) Celui-là, là-bas. Il a le visage le plus fourbe que j'aie jamais vu. Vous m'avez promis de... »

« Je te remercie, Gurney », dit Paul.

« C'est le na-Baron... Il est Baron, maintenant que le vieil homme est mort. Il conviendra très bien à ce que je... »

« Tu peux le vaincre, Gurney ? »

« Mon Seigneur plaisante ! »

« Cette discussion entre l'Empereur et sa sorcière a suffisamment duré, ne croyez-vous pas, Mère ? »

Elle acquiesça. « Oui, certainement. »

Paul éleva la voix : « Majesté, y a-t-il un Harkonnen parmi ces gens ? »

L'Empereur se détourna avec un royal mépris pour lui répondre. « Je croyais que ma suite était placée sous la protection de la parole ducale », dit-il.

« Ma question n'appelait qu'un simple renseignement, dit Paul. Je voulais savoir si un Harkonnen faisait officiellement partie de votre suite ou s'il s'y cachait par lâcheté. »

L'Empereur eut un sourire calculé. « Quiconque est accepté dans ma suite est membre de mes gens. »

« Vous avez la parole d'un Duc, dit Paul. Mais cela ne saurait concerner Muad'Dib. *Lui*, il n'a pas connaissance de ce que vous entendez par *vos gens*. Mon ami Gurney souhaite tuer un Harkonnen. S'i... »

« Kanly ! cria Feyd-Rautha. (Il essaya de repousser la lance.) C'est le mot qu'a employé votre père Atréides. Vous me traitez de lâche alors que vous vous cachez parmi vos femmes et que vous envoyez un laquais contre moi ! »

La Révérende Mère chuchota quelques paroles sur un ton vif à l'oreille de l'Empereur mais il la repoussa et dit : « Kanly, vraiment ? Les règles du kanly sont strictes. »

« Paul, mets un terme à cela », dit Jessica.

« Mon Seigneur, dit Gurney, vous m'avez promis que j'aurais mon heure face aux Harkonnen. »

« Tu as eu toute une journée », dit Paul, et il sentit que ses émotions refluaient sous l'impulsion. Il ôta sa robe et son capuchon et les tendit à sa mère avec sa ceinture et son krys avant d'enlever son distille.

Tout l'univers se concentrait sur cet instant. Il le sentait.

« Paul, c'est inutile, dit Jessica. Il existe d'autres moyens, plus faciles. »

Il se débarrassa de son distille et sortit le krys du fourreau que sa mère serrait dans ses mains.

« Je sais, dit-il. Le poison, les assassins, tous les moyens habituels. »

« Vous m'avez promis un Harkonnen ! souffla Gurney. (Paul lut la fureur sur le visage de son compagnon. Il vit que la cicatrice de vinencre était sombre sur sa mâchoire.) Vous me le devez, Mon Seigneur ! »

« As-tu plus souffert d'eux que moi ? » demanda Paul.

« Ma sœur, dit Gurney d'une voix rauque. Les années que j'ai passées dans leurs puits d'esclaves... »

« Mon père. Mes amis, mes compagnons, Thufir Hawat et Duncan Idaho. Ces années où je n'étais plus qu'un fugitif sans aucun rang... Autre chose encore, Gurney. Il s'agit maintenant du kanly et tu en connais aussi bien que moi les règles. »

Les épaules de Halleck s'affaissèrent. « Mon Seigneur, si ce porc... Ce n'est rien de plus qu'une bête. Vous pourriez l'écraser au pied et jeter ensuite votre chaussure car elle serait contaminée. Appelez un bourreau, si vous le désirez, ou laissez-moi faire, mais ne vous offrez pas vous-même pour cette... »

« Muad'Dib n'a aucune raison de faire cela », dit Chani.

Il la regarda et lut la peur dans ses yeux. « Mais le Duc Paul, lui, en a une. »

« Ce n'est qu'une bête harkonnen ! » gronda Gurney.

Paul hésita. Il était sur le point de révéler son ascendance harkonnen mais il en fut empêché par le regard acéré de sa mère et dit simplement : « Mais cette chose a forme humaine, Gurney, et doit bénéficier du doute humain. »

« S'il est assez pour... » commença Gurney.

« Je t'en prie, tiens-toi à l'écart », dit Paul. Il leva son krys et repoussa doucement Gurney.

« Gurney ! dit Jessica. (Elle lui toucha le bras.) Il est comme son grand-père. Ne le distrayez pas. C'est tout ce qu'il vous reste à faire pour lui maintenant. » Et elle pensa : *Grande Mère ! Quelle ironie !*

L'Empereur observait Feyd-Rautha, ses épaules lourdes, ses muscles épais. Puis il se retourna vers Paul et vit ce corps mince, noueux, qui n'était pas aussi ascétique que celui d'un Fremen mais dont on voyait les côtes au-dessus des flancs creux. Le jeu des muscles était parfaitement visible sous la peau tendue.

Jessica se pencha vers son fils et murmura pour lui seul : « Encore une chose, Fils. Parfois, les gens dangereux sont préparés par le Bene Gesserit. Un mot est implanté dans les couches profondes de leur esprit selon la vieille méthode de la souffrance et du plaisir. Le mot le plus fréquemment utilisé est *Uroshnor*. Si celui-là a été préparé, et je pense qu'il l'est, il suffit de prononcer le mot près de son oreille pour que ses muscles deviennent flasques et… »

« Je n'ai besoin d'aucun avantage spécial, dit Paul. Écartez-vous, Mère. »

« Pourquoi fait-il cela ? demanda Gurney à Jessica. Pense-t-il être tué et devenir ainsi un martyr ? Est-ce que tout ce radotage religieux des Fremen lui a obscurci la raison ? »

Jessica mit son visage dans ses mains, prenant conscience soudain qu'elle ignorait ce qui poussait Paul à agir ainsi. Dans cette salle, elle pouvait sentir la mort partout et elle savait maintenant que ce Paul nouveau, transformé, était capable de ce que suggérait Gurney. Elle concentrait tous ses talents sur le désir qu'elle éprouvait de protéger son fils, mais il n'était rien qu'elle pût faire.

« Est-ce que c'est ce radotage religieux ? » demanda Gurney.

« Silence ! murmura-t-elle. Priez ! »

Brusquement, un sourire apparut sur le visage de l'Empereur. « Si tel est le désir de Feyd-Rautha… de ma suite, dit-il. Je le libère de tout lien et le laisse libre d'agir à son gré. (Il leva la main à l'adresse des Fedaykin de Paul.) L'une de vos canailles détient ma ceinture et mon poignard. Si Feyd-Rautha le désire, il peut vous affronter avec ma propre lame. »

« Je le désire », dit Feyd-Rautha, et Paul lut nettement une expression de soulagement sur son visage.

Il est trop confiant, songea-t-il. *C'est un avantage naturel que je peux accepter.*

« Posez la lame de l'Empereur sur le sol, là », ordonna Paul en désignant un endroit précis du bout de son pied tendu. « Que la racaille impériale se replie jusqu'au mur et que l'Harkonnen demeure seul. »

Des voix murmurèrent, protestèrent. Dans un froissement de robes, un piétinement sourd, on obéit à Paul. Les hommes de la Guilde demeurèrent à proximité de la radio, observant Paul d'un air indécis.

Ils ont l'habitude de voir l'avenir, se dit Paul. *Mais ici, en cet instant, ils sont aveugles... aussi aveugles que moi.* Et il essaya de sonder les vents du temps, il perçut le tourbillon, le nexus, dont le centre était l'instant présent, ce lieu précis. C'était le Jihad, il le savait, le Jihad qui était encore à naître, la conscience raciale qu'il avait autrefois décelée comme un but terrible. C'était assez pour que le Kwisatz Haderach ou le Lisan al-Gaib survienne, assez pour qu'il soit mis un terme aux plans bene gesserit. La race des humains avait pris conscience de sa stase malsaine et elle ne voyait qu'une issue : le tourbillon qui brasserait les gènes et d'où surgiraient de nouveaux mélanges. En cet instant, tous les humains ne formaient qu'un seul organisme inconscient qui ressentait un besoin sexuel susceptible de renverser n'importe quelle barrière. Et Paul comprit la futilité de ses efforts pour modifier même en partie ce qui se passait. Il avait cru pouvoir s'opposer au Jihad, seul, mais le Jihad serait. Même sans lui, les légions fondraient sur l'univers depuis Arrakis. Il ne leur fallait que cette légende que, déjà, il était devenu. Il avait montré la voie, il leur avait permis de dominer la Guilde elle-même, qui avait besoin de l'épice pour survivre.

Il eut le sentiment d'un échec puis vit que Feyd-Rautha avait ôté son uniforme déchiré pour apparaître vêtu d'un simple corset de combat à cotte de mailles.

C'est le moment décisif, se dit Paul. *À partir d'ici, l'avenir s'ouvre, les nuages s'écartent pour livrer passage à une sorte de jour glorieux. Si je meurs, ils diront que je me suis sacrifié afin que mon esprit les guide. Si je vis, ils décideront que rien ne peut s'opposer à Muad'Dib.*

« L'Atréides est-il prêt ? » demanda Feyd-Rautha selon l'ancien rituel du kanly.

Paul choisit de lui répondre selon la tradition fremen : « Puisse ton couteau s'effriter ! » Et il désigna la lame de l'Empereur sur le sol, indiquant à Feyd-Rautha qu'il pouvait venir la prendre.

Sans le quitter des yeux, Feyd-Rautha s'avança, saisit l'arme et la balança un instant entre ses doigts pour en éprouver le contact. L'excitation montait en lui. C'était le combat dont il avait toujours rêvé, d'homme à homme, un affrontement où les boucliers n'intervenaient pas, où seule jouait l'habileté. Et ce combat pouvait lui donner la puissance car l'Empereur récompenserait certainement celui qui tuerait ce Duc si gênant. Il se pouvait même que la récompense fût constituée par sa hautaine fille et une partie du trône. Et ce Duc bandit, cet aventurier ne pouvait être un adversaire sérieux pour un Harkonnen qui avait connu le combat dans un millier d'arènes et qui avait été entraîné à toutes les armes et à toutes les feintes. Ce manant ne pouvait savoir qu'il allait affronter d'autres armes que ce simple couteau.

Voyons si tu es à l'épreuve du poison ! se dit Feyd-Rautha. Il salua Paul avec la lame de l'Empereur et dit : « Fou, regarde la mort ! »

« Allons-nous combattre enfin, cousin ? » demanda Paul. Et il s'avança comme un chat, les yeux fixés sur la lame de son adversaire, le corps ployé, pointant son krys à l'éclat laiteux qui semblait en cet instant un prolongement naturel de son bras.

Ils tournèrent en s'observant, guettant la plus petite ouverture, leurs pieds nus crissant parfois sur le sol.

« Tu danses bien », dit Feyd-Rautha.

Un bavard, songea Paul. *Autre faiblesse. Le silence le met mal à l'aise.*

« As-tu reçu l'absolution ? » demanda Feyd-Rautha.

Paul continua de se déplacer en silence.

Au premier rang, la vieille Révérende Mère se mit à trembler. Le jeune Atréides avait appelé « cousin » l'Harkonnen. Cela ne pouvait signifier qu'une chose : il connaissait son ascendance, et cela était facile à comprendre puisqu'il était le Kwisatz Haderach. Mais ce simple mot prononcé par Paul lui faisait prendre conscience de la seule chose qui importait pour elle. Ce qui se passait ici pouvait être une catastrophe pour le plan de sélection bene gesserit.

Elle avait entrevu ce que Paul avait compris, que Feyd-Rautha pouvait le tuer mais sans être victorieux. Et une autre pensée lui vint, qui submergea presque son esprit. Là, devant elle, deux produits de ce long et coûteux programme de sélection étaient engagés dans un combat où ils pouvaient laisser la vie, l'un comme l'autre. Si tous deux mouraient ici, il ne resterait plus qu'une fille bâtarde de Feyd-Rautha, un bébé, un facteur inconnu, et Alia, cette abomination.

« Peut-être que vous ne connaissez que les rites païens, ici, dit Feyd-Rautha. Veux-tu que la Diseuse de Vérité de l'Empereur prépare ton âme au voyage ? »

Paul sourit tout en se portant sur la droite, les muscles tendus, ses sombres pensées repoussées par les impératifs de l'instant.

Feyd-Rautha bondit, feinta de la main droite mais, en un éclair, passa la lame dans sa main gauche.

Paul se déroba facilement et nota la brève hésitation de Feyd-Rautha, due à l'habitude du bouclier. Brève hésitation qui indiquait que Feyd-Rautha, pourtant, n'avait pas toujours combattu avec le bouclier, qu'il avait dû affronter, du moins, des adversaires qui n'en avaient pas.

« Est-ce qu'un Atréides court au lieu de combattre ? » demanda Feyd-Rautha.

Paul s'était remis à tourner en silence. Les paroles d'Idaho lui revinrent : *« Durant les premiers instants, étudie. Bien sûr, tu perds ainsi la possibilité d'une victoire rapide, mais l'étude de l'adversaire est une assurance de succès. Prends ton temps. »*

« Peut-être crois-tu que cette danse prolonge ta vie de quelques instants, dit Feyd-Rautha. Très bien. » Il s'arrêta, se redressa.

Paul en avait assez vu pour avoir une première approximation. Feyd-Rautha se portait maintenant sur la gauche, offrant sa hanche droite comme si la cotte de maille pouvait protéger tout son flanc. C'était l'attitude d'un homme habitué à combattre avec un bouclier et deux couteaux.

Ou... Paul hésita... ou bien la cotte de mailles était plus que ce qu'elle semblait être.

L'Harkonnen semblait trop confiant face à un homme dont les troupes, ce même jour, avaient triomphé des Sardaukars.

Feyd-Rautha s'aperçut de l'hésitation de son adversaire et lança : « Pourquoi retarder l'inévitable ? Tu ne fais que m'empêcher de faire valoir mes droits sur cette boule pouilleuse. »

Une aiguille, pensa Paul. *Elle est bien dissimulée. Aucune trace sur le corset.*

« Pourquoi ne dis-tu rien ? » lança Feyd-Rautha.

Paul se remit en marche. Le silence faisait son effet sur Feyd-Rautha. Il eut un sourire glacé.

« Tu souris, hein », dit Feyd-Rautha, et il bondit avant d'avoir achevé.

Paul s'était attendu à une hésitation et il faillit ne pas se dérober à temps devant le coup. La lame écorcha son bras gauche. Il repoussa la douleur qui jaillit en lui et comprit que la première hésitation qu'il avait notée n'avait été qu'une feinte habile. Son adversaire était plus rusé qu'il ne l'avait cru d'abord. Dans chacune de ses feintes, il devait dissimuler une autre feinte.

« C'est ton Thufir Hawat qui m'a enseigné certains de mes coups, dit Feyd-Rautha. Dommage que ce vieux fou n'ait pas vécu assez longtemps pour me voir. »

Et Paul se souvint alors de ce qu'Idaho lui avait dit une fois : *« Ne t'attends qu'à ce qui se passe dans le combat. Ainsi, tu ne seras jamais surpris. »*

À nouveau, ils tournaient l'un autour de l'autre, attentifs, le corps ployé.

Paul regarda le visage de son adversaire et y lut, une fois encore, la satisfaction. Feyd-Rautha pouvait-il donc attacher autant d'importance à une simple égratignure ? À moins qu'il n'y ait eu du poison sur la lame ! Mais comment était-ce possible ? Ses propres hommes avaient eu la lame entre les mains et l'avaient testée avant de la lui rendre. Ils avaient trop d'expérience pour que ce genre de chose leur échappe.

« Cette femme à qui tu parlais, dit Feyd-Rautha. Est-elle quelque chose pour toi ? Ton petit animal favori ? Faut-il que je lui réserve des attentions particulières ? »

Paul ne répondit pas. Ses sens internes examinaient le sang qui s'écoulait de l'estafilade sur son bras et découvrirent une trace de soporifique. Paul ajusta son métabolisme afin de repousser la menace et modifia la structure moléculaire du soporifique. Mais il ressentait encore un doute. Ils avaient enduit la lame de soporifique. Un soporifique qui pouvait tromper le goûte-poison mais qui était assez puissant, pourtant, pour ralentir les muscles. L'ennemi avait ses propres plans-gigognes, ses stratagèmes à tiroirs.

À nouveau, Feyd-Rautha bondit et frappa.

Paul, un sourire figé sur ses lèvres, feinta avec une lenteur calculée, comme s'il était sous l'effet de la drogue. À la dernière fraction de seconde, il frappa et la pointe du krys rencontra le bras de Feyd-Rautha.

Celui-ci se déroba et rompit, le couteau dans la main gauche, maintenant, le visage pâle. L'acide mordait la blessure.

Offrons-lui un moment de doute, se dit Paul. *Laissons-le croire au poison.*

« Traîtrise ! cria Feyd-Rautha. Il m'a empoisonné ! Je sens le poison dans mon bras ! »

Et Paul parla pour la première fois : « Ce n'est rien qu'un peu d'acide pour répondre au soporifique sur la lame de l'Empereur. »

Feyd-Rautha, le regard brillant de rage, leva son couteau en une dérision de salut.

Paul prit son krys dans la main gauche et se remit à tourner en silence.

Feyd-Rautha se rapprocha, brandissant haut la lame de l'Empereur. La colère se lisait dans ses yeux à demi fermés et la ligne de sa mâchoire. Il feinta sur la droite, un peu en dessous, et ils se retrouvèrent l'un contre l'autre, leurs lames liées.

Paul obligea son adversaire à pivoter. Il se méfiait de la hanche droite où devait se dissimuler une aiguille empoisonnée. À l'instant où elle pointa, il faillit ne pas la voir. Il fut alerté par un mouvement de Feyd-Rautha, un relâchement de ses muscles et l'aiguille ne le manqua que d'une infime fraction de centimètre.

Elle était sur la hanche gauche !

Piège sur piège, se dit Paul. Il utilisa le contrôle bene gesserit pour relâcher ses muscles afin de provoquer un réflexe de

Feyd-Rautha mais, essayant d'échapper à la menaçante pointe, il trébucha, tomba sur le sol et Feyd-Rautha s'abattit sur lui.

« Tu la vois hein, là, sur ma hanche ? murmura-t-il. C'est ta mort, fou. (Il roula sur lui-même et l'aiguille se rapprocha du flanc de Paul.) Je vais d'abord paralyser tes muscles, puis mon couteau t'achèvera. Et il ne restera pas la moindre trace ! »

Tous les muscles de Paul luttaient tandis que, au fond de son esprit, s'élevaient les cris silencieux de ses ancêtres qui exigeaient qu'il prononce le mot-clé qui freinerait Feyd-Rautha et le sauverait, lui.

« Non, je ne le dirai pas ! » souffla-t-il.

Feyd-Rautha le regarda et il eut la plus infime hésitation. Ce qui suffit à Paul pour découvrir la faille dans l'équilibre de son adversaire et pour le faire basculer. Feyd-Rautha se retrouva sous lui, la hanche droite vers le haut, paralysé par l'aiguille qui, sur sa hanche gauche, était maintenant en contact avec le sol.

Paul libéra sa main gauche et son geste fut rendu plus aisé par le sang qui s'écoulait toujours de son bras. Puis il frappa Feyd-Rautha à hauteur de la mâchoire. La pointe du krys se fraya un chemin jusqu'au cerveau. Feyd-Rautha tressaillit et roula, maintenu sur le sol par l'aiguille qui s'y était enfoncée.

Respirant à fond pour retrouver son calme, Paul se redressa et se remit sur pied. Debout au-dessus du corps de Feyd-Rautha, sans lâcher son couteau, il leva lentement les yeux vers l'Empereur.

« Majesté, votre troupe se trouve réduite encore d'un élément. Allons-nous maintenant cesser de tergiverser et de nous donner la comédie ? Allons-nous discuter de mon mariage avec votre fille et de la part de trône qui reviendra ainsi aux Atréides ? »

L'Empereur se retourna et regarda le Comte Fenring. Et le Comte Fenring affronta son regard. Tous les mots étaient inutiles entre eux, car ils se connaissaient depuis si longtemps que leurs yeux parlaient pour eux.

Tue-le pour moi, disait l'Empereur. *Cet Atréides est jeune et plein de ressources, oui... mais il est également fatigué et tu n'auras aucun mal à le vaincre. Défie-le maintenant... tout de suite. Tu sais comment faire. Et tue-le.*

Lentement, très lentement, Fenring détourna son regard et ses yeux vinrent enfin se poser sur Paul.

« Allez ! » dit l'Empereur.

Le Comte regardait Paul ainsi que sa Dame Margot le lui avait enseigné, selon la Manière Bene Gesserit. Et il lut le mystère et la grandeur cachés qui habitaient ce jeune descendant des Atréides.

Je pourrais le tuer, oui, songea Fenring. Et il savait bien que c'était la vérité.

Dans ses profondeurs les plus secrètes, quelque chose, alors, retint le Comte. Il eut la vision brève, inadéquate, de sa supériorité vis-à-vis de Paul, du côté secret de sa personne, de la qualité furtive de ses motivations que nul ne pouvait pénétrer.

Et Paul, par le nexus bouillonnant du temps, comprit cela en partie, et il s'expliqua enfin pourquoi il n'avait jamais entrevu Fenring dans la trame des avenirs révélés par sa prescience. Fenring était un Kwisatz Haderach possible qu'une simple faille du schéma génétique avait rejeté, un eunuque dont les talents étaient furtifs, secrets, cachés. Il éprouva alors une compassion profonde pour le Comte, un sentiment de fraternité que jamais encore il n'avait connu.

Fenring s'aperçut de son émotion, la comprit et dit : « Majesté, il me faut refuser. »

La fureur submergea Shaddam IV. Il fit deux pas entre ses gens et gifla à toute volée Fenring.

Le visage du Comte devint sombre. Il leva les yeux, regarda droit dans ceux de l'Empereur et déclara avec une tranquillité délibérée : « Nous avons été amis, Majesté. Ce que je fais maintenant, je ne le fais que par amitié. J'oublierai votre geste. »

Paul s'éclaircit la gorge et dit : « Nous parlions du trône, Majesté. »

L'Empereur se retourna, le regard flamboyant :

« C'est moi qui suis sur le trône ! » aboya-t-il.

« Vous en aurez un autre sur Salusa Secundus », dit Paul.

« J'ai déposé les armes et je suis venu ici avec votre parole ! cria l'Empereur. Vous osez me menacer… »

« Vous êtes en sécurité en ma présence, dit Paul. C'est un Atréides qui vous l'a promis. Mais Muad'Dib, quant à lui, vous condamne à résider sur votre planète-prison. Mais n'ayez nulle crainte, Majesté : j'utiliserai tous les moyens dont je dispose pour que ce lieu soit rendu moins rude. Il deviendra un véritable monde-jardin, tout empli de choses charmantes. »

L'Empereur perçut le sens caché des paroles de Paul et le regarda en grinçant : « À présent, je discerne vos motifs véritables. »

« Évidemment », dit Paul.

« Et Arrakis ? En ferez-vous un autre monde-jardin plein de choses charmantes ? »

« Les Fremen ont la parole de Muad'Dib, dit Paul. Sous le ciel de ce monde il y aura de l'eau et de vertes oasis pleines de bonnes choses. Mais nous devons aussi penser à l'épice. Il faudra maintenir du désert sur Arrakis... et des vents violents, des épreuves pour endurcir l'homme. Nous autres Fremen avons une maxime : *Dieu a créé Arrakis pour former les fidèles.* On ne peut aller contre la parole de Dieu. »

La Révérende Mère Gaius Helen Mohiam avait lu autre chose dans les paroles de Paul. Elle avait entrevu le Jihad et elle dit : « Vous ne pouvez lâcher ces gens sur l'univers ! »

« Vous regretterez les manières si douces des Sardaukars ! » lança Paul.

« Vous ne pouvez pas... »

« Vous êtes une Diseuse de Vérité, dit-il. Mesurez donc vos paroles. (Il se tourna vers la Princesse Royale, puis vers l'Empereur.) Le plus tôt sera le mieux, Majesté. »

L'Empereur, médusé, regarda sa fille. Elle lui toucha le bras et dit d'un ton apaisant : « J'ai été éduquée pour cela, Père. »

Il prit une profonde inspiration.

« Vous ne pouvez tolérer cela », marmonna la vieille Diseuse de Vérité.

L'Empereur se redressa, retrouvant un semblant de dignité. « Qui négociera en votre nom, sujet ? » demanda-t-il.

Paul se retourna, il vit sa mère qui baissait les paupières aux côtés de Chani, dans un groupe de Fedaykin. Il s'approcha et s'arrêta devant Chani.

« Je connais tes raisons, dit-elle. S'il doit en être ainsi... Usul... »

Il perçut les larmes dans sa voix, leva la main et toucha sa joue. « Ma Sihaya n'aura jamais rien à craindre, jamais. (Il baissa le bras et se tourna vers sa mère.) Vous négocierez pour moi, Mère, avec Chani. Elle possède la sagesse et un regard acéré. Et l'on dit avec justesse que nul n'est plus dur en affaire qu'un Fremen. Pour moi, elle aura les yeux de l'amour et la pensée de ses fils à venir ne la quittera pas. Écoutez-la. »

Jessica devina les froids calculs qui se dissimulaient derrière les paroles de son fils et elle réprima un frisson. « Quelles sont tes instructions ? » demanda-t-elle.

« J'exige en dot la totalité des intérêts de l'Empereur dans le Combinat des Honnêtes Ober Marchands. »

« La totalité ? » Elle avait du mal à trouver ses mots.

« Il doit être entièrement dépouillé. Je veux le titre de Comte et un directorat du CHOM pour Gurney Halleck, ainsi que le fief de Caladan. Des pouvoirs et des titres seront attribués à tous les gens des Atréides, jusqu'au plus humble soldat. »

« Et les Fremen ? » demanda-t-elle.

« Les Fremen me concernent, moi, dit Paul. Ce qu'ils recevront leur sera donné par Muad'Dib. Et, tout d'abord, Stilgar sera Gouverneur d'Arrakis, mais cela peut attendre. »

« Et pour moi ? »

« Y a-t-il quelque chose que vous souhaitiez ? »

« Caladan, peut-être, dit Jessica en regardant Gurney. Je n'en suis pas sûre. Je suis devenue trop semblable aux Fremen... Je suis une Révérende Mère. J'ai besoin d'une période de paix et de calme pour réfléchir. »

« Cela au moins vous l'aurez, dit Paul, et tout ce que Gurney et moi pourrons vous offrir. »

Elle hocha la tête. Elle se sentait tout à coup vieille et fatiguée. Elle regarda Chani : « Et pour la concubine royale ? »

« Aucun titre pour moi, dit Chani. Rien. Je vous en supplie. »

Paul rencontra son regard et il la revit soudain avec le petit Leto dans ses bras, leur fils qui avait trouvé la mort dans toute cette violence.

« Je te jure, dit-il, que tu n'as besoin d'aucun titre. Cette femme, là-bas, sera mon épouse et tu ne seras qu'une concubine parce que ceci est une affaire politique et que nous devons conclure la paix et rallier les Grandes Maisons du Landsraad. Il faut obéir aux usages. Mais cette princesse n'aura de moi que mon nom. Elle n'aura nul enfant, nul geste, nul regard, nul instant de désir. »

« Tu dis cela maintenant », dit Chani. Et, par-delà la salle, elle contempla la princesse aux cheveux dorés.

« Connais-tu si peu mon fils ? murmura Jessica. Vois donc cette princesse, là-bas, si hautaine, si confiante. On dit qu'elle a des prétentions littéraires. Espérons que cela remplit son existence car elle n'aura que peu de choses en dehors. (Un rire amer lui échappa.) Pense à cela, Chani, pense à cette princesse qui portera le nom mais qui sera moins qu'une concubine, qui ne connaîtra jamais un instant de tendresse avec l'homme auquel elle est liée. Alors que nous, Chani, nous que l'on nomme concubines... l'Histoire nous appellera : épouses. »

ANNEXES

NOTES CARTOGRAPHIQUES

Base pour la détermination de l'altitude : le Grand Bled.

Base pour la longitude : méridien du Mont de l'Observatoire.

Bordure Ouest : escarpement élevé (4 600 m) au-dessus du Bouclier.

Carthag : à 200 km environ au nord-est d'Arrakeen.

Faille Rouge : à 1 582 m en dessous du niveau du Bled.

Fosse Polaire : à 500 m en dessous du niveau du Bled.

Grand Bled : vaste désert plat, par opposition aux zones de dunes. Le désert s'étend entre 60° de latitude nord et 70° de latitude sud. Il est composé surtout de sable et de rochers, avec de rares affleurements de la couche basique.

Grande Étendue : dépression d'erg et de rocher située à 190 m en dessous du niveau du Bled. C'est dans la Grande Étendue que se trouve la Cuvette de Sel découverte par Pardot Kynes. Au sud du Sietch Tabr, les affleurements rocheux s'élèvent jusqu'à 200 m d'altitude.

Grotte des Oiseaux : dans la Chaîne de Habbanya.

Ligne des vers : indique la limite septentrionale d'observation des vers. C'est l'humidité, et non la température, qui est le facteur déterminant.

Palmeraies du Sud : elles n'apparaissent pas sur cette carte car elles sont situées vers le 40e degré de latitude sud.

Passe de Harg : cette passe est dominée par le Mausolée du crâne du duc Leto.

Passe du Vent : entourée de falaises, elle s'ouvre sur les villages des creux.

Plaine Funèbre : Grand erg.

Vieille faille : fissure dans le Mur du Bouclier, proche d'Arrakeen, qui descend verticalement sur 2 240 m. Une explosion l'a emportée sur l'ordre de Paul Muad'Dib.

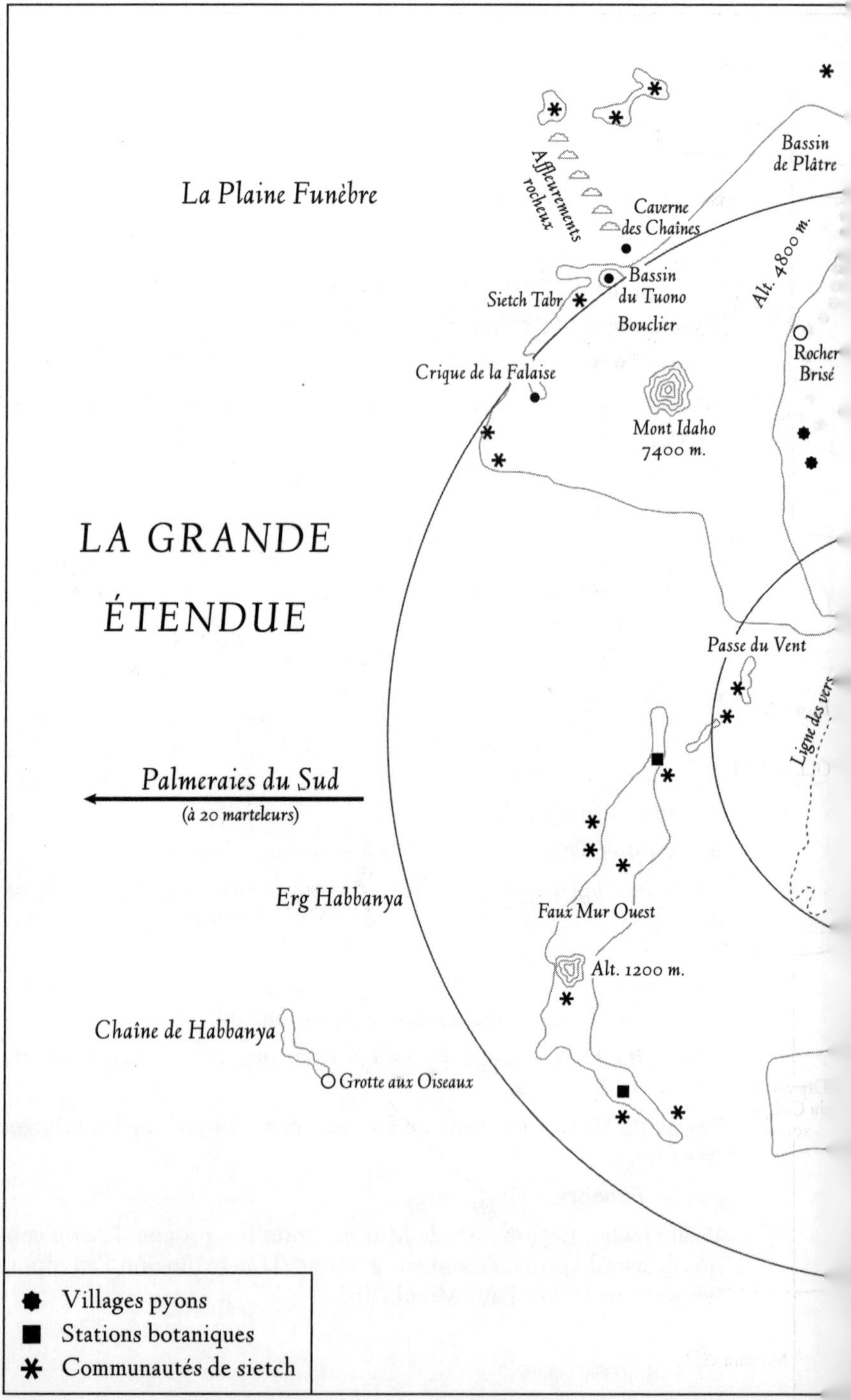
La Plaine Funèbre
Affleurements rocheux
Caverne des Chaînes
Bassin de Plâtre
Alt. 4800 m.
Bassin du Tuono
Sietch Tabr
Bouclier
Rocher Brisé
Crique de la Falaise
Mont Idaho 7400 m.
LA GRANDE ÉTENDUE
Passe du Vent
Ligne des vers
Palmeraies du Sud
(à 20 marteleurs)
Erg Habbanya
Faux Mur Ouest
Alt. 1200 m.
Chaîne de Habbanya
Grotte aux Oiseaux
Villages pyons
Stations botaniques
Communautés de sietch

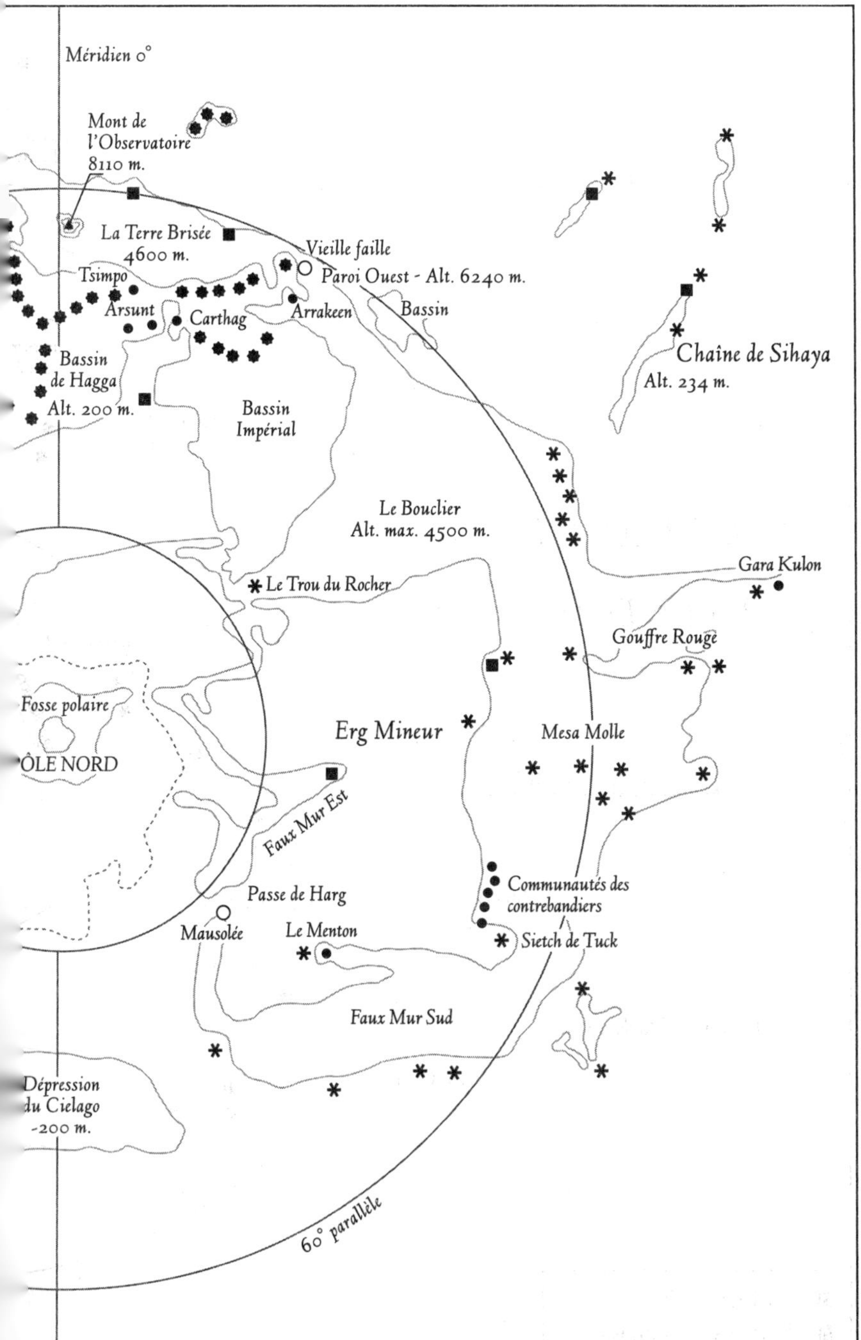

Méridien 0°
Mont de l'Observatoire 8110 m.
La Terre Brisée 4600 m.
Vieille faille
Paroi Ouest - Alt. 6240 m.
Tsimpo
Arsunt
Carthag
Arrakeen
Bassin
Chaîne de Sihaya
Alt. 234 m.
Bassin de Hagga
Alt. 200 m.
Bassin Impérial
Le Bouclier
Alt. max. 4500 m.
Gara Kulon
Le Trou du Rocher
Gouffre Rouge
Fosse polaire
ÔLE NORD
Erg Mineur
Mesa Molle
Faux Mur Est
Communautés des contrebandiers
Passe de Harg
Mausolée
Le Menton
Sietch de Tuck
Faux Mur Sud
Dépression du Cielago
-200 m.
60° parallèle
Méridien 180°

APPENDICES

APPENDICE I

ÉCOLOGIE DE DUNE

Au-delà d'un point critique dans un espace fini, la liberté décroît comme s'accroît le nombre. Cela est aussi vrai des humains dans l'espace fini d'un écosystème planétaire que des molécules d'un gaz dans un flacon scellé. La question qui se pose pour les humains n'est pas de savoir combien d'entre eux survivront dans le système mais quel sera le genre d'existence de ceux qui survivront.

Pardot Kynes, Premier Planétologiste d'Arrakis.

AUX YEUX DU NOUVEL ARRIVANT, ARRAKIS APPARAÎT COMME une terre d'une désolation absolue. L'étranger pense immédiatement que rien ne peut y vivre ou y pousser, qu'il a devant lui un désert qui n'a jamais connu la fertilité et ne la connaîtra jamais.

Pour Pardot Kynes, la planète n'était qu'une forme d'énergie, une machine mue par son soleil. Il suffisait de la façonner pour répondre aux besoins des hommes et, immédiatement, il pensa à la population humaine d'Arrakis qui se déplaçait librement à sa surface : les Fremen. Quel défi ils représentaient ! Et quel outil ! Une force écologique et géologique au potentiel quasi illimité.

Pardot Kynes était un homme simple et direct. Il lui fallait échapper aux contraintes harkonnens ? Qu'à cela ne tienne. Il épousa une femme fremen. Quand elle lui donna un fils, Liet-Kynes, il entreprit de lui inculquer, ainsi qu'aux autres enfants, les bases de l'écologie, créant pour cela un nouveau langage de symboles qui préparait l'esprit à la manipulation d'un paysage tout entier, de ses climats, de ses saisons, qui rejetait tout concept de force au profit d'une conscience claire de l'*ordre*.

« Sur toute planète favorable à l'homme, disait Kynes, il existe une sorte de beauté interne faite de mouvement et d'équilibre. Cette beauté produit un effet dynamique stabilisateur qui est essentiel à l'existence. Sa fonction est simple : maintenir et produire des schémas coordonnés de plus en plus diversifiés. C'est la vie qui augmente la capacité de tout système clos à entretenir la vie. La vie dans sa totalité est au service de la vie. Au fur et à mesure qu'elle se diversifie, les aliments nécessaires deviennent plus disponibles. Tout le paysage s'éveille, les relations s'établissent, s'interpénètrent. »

Ainsi parlait Pardot Kynes dans les classes des sietch.

Mais avant d'entreprendre ses cours, cependant, il lui avait fallu convaincre les Fremen. Pour comprendre comment ce fut possible, il faut savoir d'abord avec quelle innocence, quelle opiniâtreté il abordait tous les problèmes. Non pas qu'il fût naïf, mais il ne s'autorisait aucune distraction.

Il explorait Arrakis à bord d'un véhicule monoplace quand, par un après-midi torride, il fut témoin d'une scène déplorablement banale. Six mercenaires harkonnens, lourdement armés et munis de boucliers, avaient cerné trois jeunes Fremen derrière la falaise du Bouclier, près du village du Sac-de-vent. Kynes eut d'abord l'impression d'assister à une escarmouche sans gravité jusqu'à ce qu'il se rendît compte que les Harkonnen avaient l'intention de tuer les Fremen. Déjà l'un des jeunes Fremen gisait à terre, une artère sectionnée et deux des mercenaires étaient hors de combat. Mais il restait quatre Harkonnen face à deux hommes du désert.

Kynes n'était pas vraiment courageux. Il était prudent et opiniâtre, c'est tout. Les Harkonnen tuaient des Fremen. Ils détruisaient les outils qu'il avait l'intention d'utiliser pour façonner la planète ! Il activa son propre bouclier, se lança dans la bataille et abattit les deux Harkonnen avant qu'ils sachent qui surgissait sur leurs arrières. Il esquiva l'attaque du troisième et lui trancha la gorge d'un *entretisser* impeccable, abandonnant le quatrième aux jeunes Fremen pour se porter au secours du blessé qui saignait sur le sol. Et il parvint à le sauver… au moment où périssait le sixième et dernier Harkonnen.

Et c'est là que l'affaire se complique ! Les Fremen ne savaient pas ce qu'ils devaient faire de Kynes. Bien sûr, ils savaient qui il était. Nul homme ne pouvait arriver sur Arrakis sans que les Fremen soient en possession d'un dossier très complet le concernant. Ils savaient donc très bien qu'il était au service de l'Empereur.

Mais il venait de tuer des Harkonnen !

Des adultes auraient sans doute haussé les épaules avant de l'envoyer rejoindre les six Harkonnen. Mais ces Fremen étaient jeunes et inexpérimentés et tout ce qu'ils comprirent fut qu'ils devaient la vie à ce serviteur de l'Empereur.

Deux jours plus tard, Kynes se retrouva dans un sietch qui dominait la Passe du Vent. Pour lui, tout cela n'était que très naturel. Il parla de l'eau aux Fremen, des dunes maintenues par l'herbe, des palmeraies où l'on pourrait cultiver des dattiers, de qanats à ciel ouvert sillonnant le désert. Il parlait, parlait, parlait sans cesse.

Et il n'avait pas conscience du débat dont il était l'objet. Que faire de ce fou ? se demandaient les Fremen. Il connaissait maintenant la position d'un sietch important. Que faire ? Et que racontait-il donc ? Qu'est-ce que c'était que cette histoire d'Arrakis transformée en paradis ? Il ne faisait que parler. Il en savait trop. Mais il avait tué des Harkonnen ! Et le fardeau de l'eau ? Depuis quand devons-nous quelque chose à l'Imperium ? Il a tué des Harkonnen, oui, mais n'importe qui peut le faire. Moi aussi, j'ai tué des Harkonnen. Mais que raconte-t-il à propos de la fertilisation d'Arrakis ? Où est l'eau nécessaire ? Il dit qu'elle se trouve ici ! Et il a sauvé trois des nôtres. Trois jeunes idiots qui se sont trouvés sur le chemin des Harkonnen ! Il a vu les krys !

Bien avant qu'elle fût exprimée, on connut la décision. Le tau d'un sietch dicte leur conduite à ses membres, il prescrit les plus brutales obligations.

Un combattant expérimenté fut envoyé avec un couteau consacré, suivi de deux porteurs d'eau qui devaient recueillir l'eau du corps. Brutale obligation.

On peut douter que Kynes se soit rendu compte de l'arrivée de ce bourreau. Il était fort occupé à discourir devant un groupe qui s'était formé à prudente distance. Tout en parlant, il marchait de long en large et gesticulait. De l'eau partout, disait-il. Plus besoin de distille pour marcher dans le désert ! De l'eau dans les lacs ! Des portyguls dans les vergers !

L'homme au couteau s'avança, se trouva face à Kynes.

« Ôtez-vous d'ici ! » dit Kynes, et il continua de parler, évoquant des pièges à vent secrets. Il passa devant l'homme et offrit son dos au coup rituel.

On ne saura jamais ce qui se produisit alors dans l'esprit du bourreau. Écouta-t-il et comprit-il à ce moment les paroles de Kynes ? Qui sait ?... Mais, en tout cas, on sait ce qu'il fit. Il se nommait Uliet, ce qui signifie Liet le Vieux. Uliet, donc, fit trois pas en avant et, délibérément, s'abattit sur son couteau et mourut. Suicide ? Certains prétendent que ce fut Shai-hulud qui guida son geste.

Ainsi naissent les présages.

À partir de cet instant, Kynes n'eut qu'à lever le petit doigt et à dire : « Venez ! » Et ils vinrent. Par tribus entières, de toutes parts. Les femmes, les enfants, les hommes mouraient en chemin, mais ils venaient toujours.

Kynes repartit travailler pour l'Imperium dans les Stations de Biologie Expérimentale. Et des Fremen commencèrent à faire leur apparition au sein du personnel de ces stations. À ce stade, les Fremen se rendirent compte qu'ils étaient en train de s'infiltrer dans le « système » et c'était là une possibilité qu'ils n'avaient jamais envisagée. Certains outils que l'on employait dans les stations apparurent dans les communautés des sietch, et particulièrement les taillerays que l'on utilisait pour agrandir les bassins et creuser les pièges à vent.

L'eau commença de s'accumuler au fond des bassins.

Les Fremen se rendirent compte que Kynes n'était pas totalement fou, mais juste assez pour faire un saint. Il appartenait à l'Umma, la confrérie des prophètes. Et Uliet s'en alla rejoindre les Sadus, les juges divins.

Kynes, homme direct et farouchement obstiné, savait que la recherche organisée au sommet ne produit rien de nouveau. Il créa donc de petites unités d'expérimentation qui échangeaient régulièrement des informations afin d'aboutir rapidement à l'effet de Tansley, chaque groupe suivant sa propre voie. Ils devaient accumuler des millions de faits infimes et Kynes n'organisait que des tests isolés et rapides afin de faire ressortir leurs difficultés.

Des échantillons furent prélevés dans tout le bled. On établit des cartes de ces longs courants de temps appelés climats. Kynes découvrit que dans la large ceinture comprise entre les 70ᵉ degrés de latitude nord et sud, les températures, depuis des milliers d'années, oscillaient entre 254 et 332 degrés absolus. Cette zone avait de longues saisons de germination au cours desquelles la moyenne de température s'établissait entre 284 et 302°, ce qui laissait une marge confortable pour la vie terraformée… quand serait résolu le problème de l'eau.

Quand sera-t-il résolu ? demandaient les Fremen. Quand connaîtrons-nous le paradis sur Arrakis ?

Et, un peu comme un instituteur répondant à un enfant qui vient de lui demander combien font deux et deux, Kynes disait : « Dans un laps de temps de trois cents à cinq cents ans. »

Un peuple inférieur aurait désespéré. Mais les Fremen avaient appris la patience sous le fouet. Ce délai leur semblait plus long que ce qu'ils avaient espéré mais le jour béni viendrait, c'est tout ce qui comptait. Ils serrèrent leurs ceintures et se remirent au travail. Pour un paradis que la déception rendait plus réel, en quelque sorte.

Le grand problème d'Arrakis n'était pas tant l'eau que l'humidité. Le bétail y était rare, les animaux domestiques inconnus. Certains contrebandiers utilisaient bien l'âne du désert, le kulon, comme animal de bât, mais le prix de l'eau nécessaire était prohibitif, même lorsque l'on réussissait à faire porter à l'animal un distille sur mesure.

Kynes songea à installer des usines pour synthétiser l'eau à partir de l'oxygène et de l'hydrogène présents dans les roches, mais le coût de l'énergie eût été trop élevé. Les calottes polaires qui donnaient aux pyons une fausse impression de richesse en eau n'en contenaient pas assez pour le projet de Kynes… Et il commençait déjà à soupçonner où l'eau devait se trouver. Aux altitudes moyennes et dans certains vents, le taux d'humidité augmentait significativement. Et puis, il y avait ce premier indice qui lui avait été fourni par la composition de l'air : 23 % d'oxygène, 75,4 % d'azote et 0,023 % de gaz carbonique, les gaz rares formant le reste.

Il existait une plante locale à racine, très rare, qui poussait dans la zone tempérée nord au-dessus de 2 500 mètres. Sa racine tubéreuse de deux mètres contenait près d'un demi-litre d'eau. Il y avait aussi les plantes désertiques terraformées dont certaines, dans les dépressions où l'on avait installé des précipitateurs de rosée, croissaient mieux que les autres.

C'est alors que Kynes découvrit la cuvette de sel.

Il se rendait d'une station à une autre en orni quand une tempête l'obligea à dévier de son cap. C'est ainsi qu'il découvrit la grande cuvette de sel, une immense dépression ovale de quelque trois cents kilomètres de long qui brillait d'un éclat aveuglant en plein désert.

Kynes atterrit, toucha la surface lisse et blanche et porta son doigt à ses lèvres.

Du sel.

Maintenant, il avait une certitude.

Autrefois, il y avait eu de l'eau sur Arrakis. Il repensa alors à ces puits asséchés où un filet d'eau était apparu, une fois, pour s'évanouir ensuite et ne plus revenir.

Kynes mit au travail sur la question ses limnologistes fremen nouvellement formés. Leur indice principal : des traces d'une matière semblable à du cuir que l'on retrouvait dans la masse d'épice après son explosion. Dans les contes folkloriques fremen, on attribuait cela à une mythique « truite des sables ». Les faits, en s'accumulant, dessinaient le portrait d'une créature qui pouvait effectivement être à l'origine de cette matière pareille à du cuir, une créature qui « nageait » dans le sable et qui isolait l'eau dans des poches fertiles, à l'intérieur de la couche poreuse inférieure, en dessous de la limite des 280° (absolus) :

Dans chaque explosion de masse d'épice, ces « voleurs d'eau » mouraient par millions. Une variation de température de cinq degrés pouvait les tuer. Les quelques survivants entraient alors dans une phase de cysohibernation dont ils émergeaient six ans après sous la forme de petits vers des sables, longs d'environ trois mètres. Seuls quelques-uns réussissaient alors à échapper à leurs grands frères et aux poches d'eau de l'épice en gestation pour devenir avec le temps de gigantesques shai-hulud. (L'eau est un poison pour le shai-hulud. Les Fremen l'avaient appris depuis longtemps en noyant le « petit ver » de l'Erg Mineur pour produire le narcotique appelé Eau-de-Vie qui accroissait leur perception. Le « petit ver » de l'Erg Mineur est une variété primitive de shai-hulud qui ne dépasse jamais neuf mètres de long.)

À présent, ils avaient tout le cycle : du petit faiseur à la masse d'épice en gestation ; du petit faiseur au shai-hulud ; le shai-hulud dispersant l'épice qui nourrissait les microscopiques créatures appelées « plancton des sables » ; le plancton des sables, nourriture du shai-hulud, croissant et s'enfouissant pour devenir petit faiseur.

Se détournant alors des rapports, Kynes et les siens se concentrèrent sur la micro-écologie. Et tout d'abord sur le climat. La surface de sable atteignait souvent des températures de 344 à 350° absolus. À moins de cinquante centimètres de profondeur, la température s'abaissait de 55°. À cinquante centimètres au-dessus du sol, elle s'abaissait également de 25°. Des feuilles ou des voiles noirs pouvaient permettre de gagner encore 18°. Les agents de nutrition, ensuite. Le sable d'Arrakis est en grande partie le produit de la digestion du ver. La poussière (le problème omniprésent) est produite, elle, par le balayage constant de la surface, le mouvement de « saltation » du sable. Les grains les plus grossiers se trouvent sur le versant opposé au vent, dans les dunes. Ceux qui se trouvent face au vent sont plus lisses et plus durs. Les plus vieilles dunes sont jaunes à cause de l'oxydation alors que les plus jeunes ont encore la coloration grise de la roche originelle.

Les versants opposés au vent des plus vieilles dunes constituèrent la première zone de plantation. Les Fremen commencèrent avec une herbe pour terrains pauvres qui comportait des fibrilles entrelacées pareilles à celles de la tourbe. L'objectif était de tasser et de fixer les dunes en privant le vent de son arme principale : les grains mobiles.

Des zones d'acclimatation furent développées loin des observateurs harkonnens dans le sud. Les herbes mutantes furent tout d'abord plantées sur les dunes situées sur le parcours des vents d'ouest dominants. Une fois que le versant opposé au vent était ancré, celui qui était offert au vent devenait de plus en plus haut et l'herbe était déplacée pour permettre l'édification de sifs géants (de longues dunes à la crête sinueuse) dont la hauteur dépassait parfois 1 500 mètres.

Lorsque les dunes-barrières avaient atteint une altitude suffisante, le versant au vent recevait de nouvelles herbes, plus coriaces. Chaque structure était ainsi fixée sur une base ancrée.

On passa ensuite aux plantes à racines plus longues. Les éphémères d'abord (chénopodes, ansérine, amaranthe), puis genêt d'Écosse, lupin, eucalyptus (de la variété adaptée aux territoires nordiques de Caladan), tamaris nain, pin méditerranéen. Ensuite, les véritables plantes désertiques : cactus candélabres, saguaro, cactus-tonneau. Et enfin, quand leur croissance était possible : la sauge, l'herbe de Gobi, l'avoine à froment, l'alfalfa sauvage, la verveine des sables, l'onagre, l'encens, le créosote, le fustet.

Puis ils introduisirent la vie animale nécessaire à l'aération du sol, des espèces fouisseuses : renard, rat-kangourou, lièvre du désert, terrapène... et des prédateurs pour l'équilibre : faucon du désert, hibou nain, aigle et chouette du désert. Des insectes, aussi, pour habiter les petits creux : scorpion, mille-pattes, araignée piégeuse, guêpe, mouche... et la chauve-souris du désert pour les surveiller.

L'épreuve cruciale, enfin : les dattiers, les cotonniers, les melons, le café, les plantes médicinales... Plus de deux cents variétés qui devaient être essayées, adaptées.

« Ce que ne comprend pas celui qui ignore tout de l'écologie, c'est qu'il s'agit d'un système », disait Kynes. « Un système ! Un système qui maintient une certaine stabilité qui peut être rompue par une seule erreur. Un système qui obéit à un ordre, à un processus d'écoulement d'un point à un autre. Si quelque chose vient à interrompre cet écoulement, l'ordre est rompu. Et celui qui ignore l'écologie peut ne pas intervenir avant qu'il soit trop tard. C'est pour cela que la plus haute fonction de l'écologie est la compréhension des conséquences. »

Avaient-ils construit un système ?

Ils attendirent, observèrent. Les Fremen, maintenant, comprenaient pourquoi Kynes avait prévu cinq cents ans de patience.

Un premier rapport arriva des palmeraies :

À la limite du désert, le plancton des sables est empoisonné par l'interaction avec les nouvelles formes de vie. Raison : incompatibilité des protéines. Il se formait là de l'eau empoisonnée que la vie d'Arrakis ne pouvait approcher. Une zone désolée se formait donc autour des plantations et Shai-hulud lui-même ne pourrait la franchir.

Kynes se rendit lui-même jusqu'aux palmeraies. C'était un voyage de vingt marteleurs (en palanquin, comme un malade ou une Révérende Mère, car jamais Kynes n'avait chevauché un faiseur). Il explora la zone désolée (et puante) et en revint avec une prime, un cadeau d'Arrakis.

L'addition de soufre et d'azote pouvait convertir la zone en un terrain particulièrement favorable à la vie terraformée. Les plantations pouvaient être étendues à volonté !

« Cela réduit-il le délai ? » demandèrent les Fremen.

Kynes retourna à ses formules planétaires. Le programme de mise en place des pièges à vent était alors pleinement réalisé. Kynes se montra optimiste dans ses prévisions tout en sachant que l'on ne peut tracer des lignes nettes à partir de problèmes écologiques. Une partie de la couverture végétale devait être affectée au maintien des dunes. Une autre à l'alimentation humaine et animale. Une autre enfin devait permettre d'acheminer l'eau vers les zones sèches par le processus d'accumulation de l'humidité dans les racines. À cette époque, les zones froides du bled avaient été circonscrites et portées sur les cartes.

Elles entraient également dans les formules. Shai-hulud lui-même y avait sa place. Sous aucun prétexte il ne devait être détruit, sous peine de mettre fin à la production d'épice. Mais son « usine » interne de digestion, avec ses concentrations colossales d'acides et d'aldéhydes, était une source immense d'oxygène. Un ver de taille moyenne (d'environ 200 mètres de long) dégageait dans l'atmosphère autant d'oxygène qu'une surface couverte de verdure sur dix kilomètres carrés.

Il fallait considérer le problème représenté par la Guilde. Déjà, le taux d'épice qui lui était versé pour que nul satellite ou autre engin d'observation n'apparût dans le ciel d'Arrakis avait atteint des proportions gigantesques.

Et les Fremen ne pouvaient plus être ignorés. Les Fremen, avec leurs terres aux limites irrégulières, leurs pièges à vent. Les Fremen, avec leur culture écologique toute neuve et leurs rêves qui les faisaient couvrir Arrakis de prairies, puis de forêts.

Un résultat finit par émerger. Trois pour cent, dit Kynes. S'ils pouvaient parvenir à ce que trois pour cent des plantes vertes d'Arrakis contribuent à la production de composés du carbone, ils auraient atteint le cycle autonome.

« Mais dans combien de temps ? » demandèrent les Fremen.

« Oh... Trois cent cinquante ans », dit Kynes.

Ainsi, cet Umma avait dit vrai dès le début : cette chose ne connaîtrait pas son terme avant que se soit écoulée une vie d'homme, avant huit générations... Mais cela viendrait un jour.

Le travail se poursuivit. On construisit, on planta, on creusa, on éduqua les enfants.

Et puis, Kynes l'Umma fut tué durant l'excavation du Bassin du Plâtre.

À cette époque, son fils, Liet-Kynes, avait dix-neuf ans. C'était un vrai Fremen, un cavalier des sables qui avait tué plus de cent Harkonnen. Le contrat impérial lui fut transmis normalement. Le système rigide des faufreluches remplissait tout aussi bien son rôle sur Arrakis. Et le fils avait été formé à l'école de son père.

Dès cet instant, le chemin était tracé et les Fremen écologiques y étaient engagés. Il suffisait à Liet-Kynes de les surveiller et de ne pas perdre de vue les Harkonnen... Jusqu'au jour où un Héros échut à cette planète.

APPENDICE II

RELIGION DE DUNE

COMME PEUT LE CONSTATER N'IMPORTE QUEL SAVANT, LES FREMEN d'Arrakis, avant la venue de Muad'Dib, pratiquaient une religion qui tirait ses origines du Moameth Saari. Depuis, nombreux sont ceux qui ont relevé ses nombreux emprunts à d'autres religions. L'exemple le plus courant est celui de l'Hymne de l'Eau qui appelle sur Arrakis des nuages de pluie que la planète n'a jamais vus et qui est directement repris du Manuel Liturgique Catholique Orange. Mais il existe encore bien d'autres points communs entre le Kitab al-Ibar des Fremen et les enseignements de la Bible, de l'Ilm et du Fiqh.

Toute comparaison portant sur les croyances religieuses qui prédominaient dans l'Imperium jusqu'à l'apparition de Muad'Dib doit s'accompagner d'une liste des forces principales qui étaient à la base de ces croyances :

1. Les adeptes des Quatorze Sages, dont le livre sacré était la Bible Catholique Orange et dont les idées sont exprimées dans les Commentaires et autre littérature issue de la Commission des Interprètes Œcuméniques (C.I.Œ.).

2. Le Bene Gesserit, qui nie être un ordre religieux mais qui opéra toujours derrière un impénétrable écran de rituel mystique et dont les méthodes d'éducation, l'organisation, la symbolique sont essentiellement religieux.

3. La classe dominante et agnostique (y compris la Guilde) pour laquelle la religion n'est qu'un théâtre de marionnettes destiné à amuser la populace et à la rendre docile. Cette classe croit dans l'essentiel que tout phénomène – même religieux – peut être expliqué de façon mécanique.

4. Les soi-disant Enseignements Anciens, qui comprennent ceux qui furent préservés des trois mouvements islamiques par les Vagabonds Zensunni, le Navachristianisme de Chusuk, les Variantes Bouddislamiques de Lankiveil et Sikun, les Livres Mêlés de la Mahayana Lankavatara, le Zen Hekiganshu de Delta Pavonis III, la Taurah et le Zabur Talmudique qui étaient encore en usage sur Salusa Secundus, l'envahissant Rituel Obeah, le Muadh Quran avec l'Ilm et le Fiqh préservés par les planteurs de riz pundi de Caladan, les formes d'Hindouisme que l'on trouvait dans tout l'univers chez les pyons isolés et, enfin, le Jihad Butlérien.

La cinquième force existe, bien sûr. Elle façonne toutes les croyances, mais de façon universelle et profonde, à tel point qu'elle doit être considérée isolément. Il s'agit du voyage spatial que, dans toute discussion religieuse, il convient d'exprimer ainsi :

LE VOYAGE SPATIAL !

Durant les cent dix siècles qui précédèrent le Jihad Butlérien, l'essor de l'humanité dans l'espace marqua la religion d'une empreinte profonde. Le voyage spatial, dans les premiers temps, était lent, incertain et irrégulier, bien que largement répandu. Ceci, avant le monopole de la Guilde qui s'établit par un curieux et complexe concours de méthodes. Les premières expériences spatiales, dont on sut bien peu de choses et qui donnèrent lieu à toutes sortes de déformations, ouvrirent la voie à toutes les spéculations mystiques.

Immédiatement, l'espace donna un sens et un attrait différents au concept de Création. Cette différence est parfaitement visible dans les mouvements religieux les plus importants de cette période. L'essence sacrée de toutes les religions fut atteinte par cette sorte d'anarchie qui émanait de l'espace.

Ce fut alors comme si Jupiter, dans ses nombreux avatars, regagnait les ténèbres maternelles pour être remplacé par une immanence féminine pleine d'ambiguïté et dont le visage reflétait d'innombrables terreurs.

Les formules anciennes se fondirent, s'interpénétrèrent en s'adaptant aux nouvelles conquêtes et aux nouveaux symboles héraldiques. Ce fut une période de lutte entre les démons d'un côté et les vieux prêtres et leurs invocations de l'autre.

Jamais il n'y eut de décision nette.

Durant cette période, on dit que la Genèse fut réinterprétée et les paroles de Dieu devinrent :

« Croissez et multipliez, et emplissez l'univers ; et soumettez-le, et régnez sur toutes les espèces de bêtes étranges et de créatures vivantes dans les cieux infinis, sur les terres infinies et sous elles. »

Ce fut une époque de sorciers dont les pouvoirs étaient réels. Jamais ils ne révélèrent comment ils prenaient les tisons à main nue.

Puis vint le Jihad Butlérien. Deux générations de chaos. Le dieu de la logique mécanique fut alors renversé dans les masses et un nouveau concept se fit jour :

« L'homme ne peut être remplacé. »

Ces deux générations de violence constituèrent une pause thalamique pour toute l'humanité. Les regards des hommes se portèrent sur leurs dieux et leurs rites et ils y lurent la plus terrible des équations : la peur dépassant l'ambition.

Les chefs des diverses religions dont les fidèles avaient répandu le sang de millions de leurs semblables, hésitants, se réunirent pour échanger leurs points de vue. Ils y étaient encouragés par la Guilde Spatiale qui commençait à prendre le monopole des voyages interstellaires et par le Bene Gesserit, qui rappelait à lui les sorcières.

Les premières réunions œcuméniques eurent deux résultats majeurs :

1. On comprit que toutes les religions ont au moins un commandement en commun : « Point ne déformeras l'âme. »
2. La Commission des Interprètes Œcuméniques.

La C.I.Œ. se réunit sur une île neutre de la Vieille Terre, berceau des religions-mères. Le principe de la réunion était

« la croyance commune en l'existence d'une Essence Divine dans l'univers ». Toute confession ayant au moins un million de fidèles était représentée et, de façon surprenante, un accord intervint très vite quant au but commun.

« Nous sommes ici pour ôter une arme essentielle des mains des croyants en conflit. Cette arme est la prétention à une seule et unique révélation. »

La joie qui éclata aussitôt devant ce « signe d'un profond accord » se révéla prématurée. Durant plus d'une année standard, la C.I.Œ. se limita à cette seule déclaration. On se mit à parler avec amertume du temps qui passait sans rien apporter. Les troubadours composèrent des chansons spirituelles et mordantes sur les 121 délégués de la C.I.Œ., les vieux « Chiens Ignobles » comme on les appelait depuis que courait un refrain de corps de garde à leur propos. L'une de ces chansons, « En terre molle », est venue jusqu'à nos jours :

« En terre molle ils dorment,
Tous ces vieux chiens ignobles.
Abrutis, sales et sourds,
Ils ne voient plus le jour.
Et passe, passe le temps,
Rien n'y fera plus,
Rien ni personne.
Foutez-leur la paix :
Ils dorment ! »

Des rumeurs filtraient parfois des réunions de la C.I.Œ. On disait que les délégués comparaient leurs textes et, inévitablement, on nommait ces textes. Ce genre de rumeurs finit par provoquer des troubles anti-œcuméniques et par susciter de nouvelles campagnes d'hostilité.

Deux années passèrent... puis trois.

Des Commissaires, neuf moururent et furent remplacés. On annonça alors la création d'un livre unique qui devait faire état de « tous les symptômes pathologiques » des religions du passé.

« Nous façonnons un instrument d'Amour qui sera utilisable de toutes les façons », dirent les Commissaires.

Certains considèrent qu'il est étrange que cette déclaration ait provoqué les pires explosions de violence que l'on eût jamais connues à propos d'œcuménisme. Vingt délégués furent rappelés par leur congrégation. L'un d'eux se suicida en volant une frégate spatiale pour aller plonger dans le soleil.

Selon les historiens, les troubles firent alors quatre-vingts millions de morts. Cela correspond à environ six mille morts pour chaque monde de la Ligue du Landsraad. Compte tenu de l'époque, cette estimation ne semble pas excessive. Mais il faut bien se garder de vouloir fournir des chiffres précis car les communications intermondes étaient alors à leur plus bas niveau.

Tout naturellement, les troubadours se déchaînaient. Une comédie musicale à succès montrait un délégué de la C.I.Œ. assis sur une plage de sable blanc au pied d'un palmier et chantant :

> *« Pour Dieu, la femme et la splendeur de l'amour,*
> *Nous voici ici sans peurs ni soucis.*
> *Ah troubadour, chante-moi une autre mélodie*
> *Pour Dieu, la femme et la splendeur de l'amour ! »*

Troubles et comédies sont des symptômes profondément révélateurs, à toute époque. Ils traduisent le climat psychologique, les incertitudes profondes... et l'espoir en quelque chose de meilleur, espoir mêlé de la crainte de ne rien voir venir, jamais.

Les barrages les plus sûrs contre l'anarchie étaient alors la Guilde (à l'état embryonnaire), le Bene Gesserit et le Landsraad, qui atteignait ses 2 000 années d'existence malgré les obstacles les plus sérieux. Le rôle de la Guilde semblait clair : elle offrait le transport au Landsraad et à la C.I.Œ. Le rôle du Bene Gesserit est moins évident. Il est certain qu'à cette époque, il consolidait son emprise sur les sorcières, explorait le domaine des narcotiques les plus subtils, développait l'entraînement prana-bindu et mettait sur pied la Missionaria Protectiva, cette arme noire de la superstition. Mais cette période vit aussi la création de la Litanie contre la Peur et la réunion du Livre d'Azhar, cette merveille bibliographique qui recèle les grands secrets des fois les plus anciennes.

Le commentaire d'Ingsley est sans doute le seul admissible : « Une époque de profonds paradoxes. »

Pendant presque sept ans, la C.I.Œ. continua son travail. Aux approches du septième anniversaire de l'assemblée, l'univers humain se prépara à une annonce historique. Quand le jour vint, la Bible Catholique Orange était née.

« Une œuvre pleine de dignité et de signification, dit-on. Un moyen pour l'humanité de prendre conscience d'elle-même en tant que création totale de Dieu. »

Les hommes de la C.I.Œ. étaient comme des archéologues des idées, inspirés par Dieu dans la grandeur de cette redécouverte. On prétendit qu'ils avaient mis en lumière « la vitalité des grands idéaux enrichis par les siècles », qu'ils avaient « renforcé les impératifs moraux de la conscience religieuse ».

En même temps que la Bible Catholique Orange, la C.I.Œ. présenta le Manuel Liturgique et les Commentaires qui sont par bien des aspects des œuvres remarquables, non seulement à cause de leur brièveté (moins de la moitié de la Bible C.O.), mais aussi par leur naïveté et leur mélange d'apitoiement et de pharisaïsme.

Le début constitue un appel évident aux dirigeants agnostiques.

« Les hommes, ne trouvant aucune réponse au *sunnah* (les dix mille questions religieuses du Shari-a) appliquent maintenant leur propre raisonnement. Tous les hommes cherchent la lumière. La Religion n'est que la façon la plus ancienne et la plus vénérable de trouver un sens à l'univers créé par Dieu. Les savants cherchent les lois des événements. Le rôle de la Religion est de découvrir la place de l'homme dans cette légalité. »

Dans leur conclusion, cependant, les Commentaires ont un ton dur qui, très certainement, annonçait déjà quel serait leur destin.

« En grande partie, ce que l'on appelle religion a toujours eu une attitude inconsciemment hostile envers la vie. La véritable religion doit enseigner que la vie est pleine de joies plaisantes à l'œil de Dieu, que la connaissance sans action est vide. Tous les hommes doivent comprendre que l'enseignement de la religion par des règles est une duperie. Le seul enseignement qui soit valable est celui que l'on accepte dans le plaisir. Il est impossible de ne pas le reconnaître car il éveille en vous la certitude d'avoir toujours su ce qu'il vous enseigne. »

Comme les presses et les imprégnateurs de shigavrilles se mettaient au travail pour répandre les paroles de la Bible Catholique Orange, une impression de calme se répandit sur les mondes. Certains interprétèrent cela comme un signe de Dieu, un présage d'unité.

Mais les délégués de la C.I.Œ. eux-mêmes démentirent ce calme en regagnant leurs congrégations respectives. Dix-huit d'entre eux furent lynchés dans les deux mois qui suivirent et cinquante-trois se désavouèrent dans l'année.

La Bible C.O. fut dénoncée comme une œuvre produite par « l'hubris de la raison ». On déclara que ses pages étaient imprégnées d'un intérêt pour la logique très racoleur et des révisions commencèrent d'apparaître, qui avaient leur origine dans la bigoterie populaire. Elles s'appuyaient surtout sur les symboles acceptés depuis longtemps (la Croix, le Croissant, la Plume, les Douze Saints, le Bouddha d'ascèse…) et il devint vite évident que les superstitions anciennes n'avaient pas du tout été absorbées par le nouvel œcuménisme.

Halloway avait qualifié les sept années de travail de la C.I.Œ. de « Galactophase Déterministe ». Pour des milliards de personnes, les initiales G.D. prirent le sens de « gare à Dieu ! ».

Le Président de la C.I.Œ., Toure Bomoko, Ulema des Zensunnis qui faisait partie des quatorze délégués qui ne s'étaient encore jamais désavoués (« Les Quatorze Sages », selon la tradition populaire) admit finalement, que la C.I.Œ. avait été une erreur.

« Nous n'aurions pas dû essayer de créer de nouveaux symboles, dit-il. Nous aurions dû comprendre que notre rôle n'était pas d'introduire des incertitudes dans la croyance acceptée, d'éveiller la curiosité à l'égard de Dieu. Chaque jour nous sommes témoins de la terrifiante instabilité des choses humaines, et pourtant nous laissons nos religions devenir de plus en plus rigides et contrôlées, de plus en plus conformistes et oppressantes. Quelle est cette ombre sur le chemin du Commandement Divin ? C'est l'avertissement que portent les institutions puis les symboles quand le sens des institutions s'est perdu, un avertissement qui dit que la Somme de toutes les connaissances n'existe pas. »

Le double sens amer de cet « aveu » n'échappa point aux adversaires de Bomoko et, peu après, il fut obligé de fuir en exil, ne devant la vie sauve qu'au serment de silence de la Guilde. On dit plus tard qu'il avait trouvé la mort sur Tupile, honoré et adoré, et que ses dernières paroles avaient été : « La religion doit demeurer un moyen qui permette aux gens de se dire : Je ne suis pas tel que je voudrais être. En aucun cas, elle ne doit conduire à l'union des autosatisfactions. »

On se plaît à penser que Bomoko comprenait le sens prophétique des mots : « Que portent les institutions. » Quatre-vingt-dix générations plus tard, la Bible C.O. et les Commentaires s'étaient répandus dans tout l'univers religieux.

Lorsque Paul-Muad'Dib posa la main droite sur le mausolée de pierre abritant le crâne de son père (la main droite de celui qui est béni et non la main gauche du damné) les paroles qu'il prononça provenaient directement du « Legs de Bomoko » :

« Vous qui nous avez défaits, dites-vous que Babylone fut abattue et ses œuvres dispersées. Pourtant, je vous le dis : l'homme est encore en jugement, chaque homme est une petite guerre. »

Les Fremen disaient de Muad'Dib qu'il était pareil à Abu Zide dont la frégate défiait la Guilde et pouvait aller *là-bas* puis revenir. *Là-bas*, dans la mythologie fremen, est le pays de l'esprit-ruh, l'alam al-mithal où toute limitation disparaît.

On voit évidemment le rapport avec le Kwisatz Haderach. Le Kwisatz Haderach qui était l'aboutissement du programme de sélection de la Communauté Bene Gesserit représentait « le raccourcissement du chemin » ou « celui qui peut être en deux endroits simultanément ».

Mais ces deux interprétations sont directement issues des Commentaires : « Quand la loi et le devoir religieux ne font qu'un, le moi enferme l'univers. »

De lui-même, Muad'Dib disait : « Je suis un filet dans la mer du temps, entre le passé et l'avenir. Je suis une membrane mobile à laquelle aucune possibilité ne peut échapper. »

Ces pensées n'expriment qu'une seule et même chose que l'on retrouve dans le kalima 22 de la Bible C.O. qui dit : « Qu'une pensée soit ou non exprimée, elle demeure une chose réelle et elle en a les pouvoirs. »

Mais ce sont les propres commentaires de Muad'Dib, dans « Les Piliers de l'Univers » tels qu'ils furent interprétés par ses fidèles du Qizara Tafwid qui révèlent ses dettes à l'endroit de la C.I.Œ. et des Fremen-Zensunni.

Muad'Dib : « La loi et le devoir ne font qu'un ; qu'il en soit donc ainsi. Mais souvenez-vous de ces limitations – car vous n'êtes jamais pleinement conscients. Car vous demeurez immergés dans le tau commun. Car vous êtes toujours moins qu'un individu. »

Bible C.O. Formulation identique (Révélations 61.)

Muad'Dib : « La religion participe souvent du mythe du progrès qui nous protège des terreurs de l'avenir incertain. »

Commentaires de la C.I.Œ. : Formulation identique. (Le Livre d'Azhar attribue cette sentence à l'écrivain du Ier siècle, Neshou.)

Muad'Dib : « Si un enfant, une personne non éduquée, ignorante ou folle provoque des troubles, la faute en incombe à l'autorité qui n'a pas su prévoir et prévenir ces troubles. »

Bible C.O. : « Tout péché peut être expliqué, au moins en partie, par une mauvaise tendance naturelle qui est une circonstance atténuante acceptable par Dieu. » (Le Livre d'Azhar fait remonter l'origine de cette sentence à l'ancienne Taurah.)

Muad'Dib : « Tends ta main et prends ce que Dieu te donne ; et quand tu seras rassasié, remercie le Seigneur. »

Bible C.O. : Paraphrase de sens identique. (Attribuée sous une forme légèrement différente au Premier Islam par le Livre d'Azhar.)

Muad'Dib : « La tendresse est le début de la cruauté. »

Kitab al-Ibar des Fremen : « Le poids d'un Dieu de douceur est effrayant. Dieu ne nous a-t-il pas donné le soleil brûlant ? (Al-Lat) Dieu ne nous a-t-il pas donné les Mères d'Humidité ? (les Révérendes Mères) Dieu ne nous a-t-il pas donné Shaitan ? (Satan, Iblis) Et, de Shaitan, n'avons-nous point reçu la souffrance de la vitesse ? »

(Cela est à l'origine de la maxime fremen : « De Shaitan vient la vitesse. » En effet : Pour chaque centaine de calories produites par l'exercice [la vitesse] le corps dégage six onces de sueur. Le mot fremen pour la sueur est bakka, assimilé à larmes, et se définit par : « L'essence de vie que Shaitan extrait de votre âme. »)

L'arrivée de Muad'Dib est qualifiée de « religieusement opportune » par Koneywell. Comme Muad'Dib le dit lui-même : « Je suis ici ; donc... »

Cependant, pour comprendre l'impact religieux de Muad'Dib, il est absolument nécessaire de ne jamais perdre de vue un fait : les Fremen étaient un peuple qui habitait le désert et qui, depuis longtemps, s'était habitué à un site hostile. Le mysticisme apparaît facilement lorsque chaque seconde de vie est gagnée en luttant. « Vous êtes là ; donc... »

Avec une telle tradition, la souffrance est acceptée, peut-être comme un châtiment inconscient, mais acceptée tout de même. Et il faut noter que les rites fremen libèrent presque complètement des sentiments de culpabilité. Ce n'était pas seulement parce que la loi et la religion ne faisaient qu'un, confondant désobéissance et péché. Il serait plus vrai de dire que les Fremen se purifiaient eux-mêmes de toute culpabilité parce que leur existence quotidienne nécessitait des jugements brutaux, voire radicaux qui, dans un milieu plus favorable, auraient chargé ceux qui les appliquaient d'un sentiment de culpabilité intolérable.

Et cela, sans doute, contribua en grande partie au développement de la superstition, si importante chez les Fremen (même sans tenir compte des implantations de la Missionaria Protectiva). Quelle importance cela a-t-il que vous deviez lire un présage dans le sifflement du sable ? Faire le signe du poing au lever de la Première Lune ? La chair d'un homme lui appartient et son eau appartient à la tribu. Le mystère de la vie n'est pas un problème à résoudre mais une réalité à vivre. Les signes et les présages vous aident à ne jamais l'oublier. Et parce que vous êtes ici, parce que vous avez la *religion*, la victoire ne saurait vous échapper.

Ainsi que le Bene Gesserit l'enseigna durant des siècles avant de se heurter aux Fremen :

« Quand la religion et la politique voyagent dans le même équipage et que cet équipage est conduit par un homme saint (baraka), rien ne peut l'arrêter. »

APPENDICE III

RAPPORT SUR LES BUTS ET MOTIVATIONS DU BENE GESSERIT

CE QUI SUIT EST EXTRAIT DE LA SOMME PRÉPARÉE PAR LES agents de Dame Jessica à sa requête à la suite de l'Affaire d'Arrakis. La sincérité de ce rapport lui confère une valeur qui transcende largement l'ordinaire.

Durant des siècles, le Bene Gesserit agit sous le masque d'une école semi-mystique tout en poursuivant un programme de sélection parmi les humains. Pour cette raison, nous tendons à lui accorder plus d'importance qu'il n'en mérite apparemment. L'analyse de son « jugement de fait » sur l'Affaire d'Arrakis révèle l'ignorance profonde de l'école quant à son propre rôle.

On peut certes faire valoir que le Bene Gesserit ne pouvait examiner que les faits dont il disposait et n'eut jamais directement accès à la personne du Prophète Muad'Dib. Mais l'école avait surmonté des obstacles bien plus importants et son erreur n'en apparaît que plus grave.

L'objectif du programme bene gesserit était l'apparition d'un être appelé le « Kwisatz Haderach », ce qui signifie : « Celui qui peut être en plusieurs endroits à la fois. » En termes plus simples, ce que désirait le Bene Gesserit, c'était un humain dont les pouvoirs mentaux lui permettraient de comprendre et d'utiliser des dimensions d'ordre supérieur.

Ils cherchaient à créer un super-Mentat, un ordinateur humain possédant certains des pouvoirs prescients des navigateurs de la Guilde. Maintenant, examinons soigneusement les faits :

Muad'Dib, né Paul Atréides, était le fils du Duc Leto, un homme dont la lignée, depuis plus de mille ans, était l'objet d'une surveillance attentive. La mère du Prophète, Dame Jessica, était une fille naturelle du Baron Vladimir Harkonnen et portait des repères génétiques dont l'importance extrême pour le programme de sélection était connue depuis près de deux mille ans. Elle était un produit du Bene Gesserit, éduquée dans la Manière et *aurait dû être un instrument consentant du programme.*

Dame Jessica avait reçu l'ordre de donner une fille aux Atréides. Le programme prévoyait l'union de cette fille avec Feyd-Rautha Harkonnen, neveu du Baron Vladimir. Les probabilités d'apparition du Kwisatz Haderach étaient très élevées. Au lieu de cela, pour des raisons qui, selon elle, ne lui apparurent jamais très clairement, elle se retourna contre ses ordres et engendra un fils.

Cela déjà aurait dû alerter le Bene Gesserit. Une variable imprévisible venait de s'introduire dans le plan. Mais il y avait bien d'autres indications plus importantes que le Bene Gesserit ignora virtuellement :

1. Enfant, Paul Atréides révélait déjà des dispositions à prédire l'avenir. Il eut des visions prescientes particulièrement nettes et détaillées qui défiaient toute explication à quatre dimensions.

2. La Révérende Mère Gaius Helen Mohiam, Rectrice du Bene Gesserit qui vérifia l'humanité de Paul à l'âge de quinze ans, rapporta que, durant l'épreuve, il avait enduré une souffrance telle qu'elle n'avait jamais été infligée auparavant à un être humain. Pourtant, dans son rapport, elle omit de le signaler !

3. Lorsque les Atréides se transportèrent sur Arrakis, la population Fremen salua le jeune Paul comme un prophète,

comme « la voix d'ailleurs ». Le Bene Gesserit savait parfaitement quel pouvait être le degré de sensibilisation de ces gens qui vivaient sur un monde rigoureux, désertique, totalement dépourvu d'eau, un monde où les nécessités primitives dominaient. Pourtant, les observateurs Bene Gesserit demeurèrent aveugles à la réaction des Fremen, de même qu'à l'élément nouveau et évident introduit par le régime à base d'épice.

4. Lorsque les Harkonnen et les soldats-fanatiques de l'Empereur Padishah réoccupèrent Arrakis, tuant le père de Paul et exterminant la plupart de ses hommes, Paul et sa mère disparurent. Presque immédiatement, des rapports mentionnèrent l'apparition d'un nouveau chef religieux chez les Fremen, un homme appelé « Muad'Dib » que l'on saluait à nouveau comme « la voix d'ailleurs ». Les rapports précisaient même qu'il était accompagné d'une nouvelle Révérende Mère du Rite Sayyadina, « qui est la femme qui lui a donné naissance ». Le Bene Gesserit avait également à sa disposition des documents qui citaient nettement les paroles de la légende fremen du prophète : « Il sera né d'une sorcière Bene Gesserit. »

(On peut faire remarquer quant à ce dernier point que la Missionaria Protectiva du Bene Gesserit avait accompli son œuvre sur Arrakis des siècles auparavant et y avait implanté certaines légendes destinées éventuellement à aider des membres de l'École qui viendraient à échouer sur ce monde et que cette « voix d'ailleurs » ne fut ignorée du Bene Gesserit que parce qu'elle évoquait très précisément une ruse Bene Gesserit courante. Mais cet argument n'aurait de valeur que si le Bene Gesserit avait eu des raisons d'ignorer tous les autres indices.)

5. Quand l'Affaire d'Arrakis éclata, la Guilde Spatiale fit des ouvertures au Bene Gesserit. La Guilde prétendait que ses navigateurs, qui utilisaient l'épice d'Arrakis pour susciter la prescience limitée qui était nécessaire au pilotage des astronefs dans le vide, étaient « inquiets à propos de l'avenir », qu'ils « voyaient des problèmes surgir à l'horizon ». Ce qui signifiait clairement qu'ils décelaient un nexus, une conjoncture de décisions multiples et difficiles au-delà de laquelle le chemin

de l'avenir était barré. N'était-ce pas là la preuve que quelque force interférait avec les dimensions d'ordre supérieur ?

(Certaines Bene Gesserit savaient depuis longtemps que la Guilde ne pouvait intervenir directement à la source de l'épice car, déjà, les navigateurs s'occupaient des dimensions supérieures à leur propre et inepte façon et admettaient que le moindre faux pas sur Arrakis serait catastrophique. Il était bien connu que les navigateurs de la Guilde ne voyaient aucun moyen de s'emparer du contrôle de l'épice sans, justement, produire un tel nexus. La conclusion qui s'imposait donc était que quelqu'un, dont les pouvoirs étaient d'ordre supérieur, visait le contrôle de l'épice à la source… Mais les Bene Gesserit ne comprirent pas cela !)

Devant ces faits, on en arrive à la conclusion que l'inefficacité du Bene Gesserit dans cette affaire ne fut que le résultat d'un plan plus vaste dont l'école n'avait pas la moindre connaissance !

APPENDICE IV

ALMANAK EN-ASHRAF

(Extraits sélectionnés des Maisons Nobles)

SHADDAM IV (10134-10202)

Empereur Padishah, 81e de la lignée (Maison Corrino) à occuper le Trône du Lion d'Or. Il régna de 10156 (date à laquelle son père, Elrood IX, succomba au chaumurky) jusqu'en 10196 où lui succéda une Régence, instituée au nom de sa fille aînée, Irulan. Son règne fut surtout marqué par la Révolte d'Arrakis que certains historiens expliquent par son comportement superficiel et son goût du faste. Le nombre des Bursegs fut doublé durant les seize premières années de son règne. Dans les trente années qui précédèrent la Révolte, les crédits pour la formation des Sardaukars diminuèrent régulièrement. Il avait cinq filles (Irulan, Chalice, Wensicia, Josifa et Rugi) et aucun fils légitime. Quatre de ses filles l'accompagnèrent lorsqu'il se retira. Sa femme, Anirul, Bene Gesserit du Rang Caché, mourut en 10176.

LETO ATRÉIDES (10140-10191)

Cousin des Corrino du côté maternel. Souvent appelé le Duc Rouge. La Maison Atréides régit Caladan en fief-siridar durant vingt générations avant de recevoir Arrakis. Le Duc Leto est surtout connu comme père du Duc Paul-Muad'Dib, Umma régent. Les restes du Duc Leto se trouvent dans la « Tombe du Crâne » sur Arrakis. On attribue sa mort à la trahison d'un docteur de l'École Suk. L'acte fut perpétré par le Siridar-Baron Vladimir Harkonnen.

DAME JESSICA (HON. ATRÉIDES) (10154-10256)

Fille naturelle (référence bene gesserit) du Siridar-Baron Vladimir Harkonnen. Mère du Duc Paul-Muad'Dib. Diplômée de l'école B.G. de Wallach IX.

DAME ALIA ATRÉIDES (10191-)

Fille légitime du Duc Leto Atréides et de sa concubine, Dame Jessica. Dame Alia est née sur Arrakis huit mois après la mort du Duc Leto. Les références B.G. la désignent comme « la Maudite », ce qui peut s'expliquer par une exposition prénatale au narcotique de perception. L'histoire populaire la désigne sous le nom de Sainte Alia du Couteau ou Sainte Alia. (Pour plus de détails, voir *Sainte Alia, Chasseresse d'un Milliard de Mondes*, par Pander Oulson.)

VLADIMIR HARKONNEN (10110-10193)

Communément désigné comme le Baron Harkonnen. Son titre officiel était Siridar-Baron. Vladimir Harkonnen était le descendant mâle direct du Bashar Abulurd Harkonnen qui fut banni pour couardise après la Bataille de Corrin. On attribue généralement le retour en grâce de la Maison Harkonnen à d'adroites spéculations sur le marché de la fourrure de baleine, spéculations qui furent renforcées par les bénéfices tirés du Mélange d'Arrakis. Le Siridar-Baron mourut sur Arrakis durant la Révolte. Le titre fut brièvement porté par le na-Baron, Feyd-Rautha Harkonnen.

COMTE HASIMIR FENRING (10133-10225)

Cousin de la Maison Corrino par le côté maternel, il fut le compagnon d'enfance de Shaddam IV. (L'*Histoire pirate de Corrino*, souvent discréditée, rapporte de curieuses rumeurs selon lesquelles Fenring serait responsable de la mort d'Elrood IX.) Tous les témoignages concordent pour reconnaître que Fenring était le meilleur ami de Shaddam IV. Le Comte Fenring fut Agent Impérial sur Arrakis durant le régime harkonnen et, plus tard, Siridar-Absentia de Caladan. Il rejoignit finalement Shaddam IV dans sa retraite sur Salusa Secundus.

COMTE GLOSSU RABBAN (10132-10193)

Glossu Rabban, Comte de Lankiveil, était le neveu aîné de Vladimir Harkonnen. Glossu Rabban et Feyd-Rautha Rabban (qui prit le nom de Harkonnen lorsqu'il fut choisi pour régir la maison du Siridar-Baron) étaient les fils légitimes du plus jeune des demi-frères du Siridar-Baron, Abulurd. Abulurd renonça au nom de Harkonnen, à tous les droits et à tous les titres lorsqu'on lui offrit le poste de gouverneur du sous-district de Rabban-Lankiveil. Rabban était son nom matrilinéaire.

LEXIQUE DE L'IMPERIUM

A

Aba : robe de forme vague portée par les femmes fremen. Généralement noire.

Ach : virage à gauche. Ordre lancé par le barreur du ver.

Adab : la mémoire qui exige et qui s'impose à vous.

A.G. : avant la Guilde.

Akarso : plante originaire de Sikun (70 Ophiuchi A) et caractérisée par ses feuilles oblongues. Ses rayures blanches et vertes correspondent aux zones de chlorophylle active et dormante.

Alam al-Mithal : le monde mystique des similitudes où cessent toutes limitations.

Al-Lat : le soleil originel de l'humanité. Par extension : tout soleil d'un système.

Ampoliros : le légendaire « Hollandais Volant » de l'espace.

Amtal ou *règle de l'Amtal :* règle en usage sur les mondes primitifs et destinée à déterminer les défauts et les aptitudes d'un homme ou d'un objet. Communément : l'épreuve de la destruction.

Aql : l'épreuve de la raison. À l'origine, les « Sept Questions Mystiques » qui commencent par : « Qui est-ce qui pense ? »

Arbitre du Changement : désigné par le Haut Conseil du Landsraad et l'Empereur pour surveiller un changement de fief, un kanly, ou une bataille dans une Guerre des Assassins. L'autorité de l'Arbitre ne peut être contestée que devant le Haut Conseil et en présence de l'Empereur.

Arrakeen : la première base d'Arrakis qui fut longtemps le siège du gouvernement planétaire.

Arrakis : troisième planète du système de Canopus. Plus connue sous le nom de Dune.

Assemblée : différente du Conseil, l'Assemblée est la convocation des chefs fremen afin d'assister à un combat pour le pouvoir tribal. (Un Conseil est une assemblée qui tranche des problèmes intéressant toutes les tribus.)

Auliya : dans la religion des Vagabonds Zensunni, la femme à la main gauche de Dieu, la servante de Dieu.

Aumas : poison administré avec la nourriture. (Plus particulièrement : avec la nourriture solide.) Chaumas dans certains dialectes.

Ayat : les signes de vie. (*Voir* Burhan.)

B

Bakka : dans la légende fremen, celui qui pleure pour toute l'humanité.

Baklawa : pâtisserie à base de sirop de datte.

Balisette : instrument de musique à neuf cordes, descendant de la zithra, accordé selon la gamme de Chusuk et dont on pince les cordes. Instrument favori des troubadours impériaux.

Baramark (pistolet) : pistolet à poudre et à électricité statique conçu sur Arrakis pour tracer de vastes signes sur le sable.

Baraka : homme saint aux pouvoirs magiques.

Bashar (souvent colonel bashar) : officier sardaukar qui, selon la hiérarchie militaire classique, est à un degré au-dessus d'un colonel. Désigne également le responsable militaire d'un sous-district planétaire.

Bataille (langage de) : tout langage spécial à l'étymologie restreinte et destiné aux communications en temps de guerre.

Bedwine : voir Ichwan Bedwine.

Bela Tegeuse : cinquième planète de Kuentsing. Troisième station du Zensunni, la migration forcée des Fremen.

Bene Gesserit : ancienne école d'éducation et d'entraînement physique et mental réservée à l'origine aux étudiants de sexe féminin après que le Jihad Butlérien eut détruit les prétendues « machines pensantes » et les robots.

B.G. : sigle pour « Bene Gesserit ».

Bhotani-jib : voir Chakobsa.

Bible Catholique Orange : le « Livre des Accumulations ». Texte religieux produit par la Commission des Interprètes

Œcuméniques, contenant des éléments empruntés aux religions anciennes, du Moameth Saari, de la Chrétienté Mahayana, du Catholicisme Zensunni et des traditions Bouddislamiques. Son commandement suprême est : « Point ne déformeras l'âme. »

Bi-la kaifa : Amen. (Littéralement : « Toute autre explication est inutile. »)

Bindu : en rapport avec le système nerveux humain et, plus particulièrement, avec l'entraînement nerveux. *(Voir* Prana.)

Bindu (suspension) : forme particulière de catalepsie volontaire.

Bled : désert plat.

Bobine : désigne toute impression sur shigavrille utilisée pour l'éducation et chargée d'une impulsion mnémonique.

Bordure : second niveau de la grande falaise du Bouclier d'Arrakis. (*Voir* Bouclier.)

Bouclier : champ de protection produit par un générateur Holtzman. Résulte de la Phase Un de l'effet d'annulation gravifique. Un bouclier ne peut être pénétré que par des mobiles à faible vitesse (cette vitesse allant de six à neuf centimètres par seconde) et ne peut être détruit que par un champ électrique de vastes dimensions.

Désigne également une formation montagneuse du nord d'Arrakis qui protège un territoire de faible étendue des tempêtes coriolis.

Bourka : manteau isolant porté par les Fremen dans le désert.

Brilleur : dispositif d'éclairage autonome (généralement équipé de piles organiques) et muni de suspenseurs.

Burhan : les preuves de vie. (Communément : l'ayat et le burhan de vie. *Voir* Ayat.)

Burseg : général des Sardaukars.

Butlérien (Jihad) : voir Jihad (*également* Grande Révolte).

C

Caïd : officier sardaukar plus particulièrement chargé des rapports avec les civils. Gouverneur militaire d'un district planétaire. Supérieur au Bashar sans être toutefois égal au Burseg.

Caladan : troisième planète de Delta Pavonis : Monde natal de Paul-Muad'Dib.

Canto et respondu : rite d'invocation de la panoplia propheticus de la Missionaria Protectiva.

Carte des creux : carte de la surface d'Arrakis faisant apparaître les routes de paracompas les plus sûres entre les refuges. (*Voir* Paracompas.)

Cavalier des sables : terme fremen désignant celui qui est capable de capturer et de chevaucher un ver des sables.

Chakobsa : le « langage magnétique » dérivé en partie de l'ancien bhotani (bhotani-jib, *jib* signifiant « dialecte »). Formé de plusieurs dialectes modifiés pour les besoins du secret, et surtout du langage de chasse des Bhotani, les mercenaires de la première Guerre des Assassins.

Chaumas (*Aumas* dans certains dialectes) : poison administré dans la nourriture solide par distinction avec tout poison administré sous une autre forme.

Chaumurky (*Musky* ou *Murky* dans certains dialectes) : poison administré dans une boisson.

Chenille : désigne tout engin destiné à opérer à la surface d'Arrakis et à participer à la récolte de l'épice.

Cheops : jeu des pyramides. Forme de jeu d'échecs à neuf niveaux dont le but est de placer la reine en apex et le roi adverse en échec.

Chercheur-tueur : petite aiguille de métal munie de suspenseurs et dirigée à distance. Moyen d'assassinat courant.

Choses sombres : expression idiomatique désignant les superstitions infectieuses enseignées par la Missionaria Protectiva aux civilisations sensibles.

Cherem : fraternité de la haine.

CHOM : sigle pour Combinat des Honnêtes Ober Marchands. Compagnie universelle contrôlée par l'Empereur et les Grandes Maisons avec la Guilde et le Bene Gesserit comme associés sans droit de vote.

Chusuk : quatrième planète de Téta Shalish, appelée encore « Planète des Musiciens » et renommée pour la qualité des instruments qui y sont fabriqués. (*Voir* Varota.)

Cielago : Chiroptère d'Arrakis modifié dans le but d'acheminer les messages distrans.

Collecteurs de rosée ou précipitateurs : à ne pas confondre avec *Récolteurs de rosée.* Les collecteurs et précipitateurs sont des appareils de forme ovoïde longs d'environ quatre centimètres. Ils sont faits d'un chromo-plastique qui, soumis à la lumière, devient blanc et la reflète pour retrouver sa transparence dans l'obscurité. Les collecteurs constituent une surface froide sur laquelle la rosée de l'aube se condense. Les Fremen les utilisent surtout dans les plantations des bassins afin de recueillir un petit appoint d'eau.

Cône de silence : champ de distorsion qui limite la portée d'une voix ou de toute autre forme de vibration par la projection d'une vibration identique en opposition de phase.

Coriolis (tempête) : désigne toute tempête d'ordre majeur sur Arrakis où les vents, soufflant sur les plaines, voient leur force accrue par la révolution de la planète pour atteindre parfois 700 kilomètres à l'heure.

Corrin (bataille de) : la bataille qui donna son nom à la Maison Corrino. Elle eut lieu près de Sigma Dragonis en l'an 88 A.G. et établit le pouvoir de la Maison régnante de Salusa Secundus.

Creux : dépression formée à la suite des mouvements des couches métamorphiques sous-jacentes.

Cristacier : acier stabilisé par des fibres de stravidium insérées dans sa structure cristalline.

Cuvette : sur Arrakis, désigne toute dépression ou région de basse altitude formée par l'effondrement des couches souterraines. (Sur les planètes pourvues d'eau, une cuvette indique une région autrefois occupée par un plan d'eau. On a relevé une seule trace de ce genre sur Arrakis mais la question est loin d'être résolue.)

D

Dar al-hikman : école religieuse de traduction et d'interprétation.

Derch : virage à gauche. Ordre lancé par le barreur du ver.

Demi-frères : fils de concubines d'une même demeure et ayant le même père.

Dictum familia : règle de la Grande Convention qui interdit le meurtre d'une personne royale ou d'un membre d'une Grande Maison par une traîtrise illégale. La règle définit la forme et les limitations de l'assassinat.

Discipline de l'eau : inflexible, elle permet aux habitants d'Arrakis de survivre sans gaspiller l'humidité.

Diseuse de vérité : Révérende Mère qualifiée pour entrer en transe et distinguer la vérité du mensonge.

Distille : vêtement mis au point sur Arrakis et fait d'un tissu dont la fonction est de récupérer l'eau d'évaporation du corps et des déjections organiques. L'eau ainsi recyclée est recueillie dans des poches et peut être à nouveau absorbée à l'aide d'un tube.

Distrans : appareil utilisé pour pratiquer une impression neurale sur le système nerveux des oiseaux ou chiroptères. Le message s'intègre au cri normal de la créature et peut être lu par un autre distrans.

Dunes (hommes des) : désigne tous ceux qui travaillent dans le sable (chasseurs d'épice et autres), sur Arrakis.

E

Eau de Vie : poison d'« illumination ». (*Voir* Révérende Mère.) Liquide produit par un ver des sables (*voir* Shai-hulud) lorsqu'il meurt noyé et qui, transformé par l'organisme de la Révérende Mère, devient un narcotique provoquant l'orgie du tau.

Ecaz : quatrième planète d'Alpha Centauri B. Paradis des sculpteurs à cause du *bois-brouillard*, substance végétale que la seule pensée humaine parvient à façonner.

Ego-simule : portrait exécuté à l'aide d'un projecteur à shigavrille. Il reproduit les mouvements les plus subtils et l'on dit qu'il recèle l'essence de l'ego.

Elacca : narcotique obtenu par la torréfaction de bois d'elacca d'Ecaz. A pour effet d'atténuer dans des proportions majeures l'instinct de conservation. Confère à la peau une coloration carotte caractéristique. Généralement utilisé pour préparer les esclaves-gladiateurs pour l'arène.

El-sayal : la « pluie de sable ». Masse de poussière soulevée à une altitude moyenne (environ 2 000 mètres) par une tempête coriolis et qui, en retombant au sol, ramène fréquemment de l'humidité.

Éperonneur : vaisseau spatial de combat formé de la réunion de plusieurs petits vaisseaux et destiné à détruire les positions ennemies en les écrasant sous son poids.

Entraînement : associé au Bene Gesserit, désigne tout un système d'éducation, de conditionnement nerveux et musculaire (*voir* Bindu *et* Prana) poussé aux limites des fonctions naturelles.

Épice : voir Mélange.

Conducteur d'épice : tout homme de Dune qui commande et pilote un engin à la surface d'Arrakis.

Usine à épice (ou épiçage) : voir Chenille.

Erg : mer de sable, zone de dunes.

Étrange (art) : méthode de combat qui participe de la sorcellerie et de la magie.

F

Fai : le tribut d'eau. Le principal impôt d'Arrakis.

Faiseur : voir Shai-hulud.

Fanemétal : métal formé par l'addition de cristaux de jasmium dans du duraluminium. Apprécié pour son rapport poids/résistance particulièrement élevé.

Fardeau de l'eau : pour les Fremen, une obligation mortelle.

Faufreluches : système de classes rigide mis en place par l'Imperium. « Une place pour chaque homme et chaque homme à sa place. »

Fedaykin : commandos de la mort fremen. À l'origine formés pour redresser les torts.

Feu (pilier de) : pyrofusée de signalisation dans le désert.

Filtre : dispositif dont est muni un distille et qui permet de récupérer l'humidité de la respiration.

Fiqh : connaissance, loi religieuse. L'une des origines semi-légendaires de la religion des Vagabonds Zensunni.

Frégate : grand astronef qui peut se poser sur une planète.

Fremen : libres tribus d'Arrakis, habitants du désert, survivants des Vagabonds Zensunni. (« Pirates des sables », selon le Dictionnaire Impérial.)

Fremkit : trousse de survie fabriquée par les Fremen.

G

Galach : langage officiel de l'Imperium. Hybride inglo-slave fortement marqué par les différents langages spécialisés nés des migrations humaines.

Gamont : troisième planète de Niushe, renommée pour sa culture hédoniste et ses étranges pratiques sexuelles.

Gare : butte.

Geyrat : tout droit. Ordre lancé par le barreur du ver.

Ghafla : s'abandonner à la distraction. Se dit d'une personne à laquelle on ne peut se fier.

Ghanima : ce que l'on acquiert durant le combat. Plus communément : souvenir de combat destiné à éveiller la mémoire.

Giedi Prime : planète d'Ophiuchi B (36), monde natal de la Maison Harkonnen. Planète moyennement habitable à l'activité photo-synthétique réduite.

Ginaz (Maison) : alliés temporaires du duc Leto Atréides. Défaits par Grumman pendant la Guerre des Assassins.

Giudichar : sainte vérité. (*Voir* Mantène.)

Grande Convention : désigne la trêve universelle établie par la Guilde, les Grandes Maisons et l'Imperium. Elle interdit l'usage des armes atomiques contre des êtres humains. Chacun de ses édits commence par la phrase : « Les formes doivent être obéies… »

Grande Mère : la déesse à cornes, le principe féminin de l'espace (Mère-Espace), visage féminin de la trinité mâle-femme-neutre reconnue comme l'Être Suprême par de nombreuses religions de l'Imperium.

Grande Révolte : terme courant pour désigner le Jihad Butlérien. (*Voir* Jihad Butlérien.)

Gridex (plan) : séparateur à charge différentielle utilisé pour dégager l'épice du sable.

Grumman : seconde planète de Niushe. Surtout connue pour les démêlés de sa Maison régnante (Moritani) avec la Maison Ginaz.

Gom jabbar : Le haut-ennemi. Aiguille enduite de méta-cyanure et utilisée par les Rectrices du Bene Gesserit pour l'épreuve d'humanité.

Goûte-poison : analyseur à rayons destiné à détecter les substances toxiques.

Guerre des Assassins : forme de conflit limité autorisée par la Grande Convention et la Guilde de Paix dans le but d'épargner les populations innocentes en réglementant l'usage des armes et en instituant la déclaration préalable des objectifs.

Guetteurs : ornithoptères chargés de la surveillance d'un groupe d'épiçage.

Guilde : Guilde Spatiale. Un des trois éléments du tripode sur lequel repose la Grande Convention. La Guilde constitue la seconde école d'éducation psychophysique (*voir* Bene Gesserit) fondée après le Jihad Butlérien. La Guilde a le monopole du voyage spatial et de la banque. Le Calendrier Impérial est daté de sa création.

H

Hagal : la « planète des joyaux » (Il Téta Shaowei). Mise en exploitation sous Shaddam Ier.

Haiiii-yoh ! : en avant ! Ordre lancé par le barreur du ver.

Hajj : saint voyage.

Hajr : voyage dans le désert, migration.

Hajra : voyage de recherche.

Hal yawm : Enfin ! (Exclamation fremen.)

Hameçons à faiseur : crochets de métal utilisés pour la capture, la monte et le guidage d'un ver des sables.

Harmonthep : Ingsley avance le nom de cette planète comme sixième station de la migration des Zensunni. On suppose qu'il s'agissait d'un satellite de Delta Pavonis disparu depuis.

Haut Conseil : cercle intérieur du Landsraad habilité à agir comme tribunal suprême dans les conflits entre Maisons.

Hiereg : campement fremen temporaire à ciel ouvert.

Holtzman (effet) : effet de répulsion négative d'un générateur de bouclier.

Hors-freyn : terme galach pour « étranger proche ». C'est-à-dire : qui n'appartient pas à la communauté.

I

Ibad (yeux de l') : effet caractéristique d'une forte consommation épice qui fond le blanc de l'œil et l'iris en un bleu foncé.

Ibn qirtaiba : « Ainsi vont les saints mots... » Début rituel de toute incantation religieuse fremen (issue de la panoplia propheticus).

Ichwan bedwine : fraternité des Fremen sur Arrakis.

Ijaz : prophétie qui, par sa nature même, ne peut être niée, prophétie immuable.

Ikhut-eigh ! : cri du porteur d'eau sur Arrakis. (Étymologie incertaine.) (*Voir également* Soo-Soo Sook !)

Ilm : théologie. Science de la tradition religieuse. L'une des origines semi-légendaires de la foi des Vagabonds Zensunni.

Impérial (conditionnement) : le plus puissant des conditionnements interdisant d'attenter à la vie humaine, mis au point par l'École Suk. Les initiés ont sur le front un tatouage en forme de losange et sont autorisés à porter les cheveux longs, maintenus par un anneau d'argent.

Istislah : règle établie pour le bien général. Annonce généralement une mesure brutale.

Ix : voir Richèse.

J

Jihad : croisade religieuse.

Jihad Butlérien (*voir aussi* Grande Révolte) : croisade lancée contre les ordinateurs, les machines pensantes et les robots conscients en 201 A.G. et qui prit fin en 108 A.G. Son principal commandement figure dans la Bible C.O. : « Tu ne feras point de machine à l'esprit de l'homme semblable. »

Jolitre : récipient d'un litre destiné à transporter l'eau sur Arrakis. Fait de plastique incassable à haute densité et muni d'un bouchon étanche.

Jubba : cape portée en toute occasion par-dessus le distille. Peut admettre ou réverbérer la chaleur, se transformer en hamac ou même en abri.

K

Kanly : forme féodale de vengeance, strictement limitée par la Grande Convention. (*Voir* Arbitre du Changement.)

Karama : miracle. Action du monde spirituel.

Khala : invocation traditionnelle destinée à calmer les esprits courroucés d'un endroit dont on mentionne le nom.

Kindjal : épée courte à double tranchant, légèrement courbe, longue d'environ 20 centimètres.

Kiswa : tout dessin appartenant à la mythologie fremen.

Kitab al-Ibar : manuel religieux et pratique rédigé par les Fremen.

Krimskell (fibre ou corde de) : la « fibre croc » provenant des plants d'*huluf* d'Ecaz. Les nœuds d'une corde de krimskell se serrent d'eux-mêmes à la moindre traction. (Pour une étude détaillée, voir l'ouvrage de Holjance Vohnbrook : *Les vignes étrangleuses d'Ecaz.*)

Krys : couteau sacré des Fremen. Il est fait en deux versions, fixe et instable, à partir de la dent du ver des sables. Un couteau instable se désintègre à distance du champ électrique d'un organisme humain. Les couteaux fixes sont traités pour être stockés : les uns comme les autres ne dépassent pas 20 centimètres de longueur.

Kull Wahad ! : « Je suis bouleversé ! » Exclamation de totale surprise répandue dans l'lmperium. Son sens exact dépend du contexte. (On prétend que Muad'Dib, voyant un faucon du désert s'extraire de sa coquille se serait écrié : « Kull Wahad ! »)

Kulon : âne sauvage des steppes asiatiques de Terra, acclimaté sur Arrakis.

Kwisatz Haderach : « Le raccourcissement du chemin ». Ainsi les Bene Gesserit désignaient-elles l'*inconnu* pour lequel elles cherchaient une solution génétique, le mâle B.G. dont les pouvoirs psychiques couvriraient l'espace et le temps.

L

La, la, la : exclamation de chagrin chez les Fremen. Ultime dénégation.

Lancette : désigne toute lame courte, fine, souvent enduite de poison et utilisée de la main gauche lors d'un combat au bouclier.

Lecteur de temps : personne formée aux diverses méthodes de prédiction du temps sur Arrakis. (Sondage du sable, examen des vents.)

Légion (impériale) : dix brigades (environ 30 000 hommes).

Liban : le liban fremen est une boisson à base d'épice infusée avec de la farine de yucca. À l'origine, boisson à base de lait aigre.

Libres commerçants : Contrebandiers.

Lisan al-Gaib : « La voix d'ailleurs ». Dans les légendes messianiques fremen, le prophète étranger. Parfois traduit par « Donneur d'eau ». (*Voir* Mahdi.)

Long-courrier : Principal vaisseau de transport de la Guilde.

M

Mahdi : dans les légendes messianiques fremen : « Celui Qui Nous Conduira Au Paradis. »

Maison : désigne le Clan Régnant d'une planète ou d'un ensemble de planètes.

Maison majeure : maison qui détient des fiefs planétaires. Entrepreneur interplanétaire. (*Voir* Maison.)

Maison mineure : entrepreneur planétaire. (En galach : *Richece.*)

Maître de sable : désigne celui qui dirige les opérations d'épiçage.

Manière : associé au Bene Gesserit : observation attentive et minutieuse.

Mantène : sagesse secrète, principe premier. *(Giudichar.)*

Manuel des Assassins : résultat de trois siècles de compilation sur les prisons, ce manuel était d'usage courant durant les Guerres des Assassins. Il fut plus tard augmenté d'une étude sur tous les engins autorisés par la Grande Convention et la Guilde de Paix.

Marcheur des sables : désigne tout Fremen entraîné à survivre dans le désert.

Marée de sable : effet de marée produit par le soleil et les lunes dans certaines importantes dépressions d'Arrakis où la poussière s'est accumulée au fil des siècles.

Marteleur : tige munie d'un ressort et destinée à produire un bruit sourd et rythmé dans le sable afin d'attirer le shai-hulud. (*Voir* hameçons à faiseur.)

Mashad : toute épreuve dont dépend l'honneur.

Masse d'épice : masse de végétation fongoïde produite par le mélange de l'eau et des excrétions du petit faiseur. À ce stade, l'épice d'Arrakis produit une « explosion » caractéristique qui permet l'échange entre les matières souterraines et celles de la surface. Cette masse, après avoir été exposée au soleil et à l'air, devient la véritable épice, le Mélange. (*Voir également* Mélange *et* Eau de Vie.)

Maula : esclave.

Maula (pistolet) : arme à ressort lançant des aiguilles empoisonnées. Portée approximative : 40 mètres.

Mélange : l'« épice des épices » dont Arrakis constitue l'unique source. L'épice, utilisée surtout pour ses qualités gériatriques, provoque une légère accoutumance et devient très dangereuse dans le cas d'une absorption supérieure à deux grammes par jour pour un organisme de soixante-dix kilos. (*Voir* Ibad, Eau de vie *et* Masse d'épice.) L'épice serait la clé des pouvoirs prophétiques de Muad'Dib et, également, des navigateurs de la Guilde. Son prix, sur le marché impérial, a parfois dépassé 620 000 solaris le décigramme.

Mentat : classe de citoyens de l'Imperium formés à la logique la plus poussée. Appelés « ordinateurs humains ».

Mesures d'eau : Anneaux de métal de différents diamètres destinés à servir de monnaie d'échange pour l'eau. Les mesures d'eau ont une signification symbolique profonde dans le rituel de naissance, de mort et de mariage.

Métaglass : verre formé à haute température entre des feuilles de quartz de jasmium. Particulièrement apprécié pour sa résistance (environ 450 tonnes au centimètre carré pour deux centimètres d'épaisseur) et ses capacités de filtre sélectif.

Mihna : la saison de l'épreuve pour les jeunes Fremen destinés à devenir des adultes.

Minimic (film) : shigavrille d'un micron de diamètre utilisée pour la transmission d'information dans le domaine de l'espionnage.

Mish-mish : abricots.

Misr : « Le peuple ». Ainsi se désignaient eux-mêmes les Zensunni (Fremen).

Missionaria Protectiva : le bras du Bene Gesserit chargé de semer des superstitions infectieuses sur les mondes primitifs et de les préparer ainsi à l'exploitation du Bene Gesserit. (*Voir* Panoplia propheticus.)

Moissonneuse : machine de grandes dimensions (en général 120 mètres sur 40) destinée à récolter l'épice sur les gisements riches. Souvent appelée simplement *chenille* en raison de son aspect.

Monitor : engin spatial de combat formé de dix sections, lourdement blindé et muni de boucliers. Les sections se séparent pour regagner l'espace à partir d'une planète.

Muad'Dib : souris-kangourou adaptée à Arrakis. Associée à la mythologie fremen, sa silhouette étant visible sur la seconde lune de la planète. Ce petit animal est admiré par les Fremen pour sa capacité d'adaptation au désert.

Mudir Nahya : nom fremen pour Rabban (Rabban la Bête, Comte de Lankiveil), cousin des Harkonnen qui fut Siridar-gouverneur d'Arrakis pendant quelques années. Appelé quelquefois « Maître Démon ».

Mushtamal : petit jardin annexe.

Musky : poison administré dans une boisson. (*Voir* Chaumurky.)

Mu zein wallah ! : Mu zein signifie littéralement : « rien de bon », et *wallah* est une exclamation terminale. Précède généralement une malédiction fremen à l'encontre d'un ennemi.

N

Na : préfixe signifiant « nommément » ou « le prochain ». Ainsi, na-Baron désigne l'héritier apparent d'une baronnie.

Naib : celui qui a juré de n'être jamais pris vivant par l'ennemi. Serment traditionnel d'un chef fremen. *Nezhoni (mouchoir) :* carré d'étoffe porté sous le distille par les épouses ou les compagnes fremen après la naissance d'un fils.

Noukkers : officiers du corps impérial qui sont liés par le sang à l'Empereur. Titre traditionnel des fils des concubines royales.

O

Objectifs à huile : huile d'huluf maintenue sous tension par deux champs de force à l'intérieur d'un tube. Chaque objectif à huile peut être réglé séparément avec une précision de l'ordre du micron. Les objectifs à huile sont considérés comme l'achèvement ultime de l'optique.

Opaflamme : opaline très rare de Hagal.

Ornithoptère (plus communément appelé orni) : engin aérien à ailes mobiles dont le principe de sustentation est analogue à celui des oiseaux.

P

Panoplia propheticus : ce terme recouvre toutes les superstitions infectieuses utilisées par le Bene Gesserit pour l'exploitation des régions primitives. (*Voir* Missionaria Protectiva.)

Paracompas : désigne tout compas indiquant les anomalies magnétiques locales. Utilisé lorsque des cartes sont disponibles et lorsque le champ magnétique d'une planète est particulièrement instable.

Pentabouclier : générateur de champ de force portatif, utilisé pour protéger les couloirs et les portes. (Les boucliers d'appoint deviennent de plus en plus instables avec l'augmentation des différents champs.) Le pentabouclier est virtuellement infranchissable pour quiconque ne possède pas un désactivateur réglé sur le code. (*Voir* Porte de prudence.)

Petit faiseur : semi-plante, semi-animal qui est à l'origine de la naissance du ver des sables d'Arrakis et dont les excrétions forment la masse d'épice.

Piège à vent : appareil placé sur le parcours des vents dominants et qui condense l'humidité par l'effet d'un brusque abaissement de température.

Pleniscenta : plante verte d'Ecaz renommée pour son parfum.

Poritrin : troisième planète d'Epsilon Alangue, considérée par de nombreux Zensunni comme leur monde natal, quoique leur langage et leur mythologie indiquent des origines plus lointaines.

Porteur d'eau : Fremen chargé des devoirs rituels de l'eau et de l'Eau de Vie.

Portyguls : oranges.

Prana (Musculature-Prana) : Les muscles du corps considérés comme autant d'unités pour l'ultime entraînement. (*Voir* Bindu.)

Première lune : satellite naturel principal d'Arrakis et le premier à apparaître. La forme d'un poing humain est visible à sa surface.

Procès-verbal : rapport semi-officiel sur un crime commis contre l'Imperium.

Prudence (porte de) : pentabouclier destiné à empêcher la fuite de certaines personnes. (*Voir* Pentabouclier.)

Pundi (riz) : variété de riz mutante dont les grains, riches en sucre naturel, atteignent parfois quatre centimètres de long. Principale exportation de Caladan.

Pyons : paysans ou travailleurs locaux d'une planète. Formaient l'une des classes inférieures sous le système des Faufreluches. Légalement : gardiens de la planète.

Pyrétique (conscience) : « Conscience du feu ». Niveau d'inhibition du conditionnement impérial. (*Voir* Conditionnement impérial.)

Q

Qanat : canal d'irrigation à ciel ouvert acheminant l'eau à travers le désert, sur Arrakis.

Qirtaiba : Voir Ibn Qirtaiba.

Quizara tafwid : prêtres fremen (après Muad'Dib).

R

Rachag : stimulant à base de caféine extrait des baies jaunes de l'akarso. (*Voir* Akarso.)

Ramadhan : ancienne période religieuse marquée par le jeûne et la prière. Traditionnellement, neuvième mois du calendrier lunaire et solaire. Les Fremen le mesurent au passage de la première lune à la verticale du neuvième méridien.

Ramasseurs de rosée : ceux qui prélèvent la rosée sur les plantes d'Arrakis à l'aide d'une sorte de serpe.

Rectrice : désigne une Révérende Mère du Bene Gesserit qui dirige également une école régionale B.G. (Appelée communément : Bene Gesserit-avec-le-Regard.)

Razzia : raid de guérilla.

Recycles : tubes reliant le dispositif de traitement des déjections du distille aux filtres de recyclage.

Repkit : nécessaire de réparation du distille.

Révérende Mère : à l'origine, une rectrice du Bene Gesserit qui a transformé le « poison d'illumination » dans son corps pour atteindre le plus haut degré de perception. Titre adopté par les Fremen pour leurs propres chefs religieux qui connaissent une épreuve similaire. (*Voir également* Bene Gesserit *et* Eau de Vie.)

Richèse : quatrième planète d'Eridani A, renommée, avec Ix, pour sa civilisation technique. Spécialisée dans la miniaturisation. (Pour de plus amples détails quant à la façon dont Richèse et Ix ont échappé aux effets principaux du Jihad Butlérien, voir *Le Dernier Jihad* par Sumer et Kautman.)

Ruh (esprit) : dans la croyance fremen, cette part de l'individu qui est en contact permanent avec le monde métaphysique. (*Voir* Alam al-Mithal.)

Résiduel (poison) : innovation dans le domaine des poisons attribuée au Mentat Piter de Vries et qui consiste à injecter dans l'organisme une substance toxique dont les effets doivent être annulés par des doses répétées d'antidote. La suppression de l'antidote provoque la mort.

S

Sables-tambours : couche de sable dont la densité est telle qu'un coup frappé en surface produit le son caractéristique d'un tambour.

Sadus : juges. Pour les Fremen : juges saints.

Salusa Secundus : troisième planète de Gamma Waiping. Choisie comme Planète-prison impériale après que la Cour se fut retirée sur Kaitain. Salusa Secundus est le monde originel de la Maison Corrino et la seconde station des Vagabonds Zensunni. La tradition fremen rapporte qu'ils furent maintenus en esclavage sur Salusa Secundus durant neuf générations.

Sapho : liquide hautement énergétique extrait de racines d'Ecaz. Communément en usage chez les Mentats dont il augmenterait les pouvoirs. Provoque l'apparition de taches rubis sur les lèvres.

Sardaukars : soldats fanatiques de l'Empereur Padishah. Ces hommes étaient formés dans un milieu hostile au sein duquel six personnes sur treize trouvaient la mort avant d'atteindre l'âge de onze ans. Leur entraînement militaire impitoyable développait leur férocité tout en éliminant presque l'instinct de conservation. Dès l'enfance, on leur enseignait l'utilisation de la cruauté et de la terreur. Ils furent au combat les égaux des soldats du dixième niveau du Ginaz et leur habileté en combat singulier était comparable à celle d'un adepte du Bene Gesserit. Chaque Sardaukar équivalait à dix combattants ordinaires du Landsraad. Sous le règne de Shaddam IV, leur puissance subit l'effet de leur trop grande confiance et leur mystique guerrière fut sapée par le cynisme.

Sarfa : l'acte de se détourner de Dieu.

Sayyadina : acolyte féminine dans la hiérarchie religieuse fremen.

Sceau de porte : dispositif portatif d'obturation en plastique destiné à retenir l'humidité à l'intérieur des grottes fremen, durant le jour.

Schlag : animal originaire de Tupile, renommé pour son cuir mince et dur et qui fut chassé jusqu'à ce que l'espèce soit en voie de disparition.

Seconde lune : le plus petit des deux satellites naturels d'Arrakis. Certains détails de sa surface semblent former l'image d'une souris-kangourou.

Selamlik : Salle d'Audience Impériale.

Sélection (index de) : index où le Bene Gesserit enregistrait le développement de son programme de sélection génétique destiné à produire le Kwisatz Haderach.

Sémuta : narcotique. Dérivé secondaire de la torréfaction du bois d'elacca. Ses effets (suspension du temps, extase) sont accrus par certaines vibrations atonales appelées « musique de la sémuta ».

Serrure à main : désigne tout dispositif de fermeture qui peut être ouvert par le simple contact d'une main humaine pour laquelle il a été programmé.

Servok : mécanisme automatique destiné à des tâches simples. L'un des rares appareils de ce type autorisé après le Jihad Butlérien.

Shadout : « Qui creuse les puits ». Titre honorifique.

Shah-Nama : Le Premier Livre semi-légendaire des Vagabonds Zensunni.

Shai-hulud : ver des sables d'Arrakis, « le vieil homme du désert », « le vieux père éternité », « le grand-père du désert ». Il est significatif que ces noms, prononcés d'une certaine façon ou écrits avec des majuscules, désignent la déité terrestre des superstitions fremen. Les vers des sables atteignent des dimensions colossales (on a observé dans le désert profond des vers de 400 mètres de long) et vivent très longtemps quand ils ne s'entretuent pas ou ne se noient pas dans l'eau qui, pour eux, est toxique. On pense qu'une grande partie du sable qui recouvre Arrakis est produite par l'action des vers. (*Voir* Petit faiseur.)

Shaitan : Satan.

Shari-a : partie de la panoplia propheticus qui concerne les rites superstitieux. (*Voir* Missionaria Protectiva.)

Shigavrille : produit métallique d'une plante (la *Narvi narviium*) qui ne pousse que sur Salusa Secundus et III Delta Kaising. Réputé pour son extrême résistance à la traction.

Sietch : terme Fremen pour « lieu de réunion en période de danger ». Les Fremen vécurent si longtemps dans le danger que le terme finit par désigner toute grotte habitée par une communauté tribale.

Sihaya : terme fremen désignant le printemps du désert avec des implications religieuses sur la fécondité et « le paradis à venir ».

Sillon : dépression entourée de terrains élevés, sur Arrakis, et protégée des tempêtes. Zone habitable.

Sirat : passage de la Bible C.O. qui décrit la vie humaine comme le passage sur un pont étroit (le Sirat) avec « le Paradis sur ma droite, l'Enfer sur ma gauche, et l'Ange de la Mort derrière moi ».

Solari : unité monétaire de l'Imperium dont la valeur était fixée par la Guilde, le Landsraad et l'Empereur.

Solido : image tridimensionnelle issue d'un projecteur solido utilisant les signaux à 360° inscrits sur une bobine de shigavrille. Les solido ixiens sont les plus réputés.

Sondagi : tulipe-fougère de Tupali.

Sonder le sable : art qui consiste à planter des tiges fibroplastiques dans les étendues désertiques d'Arrakis et à interpréter les traces laissées par les tempêtes de sable pour essayer de prédire le temps.

Soo-Soo Sook ! : cri du marchand d'eau sur Arrakis. Sook désigne la place du marché. (*Voir* Ikhut-eigh !)

Subakh ul kuhar : « Comment allez-vous ? » Formule de politesse fremen.

Subakh un nar : « Ça va. Et vous ? » Réponse traditionnelle à la formule précédente.

Suspenseur : application de l'effet de phase d'un générateur de champ Holtzman. Le suspenseur annule la gravité dans certaines limites relatives à la masse et à l'énergie consommée.

T

Tahaddi al-burhan : épreuve ultime pour laquelle il ne saurait y avoir d'appel (en général parce que son issue est la mort).

Tahaddi (défi du) : défi fremen annonçant un combat à mort.

Taillerays : laser à faible portée, modifié pour être utilisé comme outil de taille ou scalpel chirurgical.

Taqwa : littéralement : « le prix de la liberté ». Quelque chose de grande valeur. Ce qu'un dieu exige d'un mortel. La peur suscitée par cette demande.

Tau : en termes fremen, l'*unité* d'une communauté sietch induite par l'épice et plus spécialement à la suite de l'orgie tau au cours de laquelle on absorbe l'Eau de Vie.

Tleilax : unique planète de Thalim, centre de formation « clandestin » de Mentats « tordus ».

Transe de vérité : transe semi-hypnotique provoquée par certains narcotiques de perception et au cours de laquelle on décèle le mensonge par les plus infimes détails. (Note : les narcotiques de perception sont fréquemment fatals, sauf pour les individus capables de modifier la structure du poison dans leur organisme.)

Tupile : « planète-sanctuaire » (il y en eut probablement plusieurs) des Maisons de l'Imperium défaites et dont la situation n'est connue que de la Guilde. Cet asile est demeuré inviolé pendant toute la durée de la Paix de la Guilde.

U

Ulema : docteur en théologie des Zensunni.

Umma : membre de l'une des fraternités de prophètes. Terme de mépris dans l'Imperium pour toute personne ayant tendance à énoncer des prophéties fanatiques.

Uroshnor : l'un des mots dépourvus de sens particulier et que les Bene Gesserit implantent dans l'esprit de leurs victimes pour les contrôler. Celles-ci, lorsque le mot est prononcé, sont immobilisées.

Usul : terme fremen signifiant : « La base du pilier. »

V

Varota : luthier fameux pour ses balisettes. Natif de Chusuk.

Vérité : narcotique d'Ecaz qui annihile la volonté. Interdit tout mensonge à celui qui l'absorbe.

Ver des sables : Voir Shai-hulud.

Vidangeur : terme général désignant les astronefs-cargos de forme irrégulière chargés de déverser des matériaux depuis l'espace vers la surface d'une planète.

Vinencre : plante rampante originaire de Giedi Prime et dont les maîtres d'esclaves se servent fréquemment comme d'un fouet. Laisse dans la chair une cicatrice de couleur rouge sombre et une douleur résiduelle qui subsiste durant des années.

Voix (la) : effet de l'éducation Bene Gesserit. Permet aux adeptes de sélectionner certains harmoniques de leur voix afin de contrôler les individus.

W

Wali : jeune Fremen inexpérimenté.

Wallach IX : neuvième planète de Laoujin qui abrite l'École Mère du Bene Gesserit.

Y

Ya hya chouhada : « Longue vie aux combattants ! » Cri de bataille des Fedaykin. *Ya* (maintenant) est ici augmenté de la forme *hya* (maintenant prolongé éternellement). *Chouhada* (combattants) a ici le sens précis de combattants *contre* l'injustice.

Yali : appartement personnel d'un Fremen à l'intérieur d'un sietch.

Ya ! Ya ! Yawm ! : chant rythmé fremen pour les rites les plus importants. *Ya* a le sens de : « Maintenant, faites bien attention ! » La forme *yawm* accentue l'urgence. Ce chant est en général traduit par : « Maintenant, écoutez bien ! »

Z

Zensunni : adeptes de la secte schismatique qui rompit vers 1381 A.G. avec les enseignements de Mahomet (le soi-disant « Troisième Mahomet »). La religion des Zensunni se caractérise par l'importance accordée au mysticisme et le retour aux « voies de nos pères ». Certaines études indiquent qu'Ali Ben Ohashi aurait été à l'origine du schisme mais diverses preuves tendent à le faire apparaître comme un simple porte-parole de sa seconde épouse, Nisai.

POSTFACE DE GÉRARD KLEIN

L'un des métiers les plus singuliers et significatifs que, au dire de ses éditeurs, Frank Herbert ait exercés (mais celui-là, il me l'a longuement confirmé), et qui a certainement eu une influence sur son œuvre, est celui de veilleur de feux en forêt. Sans doute s'agissait-il d'une des immenses forêts de l'Oregon ou de l'État de Washington, bien qu'il en ait souvent parlé comme de jungles froides. Ou peut-être de celles de la Californie, souvent la proie des flammes. Mais comme il est né à Tacoma dans l'État de Washington et qu'il a longtemps vécu dans l'Oregon, les deux premières sont les plus vraisemblables. Il faut l'imaginer, au sommet de tours métalliques, en compagnie de sa femme Beverly, guettant jour et nuit fumées ou flammes signalant des départs de feu.

À une autre époque de sa vie, il étudia longuement les dunes de sable de l'Oregon en vue d'un article qui ne fut jamais écrit. Elles l'inspirèrent sans aucun doute pour son œuvre principale. Des déserts infinis de sable aux étendues verdoyantes, c'est le parcours de *Dune* lorsque les Fremen parvinrent à libérer l'eau séquestrée par les vers géants. C'est paradoxalement après avoir écrit *Dune* que Herbert fut envoyé au Vietnam et au Pakistan en 1972 pour une mission de conseiller social et écologique ; il aurait pu y trouver une source d'inspiration supplémentaire.

J'ai découvert *Dune* en 1967 dans l'édition de poche américaine de Ace Books, chez Brentano's, librairie de l'avenue de l'Opéra que je fréquentais régulièrement pour y découvrir des nouveautés de science-fiction en anglais. Petit volume fort épais, petits caractères, mais j'avais de bons yeux et je le dévorai. C'était et ça reste pour moi le chef-d'œuvre absolu. Il figura bien entendu en tête de la liste que je demandai aux Éditions Laffont d'acheter, au début de 1969, pour la collection « Ailleurs et Demain » que, grâce à Robert, je venais de créer. Je choisis Michel Demuth, en raison du sens de l'épique qu'il manifestait dans ses propres écrits, pour traduire ce livre difficile.

Nombre des auteurs que j'ai publiés sont devenus des amis fidèles, entre autres John Brunner, Robert Silverberg, Norman Spinrad, quant aux Français, que je connaissais souvent bien avant de les éditer, je citerai Jacques Sternberg, Michel Jeury et Philippe Curval avec qui les relations sont parfois orageuses dès qu'il s'agit de toucher à une virgule de son texte. Mais mes relations avec Frank Herbert furent étroites et singulières parce que nous parlâmes des heures durant de son œuvre et en particulier des quelques énigmes que recèle *Dune* et qui ont été souvent très mal interprétées. Je ne le vis avec Beverly qu'à chacun de leurs passages en Europe mais nos rencontres demeurèrent pour moi historiques. Beverly, Bev pour les amis, était une très belle femme, que Frank avait épousée en secondes noces en 1946 et qui l'avait soutenu moralement et matériellement durant les six années que prit la rédaction de *Dune*. Elle le conseilla sans doute lors du travail d'écriture complexe de l'ouvrage. Elle était d'une intelligence et d'une sensibilité exceptionnelles ; quand je la rencontrai, elle était déjà éprouvée par la maladie qui devait l'emporter en 1984 mais elle n'en montrait rien. Il est clair qu'elle a inspiré le personnage de Jessica. Ils vécurent ensemble trente-sept ans.

Au-delà de l'histoire et de la thématique de *Dune*, certains des aspects de ce roman cachent une signification profonde souvent passée inaperçue des commentateurs les plus attentifs. Je n'en retiendrai ici que trois. Mais il doit être bien entendu que la complexité de l'univers de *Dune* tel qu'il a été créé et décrit par Frank Herbert dans les cinq volumes du cycle[1] ne saurait être rendue par aucune analyse. Herbert du reste a encore démultiplié cette complexité en ouvrant un grand nombre de portes, souvent en introduisant un simple nom, dont il ne décrira jamais ce qu'elles pouvaient cacher.

Le premier aspect au sujet duquel je n'eus, dans mon souvenir que peu ou pas d'échanges avec Frank, touche à l'hori-

1. Six en anglais, puisque j'ai choisi dans l'édition d'« Ailleurs et Demain » de réunir *Dune* et *Le Messie de Dune* en un seul volume. L'édition poche rétablit la coupure. J'évoquerai désormais six titres.

zon très lointain qu'il a retenu. Le voyage interstellaire n'est devenu une réalité que dix mille ans après notre temps, et l'action de *Dune* se situe encore dix mille ans plus tard. Certes, Isaac Asimov pour *Fondation* (1951)[1] avait déjà choisi un horizon éloigné, plus de douze mille ans après notre présent, mais cela renvoyait seulement au temps nécessaire à la création d'un empire galactique par une humanité inchangée. Les vingt millénaires de *Dune* sont au contraire nécessaires pour une transformation profonde de l'humanité, dans une perspective néo-darwinienne de son évolution, et pour une application à l'espèce humaine de techniques de sélection jusqu'à nos jours réservées à certaines espèces animales.

Le point de départ de ces transformations peut être le Jihad Butlérien, la Grande Révolte, que Herbert ne décrit jamais et qu'il évoque seulement en quelques lignes d'un appendice. S'agit-il d'un conflit entre les humains et des machines intelligentes, ou encore entre des humains entreprenant de créer de telles machines et ceux les redoutant, qui dura près d'un siècle ? Mais à l'issue de guerres atroces, les opposants aux machines intelligentes l'emportent : « L'homme ne peut être remplacé » et « Tu ne feras point de machine à l'esprit de l'homme semblable ». Il est plus que probable que Herbert faisait une allusion discrète au texte prophétique de Samuel Butler, l'auteur de *Erewhon*, qui dans « Darwin among the Machines », article publié dans un périodique néo-zélandais en 1863, prédit une évolution des machines qui les mènera à l'intelligence et peut-être à surpasser et supplanter l'humanité. Butler y revient plus en détail dans *The Book of the Machines*, trois chapitres d'*Erewhon*, en 1872. Serena Butler, l'instigatrice du Jihad, serait-elle une lointaine descendante de Samuel, parvenue à la lisière des étoiles au moment où naît la Guilde des Navigateurs ?

Ce qui est intéressant, c'est que, peu de temps avant que Herbert écrive son livre, la question est posée non plus par des écrivains mais par des ingénieurs et mathématiciens. Le terme d'« intelligence artificielle » a été introduit en 1956 par John McCarthy lors de la conférence de Dartmouth, même si

1. Les nouvelles qui servirent à composer plus tard le premier *Fondation* et ses suites parurent dans *Astounding Science Fiction* entre 1942 et 1950.

le problème avait été étudié auparavant notamment par Alan Turing. Publications et prévisions souvent fort optimistes se sont multipliées, commençant à susciter chez certains des inquiétudes certes prématurées, dont Herbert se fait l'écho. Il s'agit en tout cas d'un sujet scientifique d'actualité alors et aujourd'hui.

Les machines intelligentes éliminées, l'humain doit y suppléer. Il tente d'y parvenir de deux façons qui se combinent souvent, dont l'acquisition d'une logique supérieure qui fait des Mentats des ordinateurs humains, indispensables à la gestion aussi bien qu'à la stratégie. L'autre approche est celle en particulier mais non exclusivement du Bene Gesserit, secte féminine qui vise à transformer l'humain par la voie de la sélection génétique et à produire, au terme d'un programme enjambant des millénaires, le « Kwisatz Haderach », un humain dont les pouvoirs mentaux lui permettraient de comprendre et d'utiliser des dimensions d'ordre supérieur et en particulier d'entrevoir le futur ou les avenirs. La Guilde des Navigateurs qui mènent les vaisseaux interstellaires a, d'une part, développé des capacités qui leur permettent de percevoir les routes de l'espace, capacités multipliées par l'épice que seule produit la planète Dune, et d'autre part manifestement opéré une sélection génétique qui les éloigne de plus en plus de l'humanité première à moins que leur transformation ne soit liée à leurs séjours dans l'hyperespace. À cette brève liste, on pourrait ajouter les pratiques atroces du Bene Tleilax qui réduisent leurs femmes à l'état de couveuses.

On voit en tout cas que le temps long est indispensable à ces évolutions. La génétique moderne venait à peine d'apparaître et Herbert l'ignore ou la sous-estime. Elle aurait théoriquement permis en quelques décennies ou, au plus, en quelques siècles, au lieu de millénaires, d'accomplir toutes ces transformations. En notre début du XXIe siècle, nous parvenons déjà entre autres exploits à rendre des souris fluorescentes en modifiant certains gènes. En ce qui concerne les humains, des aberrations génétiques conduisant à une maladie létale ont pu être corrigées sur des enfants. Un chercheur chinois a même prétendu améliorer le potentiel de petites filles, transgressant l'un de nos mantras, « L'humain, tu n'amélioreras », un autre étant : « Nul n'introduira de traits héréditaires dans le capital génétique de l'espèce. » Il paraît inévitable que ces interdictions seront violées dans un avenir plus ou moins proche et que l'humain cherchera à s'améliorer comme l'y invitent déjà les transhumanistes, soit en se dotant de compléments artificiels, soit en modifiant ses gènes. Herbert a donc péché par timidité.

Sur le second sujet que j'ai, celui-là, longuement abordé avec lui, se trouve repoussée dans l'avenir lointain une éventualité que nous considérions tous deux comme proche, en tout cas probable : l'apparition d'une néo-féodalité. Beaucoup des lecteurs de *Dune* ont considéré son univers politiquement féodal comme un élément de décor le rapprochant de l'*heroic fantasy*, genre que Herbert a toujours méprisé. Mais Herbert et moi (et quelques autres) le tenaient pour un processus en cours. Dès la fin du XIXe siècle (voire avant) s'amassaient des fortunes considérables (les milliardaires dont John Rockefeller était le modèle) appuyées non plus sur la terre comme du temps des aristocraties de l'Ancien Régime, mais sur des concentrations industrielles (chemins de fer, mines, métallurgie, etc.) et financières sans précédent dans le monde concurrentiel de la bourgeoisie libérale. Elles pouvaient défier des États faibles et s'étaient même dotées de l'idéologie d'un capitalisme des monopoles excluant toute concurrence[1]. L'exemple cité par Tim Wu est celui de Theodore Vail, fondateur du conglomérat AT&T, dominant le marché des télécommunications aux États-Unis pendant près de soixante-dix ans. Mais le cas des télécommunications est très particulier parce qu'il se fonde sur un réseau et les réseaux de téléphone, d'électricité ou de chemins de fer ont naturellement tendance à se constituer en monopoles. Personne ne va construire une voie ferrée à côté de celle qui existe déjà. Vail, cependant, étend sa conception à l'industrie tout entière.

Il préconise un capitalisme sans concurrence : « Cela pourrait nous sembler étrange mais Vail, malgré son capitalisme triomphant, rejetait l'idée de concurrence. » En 1911, il jugeait le monopole, lorsqu'il est entre de bonnes mains, supérieur. « Concurrence, écrivait-il, signifie conflit, guerre industrielle ; cela signifie controverse ; mais souvent cela signifie

1. Voir notamment « Le monopole AT&T » de Tim Wu, extrait de son livre *The Master Switch*, Knopf, 2010. In *Slate*, 30-11-2010.

profiter de ou avoir recours à tous les moyens possibles que la conscience des concurrents... permettra. » Un raisonnement moralisateur : la concurrence donnait mauvaise réputation aux entreprises américaines. « Ces actes vicieux associés à une concurrence agressive sont en grande partie responsables, si ce n'est entièrement, de l'antagonisme actuel présent dans l'esprit du public vis-à-vis des affaires, et en particulier des grandes entreprises[1]. » Il contredit ainsi évidemment *la main invisible* du marché, chère à Adam Smith. « Mais il attribue également au monopole une valeur au-delà de l'efficacité : la sécurité que représente celui-ci, pensait-il, allait repousser le côté obscur inhérent à la nature humaine et faire ainsi place aux qualités naturelles de l'homme. Il voyait un futur sans version capitaliste de la lutte darwinienne, et dans lequel des entreprises organisées de manière scientifique et dirigées par des hommes bons en étroite collaboration avec le gouvernement serviraient au mieux les intérêts du public.[2] »

En bref, cette vision, partagée, semble-t-il, par nombre d'hommes d'affaires puissants du dernier tiers du XIXe siècle et du premier du XXe au moins, ainsi John Rockefeller avec la Standard Oil, correspond bien à la naissance d'une néo-féodalité partageant son pouvoir avec le gratin du monde politique, et le dominant souvent. Lors des conversations entre Herbert et moi, le modèle de l'époque, les années 1970, était IBM dont l'emprise devenait mondiale dans un secteur crucial, celui de l'informatique. Nos craintes étaient toutefois prématurées. AT&T fut démantelé par l'action publique. Tout en restant dominant dans son secteur, IBM ne devint pas le maître du monde et il manqua complètement l'occasion offerte par la micro-informatique, voire par les réseaux. De tels monopoles sont en effet menacés (ou du moins l'étaient) par trois dangers : la réaction des pouvoirs publics, l'innovation technologique et l'extrême difficulté de gérer d'aussi immenses empires. Harold Geneen qui dirigea ITT[3], compagnie mondiale de télécommunications créée sur le modèle d'AT&T, de 1959 à 1977, demeura légendaire pour son implication dans la ges-

1. *Ibid.*
2. *Ibid.*
3. ITT finit par éclater en trois compagnies en 2011.

tion implacable de son immense réseau de sociétés et passait pour irremplaçable. Il est à noter que les deux monopoles cités exercèrent à l'occasion des interventions politiques pour le moins douteuses, se rapprochant de Hitler, voire s'appuyant un temps sur lui, ou menaçant le gouvernement d'Allende au Chili qui finit par être détruit dans les circonstances que l'on sait. À lire les histoires de ces monopoles et les biographies de leurs dirigeants, on a déjà le sentiment de se trouver dans l'univers féodal de *Dune.*

Mais où en sommes-nous aujourd'hui ?

Les GAFAM sont évidemment les candidats les mieux placés[1]. Ce sont principalement des réseaux mais à vocation universelle, ainsi Amazon qui propose jusqu'à des légumes frais. Les trois risques que j'ai mentionnés comme menaçant des monopoles provisoires semblent devoir peu les inquiéter. Leur mondialisation et leur puissance financière limitent le pouvoir des États à les contrôler. Il y faudrait un État mondial, bien lointain. Les conflits avec Facebook sur la modération des contenus ont peu de chances d'aller bien loin. De même que celui de Google avec la France sur la fiscalité. La difficulté de gérer de telles entreprises, qui rendait un Geneen irremplaçable, a cédé avec les progrès de l'informatique. Geneen connaissait par cœur les comptes de ses innombrables filiales ; il y suffit aujourd'hui d'un portable. Enfin l'innovation technologique ne les menace guère, puisqu'ils sont en tête du développement de la 5G et de l'intelligence artificielle. Il se pourrait donc que ces monopoles fondent la néo-féodalité que Frank Herbert avait située loin dans l'avenir. Les personnalités qui les dirigent ne feraient pas tache dans *Dune* : un Jeff Bezos, libertarien et transhumaniste, serait un méchant Harkonnen ; Bill et Melinda Gates se seraient rangés du côté des Atréides.

Dans un système féodal, l'éthique remplace la loi. C'est l'un des sens de *Dune.*

Si l'on se risque à adopter les vues de Frank Herbert et celles émises lors de nos échanges, on peut imaginer une

1. Voir notamment le long article de Naomi Klein, in *The Intercept,* New York, 8 mai 2020. Traduction française : « Ne laissons pas les géants du web contrôler nos vies », *Courrier international,* n° 1547, p. 13. Je partage rarement les vues altermondialistes de Naomi Klein mais, là, elle semble avoir lu *Dune.*

histoire-fiction où, en Occident, le libéralisme économique, politique et culturel aurait été une passagère transition d'un millénaire à peu près, naissant au Moyen Âge dans la bourgeoisie des villes et aboutissant en notre temps après bien des cahots dont les Révolutions, et se trouvant remplacé en notre siècle par une néo-féodalité. Un accident de l'Histoire en somme qui n'aurait jamais vraiment trouvé place dans le reste du monde.

À ceux qui trouveraient que je pousse le bouchon un peu loin, j'opposerai le pouvoir le plus important dans l'univers de *Dune*, même s'il n'apparaît guère dans le roman, le CHOM, Combinat des Honnêtes Ober Marchands, « Compagnie universelle contrôlée (en principe) par l'Empereur et les Grandes Maisons avec la Guilde et le Bene Gesserit comme associés sans droit de vote[1] ». Rien qu'à son nom, on dirait qu'il est né du côté des villes hanséatiques. Le Duc Leto énumère pour Paul au début du roman les innombrables activités commerciales du CHOM : on dirait Amazon. C'est l'actualité inapparente du roman que je voudrais souligner ici.

Politiquement, Frank Herbert s'engagea peu à ma connaissance en dehors de sa détestation affirmée de l'Union soviétique. Il se présentait comme un libertarien modéré. La plupart des Français comprennent mal, de travers, ou ignorent tout à fait les idées libertariennes. Il ne faut, par exemple, pas les confondre avec l'anarchisme à l'espagnole du temps de la guerre civile, fondé sur la solidarité. Bien que le libertarianisme n'ait trouvé d'expression plus ou moins théorique qu'au XXe siècle[2], ses racines sont beaucoup plus anciennes et remontent au peuplement d'origine européenne des États-Unis. Ces Européens fuyaient des régimes d'oppression, les Irlandais et les Écossais la domination anglaise souvent d'une extrême violence, les Allemands l'impérialisme prussien, les Russes et les Polonais son équivalent moscovite. Ils cherchaient dans l'Amérique une terre sans pouvoir établi, et la ruée vers l'Ouest, aboutissant à une dilution extrême de la

1. Voir le Lexique de l'Imperium, en annexe.

2. Voir notamment le roman d'Ayn Rand, *Atlas Shrugged*, Random House, 1957 (*La Grève*, Les Belles Lettres, 2011) et ses essais, et l'article de Sébastien Caré, « Racines théoriques du libertarianisme américain », *Cités*, 2011/2, n° 46, p. 133-139.

population, traduisait cette fuite devant toute forme d'organisation sociale jugée insupportable. C'est un thème très présent dans les westerns et dans la littérature américaine, celui de l'individualisme comme valeur. Les libertariens extrêmes à la Jeff Bezos rejettent toute forme de gouvernement et s'en remettent pour assurer le progrès et la paix aux relations et aux résolutions des conflits entre individus. Tant pis pour les perdants. Leur échec relève de leur incapacité et ils doivent être écartés, voire éliminés.

Les libertariens modérés dont Herbert et beaucoup d'auteurs de science-fiction qui à vrai dire n'ont pas grand-chose à attendre du pouvoir politique, se bornent à se méfier de Washington et de son mélange de politiciens et d'hommes d'affaires qu'ils estiment également corrompus. De leur point de vue, ce n'est pas que le pouvoir corrompt mais qu'il attire les corrompus et les corruptibles[1]. Frank Herbert se contentait de se tenir à l'écart. Au moment où j'écris, le président Trump incarne parfaitement et paradoxalement ce rejet des élites. Pour quelqu'un comme Herbert et les auteurs libertariens que je connais, le Parti démocrate avec son souci d'organiser à l'européenne la protection sociale apparaît déjà comme en route vers l'étatisme qu'ils redoutent.

La troisième énigme de *Dune* concerne l'épice ou Mélange dont Arrakis-Dune est l'unique source. Cette drogue qui est un sous-produit du processus de naissance des vers des sables prolonge la vie et surtout modifie l'esprit humain en lui permettant d'accéder à des dimensions supérieures : elle est indispensable aux Navigateurs pour s'orienter dans l'hyperespace lors de leurs voyages interstellaires et elle donne à Paul Muad'Dib sa capacité à entrevoir la multiplicité des avenirs possibles. Certains commentateurs, dont Jacques Goimard, y ont vu une transposition du pétrole, tiré souvent de pays désertiques et permettant les voyages. Je n'en crois rien, même si je ne me souviens pas d'avoir interrogé à ce propos Herbert qui semble l'avoir admis lors d'interviews. Dans les années 1950 et 1960, alors que Frank Herbert médite et écrit *Dune*, bon nombre de drogues psychédéliques sont fort prisées dans les milieux hippies. En particulier le LSD, acide

1. Il l'écrit presque dans ces termes dans *La Maison des mères*.

lysergique, dérivé de l'ergot de seigle par Albert Hofmann et Arthur Stoll en 1938, puis expérimenté en 1943, provoque de puissants effets psychédéliques, de pseudo-hallucinations et une stimulation extrême du cerveau[1]. Sans que j'ose l'affirmer, il me semble un bon équivalent dans notre monde de l'épice. Son usage est demeuré longtemps licite, et il a même été utilisé efficacement en psychothérapie jusqu'à son interdiction aux États-Unis en 1967, puis progressivement dans le monde entier. Cette interdiction a été contestée et l'est de nouveau, car les prétendus accidents dus au LSD ont été souvent forgés de toutes pièces. La raison parfois évoquée aux États-Unis pour son interdiction fut la crainte que son introduction par des terroristes, en petites quantités vu son efficacité, dans les réserves d'eau de boisson ne suscite des paniques collectives. Le produit intéressa en tout cas beaucoup la CIA qui en envisagea divers usages. Il était probablement, dans ces années 1970, plus prudent pour Herbert d'admettre que le Mélange était une métaphore du pétrole que de soutenir que c'était une drogue psychédélique.

En raison des effets de l'épice ou Mélange sur différents personnages, l'œuvre de Frank Herbert fut souvent taxée de mysticisme et Herbert lui-même traité de mystique. Frank Herbert a fréquemment protesté contre cette qualification. Je peux témoigner que sa philosophie personnelle n'a rien de mystique et que dans son amusante description des manœuvres qui aboutirent à la Bible Catholique Orange (dont il ne traite que dans l'Appendice II) est une virulente critique de toutes les religions. Il a simplement décrit dans *Dune* et ses suites, des personnages empreints de mysticisme, ainsi Paul Muad'Dib, et des sociétés où une mystique joue un grand rôle, sans rien en prendre à son compte. Il me semble au demeurant vraisemblable que toute société profondément inégalitaire se dote d'une mystique au double dessein d'expliquer et de justifier le pouvoir des dominants et de proposer espoir et perspectives aux dominés. Dans le néo-féodalisme en cours d'installation que j'ai évoqué, quelle religion pourrait tenir ce rôle : ce pourrait bien être l'évangélisme qui est en train d'éliminer les plus classiques traditions chrétiennes.

1. Voir l'article très détaillé « LSD » dans Wikipédia.

Une singularité du cycle de *Dune* est que l'humanité semble avoir créé la seule civilisation dans tout l'Univers. Même lorsque dans *Les Hérétiques de Dune et La Maison des mères*, les humains se répandent à travers toute la Galaxie, puis d'innombrables autres galaxies, ils ne rencontrent nulle autre civilisation. Il y a bien d'autres formes de vie mais aucune qui soit intelligente, ce qui est assez rare dans la science-fiction d'une telle ampleur. Herbert s'évita sans doute de la sorte des naïvetés communes, mais il ne s'intéressait surtout dans ce cycle qu'à l'humanité et à son avenir, proche ou lointain. Il le montre dans un roman mineur mais important à sa manière pour son interprétation de l'avenir écologique, *Hellstrom's Hive*[1] (1973). Une sorte de secte, probablement née aux Pays-Bas au XVIIe siècle, est convaincue que l'humanité court à sa perte si elle ne réduit pas sa consommation. Elle finit par se muer en une sorte de fourmilière humaine qui après plusieurs migrations se fixe dans l'Oregon et creuse sous le couvert d'une ferme une gigantesque termitière. Herbert multiplia par ailleurs les civilisations non humaines dans d'autres romans.

Un roman parmi les plus remarquables de son auteur, *The Whipping Star*[2] (1970) représente un exploit linguistique en explorant les tentatives et les possibilités de communication entre une étoile, une Calibane[3], et d'autres espèces dont l'humaine. Herbert a du reste multiplié avec intelligence dans plusieurs romans les modes de communication entre espèces intelligentes, si différentes qu'elles soient. Algis Budrys a écrit que sa connaissance de la langue et la linguistique « vaut au moins un doctorat et la chaire de philologie d'un bon collège de Nouvelle-Angleterre ».

La question de civilisations extraterrestres demeure débattue, évidemment en théorie, par les astrophysiciens en 2020. Une minorité pense que nous sommes seuls dans l'Univers. Quelques-uns, s'appuyant sur la fameuse équation de Drake estiment qu'il pourrait y avoir environ trente-six espèces

1. *La Ruche d'Hellstrom*, Albin Michel, 1977.

2. *L'Étoile et le Fouet*, Robert Laffont, 1973.

3. En anglais, Caleban. S'agit-il d'une allusion à la pièce de Shakespeare, *La Tempête* ?

intelligentes dans notre Galaxie, mais aucune à moins de cent années-lumière.

L'histoire du livre est en elle-même une épopée. Le manuscrit, écourté, fut publié d'abord en deux séries dans la revue *Analog* en 1963 et 1964. Frank Herbert qui avait déjà fait paraître depuis 1952 des nouvelles et plusieurs romans, demeurait presque inconnu. Le texte, proposé par son agent Lurton Blassingame, fut refusé par vingt éditeurs dont Doubleday en 1965. Le chiffre me semblait si énorme que je le crus exagéré dans la grande tradition des présentations publicitaires éditoriales. Mais des sources sûres le confirmèrent. Il fut finalement accepté et publié par Chilton Books en 1965. Chilton qui éditait à peu près exclusivement des manuels d'entretien et de réparation des motocyclettes et des automobiles, sans négliger les tracteurs agricoles, était l'éditeur le plus improbable pour ce roman. Mais l'un de ses conseillers, Sterling E. Lanier, lui-même écrivain de science-fiction, fut tellement séduit par ce qu'il avait lu dans *Analog* qu'il demanda à voir le manuscrit et persuada Chilton de le publier. Le succès critique fut immédiat et, en 1966, *Dune* obtint à la fois le premier Nebula Award et le prix Hugo. Mais ce ne fut pas un succès commercial, probablement en raison de son prix qui résultait de sa taille (412 pages), près de soixante dollars, un prix élevé à l'époque. Lanier fut licencié par Chilton en 1966. Les cinq volumes suivants du cycle furent publiés par Putnam's Sons. Il est à noter qu'un exemplaire de la première édition Chilton atteignit dix mille dollars lors d'une vente publique.

Le succès ne vint qu'avec les années 1970 et c'est seulement en 1972 que Herbert put abandonner ses divers emplois alimentaires pour se consacrer entièrement à l'écriture. Un témoin, Jackie Paternoster, put toutefois m'affirmer que dès 1970 les hippies américains qui affluaient à Formentera ne parlaient que de ce livre. On estime aujourd'hui à environ quarante millions d'exemplaires le nombre atteint par les diverses éditions à travers le monde, ce qui en fait un des plus populaires best-sellers de tous les temps et une exception absolue dans le domaine de la science-fiction.

Ce succès ne tarda pas à se traduire par un intérêt du monde cinématographique. Je n'en ferai pas ici l'historique, mais je m'attarderai un moment sur la tentative d'Alejandro Jodorowsky, dit Jodo, un autre ami proche, qui se traduisit par un échec mais qui exerça une influence durable sur le monde du cinéma de science-fiction. Je rencontrai Jodorowsky à la fin des années 1960 lors de sa première venue en France dans le cadre du groupe Panique qui comprenait notamment Roland Topor, Fernando Arrabal et André Ruellan. Puis le producteur Michel Seydoux acheta en 1974 les droits cinématographiques de *Dune* et décida d'en confier l'adaptation à Jodorowsky dont il avait distribué en France les deux films, *El Topo* et *La Montagne sacrée* (1973). Pour avoir revu assez récemment le second, je dois dire que j'ai été frappé par sa modernité. Il est difficile de dire si c'est Jodo, alors qu'il n'avait pas encore lu le livre, qui a sollicité Seydoux ou si c'est l'inverse, car les deux versions coexistent. Toujours est-il que Michel Seydoux ramena Jodo à Paris sur la fin de 1974 pour assurer la préproduction. Informé, je repris contact avec Jodorowsky en 1975 et nous nouâmes une amitié qui perdure. Je suivis d'assez près cette préproduction qui prit très vite des proportions gigantesques. On trouvera aisément sur Internet le détail du projet.

Le budget du film passa des neuf millions et demi de dollars initialement prévus à une vingtaine de millions. Il devenait indispensable de s'assurer le concours de studios et de distributeurs américains et Seydoux et Jodorowsky s'envolèrent pour Hollywood en 1977. Sans succès. Il est difficile de dire si cet échec est lié à la monstruosité du projet (un film de dix ou de quatorze heures selon les sources), à la mégalomanie assumée de mon ami Jodo, ou tout simplement au fait que les Américains n'imaginaient pas qu'un scénario de cette envergure puisse être réalisé par un autre qu'un Américain, en l'occurrence un Franco-Chilien, ce qui me semble la meilleure explication. Jodorowsky reprocha par la suite à Frank Herbert de ne pas l'avoir soutenu dans cette affaire. Mais outre que Herbert fut sans doute effrayé par un projet qui débordait et déformait largement son roman, Jodorowsky négligeait le fait patent que les studios américains n'attachent aucune importance au point de vue des écrivains. Herbert aurait-il mis tout son poids dans la balance que cela n'aurait rien changé.

Pourtant, j'étais très ennuyé que deux génies de mes amis fussent ainsi séparés par un malentendu évident. Je parvins à les réunir lors d'un déjeuner historique au début des années 1980 dans une grande brasserie de la place de la Bastille, et ils se quittèrent les meilleurs amis du monde. Herbert promit même que si le film que David Lynch était en train de tourner était un succès, il financerait lui-même l'adaptation par Alejandro d'un de ses romans, *Soul Catcher* (1972)[1] qui, portant sur l'initiation tragique d'un Indien d'Amérique, correspondait aux préoccupations du cinéaste.

Cela ne se fit pas.

Le film de David Lynch (1983), de près de trois heures (quatre dans sa version initiale), fut un échec. La critique, au demeurant justifiée, l'exécuta. David Lynch en rejeta la responsabilité sur son producteur, Dino De Laurentis, qui avait pratiqué des coupes et ne lui avait pas laissé le montage final. Il retira son nom du générique. Pourtant certaines scènes sont des morceaux d'anthologie qui, vus séparément, permettent de rêver à ce qu'aurait pu être le film idéal. Cependant Lynch portait sa part de responsabilité. Bien des choses m'ont choqué dans son *Dune* qui ne peuvent être dues qu'à lui : ainsi les combinaisons noires des Fremens, incompatibles avec le climat d'Arrakis et contredisant Herbert qui parle de longues robes flottantes. Pire encore, le personnage de Jessica, la femme forte des enseignements du Bene Gesserit, est devenu dans le film une pleurnicheuse qui s'effondre à la moindre difficulté.

Jodorowsky fut profondément et durablement affecté et déprimé par l'échec de son grandiose projet. Mais son travail ne fut pas perdu pour tout le monde. Les talents qu'il avait réunis, fait émerger ou découverts – Jean Giraud, alias Mœbius, Christopher Foss, H. R. Giger, Richard Corben, entre autres, récupérés par les studios américains – transformèrent pour des décennies le cinéma de science-fiction. Il s'orienta pour sa part avec un immense succès vers la bande dessinée reprenant beaucoup d'idées de son projet, sans abandonner le cinéma. Aux dernières nouvelles, Alejandro serait en train de tourner au Chili.

1. *Le Preneur d'âmes*, édition française Seghers, 1981.

Un film fut même tiré de son échec : *Jodorowsky's Dune* (2013), réalisé par Frank Pavich, qui sortit en France en 2016 et obtint plusieurs prix.

Il n'est pas certain que Frank Herbert ait envisagé de donner des suites au premier *Dune*, à l'exception toutefois de *Dune Messiah*[1] (1969) qui complète si bien le précédent que, dans la deuxième édition d'« Ailleurs et Demain », j'ai jugé opportun de le lui adjoindre, formant un tout que j'estimais définitif. En revanche, les volumes suivants se succèdent à intervalles éloignés, donnant à penser que le succès de *Dune* a poussé son éditeur à presser Herbert de lui donner des suites et Herbert s'est manifestement pris au jeu. *The Children of Dune*[2] paraît en 1976 donc tout de même sept ans après *The Messiah.* Je trouve pour ma part ce roman bon, bien écrit et bien construit, mais plus conventionnel, manquant du souffle des précédents. Il achève ce que l'on considère comme la première trilogie de *Dune.*

La seconde s'ouvre sur ce que je tiens pour le titre le plus flamboyant du cycle, *God Emperor of Dune*[3] (1981). On y trouve une réflexion profonde sur le pouvoir et le temps. Leto II qui se transforme peu à peu en ver géant, impose sa paix, le Sentier d'Or, sur trois millénaires avant que sa disparition ne soit le point de départ de la Grande Dispersion qui répandra l'humanité dans toute la Galaxie, puis bien au-delà dans d'innombrables galaxies. Il choisit aussi de mettre fin au système féodal. *Heretics of Dune*[4] (1984) et *Chapterhouse Dune*[5] (1985) complètent ce triptyque avec le retour d'une partie des émigrés. Dans le dernier volume, le Bene Gesserit manque d'être détruit par les Honorées Matriarches qui ont repris ses méthodes mais non son éthique. Dans une curieuse postface en guise de conclusion, un vieux couple assiste à l'action et le reproche que la femme fait à l'homme d'avoir laissé s'échapper l'un des héros, Duncan Idaho, semble bien indiquer qu'il est le créateur de tout cet univers et que ce couple est celui de Frank et de Beverly. Quoique foisonnant, ce dernier roman

1. *Le Messie de Dune*, 1972.
2. *Les Enfants de Dune*, 1978.
3. *L'Empereur-Dieu de Dune*, 1982.
4. *Les Hérétiques de Dune*, 1985.
5. *La Maison des mères*, 1986.

semble bien long et plus relâché que les précédents. Herbert y multiplie les personnages, les mondes et les intrigues au point de perdre dans ce labyrinthe son lecteur le plus attentif. On croirait qu'il cherche à s'y perdre lui-même.

Il faut dire qu'en 1984-1985 Frank Herbert connaît la période la plus tragique de sa vie. Beverly est décédée en février 1984. Le film de Lynch est un échec. Certes, il épousa la même année la séduisante Theresa Shackelford avec qui il se montra à la première du film de Lynch à Washington DC le 3 décembre 1984. Mais tout cela sent la fin d'une tragédie.

Frank Herbert aurait-il écrit un septième volume ? Il a laissé tant de fils pendre et tant de portes ouvertes qu'on peut le penser. Il a été question d'un plan et de notes qu'on aurait retrouvés dans le coffre d'une banque. C'est possible. Mais je me méfie par expérience d'éditeur de ce genre de découvertes dans l'héritage d'un écrivain célèbre. Si en tout cas Herbert avait donné une suite à *La Maison des mères*, elle n'aurait certainement pas conclu le cycle. D'abord parce que cela aurait été impossible vu le nombre d'intrigues qui se sont accumulées dans les deux derniers volumes publiés, et ensuite parce que le héros de Herbert, c'était l'humanité, sans fin ni fin. La plupart des romans se concluent par le dénouement d'une intrigue, la mort ou le succès du héros. Ici, le héros collectif est virtuellement immortel.

Frank Herbert n'est pas un héros collectif. Lorsqu'il meurt prématurément, à soixante-six ans, des suites inattendues d'une opération au pancréas, il laisse une œuvre immense, certes inégale mais riche d'idées touchant à l'écologie et à la multiplicité des avenirs qui s'ouvrent à l'espèce humaine. Sa culture est sans égale parmi les auteurs de science-fiction.

Mais qui peut être ce Kwisatz Haderach, surhumain capable d'entrevoir la diversité des avenirs possibles et de s'y orienter ? Sinon l'écrivain de science-fiction idéal.

Gérard Klein
19-07-2020

Composition et mise en pages
Nord Compo à Villeneuve-d'Ascq

MIXTE
Papier issu de sources responsables
FSC® C003309

L'éditeur de cet ouvrage s'engage dans une démarche
de certification FSC® qui contribue à la préservation
des forêts pour les générations futures.

Pour en savoir plus :
www.editis.com/engagement-rse/

Imprimé en Espagne par Liberdúplex en novembre 2021
N° d'édition : 63129/05 – N° d'impression : 95860